L. J. SHEN

TWISTED LOVE

Sinners of Saint

Roman

Ins Deutsche übertragen von
Patricia Woitynek

LYX

LYX in der Bastei Lübbe AG
Dieser Titel ist auch als E-Book erschienen.

MIX
Papier aus verantwortungsvollen Quellen
FSC® C019821
FSC
www.fsc.org

Die Originalausgabe erschien 2017 unter dem Titel »Ruckus«.

Redaktion: Andrea Kalbe
Covergestaltung: ZERO Werbeagentur, München,
unter Verwendung eines Motivs von © FinePic/shutterstock
Satz: Greiner & Reichel, Köln
Gesetzt aus der Adobe Caslon
Druck und Einband: C.H.Beck, Nördlingen

Printed in Germany
ISBN 978-3-7363-0703-2

1 3 5 7 6 4 2

Sie finden uns im Internet unter: www.lyx-verlag.de
Bitte beachten Sie auch: www.luebbe.de und www.lesejury.de

Für Kristina Lindsey und Sher Mason

Soundtrack

»Hold Me Down« – Halsey
»Guys My Age« – Hey Violet
»Drops of Jupiter« – Train
»Immortals« – Fall Out Boy
»Mad About You« – Hooverphonic
»Breathe Me« – Sia

Prolog

Rosie

Bevor ich beginne, sollte ich vermutlich eines klarstellen: Meine Geschichte nimmt kein glückliches Ende. Sie kann und wird keines haben. Ganz egal, wie stattlich und attraktiv oder reich und faszinierend mein Märchenprinz auch sein mag.

Und er besaß alle diese Eigenschaften. Oh ja, und noch so viele mehr.

Das Problem war nur, dass er nicht wirklich der meine war. Er gehörte meiner Schwester. Allerdings gibt es da etwas, das ihr wissen solltet, bevor ihr mich verurteilt.

Ich habe ihn als Erste gesehen. Ihn als Erste begehrt. Ihn als Erste *geliebt*.

Das alles spielte keine Rolle, als Dean »Ruckus« Cole meine Schwester an dem Tag, an dem Vicious ihren Spind aufbrach, vor meinen Augen küsste.

Das Dumme an solchen Situationen ist, dass man nie wissen kann, ob sie einen Anfang oder ein Ende symbolisieren. Der Fluss des Lebens gerät ins Stocken, und man ist gezwungen, sich mit der Realität auseinanderzusetzen. Und die Realität ist zum Kotzen. Glaubt mir, das weiß ich aus eigener bitterer Erfahrung.

Das Leben ist nun mal nicht fair.

Das erklärte mein Vater ohne Umschweife, als ich nach meinem sechzehnten Geburtstag anfangen wollte, mit Jungs auszugehen. »Kommt gar nicht infrage!«, lautete seine entschiedene Antwort.

»Warum nicht?« Mein Augenlid zuckte, so verärgert war ich. »Millie durfte das auch ab sechzehn.« Es war die Wahrheit. Als wir noch in Virginia lebten, hatte sie vier Dates mit Eric, dem Sohn unseres Postboten, gehabt. Mein Vater stieß ein Schnauben aus und drohte mir mit dem Finger. *Netter Versuch.*

»Du bist nicht wie deine Schwester.«

»Was soll das heißen?«

»Das weißt du ganz genau.«

»Nein, weiß ich nicht.« *Klar wusste ich es.*

»Das heißt, dass du etwas an dir hast, das ihr fehlt. Das ist nicht gerecht, aber das Leben ist nun mal nicht fair.«

Es gab da noch etwas, das ich nicht widerlegen konnte. Mein Vater sagte, ich zöge die falsche Art von Jungen an, aber das war, als würde man einen mit Nägeln gespickten Erdklumpen mit Zuckerguss überziehen. Ich verstand, was er mir untergründig zum Vorwurf machte, vor allem, da ich immer seine kleine Prinzessin gewesen war. *Sein Rosie-Mäuschen.* Sein Augenstern.

Ich zog die Blicke auf mich. Wenn auch nicht vorsätzlich. Manchmal war das sogar eher eine Belastung. Ich hatte dichte Wimpern, wallendes karamellfarbenes Haar, lange, alabasterfarbene Beine und volle, sinnliche Lippen. Alles andere an mir war zierlich und kurvig zugleich – verziert mit einer roten Satinschleife und mit einem sirenenhaften Gesichtsausdruck, den ich nicht ablegen konnte, egal wie sehr ich mich bemühte.

Ich erregte Aufsehen. Der guten Art. Der schlimmsten Art. Verdammt, jeder Art.

Es kämen noch andere Jungs, versuchte ich mir einzureden, als Deans und Emilias Lippen sich trafen und mein Herz in meiner Brust verdorrte. Aber ich hatte nur diese eine Schwester.

Abgesehen davon verdiente sie es. Sie verdiente *ihn*. Meine Eltern schenkten mir jeden Tag Aufmerksamkeit. Ich hatte viele Freunde in der Schule und haufenweise Verehrer. Alle beachteten mich, während niemand Millie eines Blickes würdigte.

Das war nicht meine Schuld, trotzdem hatte ich ein schlechtes Gewissen. Meine ältere Schwester musste sowohl mit meiner Krankheit klarkommen als auch mit meiner Beliebtheit. Sie war eine einzelgängerische Jugendliche, die sich hinter ihren Leinwänden und Farben versteckte. Immerzu still und verschlossen, übermittelte sie ihre Botschaft durch ihre merkwürdigen, exzentrischen Klamotten.

Bei genauerem Nachdenken war es so das Beste. An dem Tag, als ich Dean Cole zwischen Trigonometrie und englischer Literatur das erste Mal im Schulflur bemerkte, wusste ich sofort, dass er mehr für mich war als nur ein Highschool-Schwarm. Wenn ich mit ihm zusammenkäme, würde ich ihn nicht mehr loslassen. Und das allein war schon ein gefährlicher Gedanke, mit dem ich nicht spielen durfte.

Weil meine Zeit schneller ablief. Ich war von Geburt an nicht so wie die anderen.

Ich hatte eine Krankheit.

Manchmal hatte ich sie im Griff.

Und manchmal sie mich.

Jedermanns Lieblingsrose welkt dahin, aber keine Blume möchte vor aller Augen vergehen.

Ja, es ist besser so, entschied ich, als ihre Lippen auf seinen lagen, wobei er mich ansah und die Realität ein kompliziertes, schmerzhaftes Etwas wurde, vor dem ich verzweifelt davonrennen wollte.

Und so schaute ich von meinem Logenplatz aus zu, wie meine Schwester und der einzige Junge, der meinen Puls in die Höhe schnellen ließ, sich ineinander verliebten.

Meine Blütenblätter fielen eines nach dem anderen von mir ab.

Doch obwohl ich wusste, dass meine Geschichte nicht mit »Sie lebten vergnügt bis an ihr seliges Ende« schließen würde, konnte ich nicht umhin, mich zu fragen, ob wir hätten glücklich werden können ... sei es auch nur für eine Weile.

Dean

Der Sommer, in dem ich siebzehn wurde, war übel, aber nichts bereitete mich auf sein verficktes großes Finale vor.

Das Unheil war vorprogrammiert. Alle Zeichen standen auf Sturm. Ich konnte nicht eingrenzen, aus welcher Richtung er kommen würde, aber so, wie ich mein Leben kannte, rechnete ich mit einem Tiefschlag, der mich direkt in die Hölle katapultierte. Am Ende lief alles auf einen einzigen unbesonnenen Filmklischee-Moment hinaus. Ein paar Bud Lights und schludrig gedrehte Joints einige Wochen vor Ende des Schuljahrs. Wir lagen an Vicious' nierenförmigem Pool und tranken das schale Bier seines Vaters, weil wir wussten, dass wir uns unter Baron Spencer seniors Dach alles erlauben durften. Um uns herum tummelten sich Mädchen. Sie waren high. So kurz vor den Sommerferien gab es nicht viel, was man in Todos Santos, Kalifornien, anstellen konnte. Es war glühend heiß, die Luft drückend, die Sonne grell, das Gras gelb und die Jugend gelangweilt von ihrer problem- und bedeutungslosen Existenz. Wir waren zu träge, um uns auf die Jagd nach einem billigen Nervenkitzel zu machen, darum hielten wir passiv danach Ausschau, während wir auf Luftmatratzen in Form von Donuts und Flamingos faul im Pool trieben oder auf aus Italien importierten Sonnenliegen lümmelten.

Vicious' Eltern waren nicht zu Hause – waren sie das je? –, und alle zählten darauf, dass ich Stoff dabeihatte. Auf mich war wie immer Verlass: Ich hatte Haschisch und pulverisiertes Ecstasy mitgebracht, das sie gierig inhalierten, ohne sich auch nur zu bedanken, geschweige denn, mich zu bezahlen. Sie hielten mich für einen reichen Kiffer, der Geld in etwa so dringend brauchte wie Pamela Anderson eine größere Oberweite, womit sie nicht ganz unrecht hatten. Und da ich mich mit Kleingeld sowieso nicht herumplagte, ließ ich es ihnen durchgehen.

Eins der Mädchen, eine Blondine namens Georgia, gab mit ihrer neuen Sofortbildkamera an, die ihr Vater ihr während ihres letzten Urlaubs in Palm Springs gekauft hatte. Sie stellte ihre Reize in einem winzigen roten Bikini zur Schau, während sie Fotos von uns Jungs – Jaime, Vicious, Trent und mir – knipste, die sie sich anschließend druckfrisch zwischen die Zähne klemmte und uns von Mund zu Mund überreichte. Ihre Brüste quollen aus ihrem Bikinioberteil wie Zahnpasta aus einer vollen Tube. Ich wollte meinen Schwanz zwischen ihnen reiben und wusste mit hundertprozentiger Sicherheit, dass ich es spätestens bis zum Abend getan haben würde.

»Krass, das hier wird echt guuuut.« Georgia betonte das letzte Wort, indem sie eine unbestimmte Anzahl u einfügte. »Du siehst hypersexy aus, Cole«, schnurrte sie, als sie mich dabei fotografierte, wie ich mit einem Joint zwischen den Fingern den letzten Rest meines Biers kippte und die Dose anschließend auf meinen Schenkel knallte.

Klick.

Der Beweis für meine Verfehlung glitt mit einem provozierenden Fauchen aus der Kamera. Georgia schnappte sich das Foto mit ihren glänzenden Lippen und beugte sich zu mir, um es mir zu reichen. Ich nahm es mit den Zähnen entgegen und stopfte es in meine Badehose. Ihre Augen folgten meiner

Hand, als ich den Gummizug nach unten schob und den blonden Haarstreifen unterhalb meines Bauchnabels entblößte, der sie zu einer ganz anderen Party einlud. Sie schluckte sichtlich. Unsere Blicke trafen sich und vereinbarten stillschweigend Zeit und Ort. Dann machte jemand eine Arschbombe in den Pool und spritzte sie nass, woraufhin sie mit einem atemlosen Kichern den Kopf schüttelte und sich ihrem nächsten Kunstprojekt zuwendete, meinem besten Kumpel Trent Rexroth.

Ich hatte fest vorgehabt, das Foto vor meiner Heimfahrt zu vernichten. Das verdammte Ecstasy war wohl Schuld daran, dass ich es vergaß. Schließlich entdeckte meine Mutter es. Zu guter Letzt hielt mein Vater mir einen seiner ruhigen Vorträge, die meine Eingeweide wie Gift zu zersetzen schienen. Und ganz am Ende? Zwangen sie mich, die Sommerferien bei meinem bescheuerten Onkel zu verbringen, den ich auf den Tod nicht ausstehen konnte.

Ich hütete mich, dagegen aufzubegehren. Das Letzte, was ich brauchte, war Zoff mit ihnen, der ein Jahr vor meinem Schulabschluss mein Harvard-Studium gefährden könnte. Ich hatte mich für dieses zukünftige Leben hart ins Zeug gelegt. Es war in greifbarer Nähe, mitsamt seiner ganzen abgefuckten Herrlichkeit, die Reichtum, Privilegien, Privatjets, Time-Sharing und alljährliche Urlaube in den Hamptons beinhaltete. So läuft das nun mal im Leben. Wenn dir etwas Gutes in die Hände fällt, hältst du dich nicht einfach nur daran fest, sondern umklammerst es mit aller Kraft, bis es fast zerbricht.

Nur eine weitere Lektion, die ich viel zu spät gelernt habe.

Jedenfalls war das der Grund, warum ich am Ende nach Alabama flog und vor meinem Abschlussjahr zwei Monate auf einer beschissenen Farm die Zeit totschlug.

Trent, Jaime und Vicious verbrachten die Sommerferien trinkend, kiffend und fickend zu Hause. Ich dagegen kehrte mit einem Veilchen zurück, welches mir Mr Donald Whittaker, auch bekannt als Eule, nach der Nacht, die mich für immer verändern sollte, verehrt hatte.

»Mit dem Leben ist es wie mit der Justiz«, hatte mein Vater-Schrägstrich-Anwalt zu mir gesagt, bevor ich in den Flieger nach Birmingham stieg. »Es ist nicht immer fair.«

Wenn das nicht mal den Nagel auf den Kopf traf.

In diesem Sommer nötigte man mich, die Bibel von der ersten bis zur letzten Seite zu lesen. Eule erklärte meinen Eltern, er sei ein wiedergeborener Christ, der sich intensiv mit dem Studium der Heiligen Schrift befasse. Er verlieh dem Nachdruck, indem er mich zwang, während unserer Mittagspausen darin zu lesen. Schinken auf Roggenbrot und das Alte Testament waren seine Version von Nettigkeit, weil er die übrige Zeit nämlich ziemlich arschig zu mir war.

Whittaker war Landwirt. Vorausgesetzt, er war nüchtern genug, um überhaupt zu irgendetwas nütze zu sein. Er machte mich zu seinem Knecht. Ich ließ mich darauf ein, wenn auch hauptsächlich deshalb, weil ich so am Ende jedes Tages die Tochter seines Nachbarn befingern konnte.

Sie hielt mich für eine Art Promi, und das nur, weil ich keinen Südstaatenakzent hatte und ein Auto besaß. Nie im Leben wäre mir eingefallen, ihre Illusion zu zerstören, zumal sie mit Feuereifer an meinem Sexualkundeunterricht teilnahm.

Ich ließ Eules Bibelstunden geduldig über mich ergehen, weil die Alternative darin bestanden hätte, mich im Heu mit ihm zu prügeln, bis einer von uns beiden k.o. gegangen wäre. Wahrscheinlich wollten meine Eltern mich daran erinnern, dass sich das Leben nicht einzig und allein um teure Schlitten und Skiurlaube drehte. Eule und seine Frau gehörten den unteren Einkommensschichten an. Was waren also schon zwei Monate verglichen mit meinem ganzen verfickten Leben?

In der Bibel gibt es jede Menge durchgeknallte Geschichten – über Inzest, Vorhaut-Sammlungen, den Ringkampf zwischen Jakob und einem Engel –, deren Höhepunkt meiner Überzeugung nach schon im zweiten Kapitel überschritten ist, aber eine hat sich mir eingeprägt, und das, obwohl ich Rosie LeBlanc zu dem Zeitpunkt noch gar nicht kannte.

Genesis 27. Jakob flüchtete zu seinem Onkel Laban und verliebte sich in Rachel, die jüngere der beiden Töchter des Laban. Rachel war höllisch scharf, wild und bildschön, kurzum eine echte Sexbombe (so deutet es die Bibel an, wenn auch mit anderen Worten).

Laban und Jakob schlossen einen Handel: Wenn Jakob sieben Jahre lang für Laban arbeitete, würde der ihm seine Tochter zur Frau geben. Jakob hielt sich an seinen Teil der Abmachung, indem er sich tagein, tagaus den Arsch abrackerte. Sobald die sieben Jahre vorbei waren, ging Laban zu Jakob und sagte ihm, dass er seine Tochter nun heiraten dürfe.

Aber die Sache hatte einen Haken: Es war nicht Rachels Hand, die er ihm versprochen hatte. Sondern die ihrer älteren Schwester Leah.

Leah war eine gute Frau, das wusste Jakob.

Sie war nett. Verständig. Mildtätig. Sie hatte einen hübschen Hintern und sanfte Augen (auch hier umschreibe ich wieder. Außer den Teil mit den Augen – der Stuss steht tatsächlich in der Bibel).

Aber sie war eben nicht Rachel.

Sie war nicht Rachel, und er wollte keine andere als sie. Es war ihm immer nur um die verflixte Rachel gegangen.

Jakob stritt und debattierte mit seinem Onkel, in der Hoffnung, ihn umzustimmen, doch am Ende zog er den Kürzeren. Schon damals war das Leben vergleichbar mit der Justiz. Sprich, alles andere als fair.

»Diene mir sieben weitere Jahre«, schlug Laban vor, »und ich lasse dich auch noch Rachel heiraten.«

Also wartete Jakob.

Und lauerte.

Und *schmachtete.*

Was, wie jeder halbwegs vernunftbegabte Mensch weiß, das Verlangen nach dem Objekt der Begierde nur befeuert.

Die Jahre vergingen. Schleppend. Qualvoll. Wie in Trance.

In der Zwischenzeit teilte er das Lager mit Leah.

Er litt nicht. Nicht per se. Leah war gut zu ihm. Eine sichere Bank. Sie konnte ihm Kinder schenken – womit Rachel, wie er später noch herausfinden sollte, so ihre Schwierigkeiten hatte.

Jakob wusste, was er wollte. Leah mochte aussehen wie ihre Schwester, riechen wie sie und sich vielleicht sogar *anfühlen* wie sie, aber sie war nicht *sie.*

Es kostete ihn vierzehn Jahre, doch am Ende bekam er Rachel auf ehrliche und anständige Weise.

Rachel mochte nicht von Gott gesegnet sein. Das war Leah.

Aber die Sache war die, dass Rachel Gottes Segen nicht brauchte.

Weil sie geliebt wurde.

Und im Gegensatz zur Justiz und dem Leben *ist* die Liebe fair.

Soll ich euch noch was sagen? Am Ende war die Liebe genug.

Sie bedeutete verdammt noch mal alles.

Sieben Wochen nach Beginn meines letzten Schuljahrs wartete das Schicksal auf spektakuläre Weise mit einem weiteren Knalleffekt auf. Ihr Name war Rosie LeBlanc, und ihre Augen glichen zwei eisbedeckten alaskischen Seen. *Dieses* Blau meine ich.

Das Überraschungsmoment packte mich an den Eiern und drückte zu, sowie sie die Tür der Dienstbotenwohnung auf dem Anwesen der Spencers öffnete. Es war nämlich nicht Millie. Sie sah ihr durchaus ähnlich – gewissermaßen –, nur war sie kleiner und zierlicher, hatte vollere Lippen, höhere Wangenknochen und kleine spitze Ohren wie eine verschmitzte Elfe. Und sie kleidete sich nicht so verrückt wie Emilia. Sie trug mit Seesternen bedruckte Flip-Flops, enge schwarze Jeans mit breiten Rissen an den Knien und ein verschlissenes schwarzes Kapuzenshirt, auf dem in weißer Schrift der Name einer mir unbekannten Band prangte. Durch ihr Outfit wollte sie sich äußerlich anpassen, stattdessen stach sie wie ein heller Stern aus der Masse heraus.

Als unsere Blicke sich trafen, färbten sich ihre Wangen und ihr Hals flammend rot, und das verriet mir alles, was ich wissen musste. Sie war ein unbeschriebenes Blatt für mich, wohingegen sie *mein* Gesicht offensichtlich kannte. Sie betrachtete es, tastete es mit den Augen ab. Unerbittlich direkt.

Sie berappelte sich schnell. »Soll das hier ein Anstarr-Wettbewerb werden?« Ihre Stimme klang irgendwie fast unnatürlich. Zu zart. Zu heiser. Zu einzigartig. »Weil ich nämlich vor geschlagenen dreiundzwanzig Sekunden die Tür aufgemacht habe und du dich noch immer nicht vorgestellt hast. Im Übrigen hast du zweimal geblinzelt.«

Ursprünglich war ich hergekommen, um Emilia LeBlanc um ein Date zu bitten. Sie weigerte sich, mir ihre Handynummer zu geben. Als geborener Jäger war ich ausreichend geduldig, um abzuwarten, bis sie nahe genug wäre, um zuzuschlagen, trotzdem schadete es nicht, hin und wieder nach meiner Beute zu sehen. Aber um ehrlich zu sein, ging es mir bei meiner Pirsch nicht wirklich um Emilia. Der Nervenkitzel der Jagd bescherte mir immer ein Kribbeln in den Eiern, und Emilia stellte für mich eine Herausforderung dar, die ich bei anderen Mädchen vergeblich suchte. Sie war Frischfleisch und ich ein unersättliches Raubtier. Aber auf *das hier* war ich nicht gefasst gewesen.

Das hier änderte alles.

Stumm wie ein Fisch stand ich da und setzte ein Megawattgrinsen auf, um sie zu triezen, weil sie dasselbe mit mir tat. Und plötzlich dämmerte mir, dass womöglich nicht ich der Jäger war. Für den Bruchteil einer Sekunde war ich Elmer Fudd, der mit einer Flinte ohne Munition im Wald auf eine angriffslustige Tigerin trifft.

»Kann es nicht sprechen?« Die Tigerin zog ihre hellen Augenbrauen zusammen, dann beugte sie sich vor und pikte mich mit ihrer winzigen Pranke in die Brust. Sie hatte mich *es* genannt.

Um mich zu verspotten. Zu demütigen. An meinem Ego zu kratzen.

Ich stellte meine unschuldigste Miene zur Schau (was an sich schon eine große Herausforderung darstellte, weil die Unschuld in mir erloschen war, kaum dass man meine Nabelschnur durchtrennt hatte), biss die Zähne aufeinander und schüttelte den Kopf.

»Du kannst nicht sprechen?« Mit skeptisch erhobenen Brauen verschränkte sie die Arme und lehnte sich gegen den Türrahmen.

Ich nickte und verbiss mir ein Feixen.

»Blödsinn. Ich habe dich in der Schule gesehen. Du bist Dean Cole. Spitzname Ruckus. Du kannst nicht nur sprechen, sondern scheinst die meiste Zeit die Klappe nicht halten zu können.«

Nur zu, kleine Elfe. Konserviere deinen Ärger für den Tag, an dem wir uns zwischen meinen Laken wälzen.

Um zu verstehen, wieso ich derart überrumpelt war, muss man wissen, dass noch nie ein Mädchen so mit mir geredet hatte. Nicht einmal Millie, obwohl sie die einzige Schülerin zu sein schien, die gegen meinen typisch amerikanischen, unwiderstehlichen Sonnyboy-Charme immun war. Genau deswegen war sie mir überhaupt erst aufgefallen.

Aber wie schon gesagt, können sich Pläne bisweilen ändern. Abgesehen davon hatten wir bisher noch nicht mal ein Date gehabt. Ich stellte Millie seit ein paar Wochen in der Schule nach, noch unentschlossen, ob sich die Mühe lohnte, doch als ich jetzt sah, was mir bisher entgangen war – diese heiße Braut –, wurde es Zeit, mich an ihrem wilden Feuer zu wärmen.

Ich bedachte sie mit einem weiteren anzüglichen Grinsen. Diese spezielle Art zu grinsen hatte mir an der All Saints High vor zwei Jahren den Namen Ruckus eingebracht. Weil ich nun mal ein Unruhestifter war. Wo immer ich auftauchte, brauten sich Chaos und Anarchie zusammen. Jeder wusste das. Die Lehrer, die Schüler, Rektorin Followhill und sogar unser Sheriff.

Wenn man Drogen brauchte, kam man zu mir. Wenn man Bock auf eine geile Party hatte, kam man zu mir. Wenn man scharf war auf einen fantastischen Fick, kam man zu mir – und *mit* mir. Die Botschaft, die mein Grinsen – welches ich seit meinem fünften Lebensjahr trainiert hatte – der Welt verkündete, lautete folgendermaßen:

Wenn es amüsant, schmutzig und verdorben ist, bin ich jederzeit dafür zu haben.

Und dieses Mädchen zu verderben versprach jede Menge Spaß.

Ihr Blick haftete an meinen Lippen. Gebannt. Begehrlich. Berauscht. Es war leicht, ihn zu entschlüsseln. Highschool-

Mädchen eben. Auch wenn dieses nicht so süß lächelte wie der Rest von ihnen. Sie lud mich auch nicht unterschwellig dazu ein, mit ihr zu flirten.

»Du *kannst* sprechen«, beharrte sie in vorwurfsvollem Ton. Ich zog die Unterlippe zwischen die Zähne, ließ sie wieder los. Bedächtig. Kalkuliert. Neckisch.

»Vielleicht kenne ich tatsächlich ein paar Wörter«, räumte ich ein. »Möchtest du die interessanten hören?« Meine Augen bettelten darum, über ihren Körper wandern zu dürfen, aber mein Verstand riet mir zu warten. Ich beschloss, auf ihn zu hören.

Ich war entspannt.

Ich war listig.

Aber zum ersten Mal seit Jahren hatte ich keinen blassen Schimmer, was da gerade geschah.

Sie quittierte meine Antwort mit einem schiefen Grinsen, bei dem es mir die Sprache verschlug. Weil sie so viele Worte darin verpackte. Sie drückte damit aus, dass mein Versuch, sie um den Finger zu wickeln, ganz und gar keinen Eindruck auf sie machte. Dass sie mich bemerkt hatte und sympathisch fand, ich jedoch mehr zustande bringen musste als einen beiläufigen, halbherzigen Flirt, um ans Ziel zu gelangen. Wo immer diese Reise hinführen mochte, ich war bereit.

»Hm, möchte ich das?« Sie schäkerte mit mir, wenn auch unwissentlich. Mit gesenktem Kopf beugte ich mich vor. Ich war ein großer, dominanter, selbstbewusster Kerl. Der immer für Ärger gut war. Bestimmt kannte sie all diese Geschichten, und falls nicht, würde sie sie bald erfahren.

»Ich denke schon«, erwiderte ich.

Noch vor zwei Minuten hatte ich vorgehabt, mit ihrer Schwester auszugehen – ihrer älteren Schwester, nahm ich an, denn diese Kleine sah nicht nur jünger aus, sondern wäre mir auch aufgefallen, wenn sie in der Zwölften gewesen wäre –, aber das Schicksal wollte, dass ausgerechnet sie die Tür öffnete und meine Pläne sich änderten.

Baby LeBlanc forderte mich mit einem seltsamen Blick auf weiterzusprechen. Als ich gerade fortfahren wollte, kam Millie aus dem kleinen, muffigen Wohnzimmer gestürzt, als flüchtete sie aus einem Kriegsgebiet. Ihre Augen waren rot und verquollen, und sie drückte ein Schulbuch an ihre Brust. Sie starrte mir direkt ins Gesicht, und eine Sekunde lang dachte ich, sie würde mir den zwei Kilo schweren Wälzer in die Visage knallen.

Rückblickend wünschte ich, sie hätte es getan. Es wäre wesentlich besser gewesen als das, wozu sie sich stattdessen hinreißen ließ.

Ohne wirklich Notiz von ihr zu nehmen, schubste Millie die kleine Elfe beiseite, um mir ungewohnt hingebungsvoll um den Hals zu fallen und ihre Lippen wie besessen auf meine zu drücken.

Scheiße. Das war übel.

Nicht der Kuss. Der war vermutlich okay. Ich hatte keine Zeit, ihn zu beurteilen, weil ich zu sehr damit beschäftigt war, fassungslos nach der spitzohrigen Elfe zu schielen, die uns mit einem Ausdruck des Entsetzens in ihren kornblumenblauen Augen musterte, ihre Schlüsse zog und eine Entscheidung traf, die zu akzeptieren ich nicht bereit war.

Zur Hölle, was war bloß in Millie gefahren? Noch vor wenigen Stunden hatte sie mich im Schulflur keines Blickes gewürdigt, hatte Zeit geschunden, Abstand gehalten, Gleichgültigkeit vorgeheuchelt. Und jetzt fiel sie über mich her wie ein Hautausschlag nach einem riskanten One-Night-Stand.

Behutsam löste ich mich von ihr und nahm ihr Gesicht in beide Hände, damit sie sich nicht zurückgewiesen fühlte, wobei ich sicherstellte, dass noch genug Platz blieb für die kleine Elfe. Emilias Annäherungsversuch war mir lästig, was in Bezug auf ein hübsches Mädchen ein echtes Novum für mich war.

»Hey«, sagte ich. Selbst in meinen Ohren klang der Ton meiner Stimme nicht so flapsig wie sonst. Das hier sah Millie nicht ähnlich. Etwas war vorgefallen, und ich konnte mir schon denken, auf wessen Konto dieser kleine Auftritt ging. Mein Blut fing an zu kochen. Ich atmete gleichmäßig durch die Nase, fest entschlossen, nicht die Beherrschung zu verlieren. »Was ist passiert, Mil?«

Die Leere in ihren Augen verursachte mir Übelkeit. Fast konnte ich hören, wie ihr Herz in tausend Stücke brach. Ich riskierte einen weiteren Blick zu Baby LeBlanc, während ich mir den Kopf zermarterte, wie zur Hölle ich aus dieser Nummer herauskommen sollte. Ohne die Augen von dem Häuflein Elend abzuwenden, das noch immer versuchte, mich zu umarmen, wich sie einen Schritt zurück. Millie war fix und fertig. Ich konnte sie nicht kalt auflaufen lassen. Nicht in diesem Zustand.

»Vicious«, schniefte die ältere der beiden Schwestern. »Vicious ist passiert.«

Sie zeigte auf das Mathebuch, als wäre es ein Beweisstück.

Widerstrebend richtete ich den Blick wieder auf Emilia »Millie« LeBlanc.

»Was hat der Wichser getan?« Ich nahm es ihr aus der Hand und blätterte durch die Seiten, suchte nach fiesen Bemerkungen oder vulgären Zeichnungen.

»Er hat meinen Spind aufgebrochen und es geklaut«, sagte sie und schniefte wieder. »Danach hat er ihn mit Kondomverpackungen und Müll vollgestopft.« Sie wischte sich mit dem Ärmel die Nase ab.

Dieser gottverfluchte Idiot. Das war der andere Grund, warum ich Millie daten wollte. Schon seit meiner Kindheit hatte ich gegenüber den Schwachen einen ausgeprägten Beschützerinstinkt. Hat was mit einem weichen Kern und solchem Scheiß zu tun. Ich war weder durch und durch schlecht, so wie Vicious, noch durch und durch gut, so wie Jaime. Ich hatte meine eigene moralische Richtschnur, und bei Mobbing verlief für mich eine lange, mit Blut gezogene Grenze.

Was Millie betraf, so war sie das Paradebeispiel eines unterprivilegierten Mädchens, das dringend einen Beschützer brauchte. Sie wurde in der Schule gemobbt und von einem meiner besten Freunde terrorisiert. Ich musste das Richtige tun. Ich *musste*, aber ich *wollte* ums Verrecken nicht.

»Ich knöpfe ihn mir vor.« Ich hatte Mühe, die Worte nicht zu fauchen. »Geh wieder hinein.«

Und lass mich mit deiner Schwester allein.

»Das brauchst du nicht. Ich bin froh, dass du hier bist.«

Ich warf einen heimlichen Blick auf das Mädchen, das dazu ausersehen war, meine Rachel zu werden, einen sehnsuchtsvollen dieses Mal, weil ich wusste, dass meine Chance bei ihr im selben Augenblick vertan war, als ihre Schwester mich küsste, um dem verdammten Vicious eins auszuwischen.

»Ich habe übrigens darüber nachgedacht.« Millie blinzelte hektisch, von ihren eigenen Problemen zu sehr vereinnahmt, um zu realisieren, dass ich sie seit ihrem Auftauchen kaum angesehen hatte. Oder dass ihre Schwester direkt neben uns stand. »Und bin zu dem Schluss gelangt, warum eigentlich nicht? Ich hätte sehr gern ein Date mit dir.«

Das stimmte nicht. Sie wollte mich nur als ihren Beschützer.

Millie brauchte jemanden, der auf sie aufpasste.

Und ich brauchte einen Joint.

Seufzend zog ich sie in meine Arme, legte die Hand auf ihren Hinterkopf und vergrub die Finger in ihren hellbraunen Haaren. Meine Augen verharrten noch immer auf Baby LeBlanc. Meiner kleinen Rachel.

Ich bringe das in Ordnung, versicherten sie ihr. Sie waren eindeutig optimistischer als ich.

»Du musst mich nicht daten. Ich kann dein Leben auch als Kumpel leichter für dich machen. Du brauchst es nur zu sagen, und ich trete ihm in den Arsch«, raunte ich in Millies perfekt geformtes Ohr, während meine Aufmerksamkeit auf Rosie gerichtet war.

Millie schüttelte den Kopf, schmiegte ihn enger an meine Schulter. »Nein, Dean. Ich möchte ein Date mit dir. Du bist nett und lustig und mitfühlend.«

Und total verrückt nach deiner Schwester.

»Ich habe da so meine Zweifel, Millie. Du hast mich wochenlang abblitzen lassen. Es geht hier um Vic, das wissen wir beide. Trink ein Glas Wasser. Denk noch mal gründlich nach. Ich werde ihn mir morgen beim Training zur Brust nehmen.«

»Bitte, Dean.« Das Zittern verschwand aus ihrer Stimme, als sie mich an meinem Designer-T-Shirt näher zu sich heranzog, wodurch sie mich gleichzeitig von meinem strahlenden neuen Fantasiebild weglotste. »Ich bin ein großes Mädchen. Ich weiß, was ich tue. Lass uns gehen, jetzt gleich.«

»Ja, tut das«, bekräftigte Baby LeBlanc und gab uns mit der Hand ein Zeichen. »Ich muss sowieso lernen, und ihr zwei würdet mich nur ablenken. Sollte ich Vicious im Pool sehen, werde ich ihn ertränken, Millie«, witzelte sie und tat so, als würde sie die Muskeln in ihren dünnen Armen anspannen.

Rosie war eine miserable Schülerin, die eine Vier minus nach der anderen kassierte, doch das wusste ich damals nicht. Sie wollte nicht studieren. Sie wollte, dass jemand ihre Schwester rettete.

Ich führte Millie zum Eisessen aus, ohne einen Blick zurückzuwerfen.

Ich führte sie aus, obwohl ich mich für Rosie hätte entscheiden sollen.

Ich wählte Millie, und ich würde Vicious den Hals umdrehen.

KAPITEL 1

Rosie

Die Gegenwart

Was gibt dir das Gefühl, lebendig zu sein?
Meinen Atem sehen zu können. Weil es mir beweist, dass ich noch immer Luft bekomme.

Das dürfte wohl in die Kategorie Selbstgespräch fallen, aber dazu hatte ich schon immer geneigt. Die Stimme, die mich ständig mit dieser schwer greifbaren Frage konfrontierte, schien in mein Gehirn implantiert zu sein, und es war nicht meine. Sondern die eines Mannes. Keines mir bekannten, jedenfalls glaubte ich das. Sie erinnerte mich fortwährend daran, dass ich noch atmete, was ich keineswegs als selbstverständlich ansah. Dieses Mal wirbelte die Antwort in mir auf wie eine Blase, die kurz davor war zu platzen. Ich presste die Nase an den Spiegel im Aufzug des prunkvollen Wolkenkratzers, in dem ich wohnte, und stieß den Atem in einer dichten weißen Nebelwolke aus. Ich trat zurück und betrachtete mein Werk.

Durch die Tatsache, dass ich noch atmete, zeigte ich meiner Krankheit den Stinkefinger.

Mukoviszidose. Wann immer jemand fragte, vermied ich es, ins Detail zu gehen. Die Leute mussten nicht mehr wissen, als dass man die Krankheit in meinem dritten Lebensjahr bei mir diagnostiziert hatte, nachdem meine Schwester Millie mein Gesicht geküsst und gemeint hatte, dass ich »furchtbar salzig« schmecke. Das war ein klassisches Warnsignal, darum ließen meine Eltern mich testen. Die Ergebnisse waren positiv. Mukoviszidose ist eine Lungenerkrankung. Und ja, sie ist therapierbar. Nein, eine Heilung gibt es nicht. Ja, sie beeinträchtigt mein Leben erheblich. Ich muss ständig Tabletten schlucken, gehe dreimal pro Woche zur Physiotherapie, nenne unzählige Nebulisatoren mein Eigen und werde voraussichtlich in den nächsten fünfzehn Jahren sterben. Nein, ich brauche kein Mitleid, darum spart euch diese Blicke.

Noch immer mit meinem grünen Kittel bekleidet, meine Haare ein wirres Durcheinander, meine Augen glasig vom Schlafmangel betete ich stumm darum, dass sich die Kabine endlich schließen und mich zu meinem Apartment in der zehnten Etage befördern möge. Ich wollte ein heißes Bad nehmen, ins Bett schlüpfen und einen *Portlandia*-Marathon starten. Und nicht an meinen Exfreund Darren denken.

Tatsächlich war das das Letzte, was ich wollte.

Wie aus dem Nichts ertönte das laute Klackern hoher Absätze und steigerte sich mit jeder Sekunde. Ich wandte den Kopf zur Lobby und unterdrückte ein Husten. Die Fahrstuhltür schloss sich bereits, als sich im letzten Moment eine weibliche Hand mit rot lackierten Fingernägeln dazwischen schob und sie daran hinderte. Die Frau ließ ein schrilles Lachen ertönen.

Ich runzelte die Stirn.

Nicht er schon wieder.

Aber natürlich war er es. Umhüllt von Alkoholdunst, der vermutlich einen ausgewachsenen Elefanten umgehauen hätte, zwängte er sich in den Aufzug, in seinem Schlepptau zwei

Frauen vom Typ *Desperate Housewives*. Bei der ersten handelte es sich um die Intelligenzbestie, die ihren Arm riskiert hatte, um die Tür aufzuhalten – eine Tussi mit feurig-roten Haaren à la Jessica Rabbit und einem Dekolleté, das nichts der Fantasie überließ, selbst wenn man davon jede Menge besaß. Die zweite war zierlich und brünett und wartete mit dem rundesten Hintern auf, den ich je bei einem Menschen gesehen hatte, und dazu einem dermaßen kurzen Kleid, dass man sie vermutlich gynäkologisch hätte untersuchen können, ohne sie entkleiden zu müssen.

Oh, und dann war da noch Dean »Ruckus« Cole.

Ein Hüne – die perfekte Größe für einen Filmstar – mit jadegrünen Augen von fast radioaktivem Strahlen und unergründlicher Tiefe, verstrubbelten dunkelbraunen Haaren und einem Körper, der sogar Brock O'Hurns in den Schatten stellte. So sündhaft sexy, dass einem nichts anderes übrigblieb, als wegzusehen. Ganz im Ernst, der Mann war derart heiß, dass er in ultrareligiösen Ländern vermutlich Einreiseverbot hatte. Zu meinem Glück kannte ich Mr Cole zufällig gut genug, um zu wissen, dass er ein Riesenarschloch war, darum übte sein Charme kaum Wirkung auf mich aus.

Mit der Betonung auf kaum.

Er sah umwerfend aus, aber er war gleichzeitig ein Mistkerl epischen Ausmaßes. Kennt ihr diese Frauen, die auf attraktive, verkorkste, labile Männer stehen und sich einbilden, ihnen ihre Dämonen austreiben zu können? Dean Cole wäre ihr wahr gewordener Traum. Weil mit diesem Kerl definitiv etwas nicht stimmte. Es machte mich traurig, dass die Menschen in seinem direkten Umfeld die blinkenden Warnlichter nicht sahen – sein Trinken, sein exzessiver Pot-Konsum, sein unwiderstehliches Verlangen nach allem, was lasterhafte Vergnügungen versprach. Gleichzeitig war mir bewusst, dass Dean

Cole mich nichts anging. Abgesehen davon hatte ich meine eigenen Probleme.

Er drückte gefühlte fünfhundert Mal auf den Knopf zu seinem Penthouse, während er hicksend in der engen Kabine schwankte, die wir vier uns teilten. Ein fiebriger Ausdruck stand in seinen Augen, und seine Haut war von einem dünnen Schweißfilm bedeckt, der nach purem Brandy roch. Ich hatte das Gefühl, als zöge sich ein dicker, rostiger Draht um mein Herz zusammen.

Sein Lächeln wirkte nicht glücklich.

»Baby LeBlanc.« Deans träger Tonfall drang direkt in meinen Unterleib, und ich wurde regungslos. Er fasste mich an der Schulter und drehte mich zu sich herum. Seine Begleiterinnen beäugten mich, als hätte ich die Pest. Ich legte die Hände auf seine stählerne Brust und stieß ihn weg.

»Bleib mir von der Pelle. Du riechst, als hätte Jack Daniel in deinen Mund ejakuliert«, sagte ich mit ausdruckslosem Gesicht. Er warf den Kopf zurück und lachte herzhaft, offensichtlich genoss er unseren bizarren Schlagabtausch.

»Dieses Mädchen …« Er legte mir den Arm um die Schultern und drückte mich an sich, dann zeigte er mit seiner Bierflasche auf mich und bedachte die beiden Frauen mit einem beduselten Grinsen. »Sie ist nicht nur verflucht sexy, sondern hat auch noch mehr Köpfchen und Witz als Winston Churchill zu seinen besten Zeiten«, nuschelte er. Die beiden hielten Winston Churchill vermutlich für eine Zeichentrickfigur. Dean sah wieder zu mir, und plötzlich erschien eine steile Falte zwischen seinen Augenbrauen. »Dadurch läuft sie eigentlich Gefahr, eine eingebildete Zicke zu sein, aber das ist sie nicht. Sie ist auch noch verdammt nett. Darum ist sie auch Krankenschwester. Jammerschade, dass du deinen süßen Arsch unter einem Kittel versteckst, LeBlanc.«

»Da muss ich dich leider enttäuschen, Schnapsdrossel. Ich mache das ehrenamtlich. In Wirklichkeit arbeite ich als Barista«, korrigierte ich ihn, während ich besagten Kittel glattstrich und mich gleichzeitig mit einem freundlichen Lächeln in Richtung der Mädchen seinem Griff entwand. Ich jobbte dreimal pro Woche unentgeltlich auf einer Neugeborenen-Intensivstation, überwachte dort Brutkästen und wechselte Windeln. Ich war weder künstlerisch begabt wie Millie noch erfolgreich wie die *HotHoles*, aber ich hatte meine eigenen Passionen – Menschen und Musik –, und ich schätzte meine Jobs nicht geringer ein als das, womit sie ihren Lebensunterhalt verdienten. Dean hatte in Harvard seinen MBA gemacht und die *New York Times* abonniert, aber machte ihn das zu etwas Besserem, als ich es war? Ganz sicher nicht. Ich arbeitete in einem kleinen, zwischen der First Avenue und der Avenue A gelegenen Café namens The Black Hole. Die Bezahlung war mies, aber der Laden war gut. Meiner Ansicht nach war das Leben zu kurz, um es mit etwas zu verschwenden, das man nicht leidenschaftlich gern tat. Für mich galt das *in besonderem Maße.*

Jessica Rabbit verdrehte die Augen. Die zierliche Brünette zuckte mit einer nackten Schulter, dann kehrte sie uns den Rücken zu und hantierte mit ihrem Handy. Sie hielten mich für eine Giftspritze. Und sie hatten recht. Allerdings ahnten sie noch nicht, dass es für sie ein böses Erwachen geben würde. Ich kannte das Ritual meines Nachbarn, auch bekannt als der Exfreund meiner Schwester, inzwischen in- und auswendig. Am Morgen würde er ihnen ein Taxi rufen und noch nicht einmal so tun, als würde er ihre Nummern speichern.

Morgen früh wird er ihnen das Gefühl geben, als wären sie Müll, den es loszuwerden gilt. Er wird dann nüchtern, verkatert und undankbar sein.

Weil er nun mal ein *HotHole* – ein heißes Arschloch – war.

Ein privilegierter, seelisch instabiler Egomane aus Todos Santos, der glaubte, sich alles nehmen zu können, ohne je etwas dafür zurückzugeben.

Komm schon, Aufzug. Wieso brauchst du so lange?

»LeBlanc.« Dean lehnte sich gegen die verspiegelte Wand und reichte die Flasche einer der Frauen, bevor er einen Joint hinter seinem Ohr hervorzog und sein Feuerzeug aus seiner dunklen, perfekt sitzenden Jeans kramte. Dazu trug er ein Designer-T-Shirt mit V-Ausschnitt – in Limettengrün, was die Farbe seiner Augen unterstrich und ihn noch braun gebrannter wirken ließ –, Hightop-Sneakers und ein aufgeknöpftes schwarzes Sakko. Er weckte törichte Wünsche in mir. Nach Dingen, die ich nie von irgendjemandem gewollt hatte, erst recht nicht von einem, der acht Monate lang mit meiner Schwester liiert gewesen war. Darum unterdrückte ich meine Sehnsüchte und bemühte mich, gemein zu ihm zu sein. Dean war wie Batman. Stark genug, um es auszuhalten.

»Du und ich, wir genehmigen uns morgen einen Sonntagsbrunch. Ein Wort genügt, und ich vernasche mehr als nur das Frühstück.« Er senkte den Kopf und sah mich mit einem unheilverkündenden Ausdruck in seinen smaragdgrünen Augen an. Subtilität war ein Fremdwort für diesen Kerl. *Verzogener Rotzlöffel*, dachte ich verbittert. *In wenigen Minuten wird er einen flotten Dreier haben, trotzdem steht er jetzt hier und baggert die Schwester seiner Exfreundin an. Und die beiden hören alles mit. Wieso sind sie überhaupt noch hier?*

Ich ging nicht auf seine unverblümte Anmache ein, sondern wechselte das Thema, indem ich eine Warnung aussprach. »Falls du dieses Ding hier im Aufzug anzündest …« Ich zeigte auf seinen Joint. »Dann schwöre ich, dass ich mich heute Nacht in deine Wohnung schleiche und dir heißes Wachs in den Schritt gieße.«

Jessica Rabbit schnappte nach Luft. Die zierliche Brünette stieß ein Quieken aus. Immerhin würden sie im Zentrum des Geschehens sein, sollte ich meine Drohung wahrmachen.

»Lieber Himmel, krieg dich wieder ein.« Die Brünette wedelte mit der Hand in meine Richtung. Vermutlich platzte ihr gleich der Kragen.

Ich schenkte der kunstvoll geschminkten Frau keine Beachtung. Stattdessen starrte ich unverwandt zu den roten Zahlen über der Fahrstuhltür, die anzeigten, dass ich Badewanne, Wein und *Portlandia* immer näher rückte.

»Antworte mir.« Dean ignorierte seine beiden Betthäschen und richtete seine glasigen Augen wieder auf mich. »Brunch?« Er hickste. »Oder können wir den Schwachsinn überspringen und einfach ficken?«

Hoffnungslos romantisch, klar. Trotzdem blieb es für mich bedauerlicherweise beim Nein.

Offen gestanden törnte es mich nicht nur ab, wie er versuchte, mich ins Bett zu kriegen, auch der Zeitpunkt war völlig daneben. Es war drei Wochen her, seit Darren seinen Kram gepackt und aus der Wohnung ausgezogen war, in der wir ein halbes Jahr zusammen gelebt hatten. Insgesamt waren wir neun Monate ein Paar gewesen, nach meiner kurzen Affäre mit einem speckigen, ganzkörperbehaarten Heavy-Metal-Fan namens Hal. Dean hatte keine Zeit verloren, sich als Ersatzmann anzubieten und sich an mich ranzumachen. Der Umstand, dass er eigentlich mein Vermieter war und ich nur hundert Dollar im Monat zahlte – und selbst diese lediglich aus rechtlichen Gründen –, erleichterte es nicht gerade, ihn zurückzuweisen. Mein Apartment gehörte ihm, zusammen mit Vicious, Jaime und Trent, und obwohl ich wusste, dass er mich nicht rauswerfen konnte – Vicious würde das niemals zulassen –, musste ich trotzdem höflich zu ihm sein.

Aber die Vorstellung, dass ich mir bei ihm jede auf WebMD gelistete sexuell übertragbare Krankheit einfangen könnte, machte es mir erheblich leichter, ihn abblitzen zu lassen.

Die roten Ziffern auf dem Display krochen höher.

Drei.

Vier.

Fünf.

Komm schon, komm schon, komm schon.

»Nein«, sagte ich in flachem Ton, als mir bewusst wurde, dass er mich noch immer anstarrte und auf Antwort wartete.

»Warum nicht?« Ein weiteres Hicksen.

»Weil wir keine Freunde sind und ich dich nicht mag.«

»Wie kommt das?«, bedrängte er mich und grinste schief.

Du hast mir das Herz gebrochen, und ich habe es ganz verkehrt und krumm wieder zusammengesetzt.

»Du bist ein hoffnungsloser Weiberheld.« Damit nannte ich ihm den zweiten Grund auf meiner »Wieso ich Dean hasse«-Liste. Und die war wirklich lang.

Anstatt verlegen oder entmutigt zu reagieren, beugte er sich mit kühler, gefasster Miene wieder zu mir und strich mit dem Zeigefinger der Hand, in der er den nicht angezündeten Joint hielt, über meine Wange. Dann zeigte er mir die geschwungene Wimper, die er von meinem Gesicht gepflückt hatte, indem er den Finger dicht vor meine Lippen hielt.

»Wünsch dir was.« Seine Stimme legte sich wie ein Seidenschal um meinen Hals und drückte sanft zu.

Ich biss mir auf die Unterlippe und schloss die Augen. Als ich sie wieder öffnete, blies ich auf die Wimper und beobachtete, wie sie gleich einer Feder zu Boden schwebte.

»Willst du nicht wissen, was ich mir gewünscht habe?« Meine Stimme klang heiser. Er lehnte sich vor und küsste mich auf die Wange.

»Das spielt keine Rolle«, nuschelte er. »Das Einzige, worauf es ankommt, ist, was du brauchst. Ich habe es, Rosie. Und eines Tages – das wissen wir beide – werde ich es dir geben. Im Übermaß.«

Ich hatte gerade sechs Stunden ehrenamtlicher Arbeit in einer Kinderklinik in der Innenstadt hinter mir, wohin ich gleich nach meiner Schicht im Café gehetzt war. Ich war müde, hungrig und hatte Blasen von der Größe meiner Nase an den Füßen. In meiner Brust sollten sich nicht Tausende kleine Schmetterlinge tummeln, aber sie taten es. Und dafür hasste ich sie.

»Brunch«, raunte er mir zu, wobei sein heißer, übel riechender Atem über mein Gesicht strich. »Du wohnst jetzt seit über einem Jahr in meinem Apartment. Es wird Zeit, deine Miete neu zu verhandeln. In meinem Penthouse. Morgen Vormittag. Wann immer es dir passt, aber ich rate dir zu erscheinen. Verstanden?«

Ich schluckte und senkte den Blick. Als ich ihn wieder hob, glitten die Fahrstuhltüren auf. Ich sprintete aus der Kabine und den Flur entlang, dabei kramte ich den Schlüssel aus meinem Rucksack.

Ich brauchte Luft. Jede Menge davon. Jetzt sofort.

Sein Lachen schallte noch vom zwanzigsten Stockwerk bis zu meiner Tür, als er sein Penthouse erreichte, wo er die Nacht mit den zwei Grazien verbringen würde.

Nach meinem Bad schenkte ich mir ein Glas Wein ein und genehmigte mir ein gesundes, ausgewogenes Abendessen, bestehend aus Maischips und einem orangefarbenen Dip unbekannter Herkunft, den ich ganz hinten in meinem Kühlschrank gefunden hatte. Anschließend lümmelte ich mich auf die Couch und zappte durch die Fernsehkanäle. Obwohl ich eigentlich *Portlandia* gucken wollte, um mich etwas kultivierter zu fühlen, als mein Abendessen nahelegte, blieb ich aus unerfindlichen Gründen bei *Was passiert, wenn's passiert ist* hängen.

Grauenvoll, und das nicht nur, weil der Film bei Rotten Tomatoes ein 22-Prozent-Rating erhalten hatte.

Sondern weil er meine Gedanken auf Darren lenkte.

Und ich, wenn ich an ihn dachte, ihn anrufen und mich ein weiteres Mal bei ihm entschuldigen wollte.

Hin- und hergerissen starrte ich zum Telefon und malte mir das Szenario in meinem heillos übermüdeten Hirn aus.

Er wird drangehen.

Und mich zu überzeugen versuchen, dass ich einen schrecklichen Fehler gemacht habe.

Was ihm aber egal sei. Weil er mich immer noch wolle.

Nur ist es ihm nicht egal. Es schmerzt ihn sehr.

Ich bin nicht gut genug.

Nicht für jemanden wie ihn.

Eine Sache sollte ich wohl erwähnen: Ungeachtet meiner sarkastischen Art und meines vorlauten Mundwerks war ich ein Hund, der zwar bellte, aber nicht biss. Ich hatte kein Interesse daran, Leben zu zerstören. Viel lieber wollte ich sie retten. Das war der Grund, warum ich Darren aufgegeben hatte.

Darren verdiente eine normale Existenz mit einer normalen Frau und ausreichend vielen Kindern, um ein Footballteam auf die Beine zu stellen. Er verdiente ausgedehnte Urlaube und Aktivitäten im Freien, außerhalb des Krankenhauses. Zumindest wenn er nicht gerade dort arbeitete. Kurz gesagt, er verdiente mehr, als ich ihm jemals geben könnte.

Ich verzog mich ins Bett und lehnte mich mit dem Rücken ans Kopfteil, dann starrte ich zur Tür und wünschte mir, sie würde aufgestoßen von einem hinreißenden Mann, der mich die Nacht über wärmen würde.

Dean Cole.

Gott, wie ich ihn verabscheute. Jetzt mehr denn je. Er wollte meine Miete neu verhandeln. Das konnte er nicht tun. Ich war arm wie eine Kirchenmaus. Erst recht nach den in Manhattan geltenden Standards. Außerdem verdiente er an einem Tag so viel wie ich in zwei Jahren. War das wirklich notwendig, oder wollte er sich nur dafür rächen, dass ich nicht auf seine Avancen einging?

Mit geschlossenen Augen stellte ich mir vor, wie dieser Wichser Jessica Rabbit leckte, die auf seinem perfekten, kantigen Gesicht saß, während ihm die zierliche Brünette einen blies. Schauernd und mit gefurchter Stirn schob ich die Hand in meinen bereits feuchten Slip. Mir entschlüpfte ein Stöhnen.

Bestimmt war Dean Cole einer von der versauten Sorte. Sowie Jessica Rabbit ihren Höhepunkt erreichte, würde er sie auf den Bauch werfen und sie von hinten nehmen, während er sie an ihren scharlachroten Haaren gepackt hielt.

Ich drang mit dem Zeigefinger in mich ein, dann ließ ich den Mittelfinger folgen und tastete nach dem Lustpunkt.

Angewidert malte ich mir aus, wie er die zierliche Brünette am Hals fasste und sie rücklings in Position brachte, sobald er mit JR fertig wäre. Jetzt vögelte er sie ebenfalls, wobei er sie fest in die Brustwarzen kniff.

Ich bog den Rücken durch, bäumte mich auf.

Ich stöhnte, voll Abscheu.

Dann kam ich in heftigen Zuckungen, von Ekel erfüllt.

Ich hasste alles an Dean Cole.

Einfach alles ... außer ihn.

KAPITEL 2

Dean

S-E-X.

Darauf läuft es am Ende immer hinaus.

Die ganze Welt basiert auf einem einzigen animalischen Bedürfnis. Unser Bestreben, besser auszusehen, härter zu trainieren, reicher zu werden und Dingen nachzujagen, die wir überhaupt nicht brauchen – ein besseres Auto, straffere Muskeln, eine Beförderung, eine neue Frisur, der ganze Mist, den sie uns in der Werbung anzudrehen versuchen.

Alles. Wegen. Sex.

Jedes Mal, wenn eine Frau ein Parfum oder ein Pflegeprodukt oder ein verficktes Kleid kauft.

Jedes Mal, wenn ein Mann sich zum Sklaven absurd hoher Raten für einen Sportwagen macht, der nicht halb so komfortabel ist wie die geräumige koreanische Karre, die er noch vor einer Woche fuhr, oder er sich in der Umkleide eines muffigen Fitnesscenters Steroide injiziert … Tun sie das nur, um flachgelegt zu werden.

Auch wenn ihnen das nicht bewusst ist. Sie das nicht einmal befürworten. Du kaufst die neue Bluse und den Jeep und die neue Nase, um begehrenswerter zu sein. Wissenschaftlich erwiesen, Baby. Dem ist nichts entgegenzusetzen.

Dasselbe gilt für Kunst. Ein paar von Sex handelnde Songs wurden zu meinen Lieblingsliedern, noch ehe ich wusste, dass ich mit meinem Schwanz noch etwas anderes tun konnte, als meinen Namen in den Schnee zu pinkeln.

»Summer of'69«? Bryan Adams war damals neun. Trotzdem singt er eindeutig von seiner *Lieblingsstellung.* »I Just Died in Your Arms« von Cutting Crew? Handelt von *Orgasmen.* »Ticket to Ride« von den Beatles? Von *Prostituierten.* »Come On Eileen«? Dieser beschwingte Popsong, zu dem bei Hochzeiten alle tanzen? *Von sexueller* Nötigung.

Sex ist omnipräsent. Und warum auch nicht? Er ist absolut fantastisch. Ich jedenfalls bekam nicht genug davon. Und ich war gut darin. Sagte ich gut? Streicht das. Perfekt ist das treffendere Wort. Übung macht nun mal den Meister.

Und Übung hatte ich weiß Gott genug.

Was mich daran gemahnte, dass ich mir eine neue Packung Kondome bestellen musste. Sie wurden von einer Firma namens SagEsMitEinemGummi extra für mich gefertigt. Ich entwarf nicht nur die Verpackungen mit meinem Namen darauf – manche Mädels wollten sie gern als Souvenir behalten, und wieso sollte ich es ihnen verweigern? – und legte die Farben fest (ich mochte Rot und Lila. Gelb ließ meine Hoden ein bisschen fahl wirken. Die Farbe war nichts für mich ...), sondern bestimmte auch die Art des Gummifilms, seine Stärke – 0,0015 mm, falls es euch interessiert – und die Reizempfindlichkeit.

»Guten Morgen«, krächzte eine meiner Gespielinnen, die gerade aufgewacht war. Sie hauchte einen Kuss auf meinen Nacken. Ich brauchte immer ein paar Sekunden, bis ich mich wieder daran erinnerte, mit wem ich die Nacht verbracht hatte, doch an diesem Morgen war es noch schlimmer, nachdem ich es mir gestern zur Mission gemacht hatte, meine Leber in Rum zu verflüssigen.

»Hast du gut geschlafen?«, flötete die zweite Puppe.

Ich lag auf der Seite, mit dem Gesicht zum Nachttisch, und scrollte durch eine ellenlange SMS, die mir mein Freund und Geschäftspartner Vicious geschrieben hatte. Die meisten Menschen brachten das, was sie zu sagen hatten, in kurzen Sätzen auf den Punkt. Wohingegen dieser Mistkerl Siri missbrauchte und mir die ganze verfluchte Bibel schickte. Beim Aufwachen eine Nachricht von ihm vorzufinden, war, als bekäme man von einem Hai einen geblasen. Sein Text lautete folgendermaßen:

Liebes Schwanzgesicht,

meine Verlobte hat mich darauf aufmerksam gemacht, dass ihre Nervensäge von einer Schwester es wahrscheinlich nicht zu unserem Probe-Abendessen nächsten Samstag schaffen wird, weil sie, nur um ein paar Dollar zu sparen, mit zweimal Umsteigen nach Todos Santos fliegen wird.
Sie ist Emilias Brautjungfer, folglich ist ihre Anwesenheit keine freiwillige Entscheidung, sondern zwingend notwendig. Falls ich sie selbst abholen kommen muss, werde ich dies notfalls tun, würde es aber lieber vermeiden. Du weißt, was ich von Kalifornien halte. New York ist hart für den Körper. Los Angeles ist hart für die Seele.
Ich habe keine Seele.
Ich bitte dich als dein Freund, an Rosies Tür zu klopfen und ihr ein neues Ticket in die Hand zu drücken. Lass ihr von Sue einen Platz in der ersten Klasse, gleich neben deinem, buchen, und stell sicher, dass sie am Freitag zusammen mit dir in diesen Flieger steigt. Kette sie an ihrem Sitz fest, wenn es sein muss.
Dies ist vermutlich die Stelle, wo du dich fragst, wieso um alles in der Welt du mir einen Gefallen tun solltest. Betrachte es als einen Gefallen für Millie, nicht für mich.

Sie steht unter Stress.
Sie macht sich Sorgen.
Und sie hat diesen Scheiß nicht verdient.
Falls Ems kleine Schwester sich einbildet, sie könne tun, was sie will, dann ist sie auf dem Holzweg.
Mach ihr das begreiflich, denn jedes Mal, wenn sie die verantwortungsvolle, genügsame Heilige mimt, verletzt sie damit meine zukünftige Frau.
Und wir wissen alle, wie ich reagiere, wenn etwas, das mir gehört, Schaden erleidet.
Friede sei mit dir, Sackgesicht.

V.

Nicht gerade blumige Prosa, aber so war Baron Spencer nun mal.

Ich streckte mich und spürte, wie ein warmer Körper mit den Wogen aus dunkelblauen, nahtlosen Seidenlaken kämpfte, um mich zu besteigen. Ich war umgeben von weichem Stoff, heißem Fleisch und samtigen Kurven. Die Sonne schien durch das deckenhohe Fenster und auf meine hundert Quadratmeter große Dachterrasse mit ihrem Meer aus frisch gemähtem Gras, das mit der Skyline Manhattans zu verschmelzen schien. Warme Strahlen leckten über meine Haut. Meine Bar rief nach mir, damit ich mir eine Bloody Mary mixte. Bequeme graue und marineblaue Sitzmöbel flehten mich an, die Mädchen auf ihnen zu reiten und das ganze verfluchte New York zusehen und zuhören zu lassen.

Kurz gesagt: Der Morgen rockte.

Was man von Vicious *nicht* behaupten konnte.

Infolgedessen gab ich mich diesen beiden Frauen – Natasha und Kennedy – hin und tat, wozu Gott oder die Natur, wahlweise beide, mich aufforderten, indem ich es ihnen gründlich besorgte.

Während der bezaubernde Rotschopf – Kennedy, wie mir nun wieder einfiel – sich küssend den Weg von meinem Hals zu meiner Morgenlatte bahnte und Natasha – die rassige, zartgliedrige Yoga-Lehrerin – sich gierig über meinen Mund hermachte, versuchte mein von einem wohlverdienten Kater hämmerndes Gehirn, die neuen Informationen zu verarbeiten.

Millie LeBlanc war also gestresst wegen des Probe-Abendessens. Kein Wunder. Sie war schon immer ein Musterkind gewesen, das alles perfekt haben wollte und hart dafür arbeitete. Ein krasser Gegensatz zu dem Mann, den sie heiraten würde und der Spaß daran hatte, mit seinem trockenen Witz und haarsträubenden Benehmen so viele Menschen wie möglich vor den Kopf zu stoßen.

Sie war die süßeste Person, die ich kannte – was nicht zwingend als Kompliment gemeint war –, und er die mit Abstand gemeinste.

Wahrscheinlich sollte ich über das Was-wäre-wenn nachdenken, immerhin war Millie meine Exfreundin. Weil das menschliche Gehirn nun mal dafür ausgelegt ist, die Lücken zu füllen, ich inzwischen neunundzwanzig und Millie meine einzige ernsthafte Beziehung gewesen war, nahmen die Leute womöglich an, ich hätte mit ihr eine große Liebe verloren.

Wie so oft war die Wahrheit enttäuschend und wenig schmeichelhaft.

Millie war nie meine große Liebe gewesen. Ich mochte sie, aber meine Gefühle für sie waren nicht leidenschaftlich, verzweifelt oder verrückt. Sie lag mir am Herzen, und ich wollte sie beschützen, wenngleich nie auf eine Weise, die mich buchstäblich um den Verstand brachte, wie es bei Vicious der Fall war.

Die Tatsache, dass ich sie immer noch mochte, obwohl sie mich mit ein paar schnöden Abschiedszeilen in den Wind geschossen hatte, bewies, dass wir nicht wirklich füreinander bestimmt waren. Zwar war ich von ihr fasziniert gewesen ... doch das hatte sich dann gelegt.

Manchmal denke ich, dass ich einfach in das Bild, das ich mir von ihr gemacht hatte, verliebt gewesen war, oder vielleicht noch nicht einmal das. Aber eines ist unbestritten – solange wir zusammen waren, war ich gut zu ihr. Loyal. Respektvoll. Als Dank dafür hatte sie mich abserviert.

Bis heute habe ich das Gefühl, meine einzige Exfreundin nie richtig gekannt zu haben. Klar, ich kannte ihre Wesensmerkmale, die trockenen Fakten, die man in seinem Profil auf einer Dating-Website angeben würde. Sie war künstlerisch veranlagt, schüchtern und wohlerzogen. Doch ich hatte keine Ahnung, was ihre Ängste, ihre Geheimnisse betraf. Was ihr nachts den Schlaf raubte, was ihr Blut zum Kochen und ihren Körper zum Pulsieren brachte.

Der andere Teil meiner hässlichen Wahrheit war, dass ich all diese Dinge über niemand anderen als Rosie LeBlanc wissen wollte. Aber Rosie hasste mich. Darum blieb ich Single. Eines Tages würde sie ihre Meinung ändern. Sie musste.

Apropos Rosie. Sie nahm nie Geld von Vicious oder Millie an, es sei denn, es war unumgänglich. Das war allgemein bekannt, und sie hatte diesen Standpunkt vergangenes Jahr untermauert, indem sie meine 2,3 Millionen Dollar teure New Yorker Eigentumswohnung mit Second-Hand-Möbeln einrichtete, die insgesamt keine zweihundert Mäuse kosteten. Ich bezweifelte, dass sie sich würde umstimmen lassen, aber einen Versuch war es immerhin wert.

Doch jetzt zurück zu den wichtigen Themen – Sex.

Kennedy besorgte es mir gerade mit dem Mund – wobei sie

einiges Talent unter Beweis stellte –, als es an der Tür klopfte. Da niemand ohne einen Code ins Gebäude gelangte und mich in letzter Zeit niemand um einen solchen gebeten hatte, schlussfolgerte ich, dass es Miss LeBlanc höchstpersönlich sein musste.

»Dean!« Ihre raue Stimme sickerte vom Etagenflur aus in jede Faser meines Körpers, und ich wurde augenblicklich noch härter. Was Kennedy offensichtlich nicht entging, denn sie ließ von mir ab und atmete heftig gegen meinen Schenkel. Natasha unterbrach ihr Zungenspiel. Beide erstarrten. Es klopfte noch dreimal. »Mach auf!«

»Ist das wieder dieses seltsame Mädchen?«, fragte Natasha. Sie runzelte die Stirn und zog eine Schnute.

»Darauf kannst du Gift nehmen.«

»Sie ist gruselig«, bemerkte Kennedy.

»Komplett irre«, pflichtete Natasha ihr bei. Als würde ihre Meinung zählen. Für mich. Für Rosie.

Ich setzte mich auf und zog mir eine schwarze Sporthose über. Es tat mir nicht leid um den unterbrochenen Fick. Viel mehr reizte es mich, die kleine Elfe zu sehen und herauszufinden, was sie zu mir führte. Ich stand auf, rieb mir den Schlaf aus den Augen und verstrubbelte extra meine Haare. »Es war mir ein Vergnügen.« Ich gab beiden einen Handkuss, bevor ich mit entschlossenen Schritten zur Tür steuerte. »Wir sollten das bei Gelegenheit wiederholen.«

Es würde keine Wiederholung geben. Dies war ein endgültiger Abschied, und beide wussten das. Es war bereits klar gewesen, als ich sie vergangene Nacht in einer angesagten Bar in Manhattan aufgegabelt hatte, die ich immer dann frequentierte, wenn ich meine individuell gefertigten Kondome zum Einsatz bringen wollte. Die beiden hatten an einem Tisch gesessen und Kokain im Wert von grob einem Riesen geschnupft, als wäre es Puderzucker. Ich hatte vom Tresen aus per Blickkontakt mit ihnen geflirtet und dem Barkeeper signalisiert, ihnen ein paar Drinks zu servieren. Sie hatten mich eingeladen, mich zu ihnen zu gesellen und ein paar Shots mit ihnen zu trinken. Ich lud sie ein, sich auf mein Gesicht zu setzen. Aus einem Drink wurden sieben. Das alte Lied.

»Alter, du bist echt das Letzte.« Kennedy stieg als Erste aus dem Bett. Ich sah zu, wie sie ihr Kleid derart abrupt vom Boden hochriss, als hätte es ihr irgendetwas Böses angetan.

Ach wirklich?, dachte ich. Bevor ich das Taxi herangewinkt hatte, das uns zu mir nach Hause brachte, hatte ich ihnen unmissverständlich klargemacht, dass es nur ein One-Night-Stand war. Wie konnten sie denn glauben, es würde mehr daraus, nachdem ich sie in einer Bar aufgerissen und mit ihnen über Pornofilme geplaudert hatte?

Zum Trost zwinkerte ich ihnen zu, bevor ich in die riesige, in hellen Champagnertönen gehaltene und mit einem cremefarbenen Marmorfußboden ausgestattete Diele schwankte, wo mich von allen Seiten Schwarz-Weiß-Porträts meiner Angehörigen anstarrten, deren breites Lächeln ihre weißen Zähne sehen ließ.

»Äh, Entschuldigung, du Arsch. Wir waren gerade mittendrin!«, schallte Natashas schrille Stimme mir hinterher. Als würde ich magnetisch von der Quelle meiner Libido angezogen, durchquerte ich die Diele und riss die Tür auf. Es war Baby LeBlanc. Meine wunderschöne, verrückte kleine Elfe.

Sie trug ein Paar Jeans ohne Risse und eine schlichte weiße Bluse – ihre Version eines schicken Damenkostüms. Hoch auf ihrem Hinterkopf thronte ein unordentlicher Knoten, und der Ausdruck in ihren großen Augen verriet mir, dass sie nicht erfreut war. Ich lehnte mich mit der Schulter gegen die Tür und grinste.

»Hast du dir das mit dem Brunch anders überlegt?«

»Nur weil du mich mit deiner Drohung, die Miete zu erhöhen, dazu zwingst.« Ihre Augen wanderten kurz zu meinen Brustmuskeln, bevor sie sich wieder auf mein Gesicht hefteten und schmal wurden.

Scheiße, sie hatte recht. Meine Erinnerung an letzte Nacht war vernebelt von Alkohol, Gras und Sex.

»Komm rein.« Ich gab den Weg frei, und sie trat ein.

»Ich dachte, du bietest mir wenigstens einen Kaffee an, bevor du mich in Sachen Miete fickst. So viel zu Gastfreundschaft«, bemerkte sie, während sie sich mit staunendem Blick in meiner Wohnung umsah.

Mir meines gut gebauten Körpers voll bewusst verschränkte ich die Arme vor der Brust und leckte mit der Zunge über meine Unterlippe.

»Du erwartest Gastfreundschaft? Ich kann dir unten in der Bäckerei ein Frühstück besorgen und dir als Dessert ein paar Orgasmen verschaffen«, konterte ich. »Und ficken könnte ich dich auch im Bett, wenn du das vorziehst.«

»Du musst aufhören, mich anzubaggern«, sagte sie mit frustrierend emotionsloser Stimme, während sie an der massiven, weiß-grauen Kochinsel in der Mitte meiner glänzenden Edelstahlküche vorbeiging. Sie pflanzte sich auf einen Barhocker und starrte die leere Kaffeekanne neben der Spüle dermaßen vorwurfsvoll an, als hätte diese ein Hassverbrechen begangen.

»Wieso denn?«, stichelte ich und schaltete die Kaffeemaschine an. Aus welchem Grund musste ich aufhören, sie anzubaggern? Rosie LeBlanc war jetzt Single, nachdem sie ihrem langweiligen Arzt den Laufpass gegeben hatte. Sie war Freiwild, und ich würde ihr nachstellen, bis sie Verbrennungen dritten Grades vom Sex auf dem Teppich hätte.

Tatsächlich war das mein erster Gedanke gewesen, als ich mitbekam, wie dieser Vollpfosten seinen Krempel aus Rosies Wohnung schaffte. *Meiner* Wohnung.

Ich werde deine Exfreundin vernaschen, noch ehe die Tränen auf ihrem Kissen getrocknet sind. Und es wird ihr so sehr gefallen, dass sie zu mir zurückgekrochen kommt und um mehr fleht.

Im wahren Leben nahm Rosie unterdessen den dampfenden Kaffeebecher, den ich ihr anbot, begierig an und trank einen Schluck. Sie schloss stöhnend die Augen. Jawohl, sie *stöhnte*. Verdammt, ich wollte diesen Laut als meinen neuen Klingelton. Dann hob sie die Lider und schüttete einen Kübel Eiswasser auf meine Fantasie.

»Weil du dein Würstchen bereits in die Soße meiner Familie getunkt hast. Und obwohl mir klar ist, dass jeder mehr von diesem Geheimrezept naschen möchte, wirst du leider kein Glück haben.«

»Ich liebe deine kulinarischen Sex-Metaphern.« Mit feurigem Blick trat ich an die Kücheninsel und stützte die Unterarme darauf.

»Es könnte daran liegen, dass wir LeBlancs Coca-Cola sind und du schon immer eine Vorliebe für die Billigmarken hattest.« Ihr Blick wanderte zu meiner Schlafzimmertür.

Jeder Muskel in meinem Oberkörper spannte sich an, als ich den Vergleich mit einem ehrlichen Lachen quittierte. Die Röte auf ihren Wangen verriet, dass ihr weder mein V-förmiger Torso noch meine sehnigen Arme oder meine strammen Bauch- und Brustmuskeln entgingen, auch wenn sie selbst das niemals eingestehen würde.

»Ich begehre dich«, sagte ich unumwunden und aufrichtig, *denn so war es.*

»So wie früher meine Schwester.« Baby LeBlanc nickte knapp. »Hast du vor, dich durch unseren gesamten Familienstammbaum zu vögeln? Soll ich dir eine Kopie davon ausdrucken?«

»Gern, wenn du die Zeit findest«, gab ich ebenso schnippisch zurück. »Obwohl mir mein Gefühl sagt, dass du mir eine Weile genügen würdest.«

»Du bist grauenvoll stur.« Sie hustete, wie sie es alle paar Minuten tat, und trank noch einen ausgiebigen Schluck von ihrem Kaffee.

»Stimmt. An Starrsinn mangelt es mir nicht. Und auch an sonst nichts.« Mein Grinsen wurde breiter, als ich den Blick zu meinem Schritt senkte. Wir lieferten uns gerade ein Kräftemessen. Das war okay. Ich würde gewinnen. Ich bekam immer, was ich wollte. Und was ich in Moment wollte, saß hier gerade vor mir und wartete auf meine Entscheidung hinsichtlich der Miete.

Kennedy und Natasha tauchten im Flur auf. Sie wohnten zusammen, darum überraschte es mich nicht, als Letztere ihrer Freundin mitteilte, dass der Uber-Wagen in drei Minuten eintreffen werde. Sich ein Taxi zu teilen, war eine kluge Sparmaßnahme. Die beiden mussten auf ihr Geld achten, nachdem sie sich Koks im Wert ihrer Wochenmiete in die Nase gezogen hatten. Das würde ihnen nicht schaden.

»Ciao, Mädels.« Ich winkte ihnen zu.

»Ciao, Arschloch.« Kennedy warf ihren Highheel mit einer weiten Ausholbewegung nach mir, die der Quarterback in mir gern mit einem bewundernden Pfiff quittiert hätte. Ich wich ihm aus, indem ich hastig den Kopf einzog. Der rote Stiletto flog durch die Küche und an Rosies Schulter vorbei, bevor er gegen den Kühlschrank knallte.

Er verursachte eine Delle. Wenigstens damit hinterließ sie bleibenden Eindruck bei mir. Das hatte noch keine Frau vor ihr geschafft.

Ein Muster an Gleichgültigkeit nippte Rosie erneut an ihrem Becher. »Hmm«, machte sie. »Das schmeckt mir.«

Sie meinte nicht den Kaffee. Sondern die Nebenwirkungen, die für mich damit einhergingen, eine männliche Schlampe zu sein. Aber sie ließ wieder dieses kleine Stöhnen hören.

Es gibt für dich kein Entkommen, Rosie LeBlanc, dachte ich. *Ich werde dich an deinen Haaren auf die dunkle Seite ziehen, und du hast nicht den Hauch einer Ahnung*.

»Lass uns zum Kern der Sache kommen, Babe. Du wirst am Freitag mit mir nach Todos Santos fliegen.« Ich fischte den Portionierer aus dem Molkeneiweiß-Behälter und mischte das Pulver mit fettfreier Milch. Man sah nicht so aus wie ich, wenn man den ganzen Tag Junk-Food in sich reinschaufelte. Ich nahm die Dinge in die Hand. Egal, was es kostete. Im Fitnesscenter, bei der Arbeit, in meinem Bestreben, meinen Eltern der perfekte Sohn zu sein. Alles mit Vorbedacht und hart erkämpft. Ich machte keine halben Sachen. So hielt ich es schon seit jungen Jahren, anders kannte ich es nicht. Die anderen – Rosie, ihre Schwester, mein Freundeskreis – betrachteten mich als einen verfluchten Glückspilz, der mit dem silbernen Löffel im Mund geboren worden war und deshalb niemals einen Finger krumm machen und arbeiten musste. Ich ließ sie in dem Glauben. Es schadete nicht, unterschätzt zu werden.

Ich hörte, wie Rosie auf dem Barhocker vor der Kücheninsel herumrutschte, und begriff, dass sie nicht kampflos kapitulieren würde. Für ein krankes Mädchen war sie unglaublich streitlustig.

»Millie hat mich schon gefragt. Der Preisunterschied beträgt zweihundert Dollar pro Ticket. Es ist nur die Generalprobe, Kumpel. Die eigentliche Hochzeit werde ich mit Sicherheit nicht verpassen.«

Sie sollte übernächsten Sonntag stattfinden, aber die meisten Gäste – inklusive Jaime, Trent und meiner Wenigkeit – würden bereits am Freitag in Todos Santos eintreffen und eineinhalb Wochen dort verbringen. Geplant waren ein Probe-Essen, ein Junggesellen/Jungesellinnen-Abschied und die eigentliche Hochzeit, das alles eingebettet in eine einzige große Sause. Wir waren ein ungewöhnlich enger Klüngel. Wann immer sich uns die Gelegenheit bot, Zeit miteinander zu verbringen, ergriffen wir sie. Rosie litt aus freien Stücken an Geldnot. Ihre Schwester würde in Kürze einen der reichsten Männer Amerikas heiraten. Ich rechnete es Baby LeBlanc hoch an, dass sie niemandem auf der Tasche liegen wollte. Zwar durfte sie die Wohnung samt all ihrer Annehmlichkeiten fast kostenlos nutzen, und sie bekam außerdem ihre Medikamente bezahlt, aber sie arbeitete hart, um den Rest zu finanzieren. Darüber hinaus nahm sie sich auch noch mehrmals pro Woche die Zeit, um in einer Kinderklinik volle Windeln zu wechseln und Besucher in Empfang zu nehmen. Sie war ein fürsorglicher Mensch, doch daran hätte man mich nicht erst erinnern müssen.

»Du bist ihre Brautjungfer.« Ich wandte mich ihr zu und lehnte mich mit der Hüfte an den Tresen. Ihre Augen fixierten meinen harten Bizeps, als ich den Proteindrink schüttelte. Der Muskel bewegte sich vor und zurück wie ein Tennisball. Sie leckte sich über die Lippen, als sähe sie vor ihrem geistigen Auge, wie ich denselben kraftvollen Arm zum Einsatz brachte, um ihr den Hintern zu versohlen.

»Ich erkenne die Bedeutsamkeit meiner Rolle, und ich bin absolut in der Lage, zwei Minuten lang in unbequemen Schuhen geradeaus zu laufen und dabei Millies Schleppe zu tragen. Dir ist schon klar, dass das die einzige Sache ist, die von mir erwartet wird?«

»Was ist mit dem Junggesellinnenabschied?« Ich rieb über meine nackten Bauchmuskeln, um Rosie zu einem weiteren Stöhnen zu animieren, wahlweise dazu, sich noch einmal die Lippen zu lecken. Dann legte ich den Kopf in den Nacken und trank einen Schluck von dem Shake mit Keks- und Karamellaroma, der weder nach Keksen noch nach Karamell schmeckte, sondern nach faulen Eiern.

»Was soll damit sein?« Ihr Blick haftete nun auf meinem Gesicht.

»Wer kümmert sich darum? Ist das nicht ebenfalls Aufgabe der Brautjungfer?«

»Ist alles geregelt. Er wird bombastisch. Wieso fragst du? Wirst du etwa Vicious' Party organisieren?« Rosie klang überrascht. Sie beugte sich vor, sodass sich ihre kleinen Brüste in ihrem BH zusammenpressten. Ich zog scharf die Luft ein, als ich spürte, wie mein Schwanz in meiner tief sitzenden Jogginghose anschwoll.

Für Außenstehende hatte es den Anschein, als läge zwischen Vicious und mir einiges im Argen. In Wahrheit war unsere Freundschaft stabil. Zwar anders geartet als die Bruderschaft, die die *HotHoles* sonst kennzeichnete, aber sie hielt.

»Ja, das werde ich. Jaime hilft mir dabei. Wir verbringen ein Wochenende in Vegas.«

»Wie stilvoll.« Sie lächelte herablassend.

»Tja, wir hatten mit dem Gedanken gespielt, uns am Arsch lecken und die Generalprobe unseres Freundes ausfallen zu lassen, doch dann bist du uns zuvorgekommen und hast die Idee geklaut. Welche Laus ist dir eigentlich über die Leber gekrochen? Bist du neidisch, weil deine ältere Schwester in den Hafen der Ehe einläuft?«

Sie wirbelte auf ihrem Hocker zu mir herum, und als ich ihren Gesichtsausdruck sah, wurde mir die Brust eng. *Gut ge-*

macht, Holzkopf. Irgendetwas an meinen Worten hatte bewirkt, dass sie ganz blass um die Nase geworden war.

»Halt die Klappe, Ruckus. Ich überlege nur, ob das, was ich geplant habe, ausgefallen genug ist. Ich wollte eine Art Schlummerparty veranstalten. Mit einer besonderen Playlist und so was.« Sie sah mich verunsichert an, bat mich um meine Meinung. Das passte nicht zu ihr. Normalerweise war Rosie ein Ausbund an Selbstvertrauen, und ich fühlte mich schofelig, weil ich daran gekratzt hatte.

»Eine Schlummerparty, hm?« Ich ging an ihr vorbei und strich dabei mit den Fingern über ihre Taille. *Versehentlich, versteht sich.* »Millie mag es lieber ruhig. Ich sehe keinen Grund, weshalb sie sich nicht darüber freuen sollte.«

»Das kann ich dir sagen. Weil ihr euch in *Vegas* amüsiert. Jetzt muss ich eine Schippe drauflegen«, murrte sie und schenkte sich, ohne zu fragen, noch einen Kaffee ein.

»Du willst eine gute Schwester sein? Dann fang damit an, indem du das Ticket annimmst, das ich dir spendieren werde.«

»Die Antwort lautet Nein«, wiederholte sie gedehnt, gefolgt von einem langen Seufzer. »Verstehst du meine Sprache nicht? Soll ich es mit einer anderen probieren? Leider spreche ich gequirlte Scheiße nicht fließend, aber ich kann es versuchen.«

»Es ist Vicious todernst mit seiner Drohung. Er wird herkommen und dich eigenhändig nach Todos Santos schleifen. Ich bin das geringere Übel, Baby LeBlanc. Du wirst mich begleiten«, insistierte ich. Nicht, dass ich irgendjemandem von ihnen einen Gefallen schuldig wäre, aber ich freute mich für Vicious und Millie. Noch glücklicher machte es mich, eine Woche mit der kleinen Elfe verbringen zu können. Ich war schon seit Jahren wie ein Verrückter hinter ihrem süßen Knackarsch her. Es war an der Zeit, Anspruch darauf zu erheben.

Rosie schaute zur Seite und verschränkte wie ein trotziges Kind die Arme. »Nix da.«

»Keine Widerrede«, fuhr ich im exakt selben Tonfall fort. »Du solltest besser eine Tasche packen, weil der Flug schon Freitagfrüh geht und vor uns beiden eine stressige Woche liegt.«

Sie blinzelte wortlos.

»Lass uns einen kleinen Deal vereinbaren, okay?« Ich stützte die Ellbogen auf der Kücheninsel auf und beugte mich nah zu ihr. Sie kam mir entgegen, wie von einem Magnet angezogen. Wir waren auf gleicher Augenhöhe, sahen aus wie zwei skulpturale Körper, die füreinander geschaffen waren. Rosie ahnte nicht, dass wir meine Theorie überprüfen würden, um festzustellen, ob wir zueinander passten. Bald schon. Verdammt bald. »Ich werde dich in die Höhle des Löwen bringen, weil deine Anwesenheit Pflicht ist.« Ich wusste, wie hartnäckig Vicious sein konnte. »Aber ich stehe auf Abruf bereit, falls du irgendetwas brauchst. Denk darüber nach. Es ist eine gute Gelegenheit, uns besser kennenzulernen.« Ich bedachte sie mit einem Lächeln, das meine Grübchen zum Vorschein brachte.

»Ich möchte dich nicht besser kennenlernen. Nichts von dem, was ich über dich weiß – und das ist eine Menge –, gefällt mir«, antwortete Rosie. »Falls du nicht über meine Miete reden willst, sag es einfach, und ich verzieh mich.«

Ich ging nicht auf ihre Bemerkung ein. »Komm mit mir nach Todos Santos.«

Sie war ein solcher Trotzkopf. Warum mich das anmachte? Vielleicht weil die meisten Frauen dazu neigten, sich mir gegenüber anders zu verhalten. Sie gaben sich umgänglich, liebenswürdig und kokett. Was man von Baby LeBlanc nicht behaupten konnte.

»Vergiss es«, fauchte sie und sprang von ihrem Hocker.

»Rosie«, sagte ich in warnendem Ton.

»Dean«, äffte sie mich nach und verdrehte die Augen. »Gib mir bitte vor Ende des Monats Bescheid, wie hoch meine neue Miete sein wird. Sollte ich sie mir nicht leisten können, muss ich entsprechende Vorkehrungen treffen.«

Sie stolzierte zur Tür und knallte sie mir vor der Nase zu, bevor ich ihr sagen konnte, dass die Miete gleich bleiben würde, wenn sie mitkäme.

Auch gut. Ich war ein geduldiger Mensch, solange die Dinge nach meinen Vorstellungen liefen.

Baby LeBlanc würde sich mir letzten Endes fügen.

Ihre Uhr tickte schneller als andere, und ich hatte es satt, dass Rosie unsere Zeit verschwendete.

KAPITEL 3

Rosie

Was gibt dir das Gefühl, lebendig zu sein?
Mit dem Bus zu einem unbekannten Ziel zu fahren. Und anschließend den weiten Weg nach Hause zu Fuß zurückzulegen. Zu spüren, wie meine Sinne sich schärfen und ich angesichts der unvertrauten Landschaft wachsamer werde.

»Krasse Playlist, Chica«, kommentierte meine beste Freundin am folgenden Mittwoch im The Black Hole, als ich meinen USB-Stick in den Laptop steckte. Wie für jede meiner Schichten hatte ich eine achtstündige Wiedergabeliste mit den besten Songs aller Zeiten zusammengestellt. Die Leute kamen aus allen Ecken New Yorks, um meine Playlists zu hören. Sie sagten, ich brächte ihnen Williamsburg in ihre komfortablen Wohnsitze in Manhattan. Meine Auswahl war ein buntes Potpourri – angefangen bei französischem Elektropop über anarchistische Punkmusik bis hin zu guten alten britischen Rocksongs. Sie lockte die Kunden in Scharen herbei und ihnen fünf Dollar für einen kleinen Milchkaffee aus den Taschen. Es war ein lukratives Geschäft.

»Danke, Süße.« Ich zwinkerte ihr zu, dann trat ich vom Laptop weg, um zum gefühlt hundertsten Mal an diesem Morgen den Tresen abzuwischen. Obwohl ich aufgrund meiner Erkrankung einen Schwerbehindertenausweis hatte, ging ich einer Arbeit nach. Ich musste produktiv sein, um Stroh zu Gold zu spinnen. Mich zu betätigen war meine Rettung, denn wenn man an einer Krankheit wie *meiner* leidet, ist man sein gesamtes Erwachsenenleben auf Bewährung.

»Wie geht es deinem heißen Nachbarn?«, erkundigte Elle sich. Ihre Ellbogen lagen auf dem Tresen, mit den Füßen klopfte sie den Rhythmus des Dropkick-Murphys-Songs »I'm Shipping Up to Boston«, der im Hintergrund lief. »Ist er immer noch megareich?«

»Oh ja. Und immer noch ein Megaflachwichser«, bestätigte ich hustend. Ich wünschte, meine blonde, kurvige, hinreißende Freundin Elle hätte Dean letzten Monat nicht für ein paar Sekunden zu sehen bekommen. Zwar glaubte ich nicht, dass er sie auch nur eines Blickes gewürdigt hatte, als er zu uns in den Aufzug stieg und mich fragte, ob ich kommen wolle, und auf meine Gegenfrage »Wohin?« erwiderte »In mein Bett«, doch hatte sie ohne jeden Zweifel Notiz von ihm genommen. Und als sie dann noch mitbekam, dass er nicht nur attraktiv, sondern auch Miteigentümer der gigantischen Investmentfirma Vision Heights Holdings ist, war es vollkommen um sie geschehen. Zumindest hat sie seitdem nicht mehr aufgehört, mich nach ihm zu fragen.

»Das ist nicht so wichtig.« Sie winkte ab und übersah weiterhin die Gäste an einem Tisch im hinteren Teil des Cafés, die ihr seit einer Ewigkeit verzweifelt signalisierten, dass sie zahlen wollten. Sie hätten einen Samba tanzen können, und Elle hätte sie trotzdem nicht bemerkt. Sie war eine atemberaubende Frau und eine furchtbare Kellnerin. Ich bonierte die Bestellung und druckte die Rechnung aus, dann brachte ich sie den Leuten und offerierte ihnen Zitronenkuchen aufs Haus, bevor ich zu Elle zurückkehrte, die von alledem nichts mitbekommen hatte. Ich war es gewohnt, für sie einzuspringen, obwohl das eigentlich nicht zu meinem Job als Barista gehörte.

»Für *dich* nicht, aber für *mich* schon. Jedenfalls versucht er, mich dazu zu kriegen, nicht erst Samstag nach Todos Santos zu fliegen, sondern schon am Freitag, und zwar mit ihm. Aber ich will nicht.« Ich nagte an meiner Unterlippe und dachte an meine Eltern. Elle erfuhr erst jetzt von meinem Gespräch mit Dean, weil sie die ganze Woche auf Familienbesuch in Nebraska gewesen war und ich ihr auf keinen Fall den Urlaub versauen wollte, indem ich meine persönlichen Probleme bei ihr ablud.

»Nein, mach das bloß nicht!« Elle drohte mir mit dem Finger, dabei glitt ihr Blick kurz zu zwei jungen Männern, die gerade das Café betreten hatten und törichterweise annahmen, dass sie sie bedienen würde. »Deine Eltern sind Quälgeister, und deine Mutter macht dir ständig Stress. Außerdem wissen sie immer noch nicht, dass du mit Darren Schluss gemacht hast, richtig?«

Richtig.

Von meinen Eltern einmal abgesehen, müsste ich außerdem Zeit mit Vicious und Dean verbringen, zweien meiner Lieblingsfeinde. Diese Woche würde ohne Zweifel eine Feuerprobe werden. Ich vertagte meine Selbstmitleidsparty auf später und wechselte das Thema.

»Übrigens brauche ich eine neue Idee für den Junggesellinnenabschied meiner Schwester. Etwas Verrücktes, mit einem Hauch Glamour.« Ich schraubte den Deckel von einem der Gläser mit Schokoladenkeksen, die den Tresen hinter uns säumten, nahm zwei heraus und schob sie mir in den Mund. »Irgendwelche Vorschläge?«

Sag nicht Vegas, sag nicht Vegas, sag nicht Vegas, flehte ich im Stillen.

»Zwei Wörter: Las Vegas.« Sie hielt ein imaginäres Leuchtschild hoch. »Willkommen zu einer Trash-Tour durch die Stadt der Sünde. Inklusive Strippern, Alkohol und einem Britney-Spears-Konzert. Gönnt euch jedes lasterhafte Vergnügen, das ihr in euren Trip reinpacken könnt.«

Stöhnend hämmerte ich mit dem Kopf auf den Tresen.

Geld war nicht das Problem. Wenn ich Vicious einweihte, würde er jede Summe springen lassen, die ich benötigte, um den Plan zu realisieren. Aber obwohl ein Ausflug nach Las Vegas bedeuten würde, dass ich weniger Zeit mit Mutter und dafür mehr mit Millie verbringen würde, war das Ganze absolut nicht mein Ding.

»Irgendwelche anderen Geistesblitze?« Ich hob eine Augenbraue. Elle hatte bessere Chancen, mich in eine Höhle voll hungriger Vampire zu locken, als dass sie mich dazu bewegen konnte, bewusst in derselben Stadt einen draufzumachen wie die *HotHoles* von Todos Santos, auch bekannt als die besten Freunde des Bräutigams. Allen voran Dean Cole. Seine ständigen Annäherungsversuche und sexuellen Anspielungen gingen mir auf den Zeiger.

»Glaub mir, mit Vegas landest du einen Volltreffer, Chica. Oder du machst halt das Übliche. Du könntest eine Party unter dem Motto ›Dildo‹ veranstalten – was allerdings ziemlich abgenudelt ist – oder ein Wochenende in Cabo. Stopp. Ab jetzt keine Kohlenhydrate mehr für die Brautjungfer.« Sie hielt den Deckel des Glases zu, als ich mir noch einen Keks nehmen wollte, und schüttelte mit dem Kopf. »Und denk daran – du darfst keine Annie sein.«

»Keine Annie?« Ich zog die Stirn kraus.

»Du weißt schon, in *Brautalarm.* Lass nicht zu, dass dich eine von Millies anderen Brautjungfern überstrahlt. Das würde dich dein Leben lang verfolgen.«

Das bezweifelte ich. Millie hatte nicht viele Freundinnen. Ich war ihre einzige Brautjungfer. Und zum Glück hatte sie von Haus aus keine hochgeschraubten Erwartungen.

»Danke für den Tipp«, schnaubte ich.

»Du darfst das niemandem verraten.« Sie zuckte mit ihren knochigen Schultern. »Es ist mein Ernst. Weil ich nämlich mit sechzehn als Teil einer Wette romantischen Komödien abgeschworen habe. Ich fürchte, sie gilt immer noch. Allerdings habe ich ihr schon tausendmal zuwidergehandelt.«

Ich musste lachen, weil man bei Elle gar nicht anders konnte.

»Spaß beiseite, Rosie. Vegas wäre perfekt. Es geht nicht um das, was du willst, sondern um Millie. Es ist ihre Sause. Das schließt auch die Einladung deines sexy Vermieters ein, schon früher mit ihm nach Todos Santos zu fliegen.«

Ich hasste es, wenn Elle recht hatte.

Ich warf einen Blick auf die Zeitanzeige meines Handys. In einer halben Stunde musste ich den Hund einer Nachbarin ausführen, und um diese Jahreszeit drängten sich in der U-Bahn solche Massen an Touristen, dass man ein mittelgroßes Land mit ihnen bevölkern könnte. Ich senkte den Kopf. »Wein und Sushi heute Abend?«

»Für mich Sashimi. Ich bin diesen Sommer auf Diät.« Sie fuhr mit den Händen über ihre nicht existenten Rundungen, bevor sie mit hochgereckten Daumen ihre Zustimmung signalisierte. Plötzlich hielt sie inne und runzelte die Stirn. »Hey, wen willst du eigentlich zu dieser Party einladen? Deine Schwester ist nicht gerade ein geselliger Mensch.«

Das war die Untertreibung des Jahrhunderts. Außer mit ihrer alten Schulfreundin Sydney, die noch immer in Todos Santos lebte, und einer älteren Bekannten namens Gladys, welche sie zufällig in L.A. kennengelernt und die ihr beim Einrichten ihrer Galerie geholfen hatte, traf Millie sich nur selten mit jemandem. Ich schüttelte den Kopf, während ich die Kaffeebecher auf der Theke neu arrangierte.

»Welch schamloser Versuch, mir eine Einladung abzuluchsen. Was ist nur los mit der Welt?«

»Hey, falls es dir hier nicht mehr gefällt, kannst du gern auf einen anderen Planeten umsiedeln. Also ist es beschlossene Sache!« Elle stieß die Faust in die Luft. »Wir fahren nach Las Vegas! Klatsch ab!«

»Abklatschen *und* Daumen hoch? Nein, danke. Ich glaube, für diesen einen Tag hatte ich meine Dosis Abgeschmacktheit«, frotzelte ich.

»Wird dein sexy Nachbar auch dort sein? In Vegas, meine ich. Er scheint mir der Typ zu sein, der weiß, wie man eine zügellose Party feiert.«

»Ja«, grummelte ich, wobei ich realisierte, dass mich die Vorstellung, dort auf Dean zu treffen, nicht nur aufbrachte.

Sie versetzte mich auch in Aufregung.

Nur ein klein wenig, aber genug, dass mein Magen einen *Salto* schlug.

Das hätte mir eine Warnung sein müssen. Das erste Alarmsignal. Weil eines allgemein bekannt ist: Nach dem Salto kommt der Aufprall.

»Das kümmert mich einen Dreck, Colton. Wir scheißen diesen Arsch mit Klagen zu, und zwar im Eiltempo, um sicherzustellen, dass er bis zum Abschluss der Untersuchungen keine weiteren Aktien kaufen kann. Habe ich mich klar ausgedrückt? Colton? Colton! Fuck!«

So ein Pech.

Seine Stimme drang eine Sekunde zu spät in meine Ohren. Mir blieb nicht die Zeit, um aus dem Aufzug zu flüchten, bevor er seine Hand – die, in der er das Telefon hielt – vor die Lichtschranke schob und die Tür wieder aufglitt.

Dean stieg ein. Er trug einen dreiteiligen dunkelblauen

Anzug und presste mit einem anzüglichen Grinsen das Handy an sein Ohr, während er seine bordeauxrote Seidenkrawatte lockerte.

»LeBlanc«, gurrte er, nachdem er das Gespräch beendet hatte. Ich beachtete ihn nicht, sondern starrte zu den Zahlen über meinem Kopf. Er drängte sich von hinten an mich und strich mit den Lippen über mein Ohr. »Richten sich deine Nippel immer auf, wenn jemand mit dir im Aufzug steht, oder ist diese Reaktion allein mir vorbehalten?«

Pech hoch zwei.

Ich senkte den Blick auf mein schwarzes Misfits-Shirt. Erschüttert realisierte ich, dass ich heute Morgen nur einen dünnen, kaum stützenden BH darunter angezogen hatte.

»War nur ein Witz. Aber es ist gut zu wissen, dass du offenbar Grund zur Sorge hattest.« Er lachte süffisant. *Wichser.*

»Was willst du?«, presste ich hervor.

»Dich, in meinem Bett, wo ich an deinen Brüsten sauge, bis sie wund sind. Vielleicht kommst du davon sogar. Das ist natürlich nur die Vorspeise. Der Hauptgang wird noch besser, aber davon wirst du dich selbst überzeugen müssen.«

Pech hoch drei. Jetzt war ich feucht.

Der Fahrstuhl hielt an. Ich stürmte zu meiner Wohnung, stieß die Tür auf, warf die Schlüssel in die handgefertigte Schale, die meine Mutter im Töpferkurs fabriziert hatte und die eigentlich eine ägyptische Figur darstellen sollte, aber eher wie ein weinender Affe aussah, und pfefferte meine Flip-Flops gegen die Wand. Barfuß tapste ich in die Küche, holte den Orangensaft aus dem Kühlschrank und trank zwei große Schlucke direkt aus dem Karton. Erst als ich mir mit dem Ärmel über den Mund wischte, bemerkte ich, dass Dean ebenfalls im Raum war und mich mit den strahlendsten grünen Augen, die mir je untergekommen waren, anstarrte.

»Was die Neubewertung der Miete betrifft.« Er spitzte die Lippen. »Hör mich an, bevor du wieder ausrastest. Ich habe dir ein gutes Angebot zu unterbreiten.«

»Nenn mir einfach den Betrag. Deine Angebote laufen allesamt auf Anzeigen wegen sexueller Belästigung hinaus.«

Dean grinste, dann klingelte erneut sein Handy. Seine Nasenflügel weiteten sich, als er einen Blick darauf warf und die Stirn runzelte. Er ignorierte den Anruf und sah wieder mich an.

»Es ist keine Belästigung, weil du eindeutig interessiert bist.«

Um Zeit zu schinden und eine Antwort zu umgehen, trat ich an die Spüle und wusch mir die Hände.

»Es wird Zeit, dass du für Todos Santos packst, *Rosie-Mäuschen.*«

Den Kosenamen, den mein Vater mir gegeben hatte, aus seinem Mund zu hören, verursachte mir einen Schauder.

»Was du nicht sagst. Mein Flug geht Samstagabend. So steht es auf meinem Ticket.«

»Nicht auf dem, das du benutzen wirst.« Er lehnte sich mit der Hüfte an die Spüle und zog mich ganz langsam mit den Augen aus. Das Display seines Handys leuchtete auf, als ein weiterer Anruf einging. Er ignorierte auch diesen. »Halte dich Freitag sehr früh bereit. Damit meine ich morgen.«

»Ich komme nicht mit.«

Er lachte auf und schüttelte den Kopf, als wäre ich ein niedliches, albernes Hündchen. »Wollen wir wetten?«

»Sicher.« Ich zuckte die Achseln. »Warum nicht? Vorzugsweise um Geld. Daran mangelt es dir schließlich nicht.«

»Und auch an sonst nichts, wie ich bereits betont habe.« Er stieß sich von der Spüle ab und trat einen Schritt zurück, sodass ich ihn immer noch riechen konnte, ohne dass wir uns berührten. Trotzdem war er weiterhin nahe genug, dass mir ein Schauer über den Rücken rieselte.

Es stimmte, dass er auch nach all den Jahren noch immer diese Wirkung auf mich hatte. Er bescherte mir das unerfreuliche Gefühl, nicht völlig die Kontrolle darüber zu haben, was ich zu ihm sagte. Oder mit ihm *tun* wollte. Ein warmes Prickeln überlief meine Haut, als er mir von hinten eine Haarsträhne aus dem Nacken strich.

Anschließend beugte er sich zu meinem Ohr und murmelte: »Die monatliche Miete für eine solche Wohnung beträgt normalerweise achttausend Dollar. Du zahlst hundert. Muss ich dafür sorgen, dass Sie den in New York üblichen Mietpreis entrichten, Miss LeBlanc?«

Da war null Gehässigkeit in seiner Stimme. Dean »Ruckus« Cole gehörte zu einer anderen Sorte Scheißkerl als Baron »Vicious« Spencer. Er verarschte einen mit lächelnder Miene. In dieser Hinsicht war er wie der Joker. Der Mischung aus Selbstbewusstsein, Übermut, gutem Aussehen und Reichtum haftete ein Beigeschmack von Wahnsinn an. Genug, um einen wissen zu lassen, dass er jedes Wort, das er sagte, ernst meinte.

Er wanderte auf schmalem Grat, leichtsinnig und ohne Rücksicht auf Verluste, jederzeit bereit, die Folgen zu tragen.

Ich schluckte, das Herz schlug mir bis zum Hals. Übelkeit erregende, süchtig machende Aufregung erfüllte mich. Mein Leben lang hatte ich mich von den Dean Coles dieser Welt ferngehalten. Ich war wie Rotkäppchen, das einen Blick auf den Wolf wirft und sich denkt »Scheiß drauf, das ist den Schmerz nicht wert«, bevor es sich umdreht und um sein Leben rennt.

Wenn ich es mir recht überlegte, war Dean der Mensch, der mich diese Lektion gelehrt hatte.

Darren war eher mein Typ. Anziehend, auf eine schüchterne, reservierte Weise. Ein Medizinstudent, den ich kennengelernt hatte, als er im The Black Hole einen Kräutertee bestellte.

Deans körperliche Nähe machte mich nervös. Meine Hände fühlten sich schwer und fremd an, so als wären sie künstlich an meinen Armen befestigt. Ich wusste, wie ich die Empfindung loswerden konnte. Indem ich ihn berührte. Nur war das keine Option.

»Pack deine verdammte Tasche.« Seine Stimme war hart, und wenn ich mich nicht irrte, war das nicht das einzig Harte an ihm. »Falls Vicious nach New York kommen muss, um dich abzuholen, wird er mir ordentlich einheizen. Und ich mag mein Leben gern unkompliziert, Baby LeBlanc. Störungsfrei.« Seine Augen glitzerten vor Verlangen, als er abermals eine meiner Haarsträhnen um seinen Finger wickelte. Die sachte Berührung sandte elektrische Schockwellen durch meinen Körper, von meinem Kopf bis zu meinen Zehen.

Was zur Hölle passiert hier gerade, und wieso lasse ich es zu?

»Das bedeutet, keine festen Freundinnen, keine suspekten Geschäftspartner und keine unfreundlichen Nachbarn«, betonte er. »Du stellst momentan ein Problem dar, und so ungern ich das zugebe, aber wenn ich vor die Wahl gestellt werde, dich zu verärgern oder diesen Mistkerl, kennst du meine Entscheidung.«

»Ich hasse dich so sehr.« Ich stieß den Atem aus, wobei mich das Rasseln meiner Lungen daran gemahnte, dass mein Herzschlag sich beruhigen musste. Dean so nahe zu sein löste dasselbe Kribbeln in meinem Bauch aus wie bei einer Achterbahnfahrt. Er presste seinen Körper an meinen, und ich spürte sein Lächeln an meiner Haut, direkt unter meinem Ohr. An jener empfindsamen Stelle zwischen Libido und Seele.

»Vicious behauptet, Hassficks seien die besten. Lust, seine Theorie auf die Probe zu stellen?«

Indem ich einen Schritt zur Seite machte, unterbrach ich den Körperkontakt. »Lust, dich zum Teufel zu scheren?«

Es hatte keinen Zweck, mich ihm zu widersetzen. Er würde seine Drohung wahr machen, und das Schlimmste war, dass ich ihn nicht daran hindern konnte. Ich wusste, dass ich unrecht hatte. Dass ich das verflixte Ticket einfach annehmen sollte. Ein dunkler Schatten strich über sein Gesicht. Er zeigte sich oft, nur schien ich die Einzige zu sein, die ihn bemerkte.

Dean deutete mit der Hand, in der er das Telefon hielt, auf mich. »Merk dir, wo wir stehen geblieben sind.« Er wischte über das Display. *Na endlich.* Es war schon der dritte Versuch des Anrufers. »Dauert nur eine Sekunde.«

Er verzog sich in den Flur. Ich wusste nicht, was ich tun sollte, darum blieb ich einfach stehen.

»Hallo, Schmarotzerin. Wie kann ich behilflich sein? Soweit ich mich erinnere, hatte ich dir verflucht noch mal untersagt, mich anzurufen. Habe ich das in irgendeiner Form zurückgenommen?« Er lauschte einen Moment, ehe er weitersprach. »Aber genau darum geht es, liebste Nina. Du kannst nicht einfach mit den Fingern schnippen, damit ich zu dir zurückgekrochen komme und dir aus der Patsche helfe. Was man sich eingebrockt hat, muss man auch auslöffeln. Es ist nicht mein Krieg. Nicht meine Schlacht. Nicht meine verdammte Angelegenheit.« Sein Tonfall war ungewohnt bitter.

Genau genommen klang Dean derart außer sich, angepisst und wütend, dass ich buchstäblich zusammenzuckte. Seine Stimme löste ein fremdartiges Gefühl in mir aus, das ich nie zuvor mit Ruckus in Verbindung gebracht hatte. Furcht. Dean geriet nie in Zorn oder aus der Fassung. Von den vier *HotHoles* war er der am wenigsten aufbrausende. Es kam äußerst selten vor, dass er sich aus der Ruhe bringen ließ und wirklich stinkig wurde. Ich konnte mich nicht erinnern, ihn je außerhalb des Footballfeldes brüllen gehört zu haben. Sogar vorhin, als er Colton anraunzte, hatte er eher spöttisch und amüsiert geklungen.

Ich presste das Ohr an die Wand und lauschte ganz unverfroren.

»Nein, ich komme nicht nach Birmingham.« Birmingham? Das in Alabama? Ich hatte mir immer eingebildet, ziemlich gut über Deans Leben Bescheid zu wissen. Aber offenbar hatte er mehr Leichen im Keller als Jeffrey Dahmer.

»Jemand muss mir ins Gehirn geschissen haben, weil ich dir überhaupt nur zuhöre. Dein Vorschlag ist im besten Fall beleidigend und im schlechtesten Fall komplett geistesgestört. Du hattest jahrelang Zeit, um die Sache in Ordnung zu bringen. Jahre, in denen du mich ihn hättest sehen lassen können. Jetzt ist es zu spät. Ich bin nicht interessiert. Im Ernst, Nina, lösch meine Nummer aus deiner Kontaktliste. Spar uns beiden Zeit und Geld.«

Er beendete das Gespräch und holte so tief Luft, als wäre sein Lungenvolumen unendlich. Ein plötzlicher Faustschlag gegen die Wand zwischen uns bescherte meinem Ohr ein weißes Rauschen, das ich zweifellos verdiente. Ich fasste es als mein Stichwort auf, um auf die andere Seite der Kochinsel zu eilen.

Es fiel mir schwer, mich in der Küche zu betätigen, vor allem, weil Deans Zorn noch immer in Wellen aus dem Flur brandete. Atemlos öffnete ich den Kühlschrank, nahm etwas Gemüse heraus und schnappte mir ein Messer, um den Anschein zu erwecken, als bereitete ich mir einen Salat zu. Aus dem Augenwinkel beobachtete ich, wie Deans hochgewachsene Gestalt auftauchte, die Finger wie Stahlklammern um das Handy geschlossen. Er schien leicht überrascht, mich zu sehen, so als hätte er ganz vergessen, dass ich hier war. Doch dann entspannte er sich und stülpte sich wieder sein freches Grinsen über, wie man ein schief hängendes Bild geraderücken würde. Er lockerte seinen Schlips noch ein Stück mehr, während er auf mich zukam.

»Ein One-Night-Stand mit unangenehmen Folgen?«, fragte ich, während ich eine Gurke in hauchdünne Scheiben hobelte.

»Das kann man so sagen«, brummte er und fuhr sich mit den Fingern durch sein wunderhübsches strubbeliges Haar. »Also, wo waren wir stehen geblieben?«

»Bei deinem Erpressungsversuch.«

»Ja, richtig. Freitagfrüh. Tasche. Klamotten. Gesinnung. Wenn ich es mir recht überlege, behalte Letztere ruhig bei. Mir gefällt all die überschüssige Energie. Du brauchst nur einen passenden Ort, wo du sie abbauen kannst. Zufällig weiß ich den perfekten.« Er zwinkerte mir zu, bevor er, so als sei ich begriffsstutzig, ergänzte: »Ich spreche von meinem Bett.«

KAPITEL 4

Dean

Was sind zwanzigtausend Dollar?

Ist es ein hoher Betrag? Ein akzeptabler? Oder ein so geringer, dass er nicht ins Gewicht fällt? Das hängt ganz davon ab, wen man fragt. Für mich waren zwanzigtausend Dollar lediglich Klimpergeld. Eine völlig irrelevante Summe. Und das nicht, weil meine Eltern – wie irrtümlicherweise angenommen – regelmäßig mein Bankkonto auffüllten. Die Leute hielten mich für einen verwöhnten Bengel, und ich ließ sie in dem Glauben.

Tatsächlich hatten meine Eltern mein Harvard-Studium finanziert, mir das Geld für meine Erstinvestition in Vision Heights Holdings, die Firma, die ich mit meinen drei besten Freunden, Trent, Jaime und Vicious, gegründet hatte, geliehen und mich außerdem mental und seelisch unterstützt. Und das zahlreiche Male. Doch den Umstand, dass ich im zarten Alter von neunundzwanzig mehr Schotter hatte, als ich je ausgeben könnte, verdankte ich mir, und sonst niemandem.

Mir und meinem Grips.

Mir und meiner Überzeugungskraft.

Mir und meinem Zahlentalent.

Geldmangel war folglich nicht der Grund, warum es mir so verdammt schwerfiel, auf »Überweisung genehmigen« zu klicken und zwanzig Riesen auf *ihr* Konto zu transferieren.

Ich wollte Nina das Geld nicht geben. Sie sollte nicht glücklich sein. Wünschte ich mir, dass sie Schiffbruch erlitt? Dass sie ein mittelloses, einsames, tristes Leben fristete? Ging es mir um Rache, weil sie sich mir gegenüber so niederträchtig verhalten hatte?

Und falls ja, würde mich das zu einem schlechten Menschen machen? Ich glaubte nicht, dass ich einer war. Verkorkst, das mit Sicherheit. Würde ich wollen, dass meine imaginäre Tochter mit jemandem wie mir zusammen wäre? Fuck, nein. Ich konnte Typen wie mich drei Meilen gegen den Wind riechen. Gleichzeitig traf das Wort »böse« auch nicht ganz auf mich zu. Ich kannte böse Menschen. Schließlich war ich mit Vicious aufgewachsen, einem echten Teufel. Ich war nicht aus demselben Holz geschnitzt. Ich half alten Leuten über die Straße und trug ihnen ihre Einkäufe bis zu ihren Buick Lucernes, selbst wenn ich dadurch zu spät zu einem wichtigen Meeting kam.

Ich machte nie einem meiner One-Night-Stands ein X für ein U vor. Ich war höflich – und das von Natur aus, nicht aus Zwang –, ich ging wählen, setzte stets den Blinker, stieß nie absichtlich jemanden vor den Kopf und unterstützte seit fünf Jahren ein Kind in Afrika. Von Zeit zu Zeit schrieben wir uns sogar Briefe. (Kanembiri und ich teilten die Meinung, dass Scarlett Johansson eine hammergeile Braut und Manchester United zum Kotzen war. Über manche Dinge besteht einfach internationaler Konsens.)

Konnte ich mich also ernsthaft als schlechte Person bezeichnen? Nein. Denn das war ich nicht.

Ich mochte meine Mitmenschen. Fast so sehr wie Sex. Ich war der umgänglichste und geselligste von uns vier *HotHoles*. Genau darum ging mir diese Situation gegen den Strich.

Seit zwanzig Minuten starrte ich jetzt auf den Monitor meines MacBook, den Zeigefinger über der Tastatur. *Tu es einfach*, forderte ich meinen inneren Schweinehund auf. *Was ist schon dabei? Du wirst danach immer noch reich sein. Und sie immer noch arm. Egal, wo sie hingeht, sie entkommt ihrem Elend* nicht.

Ein leises Pochen an der Tür holte mich aus meiner Gedankenversunkenheit. Sue trat ohne Aufforderung ein. Sicher, sie hatte angeklopft, aber das tat sie nur, um den Schein zu wahren. Seit sie mich in unserer Dependance in Los Angeles dabei erwischt hatte, wie ich eine andere Tussi auf einem Schreibtisch vögelte, verhielt meine persönliche Assistentin sich mir gegenüber unverschämt, rachsüchtig und geradezu boshaft, wenn sich ihr die Gelegenheit bot. Und das ungeachtet der Tatsache, dass Sue und ich nur eine kurze, beiläufige Affäre gehabt hatten. War es falsch von mir, meine Sekretärin zu bumsen? Wahrscheinlich. Hatte ich ihr von Anfang an gesagt, dass ich mich eher zu Scientology bekehren ließe, als eine feste Beziehung einzugehen? Ja, das hatte ich, und zwar mehrfach, bevor ich auch nur in ihr drin war. Hatte sie behauptet, sie würde das »total verstehen« und »total auf einer Wellenlänge« mit mir sein? Darauf könnt ihr euren Arsch verwetten. Aber nichts davon galt noch, als in meinem Büro ein Rumsen ertönte, gefolgt von einem Stöhnen, bevor eine Möchtegern-Schauspielerin aus Los Feliz so laut meinen Namen schrie, dass um ein Haar der Sicherheitsdienst hereingestürzt wäre, um nach dem Rechten zu sehen.

Es war fast ein Jahr her, seit Sue mich bei meinem »Seitensprung« erwischt hatte, und mit jedem Monat, in dem ich ihr vermeintlich untreu war, hatte sich die Situation weiter verschärft. Jede andere Frau wäre längst aus meinem Luxusbüro in Manhattan verschwunden, aber Sue hatte einen Sondervertrag, den ich höchstpersönlich aufgesetzt hatte (ohne rechtlichen Hintergrund, danke der Nachfrage), als sie mir gerade einen Blowjob gab. Darum konnte ich sie nicht feuern. Sie wiederum weigerte sich zu kündigen, was ich nachvollziehen konnte.

Ich bezahlte sie gut, und die Arbeitszeiten waren relativ annehmbar für eine im Herzen von New York ansässige Investmentfirma. Aber Sue ließ mich einfach nicht in Ruhe. So wie jetzt, als sie in Bleistiftrock und Highheels, die Ponyfrisur perfekt blondiert, mit sauertöpfischer Miene in mein Büro platzte. Welches zum Glück komplett von Glaswänden eingefasst war (von der schwarzen Holztür einmal abgesehen). Es bestand immer die Gefahr, dass sie versuchen würde, mir die Eier abzuschneiden und sie mir in den Rachen zu stopfen.

»Guten Morgen, Mr Cole.« Ihre blutroten Lippen bewegten sich kaum. Sie starrte auf ihr iPad und wischte mit dem Finger darüber. Ich schloss die Webseite zu meinem Bankkonto und verschob das Vorhaben, meiner Erzfeindin Geld zu überweisen, auf später. Nina konnte warten. Sie hatte *mich* definitiv warten lassen. Jahr um Jahr.

»Sue.« Ich lehnte mich zurück und verschränkte die Finger. Weil ich generell aufgeschlossen und locker mit meinen Mitarbeitern umging, lehnte ich es ab, mich auf ihr dämliches Spiel einzulassen und sie mit ihrem Nachnamen anzureden. Außerdem wäre es selbst für meinen Geschmack etwas zu pornomäßig gewesen, »Miss Pearson« zu jemandem zu sagen, mit dem ich einmal ausschweifenden Sex gehabt hatte. »Wie geht es Ihnen heute?«, fragte ich.

»Gut. Und selbst?«

»Noch einen Tick besser und ich würde vor Glück explodieren.« Mein Lächeln saß wie eine Eins, doch meine Stimme klang kratzig. War ich glücklich? Bekümmert? Oder zu bekifft, um die beiden Gefühle zu unterscheiden? Wer konnte das schon wissen? Was ich allerdings wusste, war, dass ich einen Drink brauchte, noch lieber drei. So erging es mir nach jedem Telefonat mit Nina.

Sue blieb mitten im Zimmer stehen, ihr Körper meinem gläsernen Schreibtisch, meinem ledernen Chefsessel und dem deckenhohen Gemälde einer antiken Weltkarte hinter mir zugewandt.

Alles war erlesen.

Teuer.

Stank nach Reichtum.

So, wie ich mich selbst den Leuten verkaufte.

Dieses Büro war nur eine Fassade. Genau wie mein Aussehen.

Es repräsentierte mich nicht. Genau wie mein Aussehen.

»Okay …« Sie verstummte beleidigt und bewegte ihren extravaganten Stift über ihr extravagantes iPad. Allerweltskram kam für diese Lady nicht in Betracht. »Ich habe für Sie und Cynthia Hollyfield für heute Mittag einen Tisch im The Breakfast Club reserviert. Vergessen Sie nicht Ihre Videokonferenz mit Mr Rexroth, Mr Spencer und Mr Followhill um vierzehn Uhr. Ihre Sachen werden später aus der Reinigung abgeholt und zu Ihnen nach Hause gebracht.« Sie rasselte ihre Liste herunter, während ich durch die Seiten eines Berichts für einen Klienten blätterte, mit dem ich mich treffen sollte. Dann hob sie plötzlich den Kopf.

»Dann wäre da noch Ihre E-Mail hinsichtlich der Buchung eines zusätzlichen Tickets für Rose LeBlanc. Können Sie bestätigen, dass sie morgen früh erster Klasse mit Ihnen nach Kalifornien fliegen wird?« Sue zog eine akkurat gezupfte Braue hoch. Natürlich wollte sie in Wirklichkeit fragen: *Fickst du sie?* Woraufhin ich ihr eine ehrliche Antwort gab, indem ich ihr zweimal zublinzelte. *Das geht dich einen Scheiß an.*

»Hiermit bestätigt«, sagte ich und starrte, ohne ihn wirklich zu lesen, auf einen Absatz in einem anderen Vertrag zu einer in der Mache befindlichen Fusion.

Die Klimaanlage sirrte. Sechsundvierzig Stockwerke tiefer ertönten die Hupen mehrerer Taxis. Aus verschiedenen Arbeitsnischen auf dieser Etage war das sanfte Klackern von Tastaturen zu hören. Ihre Augen versenkten sich in meine, aber die kleine Sue kämpfte auf verlorenem Posten. Sie würde nichts darin lesen können. Was in mir vorging, das wusste nur ich. Und ich hatte nicht vor, den Rest der Welt daran teilhaben zu lassen.

»Na schön.« Sie trat von einem Fuß auf den anderen, dann klemmte sie sich ihr iPad unter den Arm und stolzierte zur Tür. Ich beobachtete, wie ihr winziger Hintern sich im Rhythmus ihrer Louboutins bewegte, und begriff, dass der Kampf noch nicht ausgefochten war. Sue wusste, dass Rosie Emilia LeBlancs jüngere Schwester war, aber sie hatte nie das Vergnügen gehabt, meine elfenhafte Nachbarin kennenzulernen. Ungeachtet dessen stand für sie außer Frage, dass ich nicht der Typ war, der jemandes Geschwister hütete, es sei denn, es sprang dabei für mich etwas heraus. Da Miss LeBlanc zweifellos imstande wäre, allein zu reisen, blieb für Sue nur eine korrekte Schlussfolgerung: Ich wollte etwas von Rosie. Und zwar wesentlich mehr, als ich je von Sue Pearson gewollt hatte.

Und es wäre nicht das erste Mal, dass ich mit einer Frau im Schlepptau bei einem besonderen Anlass auftauchte.

Ich war bekannt dafür, meine aktuelle Flamme bei den unangemessensten Gelegenheiten mitzubringen. Sue wusste, dass ich in Begleitung eines One-Night-Stands im Krankenhaus in Chicago erschienen war, um meinem besten Freund Trent zur Geburt seiner Tochter Luna zu gratulieren. Als Jaime Followhill, ein anderer guter Kumpel, seine Frau Melody – die zugleich unsere ehemalige Literaturlehrerin war – heiratete, kam ich mit zwei Zufallsbekanntschaften, die ich in einer Bar aufgerissen hatte, zu ihrer Hochzeit. Zu der Party, mit der mein

Vater sich in den Ruhestand verabschiedete – bevor er es sich anders überlegte und sich neu mit seinem Job vermählte –, erschien ich mit niemand Geringerem als einer seiner Assistentinnen. Darum war es wirklich keine Überraschung, dass ich in weiblicher Begleitung verreiste, aber Sue wunderte sich trotzdem, weil es für länger als eine Woche sein würde. Ich wollte neun Tage mit ein und derselben Frau verbringen? Das war in jedem Fall ein Novum.

Sie ahnte nicht, dass Rosie und ich nicht unter einem Dach wohnen würden.

Oder dass Rosie mich verabscheute, und das aus gutem Grund. Jedes Mal, wenn Baby LeBlanc mein Gesicht betrachtete, sah sie darin leere Vergnügungssucht – einen Kiffer, der es nur deshalb zu etwas gebracht hatte, weil sein Vater ein berühmter Anwalt war, er den Nachnamen Cole trug und seine Familie Harvard so viel Geld gespendet hatte, dass man halb Afrika damit ernähren konnte, mein Weg in die Zukunft für mich also bereitet war, noch bevor ich das Wort privilegiert buchstabieren konnte.

Sue wusste weder, dass Rosie LeBlanc die einzige Frau in meinem Leben war, die kein Interesse daran hatte, mir den Tag zu versüßen, noch, dass Rosie LeBlanc die einzige Frau war, mit der ich Zeit verbringen wollte.

Und Sue brauchte von alledem auch nichts zu wissen, weil es, wie alles, was mein Privatleben betraf, meine persönliche Angelegenheit war.

Wie aufs Stichwort drehte sie sich zu mir um, saugte die Wangen ein und starrte mich unter ihren falschen – zumindest vermutete ich das – Wimpern an.

Dann tat sie das Unglaubliche, indem sie Luft holte, anstatt die Show mit einem weiteren typischen Schnauben zu beschließen.

»Brauchen Sie mich heute noch, Mr Cole? Ich fühle mich nicht sehr gut.«

»Nein, das wäre alles«, sagte ich. »Nehmen Sie sich den restlichen Tag frei. Sie haben es sich verdient.«

Sie nickte.

Ich nickte.

Nein, ich war kein schlechter Mensch. Immerhin gestattete ich meiner persönlichen Assistentin, mich hängen zu lassen, nur damit sie mir eine nutzlose Lektion erteilen konnte.

Ich weckte mein MacBook auf und brachte die Transaktion zum Abschluss, indem ich Nina zwanzigtausend Dollar überwies.

Eigentlich hatte ich gehofft, mich anschließend besser zu fühlen.

Dem war nicht so.

Der nächste Morgen war ein Aufguss von dem Vormittag, als Baby LeBlanc schick zurechtgemacht (für ihre Verhältnisse) bei mir aufgetaucht war. Mit anderen Worten, ich erwachte neben einer Fremden und hatte einen höllischen Kater, den ich zu bezwingen versuchte, indem ich mir auf meiner Terrasse einen dicken Joint und eine Bloody Mary genehmigte. Nicht das jungfräuliche Zeug. Von Jungfrauen wollte ich generell nichts mehr wissen. Die letzte, die ich gehabt hatte, hatte mich angeschmiert, war weggelaufen und würde in Bälde einen meiner besten Freunde heiraten.

Aber ich schweife ab.

Vielleicht war es nicht die glorreichste Idee, um sechs Uhr morgens auf dem Weg zum JFK im Glasscherbenviertel von New York an einem Gemischtwarenladen zu halten, eine Flasche Fusel zu kaufen und sie zu leeren, noch bevor der arme Taxifahrer mich absetzte.

Mir war klar, dass es eine Scheißnummer von mir war, aber ich konnte mich nicht beherrschen, zu kiffen und zu trinken, bevor ich in den Flieger stieg.

Fick dich, Nina, brummelte ich auf der gesamten Fahrt bis zum Flughafen, als wäre es irgendein bescheuertes Yoga-Mantra. *Fick dich, fick dich, fick dich.*

Im Zickzackkurs bahnte ich mir einen Weg zum Terminal. Ich konnte nur inständig hoffen, dass Baby LeBlanc von dem Ticket und dem Taxi, das ich ihr geschickt hatte, Gebrauch gemacht hatte und bereits im Flieger saß. Die Chancen standen gut. Ich hatte ihr gedroht, und sie ahnte nicht, dass ich ihre Miete guten Gewissens nicht einmal um einen Penny erhöhen konnte. Ich hatte schon immer eine Schwäche für dieses Mädchen gehabt, und je mehr sie mich hasste, desto mehr schien ich ihr beweisen zu wollen, dass wir beide zusammengehörten. Und ich an diesen Schwachsinn glaubte, dass zwei Menschen füreinander bestimmt sein konnten – denn genau das waren wir.

Ich war spät dran, darum verzögerte sich der Abflug. Die kleine Kratzbürste nahm keinen meiner Anrufe entgegen, und ich hatte das Gefühl, als zöge sich eine unsichtbare Schlinge um meinen Hals zu. Ich wollte so schnell wie möglich nach Todos Santos, Rosie bei ihrer Schwester abliefern und mich in das Bett meiner Kindheit sinken lassen. Im hintersten Winkel meines Kopfes sehnte ich mich danach, mein Leben zu ändern. Mit dem Saufen und dem verdammten Kiffen aufzuhören. Die Finger von dem ganzen üblen Scheiß zu lassen, der mich auf Schritt und Tritt begleitete. Rosie um ein Date zu bitten, anstatt sie aufzufordern, mich wie ein Cowgirl zu reiten, weil diese sexuellen Anspielungen, mit denen ich sie drangsalierte, nichts weiter waren als ein Schutzmechanismus, für den Fall, dass sie mich abwies.

Weil niemand mich jemals abwies.

Niemand außer ihr. Und wenn sie es schon tat, konnte ich ihr anstelle meines Herzens ebenso gut meinen Schwanz anbieten.

Das Einzige, was mir von dem Flug im Gedächtnis haften blieb, war, wie die Stewardess mich zu meinem Platz führte und mein Schädel mit der Kopfstütze kollidierte, gefolgt von einem scharfen Schmerz, der nahelegte, dass mein Hirn soeben explodiert war. Ich verzog das Gesicht und massierte meine Stirn, bevor Rosies gepresst klingende Stimme an mein Ohr drang. Im ersten Moment dachte ich, sie würde mich ankeifen, weil wir meinetwegen später losflogen, weil ich überhaupt atmete. Darum kam ich nicht ganz mit, als mein benebeltes Hirn die Bedeutung ihrer Worte entschlüsselte.

»Hier. Zwei Advil und Wasser.« Sie ließ etwas in meine Handfläche fallen. »Nach dem Start bitte ich die Flugbegleiterin um etwas Milch. Falls du diesen Mist auf dem Rückweg noch mal abziehst, werde ich dafür sorgen, dass künftig jede Frau, die du mit nach Hause nimmst, erfährt, dass dein Schwanz genauso eklig ist wie eine öffentliche Bahnhofstoilette.«

Ich öffnete die Augen, wandte mich ihr in dem gepolsterten Sitz zu und betrachtete ihr Gesicht.

»Du scheinst ein enormes Interesse an meinem Schwanz zu haben, Baby LeBlanc. Zuerst wolltest du ihn mit heißem Wachs übergießen, und jetzt drohst du damit, ihm die Tour zu vermasseln. Vielleicht solltet ihr beide euch kennenlernen und feststellen, ob ihr Freunde werden könntet. Ich denke, ihr würdet euch prima verstehen.«

»Nein, danke. Da würde ich ehrlich gesagt lieber die Kotze von jemandem essen.«

»*Echt*? Irgendwie bezweifle ich das. Es sei denn, du findest Erbrochenes schmackhaft.«

Rosie war zu mir immer zickig gewesen. Das hatte ich ihr nie verübelt, aber eine Vertrauensbasis war dadurch auch nicht gerade entstanden.

Doch der Ausdruck, der jetzt auf ihrem fein geschnittenen, wunderschönen Gesicht erschien, war klar und aufrichtig. Ihre Wangen hatten die Farbe reifer Pfirsiche, ihre zierliche Nase war mit Sommersprossen gesprenkelt, und ihre Augen, die meinen Blick erwiderten, waren von einem unvergleichbaren Blau. Ihre Haare wiesen zweihundert unterschiedliche Schattierungen von Blond und Braun auf, was allein Mutter Natur zu verdanken war. Sie war die perfekte Verkörperung einer Nymphe. Alles an ihr war so unglaublich weich und samtig, niemand hätte dahinter eine Krankheit vermutet.

Stöhnend warf ich mir die Tabletten in meinen trockenen Mund und spülte sie mit Wasser runter. Ich wischte mir über die Lippen, als das Flugzeug sich in Bewegung setzte und beschleunigte.

»Brauchst du Hilfe?«, fragte sie mit sachlicher Stimme. Sie meinte das Trinken. Das Marihuana. Mein chaotisches Leben im Allgemeinen. Ich war ein perfekt funktionsfähiger Borderline-Alkoholiker, der Gras in solchen Mengen konsumierte, als wäre es eine olympische Disziplin, high zu sein. Aber niemand beschwerte sich darüber, wenn ich lukrative Deals an Land zog, zwanzigtausend Dollar überwies oder vögelte wie ein Weltmeister.

»Ja, in der Tat. Ich möchte, dass du mich in Frieden lässt, bis wir in San Diego landen. Meinst du, du könntest das tun.«

Du bist echt ein Wichser.

Das Letzte, was ich noch mitbekam, bevor ich einpennte, war, wie Rosies Brustkorb sich im Rhythmus ihrer unregelmäßigen Atemzüge hob und senkte.

»Wie du willst«, flüsterte sie. »Ich lasse dich diesmal glimpflich davonkommen, weil ich das Gefühl habe, dass du eine beschissene Woche hattest. Aber wenn du darüber reden willst, ich bin hier.«

Ich wollte ihr alles erzählen.

Ich wollte nicht, dass sie irgendetwas wusste.

Sie verwirrte mich, und momentan war sie genau die Komplikation, von der ich gesprochen hatte, als ich ihr sagte, dass ich stets den einfachen Weg bevorzugte. Ich schloss die Augen und versuchte zu schlafen. Als ich ins Dunkel davondriftete, wartete dort schon jemand auf mich.

Nina.

KAPITEL 5

Rosie

Elf Jahre zuvor

Was gibt dir das Gefühl, lebendig zu sein?
Mein Spiegelbild im glatten, blauen Wasser des Pools zu betrachten. Unverwandten Blickes in einen stilleren Ort einzutauchen, ohne auch nur meinen Zeh zu benetzen.

Gefährliche Anziehungskraft.

Das war unser Hauptproblem.

Darum hatte ich mir geschworen, niemals zu Hause zu sein, wenn Dean meine Schwester besuchte. Das war nicht schwer zu bewerkstelligen. Millie war schon immer ein Gewohnheitstier gewesen. Ihr Zimmer war stets aufgeräumt, ihre Schulhefte bestachen durch saubere Einträge in makelloser Handschrift, dank derer sie eine Eins nach der anderen kassierte. Genauso gab es eine exakt festgelegte Zeit, wann sie sich mit ihrem perfekt gestylten Freund traf. Dienstags und donnerstags nach der Schule – weil Dean an diesen Tagen morgens Footballtraining hatte – sowie an den Wochenenden, wo sie sich außerhalb des Anwesens der Spencers verabredeten, da Millie Vicious nicht ausstehen konnte und umgekehrt.

Nicht dass ich im Bett gelegen und mir die Augen aus dem Kopf geheult hätte, während ich Miranda Lamberts von Männerhass geprägten Songs lauschte. Ich war eine Unruhestifterin, die miese Noten schrieb und den Nervenkitzel liebte. Meine Zeit vertrieb ich mir mit meinen Freunden und diversen Freizeitaktivitäten. Ich ließ mir den Bauchnabel und die Nase piercen, sparte mithilfe von Gelegenheitsjobs auf ein neues Fahrrad und ging mit meinen Kumpels an einem verlassenen Strand nackt im Meer baden, wenn das Wetter es zuließ, was immer der Fall war, weil ... Südkalifornien halt.

Tatsächlich ließ ich in diesem Herbst praktisch nichts aus. Vom sündhaft heißen Freund meiner Schwester mal abgesehen. Aus moralischen Gründen.

Aber ich will nicht lügen. Mit den beiden unter einem Dach zu sein bewirkte bei mir, dass ich mich in mir selbst verkriechen, unsichtbar werden und mich in Nichts auflösen wollte. Sie machten Geräusche. Ich hasste diese Laute. Sie waren von der allerschlimmsten Sorte.

Schweres Atmen, Keuchen, Kichern und laute, schmatzende Küsse. Dadurch, dass ich sie durch die geschlossene Tür von Millies Zimmer hören konnte, dehnte sich die schmerzende Stelle in meiner Brust nur noch weiter aus. Trotz meiner Unzulänglichkeiten war ich immer ein sensibles Mädchen gewesen. Diese Art von negativen Gefühlen tat mir nicht gut. Darum war es wirklich am besten, nie zu Hause zu sein, wenn sie es waren.

Wenn ich den genauen Augenblick bestimmen müsste, an dem ich meinen Entschluss fasste – mich von Dean Cole fernzuhalten, selbst wenn Millie mit im Zimmer war –, wäre es der Vorfall am Pool.

Es war ein Donnerstag, und Millie verspätete sich. Sie musste auf dem Heimweg an der Tankstelle halten, um die Reifen ihres Fahrrads aufzupumpen. Ich war gerade dabei, unsere Dienstbotenwohnung auf dem Grundstück der Spencers zu verlassen. Alles an dieser Begegnung war filmreif. Ich öffnete die Tür im selben Moment, als Dean anklopfen wollte. Unsere Blicke trafen sich, und ich biss die Zähne aufeinander, um mir ein Lächeln zu verkneifen, von dem ich wusste, dass es leicht von einem Ohr zum anderen gereicht hätte.

Dean sah aus wie die personifizierte Versuchung. Und damit meine ich nicht nur, dass er die reinste Augenweide war in seiner königsblauen College-Jacke und mit dieser unwiderstehlichen Bad-Boy-Ausstrahlung. Sein schwacher Duft nach Waschmittel und Sex in Kombination mit seiner eindrucksvollen Größe und Statur weckten Begierde in mir. Mein Verlangen nach ihm schien fast immer, wenn er in der Nähe war, die Luft zu schwängern wie ein übler Geruch.

»Hi.« Meine verflixte Stimme ließ mich im Stich.

»Hi zurück«, antwortete er. Wir tasteten einander mit den Augen ab. Das war nicht gut, aber gleichzeitig auch nicht das erste Mal. Es verursachte mir immer ein schlechtes Gewissen. Wären unsere Augen Finger gewesen, dann hätten sich seine jetzt um meine Taille gelegt – nachdem er mir die Kapuze meines schwarzen Dead-Kennedys-Sweatshirts heruntergezogen hätte, um mein Gesicht besser sehen zu können –, während ich die meinen in seine prachtvollen, von der Sonne geküssten braunen Haare gewühlt hätte, unsere Körper eng zusammengepresst wie die Seiten eines druckfrischen Buchs.

»Millie ist noch nicht zurück, aber komm ruhig rein.« Ich trat zur Seite und zog die Tür weiter auf. »Ich muss los. Sie wird jede Minute hier sein.«

»Wohin gehst du?« Er versperrte mir den Weg, indem er den Ellbogen gegen den Türrahmen stützte.

»Sorry.« Ich verschränkte die Arme vor der Brust. »Ich habe die Nachricht nicht bekommen, in der steht, dass dich das neuerdings etwas anginge.«

»Vielleicht hat die Post sie verschlampt.« Er kam einen Schritt auf mich zu, ich trat einen zurück. Lieber Himmel, ich war so durcheinander, dass ich ihm nicht mal in die Augen schauen konnte. Dankenswerterweise befand mein Kopf sich auf einer Höhe mit seinen Brustmuskeln. »Weil du mich nämlich definitiv etwas angehst, Baby LeBlanc.« Mir schlug das Herz bis zum Hals, sodass ich keine Luft bekam. »Wir wissen beide, dass ich dich im Auge behalte, warum also so tun, als wäre es anders?«

Ich zog mir die Kapuze tief ins Gesicht, um meine glühenden Wangen zu verbergen.

Normalerweise war er die Großspurigkeit in Person. Er verkörperte perfekt jedes Klischee des rüpelhaften Checkers, als welche die *HotHoles* sich an der All Saints High verkauften. Ihre Untertanen und Lakaien fraßen ihnen aus der Hand und bettelten um mehr. Vielleicht war es ein Fehler, dass ich mich von ihrer Nummer nicht beeindrucken ließ, aber ich hatte den Machtrausch und das Erwachsenen-Getue der *HotHoles* nie verstanden. Dass Dean mir überhaupt aufgefallen war, lag teils daran, dass er sich selbst nicht zu ernst nahm und nicht so miesepetrig und arschig war wie der Rest von ihnen. Schon seit seinem ersten Date mit Millie – was noch nicht allzu lange her war – suchte er immer das Gespräch mit mir. Anfangs versicherte er mir, dass er sie nicht anfassen würde. Als ich ihn dann aufforderte, genau *das* zu tun, wurde er richtig wütend. Inzwischen ging er fest mit ihr *und* verhielt sich dementsprechend. Er küsste sie – Gott, ich hatte sie erst neulich gehört –, obwohl sein Blick auf mich gerichtet war. Stets auf mich.

»Ich, äh …« Ich verstummte, und die rostigen Rädchen in meinem Kopf drehten sich, stöberten nach einer glaubhaften Lüge. Mein Alibi war hieb- und stichfest. Ich *musste* los. Aber wohin, das würde ich keinem Außenstehenden anvertrauen, erst recht nicht meinen Mitschülern und schon gar nicht dem Jungen, in den ich bis über beide Ohren verknallt war. Nur war Dean niemand, der sich einfach abwimmeln ließ. Ich musste irgendetwas sagen – darum entschied ich mich letztendlich für die Wahrheit. »Ich habe einen Arzttermin.«

Ich riskierte einen Blick nach oben und sah, wie sich ein Ausdruck von Verstehen und Gleichmut über seine Züge legte. Er schob die Hände in die Hosentaschen. »Stimmt was nicht?«

Du hast den Nagel auf den Kopf getroffen. In meinem Leben stimmt rein gar nichts.

»Nein, es ist nichts Dramatisches.« Ich steckte mir eine Locke unter der Kapuze hinters Ohr. »Aber manchmal brauche ich eine …« *Sei bloß still*, befahl mir eine innere Stimme. Ich mochte es nicht, wenn ich mich klein und verletzlich fühlte.

»Eine was?« Er senkte das Kinn und schaute mich an. Es war eine himmelschreiende Schande, dass die Anziehungskraft zwei Menschen wie ein magischer Sog zusammenführte und aneinanderfesselte. Denn genau so fühlte ich mich in diesem Moment. Gefesselt. Die Art, wie er mich ansah, so als wäre ich der Mittelpunkt des Universums, machte mich nervös. Schmeichelte mir. *Betörte* mich. Gott, ich musste schnell etwas sagen, damit er den Mund hielt und mich in Ruhe ließ. So peinlich es auch war, die Wahrheit zu gestehen.

»Eine Brustmassage.« Um meine Atemwege von dem vielen Sekret zu befreien, wenngleich ich nicht gerade scharf darauf war, ihm das auf die Nase zu binden. Ich zog eine Braue hoch und vergrub die Fäuste in meinen Hosentaschen. »Du weißt schon, damit sie drall und sexy bleiben.«

Der Rand der Kapuze verdeckte meine Augen, doch das reichte nicht. Nicht in seinem Fall. In seiner Nähe hatte ich mich selbst mit drei Lagen Klamotten noch nackt gefühlt.

Brustmassagen gehörten fest zu meinem Wochenplan.

Manchmal musste ich in die Klinik fahren. Oder eine Krankenschwester kam zu mir nach Hause. Obwohl Millie ihrem Freund gegenüber kein Wort über meine Erkrankung verlauten ließ, wusste ich, dass er, falls sie zusammenblieben, über kurz oder lang davon erfahren würde.

Ich drängte mich an Dean vorbei und marschierte zum Haupteingang des Anwesens. Es gab einen gepflasterten Pfad direkt zum Tor, aber ich bevorzugte den längeren Weg, der über den Rasen, welcher so grün war wie Deans Augen, und an Vicious' gigantischem Pool vorbeiführte. Ich mochte es, am Beckenrand entlangzulaufen. *Um mich lebendig zu fühlen.*

Ich hörte, wie Dean hinter mir hertrabte. Ich musste mich nicht umsehen, um zu wissen, dass er dieses Lächeln zur Schau trug, das mich aus unerfindlichen Gründen rasend machte.

»Eine Brustmassage, hm?« Seine Stimme klang schelmisch. »Eine Menge Jungs würden dir dabei gern zur Hand gehen.«

»Danke für den gruseligen Kommentar, Dean.«

»Was soll gruselig daran sein, dass manch einer dir gern an die Brust fassen würde?«

»Der Umstand, dass der Freund meiner Schwester das zu mir sagt. Zudem ist es ein bisschen unangebracht. Um nicht zu sagen, äußerst ungehörig.«

»Ich habe nicht behauptet, dass ich mich da mit einschließe.« Er schnalzte mit der Zunge. »Wozu zum Henker brauchst du überhaupt eine Brustmassage? Hast du dir die Möpse vergrößern lassen oder was?«

Am tiefen Ende des Pools angekommen blieb ich stehen und drehte mich zu ihm herum, dann sahen wir uns auf eine Weise an, die sich viel zu intim anfühlte. Unsere Gesichter, unsere Körper waren einander ganz nah. Es wehte eine kalte, aber sanfte Brise. Ich wich einen Schritt zurück. Hier konnte Vicious uns theoretisch von seinem Schlafzimmerfenster aus sehen. Das Letzte, was ich brauchte, war, Vicious noch mehr Munition gegen Millie zu liefern, indem er ihr erzählen konnte, er habe mich dabei gesehen, wie ich mit ihrem Freund flirtete. Ich musste sie vor ihm schützen, egal wie.

»Ich habe eine Krankheit.« Die Worte purzelten aus meinem Mund, ehe ich es verhindern konnte. Argwohn und Ungläubigkeit verdunkelten seine Miene.

»Was denn für eine?«, stieß er hervor. Er wirkte verwirrt, verärgert und … verletzt? Gut möglich.

»Mukoviszidose. Es ist eine Lungenkrankheit.«

»Ist sie heilbar?« Seine Stimme klang hart und gepresst, und zwischen seinen Augen erschien eine missmutige Falte. Fast schien es, als würde er mir etwas vorwerfen.

»Nein.« Ich spürte, wie meine Wangen heiß wurden. »Ich wurde mit ihr geboren. Und ich werde mit ihr sterben. Aller Wahrscheinlichkeit nach auch an ihr, und das vermutlich in jungen Jahren. Meine Eltern tragen beide das Gen in sich.«

»Millie hat es nicht.« Da war es wieder. Hoffte er etwa, mich als Lügnerin zu entlarven? Wäre ich eine, hätte ich mich ihm gegenüber mit Sicherheit als Supergirl oder als Genie mit Einsteins IQ verkauft. Ich stieß ein prustendes Lachen aus, das nicht gerade damenhaft klang.

»Tja, Millie ist eben ein Glückspilz«, versetzte ich. Denn das war sie. In mehr als einer Hinsicht. »Bloß weil beide Elternteile Mutationsträger sind, heißt das nicht, dass alle ihre Kinder die Krankheit bekommen. Stell es dir als Russisches Roulette der Natur vor. Und die verdammte Kugel hat eben mich getroffen. So, genug spaßige Infos für heute. Kann ich jetzt gehen?«

Bei jedem anderen Kerl hätte ich mich einfach umgedreht und ihn stehen lassen. Aber im Fall von Dean »Ruckus« Cole war nie etwas einfach. Ich wollte jede Sekunde, die ich mit ihm allein hatte, auskosten. Warum, das wusste ich selbst nicht genau. Es fühlte sich seltsam, schmerzhaft und zugleich aufregend an, ihn um mich zu haben, aber sobald er weg wäre, würde ich jedes Wort, jede Geste, jeden Atemzug bereuen.

»Rosie.«

Ich hob den Kopf, und bevor ich wusste, wie mir geschah, spürte ich seine rauen Handflächen an meiner Taille, dann flog ich in den Pool. Es erwischte mich eiskalt. Im wörtlichen wie im übertragenen Sinn. Mein Rücken schlug flach auf dem Wasser auf, der Aufprall war so schmerzhaft, als wäre es Beton. Ich ruderte mit den Armen und schnappte hektisch nach Luft. Zitternd wie Espenlaub öffnete ich die Augen, als es neben mir einen gewaltigen Platscher tat. Dean war ebenfalls reingesprungen.

Mein Herz spielte verrückt, es schlug wie ein Presslufthammer. Ich fühlte, wie es gegen meine Rippen trommelte, auf und ab sprang, auf der Suche nach einem Fluchtweg, durch meinen Magen, meine Kehle, einfach nur verzweifelt nach draußen gelangen wollte. Dean schwamm zu mir und drängte mich gegen die mattblaue Beckenwand. Ich fing an, zornig und wie von Sinnen mit den Fäusten auf ihn einzudreschen. Es waren nicht diese neckischen Knuffe, die ein Mädchen einsetzt, um mit einem Jungen zu flirten, wahlweise ihn sich vom Hals zu halten. Nein. Ich krallte die Fingernägel in seine Brust, wollte Blut sehen.

Dann fing ich an zu weinen.

Auch das sah mir kein bisschen ähnlich. Ich hatte noch nie vor Menschen geheult, die ich nicht kannte. Vollständigkeitshalber sei bemerkt, dass für mich jeder außer Millie und meinen Eltern ein Fremder war. Dennoch liefen mir jetzt heiße, salzige Tränen übers Gesicht und vermischten sich mit dem kalten Süßwasser.

Das Leben ist nun mal nicht fair.

»Was zum Geier stimmt nicht mit dir?«, brüllte ich und traktierte weiter seine Brust mit Schlägen. Er hatte seine Jacke ausgezogen, bevor er in den Pool gesprungen war, sodass jetzt nur noch sein enges schwarz-goldenes T-Shirt und mein klatschnasses Kapuzenshirt zwischen uns waren. Trotz des kalten Wassers strahlte er Wärme ab. Ich brauchte mehr davon. Und er wollte sie mir geben. Sein ganzer Körper sagte das. Er *sang* es. Schrie es vom Dach dieses monströsen Herrenhauses. Kein Wort fiel, was unsere Körpersprache nur umso vernehmlicher machte. *Gefährliche Anziehungskraft*, warnte sie mich. *Lauf weg, Rosie.*

»Deinen Lungen geht es prima«, knurrte er mir ins Gesicht, dabei packte er meine Handgelenke und presste mich hart gegen die Wand. Was tat er da? Vicious könnte uns sehen. Gott, und Millie ebenfalls. Wenn sie in diesem Moment durchs Tor käme, was würde sie hiervon halten? Ihr Freund und ihre Schwester zusammen im Pool. Körper an Körper. Seele an Seele. »Dir fehlt überhaupt nichts!«, fügte er hinzu, seine Stirn nur Zentimeter von meiner entfernt.

Versuchte er, mich davon zu überzeugen oder sich selbst?

Und wieso zur Hölle kümmerte es ihn überhaupt?

Ich zwang mich, meine Fassung wiederzugewinnen. Dean musste zur Vernunft gebracht werden und mich loslassen, bevor wir – bei was auch immer – erwischt wurden.

»Dean«, sagte ich, so ruhig ich konnte, dabei löste ich mich aus seinem Griff und legte die Handflächen auf seine Brust. Er atmete tief durch und schloss die Augen. Von seinen Wimpern tropfte Wasser, er wirkte wie ein nasser, hinreißender Wilder. Tief in meinem Bewusstsein erkannte ich, dass dies ein Moment für die Ewigkeit war. Das, was gerade zwischen uns passierte, würde ich bei keinem anderen Mann fühlen. Dieser Augenblick gehörte uns allein, selbst wenn ich das nicht wollte.

»Rosie«, konterte er.

»Ich bin krank«, wiederholte ich.

»Sag das nicht. Du bist nicht krank. Es ist nur ein vorübergehender Zustand.«

Wassertropfen und Tränen flogen durch die Luft, als ich den Kopf schüttelte. »Das ist es nicht. Ich werde sehr jung sterben, Dean. Mit dreißig oder vierzig … vielleicht auch erst mit fünfzig, wenn ich Glück habe.«

»Sei still«, zischte er zwischen zusammengebissenen Zähnen. Er schlug gegen die Wand hinter mir, und plötzlich zitterte ich nicht mehr nur vor Kälte.

»Schwachsinn!«, stieß er aus. »Das wirst du nicht!«

Ich brauchte eine neue Taktik. Und das schnell.

»Hör zu, du darfst so etwas nicht tun, verstehst du? Wir könnten Freunde sein.« Es war gelogen, denn inzwischen hatte ich begriffen, dass das ausgeschlossen war. »Aber du kannst mich nicht mitten im Herbst in einen Pool schubsen. Erstens bin ich *wirklich* krank, und selbst wenn ich nicht anfällig für Lungenentzündungen wäre, ist es nicht wirklich lustig, in ein eiskaltes Schwimmbad geworfen zu werden. Abgesehen davon ist es Millie gegenüber nicht fair. Du darfst dich ihrer Schwester gegenüber nicht so verhalten. So als ob …«

»Als ob was?«, forderte er mich mit blitzenden Pupillen heraus.

Als ob du mich begehrst.

Tut er das?

Meine Hormone rebellierten. Mein Moralkodex zehrte mich innerlich auf. Jedes Haar an meinem Körper sträubte sich mir. Er legte die Hand an meine Wange und hob mein Gesicht an, zwang mich, ihn anzusehen. »Als. Ob. Was. Rosie?«

Da war etwas in seinen Augen. Eine nie dagewesene Intensität. Sie beunruhigte mich, weil sie verriet, dass ihm nicht klar war, was er da tat. Dean wusste nur, dass es falsch war. Er war verwirrt, verletzt und zornig, genau wie ich.

»Als ob du mich begehrst«, fasste ich meine Gedanken leise in Worte.

»Aber das tue ich«, bekannte er. »Vielleicht ist es an der Zeit für eine kleine Planänderung. Deine Schwester macht sich nicht allzu viel aus mir, Baby LeBlanc.«

Er machte sich auch nicht allzu viel aus ihr. Aber sie lag ihm am Herzen, was ihn nur noch verführerischer machte, weil wir beide dasselbe Ziel verfolgten, nämlich die Person zu beschützen, die ich über alles liebte.

Gleichzeitig erfüllte mich Bitterkeit angesichts ihrer vollkommen vergeudeten Beziehung. Wenn ich miterlebte, wie ihr Blick von Vicious angezogen wurde, wann immer er in der Nähe war. Während Dean und ich uns vom einen Ende des Zimmers zum anderen mit den Augen verschlangen. Ich wollte meine Schwester an den Schultern packen und sie schütteln. Ihr sagen, dass sie ihren Mut zusammennehmen und sich für den Jungen entscheiden solle, der ihr Herz höherschlagen ließ. Doch es stand mir nicht zu, ihr gute Ratschläge zu erteilen, nachdem meine Eltern uns aus unserer Heimat Fairfax, Virginia, bis nach Kalifornien geschleift hatten, weil ich hier besser medizinisch versorgt werden konnte. Da ich Freunde und ein soziales Leben und sie – eben aufgrund dieser Entscheidung – gar nichts hatte, ließ ich ihr beides. Deans Körper und Vicious' Herz.

»Wenn du mich nicht loslässt …« Meine Zähne klapperten, und das nicht nur vor Kälte. »… hole ich mir einen Lungeninfekt. *Dean*.« Es war eine Warnung, und dieses Mal ließ er zu, dass ich ihn wegschubste. Er schwamm ein Stück zur Seite, dann beobachtete er, wie ich, behindert durch meine durchnässten, schweren Klamotten, aus dem Pool kletterte.

Ich drehte mich nicht zu ihm um, aus Furcht, er könnte den benommenen Ausdruck von Lust und Euphorie in meinen Augen sehen.

Am Rande meines Blickfelds nahm ich wahr, wie er zum Beckenrand schwamm, die Arme auf den nassen Fliesen und das Kinn auf seinen zu Fäusten geballten Händen aufstützte.

»Dieses Spiel ist gefährlich. Wir müssen damit aufhören, dürfen keinen Schritt weitergehen«, murmelte er, mehr an sich selbst gerichtet als an mich.

»Weiter als was?« Ich schlüpfte aus meinem Kapuzenshirt und warf es auf eine Sonnenliege. »Als dass du mit meiner Schwester knutschst und bis zur Besinnungslosigkeit Trockensex mit ihr hast, während du gleichzeitig mich anbaggerst?« Meine Stimme bebte.

»Rosie«, sagte er. Mir entschlüpfte ein schrilles Lachen. Er war mit meiner Schwester zusammen. Zugegeben, ich hatte ihn dazu gedrängt, doch das minderte meine Verbitterung kein bisschen. »Mach mich nicht zum Sündenbock. Du wolltest, dass ich sie date. *Du* hast außerdem von mir verlangt, dass ich sie anfasse. Was soll ich deiner Meinung nach jetzt tun? Ihr die kalte Schulter zeigen?«

Ich hasste nicht nur, dass er recht hatte, sondern auch, dass etwas so Einleuchtendes mir so wenig schlüssig erschien.

»Das hier …« Ich stand am Beckenrand und zeigte erst auf mich, dann auf ihn. »… wird nicht passieren. Du bist mit Emilia zusammen, Dean. Wir können niemals ein Paar werden.«

»Sagt wer?«, fragte er trotzig.

»Ich sage das. Und die Gesellschaft. Und die Vernunft. Und die Kultur. Und jeder verflixte Liebesroman oder -film, den ich kenne.«

»Mmm.« Wieder umspielte ein verschmitztes Grinsen seine sinnlichen Lippen. »Das kann nicht stimmen.«

»Doch, das tut es«, gab ich scharf zurück. »Julia hatte keine ältere Schwester, von der Romeo eine Kostprobe nahm, bevor er sich für Erstere entschied.«

»Julia hat nie einen Hehl aus ihren verfluchten Gefühlen gemacht!«, schrie er und ließ die Faust auf die Fliesen krachen. »Seit wann bist du solch ein Feigling?« Dean sprang derart schnell aus dem Pool, dass es wie eine optische Täuschung wirkte. Er baute sich vor mir auf und blaffte: »Seit wann scherst du dich darum, was die Leute denken? Ich hatte dich völlig falsch eingeschätzt. Wenn du mich abblitzen lässt, werde ich der Sache mit Millie eine Chance geben.«

Es klang wie eine Drohung.

»Was hast du denn bisher getan?« Ich schnaubte verächtlich. Dabei war es nicht seine Schuld. Als er mich erstmals zur Kenntnis nahm, hatte Millie gerade eingewilligt, ihn zu daten, und er kam aus der Nummer nicht mehr raus. Abgesehen davon machte er ihr Leben so viel leichter. Die Tage, an denen ihr Spind mit Müll vollgestopft war und die Schüler im Gang »weißes Gesindel« murmelten, wenn sie an ihnen vorbeiging, gehörten der Vergangenheit an.

»Auf dich gewartet«, antwortete er, und wir stießen beide einen Seufzer aus, als ein leichter Nieselregen einsetzte.

»Tja.« Ich nahm all meine Kräfte zusammen, um ein honigsüßes Lächeln aufzusetzen, das meine Zähne und meine Grübchen zeigte. »Von mir hast du grünes Licht, dich in meine Schwester zu verlieben. Wie schon gesagt, wird das mit uns beiden niemals etwas werden.«

Fünf Sekunden später tauchte Millie, die ihr Rad neben sich herschob, am Pool auf. Wir erzählten ihr, dass ich hineingefallen und Dean hinterhergesprungen sei, um mich zu retten. Meine Wangen brannten vor Scham, weil das Becken nicht tief und ich eine hervorragende Schwimmerin war. Aber Millie war mit ihren Augen – und mit dem Herzen – woanders, und ich hatte das dumpfe Gefühl, dass es ihr ebenso egal gewesen wäre, wenn sie uns mit heruntergelassenen Hosen erwischt hätte.

Ich schaffte es an diesem Tag nicht mehr zu meinem Arzttermin.

Dafür fing ich mir eine Lungenentzündung ein, die mir einen Ausflug in die Notaufnahme und einen viertägigen Krankenhausaufenthalt bescherte. Ich verpasste zwei wichtige Tests und musste viele Stunden in einer Vibrationsweste verbringen.

Als ich am nächsten Donnerstag heimkam, nachdem ich Dean und Emilia aus dem Weg gegangen war, lag auf meinem Kissen ein Roman, zusammen mit einer Notiz. *Die Liebenden von Leningrad*, als Taschenbuchversion. Auf dem gelben Haftzettel stand:

Scheiß auf die Gesellschaft.
Scheiß auf die Vernunft.
Scheiß auf die Kultur.
Scheiß auf deine Krankheit.
Und, weißt du was? Scheiß auf dich.
Dieses Buch handelt davon, wie so ein Dilemma wie unseres funktionieren kann. Lies es.
Dean

Stattdessen schob ich es am nächsten Tag zusammen mit einer Nachricht durch den Schlitz in Deans Spind.

Mach sie glücklich. Ich bringe dich um, solltest du ihr je wehtun. Fiktion ist magisch. Die Realität schmerzhaft.
Rosie

Wir sprachen nie wieder darüber, bis Millie weglief.

Aber ich kaufte mir ein eigenes Exemplar von *Die Liebenden von Leningrad.*

Ich las es.

Prägte es mir ein.

Zitierte daraus.

Und vergaß es niemals mehr.

Dean

Elf Jahre zuvor

Am Ende harmonierten Millie und ich ziemlich gut. Soll heißen, bis sie alles kaputt machte.

Ich verpasste dem, was wir waren oder nicht waren, kein Etikett. War es Liebe? Eher nicht, aber ich mochte sie und ihre Gesellschaft. Das Dumme war nur, dass ich die ihrer Schwester vorzog. Doch dieses Problem stellte sich immer weniger, da Baby LeBlanc auf Abstand ging und mich bewusst mied, auch wenn sie sich dazu nie explizit äußerte. Sie machte die Situation erträglicher.

Im Gegensatz zu Vicious.

Er war berüchtigt für seine Intriganz, und er tat, was von ihm erwartet wurde: Er stiftete Unfrieden.

Vicious versuchte mit vielerlei Methoden, mir heimzuzahlen, dass ich mit Emilia LeBlanc ging. Blöd nur für den Penner, dass ich mich, anders als seine Jünger, nicht von ihm einschüchtern ließ. Wir gerieten jede zweite Woche wegen des Themas aneinander – körperlich wie verbal –, aber mir war klar, dass Millie ihm wehrlos ausgeliefert wäre, falls ich mich von ihr trennte, und ich wollte nicht, dass er sie in die Finger bekam. Er schikanierte, verhöhnte und hasste sie. Vicious hätte reichlich Zeit gehabt, sie um ein Date zu bitten. Inzwischen wollte sie mit mir zusammen sein, und Rosie hatte mich ihr in die Arme getrieben.

Und mehr noch als bei Millie wollte ich bei Rosie Gefallen erwecken. Um jeden Preis.

Schließlich gelang es Vicious, mir auf eine Weise eins auszuwischen, die meinen Schutzpanzer zerbrechen ließ. So robust dieser auch war, entpuppte er sich letzten Endes als nicht unverwüstlich.

Er küsste Rosie.

Er veranstalte bei sich zu Hause eine Party, und wir waren gerade am Herunterkühlen, nachdem wir uns um ein Haar gegenseitig die Fresse poliert hätten. Das war nichts Außergewöhnliches. Was hingegen aus dem Rahmen des Üblichen fiel, war die Tatsache, dass er mich zum allerersten Mal meine eigene bittere Medizin kosten ließ. Und sie schmeckte scheußlich, ganz ehrlich.

Ich ging in seine Küche, um mir eine Flasche Wasser zu holen, nachdem ich eine Xanax eingeworfen hatte, um wieder halbwegs klar denken zu können. Ich war voll wie eine Haubitze, aber ich musste dringend nach Millie sehen, die Vicious auf der Party so sehr aus der Fassung gebracht hatte, dass sie sich zurück zur Dienstbotenunterkunft geflüchtet hatte.

Mit den Schultern erkämpfte ich mir einen Weg durch ein Meer aus schweißglänzenden Körpern, und als ich endlich beim Kühlschrank anlangte, stellte ich fest, dass es darin kein Wasser mehr gab. Ich schaute mich in der gigantischen, düsteren Kirschholzküche um, die eher in den Buckingham-Palast gepasst hätte. Wohin ich auch blickte, überall waren Menschen. An der Spüle knutschte ein Pärchen rum, rings um die Kücheninsel hatte sich eine Gruppe Footballer versammelt, die Schnäpse tranken, bei ihnen ein paar Mädchen, die sich das Retalin in die Nase zogen, das ich an diesem Abend mitgebracht hatte. Ich schubste zwei der schnupfenden Bräute zur Seite und riss die Tür zur Vorratskammer auf, weil ich wusste, dass dort die Wasserflaschen gelagert wurden.

Ich knipste das Licht an und erstarrte, als mein Blick Vicious und Rosie erfasste.

Seine Lippen auf ihre gepresst umfing er sie wie ein dunkler Schemen, der sie zu verschlingen drohte. Ich wollte ihn von ihr fortreißen, seinen Körper in Stücke zerfetzen.

Ihre Augen waren geschlossen, während sie sich küssten. Seine nicht. Er hob den Arm und zeigte mir den Mittelfinger, dann verzog er seinen geschäftigen Mund zu einem Feixen, als er mit seiner freien Hand ihre Taille fasste und sie an sich presste. Da war keine Leidenschaft im Spiel. Keine Lust. Das Ganze wirkte nüchtern und kalt. Sie hatte jemand viel Besseres verdient.

So einen wie dich etwa, Arschloch?

»Was zum Teufel ist hier los?« Ich zermalmte jedes einzelne Wort mit den Zähnen. Meine Stimme erschreckte Rosie so, dass sie zusammenzuckte und die Hand auf ihr Herz drückte. »Nimm deine Drecksfinger von ihr, bevor ich sie dir breche.« Ich spürte, wie sich die Dunkelheit gleich Tinte in meinem Magen ausbreitete, von mir Besitz ergriff.

Vicious drehte den Kopf in meine Richtung, eine seiner Hände noch immer in Rosies Haaren. Er grinste sardonisch.

»Bring mich doch dazu.«

Es war eine Einladung, die ich nur zu gern annahm. Ich zerrte ihn von ihr weg und rammte ihn gegen einen Karton Piccolos. Ich war größer, stärker und um einiges Furcht einflößender als er. Vicious knallte mit dem Kopf gegen die schwere Kiste. Er schubste mich weg. Mein Stoß fiel härter aus.

»Dean!«, schrie Rosie. Rein rational wusste ich, dass sie nicht mir gehörte. Ich wusste es, doch ich *verstand* es nicht. Sie hatte jede Menge Verehrer. Ich bekam mit, wie sie in der Schule und auf Partys mit ihr sprachen. Sie hatten nie großen Erfolg bei ihr. Rose LeBlanc hatte ihren Namen aus gutem Grund. Sie war voller Dornen. Sie war so schön – stellte eine derart unfassbare Versuchung dar –, dass ihr, wie einer echten Rose, kleine Stacheln gewachsen waren, um sie zu schützen. Weil jeder sie haben wollte.

Inklusive dir, du Idiot.

»Was glaubst du, was du da tust?«, zischte ich Vicious ins Gesicht. Noch vor zehn Minuten war er derjenige gewesen, der mir fast den Arsch aufgerissen hätte. Wir wechselten permanent die Rollen. Der Grund war offensichtlich. Niemand sprach es laut aus, aber schließlich ergab es einen Sinn.

Jeder von uns hatte sich mit der falschen Schwester eingelassen.

»Ich tue das, was du gern tun würdest.« Seine Augen wurden schmal, und er leckte sich über die Unterlippe, die noch geschwollen war vom Küssen. »Nämlich Rosie LeBlanc die Zunge in den Mund stecken. Sie schmeckt gut.« Er lachte auf und schlug mir kameradschaftlich auf den Rücken. »Nach Fruchtkaugummi und 7Up und dem Mädchen, das du niemals haben wirst.«

Ich schleuderte ihn durch die Vorratskammer, und er landete auf einem Zehn-Kilo-Sack Reis. Ich wollte ihn umbringen und hätte das ohne Zweifel auch getan, hätte Rosie mich nicht von hinten gepackt und mich trotz ihrer nicht vorhandenen Körperkraft zur anderen Wand in dem kleinen Raum bugsiert.

»Herrgott noch mal, hör auf damit! Drehst du jetzt völlig durch? Verzieh dich!«

»Das hier ist krank!«, brüllte ich und raufte mir die Haare. »Du magst ihn noch nicht mal.«

»Unwichtig. Ich kann tun, was immer ich will.«

»Und du legst es verflucht noch mal darauf an, mir das Herz aus dem Leib zu reißen?«

Scheiße. Ich hatte das laut gesagt, oder? Dabei war ich derjenige, der ihr wehtat. Ich ließ den Kopf hängen und fühlte, wie mir das Blut zu Kopf stieg. Ein Teil von mir war froh, dass ich bald aufs College gehen würde. Diese Stadt war eine einzige brodelnde Gerüchteküche, ein Moloch außer Kontrolle geratener Dramen. Ich wollte lieber nicht hier sein, wenn die Scheiße überkochte.

»Ja«, flüsterte sie, auf ihrem Gesicht ein Ausdruck von Stolz und Beschämung. Zudem wirkte sie genauso betrunken wie ich. »Vielleicht lege ich es genau darauf an.«

»Ich glaube nicht, dass du mich verletzen willst.« Ich hob den Kopf und hielt ihren Blick fest. »Sondern, dass Vicious darauf aus ist und du nur mitspielst, weil du einen sitzen hast. Lass mich dich nach Hause bringen.«

»Nein, danke.« Sie schaute weg.

»Witzig, dass du das sagst. Es wird nämlich Zeit, dass *du* deinen Scheiß zusammenpackst und von meinem Grundstück verschwindest, Cole«, hörte ich Vicious in meinem Rücken, während er sich einen Joint in den Mund steckte. Einen Joint, den *ich* ihm gegeben hatte. *Scheißkerl.*

»Falls du dich noch einmal an ihr vergreifst, sorge ich dafür, dass du hinterher keine Lippen mehr hast, mit denen du irgendwen küssen könntest. Nur als gut gemeinter Rat für die Zukunft.« Ich zuckte die Achseln und knipste aus reiner Gehässigkeit das Licht aus, bevor ich die Vorratskammer verließ.

Ein Schritt. Dann noch einer. Und noch einer. Mein Rückzug aus Vicious' Haus war der längste Marsch meines Lebens.

Es drängte mich mit Macht danach, irgendetwas zu unternehmen, aber ich hatte verdammt noch mal keine Ahnung, was genau das hätte sein können. Ich wollte mit Millie Schluss machen, allerdings bezweifelte ich, dass das irgendetwas geändert hätte. Rosie würde sich auch dann nicht mit mir einlassen – mich womöglich sogar hassen, weil ich ihrer Schwester den Laufpass gegeben hatte. Und Vicious würde Millie definitiv in die Ecke drängen und ihr das Leben zur Hölle machen.

Damals wusste ich nicht, wie schlimm die Dinge wirklich standen. Denn nach der Party brüstete sich Vicious damit, dass Rosie ihm schon den ganzen Monat nachlaufe, um Trent und Jaime glauben zu machen, sie wolle mit ihm zusammen sein, obwohl sie ihn in Wahrheit anflehte, ihrer Schwester nichts zu verraten. Sie ahnte nicht, dass das längst geschehen war. Ich dagegen wusste es, weil Emilia es mir erzählt hatte – unter Tränen, nebenbei bemerkt, was nur belegte, welch schlechter Witz unsere Beziehung war. Angeblich befürchtete sie, ihre Schwester könne verletzt werden.

Rosie wusste nichts davon, aber ihr alkoholisierter Ausrutscher in der Vorratskammer katapultierte mich tiefer in ein bodenloses Loch und direkt in die Arme meiner Laster.

In jener Nacht war ich zu betrunken, um Auto zu fahren, darum nahm ich mir ein Taxi.

Ich wankte hinauf in mein Zimmer.

Verschloss die Tür.

Nahm eine Flasche Jack Daniel's aus meiner Nachttischschublade.

Und tat mit ihr das, was ich mit Vicious tun wollte.

Ich machte ihr den Garaus.

KAPITEL 6

Dean

Nachdem wir das Flughafengebäude verlassen hatten, öffnete ich den Kofferraum des wartenden Taxis und warf unsere beiden Gepäckstücke hinein. Mittlerweile war ich wieder relativ nüchtern. Soll heißen, ich konnte Gesichter, Farben und größere Umrisse unterscheiden. Was gut genug für meine Eltern war, würde auch Rosie genügen müssen.

Ich drehte den Kopf zu ihr und betrachtete zum ersten Mal, seit ich in den Flieger gestiegen war, ihr Gesicht. Ich war den Großteil des Fluges weggetreten gewesen. Nicht dass es einen Unterschied gemacht hätte. Baby LeBlanc hätte auch dann nicht mit mir geredet, wäre ich die letzte des Sprechens mächtige Person auf dem Planeten gewesen.

Aber das gehörte offenbar der Vergangenheit an, weil sie mich jetzt nämlich ansah, als hätte sie eine ganze Menge zu sagen.

Während der Flachwichser von Taxifahrer mit seiner Frau telefonierte – in einer Lautstärke, die eher in eine Broadway-Show gepasst hätte –, knallte ich den Kofferraumdeckel zu, lehnte mich mit verschränkten Armen gegen das Heck und wartete darauf, dass sie ihren gerechten Zorn auf mich entlud.

»Soll ich Mama Cole einen Besuch abstatten? Und ihr erzählen, dass ihr Sohn ein Alkoholproblem hat?« Ihre Frage wurde von einem Hüsteln und einem Stirnrunzeln begleitet. Die Drohung war einfach zu niedlich. Weder kannte Baby LeBlanc meine Mutter, noch besaß sie die Befugnis, mit ihr zu sprechen. Ich zupfte sie an ihrem Pferdeschwanz, als ich an ihr vorbeiging, um die hintere Tür zu öffnen. Mit einem Kopfnicken bedeutete ich ihr einzusteigen, und sie tat es. Ich begab mich auf die andere Seite des Wagens und setzte mich neben sie.

»Mein Trinken ist nicht das Problem. Es läuft immer nur alles schief, wenn ich die Finger vom Alkohol lasse.« Ich presste mit Absicht die Knie in den Fahrersitz. Ich war zu groß und zu breit für dieses Auto, und der Blödmann hatte es sowieso verdient. Seit wir eingestiegen waren, hatte er nicht eine Sekunde den Rand gehalten und kaum Luft geholt, um zu fragen, wo wir hinwollten.

Sie zog einen Lippenbalsam hervor, tupfte den Finger hinein und trug ihn auf. Der süße Duft von Zuckerwatte erfüllte den Fond. Ich dürstete danach, die glänzende Creme von ihrem Finger zu lecken, ihn, bedeckt mit meinem Speichel, in ihre enge Jeans zu schieben und zuzusehen, wie sie sich selbst stimulierte. Sie sprach gerade mit mir. Leider hatte ich keine Ahnung, worüber. Ich blinzelte, versuchte, mich zu konzentrieren.

»Ich kann nicht fassen, dass ich das sage, Dean, aber ich mache mir Sorgen um dich.«

»Was für ein witziger Zufall. Weil das nämlich auf Gegenseitigkeit beruht.« In dem Wissen, dass sie das ganz wuschig machte, fuhr ich mir mit den Händen durchs Haar. »Ich bin besorgt, dass du mir nicht mehr lange widerstehen können wirst.«

»Du lebst zu exzessiv«, sagte sie, ohne meinen Konter einer Antwort zu würdigen. Das liebte ich an ihr. Sie schnappte nie nach dem Köder. Aber das würde sich ändern. Über kurz oder lang würde sie dem Druck nachgeben, den ich auf sie ausübte, seit sie Dr. Dumpfbacke abserviert hatte. Weil ich niemand war, der aufgab. Wenn ich etwas begehrte, nahm ich es mir. Und ich begehrte sie. Mehr als alles andere.

»Dafür lebst du überhaupt nicht«, entgegnete ich. »Bei dir läuft alles wie auf Autopilot geschaltet – schlafen, arbeiten, Freiwilligendienst, und das Ganze wieder von vorn. Ich werde dem bald ein Ende bereiten.«

Sie wandte den Blick zu mir und schluckte. Ich schaute bewusst nach vorn, ließ ihr Zeit, sich daran zu erinnern, dass sie mochte, was sie sah. Um sie in mein Netz zu locken. Und anschließend zu warten, bis sie sich darin verhedderte, bevor ich mich über meine Beute hermachte.

Ich lehnte mich entspannt in meinem Sitz zurück – die Fahrt nach Todos Santos würde eine Dreiviertelstunde dauern – und legte ihr meine Absichten dar. Es war nur fair, sie ins Bild zu setzen.

»Nur, damit du es weißt, Baby LeBlanc. Ich werde in naher Zukunft Sex mit dir haben«, sagte ich unverblümt, ohne mich darum zu kümmern, dass ihr schier die Augen aus dem Kopf traten und die Kinnlade runterfiel oder dass der Fahrer, der nun nicht mehr lautstark quasselte, uns mit unverhohlenem Interesse durch den Rückspiegel anstierte. »Vielleicht nicht in dieser Woche, womöglich nicht mal in diesem Monat, aber es wird passieren. Und wenn es so weit ist, wirst du dich deinen Ängsten stellen und deiner heiligen Schwester sagen müssen, dass wir beide zusammen sind, andernfalls werde ich es tun. Weil dir kein anderer mehr genügen wird, wenn ich dich erst mal gevögelt habe. Niemals mehr. Darum ist es mir ein Anliegen, dich hier und jetzt wissen zu lassen, dass mein Schwanz dir jederzeit zur Verfügung steht, ob bei Tag oder bei Nacht.

Das mit uns wird von Dauer sein, darum ist es mir wichtig, dich glücklich zu machen.«

»Ich habe den Hinweis zur Kenntnis genommen, Mr Wahnstörung.«

»Freut mich, dass wir das klären konnten, Miss Wir-sehen-uns-in-meinem-Bett.«

Rosie

Was gibt dir das Gefühl, lebendig zu sein?
Vertraute Gerüche. Der meiner Bettlaken, meines Parfums. Von Morgenatem. Von leichtem Schweiß, wenn die ersten Sonnenstrahlen des Tages meine Haut streicheln. Der Duft der Heimat.

Bei ihm fühlte ich mich in einer Tour manipuliert.

Nicht, weil er mit mir schlafen wollte. Ich war die Königin flüchtiger Affären. So wird man eben, wenn man weiß, dass man mehr nicht haben kann. Genau wie Dean ließ ich mich nicht auf etwas Festes ein.

Er war der Verflossene meiner Schwester und meine erste Liebe. Zwei Tatsachen, die eigentlich nicht miteinander in Verbindung stehen, ja, nicht einmal in ein- und demselben Satz genannt werden dürften.

Nur änderte das nichts an ihrem Wahrheitsgehalt.

Die Loyalität gegenüber meiner Schwester – die uns mit zwei Jobs über Wasser gehalten hatte, damit ich mich aus dem Würgegriff unserer Eltern befreien und in New York leben konnte – war stärker als mein Bedürfnis nach Deans warmem Körper. Und selbst wenn er nicht Millies Ex gewesen wäre, folgte ich einer strikten Kein-fester-Freund-Regel, und ein Mann wie Dean würde mir das Herz stehlen, so viel stand fest.

Genau genommen hatte er einen kleinen Teil davon bis heute nicht zurückgegeben.

Eine zierliche, alterslose Haushälterin öffnete die Tür von Vicious' und Millies Zuhause und bat mich herein. Nachdem ich mir in einem der vielen Badezimmer im Erdgeschoss das Gesicht gewaschen hatte, sprach ich mir vor dem Spiegel selbst Mut zu.

Es geht dir gut. Du bist erwachsen und eigenständig. Lass dich nicht wie ein kleines Kind behandeln.

Anschließend machte ich mich mit meiner Umgebung vertraut, indem ich durch die Eingangshalle der im italienischen Stil erbauten Villa spazierte, die meine Schwester und ihr zukünftiger Ehemann kürzlich erworben hatten.

Ich passierte in Goldtönen gehaltene Flure, Rundbögen, prachtvolle Kronleuchter sowie das Dienstbotenquartier – offenbar waren Millie und Vicious so freundlich, *ihr* »Helferlein« unter demselben Dach wohnen zu lassen, was meiner Familie nicht gestattet gewesen war, als meine Eltern für die Spencers arbeiteten –, bevor ich endlich zum Salon gelangte. Ich grub meine kalten Finger in die Rückenlehne des seidenbezogenen viktorianischen Sofas, während ich den Blick durch den saalartigen Raum schweifen ließ. Der einzige Grund, aus dem ich es bis hierher geschafft hatte, ohne von jemandem bemerkt zu werden, war, dass dieses Haus die Größe des Louvre aufwies.

Meine Schwester und ich waren beide bescheidene Menschen, von Kindheit an dazu erzogen, Freude an ideellen Dingen zu finden, aber sogar ich räumte ein, dass es die pure Glückseligkeit sein musste, ein Zuhause wie dieses sein Eigen zu nennen. Es war heiter, wunderschön und romantisch.

Genau wie Emilia.

In aller Ruhe guckte ich mich um, sog alles in mich auf. Bis vor ein paar Monaten hatten Millie, Vicious und meine Eltern zusammen in einem luxuriösen Mehrparteienhaus in Los Angeles gewohnt. Als Vicious und Millie beschlossen, sich im beschaulichen Todos Santos niederzulassen, hatten meine Eltern die Gelegenheit beim Schopf ergriffen und hier ein Zimmer bezogen, um in der Nähe ihrer älteren Tochter zu bleiben. Zu besagtem Zimmer gehörten außerdem ein Bad, ein Wohnraum und, soweit ich wusste, eine eigene Küche. Eher unwahrscheinlich, dass sie sich hier gegenseitig auf die Füße traten.

Ich liebte mein Leben in New York. Den Schmutz der Großstadt, die dampfenden Gullys, das Völkergemisch. Meine Unabhängigkeit war mir wichtig – ich brauchte sie wie die Luft zum Atmen, weil ich wusste, wie erstickend das Leben mit meinen Eltern sein konnte –, trotzdem konnte ich nicht abstreiten, dass es sich anfühlte, als würde ein scharfes Messer in meiner Brust wühlen.

»Da bist du ja!«, rief meine Schwester und wirbelte mich zu sich herum. Ich lehnte mich gegen die hölzerne Kopflehne der Couch und grinste wie ein Honigkuchenpferd.

Sie wirkte verändert. Im *positiven* Sinn.

Nicht mehr ausgemergelt und hohläugig, und ihre fliederfarbenen Haare waren vom Ansatz bis zu den Spitzen duftig und makellos. Sie trug ein weißes, ausgestelltes, mit roten Kirschen bedrucktes Kleid und dazu blaue Riemchensandalen, die überhaupt nicht gepasst hätten, es sei denn, man war Emilia LeBlanc.

»Oh Rosie«, japste sie, als ich ihr derart ungestüm um den Hals fiel, dass wir beide nach hinten taumelten, und sie herzhaft drückte. »Du hast mir gefehlt wie das Salz in der Suppe. Ergibt das überhaupt einen Sinn?« Sie rückte ein Stück von mir ab, um mein Gesicht zu betrachten und mir über die Wange zu streicheln. Der riesige, seltene, pinkfarbene einundzwanzigkarätige Diamant an ihrem Ring funkelte so hell im Sonnenlicht, dass ich für einen Moment geblendet wurde.

Eigentlich hätte sich Neid in mir regen müssen.

Wegen ihrer Verlobung, ihrem Haus, ihrem Zukünftigen *und* der Nähe zu unseren Eltern. Wegen ihrer *Gesundheit*. Weil sie so viel hatte und ich so wenig.

Aber sie hatte das alles verdient, inklusive der protzigen italienischen Villa. Und nein, es wunderte mich nicht, dass sie mich schrecklich vermisst hatte, weil das umgekehrt ebenso galt. Meine Schwester hatte mich von meiner Geburt an unter ihre Fittiche genommen. Sie besaß das Talent, für mich da zu sein, ohne mir das Gefühl zu geben, dass ich eine Last sei. Meine Mutter hatte das nie zuwege gebracht.

Millies Hände lagen auf meinen Schultern, als sie mir lächelnd ihre gewohnte Bestandsaufnahme angedeihen ließ, indem sie mich von Kopf bis Fuß musterte.

»Du siehst zu gut aus«, moserte ich und zog die Nase kraus. »Ich hasse es, wenn du die Latte so hoch hängst. Das machst du ständig.«

Sie lachte auf und kniff mich in die Schulter. »Wo steckt dein Freund? Ich dachte, er würde dich begleiten?«

Aus Gründen, die jeder Logik entbehrten, kam mir Dean in den Sinn, und ich errötete. Aber natürlich sprach Millie von Darren. Ich hatte meiner Familie nie gebeichtet, dass wir nicht mehr zusammen waren. Meine Schwester hatte mit den Hochzeitsvorbereitungen schon genug am Hals, ohne dass ich sie auch noch mit der Trennung belasten musste. Ich hatte vor, es ihnen heute Abend zu erzählen, aber ich würde jede Möglichkeit nutzen, um das Unvermeidbare aufzuschieben. Lieber hätte ich mir von einem Automechaniker eine Zahnbehandlung verpassen lassen, als meinen Eltern die Wahrheit zu gestehen.

»Ich wollte etwas Zeit mit meiner Familie allein verbringen.« Ich stülpte mir ein Lächeln über. Indem sie eine Braue hob und mir mit der Hand über meine hellbraunen Haare strich, gab sie mir wortlos zu verstehen, dass sie mir den Stuss nicht abnahm.

»Ich kann noch immer nicht glauben, dass du einen Freund hast«, sinnierte sie. »Ich dachte, du würdest dich nie fest binden.«

»Tja, ich bin nicht mehr die Jüngste. Achtundzwanzig entspricht in Mukoviszidose-Jahren gerechnet etwa fünfundsechzig.« Ich zuckte mit den Achseln. »Wir greifen das Thema beim Abendessen noch mal auf.«

Dann werde ich beichten, dass Darren passé ist und euch damit allen das Herz brechen.

Sie quittierte das mit einem Schnauben und zog mich in den Flur.

»Mama wartet schon auf dich. Sie ist in der Küche und bereitet einen Schmortopf zu.«

Mein Leibgericht. Ein Gefühl von Wärme durchströmte mich. *Sie weiß es noch.*

Die Art, wie meine Eltern mit mir beziehungsweise Millie umgingen, war grundverschieden. Meine ältere Schwester wurde von ihnen respektiert, bewundert und um Rat gefragt, wohingegen ich betütert, in Watte gepackt und behandelt wurde wie ein rohes Ei, das beim kleinsten Stoß zerbrechen könnte. Trotzdem war mein Vater eine Million Mal besser als meine Mutter. Zumindest mochte er mein kratzbürstiges Wesen und freute sich, dass ich in New York zur Eigenständigkeit gefunden hatte. Bei meiner Mutter drehte sich alles immer nur um meine Krankheit, sodass ihr nicht die Zeit blieb, mich wirklich kennenzulernen und die Person ins Herz zu schließen, die ich war. Sie war eine Glucke, die keine Sekunde übrig hatte, um herauszufinden, was in ihrem Küken vorging.

Für sie war ich das symbolische kranke Kind. Widerspenstig und uneinsichtig. Das dumme Mädchen, das sein Leben riskierte, um in einem albernen Café in New York zu jobben, anstatt nahe bei seiner Familie zu leben. Das Mädchen, das nie einen netten Kerl gefunden hatte.

Als wäre Vicious ein netter Kerl.

Es gab noch einen zweiten Grund, warum ich meiner Familie nichts von der Trennung gesagt hatte. Die Tatsache, dass Darren Arzt war, hatte dafür gesorgt, dass meine Eltern mir nicht mehr dauernd auf den Wecker fielen, nachdem Millie nach Los Angeles umgesiedelt war. Zugegebenermaßen hing es auch mit Darrens Charme zusammen. Mit seiner – ihm nicht bewussten – Fähigkeit, meine Eltern davon abzuhalten, mir ständig damit in den Ohren zu liegen, dass ich nach Kalifornien zurückkommen und mit ihnen unter einem Dach leben solle wie eine traurige, in sich gekehrte Einsiedlerin.

Aber ich war keine Einsiedlerin. Sondern eine musikbegeisterte Elfe, die einen geilen Kaffee machte, das *Vice*-Magazin las, verunsicherte frischgebackene Mütter zum Lachen brachte und immer Lust hatte, einen draufzumachen. Ich war ein Mensch. Mit Eigenschaften und Ideen.

Leider fühlte ich mich in Todos Santos nie so.

»Ist Daddy auch da?« Auf dem Weg zur Küche spielte ich mit Millies knisternden Locken.

»Er ist mit Vic in die Innenstadt gefahren.« Sie drängte mich vorwärts. Das köstliche Aroma von Knollengemüse, Zimt und saftigem Fleisch erfüllte die Luft. »Ich brauche ein paar Sachen von Walgreens. Sie werden in Kürze zurück sein.«

In der Küche angekommen erinnerte mich das enttäuschende Wiedersehen mit meiner Mutter daran, wieso ich direkt nach dem Highschool-Abschluss eine Tasche gepackt hatte und ans andere Ende des Landes geflüchtet war. Sie umarmte mich, tätschelte meine Wangen und fragte mich, wann Darren eintreffen werde. Ich fühlte mich wie ein Trostpreis.

Ich wollte gerade dazu ansetzen, mit der Wahrheit herauszurücken, als meine Mutter mir zuvorkam, indem sie mir sagte, wie stolz sie auf mich sei und wie glücklich es sie mache, dass ich »endlich einen respektablen Mann gefunden« habe, um mit ihm »sesshaft« zu werden.

Komm schon, tu dir keinen Zwang an, und sag es einfach, wollte ich ihr entgegenschleudern. *Nicht jeder ist so edelmütig, ein solches Opfer für ein krankes Mädchen zu bringen.*

»Ich vermute, er steckt bis über beide Ohren in Arbeit. Ich hoffe, du setzt ihm deswegen nicht zu, Rosie. Ich für meinen Teil bin froh, dass er es überhaupt einrichten kann.« Ihre schwere Brust hob und senkte sich im Rhythmus ihrer Atemzüge, als sie mir einen etwas zu festen Klaps auf die Wange versetzte. Meine Mutter war eine füllige Frau, mit voluminösen Haaren und großen blauen Augen. Irgendwie war alles an ihr XXL. Seit ich denken konnte, bedeckte ein dünner Schweißfilm ihre glatte Haut. Früher liebte ich es, wie er an mir haften blieb, wenn ich sie umarmte.

»Also, ähm …« Ich räusperte mich. *Bring es hinter dich. Zieh es ab wie ein Pflaster.* »Eigentlich …«

»Ich kann es kaum erwarten, den Mann kennenzulernen. Ich habe mir sogar ein neues Kleid gekauft. Der erste Eindruck zählt. Und bei diesem Darren habe ich ein gutes Gefühl, Rosie.« Sie fuchtelte mit dem Finger vor meinem Gesicht herum. »Ihr lebt nun schon seit geraumer Zeit zusammen, und er kennt deine Situation …«

Ich wusste genau, *was* sie meinte. Seit ich meiner Familie letztes Jahr, kurz vor Millies Umzug, davon erzählt hatte, behandelten sie mich wie einen alten arthritischen Hund mit Blasenschwäche.

Eigentlich hätte Darren am selben Wochenende eintreffen sollen, an dem die Hochzeit stattfand. Er hatte gedacht, bei dieser Gelegenheit würden wir meiner Familie verkünden, dass wir die Nächsten seien.

Falsch gedacht.

Dass meine Mutter sich ein neues Kleid für ihre erste Begegnung gekauft hatte, hieß, dass sie im Glückstaumel war. Mit ihrem üblichen Aufzug würde sie Carrie Bradshaw nicht gerade einen harten Wettkampf bieten. Ich ließ sie in ihrer falschen Seligkeit schwelgen und beschloss, die Bombe erst platzen zu lassen, wenn ich nicht mehr unter Schlafmangel und einem leichten Jetlag litte.

Mein Leben in New York ermöglichte mir, das Heft in der Hand zu haben und die Informationen, die ich meinen Eltern und meiner Schwester zukommen ließ, zu filtern. Es war ausgeschlossen, dass sie von der Trennung erfahren hatten. Niemand könnte ihnen davon erzählen.

Mit Ausnahme von Dean Cole.

Ich merkte mir vor, Dean eine SMS zu schreiben, dass er die Klappe halten solle.

»Jetzt erzähl mal, Rosie, wie läuft es in der Arbeit?«, fragte meine Mutter inmitten der Geräuschkulisse einer lebendigen Küche und holte mit ihren blumenbedruckten Topflappen die Kasserolle aus dem Backofen. Der Duft von Fleisch, Zwiebeln und Volleinudeln driftete durch den Raum und in meine Nase. Mein Magen fing an zu knurren. Millie leckte sich die Lippen und beäugte den Topf, als wäre er Jamie Dornan. Normalerweise mochte sie keine Schmorgerichte, aber vielleicht hatte sie mittlerweile erkannt, wie grundfalsch sie lag, weil Charlenes die besten auf der ganzen Welt waren. Ich wollte gerade auf die Frage eingehen, als meine Mutter mir *wieder* zuvorkam.

»Hast du Hunger, Liebes? Setz dich doch. Du bekommst schon mal eine Kostprobe.« Sie tätschelte Millies Rücken. Ich klappte den Mund zu und wartete gespannt darauf, ob sie mich ermuntern würde, ihre vorherige Frage zu beantworten. Ob mein Job sie wirklich auch nur eine Spur interessierte.

Sie eilte geschäftig hin und her und bereitete einen Teller für Millie, während ich mit verschränkten Armen dastand und die Szene beobachtete. Charlene LeBlanc war mit jeder Faser eine Südstaatenschönheit vom alten Schlag, und Menschen zu verköstigen – vor allem ihre Kinder – lag ihr im Blut, mächtig und lebensnotwendig wie Sauerstoff. Aber hier war noch etwas anderes im Spiel. Sie umhegte Millie mit einer Fürsorglichkeit, als wäre diese behindert oder hätte all ihre Zähne eingebüßt.

»Rosie? Möchtest du auch etwas?«, fragte sie mit einem Blick über ihre Schulter, während sie den Kühlschrank öffnete und einen Krug ihres berühmten, selbstgemachten Eistees herausnahm. Auf der Oberfläche trieben Pfirsichstückchen umher, und mir lief das Wasser im Mund zusammen.

Ich wollte von beidem etwas, aber zu meiner eigenen Überraschung hörte ich mich sagen: »Nein, danke.«

Meine Mutter wendete sich Millie zu und strich ihr die fliederfarbenen Haare aus der Stirn. »Schmeckt es dir? Ich weiß, es ist deine Leibspeise.«

Nickend aß meine Schwester noch einen Bissen, wohingegen ich drohte, innerlich zu explodieren.

»In Wahrheit …« Ich machte den Kühlschrank auf, fühlte mich wie zu Hause – was nicht zwingend an meiner Mutter lag. »… ist dein Pulled-Pork-Sandwich Millies Lieblingsessen. Schmortopf mit Rindfleisch und Nudeln ist *meines*.« Ich griff mir eine Bierflasche aus einer der Türen – selbstredend verfügte er über zwei und war in etwa so geräumig wie unser früheres Apartment in Sunnyside. Ich öffnete sie und trank einen Schluck. Es war noch ziemlich früh für Alkohol, aber irgendwo auf der Welt musste es bestimmt schon fünf sein. Wo immer das sein mochte, genau dort wäre ich gern gewesen.

Meine Mutter und Millie glotzten mich völlig verdattert an, Letztere den Mund noch immer voll mit Essen. Ich wünschte, sie würde es mit dem Eistee, den ich so sehr liebte, runterspülen – Millie hatte Eistee nie gemocht, sie bevorzugte Cola –, damit ich die Verwirrung in ihren Augen nicht sehen müsste.

»Entschuldigt.« Ich hob die Flasche an meine Lippen und machte eine abweisende Handbewegung. »Langer, holpriger Flug mit Dean Cole als Sitznachbarn. Wenn es euch nichts ausmacht, werde ich mich mitsamt meiner miesen Laune jetzt nach oben verziehen.«

Millie erhob sich. »Ich werde dir dein Zimmer zeigen«, erbot sie sich. »Es ist sehr hübsch. Ich habe sogar Poster von deinen Lieblingsbands gekauft und aufgehängt. Lass mich deinen Koffer holen«, fügte sie hinzu, und sofort übermannte mich das schlechte Gewissen, weil ich diese kleine Szene aufgeführt hatte, um meiner Mutter ans Bein zu pinkeln.

»Du wirst nichts dergleichen tun.« Charlenes Stimme war hart wie Stahl, sie sägte an meinen Nerven und hinterließ Wundmale. »Ich hole den Koffer. Wir treffen uns oben.«

Mit schamvoll gesenktem Kopf folgte ich Millie die Treppe hinauf. Die Stille war überlaut, sie hallte von den Wänden wider. Vor meiner Ankunft hatte hier Friede, Freude, Eierkuchen geherrscht.

Ich wusste, dass ich dazu neigte, Stress zu verursachen – mit meiner Krankheit, meiner Gesinnung, meiner Existenz im Allgemeinen –, darum gelobte ich mir, mich während meines restlichen Aufenthalts bedeckt zu halten und den anderen aus dem

Weg zu gehen. Um ehrlich zu sein, war es einer der Gründe, warum ich nicht vorzeitig hatte anreisen wollen.

Um ein Gespräch anzuleiern, fragte ich meine Schwester: »Was ist in Mama gefahren, dass sie dich plötzlich behandelt wie eine Sechsjährige, die man zwangsernähren muss?«

»Nichts ist in sie gefahren«, flötete Millie und deutete mit den Händen zu den Bildern an den Wänden und den Statuen, die in den Ecken der luftigen Korridore standen. »Du weißt doch, wie sie ist. Eine überbehütende Glucke, die sich immerzu Sorgen macht.«

»Das stimmt, aber früher hatte sie nie ein Problem damit, wenn du mein schweres Zeug geschleppt hast«, beharrte ich. Millies Lachen klang irgendwie gezwungen.

»Mama benimmt sich schon seit meiner Verlobung, als wäre ich aus Zucker. Sie will, dass alles perfekt ist. Bräute sehen nun mal nicht gut aus, wenn sie eine riesige Beule am Kopf oder einen eingegipsten Arm haben.«

Ich ließ das Thema fallen, weil ich zum einen zu müde war, um es zu vertiefen, und zum anderen genügend eigene Sorgen hatte. Ich musste die Pläne für ihren Junggesellinnenabschied auf den letzten Drücker ändern und außerdem heute beim Abendessen die Trennung von Darren bekanntgeben.

»Jedenfalls bin ich sehr glücklich, dass du hier bist«, sagte sie und rieb meinen Arm. Wir waren beide kleine Frauen, aber ich war geradezu winzig. In der Nähe meiner Mutter hatte ich das Gefühl, in eine Hosentasche zu passen. »Ich weiß, dass du vielbeschäftigt bist. Du hast dein Leben in New York, und ich möchte dir sagen, wie sehr ich es zu schätzen weiß, dass du gekommen bist. Ich freue mich unendlich, Rosie-Mäuschen.«

Wir plauderten noch eine Weile, bevor sie in die Küche zurückkehrte. Sowie ich allein war, ließ ich mich auf das mit Dutzenden flauschiger Kissen bestückte Doppelbett fallen, fischte mein Handy aus der Gesäßtasche meines ausgeblichenen Jeansrocks und schrieb Dean eine Textnachricht. Es war die erste, die er je von mir bekam.

Rosie
Eltern und Schwester wissen nicht, dass ich mit Darren Schluss gemacht habe. Sag bitte nichts. Ich erzähle es ihnen heute Abend.

Er antwortete binnen Sekunden.

Dean
Blöde Sache. Dann muss ich die geplante Presseankündigung wohl zurückziehen. So schlimm bei euch?

Es fühlte sich gut an, dass er mir eine Frage stellte und folglich auf eine Antwort wartete.

Rosie
Die üblichen LeBlanc-Querelen. Und bei dir?

Dean
Ich schlinge gerade ein Sandwich runter, während ich mir Moms Geplapper über die neuen Rasen-Vorschriften anhöre. Ganz großes Kino. Ruf an, wenn du einen Retter in der Not brauchst.

Rosie
Du bist nicht Superman.

Dean
Für dich kann ich alles sein.

Rosie
Von so viel Käse bekomme ich Heißhunger.

Dean
Apropos Heißhunger. Ich stelle mir gerade vor, dass einige deiner Körperstellen sehr viel köstlicher wären als mein Sandwich.

Mit einem unschönen Lachen ließ ich den Kopf aufs Kissen sinken und schloss die Augen. Der Schlaf übermannte mich, wie auch mehrere Orgasmen. In meinen Träumen. Mein Filmpartner? Dean »Ruckus« Cole.

Mist.

KAPITEL 7

Dean

Ich war ein verzogener Rotzlöffel.

Ich wusste das, akzeptierte es und hatte nicht das geringste Problem damit.

Sowie ich durch die Haustür trat, stürzten sich meine Mutter und mein Vater auf mich, als wäre ich Gott höchstpersönlich. Für sie war ich das tatsächlich. Ich wuchs auf in dem Glauben, dass die Sonne direkt aus meinem Arsch schien und ich aus nichts anderem gemacht war als purem Gold und multiplen Orgasmen. Das pflanzten meine Helikoptereltern mir in den Kopf, und entsprechend entwickelte ich mich dann auch. Sie ließen meinen beiden Schwestern, Payton und Keeley, exakt dieselbe Erziehung angedeihen, und beide wurden ebenso erfolgreich, wie ich es war. Keeley studierte Medizin in Maryland, Payton war Tutorin an der Berkeley University, während sie gleichzeitig an ihrer Dissertation über ein ebenso eindrucksvolles wie leicht zu vergessendes Thema arbeitete.

Was soll ich sagen? Eli und Helen Cole hatten attraktive, überambitionierte Kinder.

Abgesehen von der Tatsache, dass ich Alkohol und Hasch brauchte, um Nina vergessen zu können, war ich ziemlich perfekt.

Der perfekte Firmenchef.

Der perfekte Geschäftsmann.

Der perfekte Sohn.

Der perfekte Liebhaber.

Ich könnte vermutlich fortfahren, aber welchen Sinn hätte das? Nebenbei war ich nämlich auch ein Experte in effektivem Zeitmanagement.

»Hier ist dein Sandwich, Schätzchen. Mit diesem besonderen Senf vom Bauernmarkt.« Meine Mutter hauchte mir einen Kuss auf die Stirn, dann nahm sie neben mir am Küchentisch Platz. Mein Vater saß mir gegenüber und lächelte stolz.

Wir unterhielten uns eine Weile über die Arbeit, die Politik und regionalen Klatsch, bevor meine Mutter den Blick senkte und mit der Perlenkette über ihrer zitronengelben Strickjacke spielte.

»Schätzchen, ich muss dir etwas sagen, aber werde bitte nicht wütend.«

Meiner Natur entsprechend war ich das schon jetzt.

Kauend sah ich von meinem Sandwich auf und registrierte, dass ihre Bewegungen zunehmend nervös wurden und sie schwer schluckte.

»Wir hatten kürzlich … Kontakt mit Nina.« Meine Mutter strich fahrig mit den Händen über ihre Jacke. Eigentlich hätte es mich nicht überraschen dürfen, dass Nina Helen angerufen hatte, doch irgendwie tat es das trotzdem. Mein Vater nahm seine Brille ab und kniff sich in die Nasenwurzel.

»Du kannst sie nicht einfach links liegen lassen, Dean. Es wird Zeit, dass wir darüber reden«, sagte er.

»Es gibt nichts zu reden. Sie ist meine Angelegenheit, nicht eure. Was wollte sie?«

»Sie bat mich, auf dich einzuwirken, damit du dich mit ihr triffst.« Helens Augen flehten mich um Nachsicht an.

»Sie ist reif für die Klapse.«

»Achte auf deine Ausdrucksweise, Dean«, rügte mein Vater mich wie einen Vierjährigen. Scheiß drauf. Ich hätte gern gesehen, wie er mit jemandem wie Nina umgesprungen wäre. Aber er hatte ja seine Helen, eine wundervolle, solidarische, durch und durch *menschliche* Frau. Sich ein Urteil anzumaßen, war einfach. Sich mit komplizierter Scheiße herumzuschlagen weniger.

»Und weiter?« Ich fläzte mich in meinen Stuhl. »Spuck's schon aus, Helen.« Ich benutzte ihren Vornamen, was sie jedes Mal bis ins Mark traf, und tatsächlich zuckte sie zusammen.

Du bist ein Oberarschloch, Ruckus.

»Ich muss ihr noch eine Chance geben, richtig? Sie hat das Recht, mir eine Erklärung abzugeben. *Es ist an der Zeit, dass du ihn kennenlernst. Denk an das Band, das entstehen könnte.* Na los, auch wenn ich das alles schon x-mal gehört habe. Eine Wiederholung kann ja nicht schaden.«

»Es ist nicht fair, deinen Frust an deiner Mutter auszulassen.« Mein Vater legte die Hand auf ihre. Ich blinzelte kurz.

»Ist das hier *mir* gegenüber fair?«

»Irgendwann musst du ihr gegenübertreten«, argumentierte Helen.

»Da bin ich anderer Ansicht. Sie wird mir nicht mehr unter die Augen kommen. Darauf könnt ihr euch verlassen.«

»Wir müssen diese Situation klären. Dein Verhalten ist *nicht* akzeptabel für einen Cole.« Mein Vater schlug jetzt seinen autoritären Ton an. Der allmächtige Eli Cole war die Definition eines Gutmenschen. Immer bestrebt, das Richtige zu tun. »Du weißt, warum sie anruft. Die Zeit ist reif, dass du dir anhörst, was sie zu sagen hat.«

»Wenn sie will, dass ich ihn kennenlerne, bin ich gern dazu bereit. Aber nicht für Geld.«

»Das ließe sich arrangieren.« Mein Vater kratzte sich mit

dem Bügel seiner Brille die Bartstoppeln. Er hatte keine Ahnung, was er da redete. Ich würde Nina nicht vor Gericht zerren und mir eine jahrelange Schlammschlacht mit ihr liefern.

Ich stand auf und beugte mich über den Tisch.

»Liebt ihr mich?«, fragte ich.

»Selbstverständlich.« Mein Vater schnaubte.

»Dann vertraut mir, wenn ich euch sage, dass ich ihn lieber nicht treffen sollte. Ich bin momentan nicht in der Verfassung, mich mit dieser Sache auseinanderzusetzen. Respektiert das. Lasst es dabei bewenden.«

Ich hatte mich nicht nur wie ein Arsch benommen, sondern fühlte mich auch wie einer, als ich die Treppe zu meinem alten Zimmer hochstieg, wo ich mich auszog, um duschen zu gehen. Mein Handy klingelte. Obwohl ich keinen Bock hatte, mit irgendwem zu sprechen, warf ich einen Blick darauf.

Rosie
Du musst mich abholen. Katastrophales Abendessen + kein Auto = verzweifelte Situationen erfordern verzweifelte Maßnahmen.

Mir fiel die Kinnlade runter, dann fing ich an zu lachen. Die Schlinge zog sich zu.

Dean
Bin in 10 Minuten da.

Rosie
Versprich, dass du mich nicht anbaggerst.

Dean
Ja … nein.

Ich gab ihr eine Sekunde, um das zu verdauen, bevor ich noch eine SMS schickte.

Dean.
Ich werde kommen, sehen und siegen (und dann komme ich noch mal).

Rosie
Ich kann nicht fassen, dass ich verzweifelt genug bin, um mich mit dir abzugeben. Versprich wenigstens, dass du niemandem von unserem Treffen erzählst.

Dean
Geht klar.

Als hätte das irgendwen gekümmert. Rosie und ich waren zwei beschädigte Rädchen in einer ansonsten einwandfrei funktionierenden Maschinerie. Vicious und Millie liefen in den Hafen der Ehe ein. Jaime und Melody waren verheiratet und hatten ein Kind. Sogar Heißsporn Trent mimte den großen Jungen und machte einen auf moderne Familie, indem er sich das Sorgerecht für seine Tochter Luna mit deren Mutter Val teilte. Alle ließen sich häuslich nieder und gaben sich als Erwachsene aus.

Alle außer uns.

Rosie war die rotzfreche, nichtsnutzige jüngere Schwester und ich der kiffende Säufer, dessen einzige feste Beziehung die zu seinem Dealer war. Es interessierte niemanden, ob wir uns zum Zeitvertreib gegenseitig das Gehirn rausvögelten, solange wir es im stillen Kämmerlein taten und weder unseren Text vergaßen, noch das Brautjungfernkleid beziehungsweise den Trauzeugenanzug befleckten.

Baby LeBlanc hatte das noch immer nicht begriffen, weil sie zu sehr damit beschäftigt war, die kostbaren Gefühle ihrer geliebten Schwester zu schonen. Gefühle, die nicht einmal existierten. Ich steckte das Handy in meine Gesäßtasche und ging zu meinem Kleiderschrank, um mir ein sauberes Hemd anzuziehen. Als ich gerade nach den Schlüsseln auf meinem Nachttisch grabschte, meldete sich mein Handy erneut.

Rosie
Hast du Gras dabei?

In dem vergeblichen Bemühen, nicht zu lachen, tippte ich eine Antwort.

Dean
Was ist mit deinen Lungen? Sind die nicht kaputt oder so was?

Rosie
Bring deinen Stoff mit, Witzbold.

Ihr nachzugeben war der einzig richtige Weg. Rosie wollte Grenzen austesten. Wusste sie denn nicht, dass ich keine kannte? Nun ja, sie würde das bald herausfinden.

Auf lustvolle Weise.

Rosie

Was gibt dir das Gefühl, lebendig zu sein?
Mit einer speziellen Art von Feuer zu spielen. Fehler zu begehen. Für sie einzustehen. Für mich einzustehen. Mir zu nehmen, was ich will, und es als mein Eigentum zu betrachten. Selbst wenn es das nicht ist. Und es auch niemals sein kann.

Man sollte Kriegsgefangene zu meinen Eltern schicken, um in ihren Armen und von ihren Mundwerken gefoltert zu werden. Zu diesem Schluss gelangte ich, nachdem ich acht Stunden mit meiner Mutter und meinem Vater verbracht hatte.

Ich war ein zähes Mädchen. Wenn man an einer unheilbaren, lebensbedrohlichen Krankheit leidet, entwickelt man eine besondere Widerstandskraft, vergleichbar diesem farblosen Überlack auf Fingernägeln, der nicht zu sehen ist. Darum traf es mich völlig unvorbereitet, dass ich den Tränen nahe war.

Da ich kein Auto hatte, hockte ich mich auf die Eingangstreppe der Villa und wartete mit zwischen die Beine gebeugtem Kopf darauf, dass Dean mich abholte.

Meine Kehle war wie zugeschnürt, und ich kämpfte mit den Tränen, während meine Gedanken unaufhörlich um die Ereignisse beim Abendessen kreisten. Wir saßen alle am Tisch und schlemmten in Wein sautierte Coffin-Bay-King-Austern aus *Australien* (amerikanische waren offenbar nicht mehr fein genug, jetzt, da meine Eltern einen reichen Schwiegersohn in spe hatten), die uns Vicious' Haushälterin servierte, wobei wir die letzten Hochzeitsvorbereitungen durchsprachen.

Die Stimmung war relativ erträglich … bis sie dann kippte.

»Nun denn. Ich denke, es wird Zeit, dass wir uns einem anderen Problem zuwenden.« Mein Vater stellte sein Weinglas ab und schaute mich an. *»Wann hast du vor, wieder hierher zu ziehen, Ro-*

sie? Du hattest unsere volle Unterstützung dabei, in New York Erfahrungen zu sammeln. Du warst jung und suchtest das Abenteuer, aber jetzt solltest du dich neu orientieren. Du bist kein Kind mehr, und deine Schwester kann dir nicht länger zur Seite stehen.«

»Rosie trifft ihre eigenen Entscheidungen, Daddy. Du kannst ihr nicht vorschreiben, was sie zu tun hat«, mischte Millie sich ein, ihre Stimme ein wohltuender Balsam für meine überreizten Nerven. Mutter seufzte. Besteck klapperte. Ich befeuchtete meine Lippen, zu perplex, um etwas zu entgegnen.

»Immer müsst ihr sie bedrängen, Daddy. Rosie ist erwachsen.«

»Sie ist nicht so wie du, Herzchen. Sondern ein bisschen unbekümmert. Wir lieben unser Rosie-Mäuschen so, wie sie ist, aber die Dinge verändern sich. Sie wird von Jahr zu Jahr schwächer.«

»Sie ist krank!«, stieß meine Mutter hervor, während sie sich mit ihrer Serviette erst die Nase und dann die Augen abtupfte. Ich krümmte mich innerlich. Sie hatte bei diesem Gespräch direkt vom ersten in den fünften Gang geschaltet. »Schau sie doch an.« Sie zeigte auf mich. »Nur Haut und Knochen. Findest du nicht, dass sie dünn aussieht?«

Millie seufzte, wie um sich bei mir zu entschuldigen, bevor sie die Augen auf Mutter richtete. »Sie war immer dünn.«

»Zu dünn!«

»Für dich ist jeder zu dünn, Mama. Unsere Katze hat ausgesehen wie ein Waschbär, weil du sie überfüttert hast.« Wir hatten besagte Katze weggeben müssen, als bei mir Mukoviszidose diagnostiziert worden war. Mann, ich hatte echt den Spaßfaktor von Lepra.

»Tut euch keinen Zwang an, Leute«, schnaubte ich. Es war mir zuwider, dass Vicious diesen Zoff mitbekam. »Ist ja nicht so, als wäre ich anwesend. Lasst euch nicht stören, während ihr meine Zukunft besprecht.«

»Wir kaufen dir ein Ticket für den Heimflug. Du solltest deine

Zeit mit uns verbringen, anstatt in der Großstadt herumzustrolchen und Ärger zu suchen.« Mutters Stimme zitterte, als wäre sie einer Panik nahe.

»Ich bleibe in New York.«

»Paul«, jammerte sie. »Sag es ihr.«

»Ja, Daddy.« Ich lächelte. »Sag es mir.«

Mein Vater würde mich nicht verraten. Wenn es um mich ging, konnte man sich absolut darauf verlassen, dass er meine Mutter zum Schweigen brachte. Auch Millie versuchte, mich zu beschützen, aber sie hatte nicht seine Autorität.

Er schaute zwischen mir und Mutter hin und her.

»Es tut mir leid, Rosie-Mäuschen.« Er schüttelte den Kopf, und im ersten Moment glaubte ich, dass er sich für seine Frau entschuldigte.

»Aber deine Mama hat recht. Auch ich mache mir Sorgen um dich.« Er rutschte auf seinem Stuhl umher. »Andererseits müssen wir mit in die Waagschale werfen, dass du jetzt Darren hast.« Er kratzte sich seinen Bartschatten, während er seine Worte überdachte. »Und er scheint gut auf sie aufzupassen. Meinst du nicht, Charlene?«

Daddy ist kein Chauvinist, *sagte ich mir.* Auch wenn er gerade wie einer geklungen hat.

»Was das betrifft.« Ich hustete, während meine Handflächen feucht wurden und mein Herz umhertorkelte wie ein besoffenes Wrack, als wollte es aus meiner Brust heraus, um sich auf dem erstbesten Teller niederzulassen. Vielleicht wäre ja jemand so freundlich und würde es aufspießen. »Darren und ich haben uns getrennt.«

»Was?«, bellte mein Vater, sprang von seinem Platz auf und schlug mit der Hand auf den Hartholztisch. Er wirkte so schockiert, wie ich mich fühlte. War ihm entfallen, dass mein Liebesleben ganz allein meine Sache war? Mit gefurchter Stirn beobachtete ich, wie Millie die Hand auf Mutters legte und sie wortlos beschwor, Ruhe

zu geben. Als ich aufblickte, sah ich, dass ihr Körper von Schluchzern geschüttelt wurde.

»Sie hat niemanden in New York. Keine Menschenseele. Und sie schwindet dahin, steht an der Schwelle des Todes.«

Jawohl. Meine Familie war eine Sippschaft von Drama-Queens.

Daddys Augen sprühten noch immer Funken, die meine Haut zu versengen und hässliche Narben zu hinterlassen drohten.

»Er ist vor ein paar Wochen ausgezogen.« Ich bemühte mich um einen gleichmütigen Ton und legte die Hand auf meine noch immer unbenutzte Serviette. »Darren wollte mich heiraten. Er hat mir sogar einen Antrag gemacht, inklusive Ring und allem Pipapo. Aber, wie euch bekannt ist, bin ich nicht an einer Ehe interessiert. Erst recht nicht in Anbetracht der jüngsten Komplikationen.« Sie wussten haargenau, was Dr. Hasting, die Fachärztin, die Vicious empfohlen hatte, mir letztes Jahr im Anschluss an eine Reihe von Tests eröffnet hatte. »Darren wird wieder auf die Beine kommen.« Ich spendete ihnen Trost, anstatt umgekehrt. »Und ich ebenso. Er verdient etwas Besseres als dieses Leben.«

Stille breitete sich aus. Eine, die in den Körper sickert und an den Knochen nagt. Ich hielt den Atem an, machte mich auf eine Ohrfeige gefasst, die mich auf die andere Seite des Zimmers katapultieren würde.

Vicious lehnte sich auf seinem Stuhl zurück und zupfte Emilia an den Haaren. »Wir sollten uns zurückziehen. Scheint, als hätten deine Eltern und deine Schwester eine Menge zu bereden.«

Millie schaute mich von der anderen Tischseite aus fragend an. Ich schüttelte den Kopf.

»Dies ist unser einziges Familienessen vor der Generalprobe. Jeder bleibt hier.«

Meine Mutter weinte noch lauter und wiederholte unentwegt, dass ihr kleines Mädchen sterben werde. Willkommen bei den LeBlancs. Freut euch schon auf die After-Show-Party.

»Mama.« Mir entschlüpfte ein Kichern, und ich spürte, wie mir heiß wurde vor Verlegenheit. »Ich werde nicht sterben. Ich passe sehr gut auf mich auf.«

»Himmelherrgott, Rose. Was für ein ausgemachter Blödsinn.« Mit einem Schnauben schlug mein Vater abermals auf den Tisch. Es war mir nicht entgangen, dass er mich auf einmal nicht mehr Rosie-Mäuschen nannte. Er verzog angewidert das Gesicht und zeigte mit dem Finger auf mich. »Du sprichst über unsere gemeinsame Zeit als Familie, als ob du dich in irgendeiner Weise um deine Schwester scherst. Dies war deine Chance, nicht länger eine Belastung für deine Mutter und mich zu sein. Und Millie endlich davon zu entbinden, sich um dich zu kümmern. Aber du hast es, in klassischer Rosie-Manier, vermasselt.«

Mir fiel die Gabel aus der Hand, und meine Augen weiteten sich vor Zorn und Überraschung. Ich traute meinen Ohren nicht. Mein Vater hatte noch nie zuvor so mit mir gesprochen. Er schlug mir so gut wie nie etwas ab, außer einmal, als ich mir ein verdammtes Pony gewünscht hatte. Da hatte er die Grenze gezogen, wenn auch nur, weil er es sich nicht leisten konnte.

Abgesehen von dem Pony – und natürlich von Jungs – hatte ich fast immer einen Freibrief gehabt.

Er war derjenige gewesen, der meine Mutter überredete, mich nach New York gehen zu lassen, er hatte mir sogar den Flug bezahlt.

Er hatte mir geraten, meinen Träumen hinterherzujagen, selbst wenn sie mich in eine andere Richtung führten, als er es sich wünschte.

Er war der Elternteil, der wahrhaft daran zu glauben schien, dass ich es schaffen konnte, ein ganz normales Leben zu führen.

Aber er hatte mir etwas vorgemacht. Die ganze Zeit über.

»Ich bürde meine gesundheitlichen Probleme niemandem an diesem Tisch auf«, sagte ich mit zusammengebissenen Zähnen. »Ich

lebe auf der anderen Seite dieses gottverfluchten Landes. Was soll das Ganze plötzlich?«

»Es ist unerlässlich, dass du heimkehrst. Du musst *zurückkommen, weil es dir nicht gutgeht.« Meine Mutter schniefte und warf ihre Serviette auf ihren noch immer randvollen Vorspeisenteller. »Deine Schwester hat sich in zwei Jobs abgerackert, um dir dein Leben in New York zu finanzieren. Bevor sie die Stadt verließ, hat sie dich noch mit einer mietfreien Luxuswohnung ausgestattet und deine Studiengebühren an der Krankenpflegeschule bezahlt. Und wie dankst du ihr diese Großzügigkeit? Indem du Kaffee kochst!«*

»Stopp mal.« Jetzt war es an mir, auf den Tisch zu hauen, und es tat verdammt weh. »Seit wann rümpfst du über bestimmte Jobs die Nase? Du hast vierzig Jahre lang als Köchin *gearbeitet.«*

»Ich hatte keine andere Wahl!«, brüllte sie.

»Und ich genauso wenig! Ich habe die Schule abgebrochen, weil Dr. Hasting mich dazu genötigt hat!«

Ich schaute ihr sprachlos hinterher, als sie aufsprang und aus dem Zimmer stürmte.

Mein Vater, Vicious und Emilia starrten mich an. Die Männer enttäuscht, meine Schwester mitleidsvoll. In meinen Augen brannten Tränen und bettelten darum, dass ich ihnen freien Lauf ließ. Ich weinte nie und verabscheute es, Schwäche zu zeigen. Insbesondere weil alles, was ich im Leben tat, darauf ausgerichtet war, meiner Familie zu beweisen, dass ich auf eigenen Füßen stehen konnte. Dass ich keine Hilfe brauchte. Dass meine Blütenblätter herabfielen, ich aber weiterhin blühte.

»Rosie …«, sagte Millie sanft. »Gib Mama etwas Zeit.«

»Hör auf, deine Schwester in Schutz zu nehmen.« Mein Vater fuhr sich mit der Hand übers *Gesicht. Jede Silbe, die aus seinem Mund kam, verursachte in mir so etwas wie einen Flächenbrand. Unfähig, mich anzusehen, fixierte er mit zusammengekniffenen*

Augen den grazilen Balkon hinter mir. »Du bringst deine Mutter um und dich selbst. Du hattest einen Freund, der Arzt ist. Einen Mann, der dir alles hätte geben können, was du brauchst.«

»Er ist Podologe. Das ist nur so was wie ein halber Arzt. Von Medizin hat er in etwa so viel Ahnung wie Ross Geller.«

Zugegeben – die meisten meiner kulturellen Bezugspunkte stammten aus Friends. *Na wenn schon.*

Mein Vater fand meine Bemerkung nicht witzig. Tatsächlich ignorierte er sie vollkommen, während er sich ebenfalls zum Gehen bereitmachte, indem er sich sein Handy und den Kautabak schnappte, den er sich nach jedem Abendessen gönnte.

»Du hast aus reiner Selbstsucht mit ihm Schluss gemacht. Weil du andernfalls Farbe hättest bekennen müssen. Weil du nie zu etwas stehst. Aus diesem Grund hast du deine Ausbildung zur Krankenschwester hingeschmissen, darum lebst du in einer mietfreien Wohnung und arbeitest in deinem Alter immer noch als Kellnerin. Deine Schwester wird in einer Woche heiraten.« Er holte tief Luft und schloss die Augen, wie um Kraft zu sammeln für den Rest seiner Ansprache. »Und du? Du hast nichts Besseres zu tun, als uns allen wieder Sorgen zu bereiten. Deine Mutter braucht keine Zeit. Sie braucht eine gesunde Tochter.«

»Was ist aus deinem Ratschlag ›Tu, wonach dir ist‹ geworden, Daddy?« Ich stand auf, jeder Muskel in meinem Gesicht zuckte vor Ärger. Ich hatte niemanden. Niemanden außer Millie. Niemanden, der mich zu schätzen wusste, ohne mir das Etikett »krank und schwach« zu verpassen. »Was wurde aus ›Du kannst alles schaffen, wenn du dich wirklich reinhängst‹?«

Er schüttelte mit dem Kopf. Mein Vater war ein kleiner Mann, mit einem drahtigen, von lebenslanger körperlicher Arbeit gestählten Körper, doch in diesem Augenblick kam er mir groß und imposant vor.

»Du warst achtzehn, als du nach New York gezogen bist, Rosie.

Inzwischen bist du achtundzwanzig. Die meisten Männer in deinem Alter streben danach, sich häuslich niederzulassen und eine Familie zu gründen. Wie konntest du jemanden in den Wind schießen, der nicht nur bereit war, all das zu opfern, um mit dir zusammen zu sein, sondern der sich tatsächlich um dich hätte kümmern können?« Er wandte sich meiner Schwester zu, deren Mund weit offen stand. »Rosie muss das hören. Sie kann es sich nicht leisten, wählerisch zu sein.«

Damit verließ auch er das Zimmer.

»Ich denke, das ist mein Stichwort, um mich zu verkrümeln und euch die Scherben aufsammeln zu lassen«, murmelte Vicious mit seiner dunklen Stimme, bevor er Millie einen Kuss aufs Haupt drückte und meinem Vater nach draußen folgte. Die Tür fiel mit einem leisen Knall, der mein Herz erzittern ließ, ins Schloss.

Meine Schwester starrte auf ihren Teller und rieb mit den Händen über ihre Schenkel, was sie immer tat, wenn sie nervös war. Der Stoff ihres hübschen, mit silbernen Sternen bedruckten Kleids rutschte dabei vor und zurück.

»Es tut mir so leid«, war das Einzige, was sie sagte. Zumindest ersparte sie mir die Gemeinplätze und alternativen Wahrheiten, die die Menschen für gewöhnlich von sich gaben, wenn sie jemanden trösten wollten.

»Daddy hat nie zuvor ein böses Wort zu mir gesagt.« Ich erstickte fast an dem Satz. Ich brauchte meinen Inhalator. Ich brauchte meine Eltern. Ich brauchte eine Umarmung. Millie hob den Blick und sah mich an. In ihren Augen stand Schmerz. Auch sie hielt mich für einen hoffnungslosen Fall. Sie wollte mir nur nicht so zusetzen, wie meine Eltern es taten.

Jetzt, da wir allein waren, strömten mir die Tränen über das Gesicht.

»Sie lieben dich«, sagte sie seufzend.

»Und ich liebe sie«, antwortete ich.

Sie stand auf und strich ihr Kleid glatt. »Ich weiß, es ist das Letzte, was du hören möchtest, aber du solltest wirklich über eine Rückkehr nachdenken. Ich brauche meine Schwester an meiner Seite, Rosie-Mäuschen. Du fehlst mir zu sehr. Und Mama und Daddy sind außer sich vor Sorge.«

»Ist diese Sorge meiner Gesundheit oder ihrem Gewissen geschuldet?« Ich legte die Hände auf meine Oberschenkel und sah sie forschend an. »Wie lange weißt du es schon? Dass Daddy mich für ein dummes Mädchen hält und Mama glaubt, ich sei zum Tode verurteilt?«

»Rosie …«

»Denkst du auch, ich sei kein guter Fang?« Ich lachte unter Tränen. Herrje, Irrsinn stand mir nicht wirklich zu Gesicht. »Teilst du ihre Meinung, dass Darren mir einen Riesengefallen getan hat, indem er bei mir blieb, wo ich doch ach so krank bin?«

»Natürlich bist du ein guter Fang!«, versicherte sie.

Schon klar.

Nur leider konnte ich ihr nicht das Wasser reichen. Das Bedürfnis, ihr zu beweisen, dass sie falschlag, fraß mich innerlich auf.

»Lass mich bitte allein.« Ich legte die Arme auf den Tisch und vergrub das Gesicht zwischen ihnen.

Sie tat mir den Gefallen.

Ich schloss die Augen und ließ mich von meinem Elend auf einer Welle aus Selbstmitleid davontragen, dann schlug ich mit dem Kopf dreimal auf die blütenweiße Tischdecke.

Shit.

Shit.

Shit.

Willkommen in Todos Santos, Rosie.

KAPITEL 8

Rosie

Was gibt dir das Gefühl, lebendig zu sein?
Barfuß zu laufen. Zu spüren, wie die Zweige in mein Gesicht, gegen meine Brust und meine Beine schlagen. Schmerz zu fühlen. Sehnsucht. Risiken einzugehen.

Dean holte mich in einem roten, in die Jahre gekommenen viertürigen Pick-up-Truck ab. Keine Ahnung, wo er ihn herhatte, aber inzwischen hatte ich das Stadium erreicht, in dem ich bei jedem vermummten Fremden, der mich mit Süßigkeiten lockte, eingestiegen wäre, um von hier zu flüchten.

An diesem Abend hoffte ich nicht einmal darauf abzuschalten, ich wollte mir lediglich ein paar friedvolle Stunden erschleichen, in denen ich irgendwo durchamten konnte, ohne durch die Mangel gedreht zu werden.

Kaum dass Dean vor dem Tor der Villa gehalten hatte, stürmte ich zum Wagen, sprang auf den Beifahrersitz und schnallte mich an.

Ich sah verboten aus in meinem Jeansrock und dem schlabbrigen weißen T-Shirt – es gehörte Darren, er hatte es Anfang des Jahres auf einem Podologen-Kongress geschenkt bekommen –, und meine Haare kündeten von einem fünfstündigen Flug und einem unruhigen Kurzschlaf.

»Fahr los!«, wies ich ihn an, meine Augen starr nach vorn

gerichtet. Ich konnte mir noch immer nicht recht erklären, wie er plötzlich zu meinem Retter geworden war beziehungsweise was das über meine Gesamtsituation aussagte. Um ihn nicht merken zu lassen, was in mir vorging, mied ich seinen Blick, denn wenn er diese Gefühle entschlüsselte, würde er alles über mich wissen. Jede hässliche Wahrheit.

Er fragte nicht, wohin. Stattdessen holte er eine Flasche Jim Beam hervor und sagte: »Kurbel dein Fenster runter. Ich mach Musik an.«

Zum ersten Mal in meinem Leben war ich froh darüber, dass er an der Schwelle zum Alkoholiker stand. Ich griff ohne Zögern nach der Flasche, als er sie mir hinhielt.

»Zum Wohl.« Ich prostete ihm zu, dann nahm ich einen ordentlichen Schluck.

Wir kurvten eine Stunde durch Todos Santos, passierten den Liberty Park, die All Saints High und den hell erleuchteten Yachthafen, der Touristen aus der ganzen Welt anlockte. Die salzige Meeresbrise streichelte mein Gesicht und spendete mir etwas Trost. Ich genehmigte mir mehr von dem Whiskey. Der Piratensender spielte traurige spanische Liebesballaden, und obwohl ich kein Wort verstand, gingen sie mir zu Herzen. Ich versuchte, die Zeit zu nutzen, um meinen Puls zu beruhigen und mir einzureden, dass alles okay sei.

Am Ende hatte ich die halbe Flasche geleert, doch das war nicht der Grund, warum mir die Sicht verschwamm und meine Finger zitterten, während sie den Flaschenhals umklammerten. Es lag an meinem Zorn.

Du kannst nicht wählerisch sein.

Du hattest deine Chance und hast es vermasselt.

Scheiß auf sie. Sollten sie sich zum Teufel scheren.

Um mir den Raum zu geben, den ich offenkundig brauchte, hielt Dean den Mund, während er ziellos umherfuhr und dabei absurd sexy aussah. Es war durchaus möglich, dass dieser dem Haschisch zugetane Mann der einzige unter den Vier *HotHoles* war, der eine gewisse emotionale Intelligenz besaß. Nicht dass man ihm das angemerkt hätte, wenn man mit ihm sprach. Oder ihn ansah. Dean Cole hatte es zur Kunstform erhoben, den liebenswerten Kiffer zu mimen. Er ließ nie jemanden sehen, was sich unter der Oberfläche verbarg. Was mir in Erinnerung rief …

»Hast du Gras dabei?«, brach ich als Erste das Schweigen. Seinen Blick unverwandt auf die Straße gerichtet, trommelte er mit den Fingern den Takt aufs Lenkrad, während er sich mit der anderen Hand durch sein seidiges, hellbraunes Haar strich. Dabei blitzte im Dunkeln die goldene Uhr an seinem Handgelenk auf. Wie viel die wohl gekostet haben mochte? Bestimmt mehr als mein gesamtes Hab und Gut wert war.

»Hast du Unterwäsche an?«, fragte er.

Ich schnaubte. »Natürlich.«

»Dann habe ich auch Gras dabei. Für mich ist das eine wie das andere unverzichtbar.«

»Echt witzig.« Ich verdrehte die Augen.

»Ja, ganz offensichtlich. Weil dies nämlich das erste Mal ist, dass ich dich heute lächeln sehe, und *ich* habe dich dazu gebracht.«

Lächelte ich? Hm, gut möglich.

Er parkte auf einem grasbewachsenen Hügel oberhalb von Todos Santos. Die kleine südkalifornische Stadt lag eingebettet in ein Tal zwischen zwei Bergen, und dieser Aussichtspunkt bot den perfekten Blick auf die Lichter im Zentrum, auf die großen Swimmingpools mehrerer nahe gelegener Anwesen, die blau in der tintenschwarzen Nacht erstrahlten, sowie auf die Laternenmasten, die den Yachthafen säumten.

Der Hügel war verwaist, mit Ausnahme von ein paar Teenagern, die ein Stück entfernt auf einem beleuchteten Sportplatz Basketball spielten, sich aber augenscheinlich nicht von uns stören ließen.

»Woher hast du diesen Truck?«, fragte ich und drehte mich zu ihm herum. Meiner Erinnerung nach besaß Deans Familie jede Menge Volvos. Es war die perfekte Marke für die perfekte Familie.

»Von meinem Onkel in Alabama.« Er befeuchtete seine Unterlippe mit der Zunge und sah mich forschend mit seinen smaragdgrünen Augen an. »Es ist das einzige Geschenk, das ich je von ihm bekommen habe. Ich weiß selbst nicht, warum ich ihn behalten habe, aber du wolltest diskret sein, darum bin ich mit einem Auto gekommen, das Vicious nicht kennt.«

»Du hast einen ramponierten Pritschenwagen aufgehoben, nur für den Fall, dass du ihn irgendwann mal brauchen könntest?« Ich konnte mir ein Kichern nicht verkneifen. »Wer bist du, Dean Cole, und weiß die CIA von dir?«

Die Finger im Nacken verschränkt warf Dean den Kopf zurück und lachte.

»Halt die Klappe.«

Ja, es stimmte, ich war eins von ihnen. Eins dieser Mädchen, die ich bemitleidete, weil sie zuließen, dass sein Aussehen, seine Muskeln und sein Status in ihr Gehirn sickerten und sich anschließend den Weg in ihre Höschen bahnten, wobei sie einen unnötigen Zwischenstopp in ihren Herzen einlegten. Weil es sich anfühlte, als hielte er meines in seiner Faust, um es zu zerquetschen.

»Raus mit der Sprache, Mr Undurchsichtig«, neckte ich ihn.

»Das ist nicht fair. Ich habe seit einer Ewigkeit keine Leiche mehr in dieser Karre transportiert.«

»Wer's glaubt, wird selig. Es riecht ziemlich merkwürdig hier drinnen.« Ich hickste, mir voll bewusst, dass ich einen sitzen hatte. »Hast du während der Highschool in diesem Wagen deine Liebschaften vernascht?«

»Gott bewahre. Ich bin ein sentimentaler Esel. Niemals würde ich dieses Baby mit einem Gelegenheitsfick besudeln.«

»Du steckst voller Überraschungen, Dean Cole.«

»Und bald schon werde ich in dir stecken, Rosie LeBlanc.«

Obwohl das Gras nass war von den Sprinkleranlagen, lief ich barfuß. Es war wie kühler Balsam gegen die unerträgliche Augusthitze in Südkalifornien. Ich steuerte zu einer Bank mit Blick auf die Stadt und setzte mich. Das Positive an Todos Santos war das Fehlen von Fabrikanlagen und Umweltverschmutzung. Die Hoffnung darauf, dass die saubere Luft meinen kranken Lungen guttäte, war einer der Gründe, warum meine Eltern hier als Arbeitskräfte angeheuert hatten, als ich ein Teenager war. Das glitzernde Sternenzelt über uns gemahnte mich daran, wie klein wir Menschen im Vergleich dazu doch waren.

Dean griff sich zwei Bierbüchsen von der Ladefläche seines Pick-ups – ich verzichtete darauf zu fragen, was sie dort verloren hatten –, öffnete eine und reichte sie mir, bevor er einen kräftigen Schluck aus der zweiten nahm und sich so dicht neben mich setzte, dass die Spitzen seines sexy Strubbelkopfs mit meinen Haaren auf Tuchfühlung gingen.

Er roch nach *Junge,* nach süßem Hasch und dem frischen Zitrusduft seines Aftershaves. »Jeder Stern, den du dort oben am Nachthimmel siehst, ist größer und heller als die Sonne«, bemerkte er.

»Was?« Ich stieß ein schnaubendes Lachen aus. »So einen Quatsch habe ich noch nie gehört. Die Sonne ist riesig!«

Dean sah mich mit todernstem Blick an, und da begriff ich, welches Gefühl ich soeben in mein Herz gebeten, welcher

Schwäche ich bereitwillig Tür und Tor geöffnet hatte. Es war, als würde man sich mit offenen Augen und ausgebreiteten Armen lächelnd von einer Klippe stürzen. *Wie tragisch*, ging es mir durch den Kopf. Ich hatte vergessen, wie es war, *wirklich* Zeit mit Ruckus zu verbringen, vergessen, welchen emotionalen Tumult er in mir auslöste.

»Die Sonne ist nur ein gelber Winzling, Baby LeBlanc.« Seine Stimme war ausdruckslos, sein Blick hingegen sengend. »Sie wird nur deshalb glorifiziert, weil sie uns vertraut und der am wenigsten weit entfernte Stern ist. Die meisten Menschen lieben das, was ihnen am nächsten ist, woran sie gewöhnt sind.«

Er sprach nun nicht mehr von Himmelskörpern, das war uns beiden klar.

Seine Astronomiekenntnisse überraschten mich. Vielleicht, weil ich in ihm nicht mehr sehen wollte als einen Kiffer, der sich ausschließlich für Football, Frauen und dröge Zahlen interessierte.

Dean hob das Becken an, fischte einen Joint aus seiner Gesäßtasche und steckte ihn zwischen seine herzförmigen Lippen, bevor die Flamme seines Feuerzeugs seine hinreißenden Gesichtszüge erhellte. Er nahm einen Zug und reichte ihn an mich weiter.

Einen Moment lang verharrte der Joint zwischen seinen Fingern. Halb rechnete ich damit, dass er die Hand zurückziehen und mich mit finsterer Miene für verrückt erklären würde, wenn ich kiffte. Aber nichts von alledem geschah. Er überließ diese Entscheidung mir.

Er gibt mir das Gefühl, erwachsen zu sein.

Die Dunkelheit verbarg mein kleines Lächeln, als ich nach der Tüte griff. Alle anderen behandelten mich, als wäre ich aus Zucker. Dean war der Einzige, der mich Gefahren aussetzte.

Ich zog an dem Joint. Inhalierte. Atmete aus. Überlebte. Für mich war das ein Sieg.

Natürlich musste ich husten, als würde ich mir die Lunge aus dem Leib kotzen. Dean warf mir einen Seitenblick zu und grinste. »Wenn du dich das nächste Mal zudröhnen willst, backe ich dir Pot-Brownies.«

Ich ignorierte ihn und schaute in den Himmel. Es war schön, nicht mehr an meine Familie denken zu müssen, und sei es auch nur für einen kurzen Augenblick. Und an der Seite eines Mannes, den ich in gewisser Weise als meinen Feind betrachtete.

»Ich habe mal gehört, dass die Sonne der Erde Jahr für Jahr näher kommt und sie eines Tages unseren ganzen Planeten verbrennen wird.« Ich malte mit dem Finger Kreise um das Firmament, bevor ich ihm den Joint zurückgab. Dean trank einen Schluck Bier. Alles an seiner Körpersprache war unbeschwert, jugendlich und sorglos. Eine Sekunde lang sah er aus wie ein Teenager.

Wie der Teenager, den ich früher einmal geliebt habe.

»Na ja, die Sonne ist viereinhalb Milliarden Jahre alt, und sie wird voraussichtlich noch weitere sieben Milliarden Jahre überdauern. Danach wird sie sich aller Wahrscheinlichkeit nach zu einem Roten Riesen aufblähen, von dem nach gewaltigen Eruptionen nur noch ein Weißer Zwerg übrig bleibt. Mit Sicherheit wird keiner von uns beiden dann noch hier sein, um die Gruselshow mitzuerleben.« Er tätschelte mir mit der Hand, in der er das Bier hielt, den Hinterkopf, als wäre ich ein schutzbedürftiges Kleinkind. »Oder hast du vor, so lange zu leben? Du würdest eine echt heiße alte Dame abgeben. Selbst mit ein paar Milliarden Jahren auf dem Buckel.«

Ich lachte so laut, dass meine Stimme widerhallte. »Eher unwahrscheinlich, dass es mich dann noch gibt.«

»Das gilt für uns alle.« Er zuckte die Achseln und hielt mir den Joint hin. Unsere Finger berührten sich, und eine prickelnde Schockwelle überlief meine Haut. Ich schenkte ihr keine Beachtung. *Aber meine Zeit wird lange vor deiner abgelaufen sein,* ging es mir durch den Sinn.

Wie viele Jahre würden mir noch vergönnt sein? Zwanzig? Zehn? *Weniger?* Das war das Problem bei Mukoviszidose. Sie verlief nicht so akut und aggressiv wie Krebs oder ALS. Mir blieb noch Zeit. Wenn auch nicht so viel wie dem Durchschnittsbürger.

Vielleicht lag es am Alkohol oder am Marihuana oder am Leben im Allgemeinen, jedenfalls passierte es. Nach ein paar guten Jahren passierte es *wieder.*

Meine ehemalige Therapeutin behauptete, dies sei in Anbetracht meiner Situation vollkommen normal. Die Erkenntnis, dass ich sterben würde – wie realistisch das war –, bewirkte, dass heiße Panik in mir hochschoss. Ich erstarrte und hörte unbewusst auf zu atmen, als Visionen von meinem verrottenden Leichnam in einem Sarg mein Bewusstsein attackierten. Diese Panikattacken suchten mich schon seit Langem heim. Seit meinem zehnten Lebensjahr, als ich anfing zu begreifen, was Tod bedeutete, und mir etwa zur gleichen Zeit klar wurde, dass ich nicht an Altersschwäche sterben würde.

Ich wurde von Panik ergriffen, während ich mit Mr Tiefenentspannt abhing, doch das konnte er nicht ahnen, weil diese Anfälle nicht allzu massiv auftraten. Nach ein paar Sekunden schaffte ich es weiterzuatmen, und als einziges Unbehagen blieben lästige Hitzewellen, die mein Gesicht überrollten, und ein außer Kontrolle geratener Puls.

Während meiner damaligen Therapie – meine Eltern machten eine Expertin ausfindig, die sich auf unheilbar kranke Jugendliche spezialisiert hatte – versuchten wir, den Ursprung meines Problems zu ergründen. Niemandem behagt der Gedanke an den Tod, aber ich gehörte zu den wenigen Teenagern, die schlaflose Nächte damit verbrachten, sich vorzustellen, wie ihr Leichnam eingeäschert wird. Die Therapeutin war gut, ohne Frage. Sie wollte wissen, ob ich mich daran erinnerte, als ich ein Fötus gewesen war. Ich verneinte. Anschließend fragte sie, ob ich noch wisse, wie es sei, nicht auf der Welt zu sein. Ich verneinte abermals. »Genau so fühlt sich der Tod an, Rosie. Du wirst dich nicht erinnern, deshalb ist es fast so, als würdest du ewig leben.«

Wenn ich in Panik geriet, versuchte ich meistens, mir dieses Gespräch ins Gedächtnis zu rufen, aber in der Regel half es mir schon, mich auf etwas komplett anderes zu konzentrieren. Darum schüttelte ich den Kopf, betrachtete Deans gelassenes Gesicht und fragte: »Was weißt du noch über die Sterne? Und erspare mir den ulkigen Teil, in dem sie explodieren und wir alle sterben.«

Er klemmte mir eine Haarsträhne, die sich in meine Stirn verirrt hatte, hinters Ohr. »Wenn die Sonne in ferner Zukunft explodiert, wird es keine Augenzeugen geben. Na ja, abgesehen von den Kardashians. Diese Familie ist unverwüstlich.«

Unbeabsichtigt spielerisch gab ich ihm einen Klaps auf die Schulter. »Sei still, Cole. *Kourtney und Khloé erobern Miami* ist mein einziges sündhaftes Vergnügen.«

»Wie außerordentlich betrüblich. Vor allem, da du dich von deinem Nachbarn überall in seinem Penthouse erobern lassen könntest. Das wäre mal ein Vergnügen, das die Sünde lohnt.«

»Konzentrier dich«, stöhnte ich. Er drückte den Joint auf der Bank aus und warf ihn in einen Mülleimer. Dann ließ er dieses total ungekünstelte Lachen hören, mit dem er jedes Mädchen um den Finger wickelte. Ich genoss den Klang seiner Stimme an meiner Haut. In der Luft. Überall.

»Na gut. Ich habe da dieses Ablagesystem in meinem Kopf, aber solltest du jemandem davon erzählen, werde ich es abstreiten, nie wieder mit dir sprechen und jedem weismachen, dass du Dr. Dumpfbacke abserviert hast, weil du dir bei ihm Fußpilz eingehandelt hast.« Er legte eine Hand auf die hölzerne Rückenlehne und drehte mir den Oberkörper zu.

»Damit bettelst du geradezu darum.« Um mir ein weiteres verspieltes Lächeln zu verkneifen, presste ich die Lippen aufeinander.

Dean trank sein Bier aus, bevor er sich den Rest von meinem genehmigte und ohne Hemmung rülpste. »Ich bin ein heimlicher Astronomiefreak«, bekannte er. »Ich ordne die Menschen danach ein, welcher Teil des Sonnensystems sie sein könnten. Trent zum Beispiel ist Jupiter, wegen seiner enormen Größe. Vicious ist Arktur. Weil er ständig von rot glühendem Zorn erfüllt ist. Ich könnte die Liste fortsetzen, aber mein Gefühl sagt mir, dass ich es bereuen würde.« Er schaute mir ins Gesicht, wartete darauf, dass ich lachte. Als ich es nicht tat, sprach er verhalten weiter.

»Es ist einfacher, die Menschen in eine bestimmte Schublade zu stecken, verstehst du?«

Das Schwanzgesicht. Der Kiffer. Der partygeile Wüstling. Ruckus.

Ja, ich verstand.

»Welcher Stern bin ich?« Meine Stimme klang belegt. Ich war betrunken. Erregt. Nicht bei Sinnen.

Unsere Arme klebten aneinander, und unser Schweiß vermischte sich, aber keiner von uns rückte einen Zentimeter weg, um den Körperkontakt zu unterbrechen.

Er antwortete binnen einer Sekunde, was darauf hindeutete, dass er schon früher darüber nachgedacht hatte. »Du bist Sirius.«

»Sirius?«

»Ja.« Er verlagerte sein Gewicht auf der Bank und rieb sich die nicht existenten Bartstoppeln an seinem markanten Kiefer. Ich versuchte zu ignorieren, dass in seinen Augen mehr stand als nackte Begierde, doch es fiel mir von Sekunde zu Sekunde schwerer.

»Anders als allgemein angenommen, funkeln Sterne nicht. Es gibt nur eine einzige Ausnahme, da sind sich die Wissenschaftler einig. Dieser Stern strahlt so hell, dass die Menschen ihn mitunter für ein UFO halten. Er ist nicht groß, trotzdem sticht er heraus. Das gilt für Sirius ebenso wie für dich. Du besitzt eine solche Leuchtkraft, Baby LeBlanc, dass ich manchmal nichts anderes als dich sehen kann.«

Keine Ahnung, was ich dachte. Womöglich überhaupt nichts. Doch in diesem Moment fühlte ich mich mutig. So mutig, dass die Ehrlichkeit sich zu Wort meldete, bevor die Vernunft es verhindern konnte.

»Ich möchte, dass du mir Vergessen schenkst, Dean. Nur diese eine Nacht«, sagte ich leise, meinen Blick in den Weltraum gerichtet. »Von dieser gottverfluchten Stadt, meinen intoleranten Eltern und …« Ich seufzte tief. *Und dem Tod.*

Er wandte sich mir mit seinem ganzen Körper zu und legte die Hand an meine Wange. Er stöhnte, so als frustriere ihn die Berührung nur noch mehr. »He. Sieh mich an.«

Nicht lohnenswert.

Nicht gut genug.

Kein Vergleich zu Millie.

»Du bist der Exfreund meiner Schwester«, murmelte ich, nicht aus Protest, sondern um mich selbst zur Vernunft zu bringen und einen Rückzieher zu machen.

»Wir waren nur kurz zusammen.«

»Du hast sie entjungfert.«

»Sie hat mich abserviert«, presste er zwischen zusammengebissenen Zähnen hervor. »Millie ist abgehauen, ohne auch nur die Höflichkeit zu besitzen, mich vorzuwarnen. Sie war nie die Meine. Und das ist nur einer der Gründe, warum ich auch nie der Ihre war.«

»Sie hat mir erzählt, dass du sie einmal angefleht hast, sie niemals zu verlassen.« Die Hände unter meinen verschwitzten Hosenboden geschoben, schluckte ich und starrte auf meine Flip-Flops.

»Ohne Millie zu nahe treten zu wollen, aber ich möchte von *niemandem* verlassen werden.«

Er verstummte kurz.

»Ich möchte dir kein Vergessen schenken. Sondern deine Erinnerung wachhalten. Und das werde ich, Rosie.« Sein Atem strich über meine Haut. »Ich werde unsere verdammte Geschichte neu schreiben, Baby.«

Er senkte den Mund auf meinen und wühlte die Finger in meine Haare. Ich packte ihn am Kragen, spreizte die Beine und zog ihn mit mir nach unten auf die Bank. Seine Lippen waren heiß und feucht und perfekt, und sie zögerten weder, noch baten sie um Erlaubnis. Sie nahmen sich, was sie begehrten. Forderten es gierig ein. Mein ganzer Körper vibrierte vor ekstatischer Hitze. Er fasste mit einer Hand meine Haare, während seine andere zwischen uns glitt, meine eine Brust umfing und sie drückte.

Seine Zunge drang in meinen Mund, sie eroberte mich und erstickte jeden potenziellen Protest meinerseits im Keim. War ich wirklich so betrunken, oder war er einfach nur so gut? Seine Hand wanderte weiter gen Süden. Er schlug meinen Jeansrock zurück und strich mit den Fingern über meinen Slip, erzeugte eine Reibung, die mich an seinen Lippen aufstöhnen und den Rest meiner mühsam bewahrten Beherrschung verlieren ließ.

Heiß. Alles war überhitzt.

Mein Gesicht.

Meine Nerven.

Gott, es fühlte sich an, als stünde mein Herz in Flammen.

»Du bist so feucht«, raunte er und übte durch den Stoff meines Höschens Druck auf meine Klitoris aus. Ich fuhr mit den Fingernägeln über sein Hemd, bog mich ihm flehentlich entgegen.

»Fick mich«, stöhnte ich, während wir uns weiter hungrig küssten. Mit dem hier konnte keine meiner bisherigen Erfahrungen mithalten. Nie zuvor hatte ich etwas Vergleichbares erlebt. Unsere Zungen duellierten sich – seine gewann –, unsere Hände waren unersättlich, unsere Leiber rieben aneinander, als wollten sie einen Brand entfachen.

Schnell erkannte ich, dass es ihnen gelingen würde. *Gefährliche Anziehungskraft.* Unsere Körper harmonierten wie Seelen. Perfekt. Seine Haut an meiner zu spüren war, als würde ich an jeder noch so schwer erreichbaren Körperstelle liebkost.

Paradoxerweise veranlasste ihn meine Aufforderung, den Mund von meinem zu lösen und mich stirnrunzelnd anzusehen.

»Wie beschwipst bist du?« Dean studierte mein Gesicht, er selbst war stocknüchtern. Er hatte nur ein Bier gehabt, was für seine Verhältnisse einer Tasse Kräutertee gleichkam.

»Nicht so sehr, als dass ich nicht wüsste, was ich tue«, antwortete ich.

»Genau das würde auch ein Betrunkener behaupten«, konterte er. Ich fasste zwischen uns und griff durch seine Jeans nach seinem Prügel, strich mit der Hand darüber. Er war *steinhart.* »Bitte.«

Dean schloss die Augen, legte die Stirn auf meine und atmete tief durch. Er versuchte, dagegen anzukämpfen. Sich zu beherrschen. Dasselbe hätte ich tun sollen. Aber ich war zu erregt.

»Wenn ich mit dir schlafe, dann deshalb, weil du es so willst, und nicht wegen der bescheuerten Rache an deiner Familie.«

»Das tue ich.« Ich nickte. »Ich will es.«

Er stand auf, nahm mich bei der Hand und führte mich zu dem roten Pick-up, in dem er noch nie ein Mädchen vernascht hatte.

Es war der längste Marsch meines Lebens, aber er lohnte die Mühe.

Dean klappte den Fahrersitz um, dann legte er sich darauf und klopfte auf seine muskulöse Brust.

»Komm her«, befahl er. Es klang nicht verspielt oder verführerisch, sondern ernst und autoritär. Er war der gebieterischste Vermieter, mit dem ich je zu tun gehabt hatte. Ich gehorchte, indem ich mich rittlings auf ihn setzte und dann zu seinem Gesicht hinaufrutschte. Ich trug noch immer meinen Slip, und meine Augenlider fühlten sich bleischwer an, trotzdem wusste ich, was ich tat.

Dean schob den Zwickel beiseite, dann fasste er mich um die Taille und drückte mich auf sein Gesicht. Mit einer blitzschnellen Bewegung stieß er seine Zunge in mich hinein. Ich schrie vor Lust und Überraschung auf, dann packte ich ihn an den Haaren und bog den Rücken durch.

»Beweg dich, Baby LeBlanc.«

Mit zuckenden Hüften kam ich dem Befehl nach, während sein warmer Mund sich an mir labte, sein Daumen sachte und fest zugleich meine Klitoris streichelte und seine freie Hand meinen Hintern drückte, um mir den Rhythmus meiner Bewegungen vorzugeben. Dabei gab er diese genüsslichen Geräusche von sich, die ich mir immer bei Darren erträumt hatte.

So als wäre dies seine Vorstellung vom Paradies. Als wäre das, was wir da taten, *richtig*.

Nach wenigen Minuten verkrampfte sich mein Schoß um seine Zunge, meine Beine zitterten, und jeder Muskel in meinem Körper zuckte, als ich mit der Gewalt eines Erdbebens kam. Mit geschlossenen Augen warf ich den Kopf zurück und schrie seinen Namen.

Noch bevor ich sie öffnen konnte, beförderte er mich auf den Rücken, sodass er oben war, seine Knie zwischen meinen gespreizten Beinen. Er öffnete seinen Gürtel, dabei rutschte sein Hemd hoch und entblößte seine perfekten Bauchmuskeln, die ich neulich versucht hatte zu ignorieren. Großer Gott, er war ein Kunstwerk. Tatsächlich verabscheute ich ihn dafür.

»Ich werde dich dazu bringen, meinen verdammten Namen zu singen«, zischte er und sah mich unnachgiebig an.

Ich öffnete meine Beine weiter, als er die Knie gegen meinen Schritt presste.

Er holte sein Portemonnaie aus seiner Gesäßtasche und nahm ein Kondom heraus. Er öffnete die Verpackung mit den Zähnen und streifte es sich über, dann riss er mir mein T-Shirt vom Leib, indem er so fest daran zog, dass der Stoff in meine Haut schnitt.

Autsch.

Was zur Hölle?

Er beugte sich nach unten, legte eins meiner Beine über seine Schulter und drang ohne Vorwarnung in mich ein. Sein Kiefer war angespannt, und in seinen Augen loderte animalische Begierde. Ich klammerte mich an seinen prallen Armmuskeln fest und stöhnte vor Lust, die in meinem zierlichen Körper nicht genügend Platz zu finden schien, während er mich nahm, wobei er wieder und wieder meinen G-Punkt traf, als hätte er es sich zur Mission gemacht, mich zu spalten.

»Oh Dean!« Ich konnte nicht anders als zu schreien. So warm es draußen auch war, belegten die beschlagenen Scheiben, dass es im Inneren des Wagens um ein Vielfaches heißer war.

Dean packte mich wieder an den Haaren – fester als zuvor auf der Bank – und hob meinen Kopf an, damit ich das Schauspiel verfolgen konnte.

»Was mache ich gerade mit dir?« Er klang bedrohlich. Fast schon bösartig. Ich beobachtete, wie sein Glied – *hey, ist das etwa ein lila Kondo*m? – in mich hinein- und wieder herausglitt und sein Becken wie wild mit meinem kollidierte. Auch sein Sixpack ließ sich aus diesem Blickwinkel bestens bestaunen. Dem Sex haftete etwas Dunkles an. Der typisch amerikanische Sonnyboy Dean hatte eine sehr gefährliche Seite, und er gestattete mir, einen Blick darauf zu erhaschen.

»Du-du …«, stammelte ich. Er zog mich fester an den Haaren, damit ich antwortete. Es tat weh, gleichzeitig erregte es mich maßlos.

»Sag es, Baby LeBlanc.«

»Du bist in mir.«

»Oh ja. Ich bin in dir. Fühlt es sich gut an?«

»J-ja.«

»Stoße ich zu tief?«

»N-nein.«

»Zu grob?«

»N-nein.«

»Das ist gut. Denn das werde ich gleich.«

Er schob die Hand hinter meinen Rücken und drehte mich um, weshalb er für einen Moment aus mir herausglitt. Er brachte mich auf meine Knie, aber ich landete auf dem Bauch, als er wieder in mich eindrang, dieses Mal von hinten. Seine angespannten Muskeln drückten gegen meinen Schenkel, als er mit seinem schweißnassen Arm mein Becken anhob und den perfekten Winkel schuf.

»So tief.« Ich schloss wieder die Augen, als meinen Rücken ein lustvolles Kribbeln überlief, das meinen nächsten Orgasmus ankündigte. Dean »Ruckus« Cole war ein Sexteufel. Das hätte mich eigentlich nicht überraschen dürfen, aber er hatte recht. Das, was wir hier taten, war nicht normal. Es war irre.

Irre gut.

»Komm noch nicht.« Er stieß wieder in mich hinein, und ich vergrub die Zähne in dem vinylbezogenen Schaumstoff des Sitzes, um einen weiteren Lustschrei zu unterdrücken.

»Ich kann es nicht zurückhalten«, keuchte ich atemlos und krallte meine Finger in das durchgesessene Polster. Er ging ran, als wollte er mich vernichten. Und in gewisser Weise tat er das. Er machte es mir unmöglich, je wieder Spaß am Sex mit jemand anderem zu haben.

»Du brauchst meine Erlaubnis, um zu kommen, Baby LeBlanc. Bettle darum.«

Tief in meinem Inneren wusste ich, dass diese ganze Sache krank war. Betrunken oder nicht, ich konnte zwischen richtig und falsch unterscheiden. Dennoch fügte ich mich, weil es mir irgendwie gefiel, dass ich für diesen einen gestohlenen Moment nicht die Zicke war, die ihn hasste, und er nicht der Mann, den ich niemals haben konnte.

»Bitte, lass mich kommen.«

»Dann komm, Baby.«

Ich ließ mich tiefer in den Sitz sinken und stöhnte auf, als ein weiterer Tsunami meinen Körper erfasste. Ich sah Sterne. Sterne, die er mir geschenkt hatte und die viel heller strahlten als die am Himmel.

Als Dean mich ein weiteres Mal umdrehte, waren meine Lider halb geöffnet. Mit erschreckend ausdrucksloser Miene stieß er noch einige Male zu, dann zog er sich zurück, entfernte das Kondom und kam auf meinem Bauch und meinem BH.

Ich starrte ihn an, nicht sicher, ob ich fasziniert war, angeekelt oder zu befriedigt, um zwischen beidem zu unterscheiden.

Er griff sich mein zerrissenes T-Shirt – das vom Zentralverband der Podologen, welches Darren mir überlassen hatte – vom Beifahrersitz, knüllte es zusammen und wischte sein Sperma damit von meinem Körper.

»Sag auf Wiedersehen zu diesem Shirt und zu allem anderen, was dir ein Mann, der nicht dein Vater ist, je geschenkt hat. Habe ich mich klar ausgedrückt.«

»Du bist schrecklich besitzergreifend«, beschwerte ich mich, während ich ihn aus schläfrigen Augen ansah, als wäre er meine Sonne, mein Mond und was es sonst an wichtigen Himmelskörpern gab.

»Das liegt daran, dass du mit Haut und Haar mir gehörst.«

»Was um alles in der Welt bringt dich auf diesen Gedanken? Dass wir miteinander geschlafen haben?« Ich spielte die Belustigte, aber es war rein gar nichts witzig an seiner Feststellung. Oder an dem, was wir gerade getan hatten.

»Nein.« Er ließ die Hand zu meiner linken Brust gleiten und legte sie auf die Stelle über meinem Herzen. »Dieses Organ hier, es schlägt ausschließlich für mich. Du weißt das. Ich weiß das. Lüg ruhig weiter, Rosie. Ich werde die Wahrheit aus dir herauspressen. Auf die eine oder andere Art.«

KAPITEL 9

Dean

Mein ganzer Körper pochte, als ich Baby LeBlanc zurück zu Vicious' und Millies Haus fuhr. Sie schlief währenddessen ein. Ich konnte sie noch immer an meinen Fingern riechen, ihr Kokosshampoo an meinem Hemd, was mir offenbar den Verstand vernebelte, denn ich fuhr viermal um den Block, nur weil ich sie um drei Uhr morgens noch immer nicht gehen lassen wollte.

Du steckst mächtig in der Scheiße, Idiot, schimpfte die Stimme der Vernunft. *Du brauchst diesen Mist nicht. Es ist riskant, sich mit ihr einzulassen. Du musst die Nina-Angelegenheit regeln und mit dem Trinken aufhören.*

Aber in meinem Kopf war kein Platz für Vernunft. Rose LeBlanc vereinnahmte jeden meiner Gedanken. Dabei kümmerte es mich nicht einmal, dass sie krank war und ihr eigenes Päckchen zu tragen hatte. Sie hatte meine College-Jacke – die seit zehn Jahren auf der Ladefläche meines Pick-ups gelegen hatte – über ihrem BH an. Dr. Dumpfbackes T-Shirt war da, wo es hingehörte – in einer Mülltonne irgendwo im Niemandsland.

Ich parkte vor dem Haupteingang der Villa und überlegte mir mein weiteres Vorgehen. Rosie schnarchte – wobei sie Geräusche erzeugte, die eher zu einem Grizzlybären als zu einem zarten Mädchen gepasst hätten –, und ich brachte es nicht über mich, sie zu wecken.

Schließlich hob ich ihren fragilen Körper aus dem Wagen und trug ihn ins Haus. Ihre Flip-Flops klemmten zwischen ihren Fingern, während ich eine Tür nach der anderen passierte und bei denen, die halb offenstanden, ins Zimmer linste, bis ich Rosies fand, das mit den The-Strokes-Postern an den Wänden.

Ich legte sie in ihr Bett und wickelte sie in ihre Decke ein wie ein Baby, bevor ich sie auf die Nasenspitze küsste.

»Übrigens empfinde ich Flip-Flops als eine persönliche Beleidigung«, flüsterte ich meinem Dornröschen zu. »Trotzdem will ich dich wieder vögeln.«

»Und ich empfinde *dich* als eine persönliche Beleidigung, Dean«, nuschelte sie gähnend und streckte sich. »Weil *dich* schon *jede* gevögelt hat.«

»Willkommen im Club, Süße. Wir haben sogar eigene T-Shirts.«

»Das ist gut. Nachdem du mir meins vom Leib gerissen hast.«

Mein Schwanz richtete sich angesichts dieser gelungenen Retourkutsche auf, aber er würde sich in Geduld fassen müssen.

»Vollkommen richtig. Ich will dich niemals wieder in Sachen von diesem Honk sehen«, brummte ich. Ich nannte ihn absichtlich nicht beim Namen. Wie lautete der gleich noch mal? Declan? Darren? Schnurzegal. Rosie würde ihn nicht mehr in den Mund nehmen.

»Würg.« Sie drehte mir den Rücken zu und kuschelte sich mit geschlossenen Augen in die Decke. »Ich bin echt froh, dass ich dich bis zu dem Probeessen nicht mehr sehen muss.«

»Freu dich nur nicht zu früh.« Ich strich ihr eine Haarsträhne aus dem Gesicht, was ihr eine Gänsehaut verursachte.

»Wie darf ich das verstehen?«, fragte sie. Rosie LeBlanc besaß offenbar die Fähigkeit, im Schlummerzustand ausgedehnte Unterhaltungen zu führen.

Ich beugte mich zu ihr, drückte den Mund auf ihren und ließ die Zunge über ihre Unterlippe schnellen, bevor ich lange und fest daran saugte. Es war die Art von laszivem, verführerischem Kuss, nach dem man eine ganze Woche lang dem nächsten entgegenfiebert.

»Ich habe soeben beschlossen, mich hier einzuquartieren, um mehr Zeit mit dir zu verbringen«, raunte ich, bevor ich zur Tür ging, das Licht ausknipste und ins Dunkelblau der Nacht hineingrinste. »Überraschung, Baby LeBlanc. Jetzt sind wir nicht nur Nachbarn, sondern sozusagen Hausgenossen.«

In dieser Nacht fuhr ich heim, schnappte mir meinen Koffer, den auszupacken ich noch nicht geschafft hatte, und brachte meinen Krempel zu Vicious. Falls er fragte, würde ich behaupten, dass meine Eltern gerade Teile des Hauses renovierten. Zum Glück ging ihm ohnehin so gut wie alles am Arsch vorbei.

Es war in jedem Fall die beste Lösung. Meine Eltern hatten mir in den letzten Monaten pausenlos Druck wegen eines Treffens mit Nina gemacht, und ich hatte die Nase voll von der ewig gleichen Debatte. Ebenso wenig interessierte es mich, wieso sie so sehr darauf versessen waren, dass ich *ihn* kennenlernte.

Das Einzige, woran ich denken konnte, war meine nächste Eroberung. *Sie.*

Am nächsten Morgen holte ich Trent mit Dads Volvo XC90 vom Flughafen in San Diego ab. Der rote Pick-up blieb in der Garage. Ich benutzte ihn sowieso fast nie, außerdem hatte Rosie mich gebeten, unser kleines Rendezvous geheim zu halten, und einstweilen war mir sehr daran gelegen, sie friedlich zu stimmen.

Wenn Vicious mitbekäme, wie ich sie abholte, würde er Fragen stellen, nur um mir auf den Sack zu gehen.

Und sobald er meine Antworten hörte, würden wir uns wieder einmal fetzen. Nicht dass ich was dagegen hätte. Ihm ein paar Faustschläge in die Visage zu verpassen war meine Vorstellung von Meditieren. Allerdings konnte ich auf das damit einhergehende Drama gut verzichten. Wohingegen Vicious voll darauf stand, aus jedem Scheiß eine gigantische Seifenoper zu machen.

Ich parkte in zweiter Reihe vor der Ankunftshalle, schob meine Ray-Ban nach unten und scannte mit den Augen die Gruppe Flugbegleiterinnen in blauer Uniform, die vor meinem Wagen die Straße überquerten. So als spürten sie meinen Blick, wandten zwei von ihnen den Kopf in meine Richtung und lächelten. Ich lächelte zurück, dann checkte ich mein Handy.

Jaime
Die Mädchen und ich werden in vier Stunden in San Diego landen. Bis später, Blindgänger.

Vicious
Hey, Mr Tripper. Ich hoffe, du bist nüchtern genug, um das hier zu lesen. Vergiss nicht, Trent heute abzuholen. Du findest die Sitzordnung in deinem E-Mail-Postfach. Ruf an, wenn du zurück bist.

Trent
Nimm die Augen von deinem Schritt. Man könnte denken, du holst dir einen runter.

Lachend schaute ich hoch und entdeckte meinen besten Freund, wie er gerade mit einem Business-Trolley durch die

Schiebetür rauschte. Zu behaupten, dass Trent Rexroth ein gutaussehender Typ war, wäre so, als würde man Zyanid eine leicht gesundheitsschädliche Wirkung nachsagen. Nach ihm drehten sich Frauen wie Männer gleichermaßen um. Sicher, wir waren alle vorzeigbar, trotzdem stahl uns dieser Wichser mit dem aristokratischen Gesicht immer die Show. Er kam direkt auf meinen Wagen zu, dieser eins neunzig große, einstmals so gefeierte, dann in die Tonne getretene Quarterback. Jede Frau im Umkreis guckte zweimal hin, dann noch ein drittes Mal, wie um sich zu vergewissern, dass dieser Kerl wirklich menschlich war. Zwei von ihnen machten sogar Fotos mit ihren Handys, als er in mein Auto stieg. Vermutlich verwechselten sie ihn mit diesem Knasti von dem Polizeifoto – der mit den strahlend blauen Augen und dem Schlafzimmerblick.

Trent schlug mir auf den Rücken – die internationale Geste für »Schön, dich zu sehen, Kumpel« – und gurtete sich an.

»Werde ich langsam alt, oder sind sie heutzutage nicht mehr so hübsch?« Er wies mit dem Kinn zu einer weiteren Gruppe Stewardessen, diesmal in Burgunderrot gewandet.

»Es liegt definitiv an deinem Alter.« Ich hielt mich brav an mein Drehbuch als Schürzenjäger, auch wenn ich mich nicht so fühlte. »Vielleicht wird es Zeit für Viagra.«

»Vielleicht wird es Zeit, dass dir jemand das Maul stopft.« Trent warf mir einen abschätzigen Blick zu, bevor er das Handschuhfach öffnete und den Joint herausholte, von dem er wusste, dass er dort sein würde.

»Warte, bis wir das Flughafengelände verlassen haben.« Ich startete den Motor, und Trent kam meiner Bitte nach, indem er stattdessen auf seinem Handy nachsah, ob E-Mails eingegangen waren.

»Wie geht es Luna?«, erkundigte ich mich, während ich einen prüfenden Blick in die Seitenspiegel warf. Seine Tochter war inzwischen knapp ein Jahr alt. Babys waren noch nie mein Ding gewesen – ich wollte keine zeugen, auch wenn ich es liebte, mit Kondom zu üben –, aber Luna bezauberte durch ihre pummeligen Beinchen, ihr strahlendes Lächeln und den verrückten, von Klatschen begleiteten Tanz, den sie jedes Mal, wenn ich sie auf Skype sah, aufführte. Es gab wirklich nichts an ihr, was man nicht mögen konnte. *Im Gegensatz zu ihrer Mutter.*

»Gut«, antwortete Trent nach einer langen Pause, während er stirnrunzelnd aus dem Fenster schaute. Er war eine alte Seele und nicht geschaffen für den Lebensstil, den wir pflegten. Die Frauen. Das Geld. Das Gras. Er machte sich nichts aus alledem. Die einzigen beiden Dinge, die ihm je wirklich Freude bereitet hatten, waren Football – leider war dieser Traum schon vor langer Zeit aufgrund mehrfacher Verletzungen in unserem letzten Schuljahr geplatzt – und seine Tochter.

»Schwachsinn. Mach mir doch nichts vor. Was zur Hölle ist los?« Ich knuffte ihn in den Arm. Wir ließen den Flughafen hinter uns und fuhren auf den verwaisten Highway. Es war Samstagmittag, und da war niemand Richtung Todos Santos unterwegs, es sei denn, er hätte vor, eine Luxusvilla auszurauben. Der Joint brannte, aber Trents graue Augen waren immer noch abgewandt.

»Luna ist ein Schatz«, antwortete er, doch ein großes »Aber« blieb unausgesprochen.

»Und weiter?«, ermutigte ich ihn.

»Auf Val trifft das nicht zu«, sagte er mit ausdrucksloser Stimme.

Um es noch einmal kurz zusammenzufassen: Val war eine brasilianische Stripperin, die während eines One-Night-Stands von Trent schwanger geworden war. Sie war kokainabhängig gewesen, aber Trent schwor, dass sie ihr Leben wieder in den Griff bekommen habe, nachdem er ihr einen Entzug finanziert hatte. Sie waren kein Paar, aber sie zogen ihre Tochter gemeinsam groß.

»Ist sie wieder auf Droge?« Ich zog eine Braue hoch. Er legte den Kopf zurück und rieb sich die Augen.

»Soweit ich weiß, ist sie immer noch clean. Aber sie tickt nicht ganz richtig.«

»Hat sie das je getan?« Meine Gedanken schweiften ab, während ich das Gaspedal durchtrat. Rosie hatte am Boden zerstört gewirkt, als ich sie gestern abholte. Ich wusste nicht, ob es an Vicious oder an ihrer Familie lag, aber ich tippte auf Letzteres. Sie war außer mir der einzige Mensch, den ich kannte, der sich von Vicious' Machtgehabe und seiner generellen Arschigkeit nicht ins Bockshorn jagen ließ. Sie so verletzt zu sehen ging mir nahe. Der gestrige Abend war der Wahnsinn gewesen. Der beste Sex, den ich … *jemals* gehabt hatte? Verdammt, das konnte nicht stimmen. Allerdings stand zweierlei für mich fest:

1. Rosie bereute das Ganze inzwischen bitterlich.

2. Es würde bald schon eine Wiederholung geben, und dann würde ich dafür sorgen, dass sie nüchtern war.

Trent drehte den Kopf zu mir. »Bin ich ein Arschloch, weil ich glaube, dass Val unsere Tochter nicht wirklich liebt?«

Kurzes Schweigen.

»Jetzt schnapp nicht über.« Ich nahm den Schaumstoffball aus der Mittelkonsole und warf ihn ihm zu, wobei mir ein unbehagliches Lachen entschlüpfte.

»Sie verbringt nie Zeit mit ihr. Luna ist entweder bei mir oder in der Obhut einer Babysitterin. Dabei ist es nicht so, als würde Val es nicht versuchen. Denn das tut sie. Aber ich glaube, dass Luna sie richtig unzufrieden macht. Val ist ans Nachtleben gewöhnt. Früher hat sie ihren Schritt für Geld an einer

Stange gerieben. Ihr Wecker klingelte um zwei Uhr nachmittags, und selbst dann hat sie noch die *Schlummertaste* betätigt. Das Muttersein ödet sie an.«

»Gleichzeitig hält sie Samenraub für eine legitime Methode, um ihren Lebensunterhalt zu bestreiten.« Seufzend fuhr ich mir mit den Fingern durch die Haare. Diese gottverdammte Val. Sie war manipulativ, hinterhältig und halbseiden, klar, trotzdem hatte ich geglaubt, dass sie unter ihrer Vaterkomplex-Fassade eigentlich ganz okay war. Wahrscheinlich übertrieb Trent. In Sachen Erziehung legte er die Messlatte viel zu hoch, indem er seine Tochter zum Babyschwimmen und in einer Krabbelgruppe anmeldete, noch ehe sie sich allein umdrehen konnte. Val würde schon zur Vernunft kommen. Sie war eine starke Person, und Luna würde aus der Phase herauswachsen, in der sie alle paar Stunden in die Windel machte und die restliche Zeit über schrie.

»Keine Ahnung«. Trent zuckte mit den Schultern, zog an dem Joint und schaute aus dem Fenster. »Es ist nur so …« Er verstummte einen Moment und rieb mit der Hand über seinen kurz geschorenen Kopf. »Manchmal habe ich das Gefühl, als würde bald etwas Schlimmes passieren, und ich kann es nicht verhindern.«

»Weil das durchaus möglich ist. Man nennt das Realität.«

»Die Realität ist echt zum Kotzen.«

»Ja, so munkelt man«, pflichtete ich ihm bei. »Du musst lockerer werden und dafür sorgen, dass *du* das Richtige tust.«

Als wir das leuchtend grüne Schild passierten, das uns in Todos Santos willkommen hieß, ermahnte ich mich, diese Regel selbst zu befolgen.

In Bezug auf Nina.

Auf Rosie.

Generell.

Dean
Was ist los, Schlafmütze? Setzt dir der Kater zu?

Es verging eine Stunde, ehe sie reagierte, aber ich wusste, dass sie die Nachricht gelesen hatte. Wahrscheinlich tippte und löschte sie, hin und her überlegend, von Abscheu auf sich selbst und auf *mich* erfüllt. Dann traf endlich ihre Antwort ein.

Rosie
Ja.

Ich starrte auf das Wort. Noch nie hatte mich eine Frau mit einer aus zwei Buchstaben bestehenden SMS abgefertigt. Ich tippte eine Entgegnung, als eine weitere Nachricht folgte.

Rosie
Es tut mir unendlich leid, dass das passiert ist. Ich kann mich selbst nicht mehr im Spiegel anschauen. Und ich traue mich nicht aus diesem Zimmer, weil ich Millie nicht gegenübertreten will. Was bin ich bloß für eine Schwester? Bitte, lass uns so tun, als hätte es letzte Nacht nie gegeben.

Dean
Okay.

Rosie
Okay?

Dean
Wenn dir diese Lüge hilft, bis wir das nächste Mal vögeln, werde ich deine kleine Seifenblase nicht zum Platzen

bringen. Ich finde, wir sollten uns einen In-N-Out-Burger zum Mittagessen genehmigen. Das Probeessen wird bestimmt stinklangweilig. Was hältst du davon?

Rosie
Offenbar kannst du nicht lesen. Wir können das NIE WIEDER tun!

Dean
Ich habe einen Burger vorgeschlagen. Und nicht, dass ich es dir auf einem Balkon mit romantischer Aussicht auf den Pazifik besorge.

Dean
(Aber ich bin dabei, falls du darauf Bock hast.)

Rosie
Nein.

Dean
Ich bringe auch Gras mit.

Rosie
NEIN.

Dean
Und meinen Schwanz.

Rosie
Wozu soll das gut sein?

Dean

Ich denke, seit letzter Nacht kennst du die Antwort auf diese Frage;)

Rosie

Keine Chance, Ruckus. Heute bist du auf dich allein gestellt. Vergiss, dass es je passiert ist. Ich werde das mit Sicherheit.

Ich lehnte mich lächelnd zurück und las noch einmal, was sie geschrieben hatte. Sie würde vor mir – und meinem Schwanz – ratzfatz kapitulieren.

Ich fuhr Trent nach Hause, dann blieb ich noch einige Stunden dort, um mit Trisha und Darius Rexroth zu plaudern. Sie waren so etwas wie meine zweiten Eltern. Anschließend begab ich mich auf direktem Weg zum Fitnesscenter im Country Club, wo meine (richtigen) Eltern Mitglieder waren, und powerte mich aus. Mich an einem Boxsack auszutoben und auf dem Laufband zu rennen, beruhigte meine Nerven, wenn auch nur ein bisschen.

Nach Beendigung meines Trainings ging ich in die Sauna, setzte mich auf eine der Holzbänke und lehnte den Rücken gegen die Wand.

Du musst mit dem Saufen aufhören, Arschloch.

Ich sollte die Finger von allem Möglichen lassen, das mir nicht guttat, aber wozu? Was würde es bringen, nicht mit drei Frauen gleichzeitig zu schlafen oder zu trinken, bis ich umkippte, oder jeden Morgen und Abend zu kiffen, um den Stress abzubauen?

Das soll nicht heißen, dass ich unglücklich war. Ich mochte meinen Job. Es fühlte sich gut an, viel Geld zu verdienen. Und noch mehr Spaß machte es, die Kohle für Quatsch auszugeben, den ich nicht brauchte. Ich hatte eine tolle Familie, die ich gern öfter gesehen hätte. Aber die Zeit zwischen den Telefonaten mit meinen Angehörigen und Freunden und meinen langen Arbeitsstunden bestand aus Leere, darum füllte ich sie mit Frauen, Alkohol, Gras und der Jagd auf die einzige Frau, von der ich mich besser fernhalten sollte.

»Dean? Dean Cole?«

Der Mann, der gerade die Sauna betrat, kam mir bekannt vor. Ich blinzelte gegen meinen jüngsten Kater an (welchen ich den vier Gläsern Gin verdankte, die ich mir vergangene Nacht nach meinem Umzug in Vicious' Haus hinter die Binde gegossen hatte). Beim zweiten Hinsehen erkannte ich ihn wieder. Matt Burton. Wir hatten zusammen die Highschool besucht, er war in meinem Footballteam gewesen. Er war mitnichten ein Star gewesen – dieser Titel war für Trent und mich reserviert –, aber dennoch ein beliebter Schüler. Er hatte um die Leibesmitte zugelegt – wie nicht anders zu erwarten, schließlich war nicht jeder so ein eitler Gockel wie ich –, und seine Haare lichteten sich. Wir schlugen die Fingerknöchel gegeneinander, weil eine Umarmung nicht zur Debatte stand, wenn unsere Genitalien lediglich von zwei Handtüchern verhüllt wurden. Er hockte sich neben mich.

»Du siehst gut aus«, meinte Matt und seufzte schwer.

»Und du siehst glücklich aus.« Sein Lachen bestätigte meine Vermutung. Er hob seine linke Hand und präsentierte mir triumphierend seinen goldenen Ehering. »Zu Recht. Ich bin verheiratet und habe zwei Töchter. Wie steht's bei dir?«

»Du kennst mich.« Ich zog eine Schulter hoch. Doch offenbar kannte er mich nicht, denn er wartete weiter auf meine Antwort. »Ich wäge noch immer meine Optionen ab.«

»Hier in Kalifornien?« Er schnaufte. Seine Wampe quoll über den Rand seines Handtuchs. Ich senkte den Blick auf mein eigenes. Meine Bauchmuskeln kamen kaum in Kontakt mit dem weißen Frottee. Meine gebräunte Haut haftete so fest an meinem Sixpack wie ein eingefleischter Fan an einem Spieler der Patriots nach dem Superbowl. Vielleicht machte Matt der Genuss von Tacos glücklich, doch in *meinem* Fall galt das für Muschis. Zwischen beiden bestand eine optische Ähnlichkeit, allerdings hatten Muschis weniger Kalorien. Abgesehen davon blieb immer Platz für einen Nachschlag.

»Eigentlich in New York. Und du?«, erkundigte ich mich aus Höflichkeit. Es interessierte mich nicht die Bohne. Matt war ein netter Kerl, aber ich hatte schon oft genug erlebt, was mit meinen ehemaligen College-Freunden passierte, wenn sie heirateten. Sie wurden übergewichtig, langweilig und seltsam zufrieden mit ihren drögen Alltagsritualen. Nein, danke.

»Ich bin hier in Todos Santos geblieben. Hab ein Haus am Stadtrand gekauft. Die Gegend ist im Kommen. Ich habe mein Wirtschaftsdiplom gemacht und wurde kürzlich Partner in der Firma meines Vaters.«

Bla, bla, bla.

»Das ist toll«, sagte ich und stand auf. Mir war ein bisschen schummrig. Wahrscheinlich wurde es wirklich Zeit, dass ich die Finger von all dem Gift ließ. »Ich muss jetzt los. Hat mich gefreut, dich mal wieder zu treffen.«

»Dean.« Matt legte mir die Hand auf die Schulter. Wieso zum Teufel tat er das? Ich drehte mich zu ihm um. Er war ebenfalls aufgestanden. Wir sahen uns an. Nicht wie Freunde. Auch nicht wie Feinde. Wir gingen einander nichts an. Ich wollte nur weg.

»Bist du okay?«, sagte er. Falls ich je eine lästigere Frage gehört hatte, dann muss es »Kannst du ihn rausziehen, bevor du kommst? Ich schlucke nicht« gewesen sein. Aber »Bist du okay« schaffte es definitiv auf den zweiten Platz.

»Ja«, bestätigte ich und verkniff mir ein »Warum?«. Es interessierte mich nicht.

Verlegen lächelnd nahm Matt die Hand weg und stützte sie in seine Hüfte. »Weißt du, ich dachte immer, du würdest einmal dieses LeBlanc-Mädchen heiraten. Zwischen euch beiden war so ein Knistern.«

Ich lachte auf. Nicht verbittert, sondern amüsiert. »Welche meinst du? Millie?«

Er schüttelte den Kopf und zog die Stirn in Falten. »Die andere. Die Schwester, die mit ihren Freunden zu unseren Spielen kam und dich angeschmachtet hat. Sie war ein heißer Feger. Aber sie hat keinen rangelassen. Und sie hatte eine ziemlich große Klappe.«

Rosie.

Sie ist immer noch ein heißer Feger.

Aber das aus dem Mund von jemand anderem zu hören, weckte den eifersüchtigen Choleriker in mir. Am liebsten hätte ich ihm die Visage poliert. Vielleicht lag es daran, dass ich immer noch ihren Mund an meiner Schulter spüren konnte, mich an ihr Stöhnen erinnerte, das über meine Haut gedriftet war, und daran, wie sie an meinen Lippen vor Lust pulsiert hatte. Was immer der Auslöser war, er brachte mich dazu, Matt gegen die Holzwand zu stoßen und mit grimmiger Miene zu zischen: »Hör zu, Matt. Wenn du das nächste Mal auf diese Weise über Rosie LeBlanc sprichst, vergewissere dich, dass ich nicht in der Nähe bin. Falls ich so etwas noch mal von dir höre, reiße ich dir den Arsch auf und sorge dafür, dass du nicht feststellen kannst, wie sie heutzutage aussieht. Apropos, sie ist immer noch viel hinreißender als jede Frau, die sich jemals mit dir einlassen würde. Und du hattest recht, du Intelligenzbestie. Sie wird eines Tages meine Frau sein. Schönen Tag noch.«

KAPITEL 10

Rosie

Was gibt dir das Gefühl, lebendig zu sein?
Reue zu empfinden. Weil sie mich daran erinnert, dass das Leben ein Gewicht hat. Manchmal ist es schwerer, manchmal leichter.

Liebe selektive Vergesslichkeit,
ich brauche dich gerade dringend.

Deine hoffnungslose Idiotin

Ich saß in meiner Vibrationsweste auf dem Bett und ließ die Füße baumeln, während ich an die Wand starrte und jede Sekunde der vergangenen Nacht rekapitulierte.

Dämlich, dämlich, dämlich.

Ich war der Trottel. Nicht Dean. Er hatte nur genommen, was ich ihm in meinem berauschten Zustand hirnverbrannterweise angeboten hatte. Himmel, Dean war die Stimme der Vernunft gewesen (niemals hätte ich gedacht, dass mir solch ein Satz je auch nur durch den Sinn gehen würde), indem er mich wiederholt gefragt hatte, ob ich nicht zu betrunken sei. Er war sogar so süß gewesen, mich in meinem Bett zuzudecken.

Wenn sich solch ein unverbesserlicher Weiberheld im Brooks-Brothers-Anzug als Retter in der Not erweist, weiß man, dass man mächtig in der Patsche steckt.

Es war ein Moment der Schwäche gewesen, aber es würde keine Wiederholung geben. Ich würde mich bei der Generalprobe heute von meiner Schokoladenseite zeigen. Millie hatte nur eine einzige Brautjungfer – meine Wenigkeit –, und ich würde es nicht vermasseln. Nicht nach allem, was sie für mich getan hatte.

Soweit es mich betraf, hatten Dean und ich nie miteinander geschlafen. Und es war auch nicht der beste Sex meines Lebens gewesen – so heiß und schmutzig, dass er in eine völlig andere Kategorie fiel als alle meine bisherigen Erfahrungen. Denn wenn im Wald ein Baum umstürzt und keiner da ist, um es zu hören, gibt es dann ein Geräusch?

Anders ausgedrückt: Was Millie nicht wusste, konnte ihr nicht wehtun. Ich würde kein Wort sagen. Und Dean auch nicht.

Ein Klopfen an der Tür ließ mich bei der Szene, in der Dean mich auf seine heiße Zunge zieht und mich sanft in die Klitoris beißt, auf Pause drücken. *Eine Szene, die nie stattgefunden hat*, rief ich mir ins Gedächtnis. Ich stand auf und strich mir die Haare aus dem Gesicht.

»Es ist offen.«

Millie kam mit einem Tablett voller Köstlichkeiten herein. Ihr Lächeln wirkte entschuldigend. Wahrscheinlich wegen gestern Abend. Ich erwiderte es und zog die Nachttischschublade auf.

»Ich bringe dir dein Frühstück«, verkündete sie.

»Und ich habe dir ein Dessert mitgebracht.« Ein Musikfreak zu sein hatte seine Vorteile. Auch Millie mochte Punkrock und alternative Musik, aber im Gegensatz zu mir hatte sie zu viel um die Ohren, um über die kleinen, aufstrebenden Indie-Bands, die sich ihren Weg in die Szene erkämpften, auf dem Laufenden zu sein. Sie aufzustöbern und meiner Sammlung hinzuzufügen, war mein Lebenselixier. Entsprechend hielt ich für meine Schwester immer eine Auswahl an neuen Songs bereit, wenn wir uns sahen.

Ich zog einen USB-Stick in Gestalt von Ernie aus *Beetlejuice* hervor und schwenkte ihn vor ihrem Gesicht.

»Warte, bis du Zack Wades Stimme hörst.« Ich grinste. »Er hat eine Begabung dafür, die Saiten der Gitarre und die deiner Hormone gleichermaßen zum Klingen zu bringen.«

Sie stellte das Tablett mit den Pfannkuchen, dem Ahornsirup und dem frisch aufgebrühten Kaffee auf meinen Nachttisch. »Meinen Hormonen geht es prima«, sagte sie, dann biss sie sich auf die Lippe. Bei näherem Hinsehen bemerkte ich, dass ihre Augen blutunterlaufen und ihre fliederfarbenen Haare völlig derangiert waren.

»Ist alles okay, Schwesterherz?« Ich ging zu ihr und umarmte sie, wobei ich sie gleichzeitig stützte. Ich trug noch immer die Weste, deswegen war da dieser dicke Schlauch zwischen uns, aber wir waren beide so sehr daran gewöhnt, dass wir nicht darauf achteten. Millie erschlaffte völlig in meinen Armen. Wehe, wenn Vicious ihr Kummer bereitet hatte. Wobei zu seiner Ehrenrettung gesagt werden muss, dass er Millie auf Händen trug, seit sie ein Paar waren. Zu schade, dass er sich allen anderen gegenüber wie ein Arsch benahm.

»Es geht mir großartig!« Sie tat die Frage mit einer Handbewegung ab und richtete sich gerade auf. »Es ist vermutlich nur eine Magenverstimmung oder das Lampenfieber. Vicious fährt mich nachher zum Arzt, damit ich mich durchchecken lasse. Es ist schon zehn, und du bist noch immer nicht aus deinem Zimmer herausgekommen. Ich wollte nachsehen, ob mit *dir* alles in Ordnung ist.«

Nichts war in Ordnung. Das Gegenteil traf zu. *Ich war einfach zu sehr damit beschäftigt, von deinem Exfreund zu träu-*

men, und gerade im Begriff, meine Hand in meinen Slip zu schieben.

»Bitte entschuldige.« Ich schloss sie abermals in die Arme und stützte das Kinn auf ihre Schulter. »Ich genieße diesen Kurzurlaub. Normalerweise schließe ich das Café um halb sieben auf und komme vor zehn oder elf nicht ins Bett.«

»Arbeitest du immer noch ehrenamtlich auf der Neugeborenenstation?« Sie zog die Nase kraus. Ich senkte den Blick auf meine Hände, machte mich auf eine weitere Strafpredigt gefasst. »Du musst damit aufhören.« Ihre Stimme war nachsichtig.

»Tja, das wird nicht passieren.«

»Du schadest dir selbst. Wieso tust du das?«

Weil ich nirgendwo sonst Freiwilligenarbeit leisten konnte. All die anderen Krankenhäuser, Kliniken und Hospize waren voll mit kranken Menschen, und mein Immunsystem war so anfällig wie mein Herz in Bezug auf ein gewisses *HotHole*.

»Ich bin bestimmt keine Heilige. Wenn ich es nicht gern täte, würde ich es nicht tun.« Ich wechselte das Thema. »Was ist mit dir? Bist du schon aufgeregt wegen der Generalprobe?«

Millie stieß den Atem aus und ließ sich aufs Bett sinken. Ich setzte mich neben sie, doch im Gegensatz zu ihr starrte ich nicht an die Zimmerdecke. Die Weste hinderte mich daran.

»Ich schätze schon. Aber am meisten freue ich mich auf den Junggesellinnenabschied. Es wird wundervoll, gemeinsam Zeit zu verbringen.«

Millie und ich waren nur während meines letzten Schuljahrs getrennt gewesen, gleich danach war ich in den Flieger gestiegen und zu ihr nach New York gezogen. Wir hatten uns jahrelang eine Wohnung geteilt, um nun an verschiedenen Enden des Landes zu leben.

»Möchtest du, dass ich dich zum Arzt begleite?« Ich strich ihr übers Haar. »Ich könnte dir Kaffee holen oder dein Auto bewachen, falls du keinen Parkplatz findest. Deine Dienerin sein.« Ich wackelte mit den Augenbrauen.

»Danke, aber das ist nicht nötig.« Millie schaute weg und legte die Hände auf ihre Oberschenkel, aber anders als sonst rieb sie nicht darüber.

Ich war nicht auf den Kopf gefallen. Die Symptome waren eindeutig. Sie litt an morgendlicher Übelkeit, gestern war ihr den ganzen Tag schwindlig gewesen, und unsere Mutter wollte nicht, dass sie schwer hob. Aber ich war nicht nur eine ehemalige Krankenschwesternschülerin und ein vernunftbegabter Mensch, sondern in erster Linie eine Schwester. Daher wusste ich, dass Millie eine solche Information nicht vor mir geheim halten würde.

Weil ich mir nichts sehnlicher wünschte, als sie glücklich zu sehen.

Und ich wusste, dass ein Baby Millie überglücklich machen würde.

»Kann es sein, dass du mir etwas verheimlichst?«, fragte ich so beiläufig, wie ich konnte.

»Nein«, entgegnete sie knapp und streichelte beruhigend meinen Arm, wie sie es so oft tat. »Alles paletti.«

»Das war nicht meine Frage.«

»Aber es ist die einzige Antwort, die du bekommst.« Sie räusperte sich. »Komm schon, Rosie-Mäuschen. Ich werde in Kürze heiraten. Da darf ich auch mal neben der Kappe sein.«

Dagegen war nichts einzuwenden. Ich drehte mich um, schaltete das mit der Weste verbundene Gerät aus und verstaute beides mit geübten Handbewegungen. Anschließend plauderten wir noch eine Weile. Es ging hauptsächlich um die Hochzeitsvorbereitungen und darum, dass ich aus bestimmten

Winkeln angeblich eine gewisse Ähnlichkeit mit Emma Stone aufwies (Millie brachte das Thema auf … nicht ich).

»Viel Glück bei deinem Arztbesuch«, sagte ich, als Vicious Millie von unten rief und sie zur Tür ging. Das Tablett stand immer noch neben meinem Bett, aber ich würde das Essen nicht anrühren, sondern entsorgen. Mir war gestern Abend der Appetit vergangen, und er hatte sich nicht wieder eingestellt.

Ich warf mich aufs Bett und schloss die Augen, achtete weder auf das Pochen dazwischen noch auf die Stimme meiner Mutter im Erdgeschoss, als sie meinen Vater lautstark instruierte, für Millie Twinkies zu kaufen.

Sie hatten den ganzen Morgen kein Wort mit mir gewechselt, und da Millie sie nicht erwähnt hatte, wusste ich, dass ich noch immer in Ungnade war. Dabei durfte es für den Rest meines Besuchs auch gern bleiben.

Ich würde mich nicht dafür entschuldigen, wer ich war. Oder dafür, wer ich sein wollte.

Ein freier, unabhängiger Mensch.

KAPITEL 11

Dean

Ich checkte gerade meine Geschäfts-E-Mails und erledigte liegen gebliebenen Papierkram, als Vicious zu mir auf den Balkon kam und sich auf die Couch mir gegenüber setzte. Angesichts seines sardonischen Grinsens tippte ich darauf, dass jemand gestorben war, wahlweise er etwas wusste, das mich aus der Bahn werfen oder zumindest in Unruhe versetzen würde. Er benahm sich nicht absichtlich wie ein fieses Arschloch. Vermutlich war ihm dieser Charakterzug einfach in die Wiege gelegt worden.

Auf dem Balkon zu arbeiten war ein kluger Entschluss gewesen, weil ich mich nirgendwo sonst konzentrieren konnte. Ich beobachtete, wie Ms LeBlanc zweimal an Rosies Tür pochte und sie in verschnupftem Jammerton aufforderte, dies und jenes zu tun – worauf Rosie so gut wie gar nicht reagierte –, während Mr LeBlanc seine älteste Tochter in der Diele anraunzte, dass sie Rosie gefälligst ein Ticket kaufen und ihr die Entscheidung damit abnehmen solle. »Ihre Verantwortungslosigkeit wird sie das Leben kosten«, hörte ich ihn sagen.

»Ich bekomme noch graue Haare wegen ihr!«, klagte die Mutter.

Idioten.

»Hey, Schwanzgesicht«, begrüßte Vicious mich.

»Morgen, Hackfresse.« Ich zog einen Joint hinter meinem Ohr hervor und zündete ihn gemächlich an, dabei taxierte ich Vicious, als hätte er in einen von vier Suppentellern auf dem Tisch gepinkelt und ich wüsste nicht, in welchen. Ich traute ihm nie über den Weg. Er mir im Übrigen auch nicht.

»Lässt du mich ziehen?« Er wies mit einem Kopfnicken zu meiner Haschischzigarette. Ich inhalierte und ließ den Rauch zwischen meinen Lippen entweichen, bevor ich sie ihm gab.

»Warum bist du in Wahrheit hier? Deine Eltern renovieren einen Dreck. Ich habe Eli heute Morgen in der Stadt getroffen, als ich Emilia zu ihrem Arzttermin gefahren habe.«

Ich stellte mein MacBook auf den Tisch, dann lehnte ich mich zurück und tippte mit dem Feuerzeug an meinen Mund, während ich über seine Frage nachdachte. Schließlich platzte ich mit der Neuigkeit heraus.

»Ich bin hinter Baby LeBlanc her.«

»Verdammt, ich hoffe, du sprichst von Rosie, und nicht von meinem zukünftigen Kind.«

»Großer Gott!« Ich verdrehte die Augen, beugte mich vor und riss ihm den Joint aus den Fingern. »Und da sagt man *mir* nach, abartig zu sein.«

Vicious grinste. Er war nicht sauer. Noch nicht einmal überrascht. Und erstaunlicherweise erhob er auch keine Einwände.

»Endlich, hm? Wieso hast du so lange gezögert?«

»Ich wusste nicht, dass sie in New York lebt. Als ich es schließlich spitzkriegte und sie in unsere Wohnung zog, hatte sie einen Freund. Inzwischen ist sie Single. Wenn auch erst seit Kurzem.«

Vicious hob skeptisch die Brauen und verzog den Mund. Natürlich scherte er sich einen feuchten Kehricht darum, ob ich mich an Rosie ranschmiss. Für ihn machte das total Sinn, und wieso auch nicht? Leider war seine Zukünftige da anderer Meinung.

Millie und ich gingen höflich miteinander um, aber sie traute mir nicht über den Weg. Was in Anbetracht unserer Geschichte echt paradox war.

»Emilia wird das nicht gefallen.«

»Ich fand es auch nicht so toll, als sie anfing, einen meiner besten Freunde in meinem Penthouse zu vögeln. Aber ich kam drüber weg. Und das ruckzuck, wie ich betonen möchte.«

»Pass auf, was du sagst!«, blaffte Vicious und guckte erbost, dann grinste er. »Du hast mir zehn Prozent meiner Firmenanteile abgeluchst.«

»Und sie dir zurückgegeben.« Ich schmunzelte.

»Für viel Geld.«

»Davon hast du genug«, konterte ich. »Du bist Milliardär. Wir wissen beide, dass du den Preis bezahlen musstest, um Wiedergutmachung zu leisten. Du könntest dir den Hintern mit der doppelten Kohle abwischen und würdest noch immer nicht merken, dass was auf deinem Konto fehlt. Es war eine Lektion. Hast du irgendetwas daraus gelernt?«

»Und ob.« Er funkelte mich grimmig an. »Dass du genauso ein Arschloch bist wie ich, nur versteckst du es auf jeden Fall besser. Millie meint, dass du Ärger bedeutest.«

Jetzt war es an mir, ein Das-ist-mir-scheißegal-Grinsen aufzusetzen. Ich würde mich nicht verteidigen. Was sollte das bringen?

»Und ich tendiere dazu, ihr zuzustimmen.« Er schnappte sich den Joint.

»Das verletzt mich tief.« Ich presste die Hand auf die linke Seite meines orangefarbenen Armani-T-Shirts und schnitt eine Grimasse. »Aber ich werde es überleben.«

»Ob du überlebst oder nicht, hängt einzig und allein davon ab, wie diese Sache mit Rosie ausgeht. Falls du ihr das Herz brichst, weil du sie benutzt und verarschst, werde ich mich gezwungen sehen, Partei zu ergreifen.« Ich wusste, für welche Seite er sich entscheiden würde. Vicious und mich verband eine echte Freundschaft. Wir telefonierten ständig miteinander, hatten denselben Humor. Gleichzeitig nahmen wir uns voreinander in Acht. Es gab keine Konkurrenz zwischen Jaime und Trent, Trent und mir oder Vicious und Jaime. Aber zwischen Vicious und mir tobte permanent ein unterschwelliger blutiger Krieg.

Ich wusste, dass meine negativen Empfindungen ihm gegenüber nur deshalb gediehen, weil ich es hasste, mich in ihm wiederzuerkennen.

In seiner Grausamkeit.

Seinem Frust.

Der Brutalität, die sich hinter seinem Zahnpastalächeln und den Tausend-Dollar-Anzügen verbarg.

»Drohst du mir etwa? Ist ja süß.« Ich griff mir den Joint, nahm einen letzten Zug und drückte ihn im Aschenbecher auf dem Tisch aus. Rauch strömte aus meinen Nasenlöchern, als ich weitersprach. »Ich bin keine kleine Südstaatenunschuld, Vic. Du machst mir keine Angst.«

Vicious stand auf. »Verkack es nicht.«

Die Botschaft dahinter lautete: *Aber meinen Segen hast du.*

Ich kämmte mir mit den Fingern durch die Haare. »Du hast das mit Millie auch nicht verkackt.« *Danke, Bruder.*

»Hätte ich aber beinahe.« *Begeh nicht denselben Fehler wie ich.*

»Ich bin nicht so dumm wie du.« *Das würde mir nicht im Traum einfallen.*

»Darauf zähle ich.« *Worauf wartest du also noch? Geh zu ihr.*

Dean
Was treibst du so?

Rosie
Ich gehe Demoaufnahmen durch. Höre Musik. Versuche, mich nicht vom Balkon zu stürzen. Und du?

Dean
Burger zum Mittagessen? Wir können vor dem Probeessen an den Strand gehen und relaxen.

Rosie
Du hast das schon gefragt. Die Antwort ist immer noch Nein.

Dean
Warum?

Rosie
Wegen dem, was letzte Nacht passiert ist.

Dean
Was meinst du?

Rosie
Bin ich wirklich so leicht zu vergessen?

Dean
Du wolltest, dass ich vergesse. Doch das war gelogen, stimmt's?

In Wirklichkeit wusste Baby LeBlanc nicht, was sie wollte. Sie fühlte sich schuldig, gleichzeitig verzehrte sie sich nach mir wie nach Crack. Das war schon immer so gewesen, aber dieses Mal würde ich sie so lange stupsen, bis sie von ihrem stolzen Thron fiel.

Rosie
Hör auf, mir zu simsen, Dean.

Dean
Deine Mutter ist gerade auf dem Weg zu deinem Zimmer. Sie wird dir erneut den Marsch blasen, wenn du hierbleibst. Häng mit mir ab. Ich verspreche, dass ich dich nicht anfassen werde.

Rosie
Was springt dabei für dich heraus?

Dean
Du.

Es war die schlichte, aufrichtige *Wahrheit.*

Ich begehrte sie, seit Millie abgehauen war. Vermutlich sogar schon länger. Na schön, *definitiv* länger. Aber ich kannte meinen Platz, daher hatte ich mich in Geduld gefasst. Wenn Jakob warten konnte, konnte ich das auch.

Rosie antwortete nicht sofort, also dachte sie darüber nach. Sie wollte mich sehen. Diese Woche war schwierig für sie. Ich gab ihr noch einen Stups.

Dean

Ich möchte mehr über deine Musik erfahren. Und du willst aus dieser Bude raus. Wir sind rechtzeitig zu der Generalprobe zurück.

Rosie

Dean …

Dean

Keine Berührungen.

Rosie

Okay.

Kleine Siege.

Ich wollte gerade aufstehen und mich zu ihrem Zimmer begeben, als mein Handy klingelte. *Nina.* Ich wusste, weshalb sie anrief, und war in Versuchung, dranzugehen. Sie hatte etwas von mir, das ich haben wollte, aber der Preis, den ich bezahlen sollte, um es zu bekommen, war viel zu hoch. Damit meine ich nicht das Geld, auch wenn sie Unsummen forderte. Sondern ihre *Freiheit.*

Früher hatte ich ihr alles geschenkt. Meine Zeit. Mein Herz. Meine Hingabe. Aber sie hatte es weggeworfen.

Für mich galt das Motto: Leg mich einmal herein, dann Schande über dich. Leg mich zweimal herein, und du bist so gut wie tot. Ich glaubte nicht an zweite Chancen, außer es handelte sich um Rosie. Darum hatte ich Nina ad acta gelegt und sorgte lediglich für ihr Überleben.

Ich hätte nicht so einen starken Drang verspüren dürfen, diesen Anruf entgegenzunehmen und einen Schlussstrich unter die Sache zu ziehen.

Unter all die Fragezeichen, die quälenden Zweifel, das Stochern im Nebel.

Aber ich kam nicht dagegen an.

KAPITEL 12

Rosie

Elf Jahre zuvor

Was gibt dir das Gefühl, lebendig zu sein?
Meine Familie. Ihre Unzulänglichkeiten. Ihre unerschütterliche Liebe. Ihre ständige Besorgnis. Ihre Hingabe an einen hoffnungslosen Fall. An mich.

Die Nacht vor Millies Umzug nach New York unterschied sich nicht groß von allen anderen Nächten. Wir schliefen im selben Bett, obwohl wir beide ein eigenes Zimmer hatten. Die Füße gegen die Wand gestützt, starrten wir an die Decke und hielten entweder ein Kissen im Arm oder uns. Das war unsere klassische Position. Manchmal waren wir bei mir, manchmal bei ihr. Ich hasste, wie sehr es mir gefiel, in ihrem Bett zu schlafen, weil es nach ihm roch. Sie hatten keinen Sex, trotzdem war sein Duft überall.

An ihren Laken. Ihrem Schreibtisch. In meiner Seele.

Dieses Mal übernachteten wir in meinem Zimmer, wo die Leuchtsterne an der Decke auf uns herabblickten. Ich hatte Sterne schon immer geliebt. Sie gemahnten mich daran, wie klein meine Probleme angesichts der unendlichen Weite des Universums waren.

»Dean und ich haben miteinander geschlafen«, flüsterte sie

in der Dunkelheit und ergriff meine Hand. Ich versteifte mich und schloss die Augen. *Denk an Sterne.*

Alles kam zum Stillstand. Meine Lungen brannten, mein Körper schmerzte, Tränen versengten meine Kehle. Es wurde finsterer im Zimmer; mein Atem ging schwerer. Sie ahnte nichts davon. Meine einfühlsame Schwester, die alles über mich, meinen Körper, meine Gesundheit, meine Kumpels, meinen Musikgeschmack wusste, hatte keinen Schimmer, was ihr Freund mit mir anstellte. Mein Herz flatterte, wenn ich nur seinen Namen hörte. Mein Magen schlug Saltos und wurde Welle um Welle von Wärme durchströmt. Aber natürlich war sie blind gegenüber meinen Gefühlen. Weil sie zu sehr mit ihren eigenen beschäftigt war.

»War es gut?« Ich setzte ein falsches Lächeln auf. Ich hasste sie. Und ich hasste ihn. Aber am allermeisten hasste ich mich selbst.

Sie zog eine Schulter hoch und streifte dabei meine. »Es war ein Fehler.«

»Glaubst du?«

»Ich *weiß* es.« Wir sahen uns noch immer nicht an, sondern starrten weiterhin an die Zimmerdecke, worüber ich froh war. »Unsere ganze Beziehung ist falsch. Ich denke, er ist nur deshalb mit mir zusammen, um mich vor Vicious zu beschützen. Er kapiert nicht, dass er dessen Zorn auf diese Weise nur schürt.«

»Und was ist mit dir?«, presste ich mit enger Kehle hervor.

»Mit mir?« Sie drückte meine Hand fester. »Ich mag Dean. Wer tut das nicht? Man kann mit niemandem so viel Spaß haben. Aber ich …«

Liebe ihn nicht. Im Gegensatz zu mir.

»Wir versuchen es miteinander, aber irgendetwas fehlt. *Die Magie*. Er sagt, dass er zu hundert Prozent an uns glaubt, und er verhält sich auch so. Gleichzeitig hat er mich wegen Harvard nie um meine Meinung gefragt. Nicht dass ich ihm das vorwerfe. Trotzdem hat Dean sich einfach beworben und eingeschrieben, ohne mich in seine Pläne einzubeziehen. Aber es ist alles cool. Schließlich möchte ich ihn ja auch gar nicht begleiten. Du, Rosie?«

»Ja?«

»Was ist dein großer Traum?«

Ich blinzelte mehrmals. Sie merkte nicht, dass ich mit den Tränen kämpfte, und das nicht nur, weil sie ihre Jungfräulichkeit an den Jungen verloren hatte, den ich liebte.

»Ich habe keinen Traum«, antwortete ich, nachdem ich mehrere Sekunden versucht hatte, meinen Puls zu beruhigen.

»Wieso nicht?«

»Welchen Zweck sollte das haben? Mir wird nicht die Zeit bleiben, ihm nachzujagen.«

Anstatt zu widersprechen, wählte Millie einen anderen Ansatz. Sie drehte sich zu mir herum und strich mit dem Daumen über meine Wange. »Und wenn Zeit nicht das Problem wäre?«

»Dann würde ich wahrscheinlich gern ein Kind haben. Und gleichzeitig finanziell unabhängig sein. Vielleicht könnte ich Grafikdesignerin oder Krankenschwester werden. Aber mein sehnlichster Wunsch wäre, für einen anderen Menschen da zu sein und ihn bedingungslos zu lieben. Und das natürlich an irgendeinem wundervollen Ort.«

»Ich denke, du wärst eine fantastische Mutter. Wo würdest du leben, wenn du es dir aussuchen könntest?« Sie lächelte. Ich hatte nicht den blassesten Schimmer, worauf sie hinauswollte.

»In New York?«, überlegte ich laut. »Ja, im Big Apple. Die Stadt scheint mir bestens geeignet, um darin unterzutauchen.«

Sie grinste in die Dunkelheit. »Dann werde ich dafür sorgen, dass dein Wunsch in Erfüllung geht.«

Dean

Elf Jahre zuvor

Ich stieß die Faust gegen Matt Burtons und schüttelte die Erdklumpen von meinen Schuhen. Die Footballsaison war seit Monaten vorbei, und wir hatten vor einer Woche unseren Highschool-Abschluss gemacht, aber gelegentlich absolvierten wir Trainingsspiele in Nachbarstädten. Vor allem an anderen Privatschulen, die sich an dem absurd teuren Footballprogramm beteiligten, für das sich die All Saints High jedes Jahr aufs Neue anmeldete. Heute waren wir in Sausalito. Und wir hatten gewonnen. Weil Trent das Spiel von der Bank aus verfolgte – sein Gips war schon ganz gelb und roch wie ein abgestandener Furz –, oblag es mir, die Saints von der All Saints High anzuführen, um den 25-Punkte-Rückstand gegen die St. John's Rangers aufzuholen. Das Wunder gelang, und schließlich lagen wir im letzten Viertel mit neunzehn Punkten vorn. Wir nahmen an jedem Spiel teil, und wir waren fantastisch. Als erstem Quarterback, der sein allerletztes Spiel für seine Highschool absolvierte, entging mir nicht, dass Vicious' Abwesenheit (Urlaub auf Hawaii) absolut keinen Unterschied machte.

Wir konnten nicht nur gut auf ihn verzichten, sondern auch auf sein hitziges Temperament und seine Großkotzigkeit, weil er uns damit nur ablenkte. Zum Beweis: Wir hatten unser letztes Auswärtsspiel in Monterey verloren, da war der Riesenarsch Vicious dabei gewesen. Hipp, hipp, hurra!

»Ich liebe diese Trainingsspiele.« Burton schlug mir auf den Rücken, und ich tat dasselbe bei ihm. Dann kam Jaime zu mir. Der Schweiß rann ihm aus seinen blonden Haaren ins Gesicht und ruinierte seine Kriegsbemalung. Er packte mich im Genick und drückte mich an sich.

»Geiler Wurf.« Er rieb über die schwarzen Streifen auf meiner Wange, als wäre er meine verdammte Freundin.

»An mir ist alles geil, Kumpel.« Mit todernster Miene küsste ich meine Bizepse, aber er wusste, dass ich nur herumblödelte. Lachend knuffte er mich in den Bauch, bevor wir durch den Regen zu Coach Rowland stapften. Zwanzig Minuten später standen wir unter der Dusche und machten uns bereit für die Rückfahrt nach Todos Santos. Wir würden die neun Stunden im Bus mit Schlafen verbringen, aber das war nur ein geringer Preis für all den Ruhm.

Nach dem Duschen kramte ich frische Klamotten aus meinem Rucksack, dabei fiel ein Zettel heraus und segelte auf den Fußboden. Ich hob ihn auf, damit er nicht nass wurde. Es war die Handschrift meiner Freundin. Hatte sie mir geschrieben, um mir Glück zu wünschen? Das würde Millie ähnlich sehen. Sie war so verdammt süß, dass es mich bisweilen fast überforderte. Mit einem arglosen Lächeln im Gesicht begann ich zu lesen.

Lieber Dean,
noch nie ist mir etwas schwerer gefallen. Ich weiß nicht einmal, wie ich anfangen soll. Aber bevor du das hier liest, möchte ich dir sagen, dass es nicht an dir liegt. Du bedeutest mir sehr, sehr viel. Ich habe von niemandem in dieser Stadt je bekommen, was du mir gegeben hast. Sicherheit und Respekt, Zeit und Liebe.

Mein Lächeln machte einem Stirnrunzeln Platz. Das klang nicht, als wollte sie mir viel Glück wünschen. Sondern eher nach einem Abschiedsbrief. Irgendwer gab mir einen Klaps auf den Rücken, als er an mir vorbeiging, jemand anderes schrie neben mir. Sie waren alle in ausgelassener Stimmung.

Ich muss fortgehen. Und vertrau mir, wenn ich sage, ich ***muss****.*
Es ist etwas passiert, das ich nicht ungeschehen machen kann. Da ich dein Leben auf keinen Fall verkomplizieren möchte, bleibt mir nichts anderes übrig, als dich zurückzulassen. Bitte, versuche nicht, mich zu finden. Es würde alles nur schlimmer machen. Ich will, dass du deine Träume wahr machst und dein Leben genießt.
Ich verdiene deine Loyalität nicht, Dean. Das habe ich nie.

Ich atmete tief ein, dann umklammerte ich das Papier fester und las den letzten Absatz.

Du bist der lebensbejahendste Mensch, den ich kenne. Dich zu verlassen, fällt mir sehr schwer, aber in Todos Santos zu bleiben wäre noch schwerer. Ich hoffe, du verstehst mich, und vielleicht kannst du mir irgendwann ja sogar vergeben.
Ich habe jemand anderen kennengelernt.

In Liebe,
Millie

Dean

Elf Jahre zuvor

Was ritt mich bloß, dass ich an ihre Tür klopfte, und welche Schwester hoffte ich überhaupt zu sehen, Millie oder Rosie? Ich kannte die Antwort auf Letzteres, aber ich wollte es mir nicht eingestehen, um mich nicht wie eine verdammte Marionette zu fühlen.

Millie und ich waren fertig miteinander. Und es war besser

so. Ich wusste, was die Liebe mit einem anstellte. Ich sah es bei Jaime und Mel, unserer Literaturlehrerin. Die Liebe war vergleichbar damit, sich gegenseitig mit Benzin zu übergießen und anzuzünden. Sie war wie ein Tanz des Wahnsinns in der Dunkelheit, umringt von hellen Fackeln. Sie fühlte sich an, als würde man nach Atem ringen, obwohl die Lungen zum Bersten voll waren.

Das zwischen uns war keine Liebe.

Jetzt war sie weg, und meine Gedanken drifteten sofort zu ihrer Schwester. Das Schlimmste war, dass ich noch nicht einmal Zorn auf Emilia verspürte. Ich war nur ein bisschen frustriert. Und …

Sag nicht erleichtert. Denk es noch nicht mal, Penner.

Scheiß drauf. Ich war es.

Charlene LeBlanc öffnete die Tür. Sie versuchte erst gar nicht zu verhehlen, dass sie um sieben Uhr morgens an einem Sonntag nur darauf wartete, dass ich auf ihrer Eingangsveranda erschien.

Oder dass sie sich offensichtlich stundenlang die Tränen aus dem Kopf geweint hatte.

»Könnte ich Ihre Tochter sprechen?«, fragte ich.

Ich nannte extra keinen Namen, weil ich es dem Schicksal überlassen wollte. Ich hatte Rosie gefühlt seit Monaten nicht mehr getroffen, außer gelegentlich in der Schule, wo sie mit schwingenden Hüften ihren kurzen Jeansrock spazieren führte und ihren Mitschülern Vorträge über die Geschichte des britischen Punkrock hielt. Millie hingegen hatte ich ständig gesehen. Nicht dass das auch umgekehrt gegolten hätte. Allem Anschein nach hatte sie mich nie wirklich wahrgenommen.

»Sie ist weg.« Ms LeBlanc tupfte sich mit einem Taschentuch die Nase, das längst durch ein neues hätte ersetzt werden müssen. »Ich habe die ganze Nacht auf einen Anruf von ihr gewartet. Was ist geschehen? Habt ihr zwei gestritten?«

Ich schüttelte den Kopf. Bei unserer letzten Begegnung schmiedeten wir Pläne, demnächst ins Kino zu gehen. Seit dem ersten Mal, als wir ihren achtzehnten Geburtstag feierten, hatten wir keinen Sex mehr gehabt. Vermutlich war uns beiden nicht danach, aber es wäre überflüssig gewesen, es laut zuzugeben. Ich würde in wenigen Wochen nach Harvard gehen.

»Nein, Ma'am. Ich bin genauso überrascht wie Sie.«

Sie bat mich herein, und ich berichtete ihr von jedem einzelnen Treffen zwischen mir und Millie während des letzten Monats, wobei ich zu meiner eigenen Sicherheit den Teil ausließ, in dem ich sie entjungferte.

Charlene sah bestürzt aus, sie schien einem Herzinfarkt nahe. Dann kam ihr Mann aus dem Schlafzimmer und stellte mir weitere Fragen, versuchte ein Geständnis aus mir herauszupressen, das ich niemandem schuldete.

Nach einer halben Stunde kam endlich auch Rosie aus ihrem Zimmer. Sie war der Mensch, mit dem ich sprechen wollte. Falls irgendjemand Antworten oder auch nur Hinweise hatte, dann war sie das.

»Dürfte ich dich kurz entführen?«, fragte ich und erhob mich von meinem Stuhl. Sie hatte noch Schlaf in den Augen und trug nichts als ein übergroßes New-York-Dolls-Shirt, das ihre langen, gebräunten, wunderhübschen Beine sehen ließ. Ich versuchte, nicht darauf zu achten und wandte den Blick ab, um zu verhindern, dass mein achtzehnjähriger Lümmel versehentlich in Gegenwart ihrer Eltern vor ihr salutierte. »Treffen wir uns am Pool?«

Sie nickte, zu überrumpelt und verschlafen, um abzulehnen. Wenige Minuten später kam sie zum Pool, noch immer mit nicht mehr bekleidet als ihrem Oberteil und Flip-Flops. Ich fand ihre Leidenschaft für Gummilatschen niedlich, auch wenn ich die Dinger jedes Mal, wenn sie über den Fußboden platschten, am liebsten im Kamin entsorgt hätte. Ich stand von der Sonnenliege auf, verschränkte die Finger im Nacken und marschierte auf und ab.

»Wo ist sie?«, fragte ich. Rosie senkte den Blick, doch sie gab keine Antwort.

»Na schön. Du musst es mir nicht verraten. Aber du weißt es?«

»Ja.« Sie nickte. »Sie hat mir vorhin eine Nachricht geschickt.«

»Ist sie in Sicherheit?« Meine Stimme klang dumpf. Ich machte mir Sorgen um Millie, aber auch um Rosie. Sie hing furchtbar an ihrer älteren Schwester. Ich selbst würde in kürzester Zeit über meine Exfreundin hinwegkommen, das wusste ich. Es war mein Ego, das Trost brauchte.

»Ja, das ist sie«, bestätigte Rosie und kämmte mit den Fingern durch ihr vom Schlafen zerzaustes Haar.

»Weißt du, warum sie abgehauen ist?«

»Ich habe so eine Ahnung.«

»Brauchst du eine Extraeinladung, bevor du mich ins Bild setzt?«

Sie schüttelte den Kopf, ließ mein arschiges Verhalten an sich abprallen. »Es tut mir leid, Dean. Mir ist klar, dass dich das in eine verzwickte Lage bringt, aber ich kann nicht. Du weißt, wem meine Loyalität gehört.«

Kurz trat Stille trat ein, dann lagen wir uns plötzlich in den Armen. Wir drückten einander so fest, als wollten wir sämtliche Wahrheiten und Lügen und alles, was dazwischen lag, aus uns herausquetschen.

Du darfst nicht sterben.

Ich will nicht aufhören, dich zu sehen, nur weil ich mit der Schule fertig bin.

Ich liebe dich mitsamt deiner frechen Klappe, seit du mir damals die Tür aufgemacht hast, aber jetzt leide ich wie ein Hund, und ich habe keine Ahnung, wie ich diese ganze Scheiße für uns in Ordnung bringen soll.

Es vergingen Minuten, ehe wir uns voneinander lösten. Als ich sie ansah, liefen ihr Tränen über die Wangen, was ein ungewohnter Anblick war. In der Schule war sie dieses taffe Mädchen, mit dem niemand sich anzulegen traute.

»Danke«, sagte ich und meinte die Umarmung. Womöglich auch die Tränen.

Sie strich mit der Hand über meine Brust. »Du verdienst jemanden, der dir gehört. Nur dir. Niemandem sonst.«

»Rosie«, rief ich, als sie sich auf den Rückweg zur Dienstbotenwohnung machte. Es fühlte sich wie ein Abschied an, aber ich wollte nicht, dass es einer war. Ich musste dafür sorgen, dass diese Begegnung in etwas Positives mündete. Sie drehte sich um und sah mich an.

»Werde mir nicht fremd, Rosie.«

Sie lächelte mir zu. »Das ist exakt das, was wir füreinander sein sollten, Cole. Fremde.«

KAPITEL 13

Rosie

Was gibt dir das Gefühl, lebendig zu sein?
Zu singen, als hörte mir niemand zu. Zu tanzen, als sähe mir niemand zu. Zu essen, als existierten Kalorien nicht.

»Ich nenne es Maychup, weil es eine Mischung aus Ketchup und Mayo ist«, informierte ich Dean, während wir auf der Motorhaube seines Volvo saßen, auf einem goldenen Hügel mit Blick auf den Ozean, wo niemand mir vorhalten konnte, was für eine Enttäuschung ich sei, und Fastfood aßen. Ich verrührte die Mayonnaise und den Ketchup mit einer Fritte zu einem orangenen Dip, bevor ich die Spitze abbiss. Dean vergrub die Zähne in seinem Burger – keine Pommes – und beobachtete mich. Ich hatte seinen Blick während der ganzen Fahrt hierher gemieden. Ich konnte ihm nicht in die Augen sehen, ohne mich daran zu erinnern, wie sie mich verschlungen hatten, während er mir die Seele aus dem Leib vögelte. Ich konnte weder seine Lippen betrachten, ohne daran zu denken, wie sie gierig an meiner Klitoris saugten, noch seine Arme, ohne zu fühlen, wie sie mich umschlungen hatten. Und natürlich spürte ich noch immer sein heißes Ejakulat an meinen Rippen, obwohl er es mit dem T-Shirt meines Ex weggewischt und ich nach Millies Stippvisite heute Morgen geduscht hatte.

»Ich kann immer noch nicht fassen, dass du mir verboten hast, Bier zu kaufen.« Er schluckte den Bissen in seinem Mund und starrte zum Ozean.

»Solange du in meiner Nähe bist, darfst du weder Alkohol noch Haschisch konsumieren«, sagte ich und ignorierte sein Stirnrunzeln. Ich ließ die Beine von der Motorhaube baumeln und genoss die sommerliche Brise auf meiner Haut.

»Leck mich«, brummte er.

»Träum weiter.« Ich wollte ein Schnauben ausstoßen, aber es verhallte in meiner Kehle, als ich realisierte, dass dies kein Spaß mehr war. Mit grüblerischer, ernster Miene blickte er von seinem Burger auf.

»Ich gebe mich nicht mit Träumen zufrieden, Baby. Mittlerweile solltest du wissen, dass ich mir nehme, was mir gefällt.«

Gottverdammt, ich war wieder feucht.

Es lag etwas in der Luft. Eine flirrende Anspannung vibrierte zwischen uns. Wir hatten so vieles zu erörtern, aber ich wollte keins der Themen anschneiden. Sondern nur diesen Ausflug mit heiler Haut überstehen.

Als wir aufgegessen hatten, steckte ich einen USB-Stick in sein MacBook und spielte ihm ein paar meiner Lieblingsbands vor. Whitney, Animal Collective, Big Ups und The Chromatics. Er schien darauf abzufahren, aber bei Dean Cole konnte man sich nie ganz sicher sein.

»Weißt du noch, welche Musik wir an der Highschool gehört haben?« Plötzlich grinste er. Ich zog die Nase kraus und gab mich unbeeindruckt, obwohl ich in Wirklichkeit bezaubert war.

»Du meinst die Musik, die *du* gehört hast. Ich habe sie nur ertragen, wenn es gar nicht anders ging.«

»Red keinen Stuss, Babe. Du mochtest Pop und R&B genau wie alle anderen.«

»Ich hatte einen vielseitigen Geschmack«, verteidigte ich mich, weil ich wusste, dass er darauf anspielte, wie ich auf Vicious' Partys in knappen Klamotten zu Jennifer-Lopez-Songs mit dem Hintern gewackelt hatte, obwohl ich ein leidenschaftlicher Fan von Indie-Bands aus den Neunzigern war.

Er sprang von der Motorhaube und sammelte unsere Pappschachteln und die leeren Becher ein. »Bleib, wo du bist. Dich erwartet ein Gruß aus der Vergangenheit.«

Ich parierte und sah zu, wie er unseren Müll im nächstgelegenen Abfalleimer entsorgte. Seine Muskeln zeichneten sich sogar durch sein weißes Shirt und seine Khakihose ab. Mein Blick ruhte auf seinen Bizepsen, dann glitt er tiefer, bis zu seinem Hintern, bevor Dean sich umdrehte und mich ansah.

Er lächelte.

Dann zwinkerte er mir zu.

Anschließend formte er mit den Lippen: »Erwischt!«

Ich merkte, wie ich rot wurde, und schaute weg. Er hatte selbstverständlich recht. Ich wollte mit ihm schlafen und konnte an nichts anderes denken als an seinen Körper auf meinem. Er setzte sich wieder neben mich, nahm seinen Laptop und spielte »Naughty Girl« von Beyoncé.

»Erinnerst du dich an den Song?« Er drehte den Kopf zu mir und lachte. »Der Abend war deine Premiere in Sachen Alkoholrausch.«

Ich schlug die Hände vors Gesicht, als die Erinnerung daran, wie ich auf Vicious' Couchtisch tanzte, in mir aufstieg. Ich war dermaßen betrunken gewesen, dass ich es für eine brillante Idee hielt, dem Beispiel meiner Cheerleader-Freundinnen zu folgen. Nur wussten *sie*, was sie taten. Wohingegen *ich* aussah, als wollte ich einen imaginären Fliegenschwarm verscheuchen. Das Ganze mündete darin, dass ich – vergeblich – versuchte, ihre Bewegungen zu imitieren, und ihnen immer wieder ins

Gehege kam, bis Vicious fragte: »Was zum Henker treibt die kleine LeBlanc da? Erleidet sie gerade einen Schlaganfall auf meinem Tisch? Jemand soll sie runterholen, bevor sie noch eins der anderen Mädchen verletzt.« Wenige Sekunden später spürte ich Deans muskulöse Schulter an meinem Oberschenkel, bevor er mich huckepack nahm und sich mit mir im Kreis drehte, bis ich ihn kreischend anflehte, mich runterzulassen.

»Und wenn schon. Es war eine Herausforderung, mich als Elftklässlerin, die aus Virginia zugezogen war, anzupassen. Ich musste gewisse Opfer bringen. Erinnerst du dich an den hier?«

Ich schnappte mir den Laptop aus seinen Händen und spielte ein anderes Video. »Roses« von OutKast. Dean brach in Gelächter aus, um seine Augen erschienen Lachfältchen.

»Tu es«, forderte ich ihn auf. Dieses Mal war *er* mit dem Tanzen dran. Denn das hatte er auf Vicious' Party getan, indem er die Choreografie der Band in dem Videoclip nachahmte. Es war Teil einer verlorenen Wette und echt zum Kringeln gewesen, die Erinnerung haftete noch so frisch in meinem Gedächtnis, als wäre es gestern gewesen. Ich konnte noch immer den Alkohol und die Hormone riechen, die in jener Nacht die Luft schwängerten. »Bitte, Dean.« Ich legte die Handflächen aneinander. »Irgendwo tief in deinem Kopf, zwischen all den Gehirnzellen, die vom Marihuana und den Pornofilmen abgetötet wurden, erinnerst du dich bestimmt noch an den Tanz.«

»Ich mach das nur, weil du mich so nett darum bittest.« Er sprang ein weiteres Mal von der Motorhaube und sagte: »Spiel es von Anfang an.« Dann tat er, als würde er sich die Haare mit Gel nach hinten kämmen und sich in einem imaginären Spiegel bewundern. Es war dermaßen surreal, dass ich unfreiwillig kichern musste, woraufhin sein Grinsen noch breiter wurde.

Ich drückte die Play-Taste und hob den Blick von dem Originalvideo zu Dean, der vor der Kulisse des glitzernden Ozeans seine Show abzog. Vom Anfang, wo er auf den Knien rutschte, bis hin zum Ende unterlief ihm kaum ein Fehler. Mir tat der Bauch weh vor Lachen, aber Dean blieb ganz ernst. Als der Song verklang, kam er zu mir und griff sich den Laptop.

»Jetzt bin ich an der Reihe.«

Ich überprüfte die Uhrzeit auf meinem Handy. »In Ordnung, aber danach sollten wir los. Es wird allmählich spät, und wir müssen uns vor dem Probeessen noch umziehen.«

Es war schon vier. Ich konnte nicht fassen, dass wir so viele Stunden zusammen verbracht hatten, ohne es auch nur zu merken. *Gefährliche Anziehungskraft*. Die Worte legten sich wie eine dicke Staubschicht über mein Bewusstsein. *Nimm dich in Acht, Rosie*.

»Keine Sorge. Wir werden Prinzessin Artig und Prinz Arschloch rechtzeitig unsere Aufwartung machen. Versprochen.« Er winkte ab, seine Augen auf den Monitor gerichtet. »Drops of Jupiter« von Train erklang. Mein Lächeln erstarb.

»Ich erinnere mich nicht, dass wir diesen Song je zusammen gehört haben.« Ich schluckte. Er trat zwischen meine Schenkel. Seine Hüfte war auf perfekter Höhe, sodass ich die Beine hätte darum schlingen können, aber ich tat es nicht, sondern starrte sehnsüchtig auf seine Lippen. Wir waren immer einen Hauch davon entfernt, uns zu küssen.

»Das haben *wir* auch nicht. *Du* hast ihn einmal gehört, als du dich allein zu Hause glaubtest. Ich kam vorbei, um Millie ein Schulbuch zurückzubringen. Danach hat sich der Song irgendwie in meinem Kopf eingenistet, weil ich mich unentwegt fragte, wonach zur Hölle du dich verzehrtest. Ich konnte dich nicht durchschauen, Rosie. Wenn ich mitbekam, wie andere Jungs dich anbaggerten, brachte es mich schier um. Weil ich nicht wollte, dass es einer von *ihnen* war, der deine Bedürfnisse erfüllte.«

Zu meiner Schande musste ich mir eingestehen, dass dieses Gefühl auf Gegenseitigkeit beruhte. Jedes Mal, wenn er Millie absagte oder ein Treffen mit ihr platzen ließ, schwoll mir ein wenig das Herz. *Sie ist nicht die Richtige*, redete ich mir selbst ein. *Sondern ich bin es.*

»Es stand dir nicht zu, eifersüchtig zu sein.« Ich starrte auf meine schwarzen Flip-Flops. Er schüttelte den Kopf.

»Ich habe nie das Gegenteil behauptet. Aber dir stand es ebenso wenig zu. Und jetzt sind wir hier.«

Jetzt waren wir hier.

Um jeden potenziellen Versuch, mich zu küssen, zu unterbinden, stieg ich eilends in den Volvo und gurtete mich an, dann zog ich die Knie an meine Brust und vergrub das Gesicht dazwischen, inständig hoffend, dass Dean meine Gedanken nicht lesen konnte. Die Rückfahrt zur Villa verlief schweigend. Die Tatsache, dass er nicht wieder versucht hatte, mich zu verführen, ließ den Schluss zu, dass Dean doch jemand war, der sein Wort hielt.

»Ich finde, wir sollten damit aufhören«, sagte ich, als er mit quietschenden Reifen gehalten hatte und wir ausstiegen.

»Das finde ich ganz und gar nicht«, entgegnete er sachlich und entschieden.

»Wir lassen uns da auf ein gefährliches Spiel ein.« Ich schluckte. Er öffnete mir die Tür und grinste. »Dann ist es ja gut, dass ich der beste Zocker in der Stadt bin.«

Gewandet in ein dunkelviolettes Maxikleid, das Millie mir anlässlich dieser Generalprobe geschenkt hatte, saß ich manierlich zwischen meine Eltern gequetscht. Auch sie hatten sich herausgeputzt. Der Termin für dieses Abendessen lag eine gute

Woche vor der eigentlichen Vermählung, weil die Hälfte der Gäste am Tag davor zu einer anderen Hochzeit eingeladen war. Todos Santos war klein, hier war jeder eine bekannte Persönlichkeit, mit der man gern Umgang pflegte. Den Schein zu wahren, war äußerst wichtig.

Millies und Vicious' Hochzeitslocation war ein in einem Weingut gelegenes Ferienresort, das eine ernsthafte Identitätskrise erfahren hatte. Der Außenbereich verströmte eine hawaiianische Atmosphäre, inklusive Palmen, saftigem Gras und farbenprächtigem Blumenschmuck, so weit das Auge reichte. Es gab einen Speiseraum von der Größe eines Ballsaals, Schwäne, Springbrunnen und andere Details, die an eine Mischung aus Garten Eden und Disneyfilm denken ließen. Wohingegen das Innere des Gebäudes durch und durch antik anmutete. Wir saßen unter Kronleuchtern, so groß wie Mumbai, an einer stilvollen Tafel, die dem sechzehnten Jahrhundert in Europa zu entstammen schien.

Meine Mutter hackte wieder auf dem Thema New York herum und drohte, Vicious zu verbieten, weiterhin für meine Krankenversicherung aufzukommen. Ich verspürte das überwältigende Bedürfnis, meinen BH zu verbrennen und auf der Straße zu demonstrieren, bevor sie mir noch mein Wahlrecht aberkannte.

Vermutlich um mir ein schlechtes Gewissen zu machen, schwärmte mein Vater unterdessen so subtil wie ein Elefant im Porzellanladen davon, was Millie doch für eine rücksichtsvolle Tochter sei.

Meine Schwester und Vicious saßen nebeneinander und hielten Händchen, während er ihr wie zur Beruhigung über den Rücken rieb. Sie war ein bisschen grün im Gesicht, ihr schien übel zu sein. Vielleicht war es nur die Nervosität. Ich wäre auch nervös gewesen, wenn ich im Begriff gestanden hätte, die Ausgeburt des Teufels zu ehelichen. Womöglich übertrug ich die Illoyalität meines Vaters nur einfach auf Emilia, aber ich verdächtigte auch sie des Verrats.

Falls sie tatsächlich schwanger war, hieße das, dass jeder in ihrem unmittelbaren Umfeld eingeweiht war. Mit Ausnahme von mir.

Dean erschien zehn Minuten zu spät, in Begleitung von Jaime und dessen Familie – Melody und der gemeinsamen Tochter Daria – sowie Trent Rexroth. Trotz aller guten Vorsätze verschlang ich zuerst einmal Dean mit den Augen, bevor ich den anderen meine Aufmerksamkeit schenkte. Trent war mit seinem Handy beschäftigt, während Deans Blick den Saal absuchte – nach mir, nahm ich an beziehungsweise hoffte ich törichterweise. Als er mich dann entdeckte, setzte mein Herz einen Schlag aus.

Ich schaute weg.

Er drehte sich um und begrüßte einen Mann, den ich nicht kannte.

Der Zauber war gebrochen.

Eine Bedienung geleitete ihn zu seinem Platz. Sie lächelte viel zu süß für meinen Geschmack und schaute prüfend auf seine linke Hand, ob er einen Ehering trug.

Dean setzte sich ans andere Ende der Tafel, und ich musste mich beherrschen, um nicht ständig zu ihm hinzusehen. Zum Glück saßen mir Gladys und Sydney gegenüber. Letztere informierte mich darüber, was während Millies und meiner Abwesenheit in Todos Santos passiert war, während Gladys ihre Lieblingsanekdoten aus L.A. zum Besten gab. Wir hatten zwei Vorspeisen und ein Hauptgericht verputzt, als der Zeremonienmeister entschied, dass es Zeit für die Tischreden wurde.

Mein Vater war der Erste, der einen Toast auf das glückliche Brautpaar ausbrachte. Er hob sein Champagnerglas auf Augenhöhe und sprach darüber, was für ein tolles Gespann Millie und Vicious seien, ohne dabei zu erwähnen, dass er seinen Schwiegersohn in spe nicht hatte ausstehen können, bis dieser Millie einen Ring mit einem Diamanten von der Größe seiner Villa an den Finger gesteckt hatte. Anschließend war Vicious an der Reihe, gefolgt von seinem Haupttrauzeugen, Jaime, der einen Toast auf die Braut aussprach. Als es an mir war, eine Ansprache auf den Bräutigam zu halten, erhob ich mich lächelnd, dabei umklammerte ich mein Champagnerglas mit solcher Kraft, dass meine Fingerknöchel weiß hervortraten.

»Vermassle es bloß nicht«, presste meine Mutter mit einem aufgesetzten Lächeln hervor. Mein eigenes veränderte sich nicht, aber in mir ging etwas entzwei. Ein weiteres Blütenblatt fiel in meinem Herzen herab. Millie sah mich mit leuchtenden Augen an, und ich spürte meinen Puls schneller schlagen.

Scheiß auf sie alle. Das hier ist für Millie. Ich werde sie nicht enttäuschen.

»Diejenigen unter euch, die mich kennen, wissen, dass ich ein Riesenfan meiner Schwester bin. Sie ist mein Fels in der Brandung, meine Seelenverwandte, ihr verdanke ich es, dass ich jetzt hier stehe, gesund und munter. Wenn ihr Herz für jemanden schlägt, schließt sich meines an. Was ich dir hoch anrechne, Baron, ist, dass du sie glücklich machst. Sie scheint geradezu von innen heraus zu strahlen.« Ich suchte in seinem Gesicht nach einer Reaktion, aber da war keine. Vielleicht war meine Schwester ja doch nicht schwanger. Sondern ich verlor einfach nur den Verstand. »Eine Liebe kann alt und verlässlich sein oder jung und aufregend. Die eure ist beides, deshalb triumphieren eure Gefühle füreinander über alles. Sogar über die Vergangenheit.« Ich schluckte, als mir bewusst wurde, dass auch ich das Gewesene durch eine nagelneue Zukunft ersetzen wollte. »Ich wünsche euch viel Freude und Freiheit, Gesundheit und Wohlstand, wenngleich ihr mit Letzterem ohnehin schon reichlich gesegnet seid.« Ich machte eine Kunstpause, und Gelächter schallte durch den Saal. Einige Leute klatschten. Ich unterdrückte mühsam ein Husten und sprach weiter. »Darum möchte ich einen Toast auf zwei meiner Lieblingsmenschen ausbringen. Auf die Frau, die ich mehr liebe als das Leben selbst, und auf den Mann, dem nichts wichtiger ist, als sie glücklich zu machen. Baron und Millie, ihr braucht meine Worte nicht, damit eure Ehe funktioniert. Dafür sorgt ihr schon allein. Aber sicher ist sicher, darum wünsche ich euch, dass alle eure Träume in Erfüllung gehen, und noch viel mehr. Nun leert die Gläser, und habt viel Spaß.«

Ich trank einen Schluck, dabei schweifte mein Blick auf der Suche nach Bestätigung zu Dean. Einige Gäste jubelten mir zu, aber es war Ruckus, den ich beeindrucken wollte. Er hob sein Glas an die Lippen, während er zu mir hersah, woraufhin ich fast unmerklich den Kopf schüttelte. *Kein Alkohol.*

Er setzte den Drink ab und leckte sich über die Unterlippe, wobei seine Augen zu sagen schienen: *Dafür aber Sex.*

Ich würde auf ihn Acht geben. Der Gedanke war so irrational wie die Idee an sich. Wieso sollte ich das wollen und warum er es zulassen? Gleichzeitig konnte ich nicht tatenlos zusehen, wie er seine Gesundheit ruinierte. Immerhin wusste niemand besser als ich um ihren Wert.

Als ich mich setzte, legte meine Mutter den Arm um mich und zog mich an ihre Brust. Ich erwiderte die Umarmung und schlüpfte gerade wieder in mein früheres, glückliches Ich, als sie mir ins Ohr raunte: »Danke, dass du es nicht verpatzt hast, Herzchen. Dein Vater und ich waren in Sorge.«

Mit bleichem Gesicht und staubtrockener Kehle lehnte ich mich auf meinem seidenbezogenen Stuhl zurück, als eine SMS auf meinem Handy einging. Ich grapschte danach wie nach einer Rettungsleine.

Dean
Ich muss dich endlich wieder küssen.

Rosie
Das wird nicht passieren.

Dean
Ich kann an nichts anderes denken.

Mir geht es genauso!, wollte ich hinausschreien.

Rosie
Erzähl mir etwas Interessantes. Etwas über Sterne.

Dean
Der Mars ist mit Rost bedeckt, und deine Brüste werden bald mit meinem Sperma bedeckt sein. Erzähl du mir etwas über Musik.

Rosie
Slash hat mal für die Band Poison vorgespielt, aber am Ende ist er ihr nicht beigetreten, weil von ihm verlangt worden wäre, Make-up zu tragen.

Dean
Dieses Spiel nervt. Ich will dich immer noch küssen.

Mein armes Herz. Offenbar war ich nicht dafür gerüstet, mit einem Kerl wie ihm umzugehen.

Ich sah auf und beobachtete ihn. Sein Handy lag vor ihm, aber er war in eine lockere Unterhaltung mit einer bildhübschen brünetten Frau vertieft. Meine Brust zog sich zusammen, während ich mir gleichzeitig ins Gedächtnis rief, dass Dean tun und lassen konnte, was er wollte.

Ich schaute zur Seite, obwohl meine Augen mich anflehten, ihnen noch einen kurzen Blick auf ihn zu gönnen. Bis dato war diese Generalprobe reibungslos verlaufen. Ich wollte sie nur noch hinter mich bringen und nach Hause fahren, um mich in irgendeinem Winkel der Villa zu verkriechen, wo meine Eltern mich nicht finden würden.

Jetzt war Trent mit seinem Toast dran. Langsam schien es, als wäre jeder lebende Bürger Südkaliforniens dazu angehalten, dem Brautpaar seine Glückwünsche auszusprechen. Ob es daran lag, dass Vicious keine Eltern mehr hatte, die das übernehmen konnten? Sein Vater war vor etwas mehr als einem Jahr gestorben, und zu seiner Stiefmutter hatte er keinen Kontakt. Zumindest gab mir das die Gelegenheit, zu Dean und der geheimnisvollen Brünetten zu linsen, die ihr Gespräch inzwischen beendet hatten. Dann vibrierte mein Handy neben meinem Teller.

Dean
Wenn Blicke töten könnten, wäre diese Frau jetzt nicht mehr am Leben. Das mit uns beiden wird passieren. Wir können den langen, frustrierenden Weg nehmen – allerdings werde ich dich dann bestrafen. Im Bett. Oder es geschieht kurz und schmerzlos. Deine Entscheidung.

Ich antwortete ihm wieder nicht. Stattdessen heftete ich den Blick auf Trent Rexroth, der ein halbherziges Lächeln aufsetzte, bevor er mit seiner Rede begann. Er war mitten im Satz, als sein Handy ertönte und er stirnrunzelnd den Kopf senkte, um die SMS zu lesen.

Das Champagnerglas entglitt seinen Fingern, aber er fing es im Fallen auf – seine Wahnsinnsreflexe überraschten mich nicht – und stellte es auf den Tisch. Dann schnappte er sich sein Handy und stürmte zur Tür.

Dean eilte ihm sofort nach, gleich darauf waren auch Jaime und Vicious verschwunden.

Rings um den Tisch erhob sich Gemurmel, und mein Vater versuchte, die Gemüter zu beschwichtigen, indem er die Leute lauter als nötig dazu aufforderte, Ruhe zu bewahren.

Interessante Methode.

Ich senkte den Blick und schrieb Dean eine Nachricht.

Rosie

Was ist passiert?

Er antwortete nicht.

Heillose Panik erfasste mich, während ich mir die denkbar schlimmsten Szenarien ausmalte. War Luna, Trents Tochter, etwas zugestoßen?

»Sieh nach, was los ist.« Meine Mutter hatte meine Gedanken gelesen und stieß mich mit dem Ellbogen an. »Deine Schwester macht sich Sorgen. Ich will nicht, dass sie sich aufregt.«

Ich stand auf und ging schnellen Schrittes zum Ausgang. Es gefiel mir nicht, zu spionieren, aber noch weniger Lust hatte ich auf einen Streit mit meiner Mutter. Abgesehen davon musste irgendwer nach dem Rechten sehen. Dumm nur, dass ausgerechnet mir die Rolle des Sherlock Holmes zufiel.

Der Außenbereich war riesig. In der Mitte verlief ein für das Wochenende vorbereiteter, mit einer seidigen weißen Stoffbahn ausgelegter Gang, eingebettet in einen wilden Garten zwischen zwei Weinbergen. Künstliche Wasserfälle rundeten das pittoreske Bild ab.

Auf der Treppe, die zum Ballsaal führte, saß Trent Rexroth. Er sah blass aus und zittrig, von seiner starken, selbstbewussten Persönlichkeit keine Spur. Nur noch ein Schatten des Footballhelden, aus dem ein begehrter Selfmade-Millionär geworden war. In seinen Augen schimmerten ungeweinte Tränen, und er murmelte unentwegt vor sich hin, vergrub das Gesicht in den Händen.

»Sie kann mir das verdammt noch mal nicht antun! So eine Scheiße!«

»Was willst du hier?«, fragte Vicious, als er mich entdeckte. Die Hand auf Trents Rücken kauerte er neben Dean und Jaime. »Geh wieder rein.«

»Sprich nicht so mit ihr!«, fuhr Dean ihn aggressiver, als nötig gewesen wäre, an und bleckte die Zähne.

Ich rührte mich nicht vom Fleck. »Millie macht sich Sorgen«, erklärte ich. »Ich wollte nachsehen, ob alles okay ist.«

»Nichts ist okay.« Jaime tigerte auf und ab, sein ganzer Körper strahlte Wut aus, aber mehr Informationen gab er nicht preis. Dean richtete sich auf und kam zu mir, schloss seine warme Hand um meinen Arm und drängte mich zurück in das leere Foyer, das in den Ballsaal mündete.

»Meine Eltern haben mich losgeschickt, um nachzusehen, was los ist.« Röte überzog mein Gesicht. Wer zum Kuckuck war dieses Mädchen, und was hatte es mit der alten Rosie gemacht? Ich wollte sie zurückhaben. Sie würde sich nicht von Vicious einschüchtern lassen.

»Beachte diesen Idioten gar nicht. Du hast nichts Falsches getan.« Dean brachte meine Haut zum Kribbeln, als er über meinen Arm strich. »Sag Millie, dass alles in Ordnung ist.«

»Stimmt das denn?« Ich hob die Brauen und legte den Kopf schief.

»Nein«, gestand er. Sein Kiefer mahlte. Er sah in diesem Augenblick dermaßen verletzlich aus, dass ich fast daran zweifelte, ob ich wirklich Dean vor mir hatte. Normalerweise stand er unerschütterlich über den Dingen und trug gleich seinen Freunden seine Selbstsicherheit zur Schau wie eine schwarze American-Express-Kreditkarte.

»Was ist passiert?«, fragte ich und lehnte mich, ohne es zu wollen, an ihn.

»Val ist weg.« Er ließ den Kopf hängen und verkrampfte die Finger so fest in seinen Haaren, dass es wehtun musste. »Sie ist einfach abgehauen, Rosie. Die Babysitterin hat Luna ganz allein in der leeren Wohnung gefunden. Klamotten, Schuhe und Mutter verschwunden. Die Kleine steckte in einer vollen Windel und hat sich die Seele aus dem Leib geschrien. Weiß der Himmel, wann sie das letzte Mal gefüttert wurde. Sie hat so gebrüllt, dass sie keine Stimme mehr hat. Die Babysitterin ist mit ihr ins Krankenhaus gefahren, um sie durchchecken zu lassen. Trent steigt in einer Stunde ins Flugzeug, um sie herzuholen.«

»Großer Gott.« Ich schlug mir die Hand vor den Mund. Seine scharfen Jochbeine waren gerötet, und er wirkte erschöpft. Eine Sekunde lang dachte ich, er würde etwas hinzufügen. Oder vielleicht sogar weinen. Und wenn es nur eine einzige Träne wäre, die aus seinen Wimpern fiele, so als spränge sie von einer Klippe. Aber er tat nichts von beidem, stattdessen straffte er die Schultern, rückte seine Fassade zurecht und räusperte sich.

»Soll ich ehrlich sein? Es ist das Beste«, sagte er und haute mich damit um. *Was?* »Nicht jeder ist für die Elternrolle geschaffen. Luna hat Glück gehabt. Hätte Val sich erst aus dem

Staub gemacht, wenn sie schon sechs oder sieben gewesen wäre, wäre es viel schlimmer für sie gewesen. Ich wette, sie wird ihr später deswegen nicht einmal böse sein.«

Ich studierte mehrere Sekunden aufmerksam sein Gesicht, um zu ergründen, was seine gequälte Miene ausdrückte, aber es war unmöglich. Eine einzige Mixtur aus zu vielen Gefühlen, zu viel Bedauern, zu viel von allem.

»Spar dir diesen Blick, Rosie. Glaub mir, Luna braucht Val nicht.«

»Okay.« Ich zog seinen Kopf an meine Halsbeuge und schmiegte ihn hinein. Das Bedürfnis, ihn zu fühlen, war überwältigend, und ich nahm den Schmerz, den sein starker Körper ausstrahlte, bereitwillig in mir auf. »Es ist okay, Dean.«

»Sie ist so besser dran«, bekräftigte er mit bekümmerter Stimme.

Ich war wie geblendet. Verloren. In Stücke zerrissen und auf dem Boden verstreut wie Konfetti.

Ich wollte seine Gefühle von ihm nehmen und sie schlucken wie eine bittere Pille. Sie passten nicht zu ihm. Dean Cole war grundsätzlich nicht melancholisch, selbst dann nicht, wenn er zu viel getrunken oder gekifft oder bedeutungslosen Sex gehabt hatte.

Er war nicht Sirius.

Er war die Erde.

Er war die Luft zum Atmen.

Er war *alles*.

Sein Gesicht an meiner Schulter geborgen, seine Nase in meinen Haaren, zog ich ihn so fest an mich, dass kein Blatt Papier zwischen uns gepasst hätte. Unsere Körper verschmolzen miteinander. Ich spürte das Schlagen seines Herzens, seine Finger an meiner Taille. Wir waren eins, und das noch vollständiger als in dem roten Pick-up.

Dean vergoss keine Tränen, doch das hieß nicht, dass er nicht weinte. Denn das tat er, und ich weinte mit ihm. Um Luna, die erst ein Jahr alt war und schon jetzt eine traumatischere Erfahrung durchmachte als die meisten Menschen in ihrem ganzen Leben. Um Trent, der irgendwie immer gezwungen gewesen war, erwachsen zu sein, und fortwährend der Angeschmierte war. Und ich weinte um mich, weil ich in diesem Augenblick begriff, dass ein Teil von mir längst Dean gehörte, trotz all meines Widerstands. Ich hatte nie aufgehört, ihn zu lieben. Nicht eine einzige verdammte Sekunde lang. Sondern mir bloß eingeredet, dass er mir nichts mehr bedeute.

Bis jetzt.

KAPITEL 14

Dean

Aus Kummer erwächst Leben. Das hat mein Vater immer gesagt.

In jener Nacht schlief ich in Rosies Zimmer.

Wir hatten keinen Sex. Wir küssten uns noch nicht einmal.

Aber unsere Beine waren miteinander verschlungen, wir hatten Hautkontakt, und allein das fühlte sich wirklicher an als jede andere Erfahrung, die ich je in irgendeinem Bett gemacht hatte. Am Morgen stahl ich mich heimlich davon, um mit dem Taxi zum Flughafen zu fahren, aber ich hinterließ ihr eine Nachricht.

Das ist kein Traum, Sirius.

Mit freundlichen Grüßen
dein Eherner Reiter

Der Flug nach Las Vegas verlief wie im Nebel.

Ich war am Vortag – den ich mit Rosie verbracht hatte – nüchtern und klar im Kopf gewesen, und es hatte sich merkwürdig, aber auch … gut angefühlt. Mein berauschter Zustand war allein der Vorstellung geschuldet gewesen, wie sie sich in ein Stripperinnen-Outfit schmiss, mich mit Handschellen ans Bett fesselte und sich auf mein Gesicht setzte. Doch dann hatte

Trent diesen Anruf erhalten, und meine Welt war aus den Angeln gehoben worden.

Vals Verrat gärte in mir, zusammen mit dem, was Trent gesagt hatte, als er davon erfuhr. »Solange sie sich nicht als Mutter erweist, wird sie ihre Tochter nicht wiedersehen. Mir reicht's.«

So sehr es mich auch schmerzte, es zuzugeben, er hatte verdammt noch mal recht. Elternschaft war nichts, was man nur halbherzig erfüllen konnte. Sie war kein träger Sonntagmorgenfick. Entweder engagierte man sich mit ganzem Herzen oder man zog sich komplett zurück. Alles dazwischen wäre nur eine seelische Tortur für das Kind, das musste ich im Gedächtnis behalten, jetzt mehr denn je.

Trent war nach Chicago geflogen, um Luna abzuholen – seine Eltern erwarteten beide in Todos Santos und würden ihm dabei helfen, diesen Albtraum durchzustehen –, und Jaime und ich hatten den Junggesellenabschied kurzerhand abgeblasen. Bis ausgerechnet Trent uns körperliche Gewalt androhte, falls wir unseren Las-Vegas-Trip nicht wie geplant in die Tat umsetzten. Seine Gründe dafür:

1. Er war auf dem Weg nach Chicago, um seine Tochter zusammen mit ihrer hysterischen, völlig verschreckten Babysitterin aus dem Krankenhaus abzuholen, folglich würde er nicht in Todos Santos herumlungern, um darauf zu warten, dass wir Idioten ihm das Händchen hielten.

2. Vicious würde nur einmal im Leben heiraten (in Anbetracht seines unleidlichen Temperaments und seiner Leckmich-Einstellung wussten wir alle, dass er keine zweite Millie finden würde, die bereit wäre, seine miese Art zu tolerieren).

3. Val hatte seine Tochter im Stich gelassen, weswegen er nicht die Zeit hatte, sich mit den Luxusproblemen weißer Männer herumzuschlagen.

Es war ein Sonntag im August, und auf dem Strip tummelten sich haufenweise Touristen, betrunkene, halb nackte Mädchen und zornige, fanatische Christen mit Mikrofonen, die all die Sünder zurück ins Licht führen wollten. Nachdem wir unsere Reisetaschen in unserer Präsidentensuite abgestellt hatten, schlüpfte Vicious aus seinen Lederschuhen und sagte: »Ich liebe meine zukünftige Frau über alles, das tue ich wirklich, trotzdem hoffe ich, dass wir während dieses Ausflugs nicht allzu oft mit ihrer nervigen Entourage zusammentreffen. Ich lege auf ihre kleine Schwester in etwa so viel Wert wie auf einen verdammten Kopfschuss.«

»Wie meinst du das?« Ich entledigte mich meiner Rolex sowie meines farbenfrohen Versace-Hemds und steuerte eines der Badezimmer an. Ich musste mich übergeben und anschließend duschen, um mich wieder wie ein Mensch zu fühlen. Nina hatte mich während des kurzen Fluges immer wieder angerufen – fünfzigmal? sechzigmal? Irgendwann hatte ich aufgehört zu zählen – und mehrere Sprachnachrichten hinterlassen, die abzuhören ich mir nicht die Mühe machte.

Trents Schlamassel gemahnte mich daran, dass ich mich um jeden Preis von ihr *und* ihm fernhalten musste, selbst wenn mich die Neugierde regelrecht aufzehrte. Das Leben war einfach nicht fair, diesbezüglich hatte mein Vater recht, trotzdem würde ich in diesem Fall bestimmen, wo es langging, und ich hatte beschlossen, mich weder mit ihm noch mit ihr jemals zu treffen.

Diese Entscheidung war unumstößlich.

»Sie werden ebenfalls in Las Vegas feiern. Rosie hat den Plan in letzter Minute geändert. Und sie wohnen in diesem Hotel.«

Ich fuhr herum und tippte mir mit dem Finger auf die Unterlippe.

»Baby LeBlanc kommt nach Sin City?«

Vicious bedachte mich mit einem boshaften Grinsen und einem kalten Blick aus seinen starren Augen. »Ja, in zwei Stunden. Sie haben den Flieger direkt nach unserem genommen. Und, was willst du jetzt tun, Kumpel?«

»Was immer sie mich tun lässt.« Ich zog meine Schuhe aus.

»Sorg dafür, dass Rosie es zuerst Emilia sagt.« Er warf mir ein Softpack Marlboro zu, die wir für unsere Joints benutzten, und zielte absichtlich daneben. »Du gehst Em zwar am Arsch vorbei, aber ich will nicht, dass sie sich von ihrer Schwester hintergangen fühlt.«

Bevor ich Vicious darauf hinweisen konnte, dass ich weder ihm noch Millie Rechenschaft schuldete, kam Jaime aus einem der Badezimmer in den weitläufigen Wohnbereich geschlendert.

»Trent wird bei seiner Rückkehr ziemlich von der Rolle sein«, bemerkte er seufzend und hob die Zigaretten vom Fußboden auf.

»Danke für den Hinweis, Schlaumeier.« Vicious drehte sich auf dem Absatz um und verließ das Zimmer, vermutlich, um selbst eine Dusche zu nehmen. Jaime stieß mich mit der Schulter an, bevor er eine Wasserflasche aufschraubte und sie an seine Lippen hob.

»Er weiß, dass du es mit der Schwester seiner Verlobten treibst?«

»Was hat mich verraten, Sherlock?« Ich riss ihm die Marlboro aus der Hand, während ich gleichzeitig meinem Kontakt in Las Vegas simste, dass er uns so schnell wie möglich Gras liefern solle. Auch wenn ich selbst nicht kiffen würde, wäre es unfair, Jaime und Vicious ihren Lieblingszeitvertreib vorzuenthalten.

Jaime hockte sich auf die Armlehne des plüschigen weißen Sofas und trank noch einen Schluck.

»Das war klar wie Kloßbrühe, Scherzkeks. Abgesehen davon hast du sie während des Probeessens mit den Augen gevögelt, wenn niemand hinsah. Du warst dezent, woraus ich schließe, dass es dir tatsächlich wichtig ist, was sie von dir denkt.« Er verstummte kurz und zog die Brauen zusammen. »Ich habe dich genau beobachtet, darum ist es mir nicht entgangen, obwohl du versucht hast, es dir nicht anmerken zu lassen. Du wolltest sie über den Tisch beugen und es ihr nach Strich und Faden besorgen, während sie ihr Gesicht in jemand anderes Vorspeise eintaucht.«

Danke, Jaime. Ich würde mir diese Idee merken und für einen verregneten Tag in meiner imaginären Wichsliste festhalten.

»Ist sie den Ärger wert?« Jaime legte den Kopf schief und zog eine Braue hoch. Ich klopfte ihm auf die Schulter. Er war ein echter Prachtkerl.

»Sie *ist* der Trouble.«

»Ich freue mich für dich, Bruder. Ist eine Weile her, dass du dich etwas anderem verschrieben hast als Alkohol und Arbeit.« Er grinste. »Trotzdem müssen wir über die eventuellen Komplikationen reden. Das letzte Mal, als du dich mit Vicious angelegt hast, wurde dadurch Vision Heights Holdings in Gefahr gebracht. Das werde ich nicht noch einmal zulassen.«

Anstatt ihn zu korrigieren – ich hatte mich nicht mit Vicious angelegt, sondern er ohne mein Wissen meine Exfreundin angeheuert und mit ihr geschlafen, nachdem er uns als Teenager auseinandergebracht hatte –, zwinkerte ich ihm zu, um damit auszudrücken, dass mich seine Worte nicht aus der Ruhe brachten. Ich hatte mich immer unter Kontrolle, und unserer Firma war *nie* ein Schaden entstanden. Und vor allen Dingen würde sich niemand – ohne jede Ausnahme – meinen Zielen in den Weg stellen.

Ich griff erneut zu meinem Handy und schickte dieses Mal Rosie eine Nachricht.

Dean
In welchem Zimmer wirst du wohnen?

Rosie
In einem, wo du nicht willkommen bist. Es muss platonisch bleiben.

Definitiv nicht. Das war, als würde man sich darauf einstellen, einen köstlichen Käsekuchen nur anzusehen, ohne je ein Stück davon zu essen. Aber das würde ich, wieder und wieder und wieder. Es würde die reinste Fressorgie werden.

Dean
Wie niedlich. Wir haben uns bereits darauf geeinigt, dass das mit uns kein Traum ist. Du willst mich nur dafür bestrafen, dass ich mal was mit deiner Schwester hatte. Oder liege ich falsch?

Sie antwortete nicht. Ganz wie erwartet. Rosie war scharf auf mich. Mehr als das. Sie begehrte alles an mir – nicht nur meinen Körper –, und das beruhte auf Gegenseitigkeit. Was gestern zwischen uns geschehen war, da konnte keine Kennedy oder Natasha mithalten. Nicht einmal eine Emilia. Rosie und ich waren schon immer durch eine unsichtbare Zündschnur miteinander verbunden gewesen. Selbst als ich mit ihrer Schwester liiert war. Oder sie einen Freund hatte und zehn Etagen unter mir wohnte, während ich oben in meinem Penthouse einen neuen Rekord in Sachen Frauenverschleiß aufstellte. Ich konnte es kaum erwarten, zusammen mit ihr zu explodieren, denn wenn wir es täten, gäbe es ein … *Feuerwerk*. Die Funken stoben bereits auf. Sie konnte mir erzählen, was sie wollte, aber sie spürte es ebenso.

Dean
Ich werde dich mit Haut und Haar verschlingen, Baby LeBlanc.

Rosie
DEAN! Themawechsel. Hast du irgendwelche witzigen astronomischen Fakten auf Lager?

Dean
Die Milchstraße wirbelt mit einer ungefähren Geschwindigkeit von hundert Millionen Stundenkilometern durchs All, und meine Milch wird schon bald in dir sein. Musik?

Rosie
Der Herzschlag imitiert den Rhythmus der Musik, die man gerade hört. Dean Cole liegt mit seiner Theorie in Bezug auf meine Schwester gar nicht so falsch. Er müsste sich ordentlich anstrengen, um noch mal ranzudürfen.

Ich beendete die Korrespondenz mit ihr und schrieb stattdessen Sydney, die ich von der Highschool kannte, eine Nachricht, in der ich sie um sämtliche Informationen bat. Wann sie ankommen und ihre Zimmer beziehen würden, was sie anschließend vorhatten. Ich schärfte ihr ein, niemandem davon zu erzählen, weil wir angeblich eine Überraschung für Millie planten.

In Wahrheit wollte ich Rosie überraschen.

Ich würde meinen Kuchen verspeisen. Unmöglich? Abwarten.

Gott segne Sydney Wiehießsienochgleich.

An der Highschool war sie mir kaum aufgefallen (ich besaß ihre Nummer nur, weil Millie für die Teilnehmer der Generalprobe eigens eine Kontaktgruppe erstellt hatte), aber in Vegas wuchs sie mir blitzschnell ans Herz, weil sie mir steckte, wo die Mädels den Abend verbringen würden. Da Vicious keine Stripperinnen bei seinem Junggesellenabschied dabeihaben wollte (er hatte Menschen schon immer gehasst, erst recht solche, die ihn anfassen wollten. Er war nun mal eine Spaßbremse, wenn auch eine loyale), würden wir in einem Edelrestaurant speisen und uns anschließend im Kasino die Nacht um die Ohren schlagen.

Wieso sollten wir nicht in den Club einfallen, den die Mädels nach dem Britney-Spears-Konzert besuchen wollten? Trieben es deren Tänzer nicht die ganze Zeit über miteinander? Vielen Dank, Ms Spears, dass Sie meine Angebetete für unser spätabendliches Stelldichein auf Touren bringen.

Es überraschte mich nicht, dass Rosie tief in die Trickkiste griff und einen Trumpf nach dem anderen aus dem Ärmel schüttelte. Derweil wir Männer in der Präsidentensuite tranken und kifften und über Trent quatschten – während im Hintergrund ein schauriger Pornofilm lief, als wären wir erst sechzehn –, hatte Rosie für die Ladys eine Cupcake-Orgie, eine Tour zu einem berühmten Tätowierstudio, eine Jacuzzi-Party sowie ein Konzert organisiert.

Ich wusste das alles, weil Sydney VerdammtwiewargleichderName mir stündliche Updates zukommen ließ, in der Annahme, dass auf die Braut eine freudige Überraschung wartete. Dem war auch so. Ich würde den Bräutigam mitbringen. Aber meine Absichten waren ganz und gar selbstsüchtig – ich war hinter Emilias jüngerer Schwester her.

»Du solltest es Vic besser sagen, nicht dass er am Ende

noch ausrastet«, meinte Jaime, der vor dem blitzblanken, deckenhohen Spiegel den Kragen seines Hemds bügelte, als ich aus der Dusche kam. Lachend ließ ich das Handtuch fallen und stieg in meine Boxershorts. Jaime hatte meinen Schniedel schon so oft gesehen, dass er ihn bei einer polizeilichen Gegenüberstellung unter hundert anderen Exemplaren erkannt hätte. Seit unseren Footballzeiten gingen wir alle ungezwungen miteinander um. Vielleicht zu ungezwungen.

Ich gab mich begriffsstutzig. »Was soll ich ihm sagen?« Vicious war längst im Bilde, aber wie jeder von uns *HotHoles* liebte ich es, meine Kumpels zu verarschen. »Spielst du auf den Erickson-Estavez-Deal an?« Wir arbeiteten derzeit an der Zusammenlegung zweier gigantischer Maschinenbauunternehmen, aber Vicious war wegen seiner bevorstehenden Hochzeit und alldem nicht darin involviert. Von uns vier waren Jaime und ich wahrscheinlich diejenigen, die am meisten schufteten. Er, weil er nun mal ein verantwortungsbewusster Perfektionist war. Ich, weil ich keine Kinder oder sonstigen Verpflichtungen hatte und es mir nichts ausmachte, mich in Zahlen zu vergraben oder mitten in der Nacht geschäftliche Telefonate mit Asien oder Australien zu führen.

»Er setzt in diesem Augenblick den Vertrag für die Erickson-Estavez-Fusion auf. Du weißt genau, wovon ich spreche. Genauer gesagt, von *wem*.«

»Vicious weiß Bescheid, und er ist einverstanden, aber selbst wenn er das nicht wäre, ist es mein Leben und meine Angelegenheit.« Ich zog mir mein marineblaues Hemd über und schloss die Manschettenknöpfe, bevor ich hinzufügte: »Soweit ich mich erinnere, war außerdem er derjenige, der damals versucht hat, mir meine Freundin auszuspannen, indem er sie küsste – und nicht nur das –, als wir noch zusammen waren. Und nur um zu beweisen, dass er wirklich ein ausgemachtes

Arschloch ist, hat er anschließend auch noch mit Rosie rumgeknutscht. Tatsächlich hat er jede Frau, die mir etwas bedeutet, besudelt. Mit Ausnahme meiner Mutter, bei der er nicht gewagt hat, ihr seine Zunge in den Mund zu stecken.« Dasselbe galt für meine Schwestern, Payton und Keeley. Wenngleich Letztere mir einmal an einem trinkfreudigen Abend gestanden hatte, mit Vicious in der elften Klasse rumgemacht zu haben. Das minderte meine moralischen Bedenken, was meine Jagd auf Rosie betraf, beträchtlich.

Zumindest bewirkte meine kleine Tirade, dass Jaime den Mund hielt. Rosie gehörte mir. Mit Haut und Haar. Von den Zehenspitzen bis zum Scheitel. Ich würde auf jeden Teil von ihr Anspruch erheben und ihm mein Zeichen aufdrücken. Und das Gute war, dass niemand ein Wörtchen mitzureden hatte. Niemand außer Rosie selbst.

»Hier ist die Adresse des Clubs.« Ich warf mein Handy mit der geöffneten Yelp-App Jaime zu, der es mitten in der Luft auffing. »Ruf den Limousinenservice unten an. Ich sehe zu, dass Vic sich fertig macht.«

»Dean.« Jaime packte mein Handgelenk, als ich gerade verschwinden wollte, um meine Hose anzuziehen.

»Oh Baby«, gurrte ich ihm zu und grinste. »Ich bin mir meiner Unwiderstehlichkeit bewusst, aber Mel ist als ehemalige Ballerina mit Sicherheit gelenkiger als ich.« Jaime verengte die Augen zu Schlitzen und ließ mein Handgelenk angewidert los.

»Kannst du deine Zoten mal eine Sekunde stecken lassen? Hör zu, ich bin der Letzte, der dir diktieren würde, mit wem du zusammen sein darfst.«

»Weil du unsere Literaturlehrerin genagelt hast, als wir achtzehn waren.« Ich nickte lachend. »Du hast sie geheiratet und geschwängert und deiner Mutter damit fast einen Herzinfarkt beschert. Ja, ich stimme dir zu. Weder du noch Vicious habt mir irgendwelche Vorschriften zu machen.«

»Aber …« Jamie hob die Stimme und stellte damit eine Autorität unter Beweis, von der ich fast vergessen hatte, dass er sie besaß. »Ich schwöre bei Gott, Dean, falls dies wieder nur einer deiner One-Night-Stands ist und du die positive Energie unserer Gruppe – unserer Familien und Freunde – aus dem Lot bringst, nur für einen schnellen Fick …«

»Es ist nicht nur ein Fick«, unterbrach ich ihn zähneknirschend. Gleichzeitig musste ich einräumen, dass Jaime allen Grund hatte, auf dem Thema herumzureiten. Ich war dafür berüchtigt, alles zu vögeln, was zwei Beine hatte und ein Kleid trug. Was erwartete ich also? Aber ich war auch nicht wie Vicious, nämlich blind gegenüber dem, was ich seit Jahren vor Augen hatte. Ich hatte vom ersten Tag an eingestanden, was ich von diesem Mädchen wollte.

Nie zuvor hatte ich einer Frau so entschlossen nachgestellt, und in Rosies Fall beruhte das nicht einmal auf einer bewussten Entscheidung. Es war wie mit Jimmy Fellons Karriere. Es war einfach passiert, bevor irgendjemand es verhindern konnte.

»Was sind deine Intentionen?«, fragte er und hielt meinen Blick fest, so ernst, als wären wir bei einer verdammten Beerdigung. *Meine Intentionen?* Seit Jamie in London lebte, klang er wie ein englischer Lord oder so ein Scheiß. Ich hätte mich über ihn lustig machen sollen, aber ein Teil von mir wollte, dass er – und auch andere – aufhörte, mit mir zu reden, als wäre ich ein Wüstling, der nicht bereit war, einen Gang runterzuschalten, bevor ihm der Schwanz abfiel.

»Jaime«, knurrte ich ihm ins Gesicht. Meine Nasenflügel bebten, ich fühlte mich wie ein zorniger Achtzehnjähriger. »Ich habe dich nicht gefragt, was deine verdammten Intentionen waren, als du Mel über ihr Pult gebeugt und sie im Klassenzimmer durchgevögelt hast, darum steht es dir auch nicht zu. Rosie ist ein großes Mädchen. Die Leute müssen aufhören, sie zu behandeln wie ein altersschwaches Haustier, das niemand haben will. Das mit uns ist allein unsere Sache. Nicht deine. Nicht Vicious' und auch nicht Emilias. Jeder, der diese Meinung nicht teilt, darf sich gern mit mir auseinandersetzen. Und nach bester Manier unserer Bruderschaft werde ich weder nett oder höflich sein, noch mich für irgendetwas entschuldigen. Habe ich mich klar ausgedrückt?«

Ohne auf seine Antwort zu warten, drehte ich mich um und rauschte aus dem Zimmer. Ich hatte ein Date.

Nur wusste Rosie das noch nicht.

KAPITEL 15

Rosie

Was gibt dir das Gefühl, lebendig zu sein?
Jemanden zu begehren. So sehr, dass mein Unterleib pulsiert, mir die Sicht vor den Augen verschwimmt und ich jeden Moralkodex über Bord werfe.

Meine Schwester trank nicht.

Das war das Einzige, was mich beschäftigte. Nicht die Tatsache, dass wir unglaublich viel Spaß hatten. Nicht das fantastische Britney-Spears-Konzert. Nicht die abartigen, gut eingeschenkten, radioaktiv aussehenden Drinks, die wir uns den ganzen Tag zu Gemüte führten. Sondern der Umstand, dass Millie keinen Tropfen davon und auch sonst kein alkoholisches Getränk anrührte.

Wir hatten französische Wurzeln. Eine Party ohne Wein oder Sekt war für uns wie Tanzen ohne Arme und Beine.

Ich beobachtete sie von der Ecke eines lauten, mit halb nackten Gestalten überfüllten, neonbeleuchteten Nachtclubs aus, während ich am Strohhalm eines weiteren Cocktails nuckelte.

»Deine Schwester ist *so was von* schwanger.« Elle ließ ihre große, rosarote Kaugummiblase platzen, während sie sich in einem der von Strahlen umrahmten Spiegel, die von der Decke hingen, bewunderte. Wir trugen alle das gleiche Kleid. Es war rosa – Emilias Lieblingsfarbe – und bestach durch einen verführerischen Ausschnitt und geraffte Lagen aus dünnem, weichem Material. Ich hatte eines davon in einem Secondhandladen entdeckt. Es entsprach genau Millies Geschmack, darum hatte ich es gekauft und anschließend den Hersteller kontaktiert, um noch vier weitere für uns zu ordern.

»Das ist sie nicht«, beteuerte ich, aber es war nutzlos. Nicht einmal ich glaubte mir. »Niemand steht ihr näher als ich. Sie würde mir das niemals verheimlichen.«

»Sie rührt keinen Alkohol an, sieht elend aus und hat sich zum Mittagessen einen mit frittierten Essiggurken garnierten Cupcake reingepfiffen. Damit schließe ich meine Beweisführung ab, aber wenn ich sie dazu bringen soll, auf einen Teststreifen zu pinkeln, wüsste ich da einen Typen, der mir behilflich sein könnte.« Elle lehnte sich neben mich an die Wand.

Ich starrte zu meiner Schwester. Millie hottete mit Gladys und Sydney auf der Tanzfläche ab, wobei ihre schweißnassen Haare vor und zurück schwangen und ihre Lippen sich zu »The Thong Song« von Sisqó bewegten. Vielleicht hatte der DJ an diesem Abend eine Wette verloren? Wer konnte das schon wissen. Aber ich war nicht in der Stimmung, den Musik-Snob raushängen zu lassen.

Elle tätschelte meine Schulter. »Komm schon. Du hast jetzt schon einen ganz schönen Schwips und willst dich doch nicht total abschießen, oder? Stell den Drink weg. Lass uns eine Runde tanzen.«

Sie zog an meiner Hand, und ich protestierte nicht, denn was hätte das gebracht?

Elle und ich gesellten uns zu Millie, Gladys und Sydney und tanzten etwa eine Stunde lang. Millie schlug vor, eine Taco-Pause einzulegen, und da keine von uns je Nein zu einem Taco sagen würde, okkupierten wir einen Tisch im Restaurantbereich des Clubs und hauten ordentlich rein.

Ich entschuldigte mich, um auf die Toilette zu gehen, und als ich zurückkam, sah ich, wie Gladys sich in der Nische, wo wir saßen, zu Millie beugte und ihr mit der Hand über den Bauch streichelte. Sydney warf lachend den Kopf zurück und imitierte mit den Händen riesige Brüste.

Meine Schwester war schwanger.

Ihre Freundinnen wussten es.

Unsere Eltern wussten es.

Alle wussten es.

Alle … außer mir.

Dean
Was fasziniert dich eigentlich so sehr an Musik?

Ich war derart aufgebracht, dass meine Finger zitterten, aber das war nicht der einzige Grund, warum ich ihm nicht antwortete. Mein Blick glitt zu Millies Gesicht, und ich schürzte die Lippen. Wir waren allein, weil die anderen auf die Tanzfläche zurückgekehrt waren. Ich fragte sie noch einmal, ob es irgendetwas gäbe, woran sie mich teilhaben lassen wolle. An noch einem Taco, antwortete sie und lachte. Mein Magen krampfte sich zusammen, dann wallte unbändiger Zorn in mir auf. Sie war eine Heuchlerin, so wie alle anderen. Es bestand wirklich kein Unterschied zwischen ihr und unserem Vater. Außer, dass er der Scharade zumindest ein Ende gesetzt und klipp und klar gesagt hatte, was er von mir hielt. Millie war immer noch ein Feigling, der mich belog, um meine kostbaren Gefühle zu schonen.

Scheiß drauf.

Ich brauchte Dean.

Weil er mir Vergessen schenkte. Er war wie Haschisch. Wie Alkohol. Wie Musik. Nur machte er tausendmal süchtiger als all das.

Rosie

Gute Musik zu hören ist wie eine Droge. Sie setzt Glückshormone frei. Was interessiert dich so sehr an Astronomie?

Dean

Es gab Zeiten in meinem Leben, dunkle Zeiten, da musste ich meine Sommer an einem Ort verbringen, wo ich nicht sein wollte. Die Nächte waren lang und öde, darum ging ich nach draußen und legte mich ins Heu. Nur die Sterne leisteten mir Gesellschaft, und so habe ich wohl eine gewisse Zuneigung zu ihnen entwickelt. Sie erinnerten mich daran, dass unter dem Himmelszelt bessere Dinge auf mich warteten. Die Menschen, die ich liebte, die Orte, die ich bereisen wollte, all die Mädchen, die es zu vernaschen galt ...

Rosie

Du bist ein hoffnungsloser Romantiker. Ich bekomme Gänsehaut. Hör auf damit.

Dean

In einer Sekunde wird sich deine Gänsehaut noch verstärken. Dreh dich um.

Rosie

?

Dean

Das war eine einfache Aufforderung, Baby LeBlanc. Dreh dich um.

Und da stand er.

Mir schlug das Herz bis zum Hals, gleichzeitig strömte heiße Lava in meinen Unterleib. Sie begrub die Demütigung und den Schmerz unter sich und weckte eine Begierde in mir, die ich verzweifelt stillen wollte. Es war durchaus denkbar, dass dieser Mann mit jeder verstreichenden Sekunde noch attraktiver wurde. Ich sah zu, wie er sich einen Weg zu mir bahnte, gleich einer Naturgewalt, die abgedeckte Dächer und zerrissene Slips hinterlassen würde.

Ich konzentrierte mich so sehr auf ihn, dass ich kaum bemerkte, wie Elle, Gladys und Sydney an den Tisch zurückkamen, in ihrem Schlepptau die übrigen *HotHoles*, bis auf Trent.

Vicious nahm neben Emilia Platz. Jaime quetschte sich zwischen Sydney und Gladys und nickte ihnen kurz zu. Dean blieb stehen und schaute mich an, dabei versuchte er gar nicht erst, das Verlangen in seinen Augen zu verhehlen. *Schamlos.*

»Ich besorge euch was zu trinken«, verkündete ich und schnellte hoch. Dabei lag mir dieses uneigennützige Getue gar nicht. Es entsprach einfach nicht meinem Charakter. Ich war weder gut noch nett, dafür würde ich heute Nacht mit dem Verflossenen meiner Schwester Sex haben. Einen zornigen Fick, der die letzten paar Tage aus meinem Gedächtnis löschen würde, wenn auch nur für einen Moment.

Als ich an Dean vorbeiging, stieß er mit dem Arm an meine Schulter. Jedes Härchen an meinem Körper stellte sich auf, und ich bekam eine Gänsehaut.

»Willst du mich nicht fragen, was ich möchte?«, raunte er mir zu. Er leckte sich über die Unterlippe, sodass sie glänzte wie ein verbotener Apfel.

»Das interessiert mich nicht, Dean. Du bekommst Wasser.

Wie schon gesagt, kannst du Raubbau mit dir treiben, so viel du willst, aber nicht in meiner Gegenwart.«

»Ja, ich hab's kapiert. Aber du sollst wissen, dass du mit mir alles machen kannst, wonach es dich gelüstet.«

»Du wirst weder trinken noch kiffen«, bekräftigte ich und guckte ihn böse an.

Ich hörte das Lächeln in seinen Worten, als er sagte: »Das ist dir wirklich verdammt wichtig.« Dann blickte er mir hinterher, während ich mich eilig entfernte.

Ja, das ist es, dachte ich verbittert und wünschte mir, es wäre nicht so. *Das ist es wirklich.*

Es fing an, kompliziert zu werden.

Ruckus war im Begriff, seinem Namen alle Ehre zu machen.

Dean

Zehn Jahre zuvor

Die Schule war vorbei. Ebenso die Sache zwischen Millie und mir.

Jaime zog nach Texas, um das College zu besuchen, allerdings nicht, ohne ein Andenken von zu Hause mitzunehmen – unsere Literaturlehrerin Melody Greene. Trent musste sein Bein operieren lassen und würde für den restlichen Sommer ans Bett gefesselt sein. Und Vicious … er drehte total durch, so als hätte Millie *ihn* sitzenlassen.

Rosie schien wütend auf die ganze Welt zu sein, nachdem ihre Schwester durchgebrannt war. Ich hätte mich ihr gern als Boxsack zur Verfügung gestellt, aber sie ließ es nicht zu.

Sie hätte auch auf andere Weise über mich verfügen dürfen, doch dafür war die Zeit noch nicht reif. Darum begnügte ich mich damit, für sie da zu sein, eine verkorkste Seele für eine andere.

Ich war nicht wirklich sauer auf Millie, weil sie mich abgeschossen hatte. Soweit ich wusste, hatte sie mich für einen anderen Kerl verlassen, und eigentlich hätte ich ausrasten müssen. Den Zorn, der in Vicious brodelte, konnte ich jedenfalls beim besten Willen nicht nachempfinden.

Rosie wollte nicht, dass ich weiterhin vorbeikam, um nach ihr zu sehen, aber genauso gut hätte sie von mir verlangen können, dass ich meinen Schwanz nicht anfasste. Es war ein Ding der Unmöglichkeit.

Ich besuchte sie jeden Tag.

Wir setzten uns an den Pool und schwiegen uns an.

Ich wollte ihr von den Sternen erzählen, ließ es aber.

Ich wollte mit ihr über unsere Zukunft reden, aber ich tat es nicht.

Ich wollte über uns sprechen, nur gab es kein *uns*, und bestimmt schrillten bei ihr schon sämtliche Alarmglocken, weil ich jeden Nachmittag vorbeischneite.

Eines Tages lief ich gerade den Pflasterweg in Richtung Dienstbotenwohnung hinauf, als ich Vicious begegnete, der just in diesem Moment seinen gepflegten Rasen überquerte. Er blieb stehen und starrte mich blinzelnd an, so als hätte er soeben einen Geist gesehen.

Die Hände in den Hosentaschen vergraben, kam er mit langsamen Schritten auf mich zu und taxierte mich wachsam und angriffslustig aus seinen kalten Augen. Ich streckte den Brustkorb vor und setzte ein falsches Lächeln auf. Er wollte Krieg? Den konnte er haben.

»Glaubst du im Ernst, du hättest nach der Sache mit Millie noch eine Chance bei der kleinen Rotzgöre?«, presste er hervor, unfähig, das Wort »verfickt« zu artikulieren, obwohl er es sonst so *verfickt* oft benutzte. Weil Vicious wusste, dass ich Millie entjungfert hatte – auf ihre Bitte hin. Mein Gefühl sagte mir, dass es ihr dabei mehr darum gegangen war, ihre Unschuld zu verlieren, als um mich – trotzdem ließ sich diese Sache nie wieder ungeschehen machen. Nicht einmal Baron Spencer konnte die Realität verfälschen.

Ich rieb mir das Kinn. »Mir ist klar, dass meine Chancen bei Rosie LeBlanc in etwa so gut stehen wie deine bei Millie. Ich bin hier, um mich zu vergewissern, dass sie zurechtkommt. Für dich ist das nicht nachvollziehbar, aber manchmal haben Menschen einfach das Bedürfnis, nett zu anderen zu sein. Welche Laus ist dir denn über die Leber gekrochen? Du siehst aus, als hättest du ein schlechtes Gewissen.« Ich runzelte die Brauen. Alles an meiner Haltung deutete darauf hin, dass ich mich jede Sekunde auf ihn stürzen und ihn in Stücke reißen würde.

»Ein schlechtes Gewissen?« Er stieß ein Lachen aus, aber es klang nicht so überheblich und selbstbewusst wie sonst. Woraus ich schloss, dass der Mistkerl irgendetwas verbarg. Verdammt, wenn ich nur eine Ahnung hätte, was es war. »Wieso sollte ausgerechnet *ich* ein schlechtes Gewissen haben? Schließlich warst du derjenige, der sich an mein Mädchen rangemacht hat.«

»Dein Mädchen«, echote ich und lachte ungläubig. Es fühlte sich seltsam befreiend an, den Elefanten im Raum endlich anzusprechen. Es war derselbe, der während unseres Abschlussjahres unser ganzes Leben niedergewalzt und plattgemacht hatte. »Eilmeldung, Arschloch: Emilia LeBlanc war jedermanns Lieblingsopfer, bis ich mich ihrer angenommen habe. Ja, ich hatte den Verdacht, dass du sie magst, aber von außen betrachtet?« Ich machte einen Schritt auf ihn zu, wir waren gefährlich nahe dran, uns gegenseitig die Fresse zu polieren, uns im Gras zu prügeln, bis einer von uns verblutete. »Du hast ihr Leben zerstört. Sie in einer Tour als weißes Hinterwäldlergesindel beschimpft. Ihr das Gefühl gegeben, nicht willkommen zu sein. Wollte ich sie flachlegen? Ja.« Ich zuckte die Achseln. »Ich bin ein Teenager mit einer funktionierenden Libido. Aber mehr als alles andere wollte ich verhindern, dass sie sich deinetwegen aufhängt.«

»Wie ritterlich von dir.« Er rammte seine Brust gegen meine, räumte damit jeden Zweifel aus, dass dies auf einen Krieg hinauslief. »Armer, bedauernswerter Ruckus.« Vicious tat, als würde er unsichtbare Tränen wegwischen, indem er sich mit den Fäusten die Augen rieb. »Waren es schlimme Monate mit Emilia?«

»Ganz und gar nicht«, sagte ich und schubste ihn weg. Er versetzte mir ebenfalls einen Rempler. Ich grinste. »Sie war fantastisch. Wer hätte das gedacht, hm?« Er schluckte sichtlich.

»Vielleicht ist sie weggelaufen, weil du eine Niete im Bett bist«, lautete seine kindische Antwort.

»Vielleicht ist sie weggelaufen, weil sie von *dir* die Schnauze voll hatte«, konterte ich. Ein schmerzerfüllter Ausdruck flackerte über sein Gesicht. Er *hatte* ein schlechtes Gewissen. Weswegen, wusste ich nicht, aber er war an der Sache mit Millie nicht unschuldig, so viel stand fest. Ich beschloss, weiter auf dem Thema herumzureiten, um ihm seine Sicht der Dinge zu entlocken.

»Wie fühlt sich das an, Vicious? Der Verlierer zu sein, der seine Traumfrau niemals kosten wird?«

»Das musst du doch am besten wissen, Cole. Wir sitzen im selben Boot, und es ist im Sinken begriffen.« Jetzt war es an ihm, sich drohend vor mir aufzubauen, aber ich zuckte wieder nicht mit der Wimper. Vicious konnte mich nicht einschüchtern. Ich durchschaute seine Fassade, wusste genau, wer sich dahinter verbarg.

Ein Kerl wie ich.

Der sich hinter einer Masse an Muskeln, seinem guten Aussehen, schicken Autos, Designerklamotten, reichen Eltern und seinen dunklen Geheimnissen versteckte. Man konnte nicht fürchten, was man selbst verkörperte. Darum war ich der Einzige von uns Kumpels, der ihm regelmäßig die Stirn bot.

»Du hast alles kaputtgemacht«, fauchte ich, und das Flackern in seinen dunkelblauen Augen, dieser Strudel, der jeden zu verschlingen drohte, der ihm zu nahe kam, verriet mir, dass er sich dessen bewusst war. »Du hast es versaut, und jetzt sind wir beide am Arsch.« Ich versetzte ihm einen Stoß, drehte mich um und marschierte zu Rosies Tür.

Als sie sie schließlich öffnete, war Vicious verschwunden. Vermutlich hatte er sich in sein Zimmer verzogen und rauchte einen Joint.

Rosie schien nicht überrascht, mich zu sehen. Allerdings entfuhr ihr ein Keuchen, als ich beim Eintreten ihr Gesicht mit beiden Händen umfing und sie ohne Vorwarnung ungestüm küsste.

Der Kuss war nicht nur grob, er war regelrecht brutal. Es mangelte ihm im selben Maß an Zärtlichkeit, wie er Verzweiflung verströmte.

Ich war hilflos.

Leichtfertig.

Am Boden zerstört.

Und das nicht wegen der Schwester, die ich eigentlich lieben sollte.

Sie schnappte nach Luft. Ich lechzte nach ihr. Unsere Zungen spielten miteinander, beglückt und hingebungsvoll, als stünden sie unter einem Zauber.

Meine Hand umschloss ihren Nacken. Vielleicht etwas zu fest. Wie konnte ich nicht gewusst haben, dass mein Körper imstande war, in dieser Weise auf einen anderen Menschen zu reagieren? Meine Synapsen feuerten wie wild. Ihre Knie gaben nach, aber sie klammerte sich in letzter Sekunde an meinem Shirt fest und fand so ihr Gleichgewicht wieder. Doch was das Emotionale betraf … standen wir beide auf verlorenem Posten.

Gefühlsmäßig waren wir erledigt.

Ich hatte nicht einmal gemerkt, dass sie den Kuss eine berauschende Minute lang erwiderte, bevor sie den Mund von meinem löste, ihre Augen vor Schock und Furcht geweitet. Sie fuhr mit den Fingern durch die Seitenpartien ihrer Haare und öffnete leicht ihre schönen, sinnlichen Lippen.

»Oh mein Gott.« Sie rang nach Atem. Ich hatte ihre Hingabe in diesem Kuss gespürt, und das konnte sie mir nie wieder nehmen. Es gehörte mir, und ich würde auch den Rest von ihr bekommen, auch wenn es nicht an diesem Tag passierte. Selbst wenn es ein ganzes verfluchtes Leben dauern sollte.

Falls ihr ein ganzes Leben vergönnt ist, Arschloch.

»Heilige Scheiße«, krächzte sie. »Was habe ich getan? Verschwinde!«

»Rosie …«

»Verschwinde, Dean! Ich meine es ernst. Solltest du dich je wieder hier blicken lassen …«

»Darauf kannst du Gift nehmen«, sagte ich in festem Ton. »Ich werde mich weiter um dich bemühen, und wenn es mich Jahre kostet, dich zu erobern.«

»Das wirst du niemals.« Ihrer Stimme, vielleicht auch der Weise, wie sie mich wegschubste, haftete etwas sehr Endgültiges an. »Dafür werde ich sorgen, so oder so. Du bist für mich gestorben, Cole. Das warst du schon in dem Moment, als du dich an meiner Schwester vergriffen hast. Es wird keine Zukunft für uns geben. Du wirst nicht mein Eherner Reiter sein. Und wenn wir uns das nächste Mal begegnen, Dean, werden wir so tun, als würden wir uns nicht kennen. Weil es so ist. Du bedeutest mir nichts und hast das auch nie getan. Falls du noch einmal hier auftauchst, werde ich meinen Vater bitten, das Gewehr rauszuholen.«

Sie knallte mir die Tür vor der Nase zu.

Und zum ersten Mal linste sie nicht durchs Fenster, um noch einen letzten Blick auf mich zu erhaschen.

Dean

Die Gegenwart

Ich liebte es, Rosie beim Tanzen zuzusehen.

Ihre Bewegungen waren so ungelenk, dass man unweigerlich lachen musste. Aber ihr war das egal. Dieses Mädchen scherte sich nicht um die Meinung anderer, und gerade das liebte ich am allermeisten an ihr. Ihre Gabe, falsch zu singen und zu tanzen, als sähe ihr niemand zu, obwohl alle Augen auf sie gerichtet waren, während sie Posen à la Madonna einnahm und auf und ab sprang, als hätte sie glühende Kohlen unter den Füßen.

Sie wirbelte auf der Tanzfläche herum, und unsere Blicke kollidierten. Ich lehnte an der Bar und prostete ihr mit meiner Wasserflasche – ich hielt mich an mein Versprechen – zu.

Vicious ging mit Emilia auf Tuchfühlung.

Jaime war draußen und telefonierte mit Trent.

Sydney, Gladys und die Kleine, die mit Rosie zusammenarbeitete, schwangen miteinander das Tanzbein.

Wieder einmal waren sie und ich uns selbst überlassen.

Nina bombardierte mich noch immer mit Anrufen und Nachrichten – die ich weiterhin ignorierte –, und Trent machte die Hölle durch, aber trotz alledem fühlte ich wieder diese Euphorie, die mich immer überkam, wenn ich mit Baby LeBlanc abhing.

Gerade senkte sie den Blick auf ihr Handy und tippte eine SMS. Ich schloss die Finger fester um mein eigenes, während mein Herzschlag sich beschleunigte und ich auf das *Pling* wartete, das sich eher wie ein *Bäng* anfühlte.

Rosie
Ich denke, ich werde heute Nacht jemanden mit auf mein Hotelzimmer nehmen. War ein anstrengender Tag, und ich brauche Entspannung.

Dean
Ist das eine Einladung?

Rosie
Eher eine Kriegserklärung. Weißt du, was das Schlimmste war, als du und Millie zusammen wart? Euch beim Knutschen zuzuhören. Es hat mich fast umgebracht. Darum habe ich mir irgendwann angewöhnt, nicht zu Hause zu sein, wenn du da warst.

Mein Kopf fuhr hoch, und dort stand sie, wiegte sich in den Hüften, während irgendein unbekannter Typ von hinten ihre Taille umschlang, seine grinsende Visage an ihren Hals presste und sich ihrem Rhythmus anpasste. Ihr Blick ruhte auf mir, und sie sah mich mit diesem »Was-willst-du-jetzt-unternehmen?«-Ausdruck an. Ich würde ihn ihr aus dem Gesicht wischen.

Mit anzusehen, wie ein anderer Mann sie anfasste, ließ jede Faser meines Körpers vor rasender Wut erzittern. Es war genau der Zorn, den ich damals, als Millie fortging, nicht verspürt hatte. Er wohnte mir inne, das schon. Aber es hatte eines völlig anderen Auslösers bedurft, um ihn zu entflammen.

Ich werde diesem Wichser das Licht ausblasen.

Ich tippte eine Antwort.

Dean

Stell mich nicht auf die Probe, LeBlanc. Wir sind keine Teenager mehr. Unsere Handlungen haben Konsequenzen.

Rosie

Und ...?

Dean

Und wozu ich mich gleich hinreißen lasse, wird mir zehn bis fünfzehn Jahre Knast einbringen. Hör auf mit diesem Scheiß, bevor der Kerl noch verletzt wird.

Ich fühlte meinen Puls in meinen Augenlidern. In meiner Wirbelsäule. Er war überall, weil mein Herz hämmerte, als wollte es mir aus dem Brustkorb und direkt in ihre Hände springen. Es fühlte sich an, als rauschte Schießpulver durch meine Adern, nachdem ich zwei Lines Brown-Brown geschnupft hatte.

Zum ersten Mal seit sehr langer Zeit kratzte mich etwas.

Ich spielte kurz mit dem Gedanken, dazwischenzugehen und eine Szene zu machen, aber das entsprach mir nicht. Ich war dieser tiefenentspannte Spaßvogel, der der Welt selbst dann noch mit einem Lächeln begegnete, wenn sie ihm übel mitspielte. Rosie piesackte mich nur, weil ich es verdiente. Weil ich *tatsächlich* mit ihrer Schwester geknutscht hatte, während sie zu Hause gewesen war. Weil ich nicht verhindert hatte, dass es dazu kam. Weil es hier um Rache ging und sie sie auskosten wollte. Ich würde ihr diesbezüglich eine lange Leine lassen, auch wenn es mir wehtat – aber beim Küssen zog ich die Grenze. Sie gehörte mir, verdammt noch mal. Der Kerl durfte sie ansehen, aber wehe, er erlaubte sich mehr.

Er wirbelte Rosie im Kreis, und dann tanzten sie miteinander, allerdings hielt sie dabei gebührenden Abstand, vermutlich, weil sie sich denken konnte, dass er nicht scharf auf einen Besuch in der Notaufnahme war. Er sah eigentlich ganz okay aus. Mittelgroß und jung – etwa in Rosies Alter –, lässig gekleidet. Durchschnittlich eben.

Er brüllte ihr etwas ins Ohr, um die Musik zu übertönen, und meine Nasenflügel blähten sich wie die eines zornigen Stiers. Sie gab ihm mit den Fingern ein Zeichen, kurz zu warten, und tippte eine Nachricht in ihr Handy.

Rosie
Wie fühlt sich das an?

Beschissen. Aber da war ein Ärger in ihren Augen, der zu frisch wirkte, um allein unserer Vergangenheit geschuldet zu sein. Rosie trieben noch andere Dinge um. Familieninterne Probleme. Ich wusste das, und dieses Mal … würde ich der Boxsack sein. Gott, wie sehr ich danach lechzte, ihre zierlichen Fäuste überall auf meinem Körper zu spüren.

Dean
Du hast deinen Standpunkt dargelegt. Es reicht jetzt.

Sie antwortete nicht.

Und sie hörte verflucht noch mal nicht auf.

Als ich hochblickte, sah ich, wie der Idiot ihre Hand nahm und sie zur Hintertür des Clubs zog. Ich schaute mich um. Alle unsere Freunde waren noch immer damit beschäftigt, zu tanzen, zu trinken und sich ansonsten einen Scheißdreck um irgendwas zu kümmern. Mein Plan, Rosie in die Enge zu treiben, war auf spektakuläre Weise nach hinten losgegangen.

Sie war nun mal nicht Millie. Man konnte sie nicht unter Druck setzen.

Rosie war nie die Beute. Sondern gelegentlich sogar der Jäger.

Es kostete mich meine ganze Selbstbeherrschung, um ihnen nicht hinterherzurennen. Stattdessen ließ ich mir Zeit und gab mich cool, während ich innerlich aufgewühlt Leiber aus dem Weg schob und auf Füße trat, um zu der Tür zu gelangen, die in eine Gasse auf der Rückseite des Clubs führte. Ich schälte mich aus der Dunkelheit und passierte ein warmes Kaleidoskop aus gelben, grünen, roten und violetten Lichtern. Bestimmt sahen sie hübsch aus, wenn man betrunken war, nur traf das auf mich nicht zu. Als mir dann endlich die stickig-warme Las-Vegas-Luft entgegenschlug, blieb ich stehen.

Rosie lehnte mit dem Rücken an einer unverputzten Backsteinmauer, während ihr Verehrer sich zu ihr beugte, seine Lippen nur Zentimeter davon entfernt zu kosten, was mir gehörte.

»Auseinander! Und zwar sofort!«, donnerte ich und sprintete auf sie zu. Sie wandten die Köpfe in meine Richtung, und offensichtlich bemerkte Rosie den Dampf, der aus meinen Ohren quoll, weil sie sichtbar schluckte und die Handflächen auf seine Brust legte, um ihn auf Abstand zu halten.

»Bitte, entschuldige.« Ihre Stimme klang heiser. »Er ist ein eifersüchtiger Exfreund. Zwar nicht *meiner*, nur hat er das noch nicht kapiert.«

Anscheinend riss sich der Milchbubi nicht gerade darum, es mir begreiflich zu machen. Er sah aus, als würde er sich jeden Moment in die Hose pinkeln, und ich ermahnte mich, dass er nur ein Mittel zum Zweck war. Der arme Trottel.

»Ich übernehme jetzt.« Ich gab ihm einen etwas zu kräftigen Klaps auf die Schulter. Er schaute mit offenem Mund zwischen uns hin und her, so als wollte er sich vergewissern, ob es okay sei, sie mit mir allein zu lassen. Was er gleichzeitig inständig *hoffte*, weil ich immer noch haargenau so aussah wie der Quarterback-Berserker von früher, der nur vor Gott und seinem Vater Rechenschaft ablegte.

Rosie nickte und räusperte sich. »Tut mir leid, Adam. Ich wünsche dir noch einen schönen Abend.«

»Den habe ich bestimmt.« Adam wandte sich ab und eilte mit immer schneller werdenden Schritten zur Tür.

Ohne mich länger um ihre dämlichen Regeln zu kümmern, drängte ich Rosie gegen die Wand und rieb aufreizend meinen Unterleib an ihr. Ich hatte einen Mordsständer, der gegen ihren Nabel drückte und ihre Aufmerksamkeit einforderte. Sie stellte sich auf die Zehenspitzen und bog sich mir entgegen, während ihr Mund um einen Kuss flehte.

»Adam?« Ich zog eine Braue hoch und trat einen Schritt zurück. Man konnte dieses Spiel ebenso gut zu zweit spielen, zumindest so lange, bis sie begriff, dass es kein Spiel war. Es war die Wirklichkeit.

»Er ist ein netter Kerl.« Sie starrte noch immer auf meine Lippen und atmete schwer, was nichts mit ihrer Krankheit zu tun hatte.

Ich nahm sie zwischen meinen Armen gefangen, ließ meine Lippen über ihrer Schulter verharren.

»Ich bin froh, dass du so denkst, weil er dich nämlich gerade einen Orgasmus gekostet hat.«

Sie stöhnte auf und fuhr mit den Zähnen über ihre Unterlippe, als ich die Hand in ihren Slip schob und sie streichelte.

»Ich muss mich heute Nacht ablenken.« Sie zog mich näher heran. »Dabei brauche ich deine Hilfe.«

Ich drang mit zwei Fingern in sie ein, bewegte sie vor und zurück. Keuchend vergrub sie die Hände in meinen Haaren, aber ich ließ nicht zu, dass sie die Beine um meine Hüfte schlang. Das kam nicht infrage. Dieses Mädchen hatte nicht den Hauch einer Ahnung, mit wem sie es zu tun hatte. Ich mochte umgänglicher sein als Vicious, trotzdem war ich noch immer ein *HotHole*. Ein Arschloch. Ein Sünder. Der Wolf, vor dem ihre Großmutter sie gewarnt hatte.

»Ja«, keuchte sie. »Da ist es gut.«

Ich ließ noch einen Finger in sie hineingleiten, bis ich sie am Ende mit der ganzen Hand vögelte und dabei mit meinem Unterleib die Reibung an ihrer Klitoris erzeugte, nach der sie gierte. Sie fing an zu zittern, die Balance zu verlieren. Ihre Knie gaben nach, aber sie irrte sich gewaltig, wenn sie glaubte, ich würde sie auffangen.

»Sieh zu den Sternen hoch«, knurrte ich.

Die Sterne interessierten sie nicht die Bohne, stattdessen haschte sie abermals nach meinem Mund. Aber ich verweigerte ihr den Kuss. Sie verdiente keinen. Ich wollte, dass sie zu mir kam – ohne dass ihre Sinne von einem nahenden Orgasmus vernebelt wurden –, ihre Lippen auf meine drückte und es sagte.

Ich bin dein. Das war ich schon immer. Ich werde nie einem anderen gehören.

»Du solltest es lieber tun, Baby LeBlanc. Ich wiederhole mich nämlich nicht gern.«

Sie lenkte ein und schaute nach oben. Ich folgte ihrem Beispiel. Gegen jede Wahrscheinlichkeit war der Himmel von Sternen übersät. Normalerweise konnte man vom Strip aus rein gar nichts von ihnen sehen, aber in dieser Nacht schon. Weil *sie* hier war.

Ihre Schenkel spannten sich an, dann verkrampfte sie sich um meine Finger. Ich zog sie heraus, schürzte die Lippen und sah sie mit solch ausdrucksloser Miene an, als wäre sie nicht mehr als eine geschäftliche Transaktion. Eine Unannehmlichkeit, die dieser Tag nun einmal mit sich brachte.

»Was zur Hölle soll das werden?«

Ihr blieb der Mund offen stehen, und mir wäre fast ein Lachen entschlüpft, als sie sich mir entgegendrängte, wie um mich anzuflehen, die Sache zu Ende zu bringen. Ich strich mit den Lippen über ihr Ohr.

»Konsequenzen, Rosie. Gewöhn dich dran. Ich lasse dir das nicht durchgehen, so wie in deiner Familie üblich. Wenn du das nächste Mal irgendeinem dahergelaufenen Penner erlaubst, dich anzugrapschen …« Ich umfasste ihre Hüften und presste sie gegen meine pochende Erektion. »… mach dich auf eine Strafe gefasst. Heute erlasse ich sie dir, weil du noch ein Frischling bist, aber nur, damit du Bescheid weißt – es ist *kein* Traum, du *gehörst* zu mir. Lektion beendet. Nichts zu danken.«

In dieser Nacht schlich Rosie sich in meine Suite.

Es war nicht wirklich ein riskantes Manöver. Die Freundinnen waren hackedicht, nachdem sie den ganzen Tag gebechert hatten, und Millie – die aus mir unbekannten Gründen dem Alkohol abgeschworen zu haben schien – war vor lauter Müdigkeit im Club eingenickt. Rosie schwankte irgendwo zwischen beschwipst und nüchtern, war aber nicht ansatzweise in einem solchen Zustand wie an dem Abend in Todos Santos, als wir Sex gehabt hatten. Und sieh mal einer an, sie war immer noch scharf auf mich. Was nicht wirklich überraschte. Ich fragte mich, wie lange sie das mit uns noch runterspielen wollte, bevor sie realisierte, dass wir im Begriff waren, uns kopfüber in einen Abgrund zu stürzen, der zu tief war, um jemals wieder herauszuklettern. Es war derselbe, in den ich sie zu schubsen versucht hatte, als wir Teenager waren.

Vicious und Jaime saßen unten und spielten Black Jack.

Ich hörte das zaghafte Klopfen an der Tür und machte auf. Sie stand vor mir, noch immer in diesem rosafarbenen Kleid, in dem all die anderen Mädchen auf dem Junggesellinnenabschied hässlich ausgesehen hatten, während Rosie darin wirkte wie eine Prinzessin. Mein Herz vollführte einen wilden Freudensprung in meiner Brust.

Es war echt paradox, dass man mir nachsagte, eine Plage zu sein, obwohl diese in Wahrheit aussah wie ein zierliches Mädchen mit blauen Augen, rostbraunen Sommersprossen und einem voluminösen rosaroten Kleid.

Rosie schien vor Ärger zu kochen.

Ihre Elfenohren glühten, ihr Mund war grimmig verzogen, und sie klopfte mit dem Fuß auf den roten Teppich, als wollte sie ihn tottrampeln. So war sie schon seit Tagen drauf, und das ging mir gehörig gegen den Strich. Rosie war weder in Todos Santos noch in Las Vegas sie selbst. Nicht selbstbewusst, nicht witzig, nicht vorlaut. Sondern wütend, aufgebracht und verbittert. Meinem Gefühl nach hatte es in erster Linie mit ihrer Familie zu tun, und inzwischen begriff ich auch, dass sie mein Flugticket nicht nur wegen des Geldes hatte ablehnen wollen, sondern auch, weil sie sich zu Hause nicht wohlfühlte.

»Du brauchst eine kalte Dusche, um dich abzukühlen«, riet ich ihr unaufgefordert.

»Ich brauche heißen Sex, um zu vergessen«, widersprach sie und schob sich an mir vorbei ins Zimmer. Um ihr die Illusion zu vermitteln, sie bestimme, wo es langging, überließ ich ihr die Führung und folgte hinterdrein. Dabei bewunderte ich ihren wohlgeformten Po, der sich unter ihrem Kleid abzeichnete.

»Spring unter die Dusche, Sirius.«

»Ich denk nicht dran, Erde.«

Könnte ein Grinsen ein Gesicht in zwei Hälften spalten, ich hätte auf direktem Weg ins Krankenhaus gemusst. »Erde?« Ich klackte mit der Zunge. »Jetzt machst du mich nicht nur geil, sondern auch neugierig.«

Ihr Kopf fuhr herum, und sie legte das Kinn auf die Schulter.

»Du bist chaotisch, verrückt, voller Aggression und Angst. Trotzdem bist du der lebenssprühendste Planet, den ich kenne.«

Verdammt. Ich würde ihr einen Ring an den Finger stecken, der mindestens so viel wog wie sie. Aus mir sprach nicht nur diese ganze verrückte Woche. Rosie munterte mich auf. Jeden Teil von mir. Selbst meine dunkle Seite, mit der sonst niemand etwas zu tun haben wollte.

»Ab in die Dusche«, wiederholte ich streng und gab ihr einen Klaps auf den Po. Nicht zu fest. *Noch nicht.* »Für jede Minute, die du mich warten lässt, werde ich dir einen weiteren Orgasmus verweigern.«

Rosie sprintete geradezu ins Bad, womit sie jeden Mukoviszidose-Rekord brechen dürfte.

Sie schlüpfte aus ihrem Kleid, ihren Schuhen, ihrem Höschen. Es bestand aus hellblauem, spitzenbesetztem Satin, und ich geriet kurz in Versuchung, es einzustecken, bis ich mir in Erinnerung rief, dass ich es nicht brauchte, denn wenn es nach mir ging, war Rosies gesamte Garderobe schon bald in meinem Kleiderschrank. Trotzdem würde ich den einen oder anderen Slip von ihr mit zur Arbeit nehmen, nur um den Tag zu überstehen.

Ich drehte das Wasser auf – es war eiskalt – und bedeutete

ihr mit einem Kopfnicken, sich darunterzustellen. Sie beäugte mich misstrauisch, aber obwohl sie im Gegensatz zu mir splitterfasernackt war, versuchte sie nicht, ihre Blöße zu bedecken. Dazu bestand auch kein Grund. Rosie LeBlanc war ein Kunstwerk, das seinesgleichen suchte.

»Ich bin krank«, sagte sie.

»Mach dir keine Sorgen«, beruhigte ich sie. Ich war zwar kein Arzt, aber ich genoss es, sie aus ihrer Komfortzone zu holen und ihre Reaktion zu sehen, wenn sie begriff, dass ich sie nicht als eine welkende Blume betrachtete. Sie war ein starker Baum mit einem mächtigen Stamm.

»Was ist mit dir?«, fragte sie.

»Was soll mit mir sein?«

»Gesellst du dich zu mir?«

»Wenn du mich nett darum bittest.«

Sie verschränkte kichernd die Arme vor ihren Brüsten. Es war das erste Mal, dass ich sie zu sehen bekam, aber das dämmerte mir erst nach ein paar Sekunden, weil Rosie in meinen Gedanken immer nackt war. Witzig, wie das menschliche Gehirn tickt.

»Würdest du dich bitte zu mir unter die Dusche gesellen?«, lud sie mich ein und verdrehte dabei die Augen.

»Echt jetzt? Das ist deine Vorstellung von nett?« Ich öffnete meine Anzughose und holte meinen steifen Schwanz heraus. Er zuckte in meiner Hand, und die Spitze zeigte angriffslustig in ihre Richtung. Ihre Augen weiteten sich, als sie ihn zum ersten Mal eingehend betrachtete.

Ich achtete genau auf ihre Reaktion, nahm begierig jede ihrer Bewegungen, jedes Blinzeln, jedes Zucken in mich auf. Sie brauchte eine Sekunde, um sich zu fassen, bevor sie ganz nah zu mir herankam und die Rosie aus New York in dem Mädchen, das vor mir stand, sichtbar wurde. Unsere Körper berührten sich fast, als sie nach meiner Erektion fasste und mir herausfordernd in die Augen sah. Im Hintergrund lief noch immer die Dusche.

»Bitte mich nett«, wiederholte ich, »dann schließe ich mich dir an. Leg noch eine Schippe drauf, und du bekommst sogar heißes Wasser.«

Sie kniete sich vor mich hin, grub die Finger der einen Hand in die Rückseite meines Oberschenkels und schloss die andere um meinen Ständer. Ihre Hand war so winzig, dass sie ihn nicht vollständig umfangen konnte. Natürlich machte mich das scharf. Sie ließ die Zunge gemächlich um meine Eichel kreisen – die ebenso erregt aussah, wie Rosie sich angefühlt hatte –, bevor sie sie zwischen die Lippen nahm und daran leckte wie an einem Lolli. Ich liebte ihre Version eines Blowjobs. Rosie verstand es, mich zu necken. Es zu *genießen*. Sie liebkoste mich, bis ich ihren Kopf festhielt und anfing, stöhnend in ihren Mund zu stoßen.

Ich drohte zu kommen, aber das durfte nicht passieren. Nicht auf diese Weise. Und auch nicht so schnell.

»Verdammt, Baby.« Ich zog sie auf die Füße, drängte sie mit dem Rücken gegen die goldfarbenen Fliesen und drehte das warme Wasser an. Es prasselte auf uns herab. Fast wütend. Ich trug immer noch meine Schuhe, mein Hemd und meine Hose, aber das kümmerte mich nicht. Ich presste meinen Mund auf ihren, und wir kollidierten, wir explodierten wie zwei einsame Sterne irgendwo im dunklen Universum.

»War das nett genug?« Sie kämpfte noch immer mit einem Husten, weil ich so tief in ihren Mund eingedrungen war. Allein ihr Räuspern reichte fast, um mich über den Gipfel zu treiben.

»Von nett kann keine Rede sein. Es war perfekt. Genau wie du.«

Ich hob sie hoch, und sie schlang die Beine um meine Taille. Dann stieß ich so hart und unerwartet zu, dass sie aufschrie.

Ich drückte sie an mich, weil das Wasser noch immer nicht heiß genug war und ich sie warm halten musste. Sie klammerte sich wimmernd an mir fest, und die Wucht meiner Stöße ließ mich nach hinten taumeln, während ich ihren Hintern mit den Händen stützte. Ich legte sie auf den Boden, hob ihre Arme über ihren Kopf und hielt sie an den Handgelenken fest.

»Was lastet dir auf der Seele, Rosie? Wieso bist du so bedrückt?«, wollte ich von ihr wissen, während ich so heftig in sie hineinstieß, dass sie die Schenkel von meinem Körper löste. So als wäre die Reibung zu stark. Rosie sollte mich fühlen, alles von mir, und das noch lange nach dieser Nacht.

»Schsch.« Sie drückte den Mund auf meinen und saugte die Wassertropfen von meiner Unterlippe, bevor sie sie mit einem ploppenden Geräusch freigab. »Bitte, lass mich diesen Moment genießen.«

Ich stieß in sie, bis sie nicht mehr konnte, sondern nach zwei unglaublich heftigen Orgasmen, die sie unter mir zucken ließen, als erlitte sie Stromschläge, schlaff und kraftlos und zufrieden dalag.

Dann kam ich in ihr, und in diesem Augenblick dämmerte es mir. Ich Vollidiot hatte vergessen, mir ein Kondom überzustreifen.

Kacke! So eine verfluchte Kacke!

Ich war mir sicher, dass sie es spürte, als mein heißer Samen in sie schoss, aber sie sagte kein Wort. Selbst, als er an ihrem Bein hinabrann und eine Verwechslung mit dem Wasser, das aus mehreren Duschköpfen strömte, ausgeschlossen war, gab sie keinen Kommentar ab. Stattdessen sah sie mich nur aus schläfrigen Augen an.

»Scheiße.« Ich legte die Stirn auf ihre und schüttelte den

Kopf. »Es tut mir schrecklich leid. Wirklich, Baby. Aber ich schwöre ... ich habe keine Geschlechtskrankheit.«

Sie kämmte mit den Fingern durch meine nassen Haare.

»Ist schon gut.« Kein Timbre, keine Emotion färbte ihre Stimme. Sie klang weder besorgt noch sauer. Da war überhaupt *keine* Regung. »Ich habe auch keine.«

»Ich werde nach unten gehen und dir so eine Pille danach besorgen«, murmelte ich. Es behagte mir gar nicht, welche Wendung diese Nacht genommen hatte. Eben noch hatten wir wilden, lustvollen Sex gehabt, und jetzt sprachen wir über Nachverhütung, ungewollte Schwangerschaften und potenzielle Geschlechtskrankheiten. Ich versuchte, den Shitstorm abzuwenden, von dem ich sicher war, dass er sich in ihrem Kopf zusammenbraute. Frauen verstanden bei solchen Sachen keinen Spaß, das hatte Nina eindrücklich unter Beweis gestellt, und jetzt hatte ich Idiot den gleichen Fehler bei Rosie gemacht.

»Es ist alles in Ordnung, Dean. Wirklich.«

Sie legte die Hände auf meine Brust und schob mich weg, dann stand sie auf, sammelte ihr Kleid und ihre Schuhe ein, während ich noch immer in der Dusche kauerte und das Wasser wie Nadeln auf mich einstach.

Scheiße.

KAPITEL 16

Dean

Ich flog am Dienstag zurück nach Todos Santos, während Vicious und Jaime noch in Vegas blieben.

Da sie sich auch ohne mich amüsierten – immerhin waren sie beste Kumpels –, gab ich ihnen Zeit zu zweit, damit sie sich über all das austauschen konnten, was Mädels so interessierte. Im Ernst, die beiden standen sich näher als bei Männern allgemein üblich. Jedenfalls meiner Meinung nach.

Allerdings tat es mir leid, Rosie zurückzulassen, besonders wegen meines dämlichen Lapsus Sonntagnacht, als ich Arsch ohne Kondom in ihr gekommen war.

Aber eines musste man mir trotzdem lassen: Ich war ein loyaler Arsch, und Trent brauchte mich. Er gab das zwar nicht zu, aber ich konnte zwischen den Zeilen lesen, und bei unserem letzten Telefonat hatte ich gemerkt, dass etwas nicht stimmte. Er war nicht ganz er selbst. Normalerweise war er die Ruhe und Gelassenheit in Person. Sogar als er sich das Bein gebrochen und damit seine Footballkarriere ruiniert hatte oder als Val von ihm schwanger geworden war und finanzielle Forderungen an ihn gestellt hatte – wann immer das Leben ihn an der Gurgel packte und mit aller Kraft zudrückte, grinste er nur und zeigte dem Schicksal den Stinkefinger.

Doch in besagtem Telefonat hatte er das nicht getan.

Darum stieg ich in den Flieger.

Ich hatte mich Trent schon immer näher gefühlt als den anderen.

Der Grund dafür mochte sein, dass er im Gegensatz zu uns nicht von Geburt an reich, privilegiert und darauf vorbereitet war, über den Teil der Welt zu herrschen, den seine Vorfahren für ihn erobert hatten. Wahlweise lag es daran, dass er ein anständiger, bescheidener Kerl war, zufrieden mit dem, was er hatte, auch wenn seine Familie in einem Haus wohnte, das weniger kostete, als wir pro Jahr in unseren Landschaftsgärtner investierten. Etwas zog mich an ihm als Mensch an, und er war der Einzige unter den *HotHoles*, dem ich blind vertraute. Die einzige Person, der ich möglicherweise von Nina erzählen würde. Auch wenn sich das bisher nicht ergeben hatte.

Trent war immer für mich da.

Und ich würde ihm beweisen, dass das auf Gegenseitigkeit beruhte, selbst wenn es mich vergnügliche Stunden mit Rosie kostete.

Nachdem wir alle an unseren jeweiligen Colleges (Jaime in Texas, ich in Massachusetts, Vicious in L.A. und Trent an irgendeiner beschissenen staatlichen Uni in San Diego) unser Examen gemacht hatten, gab ich ihm ohne mit der Wimper zu zucken ein Darlehen in Höhe von vier Millionen Dollar, um ihn zum Partner zu machen und zusammen mit uns Vision Heights Holdings aus der Taufe zu heben.

Ich tat es ohne Zögern, aber meine Eltern haben mich in der Luft zerrissen. Da ich irgendwie für ihn bürgen musste – schließlich hatte ich so viel Geld nicht auf meinem Konto rumliegen –, verbrachten Trent und ich unsere College-Ferien damit, in der Kanzlei meines Vaters Akten abzuheften und Kaffeeboten zu spielen. Außerdem kutschierten wir meine Schwestern zum Nulltarif durch die Gegend. Wir waren die verdammten Leibeigenen meiner Familie.

Selbstredend mussten Trent und ich beide einen drakonischen Vertrag unterschreiben, damit mein Vater die Gewähr hatte, dass er seine Kohle zurückbekommen würde.

Um seine Schulden abzuzahlen, wohnte Trent noch lange, nachdem wir aus eigener Kraft reich geworden waren, in einem Einzimmerapartment in Chicago.

Tatsächlich zog er erst nach Lunas Geburt in eine größere Wohnung, um Platz für den unerwarteten Neuzugang in seinem Leben zu haben. Nicht für seine Familie, das wäre zu weit gegriffen, denn eine solche waren sie nicht wirklich. Schon gar nicht mehr, seit Val sich aus dem Staub gemacht hatte wie jemand, der sich um die Unterhaltszahlungen drücken will.

Ich schluckte.

Natürlich wusste ich, dass Trent Hilfe hatte. Seine Eltern standen ihm zur Seite. Trotzdem wollte ich mich unbedingt mit eigenen Augen davon überzeugen, dass es Luna gut ging. Darum packte ich früher als alle anderen meine Tasche und nahm Abschied von Las Vegas – und von Rosie.

Dean
Spontane Planänderung. Ich fliege zurück nach Todos Santos, um Trent beizustehen.

Rosie
Sag Bescheid, falls er irgendetwas braucht. Ich helfe gern.

Dean
Danke. Noch mal sorry wegen Sonntagnacht. Brauchst DU irgendetwas?

Rosie
Nein. Vergiss es einfach. Das meine ich ernst. Wir sind beide gesund, richtig?

Dean
Richtig.

Da Rosie nicht der Typ war, der Samenraub betrieb – das war eher Vals Hobby –, vermutete ich, dass sie mit der Pille oder so was verhütete. Es wäre ein netter Zug von ihr gewesen, es mir zu sagen, um mich aus meinem Elend zu erlösen, andererseits ging es mich einen verdammten Scheiß an. Ich musste einfach auf ihr Wort vertrauen und aufhören, mir den Kopf zu zerbrechen, egal, wie sehr mich das Thema beschäftigte.

Dean
Ich werde dich vermissen.

Rosie
Du wirst es überleben. Ich habe dich elf Jahre lang vermisst.

Dean
Ich werde dafür sorgen, dass du mich von nun an immer um dich hast.

Kaum in Todos Santos angekommen, klingelte auch schon mein Handy. Ich war dermaßen versunken in meine Gedanken an Trent und an Rosie, dass ich dranging, ohne vorher die Nummer zu checken. Das kam sonst nie vor, und sowie ich die grüne Taste drückte, fiel mir auch der Grund dafür wieder ein.

»Ja?«

»Na endlich. Ich dachte schon, ich würde dich nie erreichen«, stöhnte Nina missmutig. Mir rutschte das Herz in die Hose, und mein Kiefer verkrampfte sich. Eine Sekunde lang geriet die Welt in Schieflage, bevor ich mich wieder fasste, meine Reisetasche auf den Fußboden fallen ließ, Vicious' Spirituosenschrank öffnete und auf die ordentlich aufgereihten Glasflaschen starrte, als fühlte ich mich von ihnen verhöhnt. Da ich kein Schwachkopf war, erkannte ich den direkten Zusammenhang zwischen meinen Problemen mit *ihr* und meinem Alkohol- und Marihuanakonsum.

Jedes Mal, wenn ich an sie dachte, wollte ich vergessen.

Jedes Mal, wenn ich mit ihr sprach, wollte ich mich betäuben.

Und sie war omnipräsent. Ständig bat sie mich um irgendeinen Dreck, den sie nicht verdiente. Sie machte mich unentwegt kirre im Kopf. Wollte ich sie in meinem Leben haben? Oder nicht? Verzieh ich ihr? *Könnte* ich es denn? Wollte ich ihn kennenlernen? Würde *er mich* überhaupt treffen wollen?

»Du gibst nicht auf, oder?«, presste ich hervor.

»Nein, nicht wirklich. Wir beide sind uns sehr ähnlich. Und wir müssen reden, Dean. Das weißt du«, säuselte sie. Nina wusste mit Sprache umzugehen. Sie war immer zum Flirten aufgelegt und sprühte vor Charme. Dumm nur, dass er bei mir pure Verschwendung war. Was mich wiederum daran erinnerte, wie ähnlich wir uns tatsächlich waren. Eine ernüchternde Erkenntnis, weil ich nichts und niemanden so sehr hasste wie sie.

»Ich bin nicht interessiert, Nina. Du kannst dir den Rest deiner ›Jeder Sohn braucht seinen Vater‹-Ansprache in den Arsch schieben, denn genau da gehört er hin.«

Sie ging nicht darauf ein. »Dein Glück liegt in meiner Hand«, sagte sie. Ich wusste genau, was sie damit meinte.

»Immer noch kein Interesse.«

»Gib mir sechshundert Riesen, und es ist dein. Du kannst ihn kontaktieren. Ihn treffen. Mit ihm sprechen. Wäre das nicht toll?«

Vielleicht schon. Vielleicht auch nicht. Ich war immer noch unschlüssig. Die Tatsache, dass sie es selbst nach all den Jahren okay fand, mich zu erpressen, war für sich genommen schon atemberaubend.

»Ich habe dir vor weniger als einer Woche zwanzigtausend Dollar gegeben, darum halte dich verdammt noch mal von mir fern. Die Kohle war dafür, dass du mich in Ruhe lässt und aufhörst, mich zu belästigen. Ich habe dir den Weg aus meinem Leben mit Geld geebnet, trotzdem scheinst du nicht einmal die einfachsten Grundregeln befolgen zu können. Da dein Wort offenbar einen Scheißdreck wert ist, täte ich wohl besser daran, die Zahlungen ganz einzustellen.«

Das war die leerste Drohung, die ich je in meinem Leben ausgestoßen hatte. Diese Melkkuh würde nicht aufhören, ihr kleinere Beträge zu überweisen. Nina hatte kaum genug Geld, um Rechnungen zu bezahlen und Lebensmittel einzukaufen – sie arbeitete nicht –, und bei meinem letzten Versuch, die Goldader versiegen zu lassen, hatte sie mich hundertmal am Tag angerufen, eine Lawine von E-Mails geschickt, um meinen Account zu blockieren, und mich mit SMS bombardiert, sodass ich meine Nummer ändern lassen musste. Zweimal. Mir war klar, dass ich ihren schlechten Angewohnheiten Vorschub leistete, aber der Ärger lohnte sich einfach nicht. Nina war ein hoffnungsloser Fall. Sie war nur darauf aus, mich zu gängeln und für sie arbeiten zu lassen, von mir finanziert und verhätschelt zu werden.

Sie musste sich damit begnügen, dass ich sie knapp oberhalb der Armutsgrenze hielt. Aber wie schon gesagt, das Drama um Luna hatte mir die Augen geöffnet. Ich wollte ihn nicht kennenlernen. Sondern vergessen, dass er existierte, und das Thema ad acta legen.

»Komm schon, Baby«, winselte sie. »Ich brauche die Kohle wirklich.« Die Art, wie sie das letzte Wort betonte, nervte mich am meisten.

»Dann such dir einen Job. Diese Vorstellung liegt dir fern, ist aber umsetzbar. Du bist eine leistungsfähige Frau.« *Mehr oder weniger.*

»Ich brauche keinen Job. Weil ich nämlich etwas habe, das du willst. Ihn.«

Ja, ich wollte ihn, und es brachte mich schier um. Dabei ging es mir nicht einmal zwangsläufig darum, ihn kennenzulernen. Ich wollte einfach nur einen Blick auf ihn werfen. Und sei es nur aus der Ferne. Nach meinem Abschluss in Harvard hatte ich mehrere Privatdetektive engagiert, aber sie waren mit leeren Händen zurückgekommen.

Zugegebenermaßen war es ein Schuss ins Blaue gewesen. Nina wusste haargenau, was sie tat. Vermutlich kannte sie tatsächlich seinen Aufenthaltsort, doch er war nicht in ihrer Nähe.

Man musste auch für kleine Wunder dankbar sein. Ohne Zweifel war er ohne sie besser dran.

Ich wechselte das Thema. »Ich habe ein Mädchen kennengelernt.« Als ob sie das interessierte oder auch nur den geringsten Unterschied für sie machte.

»Ach ja?« Sie klang überrascht und unfroh zugleich. »Meines Wissens lernst du ständig Mädchen kennen. Dein Ruf eilt dir voraus.«

»*Dein* Ruf ist nicht besser als meiner, Nina. Tatsächlich übertriffst du mich in Sachen Leute verarschen noch. Wenigstens etwas, worauf du dich verstehst.«

»Sind wir heute etwa ein bisschen überempfindlich, Dean? Dabei wollte ich nur Konversation betreiben.«

In Wahrheit wollte sie mir nur den letzten Nerv rauben. Und erwartungsgemäß ließ sie sich von meiner Weigerung, ihr entgegenzukommen, nicht beirren.

»Weiß sie, dass du Frauen für Wegwerfartikel hältst?« Sie kaute am anderen Ende der Leitung auf irgendetwas herum. Vermutlich auf dem Schwanz von jemandem.

»Das mit ihr ist was Festes.« Mein Kiefer spannte sich an.

»Wie kommt's?«

»Weil sie das genaue Gegenteil von dir ist.«

Und das war sie. Rosie war mutig, frech, loyal und witzig. *Mit dem Potenzial, eine großartige Mutter zu werden.* Sie schuftete hart und mochte es nicht, von anderen Menschen Gefälligkeiten anzunehmen. Und im Gegensatz zu mir nutzte sie keine der Abkürzungen, die ihr zur Verfügung standen. Aufgrund ihrer Erkrankung hätte Rosie es sich leicht machen können. Aber sie wählte nie den einfachen Weg, stattdessen tanzte sie in ihren Flip-Flops auf einem Drahtseil.

Ich hob eine Flasche Rum an meine Lippen, trank einen Schluck, dann noch einen. Drei Tage lang hatte ich mich absolut im Griff gehabt und keinen Tropfen Alkohol angerührt – nicht einmal in Vegas –, aber mit meiner Selbstbeherrschung war es in dem Moment vorbei gewesen, als ich das verflixte Gespräch entgegengenommen hatte.

»Du weißt, dass du mich trotz allem immer noch liebst«, gurrte sie und ließ ihr kokettes Lachen hören. Zu meinem eigenen Entsetzen musste ich mir eingestehen, dass sie damit nicht völlig falschlag.

Ich starrte von Vicious' Balkon aus auf die blühenden Bäume.

»Ach, und Dean?«

»Was?«

»Du solltest es dir nicht entgehen lassen, die Wahrheit zu erfahren. Sie wird alles verändern.«

Daran hatte ich keinen Zweifel.

»Hör auf, mich anzurufen. Ich werde nicht mehr drangehen. Adieu, Nina.«

»He, Nichtsnutz. Wo steckst du?«, ertönte Trents Stimme vom Treppenabsatz her. Ich erhob mich von Vicious' Couch, dabei hielt ich mir den Kopf, der sich anfühlte, als würde er gleich explodieren. Rosies Eltern lebten im Obergeschoss, aber ich glaubte nicht, dass sie zu Hause waren. Ihre Mutter war dem örtlichen Kuchenkomitee beigetreten, und ihr Vater arbeitete Teilzeit als Landschaftsgärtner. Von Vicious wusste ich, dass sie sich, obwohl sie im Ruhestand waren, nicht davon überzeugen ließen, einen Gang runterzuschalten beziehungsweise ganz mit dem Arbeiten aufzuhören. Mich überraschte das nicht. Ihre Töchter waren nicht anders.

»Ich bin hier«, ächzte ich und rührte mich nicht von der Stelle.

Trent und Luna betraten das geräumige Wohnzimmer. Die Locken der Kleinen hatten die Farbe von dunklem Honig, und ihre hellbraune Haut betonte ihre grünen Augen. Sie watschelte auf ihren Füßchen wie eine Ente, als sie auf mich zulief, dann warf sie sich zwischen meine Beine, damit ich sie umarmte. Ich hob sie hoch an meine Brust, woraufhin sie ihre molligen Ärmchen um meinen Hals schlang.

Trent lehnte sich mit der Schläfe an die Wand und vergrub die Hände in den Hosentaschen.

»Wie geht es ihr?«, fragte ich, während ich Luna an mich drückte und an ihren Haaren schnupperte.

Er zuckte die Schultern und richtete den Blick aufs Fenster.

»Sie glaubt, dass sie Urlaub bei ihren Großeltern macht. Ständig hält sie mein Handy an ihr Ohr, in der Erwartung, die Stimme ihrer Mutter zu hören.«

»Ich habe mal irgendwo gelesen, dass sich Erinnerungen erst ab dem zweiten Lebensjahr einprägen. Mit ein bisschen Glück weiß sie später gar nicht mehr, dass dieses Miststück abgehauen ist.« Ich versuchte, ihm Trost zu spenden, indem ich irgendeinen Blödsinn verzapfte, den ich im Wartezimmer meines Zahnarztes in einer abgegriffenen Zeitschrift gelesen hatte. Wahrscheinlich redeten die meisten anderen ihm ein, dass Val eines Tages zurückkommen werde, aber ich gehörte nicht dazu. Wozu sollte eine solche Lüge gut sein? Ich kannte diese Sorte Frau. Sie brachten ein Kind zur Welt, ließen es im Stich und fragten nur dann danach, wenn sie sich einen finanziellen Vorteil davon erhofften.

»Und ich habe irgendwo gelesen, dass die ersten Erinnerungen aus dem Mutterleib stammen. Vielleicht weiß sie später noch alles.« Er bedachte mich mit einem ironischen Blick.

Touché.

Ich stellte Luna auf den Fußboden. Sie schwankte kurz, bevor sie ihr Gleichgewicht fand und lächelnd meine Hand umklammerte.

»Ist nicht bös gemeint, Kumpel, aber du hast keine Ahnung, wie das ist. Du hast dich noch nie mit so einem Mist rumschlagen müssen.«

Ich korrigierte ihn nicht. Es ging hier nicht um mich. Ich wollte für ihn da sein, auch wenn er sich für eine Weile wie ein Stinkstiefel benehmen würde.

»Werde erwachsen, Trent. Du hast genügend Geld, um die besten Kindermädchen auf der Welt zu engagieren, und Luna ist ein echter Schatz. Deine Eltern unterstützen dich, deine Freunde und *ich* auch. Du bist nicht auf dich allein gestellt.«

»Das weiß ich.« Trent rieb sich übers Gesicht, dann ging er zum Spirituosenschrank und griff sich eine Flasche Glenmorangie. »Luna, zeig Onkel Dean, wie du tanzt«, forderte er sie erschöpft und mit einem matten Lächeln auf, während er sich einen Drink einschenkte. Die Kleine schüttelte ihren Körper wie Beyoncé im Madison Square Garden, und wir klatschten beide mehrere Minuten, bevor sie von einer Tür abgelenkt wurde und beschloss, sie fünfhundertmal in Folge auf- und zuzumachen.

»Sie ist ziemlich weit für ihr Alter«, bemerkte ich.

»Das kannst du laut sagen. Und sie plappert unentwegt. Vielleicht bin ich voreingenommen, aber ich denke, sie ist etwas ganz Besonderes.« Er runzelte die Stirn und schüttelte den Kopf. »Etwas *zu* Besonderes, um von ihrer eigenen Mutter sitzengelassen zu werden.«

»Was wirst du tun, Bruder?«

Er schaute mich über den Rand seines Glases an, während er daran nippte, und sein Schweigen ließ mich erahnen, dass er schon eine Idee hatte. Er setzte den Drink ab und seufzte. »Meine Eltern haben ein neucs Haus hier in Todos Santos. Chicago ist groß und unbarmherzig, abgesehen davon verbringe ich eine aberwitzige Zeit mit Arbeit.« Er sah mich lange und fest an, und ich wusste sofort, worum er mich bitten würde. Ich tippte mit dem Finger an meine Unterlippe.

»Lass uns Tacheles reden.«

»Das hier ist mein sogenanntes Leben.« Trent gestikulierte mit seinen muskulösen Armen und warf wieder einen heimlichen Blick auf Luna, die noch immer mit einer Hingabe, die besser geeignet gewesen wäre, um nach einem Mittel gegen Krebs zu forschen, die Doppeltür öffnete und schloss. »Es ist ein riesengroßer, abartiger Schlamassel, und meine Tochter steckt mittendrin. Sie muss die Konsequenzen der schlechten Entscheidungen ihrer Eltern tragen, die ihr Leben ruinieren könnten. Das hört hier und jetzt auf. Sie braucht Stabilität.«

»Was genau schlägst du vor?« Ich ließ meine Halswirbel knacken und schaute ihn durchdringend an. Der Hauptsitz von Vision Heights Holdings war in New York, und ich leitete ihn. Vorbildlich, wenn ich so sagen darf. Ich war eingefleischter Junggeselle und mit Leib und Seele bei der Sache, was sich in meinen langen Arbeitstagen niederschlug. Vicious managte die Niederlassung in L.A. und pendelte täglich von Todos Santos. Er würde Kalifornien um keinen Preis der Welt verlassen. Dort war er geboren, und dort würde er sterben. Jaime kümmerte sich in London um unsere europäischen Geschäftsinteressen, und Trent war in Chicago, unserer neuesten und kleinsten Zweigstelle. Aber sie expandierte in beachtlichem Tempo. Es gab Geld zu verdienen, und Geld bedeutete Macht. Und davon bekamen Leute wie wir nie genug.

»Vicious sollte Chicago übernehmen.« Trents Augen hielten meinen Blick unerbittlich fest.

Ich grinste. »Vicious sollte vieles tun. Aber es klafft eine Lücke zwischen dem, was er tun sollte, und dem, was er tut. Genau das macht seinen Erfolg aus.« Ich meinte das nicht als Witz.

»Du musst mir Rückendeckung geben, wenn ich das Thema bei unserem nächsten Treffen anschneide.« Er sah mich noch immer an, und an seinem Kiefer zuckte ein Muskel. Ich zupfte an meiner Unterlippe.

»Du brauchst mehr als nur meine Stimme, um das zu realisieren.«

»Jaime ist ebenfalls auf meiner Seite.«

»Er wird sich gegen Vicious stellen?« Ich zog überrascht die Brauen hoch. Jaime hielt immer zu Vicious, selbst wenn der nicht im Recht war.

Ich schaute Trent an und wusste, dass ich für ihn kämpfen würde. Mit vollem Einsatz. Er war jemand, der immer das Richtige tat. Wenn einer von uns vieren eine Verschnaufpause verdiente, dann war er das. Ich nickte und legte die Hand auf Lunas Köpfchen.

Beschütze die Schwachen. Tu Buße für deine Vergangenheit. Durchbrich den verdammten Teufelskreis.

»Wann?«, fragte ich.

»November wäre ein guter Zeitpunkt. Wegen Thanksgiving werden wir sowieso alle hier sein.«

Ich nickte. »Dann wollen wir dich mal zurück nach Kalifornien holen.«

Wir stießen uns mit der Schulter an und gaben uns gegenseitig einen Klaps auf den Rücken. »Ja, Mann.«

KAPITEL 17

Rosie

Was gibt dir das Gefühl, lebendig zu sein?
Dean. Dean Cole gibt mir dieses Gefühl.

Der Rest unseres Vegas-Ausflugs schleppte sich trotz größter Bemühungen dahin. Ich besuchte mit den Mädels das Mafia-Museum, ein Grillrestaurant (mir wäre Sushi lieber gewesen, aber so wütend ich auch auf meine Schwester war, wollte ich sie trotzdem nicht piesacken) und außerdem eine Wellness-Einrichtung. Millie und ich wechselten während der ganzen Zeit gerade mal zwanzig Worte, und wenn wir allein waren, herrschte angespanntes Schweigen zwischen uns. Ich war kurz angebunden, höflich und distanziert. Sie war in einem kläglichen Zustand, besorgt und nervös.

Und dann war da noch mein schlechtes Gewissen. Es fraß an mir wie ein wuchernder Tumor. Ich konnte noch nicht mal sagen, welcher Teil der schlimmere war. Der, in dem ich mit ihrem Exfreund schlief – inzwischen ließ sich nicht mehr verleugnen, dass zwischen Dean und mir mehr war als nur Sex, und das war ebenfalls ein Thema –, oder der Teil, in dem ich mich nicht an Gladys', Sydneys und Elles Herumscharwenzeln um meine Schwester beteiligte.

Am Donnerstag flogen wir nach Hause, und obwohl mir vor dem Wiedersehen mit meinen Eltern graute, war ich erleichtert. Kaum dass wir die Villa betreten hatten, verzog ich mich in mein Zimmer und ließ mich auf das Himmelbett fallen. Erschöpft beschrieb nicht annähernd, wie ich mich fühlte. Meine Lungen kreischten vor Schmerz nach all dem Tanzen, den Fußmärschen und … nun ja, Sex auf kalten Fliesen war nicht gerade die beste Idee, die ich je gehabt hatte. Ich konnte regelrecht spüren, wie das Sekret meine Atemwege blockierte. Ich brauchte so schnell wie möglich einen Termin bei Dr. Hasting, konnte vor der Hochzeit jedoch nicht von hier weg.

Ich rollte mich gerade auf die Seite, um Elle eine Nachricht zu schreiben und mich zu erkundigen, wie ihr Flug nach New York gewesen war (sie musste wegen einer Familienfeier auf die Hochzeit verzichten), als meine Schwester meine Zimmertür aufriss.

»Wir müssen reden.«

Ich drehte mich auf meinem Thron aus flauschigen, bunten Kissen um, und der Hurrikan in ihrem Blick schwächte sich ab, als sie meine nassen Wangen und geröteten Augen sah. Sie verzog besorgt das Gesicht. Typisch Millie. Obwohl ich mich auf ihrem Junggesellinnenabschied wie eine Rotzgöre benommen hatte, wurde sie schon jetzt wieder wachsweich.

Ich klopfte wortlos auf den leeren Platz neben mir. Auf das Bett, auf dem wir so oft saßen, wo wir lachten und weinten und die Leuchtsterne betrachteten, während wir verrückte Pläne schmiedeten. Ich hisste sozusagen die weiße Fahne. Im Gegenzug trat sie ganz ins Zimmer und schloss die Tür hinter sich.

Ich hustete lachend und beugte den Kopf.

»Dann lass uns reden, Schwester.«

»Ich wollte nie, dass du es auf diese Weise erfährst.« Millie verschränkte die Arme hinter dem Kopf und starrte an die Zimmerdecke.

Mein Kopf ruhte zwischen ihrem Kinn und ihrer Achsel und aus diesem Blickwinkel konnte ich die blaue Ader sehen, die an ihrer linken Brust hervortrat und verkündete, dass ihr Körper sich auf das Stillen vorbereitete.

»Aber ich konnte es dir auch schlecht zwischen Tür und Angel sagen, und wir beide kennen den Grund. Daddy hackt ständig auf dir herum, und Mama wird vor Sorge ganz verrückt, seit sie weiß, dass du in New York auf dich allein gestellt bist. Ich wollte dir auf keinen Fall noch mehr Druck machen. Eine blöde Entscheidung, das ist mir inzwischen klar, wenn auch nur, weil die Leute es anhand meiner morgendlichen Übelkeit und der Tatsache, dass ich jedes Mal, wenn ich Kaffee nur rieche, ganz grün im Gesicht werde, früher herausgefunden haben als geplant.« Sie holte tief Luft und rieb ihre Wange an meiner.

»Gladys und Sydney wissen es seit einer Woche. Ich wollte es dir vor dem Junggesellinnenabschied erzählen, aber dann hast du in Vegas alle Register gezogen, und wir bekamen nie die Gelegenheit, unter vier Augen zu sprechen.«

»Ich arbeite mit Babys.« Ich zog eine Schnute, drückte ein Kissen an meine Brust und nestelte an einem losen Faden. »Du hättest es mir sehr wohl zwischen Tür und Angel sagen *können*. Ich hätte mich trotzdem unbändig für dich gefreut. Wieso hast du etwas anderes angenommen?«

Sie schluckte hörbar und senkte den Blick auf die Lücke zwischen uns.

»Weil Liebe und Leidenschaft die beiden Kräfte sind, die einen Menschen trotz bester Absichten in den Wahnsinn treiben können.« Sie drehte sich zu mir um, stützte die Hand unter ihrem Ohr auf und sah mich an. »Und du leidenschaftlich gern selbst Mutter sein möchtest. Ich wollte dir meine Schwangerschaft nicht unter die Nase reiben und quasi noch eins draufsetzen auf meine aufwendige Hochzeit samt all dem Pipapo. Das Ganze ist für mich auch merkwürdig, verstehst du? Ich bin nicht daran gewöhnt, es im Leben leicht zu haben.«

Ich schloss sie in meine Arme und schnupperte an ihrem Hals, dem der übliche Duft von Kirschblüten entströmte. Sie roch nach Heimat.

»Ich habe mich noch nie so sehr über die Glückssträhne eines anderen Menschen gefreut.« Die Worte kamen mir leicht über die Lippen, weil sie der Wahrheit entsprachen. »Und du solltest dich an all diese Geschenke des Himmels gewöhnen, immerhin hast du sie dir wahrhaftig verdient. Und jetzt erzähl mir alles. Wie weit bist du?«

»Neunte Woche.« Sie biss in ihre Unterlippe und strich mit der Hand über ihren noch flachen Bauch. »Wenn ich Kaffee rieche, muss ich würgen, und der Gedanke an Frühstücksspeck lässt mich vor Unbehagen erschauern. Und dann meine Brüste. Oh Rosie, sie tun *so* weh. Sie sind riesig und furchtbar empfindlich. Was Vicious' Begeisterung für sie nur weiter anfacht.« Sie rollte mit den Augen und stieß ein schnaubendes Lachen aus. »Es heißt, das erste Schwangerschaftsdrittel sei das härteste, danach ist es angeblich ein Klacks.«

Ich ersparte ihr die Geschichten über die frischgebackenen Mütter, die ich betreute, darüber, dass die echte Herausforderung erst anstand, sobald das Baby auf der Welt war. Stattdessen drückte ich sie an mich und schlang meine Beine um ihre.

»Wie hältst du mich bloß aus, Schwesterherz? Im Ernst. Ich bin der schlechteste Mensch auf der ganzen Welt. Ich habe mich die ganze Woche wie eine verzogene Göre benommen, und das nur, weil ich für ein paar unglückselige Augenblicke nachempfinden musste, wie es ist, *du* zu sein. Nämlich nicht das Zentrum von jedermanns Aufmerksamkeit.«

»Lieber Himmel, Rosie. Das ist doch keine große Sache. Du warst zwar ein bisschen still in Vegas, aber …«

»Nein, Millie. Es ist nicht nur das«, murmelte ich.

Traue ich mich, es auszusprechen? Wieso eigentlich nicht? Immerhin war sie auch offen zu mir. Da ist es nur fair, wenn ich ihr ebenfalls die Wahrheit sage.

»Sondern …?« Millie löste sich aus der Umarmung und guckte mich neugierig an. Ich setzte mich auf und lehnte mich mit dem Rücken ans Kopfteil. Ich starrte so intensiv auf meine Hände, dass mir die Sicht verschwamm. Es war an der Zeit, mein Verbrechen zu gestehen.

»Ich habe mit Dean geschlafen.«

Ich blickte nicht auf. Die Gefahr, dass meine Schwester verletzt reagierte, war plötzlich sehr groß und real. Mehr als zwanzig Jahre lang hatte ich ein Leben ohne Verantwortungen geführt. Außer der, am Leben zu bleiben, natürlich. Solange ich meine Medikamente nahm, zur Physiotherapie ging und jeden Morgen und Nachmittag meine Atemwege von Schleim befreite, war ich aus dem Schneider. Aber jetzt musste ich um Vergebung bitten. Reue zeigen. Mit den Konsequenzen fertig werden.

Den Anfang machte ich bei der Person, die ich seit jeher am wenigsten verletzen wollte – meiner Schwester.

Ich war bereit, die Dinge in Ordnung zu bringen. Dean aufzugeben – obwohl ich wusste, dass er der einzige Mann war, dem mein Herz gehören sollte, der einzige, den ich *jemals* lieben könnte –, weil meine Schwester wichtiger war. Wichtiger als er und wichtiger als *ich*.

Darum hielt ich den Atem an und wartete mit halb geschlossenen Augen auf Millies Urteilsspruch. Obwohl meine Lungen brannten und mich geradezu anflehten, ihnen Luft zuzuführen. Ich wollte, dass sie mir eine Ohrfeige, einen Tritt verpasste, mich bezichtigte, die abscheulichste Person auf der Welt zu sein, und mich aus ihrem Haus warf. Solange sie mir nur die Chance gab, es wiedergutzumachen.

»Wie war er?« Ihre Stimme schien aus dem Nichts zu kommen.

Was …?

»Ich … äh … wie bitte?«

»War er gut?« Millie setzte sich jetzt ebenfalls auf und rutschte neben mich. Sie kreuzte die Beine und tippte sich mit dem Finger an die Lippen. »Wir waren nur ein einziges Mal intim miteinander. Unter uns gesagt, hat er mich ansonsten kaum angefasst. Die meiste Zeit haben wir uns nur geküsst, während ich mich mit seinen Hausaufgaben abmühte.« Sie kicherte, und ich fühlte mich sofort besser.

»Er war …« Ich kniff die Augen zusammen und musterte sie aufmerksam. War sie betrunken? High? Das konnte nicht sein, schließlich war sie schwanger. Aber es hatte nicht den Anschein, als ob mein Geständnis sie auch nur im Geringsten juckte. Ich wusste, dass sie über ihn hinweg war und sie sich nie wirklich geliebt hatten. Nach Millies Flucht nach New York hatte ich aus der Ferne jeden ihrer Schritte beobachtet, um sicherzugehen, dass ihr Herz nicht gebrochen war. Sie hatte wegen der Weise, wie sie mit ihm Schluss gemacht hatte, Kummer und Reue empfunden, sich aber nie nach ihm zurückgesehnt. Daher hatte ich keinen Herzschmerz befürchtet. Aber das hier … war ebenfalls unerwartet.

»Er war …?«, hakte meine Schwester nach und senkte das Kinn.

Sexy und versaut. Obszön und grob. Atemberaubend hart. Der beste Liebhaber, den ich je hatte.

»Nun ja.« Ich hustete in meine Faust. »Lass es mich so ausdrücken: Was seine Persönlichkeit betrifft, habe ich eine Menge zu kritisieren, aber du wirst von mir keine Klagen über seine Qualitäten im Bett hören. Du bist also wirklich nicht sauer?«

Sie zuckte die Achseln. »Er ist ein *HotHole*, Rosie. Die sind dermaßen verdorben, dass sie nicht einmal wissen, wie man das Wort ›gut‹ buchstabiert, aber ich denke, das weißt du längst. Du musst nur darauf achten, dein Herz zu schützen.« Sie legte ihre Handfläche auf die linke Seite meines Anti-Flag-Shirts. »Du hast meine Unterstützung bei dieser Sache, was immer sie auch bedeutet. Ich möchte nur das Beste für dich. Macht er dich glücklich?«

Machte Dean mich glücklich? Das konnte ich nicht wirklich beantworten. Bei unseren bisherigen Treffen war ich entweder betrunken oder zornig gewesen. Manchmal beides. Und dabei hatte mich dermaßen das schlechte Gewissen geplagt, dass jeder unserer Liebesakte, jeder vertraute Moment davon getrübt wurde. Selbst in der Nacht, als ich ihn in den Armen hielt, nachdem wir erfahren hatten, dass Val durchgebrannt war, hatte ich ihn nicht in mein Herz lassen können. Weil ich zuerst Millies Erlaubnis brauchte.

»Ich denke schon«, antwortete ich, während eine Mischung aus Aufregung und Staunen meinen Magen aufwühlte.

»Dann ist es besiegelt. Meinen Segen habt ihr.« Sie klatschte lächelnd in die Hände.

Als Dank für ihre Zustimmung – die ich nicht auf die leichte Schulter nahm, schließlich war sie mein Fahrschein ins Glück – nahm ich mir selbst ein Versprechen ab. Ich würde am Sonntag die beste Brautjungfer sein, die es je gegeben hatte. Das genaue Gegenteil von Annie. Die Aussicht, Wiedergutmachung zu leisten, ließ mein Herz höherschlagen.

»Ich danke dir, Millie.« Ich stieß den Atem aus, den ich seit Beginn dieses Gesprächs angehalten hatte, und meine Lungen seufzten erleichtert auf.

»Danke nicht mir. Sondern der Liebe. Sie siegt über alles.«
»Sogar über den Wüstling Dean Cole?«, witzelte ich.
Meine Schwester schlug mir lachend auf den Oberschenkel.
»Oh, mein Gefühl sagt mir, besonders über ihn.«

KAPITEL 18

Dean

Gott, wie ich Hochzeiten hasste.

Ich hatte diese belanglose Tatsache *fast* schon vergessen gehabt, bis mich Vicious' und Millies Gemengelage aus prätentiösem Essen, leuchtenden Farben und schwitzenden, aufgebrezelten Gästen daran gemahnte, dass ich selbst, sollte ich jemals in den Hafen der Ehe einlaufen, dieses in Las Vegas tun würde.

Zum Glück würden Rosie und ich gleich morgen früh nach New York zurückfliegen. Weil ich es kaum erwarten konnte, aus Todos Santos wegzukommen und meine unerbittliche Verfolgungsjagd anzublasen. *Operation Richtige Schwester* nannte ich es insgeheim. Und ich würde damit beginnen, die Neuigkeit im landesweiten Fernsehen verkünden zu lassen, damit Rosie aufhörte, sich jedes Mal, wenn wir miteinander schliefen, so verdammt schuldig zu fühlen. Denn das war unter anderem die Wurzel unseres Problems, aber ich würde sie mit Stumpf und Stiel ausreißen und Rosie das Gefühl von Scham und Reue austreiben, das in ihren Augen stand, wann immer sie mich ansah.

Baby LeBlanc und ich fanden zwischen Donnerstag und Sonntag nicht viel Zeit füreinander. Ich begegnete ihr gelegentlich in der Eingangshalle, wo wir uns jedes Mal kurz an den Händen fassten, uns mit den Schultern streiften oder sie mir dieses Lächeln schenkte, das allein mir vorbehalten war.

Sie hatte viel zu tun. Ihre Schwester zum Friseur, zur Kosmetikerin und zu letzten Anproben zu begleiten war zeitaufwendig. Obwohl sie ständig müde aussah, hielt sie sich aufrecht. Als sie am Donnerstag nach Todos Santos zurückkam, wollte ich mich nachts in ihr Zimmer schleichen, aber ich fand darin Millie vor, die neben ihr schlief.

Hol sie der Teufel. Selbst elf Jahre später hält sie mich immer noch von Rosie fern.

Pflichtbewusst erfüllte ich meine Rolle bei der Hochzeit, indem ich mich in Reih und Glied mit Trent, Jaime, Vicious und meinem Vater Eli, der Vicious schon immer ein wichtiger Beistand gewesen war, aufstellte, um die Gäste zu begrüßen. Es war schwül und die Sonne so erbarmungslos wie ein unter PMS-Symptomen leidender Teenie, der gerade seinen Freund dabei erwischt hatte, wie er sich angesichts eines Demi-Lovato-Fotos einen runterholte. Ich schwitzte in meinem fünftausend Dollar teuren, maßgeschneiderten Smoking und lechzte danach, mir mit einem Glas Champagner die Kehle zu befeuchten, aber ich wollte das Versprechen, das ich Rosie gegeben hatte, einhalten. Kein Alkohol, wenigstens so lange, bis ich nicht mehr den Drang verspürte, mich zu betrinken, um zu vergessen. Gras rauchte ich immer noch, aber ich beschränkte mich auf maximal einen Joint pro Tag.

Weil ein kalter Entzug der zweithäufigste Grund ist, warum Süchtige rückfällig werden.

Der häufigste? Liebeskummer. Ich versuchte, auch den zu umschiffen.

Mit breitem Zahnpastalächeln in unseren leuchtenden Gesichtern nahmen wir elegant zurechtgemachte Frauen und reiche betagte Männer in Empfang. Trent sah heute schon ein wenig besser aus, und Vicious strahlte, als hätte er gerade im Lotto gewonnen. Die Eifersucht versetzte mir einen Stich ins Herz, wenn auch nicht wegen der Person, die er heiratete, sondern weil Emilia eingewilligt hatte, mit ihm sesshaft zu werden. Mein Gefühl sagte mir, dass ihre Schwester schwerer zu zähmen sein würde.

»Herzlich willkommen.«

»Schön, dass Sie hier sind.«

»Wir haben uns ja schon so lange nicht mehr gesehen. Wie geht es den Kindern?«

Bla, bla, bla. Der Gästestrom riss nicht ab. Dabei ersehnte ich nichts mehr, als einen Blick auf Rosie zu erhaschen. Ich hatte ihr vor ein paar Stunden eine Nachricht geschickt und ihr viel Glück gewünscht, was ziemlich albern war, da schließlich nicht sie diejenige war, die heiraten würde. Sie hatte zurückgeschrieben, dass sie mir etwas zu erzählen habe, es aber auf später verschieben müsse.

Das war so ziemlich das Einzige, woran ich dachte, bis endlich auf einem Hügel mit Ausblick auf den Ozean die Trauung vollzogen wurde.

Ich stand mit Jaime und Trent neben Vicious, als das glückliche Paar sein Ehegelübde ablegte, und beobachtete Rosie auf der anderen Seite, die ihre Schwester mit solch ungezügelter Freude anstrahlte, wie man sie sonst nur von Kindern kennt. Sie ungestört betrachten zu können, linderte meine Sehnsucht. Sie sah aus wie ein Engel, in ihrem eleganten, einer griechischen Göttin würdigen, perlmuttweißen Kleid. Ein Schwan, mit Haaren wie zerzauste Federn, die zu einer lässigen Banane hochgesteckt waren. Als es Zeit wurde, die Ringe zu tauschen, nahm sie Millie lächelnd den Brautstrauß aus Kirschblüten ab. Nachdem die Zeremonie vorbei war, schlenderte ich in die entgegengesetzte Richtung, um dem Drang zu widerstehen, sie hochzuheben und zu küssen, bis ihre Lippen wund und geschwollen wären. Stattdessen holte ich mein Handy hervor und schrieb ihr, in dem Bewusstsein, dass sie sie nicht so bald lesen würde, eine SMS nach der anderen. Ich war wohl in außergewöhnlich geschwätziger Stimmung, anders ließe sich der Nonsens, den ich tippte, nicht erklären.

Dean
Ist dir eigentlich klar, wie hinreißend du bist?

Dean
Zieh mit mir zusammen.

Dean
Im Ernst. Scheiß auf alles und jeden. Lass es uns tun.

Dean
Sehr geehrte Ms LeBlanc. Hier ist Ihr Vermieter. Was die Neubewertung Ihrer Miete anbelangt, habe ich beschlossen, diese um eine Billion Prozent zu erhöhen. Akzeptieren Sie mein Angebot, oder lassen Sie es bleiben.

Dean
Witz beiseite. Lass es uns verdammt noch mal tun.

So viel zu meinem Plan, bei ihr keinen Zweifel aufkommen zu lassen, dass ich nüchtern blieb. Ich hörte mich an wie ein betrunkener Narr.

Nach der Trauung folgte das Abendessen. Entsprechend der Sitzordnung nahmen Rosie und ich an den gegenüberliegenden Enden der Tafel Platz – Scheißidee! Scheißleben! –, und obwohl sie bestimmt schon auf ihr Handy geschaut hatte, ließ ihre Antwort noch auf sich warten. Aber das war in Ordnung. Ich hatte Geduld. Sie hatte Zeit.

In Wirklichkeit stimmte beides nicht.

Ich war kein geduldiger Mensch, und woran es *ihr* am allermeisten mangelte, war Zeit.

Als Trent aufstand, um Luna die Windel zu wechseln, rückte mein Vater blitzschnell auf seinen Platz und legte mir den Arm um die Schultern.

»Eine wunderschöne Hochzeit«, kommentierte er.

Ich zuckte die Achseln. »Ja.«

»Amüsierst du dich, mein Sohn?«

Das wäre zu viel gesagt. Ich ließ diese Veranstaltung über mich ergehen, bis ich mich endlich nach Hause verziehen und über mein Dessert hermachen konnte. Nämlich über meine Freundin.

Ich steckte die Hände in die Hosentaschen und lehnte mich zurück. »Das Essen ist gut.«

»Und mir ist aufgefallen, dass du keinen Alkohol anrührst. Das freut mich.«

»Das war Rosies grandiose Idee. Bis dato scheint es zu funktionieren. Meistens jedenfalls.« Die Einschränkung galt Ninas Anruf, den ich versehentlich entgegengenommen hatte. »Aber es ist besser so. Exzessives Trinken verliert um den dreißigsten Geburtstag herum seinen Reiz.«

»Ist sie der Grund, warum du dich bei Vicious einquartiert hast?« Mein Vater lupfte schmunzelnd eine Braue.

Ich hatte meinen Eltern am Abend meiner Ankunft in Todos Santos weisgemacht, dass ich bei meinem Freund wohnen würde, um ihm beistehen zu können, aber das war in etwa so glaubwürdig wie eine jungfräuliche Hure. Ich tat nie etwas für andere, es sei denn, ich hatte Lust dazu. Erst recht nicht für Vicious. Darum unterstellten mir alle ein verborgenes Motiv.

»Möglich.« Ich befeuchtete meine Lippen und hielt in dem Meer aus aufgedonnerten Ladys nach Rosies kessem Hintern und ihrer Hochsteckfrisur Ausschau. Ich outete uns nicht als Paar. Es war noch zu früh. Ich hatte keine Ahnung, wann sie es ihrer Schwester sagen würde, und obwohl ich mir am liebsten das Mikro geschnappt und es öffentlich verkündet hätte, musste ich Rücksicht auf ihre Gefühle nehmen. Aber sie müsste verrückt sein, wenn sie glaubte, dass ich das Spiel noch viel länger mitmachte.

»Wieso fragst du?«

»Du warst früher einmal mit ihrer Schwester zusammen, nicht wahr?«

»In der zwölften Klasse. Eineinhalb Semester lang.« Ich trank einen Schluck Wasser und legte den Arm auf die Rückenlehne seines Stuhls. »Ich bin schon lange darüber hinweg. Das gilt für uns beide.«

»Ganz offensichtlich.« Mein Vater wies mit einem Kopfnicken zu dem frischvermählten Paar, als Vicious sich just in diesem Moment seine Braut schnappte und sie küsste, erst langsam und verführerisch, bevor er seine Zunge zum Einsatz brachte und das Ganze in etwas überging, das man eigentlich nur hinter verschlossenen Türen tun sollte. Zum Glück war Jaime zur Stelle, der Vicious einen Klaps auf den Rücken versetzte und ihn daran erinnerte, dass zweihundert Augenpaare ihnen zusahen.

»Nina hat mich in letzter Zeit angerufen. Öfter als sonst«, sagte ich. Mein Vater war der Einzige, mit dem ich über sie sprach. Meine Mutter war befangen – sie wollte mich viel zu sehr beschützen –, und meine Freunde … tappten völlig im Dunkeln.

Mein Vater schürzte die Lippen und legte die Stirn in Falten. »Wieso gibst du ihr nicht einfach, was sie fordert?«

»Du meinst tonnenweise Geld und für mich die scheußlichste Migräne, die die Welt je gesehen hat? Sie verlangt sechshunderttausend.«

Kurze Stille. »Willst du ihn nicht kennenlernen?«

Eli Cole war Anwalt. Spezialisiert auf Familienrecht, um genau zu sein. Auf seinem Schreibtisch landeten jeden Tag Fälle wie meiner. Wegen Menschen wie Nina pendelte er in einer Tour zwischen seiner Kanzlei und dem Gerichtssaal, folglich wusste niemand besser als er, wie schmutzig die Sache für mich werden konnte.

Ich schnalzte mit der Zunge, während ich mit den Augen noch immer die Gäste scannte, auf der Suche nach der einen Person, die ich sehen wollte, und das immerzu.

»Nein. Doch. Keine Ahnung. Ich frage mich einfach, welchen Sinn das verdammt noch mal haben sollte. Er gehört auch zu meinem Leben, nicht nur zu ihrem. Aber wozu eine verheilte Wunde aufreißen? Ich denke, es ist besser für uns alle, mit der Sache abzuschließen.« Ich runzelte die Stirn. »Abgesehen davon sollte ich in meinem derzeitigen Zustand lieber nichts mit ihm zu tun haben.«

»Bist du in schlechter Verfassung?« Seiner Frage haftete eine gewisse Schärfe an. Ich ließ sie mir durch den Kopf gehen.

»Nicht unbedingt. Ich glaube einfach nur, dass sich nicht jeder so wie du als Vater eignet.«

Er nickte. »Wozu auch immer du dich entschließt«, entgegnete er bedächtig, »denke daran, dass deine Mutter und ich dich unterstützen werden.«

»Danke, Dad.«

Trent kam mit Luna auf dem Arm zurück, und ich verbrachte den restlichen Abend damit, sie zum Lachen zu bringen.

Gegen Mitternacht schlüpfte ich in Rosies Bett. Obwohl unser Flug schon am nächsten Morgen ging, kam es nicht infrage, dass wir die Nacht getrennt verbrachten. Sie schlief tief und fest. Kein Wunder, nachdem sie, ganz die perfekte Brautjungfer, den lieben langen Tag um Millie herumgeschwirrt und sogar zu einem Target-Markt auf der anderen Seite der Stadt gefahren war, um für ihre Schwester die gleichen Flip-Flops zu besorgen, auf die sie selbst schwor, aus Sorge, Millie könne Blasen an den Füßen bekommen.

Baby LeBlanc sah friedvoll aus, wie sie mit leicht geöffnetem Mund unter der Decke lag. Das Flattern ihrer Augenlider verriet mir, dass sie träumte. Auf ihrem Nachttisch befanden sich ihre beiden Inhalatoren, ein orangefarbenes Tablettenröhrchen und ihre seltsame Weste. Offenbar hatte der Schlaf sie übermannt, ehe sie sich fürs Bett hatte fertig machen können. Ich glitt neben sie und kuschelte sie in Löffelchenstellung an meine Brust. Sie roch nach Schweiß und Alkohol, und ich konnte mir ein Schmunzeln nicht verkneifen. Meine kleine Wilde hatte nach ihrer Heimkehr noch nicht mal geduscht.

»Dean«, murmelte sie im Schlaf, und ich wurde hart. Ihre Stimme hatte wie ein Stöhnen geklungen, aber vielleicht war da der Wunsch der Vater des Gedankens. Wir hatten auf der Hochzeit keine Gelegenheit gehabt, miteinander zu reden, und sie hatte mir wie verrückt gefehlt. Ihre Lungen machten ihr ständig zu schaffen, und wir verschwendeten ganze Tage, indem wir sie getrennt zubrachten. Ich wusste nicht, wie lange ich noch damit leben konnte, sie nicht regelmäßig zu sehen, wenigstens für ein paar Stunden am Tag. Es gab für uns keinen Weg zurück. Zu Zufallsbegegnungen im Aufzug, vorgetäuschten Mieterhöhungen und lockeren, bedeutungslosen Neckereien, die zu nichts führten.

»Dean«, seufzte sie wieder und suchte Kontakt, indem sie

ihren Hintern meinem Schritt entgegendrängte. Ich schnappte zwischen zusammengebissenen Zähnen nach Luft und presste meine Erektion zwischen ihre Pobacken, die nur eine dünne, kurze Pyjamahose verhüllte. Mir entfuhr selbst ein leises Stöhnen. Allerdings würde ich sie dieses Mal nicht ohne ein Kondom nehmen. Aber sie wollte mich, und ich würde ihr geben, was sie begehrte, so viel stand fest.

»Mmmm«, machte sie, verzückt und schlaftrunken, wobei sie ihre Schenkel weiter öffnete. Es gefiel ihr, was ich als Signal auffasste, um ihr die Hose runterzuschieben und meine Spitze zwischen ihren warmen Pobacken zu positionieren. Dieses Mädchen machte mich verrückt. Ich umfing eine ihrer Brüste, rollte den Nippel zwischen Daumen und Zeigefinger und kniff sanft hinein.

»Hast du mich vermisst, Baby?«, raunte ich an ihrem Hals, ohne tatsächlich mit einer Antwort zu rechnen.

»Ja«, nuschelte sie benommen, noch immer im Halbschlaf. »Ich habe Millie von uns erzählt.« Sie presste ihren Hintern fester gegen meine Erektion, die nun zur Hälfte zwischen den Backen pulsierte. »Sie freut sich für mich.«

Heilige. Verfluchte. Scheiße.

Ich wollte sie packen, auf den Rücken werfen und es ihr mit dem Mund besorgen, doch das stand nicht zur Debatte. Nicht nur, weil Rosie nicht wirklich wach war, sondern auch, weil ihre ganze Familie inzwischen im Bett lag. Auf dem Weg zu ihrem Zimmer hatte ich ein vielstimmiges Schnarchkonzert vernommen.

Das konnte ich mit einem halb schlafenden Mädchen nicht tun, darum fasste ich vorn in ihren Schritt und streichelte mit kreisenden Bewegungen ihre Klitoris, während ich mich von hinten an sie schmiegte und mein Ständer zwischen ihren Gesäßbacken pochte und zuckte. Ich wollte dort in sie eindringen.

Unbedingt. Aber Analverkehr gehört definitiv zu den Praktiken, über die man sich vorher einigen muss.

»Komm an meinen Fingern, Baby LeBlanc.« Ich schob erst einen, dann zwei und schließlich drei Fingern in sie und genoss die feuchten Geräusche, als ich sie vor und zurück bewegte, zuerst langsam und dann schneller, als ihr Becken meiner Hand gierig entgegenstrebte. Ich presste den Mund an ihr Ohr und flüsterte: »Komm für mich, Sirius. Ich liebe dich.«

Mit einem Aufschrei explodierte sie an meinen Fingern, ihre Lippen vor Ekstase geöffnet. Ich dämpfte ihre Laute, indem ich den Unterarm auf ihren Mund drückte. Offensichtlich hatte das Petting Rosie richtig auf Touren gebracht, denn sie rollte sich auf den Rücken, und ehe ich die Chance hatte zu reagieren, saß sie im Dunkeln rittlings auf mir. Ihre Augen waren glasig, ihre roten Lippen standen einladend offen, während sie sich an meinem Schwanz rieb.

Ich wollte so verzweifelt in ihr sein, aber es gab da noch immer eine kleine Sache, über die wir nicht gesprochen hatten. (Nein, damit meine ich nicht mein Liebesgeständnis. Sie war nicht darauf eingegangen, vermutlich hatte sie es nicht einmal gehört. Und für mich war es sowieso keine Neuigkeit. Ich hatte immer schon gewusst, dass ich sie liebte. Lange, bevor ich es mir selbst eingestand.)

»Nimmst du die Pille?«, fragte ich. Falls nicht, würde ich ans andere Ende des Flurs flitzen müssen, um ein Kondom zu holen. Allerdings war ich mir gar nicht sicher, ob ich noch welche hatte. Ich bewahrte immer eins in meinem Geldbeutel auf, nur hatte ich es seit dem einen Mal an unserem ersten Abend in Todos Santos nicht ersetzt. Aber ich würde auch nicht davor zurückschrecken, mich in Vicious' und Millies Schlafzimmer zu schleichen – jawohl, in ihrer Hochzeitsnacht – und ihre Präservative zu klauen, während sie beide zugegen waren. Meinetwegen konnten sie auch nackt sein und gerade Sex haben. So sehr begehrte ich Rosie.

»Keine Pille«, murmelte sie, bevor sie das Becken anhob und meinen Schwanz in sich aufnahm, indem sie sich kraftvoll auf mich sinken ließ. *Kaaacke*.

»Baby.« Ich fasste ihren Arm, ließ Küsse auf ihr Handgelenk, ihre Handinnenseite, ihre Fingerspitzen regnen. »Du bist nicht ganz bei dir. Es war ein mieser Zug von mir, mich hier reinzuschleichen und dich zu befummeln, während du im Halbschlaf warst. Wir brauchen ein Kondom. Lass mich ganz schnell eins holen, okay?«

Aber sie hörte nicht auf, mich zu reiten, und dann übernahm mein Schwanz, dem die Konsequenzen vollkommen egal waren, das Kommando. Jedes Mal, wenn sie sich nach unten bewegte und mich mit ihrem Schoß umschloss, wollte ich sie aufs Bett drücken und sie bitten, einen Moment zu warten.

Ich versuchte, logisch zu denken, während ich hilflos unter ihr lag, außerstande, ihr zu verwehren, was sie begehrte, so verrückt und gefährlich es auch sein mochte. Die Sache mit Nina hatte mich traumatisiert, aber Rosie war nicht wie sie. Selbst wenn sie schwanger würde, wäre das keine große Sache, oder? Luna war süß. Auch wenn sie heute einen kleinen »Unfall« gehabt und Trent mich gezwungen hatte, ihr die Windel zu wechseln. Vielleicht könnte ich eines Tages wirklich ein guter Vater sein. Ich war mir nur nicht sicher, ob ich schon in neun Monaten dazu bereit wäre.

»Brauch keine Pille«, gurrte sie und erhöhte das Tempo. Sie schlief immer noch halb. Gemessen an ihrem erschöpften Zustand war sie eine formidable Reiterin. Meine Hoden zogen sich zusammen, und ich spürte, wie mir dieser vertraute Schauer über den Rücken rieselte. Ich würde jeden Moment kommen. Ich würde kommen, und Rosie nahm nicht die Pille.

He, du bist nicht nur ein Arsch, sondern auch ein Idiot, ist dir das klar?

»Baby …«, ächzte ich, aber es war hoffnungslos. Ich würde sie nicht stoppen, selbst wenn das, was danach folgte, meinen Untergang bedeutete.

»Dean.« Sie stöhnte. »Komm jetzt.«

Und ich kam. In ihr.

Und das bereits das zweite Mal ohne Gummi.

Anschließend ließ sie sich auf meine Brust sinken und vergrub das Gesicht an meinem Hals. Ich war noch immer in ihr und fühlte, wie mein warmer Samen aus ihrem Schoß auf meinen Bauch tropfte, fühlte das Gewicht dessen, was ich eben getan hatte. Es war tausendmal schwerer als die Frau, die auf mir lag.

»Ich bin in dir gekommen«, wisperte ich, mehr an mich selbst gewandt als an sie.

Sie drückte einen Kuss auf meinen Hals, bevor sie sagte: »Ich kann keine Kinder bekommen.«

Dann schlief sie auf mir ein.

Verdammt.

KAPITEL 19

Rosie

Was gibt dir das Gefühl, lebendig zu sein?
Die Liebe. Wenn sie stürmisch und hart erkämpft ist. Wenn sie leidenschaftlich und herzergreifend ist. Doch sie gemahnt mich auch daran, dass eines – baldigen – Tages für mich alles vorbei sein wird.

Wir verbrachten den Rückflug damit, Händchen zu halten und zu kuscheln.

Neben ihm aufzuwachen hatte sich angefühlt wie ein Traum. Die Ironie entging mir nicht, ähnelte doch alles an unserer Beziehung einer schwarzen Satire. Es war leichtsinnig von Dean gewesen, sich in mein Zimmer zu schleichen und mich zu befingern, während ich schlief, aber ich hatte mich im Handumdrehen revanchiert. Ich erinnerte mich daran, wie ich ihn langsam und gemächlich geritten und dabei meine Klitoris an seinen festen Bauchmuskeln gerieben hatte. Nachdem ich mein Begehren gestillt hatte, war ich wieder eingenickt, dermaßen müde – meine Beine schmerzten, meine Lungen brauchten eine Auszeit, mein Kopf hämmerte noch immer von der Musik und dem allgemeinen Geräuschpegel –, dass ich meine Umgebung nur halb wahrnahm.

Im Flieger erzählte ich Dean von meiner Unterhaltung mit Millie. Die Nachrichten, die er mir gestern geschickt hatte und in denen er mich bat, mit ihm zusammenzuziehen, ließ ich hingegen absichtlich unter den Tisch fallen. Nicht dass ich keine Lust dazu gehabt hätte. Denn die hatte ich. Aber im Moment wollte ich einfach nur das Zusammensein mit ihm genießen. Ich würde nicht die gleichen Fehler wie bei Darren machen, indem ich überstürzt Verpflichtungen einging. Zwar hatten Darren und Dean nicht das Geringste gemein (allein schon deswegen, weil meine Gefühle für Dean mich dem Wahnsinn geradezu in die Arme trieben und dieses Miststück mit aller Kraft zupackte), trotzdem würde ich nicht riskieren, diese Sache zu vermasseln.

Aber das Leben mit mir würde nicht angenehm werden. Faktisch würde es sich als das genaue Gegenteil erweisen, und es gab keine Gewähr dafür, dass er bis zum bitteren Ende durchhielt. Zudem musste ich ihn erst noch über meinen tatsächlichen Gesundheitszustand aufklären. Darüber, dass ich keine Kinder bekommen konnte. Über die Zukunft, der ich entgegensah, und das, was sie mit sich brachte – meine Verfassung würde sich zunehmend verschlechtern. Über die Medikamente. Die Westen. Die Massagen. Die voluminösen Taschen, die ich überall mit hinschleppte. Die Behinderungen, die unausweichlich auf mich zukamen, während mein Körper nach und nach versagte. Über alles.

Gleichzeitig war mir bewusst, dass auch Dean seine Geheimnisse hatte.

Wer wartete in Alabama auf ihn, und wer war die Frau, mit der er an dem Tag telefoniert hatte, als er in mein Apartment gestürmt war, um mich zu überreden, mit ihm nach Todos Santos zu fliegen? Es hatte keinen Zweck, ihn diesbezüglich zu bedrängen. Er musste sich freiwillig öffnen und mir alles erzählen, so wie ich meinen Mut zusammennehmen und das Thema Mukoviszidose anschneiden musste.

Aber momentan wollte ich keine Komplikationen.

Sondern einfach nur *leben*.

»Ach übrigens, Millie ist schwanger.« Ich presste die Lippen an seinen Hals und saugte leicht daran, als dieselbe Stewardess, die uns auf dem Hinflug betreut hatte, vorbeiging und mich merkwürdig ansah. Vor einer Woche hatten wir noch den Anschein erweckt, als wollten wir uns gegenseitig an die Gurgel gehen, und jetzt war ich kurz davor, in Gegenwart von etwa einem Dutzend schläfriger Erste-Klasse-Passagiere dem Mile High Club beizutreten.

Dean wandte den Kopf zu mir und studierte mein Gesicht. Die Nachricht schien ihn irgendwie mitzunehmen. Ich runzelte die Brauen.

»Großer Gott, Dean, sag nicht, dass du keine Kinder magst«, neckte ich ihn. Er nahm meine Hand und presste die Knöchel an seine Lippen. Seine Miene war derart angespannt, dass es aussah, als wolle die steile Falte zwischen seinen Brauen sein Gesicht in zwei Hälften teilen.

»Wie denkst du darüber?«, fragte er, ohne auf meine Bemerkung einzugehen. *Moment mal, mag er wirklich keine Kinder?* Ich hatte das Gefühl, dass es für ihn ein ebenso wunder Punkt war wie für mich.

Ich senkte lächelnd den Blick.

»Niemand könnte sich so sehr freuen wie ich.« Ich nagte an meiner Unterlippe. »Ich werde jeden Penny, den ich besitze, dafür ausgeben, sämtliche Spielzeugläden in New York für dieses Baby leer zu kaufen, und ich werde stricken lernen.«

»Oh verdammt. Sprich weiter.« Er schob eine Hand zwischen meine Schenkel und beugte sich zu mir, um an meinem Ohrläppchen zu knabbern. »Erzähl mir mehr darüber, wie du strickst. Deine Verbalerotik ist heute besonders erregend.«

Ich gab ihm einen Klaps auf die Brust. Die Tatsache, dass ich mit diesem umwerfenden Mann schlief, kam für mich noch immer einem Wunder gleich. Meine Exfreunde hatten allesamt gut ausgesehen, aber Dean spielte in einer ganz eigenen Liga.

»Es ist mein Ernst. Ich kann es kaum erwarten, Tante zu werden. Was denkst du, wird es ein Junge oder ein Mädchen?«

Wieder huschte plötzlich dieser traurige, grüblerische Ausdruck über sein Gesicht. Verbarg er etwas vor mir? Könnte es dasselbe sein, das ich vor *ihm* versteckte?

»Ein Junge«, antwortete er und küsste mich auf den Hals. »Und du?«

»Ein Mädchen.« Ich gab ihm einen Eskimokuss, indem ich die Nase an seiner rieb.

Als wir zu Hause ankamen, geleitete Dean mich zu meiner Wohnung, während er unsere beiden Rollkoffer hinter sich herzog. Ich trat ein und wollte gerade die Tür schließen – eine gemeinsame Nacht kam absolut nicht infrage, weil ich nach der Hochzeit zu müde zum Duschen gewesen war und das letzte heiße Date zwischen meinem Körper und einem Stück Seife mittlerweile vierundzwanzig Stunden zurücklag –, als er die Hand dazwischenschob, um zu verhindern, dass sie zufiel.

»Ich finde, wir sollten ein paar Regeln festlegen.« Seine Stimme klang geschäftsmäßig.

»Ach, findest du?« Ich grinste.

»Darauf kannst du deinen Arsch verwetten. Regel Nummer eins: Ich darf meinen Schlüssel zu deiner Wohnung benutzen und umgekehrt.« Er fasste in seine Tasche, zog einen Schlüssel heraus und drückte ihn mir in die Hand. »Regel Nummer zwei: Deine Partnersuche ist beendet. Du gehörst jetzt mir.«

»Gehörst du mir denn auch?« Ich hob eine Braue.

»Das habe ich schon immer, Baby LeBlanc. Mein Schwanz war nur ein Mietobjekt, das nun seiner rechtmäßigen Besitzerin zur Verfügung steht. Regel Nummer drei: Keine Geheimnisse. Wenn uns etwas belastet …« Sein Tonfall wurde etwas dunkler. »… reden wir darüber. Wir werden es verdammt noch mal ansprechen. Und wir scheuen auch vor ernsten Problemen nicht zurück, denn ich *weiß*, da kommt allerhand auf uns zu, dennoch glaube ich fest an uns. Haben wir uns verstanden?«

»Das klingt nur fair.« Ich nickte und versuchte erneut, die Tür zu schließen. Ich war wirklich müde. Und glücklich. Trotzdem musste ich dringend duschen und meine Atemwege nach dem Flug von Sekret befreien.

»Ach, noch was, Baby.« Er schaute über seine Schulter und drückte den Knopf am Aufzug.

»Ja, Boss?«

»Herzlichen Glückwunsch zu deinem neuen Lebensgefährten.«

»Du bist nicht mein Lebensgefährte.«

»Dein Facebook-Status behauptet etwas anderes.«

»Was?!«

Pling. Er stieg ein und grinste verschmitzt, während die Tür zuglitt.

»Der Beitrag gefällt mir echt gut, Rosie. Man sieht sich.«

Dean

Ein Computerfreak mit jeder Menge Freizeit (die er vermutlich dazu nutzte, sich einen runterzuholen), hatte es möglich gemacht. Dank ihm wurden Dean Cole und Rose LeBlanc auf Facebook zu einem festen Paar, obwohl sie zwei Tage zuvor noch nicht einmal befreundet gewesen waren. Ich wollte Rosie begreiflich machen, dass dies nicht einfach nur eine längere Affäre war, sondern dass das nächste Mal, wenn jemand aus unserer Clique vor den Traualtar trat, wir das sein würden. Dass es jetzt im wahrsten Sinne des Wortes ein *wir* gab.

Wie fühlte es sich für mich an, dass meine Exfreundin ein Kind erwartete? Als würde mein Magen mit tausend Messern traktiert. Aber nicht, weil jemand, mit dem ich aufgewachsen war, sie geschwängert hatte.

»Ich kann keine Kinder bekommen.«

Jedes Mal, wenn ich daran zurückdachte, wie sie mir die Worte ins Ohr geflüstert hatte, überkam mich der Drang, mir eine ganze Flasche Whiskey in die Kehle zu schütten. Es war so unfair. Dass die verdammte Nina Nachwuchs haben konnte und Rosie nicht. Sie wäre die geborene Mutter, sie trug so viel Liebe in sich, dass es für fünf gereicht hätte. Wie konnte sie bloß freiwillig in einer Kinderklinik arbeiten? Ich hatte nicht den blassesten Dunst, aber ich verstand jetzt, wieso Millie auf den richtigen Zeitpunkt gewartet hatte, um es Rosie zu sagen.

»Mr Cole.« Sue fegte in mein Büro und nickte mir zu. Es war Dienstag, aber sie sah aus wie an einem Montagmorgen. Sie war von Kopf bis Fuß schwarz gekleidet und trug das starre Lächeln einer Porzellanpuppe zur Schau. »Wie geht es Ihnen heute? Wie war Mr Spencers Hochzeit?«

»Es geht mir großartig, die Hochzeit war ereignisreich, und ich bin nicht in der Stimmung für Small Talk. Darum lassen Sie uns zum Punkt kommen.« Ich rollte einen Tennisball in meiner Hand, während ich sie von meinem Chefsessel aus taxierte. So vieles war passiert, aber das Beste von allem war Rosies Erkenntnis, dass Millie sich unseretwegen keine grauen Haare wachsen ließ. Ich war unendlich erleichtert gewesen, als Rosie mir erzählte, dass ihre Schwester uns ihren Segen gab. Nicht weil ich mich um Millies Meinung geschert hätte. Sondern, weil *sie* es tat.

Ich war davon ausgegangen, dass Millie sie wegen meines

Frauenverschleißes warnen würde. Dabei war der gar nicht so extrem. Und ich war eben ... *ein Mann*. Was hätte ich denn tun sollen? Herumsitzen und warten, bis Rosie erkennt, dass wir schon immer füreinander bestimmt waren?

»Sie müssen für mich sämtliche Blumenhändler in diesem Block anrufen und jede verfügbare Rose, egal welche Farbe, zum The Black Hole auf dem Broadway schicken lassen. Adressiert an Rose LeBlanc«, instruierte ich Sue. Zum ersten Mal, seit sie mein Büro betreten hatte, schaute sie von ihrem iPad hoch, dann sah sie mich mit zusammengekniffenen Augen an, als wäre ich eine Zielscheibe.

Eine Sekunde lang überlegte ich, mich selbst darum zu kümmern. Die Blumenläden zu kontaktieren oder wahlweise unsere Aushilfsrezeptionistin darum zu bitten, wäre keine höhere Mathematik. Dann realisierte ich, dass zwischen Rücksichtnahme und Duckmäuserei nur ein schmaler Grat verlief und ich einen Teufel tun würde, mich auf die Seite der weniger Privilegierten zu schlagen, nur um meine persönliche Assistentin zu schonen. Noch arbeitete Sue für mich. Auf meinem Schreibtisch warteten drei Verträge und hundert unbeantwortete E-Mails, außerdem musste ich vier geschäftliche Anrufe tätigen. Ich würde mir aus Rücksicht auf ihre Gefühle nicht noch mehr Arbeit aufhalsen. Und irgendwer musste es erledigen.

»Aha.« Sie zog eine Schnute und klemmte sich das Tablet unter den Arm. »Soll irgendeine Nachricht dabei sein?« Wenn Blicke hätten sprechen können, dann wäre ich jetzt mit Obszönitäten und Androhungen körperlicher Gewalt geradezu überschüttet worden.

Ich sagte Sue, was auf den Karten – Plural, eine für jeden Strauß – stehen sollte, und obwohl mein Name nicht erwähnt würde, hegte ich keinen Zweifel, dass Rosie wüsste, von wem die Geste kam. Jedenfalls wollte ich ihr das geraten haben. Ich merkte mir vor, sie zu fragen, ob Dr. Dumpfbacke noch Kontakt zu ihr hielt. Falls ja, würde ich ihm einen Besuch abstatten und ihm deutlich zu verstehen geben, dass von jetzt an ich am Ruder war.

Sue tippte mit dem Zeigefinger auf ihrem iPad herum, um meiner Anordnung Folge zu leisten, ehe sie wieder zu mir hersah.

»Jede Rose im Block?«

»Jede Rose in Manhattan.«

»Das könnte Sie ein hübsches Sümmchen kosten.«

»Ich habe ein dickes Bankkonto, Sue.« Ich bedachte sie mit einem anzüglichen Lächeln. »Ich kann es mir verdammt noch mal leisten. Sonst noch was?«

»Ja, in der Tat. Darf ich Sie etwas fragen, Mr Cole?«

Wieder nannte sie mich bei meinem Nachnamen. Diese Zicke würde einfach keine Ruhe geben. Ich rieb mit der Handfläche über mein Kinn und lehnte mich zurück. »Schießen Sie los.«

»Was hat Miss LeBlanc, das dem Rest der weiblichen Bevölkerung fehlt?« Sie meinte damit, dass ich noch nie einer Frau Blumen geschickt hatte, und erst recht nicht in so großer Menge, dass man einen ganzen Landstrich damit zuschütten konnte. Ich schmunzelte, weil die Erklärung einerseits so simpel und andererseits schrecklich kompliziert war.

»Mein Herz, Sue«, sagte ich. »Sie hat mein Herz.«

KAPITEL 20

Rosie

Was gibt dir das Gefühl, lebendig zu sein?

Verbales Vorspiel.
Das Anpirschen.
Die Jagd.
Aber am meisten der Part … in dem ich mich ergebe.

Rosie
Lass mich raten. Du hattest was mit Sue.

Dean
Es wird vermutlich einfacher, wenn ich dir eine Liste der Frauen in Manhattan gebe, mit denen ich nichts hatte, als andersrum.

Rosie
Was war gleich wieder der Grund, wieso ich mit dir schlafe?

Dean
Weil kein Mann außer mir weiß, wie man dir einen explosiven Orgasmus beschert.
Weil du mich magst, vielleicht sogar liebst, auch wenn

ich immer noch darauf warte, dass du dir das selbst eingestehst. Soll ich fortfahren?

Rosie
Gott, Dean.

Dean
Gott und Dean sind Synonyme. Schone deinen Akku, indem du dich bei deiner nächsten SMS für eine Anrede entscheidest. Was möchtest du zum Abendessen?

Rosie
Ich habe was mit Elle vor.

Dean
Sie ist nicht gerade mein Leibgericht. Und sie wird meine Pläne nicht durchkreuzen. Elle kann sich uns anschließen. Ich reserviere für acht Uhr einen Tisch im The Red Hill Tavern.

Das war, *bevor* er mir Blumen schickte.

Obwohl diese Formulierung, um ehrlich zu sein, in etwa der Aussage gleichkäme, der Pazifik sei ein kleiner Tümpel. Es trafen Tausende – eventuell sogar mehr – zu Sträußen gebundene Rosen in allen Farben ein. Lieferwagen parkten in zweiter Reihe vor dem Café, und offen gestanden wurde es mit der Zeit ein bisschen nervig, jedem der Boten ein Trinkgeld geben zu müssen.

»Wenn ich noch mehr über deinen Freund in Verzückung gerate, werde ich auf der Stelle einen Eisprung haben«, drohte Elle und zupfte Karte um Karte von den Dutzenden roten, weißen und rosafarbenen Gebinden, die das Café mit dem frischen, verlockenden Duft der freien Natur erfüllten. Auf jeder stand nur ein Wort, und zwar immer dasselbe.

Meine.

Meine.

Meine.

Meine.

Meine.

Eine Vielzahl von Gästen erkundigte sich neugierig nach dem Anlass, und als Elle es ihnen erklärte, baten sie mich, ein Foto von meinem Freund sehen zu dürfen. Ich zeigte ihnen das auf seinem Facebook-Profil – auf dem er im schicken schwarzen Anzug mit weißem Hemd die Beine auf seinem Schreibtisch überkreuzte und eine Zigarre rauchte –, woraufhin sie meinten, dass ich eine hoffnungslose Idiotin wäre, wenn ich ihn nicht binnen Jahresfrist heiraten würde, weil dieser Mann offensichtlich perfekt sei.

Ich war geneigt, ihnen zuzustimmen.

Millie und ich hatten in der Nacht zuvor drei Stunden miteinander telefoniert. Sie war gerade in den Flitterwochen auf den Malediven und schlürfte im Badeanzug alkoholfreie Cocktails, trotzdem nahm sie sich die Zeit, um mich aufzuheitern. Meine Eltern unternahmen nicht den geringsten Versuch, sich mit mir auszusöhnen, und auch ich war nicht bereit, ihnen die Hand zu reichen – jedenfalls nicht, bis sie von ihrer absurden Forderung, ich solle nach Todos Santos zurückkehren, abrückten –, umso mehr genoss ich es, von Millies Schwangerschaftsgelüsten und Berichte über ihren harten, geschwollenen Unterbauch zu hören. Oder darüber, wie sie Vicious bei ihrem Ultraschalltermin dabei ertappte, als er ein Tränchen verdrückte, auch wenn er behauptete, nur etwas im Auge zu haben.

Dieses Weichei.

Anschließend gestand ich ihr, wie sehr ich Dean mochte und dass meine Liebe zu ihm schon mehr als ein Jahrzehnt währte. Als sie hörte, wie viel Herzschmerz es mir verursacht hatte, sie beide zusammen zu sehen, weinte sie, doch vermutlich lag das nur an den Hormonen, weil sie auch heulte, als ich ein klitzekleines bisschen die nächste Folge von *Keeping Up With the Kardashians* spoilerte. Sie versicherte mir, dass Vicious zufolge Deans Interesse an mir echt und aufrichtig sei, aber ich konnte ihr nicht sagen, dass ich das längst wusste, weil nämlich ihr Exfreund und ich damals, als sie noch zusammen waren, nicht nur miteinander geplaudert hatten. Da war mehr gewesen, Dinge, die keine Worte umfassten. Auch keine Berührungen. Die uns quälten und verfolgten, bis wir beide fast wahnsinnig wurden.

Dann erwähnte sie, dass Dean ein Techtelmechtel mit Sue gehabt hatte, und ich musste natürlich Näheres erfahren.

Als Dean sich auf meiner Facebook-Seite zu meinem festen Partner deklarierte – wie zur Hölle er das angestellt hatte, musste ich erst noch herausfinden –, war es ihm damit vollkommen ernst gewesen. Er hatte sich nicht all diese Mühe gemacht, nur um mich anschließend mit anderen Frauen zu betrügen.

Kopfschüttelnd löste ich mich aus meiner Gedankenversunkenheit, nahm eine dampfende Tasse aus der Spülmaschine und trocknete sie ab.

»Plagegeist Dean hat sich selbst zu unserem Abendessen heute eingeladen«, informierte ich Elle, die daraufhin so breit lächelte, dass ich davon angesteckt wurde. Jedenfalls redete ich mir das ein, weil ich selber dermaßen grinste, dass mir die Backen wehtaten.

»Glaubst du, dein sexy Snob haut sich mit uns eine Pizza rein?«, fragte sie. Elle hatte ihrer Abmagerungsdiät abgeschworen, seit die Bäckerei an der Ecke wieder geöffnet hatte.

Ich schüttelte den Kopf. »Er will für uns einen Tisch im The Red Hill Tavern reservieren.«

»Das Restaurant ist irre teuer!«

»Ich denke nicht, dass er uns bezahlen lässt.«

»Und ich denke, dass er *dich* mit sexuellen Gefälligkeiten bezahlen lässt.«

Ich sagte nichts, doch insgeheim freute ich mich schon auf die Rechnung.

Die gute Nachricht: Das *HotHole* verhexte Elle regelrecht mit seinem Charme.

Die schlechte Nachricht: Er schlug auch mich dabei in seinen Bann.

Ich wickelte meine Pasta mit Shrimps auf meine Gabel und beobachtete wortlos, wie Elle jedes Mal laut lachte, wenn Dean etwas Witziges sagte, ihr eine Frage stellte oder einfach nur seine charismatische, gewinnende Art für sich sprechen ließ.

Ich war noch nie im The Red Hill Tavern gewesen, hauptsächlich, weil ich es mir nicht leisten konnte, aber selbst wenn ich es gekonnt hätte – wer hatte Zeit und Muße, einen Tisch drei Monate im Voraus zu reservieren? Für mich galt das im besonderen Maße, weil meine Pläne ständig von gesundheitlichen Komplikationen durchkreuzt wurden. Ich wusste nie im Vorhinein, wann ich mich hinter verschlossenen Türen vor der Welt abschotten oder stundenlang mit einer unförmigen Weste im Bett sitzen musste, während ich darauf wartete, dass meine Lungen sich mit meinen restlichen Organen vertrugen.

Das Restaurant war zauberhaft. Ich war glücklich, dass wir hier waren. Das Essen war grandios, aber das Beste von allem war meine Gesellschaft.

Tropfenförmige Lüster tauchten die alten, mit traditionellen, rot-weiß karierten Tischdecken verhüllten Eichentische in ein gelbliches Licht, und überall flackerten halb heruntergebrannte Kerzen.

Ich dachte über das Glück nach, das Dean in der Hand hatte und das er mir so großzügig darbot. Aber es anzunehmen, wäre gefährlich, weil ich ihm damit die Kontrolle über dieses Vehikel geben würde, das sich mein Leben nannte.

Er schien ein rücksichtsloser Fahrer zu sein. Andererseits hatte er sich seit dem Beginn unserer Beziehung ausnahmslos stark und belastbar gezeigt. Ein Fels in der Brandung, als bei mir zu Hause alles in die Brüche ging.

Wer hätte das von dem Ladykiller Dean »Ruckus« Cole gedacht?

»Und, arbeitest du mit vielen Millionären zusammen?«, säuselte Elle, deren Lippen von einer zusätzlichen Schicht Lippenstift und dem Olivenöl in dem köstlichen Essen, dem wir frönten, glänzten.

»Nein, meine Liebe.« Schmunzelnd genehmigte er sich einen Bissen von seinem Filet Mignon. »Ich arbeite *ausschließlich* mit Milliardären zusammen.«

»Meinst du, du könntest mich mit einem verkuppeln?«

»Bist du dir sicher? In der Regel machen sie nicht ganz so viel her wie ihre Kontoauszüge.«

»Aber sie haben Söhne, richtig?«, hakte sie nach.

»Ja, das stimmt.« Er grinste. »Ich mag deine Denkweise.«

In diesem Moment brummte sein Handy.

Dean warf einen Blick darauf und runzelte die Stirn. »Entschuldigt, aber ich muss drangehen.« Er stand auf und steuerte zu der Tür, die ins Freie führte, dabei kamen wir in den Genuss, seinen breiten Rücken und seinen hübschen Hintern in dem anthrazitgrauen Maßanzug zu bewundern. Sobald er außer Hörweite war, klatschte Elle zweimal in die Hände, dann fasste sie meine Schultern.

»Was für ein Mann, Rosie!«, rief sie aus. »Sag mir wenigstens, dass er im Bett eine totale Niete ist, damit ich dir weiterhin eine loyale Freundin sein kann.«

Selbst »unübertroffen« reichte nicht annähernd, um seine Qualitäten als Liebhaber zu beschreiben, trotzdem musste ich mich davon dringend ein weiteres Mal überzeugen, um mich daran zu erinnern, warum ich mein Herz wegen jemandem aufs Spiel setzte, von dem ich wusste, dass er sich niemals auf lange Sicht mit einer Frau wie mir begnügen würde.

»Du musst Darren die Wahrheit sagen, bevor ihr diesen Schritt geht«, hatte meine Mutter mich gewarnt, als ich verkündete, dass er und ich zusammenziehen würden. *»Nicht dass er sich ausgetrickst fühlt, wenn er irgendwann erfährt, dass du keine Kinder bekommen kannst.«*

»Oje.« Ich schüttelte den Kopf, um die Worte meiner Mutter nicht mehr hören zu müssen. »Frag lieber nicht. Solche Exemplare wie er werden heute gar nicht mehr hergestellt.«

»Wenn du in dem Tempo weitermachst, verwette ich jeden Penny darauf, dass du das Opfer eines Verbrechens aus Leidenschaft wirst.« Elle stach ihre Gabel in ihre Ravioli und führte sie zu ihrem Mund. »Jemand wird dich ermorden. Ich tippe auf irgendeine eifersüchtige Tusse. Wie wäre es mit seiner persönlichen Assistentin? Im Ernst, keine Frau sollte die stolze Besitzerin eines Prachtkerls wie Dean sein.«

»Er ist doch kein Gegenstand.« Ich verdrehte die Augen und knabberte an einem Grissino.

»Nein, aber ein scharfer Gebrauchsartikel.« Elle spitzte die Lippen, und wir brachen beide in Gelächter aus. Sie erkundigte sich gerade nach Trents Befinden – es frustrierte sie, dass sie ihn nicht vor der Hochzeit kennengelernt hatte –, als Dean an den Tisch zurückkam. Auf einmal wirkte er nicht mehr ausgelassen, heiter und entspannt. Stattdessen sah er aus, als hätte er einen Geist gesehen. Er steckte sein Handy in seine Gesäßtasche und sagte: »Ich habe die Rechnung beglichen. Seid ihr bereit aufzubrechen?«

Auch wenn ich nicht in seiner unmittelbaren Nähe gewesen wäre, hätte ich gemerkt, dass er getrunken hatte. Sein Atem, der nach purem Alkohol roch, verriet ihn. Diese Schärfe, die mich in der Nase kitzelte und nur von etwas Hochprozentigem herrühren konnte. Ich wollte ihm den Kopf waschen, aber das konnte ich nicht in Gegenwart von Elle und vielleicht auch überhaupt nicht. Er wirkte auf eine Weise aufgewühlt, die mir körperliches Unbehagen verursachte.

Elle und ich wechselten einen verwirrten Blick, vor uns auf dem Tisch noch immer unser Essen, das wir erst zur Hälfte genossen hatten. Meine Freundin öffnete den Mund, und ich ahnte, dass sie fragen wollte, ob wir noch das Dessert abwarten könnten. Das stand definitiv nicht zur Debatte. Dean musste hier raus, und ich wollte ihm eine Erklärung ersparen.

»Ja. Ich bin ziemlich müde, außerdem wird es allmählich kühl.« Es wurde nicht kühl, aber genau wie mein restliches Umfeld war Elle stets besorgt, dass ich mir eine Erkältung einfangen könnte. »Lasst mich nur noch kurz zur Toilette gehen. Meine Blase und der Hauswein vertragen sich nicht gut.«

Eine Viertelstunde später fuhren wir mit dem Taxi heim. Dean hatte zuerst eins für Elle herangewinkt – und auch bezahlt –, woraufhin sie mich wieder mit einem scharfen Blick bedacht hatte, der besagte, dass ich ihn gefälligst im Keller anketten und dazu bringen solle, mich zu heiraten.

Auf dem Weg wandte ich mich zu Dean um und fragte ihn, was passiert sei.

Eine schlechte Idee, wie ich mit einem einzigen Blick in sein Gesicht erkannte.

»Wollen wir noch zusammen abhängen?«, wechselte ich das Thema. »Der Abend ist ja noch jung.«

»Das kommt drauf an. Wirst du mich zur Sau machen, weil ich trinke? Denn das werde ich. Eine Menge.«

Ich überlegte kurz. Dean hatte unsere ganze gemeinsame Woche über keinen Alkohol angerührt – weder bei der Hochzeit noch in Vegas, obwohl beide Events geradezu danach verlangt hatten. Wenn ich ihm sagte, dass ich ihm lieber keine Gesellschaft leisten wolle, würde er das in den falschen Hals bekommen und denken, dass ich ihn nur zu meinen eigenen Regeln und Bedingungen akzeptierte. Nichts könnte der Wahrheit fernerliegen. Tatsächlich wollte ich ihn ohne Einschränkung, mit all seinen Stärken und Schwächen, und um ihm das zu verdeutlichen, musste ich für ihn da sein.

»Keine Sorge«, erwiderte ich. »Trink ruhig.«

»Dann komm noch mit zu mir. Ich brauche dich heute Nacht.«

Er war für mich da.

Und ich für ihn.

Denn eines war gewiss: Wenn einer von uns beiden unterging, würde der andere ihm auf Gedeih und Verderb folgen.

Fünf Fingerbreit Brandy, doch Dean erlaubte dem teuren Getränk nicht einmal, seine Geschmacksknospen zu kitzeln, bevor er den Kopf in den Nacken legte und den Cognacschwenker in einem Zug leerte. Er lehnte sich mit der Hüfte gegen die Hausbar und wuschelte sich durchs Haar, seine Augen auf das deckenhohe Fenster mit Blick auf Manhattan gerichtet. Diese Stadt war mächtig. Genau wie Dean. Das Problem war nur, dass ich ihn nun zum ersten Mal, seit wir uns kannten – seit unserer Teenagerzeit, um genau zu sein –, nicht als imposanten, erfolgreichen Mann wahrnahm. Ich sah in ihm einen verlorenen Jungen, von dem ich mir nicht sicher war, ob viele Menschen zu ihm durchdringen konnten.

»Möchtest du darüber reden?« Ich ging auf ihn zu, dabei strichen meine Finger über seine Möbel, prägten sich die Formen des dunklen Holzes, das Material der behaglichen Sitzmöbel ein. Es passte nicht zu mir, ihm permanent mit der Frage, was los sei, zuzusetzen. Mich um Dean zu sorgen hingegen *schon*. Und ich spürte instinktiv, dass seine plötzliche Veränderung mit dieser Nina zusammenhing. Diese mysteriösen Anrufe dienten einem bestimmten Zweck, dessen war ich mir sicher, aber sie waren eine offene Wunde für ihn. Das Letzte, was ich wollte, war, sie aufzureißen, bis er blutete.

Wahrheiten können unbequem sein. Darum neigen die Menschen dazu, sie zu verdrängen. Häufig liegen sie im Verborgenen. Aus diesem Grund wusste Dean nicht, warum ich keine Krankenschwester werden konnte, ahnte er nicht, dass ich niemals Kinder bekommen konnte.

Mein Liebster schüttelte den Kopf, bevor er mit vollkommen emotionsloser Stimme sagte: »Komm her.«

Ich trat vor ihn hin, legte ihm die Arme um den Hals und sah ihm fest in die Augen. In meinem Blick stand Ungehorsam. Er brauchte eine Ablenkung von dem, was ihn so sehr aufwühlte, dass er gewillt war, sich zu Tode zu trinken und zu kiffen.

Dean hatte ein Problem. Das war uns beiden bewusst.

Ein Problem, das ihn seinen Süchten direkt in die Arme trieb. Sein Körper verlangte nach Alkohol und Drogen, um vergessen zu können, was immer ihn belastete. Es drängte mich verzweifelt danach zu fragen, was es war – tiefer in die dunklen Winkel seiner Seele vorzustoßen, Geheimnis um Geheimnis ans Licht zu zerren und ihnen den Schrecken zu nehmen –, aber ich konnte es nicht. Es brachte mich um, trotzdem musste ich für ihn da sein, in jeder Weise, die er zuließe.

»Du bist hinreißend«, brummte er und zeichnete mit dem Finger meine Kinnpartie nach, während er in der anderen Hand noch immer seinen Brandy hielt.

»Und du bist betrunken«, entgegnete ich trocken und lachte nervös.

»Das stimmt.« Mit lüsternem Blick liebkoste er meinen Körper, wie es ein anderer Mann nicht einmal mit seinen Händen vermocht hätte. »Aber auch als ich noch nüchtern war, fand ich dich hinreißend, und das werde ich morgen früh trotz eines monströsen Katers immer noch.« Er umfing kraftvoll meine Taille, hob mich hoch und setzte mich auf die Bar. Jede Menge exklusiver Spirituosen drückten gegen meinen Rücken, und die Kälte des Tresens unter mir drang durch meine hautenge, zerrissene schwarze Jeans bis in meine Knochen.

Dean knöpfte meine Hose auf, zog sie mir blitzschnell aus und ließ sie auf den Boden fallen. Kaum eine Sekunde später landete mein gelbes Sex-Pistols-T-Shirt auf der grauen Ottomane, von meinen Flip-Flops fehlte jede Spur. Er legte die Hand auf meinen Brustkorb und drückte mich flach nach hinten. Als sich die Flaschen in meinen Rücken gruben, wischte er sie mit dem Arm beiseite, woraufhin etwa ein Dutzend davon in einem Tohuwabohu aus Farben, Tönen und Licht auf der Erde zerschellten.

»Großer Gott!« keuchte ich, als das Geräusch von zersplitterndem Glas wie eine Alarmsirene durch das Zimmer gellte. Dean schnappte sich die Brandyflasche, die neben ihm stand, und genehmigte sich noch einen Schluck, bevor er etwas davon in meinen Bauchnabel füllte und mit seinen warmen Lippen aufsaugte, was mir eine Explosion aus nervöser Begierde im Unterleib bescherte.

»Ich bin kein schlechter Mensch«, lallte er aus heiterem Himmel und offenbar an niemand Bestimmten gerichtet. Sein

Alkoholpegel bereitete mir ernsthaft Sorgen, aber obwohl Dean mir noch immer Rätsel aufgab, stand eines völlig außer Zweifel.

Er wollte weder bemuttert noch bevormundet werden. Sondern frei bestimmen können.

Seine Dämonen wollten spielen, und in dieser Nacht würde ich ihr Opfer sein. Also lag ich auf seinem Altar und wartete darauf, für etwas bestraft zu werden, das ich nicht getan hatte. Wir würden seinen Schmerz gerecht zwischen uns aufteilen.

Und ich war froh, ihm einen Teil davon abnehmen zu können, und sei es auch nur für eine Nacht.

»Nein. Du bist ein guter Mensch«, murmelte ich, als er sich auf die Knie sinken ließ und mir meinen Slip vom Leib riss. Rote, brennende Male wie von Peitschenschlägen blieben auf meinen Schenkeln zurück. Er pfefferte das Stoffknäuel über seine Schulter, dann labte er sich an meinem Schoß, als wäre er seine Lebensquelle, fuhr mit den Zähnen über meine brennende Scham, bis ich fast den Verstand verlor. Er war wie ein hungriger Zombie, der sich über sein Pfund Fleisch hermachte, und ich hatte nicht den Hauch einer Chance gegen seine dunkle Gier.

Dean Cole entsprach in keiner Weise dem Bild, das die Leute von ihm hatten. Er war ein Teufel der schlimmsten Sorte. Einer, der sich hinter einem freundlichen Lächeln, schicken Klamotten und guten Manieren versteckte.

»Nicht, Dean.« Ich keuchte mühsam, verlor die Kontrolle über die Realität, meine Sinne, über *mich selbst*. »Du bringst mich noch um.«

»Nein, Rosie. Ich werde dich retten«, knurrte er und spreizte meine Schamlippen mit den Daumen so weit, dass mich ein köstlicher Schmerz durchzuckte. Dann stieß er seine Zunge in mich, während ich mich am Rand des Tresens festklammerte und lauthals schrie. Ob um Hilfe oder vor Lust, wusste ich selbst nicht.

»Oh mein Gott.« Ich wand mich hin und her, um diesem Feuer der Lust zu entkommen, das mich verzehrte.

»Sag mir, dass ich das Richtige tue«, zischte er, dann umschloss er meine empfindsamen Schamlippen mit dem Mund und zog sie langsam zwischen seine Zähne. Die exquisite Pein zwischen meinen Beinen entlockte mir einen weiteren Lustschrei. Ich wollte, dass er das noch mal machte, und er tat es, bevor er sagte: »Ich möchte ihn nicht kennenlernen, Rosie. Er würde mich im Moment überfordern.«

Wovon redete er? Wer war *er*? Die wenigen funktionstüchtigen Zellen in meinem von Erregung vernebelten Gehirn wollten unbedingt eine Antwort. Wer war so verrückt, diesem umwerfenden, herzensguten Mann Kummer zu bereiten? Und, noch viel wichtiger, wer hatte die Macht dazu?

»Das tust du.« Meine Stimme bebte so sehr wie meine strampelnden Beine, während ich den Tresen hinaufzurutschen versuchte, um dem wilden Orgasmus zu entgehen, der mich in Stücke zu reißen drohte. »Du tust das Richtige, Dean. Worum auch immer es geht.«

»Ich hasse sie«, sagte er und penetrierte mich tief mit der Zunge, verschlang mich mit seinen Lippen, seinen Fingern, seinen Zähnen. Er redete über eine andere Frau, während er mit mir Sex hatte. In meinem Kopf hätten sämtliche Warnlichter aufleuchten, alle Alarmglocken schrillen müssen. Doch das geschah nicht.

Weil es hier um Dean ging.

»Dann hasse ich sie auch!«, entfuhr es mir. Meine Knie zitterten, und mein Körper wurde taub, als eine heiße Welle der Ekstase über mir zusammenschlug und jede Faser von mir erfasste. Wimmernd zog ich an seinen Haaren und nahm seinen

Kopf wie in einem Schraubstock zwischen meinen Schenkeln gefangen, sodass er sie mit seinen starken Fingern auseinanderzwängen musste. Ich blieb regungslos liegen und sah zu, wie er seinen Gürtel öffnete und aus seiner Hose stieg, bevor er mich an den Beinen packte und zu sich heranzog.

»Ich bin wütend.« Es war, als würden Flammen in seinen grünen Augen tanzen.

»Ich weiß.«

»Wenn du gehen willst, dann tu es jetzt. Ich persönlich glaube, du solltest es tun.«

»Ich bleibe.«

»Was du zu sehen bekommst, wird dir nicht gefallen.«

»Was werde ich denn zu sehen bekommen?«

»Die Seite von mir, auf die ich nicht stolz bin.«

Ich schluckte schwer und antwortete: »Ich stehe zu dir, egal was mich erwartet.«

»Du weißt nicht, was du da sagst«, fauchte er. »Ich werde dir wehtun.«

»Gut.« Ich legte die Hand auf seine Brust. »Gerade das schätze ich an dir. Du behandelst mich wie ein menschliches Wesen und nicht wie eine welkende Rose.«

Und schlagartig veränderte sich alles. Die Dunkelheit saugte den Sonnenuntergang aus der Stadt, die uns beobachtete, Glasscherben knirschten unter seinen Schuhen und verhießen Schmerz, sein Blick wurde kalt, und ich war allein mit einem Fremden. *Einem Wilden.*

Das Licht ging aus, und er zog mich zu sich heran, doch anstatt mich zu halten, wie ich gedacht hatte, ließ er mich einfach fallen. Ich landete auf einem Bett aus Glasscherben. Sogar meine Knochen stöhnten protestierend, als er mich am Arm packte und über den makellosen schwarz-weißen Fußboden zu seinem Schlafzimmer zog. Sein privates Reich war mit einem schwarzen Teppich ausgelegt, auf dem ein überbreites Doppelbett thronte, wie man es sonst nur aus Filmen kennt. Ich war nie zuvor in seinem Schlafzimmer gewesen, und bei dem Gedanken an all die Frauen, die es schon waren, musste ich schlucken. All die Kennedys und Natashas.

All die unbequemen und schmerzhaften Wahrheiten.

Er ließ meinen Arm los und deutete auf eine Ottomane, die vor dem deckenhohen Fenster stand.

»Auf die Ellbogen«, befahl eine Stimme so kalt wie Stahl, die nicht seine war. Ich kniete mich auf allen vieren auf die gepolsterte Sitzbank und starrte zu den funkelnden, künstlichen Lichtern New Yorks. Dean stand irgendwo hinter mir, aber ich konnte nicht sehen, was er tat. Mein Hintern war nackt, nur meinen BH hatte ich noch an. Ich nahm an, dass Dean ganz in meiner Nähe war, aber sicher wusste ich es nicht. Ich wandte nicht den Kopf, um nachzusehen. Er wollte, dass ich Angst hatte. Ich wollte, dass ich Angst hatte. Es gab kein Zurück mehr.

»Weißt du, was witzig ist?«, fragte er, und ich hörte, wie er hinter mir auf und ab tigerte. Der Ton seiner wunderschönen Stimme verursachte mir ein Frösteln. Ich hörte das Gluckern des Brandys, als er sich noch einen Schluck aus der Flasche genehmigte. »An der Highschool haben mich alle ›Ruckus‹ genannt – den Joker, den Spaßvogel, den Witzbold, den Clown.«

Doch er war nichts von alledem. Das war mir inzwischen bewusst, aber damals hatte auch ich ihm dieses Image abgenommen. Wie auch nicht? Er verkaufte es gut, und zu einem sehr hohen Preis.

»Aber weißt du, wer ich in Wirklichkeit bin, Rosie?« Er hörte auf, sich hinter mir zu bewegen.

Ich schloss die Augen und sog den maskulinen Duft seines

Zimmers in meine brennenden Lungen, fühlte, wie sich mein Herz von meinem übrigen Körper löste.

»Du bist ein Pierrot«, wisperte ich. »Ein trauriger, einsamer Clown.«

»Welch kluges Mädchen, das sich schon immer in andere hineinversetzen konnte.« Ein Anflug seiner eigenen Stimme schlich sich in seinen Ton. Er machte vier Schritte auf mich zu – ich hörte *und* zählte sie –, und obwohl ich fast nackt war und er sich nicht in der blitzblanken Fensterscheibe spiegelte, fühlte ich mich sicher.

»Weißt du, warum der Pierrot traurig ist?«, fragte Dean mich.

»Wegen seines gebrochenen Herzens.« Ich schluckte und kämpfte mit den Tränen. »Er verzehrt sich nach einer Liebe, die ihm niemals vergönnt ist.«

Ich wollte mich herumdrehen. Ihn umarmen. Die letzten Stunden, die ihn so verwandelt hatten, ungeschehen machen. Doch ich tat nichts dergleichen. Ich fühlte, wie seine Hand eine meiner Pobacken streichelte und sein Atem mich in der Schulterbeuge kitzelte.

»Lauf weg, Rosie«, raunte er. »Lauf, bevor ich etwas Schlimmes tue und das mit uns kaputt mache.«

»Stell mich auf die Probe«, forderte ich ihn heraus. »Zerbrich mich. Benutz mich. *Kämpf* gegen mich. Du hast deiner Beute über Monate nachgestellt. *Jahre*. Ein ganzes Jahrzehnt, verdammt noch mal. Willst du sie jetzt einfach entkommen lassen?«

Der Schlag auf meinen Po ließ mich nach vorn kippen und erschreckte mich halb zu Tode. Ich hatte beim Sex noch nie eins auf den Hintern gekriegt. Nicht dass ich grundsätzlich dagegen gewesen wäre. Vermutlich war es einfach eine der Erfahrungen, zu denen es nie gekommen war. So wie Bungee-Jumping oder *Schindlers Liste* anzugucken. Vielleicht war es dem Umstand geschuldet, dass sämtliche Männer, mit denen ich zusammen gewesen war, mich behandelt hatten wie ein zartes Vögelchen, das in ihren Händen zu sterben drohte. Oder es lag daran, dass ich meine Befangenheit und Scham nie ganz ablegen konnte, wenn ich mit irgendjemandem im Bett war.

Nur war Dean nicht irgendjemand.

Er war der *Eine*.

Das lustvolle Brennen ließ mich stöhnen, und ich reckte mein Gesäß Dean entgegen, bettelte um mehr. Ich kam mir vulgär vor, aber bei ihm machte mir das nichts aus. Dean urteilte nie über mich. Genau genommen war er möglicherweise der einzige Mensch in meinem Leben, der mich so akzeptierte, wie ich war. Sogar Millie hatte mich zu einer Rückkehr nach Todos Santos überreden wollen.

Das Klatschen, das seine Hand erzeugte, als sie auf mein Fleisch traf, drang in meine Ohren, noch ehe ich den zweiten Schlag spürte. Speichel sammelte sich in meinem Mund, mein Kopf sank auf die Ottomane, meine Augen rollten nach hinten. Wieso nur fühlte es sich so himmlisch an, wenn der Mann, der behauptete, mich retten zu wollen, mir wehtat? Vielleicht, weil es zur Rettung der kleinen kranken Rosie dazugehörte, ihr zu zeigen, wie viel Schmerz sie ertragen konnte, ohne daran zu zerbrechen.

»Rück weiter nach vorn.«

Ich legte mich mit dem Oberkörper flach auf die Ottomane und streckte den Po in die Luft. Ich konnte Deans nackten Körper spüren, als er hinter mir in die Hocke ging und mich mit vier Fingern auf einmal penetrierte. Es tat weh, aber ich biss die Zähne zusammen und stand es durch. Er ließ sie durch meine feuchte Scham gleiten, bevor er sie zurückzog und mir vor die Lippen hielt.

»Schmeck dich.« Seine Stimme klang kalt. »Schmecke, was ich mit dir mache.«

Obwohl auch das definitiv ein Novum für mich war, von dem ich nie geglaubt hätte, dass ich es je tun würde, leckte ich mit der Zunge über seine glänzenden Finger. Er stieß sie in meinen Mund, bevor er kurz darauf befahl: »Saug daran, bis sie sauber sind, Rosie.«

Ich schmeckte süß und warm. Nicht halb so übel, wie ich gedacht hätte.

Er verteilte den Rest meiner Säfte auf meinem Hintern, bevor er mir wieder einen festen Klaps versetzte. Diesmal machte ich einen Satz nach vorn, aber ich wimmerte nicht. Es schien ihm zu gefallen, dass ich nicht zimperlich war. Zumindest deutete sein Stöhnen das an.

Als er anfing, aufreizend mit seiner Spitze gegen meine Öffnung zu stupsen, rollte ich meinen Kopf hin und her, begierig darauf wartend, dass er in mich eindrang. Doch er tat es nicht. Stattdessen neckte er mich minutenlang auf diese Weise und brachte mich halb um den Verstand, bis ich flehentlich sagte: »Dean …«

»Hmm?«

»Bitte, foltere mich nicht. Tu es endlich.«

»Was soll ich tun?«

»Nimm mich.«

»Falscher Fachausdruck. Versuch es noch mal.«

Heilige Scheiße.

»Fick mich, bitte.« Ich schluckte schwer.

»Ohne Kondom?«, fragte er. Sein Ton war scharf. So als erwartete er irgendetwas Bestimmtes.

»Ich nehme die Pille.« Die Lüge schmeckte bitter auf meiner Zunge, und ich brach schon jetzt die Regeln, auf die wir uns gestern geeinigt hatten. Die Sache mit der Ehrlichkeit. Ich musste nicht verhüten. Aber das brauchte *er* nicht zu wissen. Zumindest nicht, bis ich dazu bereit wäre, es ihm zu sagen. Offensichtlich gab es bei uns beiden eine Menge Dinge, die den anderen nichts angingen. Was für ein verkorkster Start in eine Beziehung.

»Echt? In Vegas hast du sie nämlich nicht genommen.«

Gott, dieser Kerl raubte mir den letzten Nerv.

»Aber jetzt schon«, wimmerte ich und wartete auf mehr. Was immer *mehr* sein mochte.

»Wenn du das sagst«, spottete er und legte die Hand um meine Kehle, während er gleichzeitig mit einem einzigen Stoß in mich eindrang. Ich schrie auf, als er in mich stieß, das Blut rauschte in meinen Kopf, meinen Schoß, überallhin. Es war keine leere Drohung gewesen, als Dean gesagt hatte, er werde mir wehtun. Dieses Mal hielt er sich nicht zurück.

»Dreh dich um«, befahl er plötzlich, während er mich noch immer ritt, sich vor und zurück bewegte. War er derart betrunken, dass er nicht realisierte, was er da von mir verlangte? Ich runzelte stöhnend die Stirn.

»Ich kann nicht. Du liegst auf mir drauf.«

»Und? Dreh. Dich. Um.«

»Du bist schwer.«

»Und du bist stark. Kämpf gegen mich an.«

Ich ignorierte das prickelnde Gefühl des nahenden Orgasmus, presste die Handflächen auf den Boden und versuchte, mich nach oben zu stemmen, aber er hinderte mich daran, indem er sich nach vorn lehnte und absichtlich mehr Druck auf meinen Rücken ausübte. Dean war gebaut wie ein Profi-Rugbyspieler. Ein eins neunzig großer, hundert Kilo schwerer Hüne, der nur aus straffen, definierten Muskeln bestand. Ich hatte keine Chance gegen ihn. Andererseits war ich eine Kämpfernatur.

Dazu hatte meine Krankheit mich gemacht.

Die gemeinsame Schulzeit mit Vicious und den anderen *HotHoles*.

Das Leben.

Ich erschlaffte und ließ die grobe Behandlung über mich ergehen. Er begann, noch härter in mich hineinzustoßen, um mich für mein Scheitern zu bestrafen, als ich mit einer plötzlichen Bewegung die Arme durchstreckte und den Kraftimpuls nutzte, um mich herumzudrehen. Seine Bauchmuskeln klebten jetzt an meiner Brust, und er lachte, als er sein noch immer steifes Glied aus mir herauszog.

»Drück deine Brüste zusammen«, zischte er. Dieser Mann war unberechenbar, das ließ sich nicht leugnen. Normalerweise ist es das Licht, das sich durch dunkle Ritzen stiehlt. Bei ihm trat Dunkelheit hinter seiner Fassade aus Normalität und Helligkeit hervor.

Mithilfe meines BHs tat ich, was er verlangte. Er umfasste seine Erektion, schob sie zwischen meine Brüste und ejakulierte dort. Mit halb geschlossenen Lidern beobachtete er, wie sich das Sperma auf meinem Dekolleté verteilte. Obwohl mein Hintern von den Schlägen wie Feuer brannte, gönnte ich mir einen Moment, um alles zu vergessen und in seinem Anblick zu schwelgen.

»Trink es«, flüsterte er, dann tauchte er seinen Zeigefinger in die warme Flüssigkeit und hielt ihn an meine Lippen. »Jeden einzelnen Tropfen.«

Ich gehorchte, und als ich damit fertig war, belohnte er mich mit zwei weiteren Orgasmen.

In dieser Nacht schlief ich in seinen Armen ein. Ich fühlte mich so geborgen wie nie zuvor. Geborgener als bei Millie oder bei meinen Eltern. Und ganz bestimmt geborgener als je bei Darren.

Ich schlummerte in den Armen seiner Dämonen, wohl wissend, dass ich in den Armen eines bezaubernden Mannes erwachen würde.

Denn Dean »Ruckus« Cole hatte viele Gesichter. Und alle waren wunderschön. Jedenfalls für mich.

KAPITEL 21

Dean

Schöne Scheiße.

Rosie schlief noch, als ich aufwachte und die Schuldgefühle mich durchzuckten wie ein heftiges Erdbeben. Was zur Hölle hatte mich gestern bloß geritten? Gerade hatte ich noch ihre Freundin in einem der feinsten Restaurants Manhattans zum Lachen gebracht, um gleich darauf mit Rosie auf der Ottomane zu kämpfen und ihr ihren süßen Hintern zu versohlen, als hätte sie versucht, meinen Hund zu überfahren. Was sie betraf, gab es für mich offenbar keine goldene Mitte. Entweder ich zog eine bescheuerte Hugh-Grant-Masche ab, was mir in keinster Weise entsprach, oder ich präsentierte mich ihr so, wie ich wirklich war, in meiner ganzen, hässlichen Pracht.

Ich war nicht immer so gewesen. Diese Seite verdankte ich Nina, und ich hatte mir nie die Mühe gemacht, sie wieder abzulegen.

Der gestrige Tag hatte mich zum Wahnsinn und auf direktem Weg dem Brandy in die Arme getrieben. Ich wünschte, Rosie hätte mich nicht in diesem Zustand gesehen, doch gleichzeitig empfand ich eine gewisse Erleichterung, dass sie geblieben war.

Ich stieg aus dem Bett und trottete mit dickem Kopf und hämmernden Schläfen in die Küche, um Rühreier mit Speck und Kaffee zu machen. Wusste der Geier, wo ich all das Zeug dafür finden würde, aber ich musste ihr beweisen, dass ich zu diesem ganzen Partner-Brimborium imstande war.

Was quatschte ich da überhaupt? Wenn Vicious das schaffte, dann ich erst recht, verdammt.

Während ich die Eier aufschlug und das aromatische Kaffeepulver in die Kaffeemaschine gab, ließ ich das Telefonat, das ich gestern Abend mit Nina geführt hatte, Revue passieren. Sie hatte mich von einer New Yorker Nummer aus angerufen, und ich war in dem Glauben, es handle sich um einen meiner vielen Büroanschlüsse, drangegangen, ohne weiter nachzudenken. Damit nahm das Verhängnis seinen Lauf.

»Ich bin hier«, verkündete Nina, als ich den Anruf entgegennahm. Meine Fresse, noch nicht mal ein höfliches Hallo.

»Du bist wo? In der Hölle?«, fragte-Schrägstrich-hoffte ich. Das war exakt der Ort, wo diese Hexe hingehörte. Sollte sie je dort landen, würde sie vermutlich die Herrschaft übernehmen und Präsidentin werden.

Ninas kokettes Lachen attackierte meine Ohren.

»Ich bin hier in New York, Dummerchen. Ich hatte dir doch angekündigt, dass du dich auf meinen Besuch gefasst machen kannst. Du musst ihn kennenlernen.«

»Hatte ich dir nicht gesagt, dass ich das nicht will?«, presste ich zwischen zusammengebissenen Zähnen hervor und begab mich an die Bar, während Rosie und ihre Freundin Elle am Tisch warteten. Ich signalisierte dem Barkeeper, mir einen Drink einzuschenken. Also war sie in der Stadt. Natürlich war sie das. Wieso zum Henker auch nicht? Immerhin hatte ich ihr das nötige Geld zukommen lassen. Warum überraschte es mich also auch nur im Entferntesten?

»Du musst nichts weiter tun, als mir die Kohle zu überweisen, dann lasse ich dich in Frieden, Dean.«

»Ach, Nina.« Ich lachte und lockerte meinen Hemdkragen. »Ich werde dir keine sechshundert Riesen geben, nur damit ich ihn tref-

fen darf. Da hast du dich sauber verrechnet. Normalerweise gehören zwei dazu, um ein Kind zu zeugen, richtig? Demzufolge tragen beide Elternteile die Verantwortung. Du hast es verbockt«, stieß ich hervor. »Jetzt leb mit den Konsequenzen.«

»Ich spiele mit dem Gedanken, mein Angebot zurückzuziehen, Dean. Du behandelst mich neuerdings sehr abfällig.«

»Habe ich mich dir gegenüber je anders als total arschig verhalten?«, hielt ich dagegen. Ich kippte meinen Drink runter und bestellte einen weiteren, indem ich auf das leere Glas zeigte. »Denn falls ja, würde ich gern die Uhr zurückdrehen und das korrigieren.«

»Es gab mal eine Zeit«, erinnerte sie mich mit honigsüßer Stimme, »da hättest du alles für mich getan.«

Damit hatte das Miststück nicht unrecht, und das war das Schlimmste daran.

Ich wechselte das Thema. »Wie geht es deinem Ehemann?«

»Er lebt noch«, schnaubte sie. »Unglückseligerweise.«

Zumindest in diesem Punkt waren wir einer Meinung.

»Wie geht es deiner neuen Freundin?«, gab sie zurück.

»Wieso fragst du? Denkst du, du könntest mir das auch noch kaputt machen?«

»Na, na.« Sie kicherte. »Komm schon, Dean. Sei doch nicht so. Ich freue mich für dich. Ich möchte doch nur meine Zukunft absichern und meinen schrecklichen Mann verlassen. Du hast Geld im Überfluss. Und ich habe etwas, das du willst. Warum hören wir nicht auf, uns im Kreis zu drehen?«

»Weil ich will, dass du weiterhin ein jämmerliches Leben in Armut führst.« Na also. Damit war die Katze aus dem Sack. »Und ganz offensichtlich stört es mich nicht, den Preis dafür zu zahlen, dass es so bleibt. Genieße dein Drecksloch von einem Motel, Nina. Adieu.« Ich legte auf und genehmigte mir noch drei Drinks.

Während ich das Frühstück zubereitete, hörte ich, wie Rosie

sich in meinem Schlafzimmer umherbewegte. Mir wurde bang ums Herz.

Falls ich sie vergrault hatte, indem ich mich wie ein aggressiver Wichser gebärdete, konnte ich niemand anderem die Schuld dafür geben als mir selbst. Versuchte sie, Zeit zu schinden, um mir aus dem Weg zu gehen? Ich hörte, wie sie den Wasserhahn aufdrehte, anschließend die Toilettenspülung betätigte. Wie lange konnte sie die Begegnung mit mir noch hinausschieben?

»Guten Morgen.« Als ich ihre rau klingende Stimme vernahm, wandte ich mich vom Herd ab und sah zu, wie sie in *meinem* Hemd und mit sexy zerzausten Haaren hereinkam. Sie schenkte mir ein strahlendes Lächeln, das von Herzen kam, bevor sie ihre Jeans entdeckte und sich umdrehte. Ihr nackter Po – ich hatte ihren Slip letzte Nacht zerrissen – lugte unter dem Hemd hervor, als sie sich bückte, um sie aufzuheben. Oh verdammt, ihre Haut war bis zu den Innenseiten ihrer Schenkel wund und gerötet, und da waren Kratzer und kleine Schnitte von den Glasscherben, die ich heute früh schon beseitigt hatte. Mir wurde speiübel, aber ich nahm mich zusammen. Ich schaltete den Herd aus und gab die Rühreier mit Speck auf unsere Teller.

»Hungrig?« Ich räusperte mich.

»Wie ein Wolf«, antwortete sie zerstreut und schlüpfte in ihre Jeans. »Aber ich muss runter in meine Wohnung, um meine Vibrationsweste anzulegen, meine Medikamente zu nehmen, den ganzen üblichen Quatsch eben. Meine Version eines Frühstücks für Helden.« Sie tat, als würde sie ihren nicht vorhandenen Bizeps anspannen.

Sie wollte gehen. Mich verlassen. Logisch, dass sie Angst gehabt hatte. Ich hatte ihr meine abscheulichste Seite gezeigt und erwartet, dass sie einfach … was? Mitspielte? Dafür war es zu früh. Viel zu früh. Offen gestanden gab es für einen kaputten Typen wie mich überhaupt keinen richtigen Zeitpunkt, um seiner besseren Hälfte seine seelischen Narben zu zeigen.

»Ich kann dir die Sachen holen«, erbot ich mich und hoffte inständig, dass ich nicht allzu verzweifelt klang. Sie quittierte das mit einem merkwürdigen Blick.

»Du weißt nicht, was ich brauche.«

Wie wahr. Ich hatte nicht den blassesten Schimmer. Abgesehen von dieser potthässlichen Weste, die ich aus Todos Santos kannte.

»Ich habe dir Frühstück gemacht.« Ich wies mit dem Kinn zu dem Esstisch, den ich noch nie benutzt hatte. Gewöhnlich setzte ich mich zum Essen an die Kücheninsel, und selbst das kam selten vor. Tatsächlich erinnerte ich mich nicht daran, wann ich zuletzt in meiner Wohnung gegessen hatte. Wann immer ich zu Hause war, hielt ich mich mit Eiweißshakes und Obst bis zu meiner nächsten Mahlzeit über Wasser. Heute hatte ich mich mächtig ins Zeug gelegt und alles auf den Tisch gepackt, was mein Kühlschrank hergab. Bestimmt hatte Rosie nicht den Hauch einer Ahnung, dass ich so etwas in meinem ganzen Leben noch nie für jemanden getan hatte. Außer für sie.

Ihre kornblumenblauen Augen musterten den Tisch, und sie lächelte.

»He, Dean?«

»Ja?«

»Ich hole nur kurz meine Medikamente und meine Weste von unten, dann komme ich wieder. Das weißt du, oder?«

»Natürlich.« Ich schnaubte. Nein, das wusste ich keineswegs.

Offenbar sah Rosie mir meinen inneren Aufruhr an der Nasenspitze an, denn sie kam kichernd zu mir getänzelt, legte die Arme um mich und pflanzte mir einen Kuss auf die Lippen. Ich drückte sie an mich, achtete diesmal jedoch darauf, ihr nicht wehzutun.

»Magst du meinen Morgenatem?«, brummte sie und pustete mir absichtlich ins Gesicht.

»Ich möchte ihn in Flaschen abfüllen und meine Mitarbeiter dazu zwingen, ihn als ihr neues Parfum zu tragen«, antwortete ich und küsste sie auf die Schläfe. »Trotzdem werde ich dir sicherheitshalber eine Zahnbürste kaufen, damit du nie wieder nach unten gehen musst, bevor wir frühstücken. Bring deine Medikamente mit. Deine Klamotten. Deine Weste. Möchtest du eine eigene Schublade?« Ich unterließ es, sie zu fragen, ob sie meinen ganzen verdammten Kleiderschrank haben wolle, obwohl es mir ohne Frage gefallen würde, ihre Sachen um mich zu haben. Ihre abgerissenen Second-Hand-Shirts und engen Jeans von Forever 21 in meinem begehbaren Kleiderschrank aus Edelstahl und schwarzem Holz, der so groß war wie ihr gesamtes Wohnzimmer.

»Hmmm.« Sie beugte sich vor, um mir noch einen Kuss zu stehlen, und es juckte mich, ihren Hintern zu packen und sie für einen Morgenfick auf den Tresen zu werfen, aber sie brauchte ihre Medizin, und ich sollte ihr besser keine neuen Wundmale beibringen, noch bevor der Tag angefangen hatte.

»Vielleicht«, schnurrte sie. »Aber ich will die Dinge nicht überstürzen.«

»Ich finde, wir lassen sie etwas zu langsam angehen«, erwiderte ich. »Was ist überstürzt an dem, was wir tun? Ich will dich. Das war schon immer so. Ich weiß, wer du bist. Du weißt, wer ich bin.« Wenngleich sie vor letzter Nacht nicht wirklich alles an mir gekannt hatte. Und mein Nina-Geheimnis war vergleichbar mit meinem Schwanz – lang und dick und unangenehm, wenn man nicht darauf vorbereitet war. »Bei uns handelt es sich nicht um zwei Menschen, die ihr erstes

Rendezvous haben. Wir haben eine Geschichte. Die Chemie stimmt. Wir hegen tiefe Gefühle füreinander. Ich nehme das mit uns extrem ernst«, sagte ich, nur für den Fall, dass tausend Rosen, das Abendessen mit ihrer Freundin und die Tatsache, dass ich Frühstück für sie gemacht hatte, nicht als Fingerzeig reichten.

»In Ordnung.« Sie strich mein aufgeknöpftes Hemd glatt, was mich daran gemahnte, dass ich mich fürs Büro fertig machen musste. Sonst verließ ich nie erst nach acht das Haus. Bestimmt dachten meine Mitarbeiter, dass mich endlich eine meiner Liebhaberinnen abgemurkst hatte. Vermutlich organisierte Sue bereits die Beerdigung. »Es wäre schön, eine eigene Schublade zu haben. Danke.«

»Musst du heute zur Arbeit?« Es fiel mir schwer, ihre Taille loszulassen.

Rosie schüttelte den Kopf. »Nicht ins Café. Aber ich übernehme am späten Nachmittag eine Schicht im Kinderkrankenhaus.«

»Darf ich dich dort besuchen, wenn ich Feierabend habe?«

Sie lachte. »Ich halte das für keine gute Idee. Frischgebackene Eltern reagieren ein bisschen empfindlich, wenn Fremde um ihre Frühchen herumlungern.«

»Wer hätte das gedacht.« Ich verdrehte die Augen und ignorierte den Stich ins Herz, den ihre Worte mir versetzten.

»Sehen wir uns morgen?«

»Betrachte es als ein Date.« Ich nickte und sah zu, wic sie zur Tür ging, als mich die Erkenntnis, dass es ganz allein ihre Entscheidung war, ob sie zurückkäme oder nicht, wie ein Schlag in die Magengrube traf.

»Ach, und Dean«, sagte sie, bereits die Klinke in der Hand. Ich hob den Blick.

»Ja?«

»Ich habe vergangene Nacht wirklich genossen. Wenn du magst, kannst du deinen inneren Pierrot häufiger zum Spielen rauslassen.«

Ich biss in meine Faust, als sie die Tür hinter sich schloss, wusste ich jetzt doch mit Sicherheit, dass sie zurückkehren würde.

Wahnsinn!

KAPITEL 22

Rosie

Was gibt dir das Gefühl, lebendig zu sein?
Erste Dates. Händchenhalten. Witze zu reißen, die nur wir verstehen. Erinnerungen, die allein uns gehören. Mir ein Leben mit einem Mann zu erschaffen, der nicht einmal weiß, dass ich nicht wirklich Leben erschaffen kann. Von meinen Schuldgefühlen fast aufgezehrt zu werden.

Der September kam und ging, dann folgte der Oktober. Die Jahreszeiten gingen nahtlos ineinander über. Die Bäume hatten sich verändert, nur zwischen uns war alles gleich geblieben. Mehr noch, während die Blätter in einem orangeroten, pinkfarbenen und gelben Gestöber zu fallen begannen, wurde das Band zwischen uns immer stärker und lebendiger.

Dean und mich holte der Alltag ein. Er verlief nicht reibungslos, aber ich hatte schon in einem sehr jungen Alter begriffen, dass das für alles galt. Auch wenn es von außen einen anderen Anschein hatte.

Wir verbrachten jede freie Minute miteinander.

Wenn er in der Arbeit war und ich keinen Dienst im The Black Hole hatte, besuchte ich ihn. Dann versperrten wir grundsätzlich seine Bürotür und schlossen die elektrischen Jalousien. Gelegentlich reichte das, um zu verschleiern, was wir dort trieben. Doch in den meisten Fällen verließ ich sein Büro mit knallroten Wangen und war den abschätzenden Blicken der gesamten Etage ausgesetzt, während ich meine Haare in Ordnung brachte und meinen von Deans Bartstoppeln wundgescheuerten Hals mit der Hand bedeckte.

Besonders Sue musterte mich, als würde ich meinen Lebensunterhalt damit verdienen, unschuldige Babys zu opfern.

Einmal schneite ich mit nichts als einem dicken Mantel bekleidet bei ihm rein. Als er ihn mir abnahm, freute er sich so sehr darüber, dass ich darunter nackt war, dass er sich vierzig Minuten lang auf seinem Schreibtisch an mir gütlich tat und seine Videokonferenz mit den anderen *HotHoles* verpasste. Allerdings schimpfte er gleich anschließend mit mir, weil ich nichts anhatte.

»Du wirst noch krank.« Er biss mich in die Pobacke, und das nicht sanft. »Zieh nächstes Mal einen verdammten Pulli an.«

Wann immer ich Dienst hatte, versuchten wir, uns zum Mittagessen zu treffen. Manchmal kam er ohne Vorankündigung im Café vorbei, setzte sich an den Tresen, bestellte einen Americano und tat, als würden wir uns nicht kennen. Besonders, wenn andere Gäste anwesend waren, trieben wir ein Spielchen, bei dem er mich mit anzüglichen Sprüchen anbaggerte, bis mich ein leiser Orgasmus wohlig durchrieselte. Wer immer gerade neben ihm saß, wand sich vor Unbehagen. Ein Mann fragte mich einmal sogar, ob er die Polizei verständigen solle.

Nur um Deans Reaktion zu sehen, sagte ich Ja, bevor ich einen Rückzieher machte.

Wir lachten viel.

Manchmal weinten wir auch.

Na ja, in Wirklichkeit tat nur ich das. Wenn man dreimal pro Woche ehrenamtlich in einer Kinderklinik arbeitet und mit Frühchen zu tun hat, sind traurige Erlebnisse praktisch unausweichlich. Ende Oktober starb ein Baby. Ein kleines Mädchen namens Kayla. Sie war in der vierundzwanzigsten Woche zur Welt gekommen und winzig, dabei aber so runzlig wie eine Hundertjährige. In der Nacht, als der Arzt mir mitteilte, dass sie es nicht geschafft habe, brach ich im Krankenhausflur in Tränen aus. Nach Ende meiner Schicht wartete Dean auf der anderen Straßenseite auf mich.

Ich sank in seine Arme und weinte, bis ich keine Tränen mehr hatte. Er küsste mich auf den Scheitel und sagte, wenn er könnte, würde er den Schmerz wie ein Gift aus mir heraussaugen.

Und ich glaubte ihm. Hundertprozentig.

Aber nicht alles lief gut bei uns.

Nina bombardierte sein Handy täglich mit Anrufen. Dean nahm nicht einen einzigen davon entgegen und achtete darauf, bei unbekannten Nummer nicht dranzugehen. Sie war keine heimliche Geliebte und spielte auch ansonsten keine Rolle mehr in seinem Leben. Das waren die Brotkrumen, die er mir hingeworfen hatte, als ich Näheres über sie erfahren wollte. Alles andere, was sie betraf, blieb ein absolutes Rätsel.

Es juckte mich zahllose Male, mir sein Handy zu schnappen, sie anzurufen und zu fragen, was zum Teufel sie von ihm wolle und warum sie ihn nicht in Ruhe lassen könne. Aber ich tat es nicht. Weil ich eine beschissene Heuchlerin gewesen wäre, wenn ich versucht hätte, sein Geheimnis zu lüften, während ich mein eigenes unter der Decke hielt.

Als der Oktober anbrach und die ersten Vorzeichen des Winters mit sich brachte, fingen meine Eltern wieder an, mich zu nerven, aber das war immer noch besser als die Funkstille, die den September hindurch zwischen uns geherrscht hatte. Ihres Wissens war ich ein allein lebender Single, der langsam und qualvoll auf seinen Tod zusteuerte. Nichts hätte der Wahrheit ferner sein können. Ich hatte meine Krankheit unter Kontrolle. Meine Lungen als auch meine restlichen Organe waren in guter Verfassung. Nur für mein Herz galt das nicht. Dieses hielt der Mann in Händen, der es mir einst gebrochen hatte, und es gab keine Gewähr dafür, dass er es nicht wieder tun würde.

Unser Umfeld in Todos Santos und unsere Freunde wussten über Dean und mich Bescheid. Zum einen wegen meines Beziehungsstatus auf Facebook, der für Klatsch gesorgt hatte, zum anderen aufgrund der Tatsache, dass die *HotHoles* so gut wie alles voneinander wussten.

Millie freute sich für mich. Vicious zeigte sich gleichgültig – wie allem gegenüber –, Jaime und Mel waren durchaus angetan, aber gleichzeitig ein bisschen skeptisch, und Trent, der immer noch mit Luna in Chicago lebte, war es scheißegal, weil er wichtigere Probleme hatte.

Dean nahm Ninas Anrufe nie entgegen, aber manchmal griff er dennoch zur Flasche, wenn ihr Name auf seinem Display erschien. (Er behauptete, es bringe nichts, wenn er seine Nummer änderte. Irgendwie finde sie die neue immer heraus.) Als ich ihn fragte, wieso er sie nicht anzeige, antwortete er, dass die Sache kompliziert sei.

Ich hasste es, wenn er trank, aber das passierte im Durchschnitt nur alle zwei Wochen. Wann immer er sich dazu hinreißen ließ, musste ich ihm bis ins Fegefeuer folgen und anschließend zurück ans Licht zerren. Ich unterwarf mich ihm und ließ mich von ihm benutzen wie eine Marionette. Vielleicht ist »benutzen« nicht das richtige Wort, um zu umschreiben, was wir taten. Ich genoss die böse Version von ihm ebenso sehr wie unser zärtliches Liebesspiel auf dem Fußboden vor dem Fernseher, inmitten von Pappbehältern vom Lieferservice.

Ich mochte es, wenn er mir den Hintern versohlte. Wenn er

mit seinem Schwanz in meinen Mund stieß, bis mir die Tränen über die Wangen liefen. Ich beklagte mich nicht, als er mich zornig in einer dunklen Gasse hinter dem Madison Square Garden an einer Backsteinmauer vögelte und mein Rücken hinterher aussah, als wäre er mit Sandpapier abgeschmirgelt worden.

Am Abend vor Thanksgiving wollten wir in einem Imbisslokal gegenüber dem The Black Hole essen. Zumindest dachte ich das.

Ich lief in meinem dicken schwarzen Kapuzenshirt und mit einer Wollmütze über die Straße – es war alles andere als eiskalt, aber sicherheitshalber zog ich mich immer warm an –, setzte mich in eine Nische mit roten Kunstledersitzen und stellte eine kleine braune Papiertüte auf den Tisch. Darin befanden sich Deans Lieblingsschokokekse, nach denen ich ihn süchtig gemacht hatte und deretwegen Elle mich ständig anflehte, ich solle auf sie verzichten, um nicht aufzugehen wie ein Hefeklops. Ironischerweise naschte jetzt nicht nur ich sie in einer Tour, sondern auch Dean stopfte sich damit voll.

Ich wartete fünfzehn Minuten, bevor ich ihm schrieb, um zu erfahren, wo er steckte. Dean verspätete sich immer, aber nie mehr als fünf Minuten.

Rosie
Sirius an Erde. Kommst du oder nicht?

Dean
Das werde ich. In deinem Mund. Heute Nacht. BUMM.

Rosie
Wie reizend. Wo bist du?

Dean
Genau hier.

Rosie
Wo ist hier?

Dean
Vor dem Lokal. In einem Wagen. Ich warte auf dich.

Rosie
?

Dean
Kacke. Ich hab vergessen, dir zu sagen, dass ich nicht hungrig bin. Darum dachte ich, wir könnten das Essen ausfallen lassen und spontan nach Todos Santos fliegen, um unseren Eltern mitzuteilen, dass wir zusammenziehen. Oh, und dass wir ein Paar sind. Frohes Thanksgiving.

Rosie
??

Dean
Komm raus.

Rosie
???

Dean
Los jetzt, Baby LeBlanc. Ich habe große Pläne, außerdem gibt es da noch jemanden, der auf dem Weg zum Flughafen vernascht werden will.

Rosie
NEIN.

Dean
Zu spät. Ich kann die Limousine mit der Trennscheibe und den getönten Fenstern nicht mehr abbestellen.

Ich meinte nicht den Oralsex. Sondern die Überraschungsreise ans andere Ende des Landes.

Ich sah nach draußen.

Er nahm mich nicht auf den Arm.

Da stand wirklich eine Limo mit getönten Fenstern.

Dieser Mann würde noch mein Untergang sein.

Was denkst du dir dabei, Gott? Ist Mukoviszidose nicht genug für dich?

Ich überquerte die Straße und kniff die Augen zusammen, als Dean aus dem Wagen stieg und mir mit einer übertriebenen Verbeugung die Tür aufhielt.

»Miss LeBlanc.«

»Mr Dachschaden.« Ich nickte ihm knapp zu und setzte mich in das schwarze Fahrzeug mit den weichen, beigefarbenen Ledersitzen, der Flasche Champagner samt zwei Gläsern sowie meinem hinreißenden, grinsenden Liebsten, der immer noch seinen Geschäftsanzug trug. *Daran könnte ich mich gewöhnen*, ging es mir durch den Sinn. Genau deswegen musste ich ihm alles sagen, was Dr. Hasting mir mitgeteilt hatte. Es war unaufrichtig von mir, ihn über meine Unfruchtbarkeit im Unklaren zu lassen.

Dean schenkte mir ein Glas Schampus ein, während er den Knopf für die Trennscheibe betätigte, und reichte es mir. Er selbst begnügte sich mit einer Flasche Wasser.

»Also.« Er leckte sich über die Lippen und befreite meine

Haare von der Wollmütze, die er achtlos beiseite warf. »Denkst du, deine Eltern werden mich mögen?«, witzelte er.

Meine Eltern kannten ihn längst. Schlimmer noch, es war ihnen durchaus bewusst, dass er mal mit meiner Schwester gegangen war. Ich war nicht gerade versessen darauf, ihnen das mit Dean und mir zu beichten, weil mir klar war, dass sie die Gelegenheit nutzen würden, um mich mit weiterer Kritik zu überschütten. Gleichzeitig würde ich ihnen nicht erlauben, sich meinem Glück in den Weg zu stellen.

»Ganz ehrlich?« Ich holte tief Luft. »Es würde mich nicht überraschen, wenn sie gegen unsere Beziehung wären.«

»Das juckt mich nicht.« Nonchalant schlug er seine langen Beine übereinander und verschränkte die Finger. »Dich etwa?«

Ich schüttelte den Kopf, als mir klar wurde, dass ich es schon vor langer Zeit aufgegeben hatte, sie auf mich stolz machen zu wollen. Seit meiner Woche in Todos Santos war das Thema vom Tisch, was sich aber bereits vorher angedeutet hatte.

»Wir müssen bei uns zu Hause vorbeifahren, damit ich meine Medikamente und meine Weste holen kann.« Ich wühlte in meiner Handtasche, um mich zu vergewissern, dass ich meinen Inhalator dabeihatte.

»Nicht nötig.« Er legte seine Hand auf meine. »Ich habe alles für dich eingepackt, Baby. Deine Tabletten, deine Asthmasprays, dein Inhaliergerät, deine Weste. Außer einer neuen Lunge hast du alles dabei, was du brauchst. An Letzterem arbeite ich, aber der Schwarzmarkt gibt zurzeit nicht viel her.«

Ich sah auf und grinste. »Was ich dir gleich sage, wird dir nicht gefallen«, warnte ich ihn, woraufhin er übertrieben stark die Stirn runzelte, um anzudeuten, dass er schon jetzt verärgert war.

»Du kannst es mir hier drinnen nicht mit dem Mund machen. Um das durchzuziehen, bist du viel zu groß. Nicht einmal diese geräumige Limousine bietet dafür genügend Platz.«

»Ich finde Herausforderungen erfrischend. Sie halten mich jung.« Er machte sich zum Abtauchen bereit, indem er seine Krawatte und den Stoff seiner Anzughose über seinen Knien lockerte. Ich legte die Hand an seine leicht stopplige Wange, um ihn davon abzuhalten.

»Außerdem habe ich eine ziemlich enge Jeans an.«

»Ich will verdammt sein, wenn ich mir von einem ASOS-Teil für zwanzig Dollar den Spaß verderben lasse, Liebling.«

Liebling. Solche Koseworte hatten wir noch nie zueinander gesagt, und das nicht, weil uns nicht danach gewesen wäre. Diese Gefühle waren für uns beide noch neu. Dieses ganze Leben.

Ich legte den Zeigefinger auf seine Lippen und beugte mich zu ihm. »Aber ich könnte dich oral verwöhnen.«

Seine Augen folgten mir aufmerksam, als ich mich vor ihn hinkniete, sodass mein Gesicht auf einer Höhe mit seinem Schritt war. Offen gestanden mochte ich diesen Teil unserer Beziehung mit am liebsten. Diese fiebrige Begierde zwischen uns. Die unstillbar zu sein schien. Es war wie eine *Notwendigkeit*, es an öffentlichen Orten miteinander zu treiben, wir taten es nicht aus dem Bedürfnis heraus, dem Sex mehr Würze zu verleihen. Denn dazu bestand bei Dean Cole kein Grund. Er war auch so höllisch scharf.

Ich öffnete seinen Hosenstall und holte sein halb erigiertes Glied heraus. Mit einem schiefen Grinsen strich er mir ein paar verirrte Haare aus dem Gesicht.

»Wenn ich mir vorstelle, dass wir schon seit Jahren zusammen sein könnten, wenn du nicht so verflucht starrsinnig gewesen wärst, möchte ich dir manchmal mein Supersperma direkt ins Auge schießen. Ist dir das bewusst?«

Ich leckte mir die Lippen, während sein Schaft in meiner Hand anschwoll, als mehr Blut in ihn strömte. »Das ist das widerwärtigste Kompliment, das ich je bekommen habe«, kommentierte ich.

»Vielleicht siehst du das so, weil du dir den Kern meiner Aussage nicht bewusst machst. Du warst schon immer die Einzige für mich, Rosie. Noch bevor du das erste Mal den Mund aufmachtest, wusste ich, dass ich dich haben musste. Ich brauchte lange dafür, aber jetzt, da du mir gehörst – und dass wir uns da richtig verstehen, genauso ist es, Baby –, wird nichts mehr zwischen uns kommen, hörst du? Hast du das verstanden?«

Mehr Aufmunterung brauchte eine Frau, konfrontiert mit einer einäugigen Schlange, die darauf wartete, gelutscht zu werden, nun wirklich nicht. Ich beugte mich vor und leckte über seine Eichel, schob die Zungenspitze in die schmale Öffnung, bevor ich sein Glied ganz mit den Lippen umschloss. Er stieß das Becken nach vorn und warf den Kopf zurück, dabei zischte er zwischen seinen perlweißen Zähnen: »Heilige Scheiße, Rosie.«

»Heilige Scheiße und Rosie sind Synonyme. Spare Worte, indem du nur eine Anrede benutzt«, konterte ich mit dem gleichen frechen Spruch, den er mir vor ein paar Monaten serviert hatte. Er lachte gequält, dieser grüblerische Millionär, der sich auf der Fahrt zum Flughafen von einem kranken Mädchen einen blasen ließ.

Er griff nicht in mein Haar, um mich anzuleiten, wie er es normalerweise tat. Stattdessen beobachtete er mit einer Mischung aus Ehrfurcht und Faszination, wie ich meine Zauberkunst an ihm erprobte, indem ich ihn mit zärtlichen Lippen stimulierte und ihm all die Liebe und Hingabe zuteilwerden ließ, die er verdiente, weil er der beste Mann war, den eine Frau sich wünschen konnte. Jawohl, das war er. Er war mehr, als ich mir je hätte erträumen können.

Ich bin ein wertvoller Mensch.

Ein guter Fang.

Und ich werde der ganzen Welt zeigen, was für einen attraktiven, erfolgreichen, witzigen und klugen Kerl ich mir geangelt habe.

Nachdem ich seinem Ständer zehn Minuten nonstop liebevolle Zuwendung hatte angedeihen lassen, hörte ich Dean stöhnen. »Verdammt, Baby, ich werde gleich kommen.«

Ich knetete seine Schenkel, erteilte ihm wortlos die Erlaubnis, es in meinem Mund zu tun. Er stieß keuchend den Atem aus, schloss die Finger um seinen Schaft und pumpte seinen Samen in meine Kehle. Sobald er fertig war, richtete ich den Oberkörper auf, dann setzte ich mich auf seinen Schoß. Er küsste mich auf die Lippen und schmiegte den Kopf an meine Brust.

»Dieser Blowjob hat einen Platz in den Geschichtsbüchern verdient, Baby LeBlanc.«

»Gott, was bin ich froh, dass du nicht über unser nationales Bildungssystem zu bestimmen hast.«

Als wir in San Diego landeten und schließlich in Todos Santos eintrafen, war es schon mitten in der Nacht von Freitag auf Samstag.

Wir verzogen uns sofort in mein Zimmer und ins Bett, wo wir jeweils in der Wärme des anderen versanken. Die Vorfreude darauf, meine Schwester wiederzusehen, zauberte mir beim Einschlummern ein Lächeln ins Gesicht. Emilia war die Schwangerschaft jetzt anzusehen – sie schickte mir wöchentlich Fotos –, und ich konnte es kaum erwarten, ihren Buddha-Bauch zu streicheln und dem Baby leise zuzumurmeln, wie es sich für eine verrückte Tante wie mich gehörte.

Sicher, meine Eltern würden mich jede Menge Nerven kosten, aber alles in allem konnten unsere ständigen Querelen die Freude, die ich angesichts meiner Schwester empfand, nicht trüben.

Noch im Pyjama spazierte ich am nächsten Morgen die Treppe hinunter. Letzte Nacht hatte uns Anna, die Haushälterin, geöffnet, daher wusste ich nicht, ob meine Familie mit mir rechnete. Ich bekam die Antwort auf diese Frage, als ich in die Küche trat und meine Eltern am Tisch sitzend vorfand, wo sie Zeitung lasen und Kaffee tranken.

Meine Mutter hob den Blick von ihrer Lektüre. Mein Vater folgte ihrem Beispiel nicht. Keiner von beiden schien überrascht über meine Anwesenheit.

Sie machte Anstalten aufzustehen, um zu mir zu eilen und mich an ihre Brust zu drücken, als Vater die Hand auf den Tisch legte und ihr wortlos bedeutete, es nicht zu tun. Um sie daran zu erinnern, dass ich für meinen Ungehorsam bestraft werden musste.

»Setz dich, Rose«, sagte sie stattdessen in bekümmertem Ton. Jede meiner Gehirnzellen flehte mich an zu protestieren, aber ich wollte nicht, dass unser Besuch auf diese Weise missglückte. Darum pflanzte ich mich auf den Stuhl am anderen Tischende und verschränkte die Finger ineinander. Meine Eltern und ich waren in den letzten drei Monaten distanziert, aber höflich miteinander umgegangen. Wir schrieben uns häufig Nachrichten. Meistens ging es um gesundheitliche Themen und das Neueste aus meinem Leben in Kurzfassung. Manchmal riefen sie mich an, um mich an den Geburtstag von jemandem aus der Verwandtschaft zu erinnern oder daran, Millies Post aus unserer alten Wohnung abzuholen, wahlweise, um mich zu fragen, wann ich zurückkommen werde. Aber damit hatte es sich auch.

»Ich denke, wir sollten reden …«, begann ich, als meine Mutter mir das Wort abschnitt.

»Kathy aus meinem Strickclub ist neulich auf deine Facebook-Seite gestoßen. Sie hat mich angerufen und mir buchstäblich ein Ohr abgekaut. Sie hat gesagt, es gäbe interessante Neuigkeiten. Wieso musstest du unter allen Männern in Manhattan – allen Männern auf der *Welt* – ausgerechnet ein Auge auf den Exfreund deiner Schwester werfen, Rose LeBlanc?«

»Guten Morgen.« Besagte Schwester kam in die Küche gefegt und warf ihre fliederfarbenen Haare über ihre Schulter. »Ich habe Essen gerochen, und das werde ich jetzt bis auf den letzten Krümel verputzen.« Sie lachte, während wir anderen Anwesenden aussahen, als würden wir uns jeden Moment in einem Faustkampf auf dem Fußboden wälzen.

»Nicht zu Späßen aufgelegt? Tja, dann werde ich mich dem Begräbnis wohl anschließen.« Millie nahm sich einen Karton Kokosnusswasser aus dem Kühlschrank, trank mehrere ausgiebige Schlucke und rieb ihren Bauch.

Ich war erst seit zehn Minuten wach und hatte schon jetzt meine Dosis Drama für das ganze Wochenende intus. Millie trug ein langes, unförmiges honigfarbenes Kleid mit Fransen am Saum, und ihre Haare tanzten um ihre Schultern. Sie sah aus wie eine Fee. Eine ziemlich schwangere, um genau zu sein. Ihr Bauch hatte die Größe einer Wassermelone. Wie viele Babys hatte sie da eigentlich drin? Da sie mich ständig auf dem Laufenden hielt, wusste ich, dass es nur eins war. Sie war im fünften Monat, und allem Anschein nach gedieh das Brötchen in ihrem Ofen prächtig.

Ich sprang von meinem Stuhl und leerte mein ganzes Magazin an Zuneigung, Küssen und Umarmungen über der einzigen Person in meiner Familie, die es zuließ. Millie löste sich von mir, dann zog sie die Nase kraus, während sie mir übers Haar streichelte. »Komme ich fünf Minuten zu spät?«

»Dreißig Sekunden, aber die Bombe ist bereits geplatzt.« Ich seufzte. Meine Schwester bedachte mich mit diesem besonderen Blick, einer Kombination aus Augenrollen und wissendem Lächeln, der besagte: Schon wieder die alte Leier.

»Mama, Daddy.« Sie bedeutete mir, mich wieder hinzusetzen, bevor sie sich selbst auf einen Stuhl sinken ließ. »Bitte, hört uns zu. Ich bin es leid, mit anzuschauen, wie Rosie niedergemacht wird.«

»Ach ja?« Mutter verschränkte die Arme. Vater tat noch immer, als würde er Zeitung lesen, aber seine Augen bewegten sich nicht. Am liebsten hätte ich ihn mit irgendetwas beworfen. Ihn angebrüllt. Geschrien, dass es ihm nicht zustand, wütend zu sein. Dass *ich* diejenige war, die sich im Stich gelassen und schäbig behandelt fühlte. Dass er für jemanden, der mich ständig um sich haben wollte, eine seltsame Art hatte, das zu zeigen. Er trauerte um eine Tochter, die überhaupt noch nicht tot war, während er nicht zuließ, dass sie ihn liebte.

»Deine Mutter braucht keine Zeit. Sie braucht eine gesunde Tochter.«

Ich fragte mich, welche Art von Tochter er damit meinte. Etwa eine, die nicht ihre Träume verfolgte? Eine, die sich unterordnete und nach *seiner* Pfeife tanzte während der kostbaren Zeit, die ihr auf dieser Erde noch vergönnt war. Nicht dass ich die Beweggründe meiner Eltern nicht hätte nachvollziehen können. Bestimmt brach es ihnen das Herz, ihr krankes Kind in der Fremde zu wissen. Doch sie hatten eines nie begriffen:

Es ging mir nicht um New York an sich. Sondern um meine Unabhängigkeit.

Darum, zu tun, was ich wollte, Lebenserfahrungen jenseits des Kokons zu sammeln, den meine Eltern für mich erschaffen hatten. Vor allem aber musste ich herausfinden, wer ich war, wenn nicht andere Menschen mich in eine Schablone pressten.

»Dean Cole, Rosies Liebster, hat Baron gestern angerufen, um ihm zu sagen, dass sie herkommen und ihre Beziehung bekannt geben wollen.« Millie nahm meine Hand und schenkte mir dieses gewisse Lächeln, das den ganzen Raum erhellte und den daneben gleich mit. »Es ist Thanksgiving, und es gibt so vieles, wofür wir dankbar sein müssen. Ich erwarte ein Kind, und Rosie ist glücklich und gesundheitlich auf dem Damm. Das sollten wir zusammen feiern. Bestimmt erinnert ihr euch, dass Dean und ich während der Highschool liiert waren. Und sicherlich wisst ihr auch noch, wie das Ganze *endete*. Plötzlich und tragisch. Aber ohne Herzschmerz, wie ihr euch vielleicht noch entsinnt.«

Millie rieb mit kreisenden Bewegungen über meinen Rücken, um meine Nerven zu beruhigen. Ich war zu angespannt, um zu atmen.

»Ich will nicht der Vergangenheit nachhängen, aber eines möchte ich unbedingt sagen, damit wir alle eine glücklichere Zukunft haben: Baron und ich waren immer füreinander bestimmt. Jeder wusste das. Jeder … nur wir nicht. Was Dean und Rosie betrifft …« Sie schüttelte seufzend den Kopf, während der Kummer allmählich aus ihrem Gesicht verschwand. Millie wusste, wie sehr es mir, *uns*, wehgetan hatte, und wünschte, sie könnte es rückgängig machen. »Mama, Daddy, sie waren vom ersten Tag an verrückt nacheinander. Mir fiel das nicht auf, weil ich zu sehr damit beschäftigt war, ein selbstsüchtiger Teenager zu sein, aber ihre Beziehung stört oder verletzt mich nicht im Geringsten. Schaut sie euch doch nur an.« Sie wuschelte mir schmunzelnd durch die Haare. »Rosie leuchtet geradezu von innen. Und wenn sie glücklich ist, sollten auch wir das sein. Wirke ich in irgendeiner Weise deprimiert?« Sie umfing ihren Bauch und lachte, und ich stimmte ein, nicht weil ich mich erleichtert oder optimistisch fühlte, sondern weil meine Schwester der Inbegriff von Gesundheit war, und auch wenn das für mich nicht galt, gefiel es mir, dass das, was ich eines Tages zurücklassen würde, wohlauf und in guten Händen war.

Emilia war beides.

Endlich löste Vater die Augen von seiner Zeitung. »Ist das wahr, Rose? Hast du Dean Cole schon immer geliebt?«

Ich konnte seinen Tonfall nicht einschätzen. War er ernst? Traurig? Enttäuscht? Erfreut? Hielt er mich für eine Idiotin, weil ich einen Mann liebte, den zu lieben ich kein Recht hatte, oder wusste er das Opfer, das ich vor all den Jahren für meine Schwester gebracht hatte, zu schätzen?

»Ja.« Errötend senkte ich den Blick auf meine verschränkten Finger. »Ich habe ihn immer geliebt.«

Das war die unbequeme Wahrheit, die niemand hören wollte. Keiner außer dem Mann, der sie nicht kannte. Dean höchstpersönlich.

Mein Vater stand vom Tisch auf und stemmte die Hände in die Hüften, als wollte er einen weiteren Streit vom Zaun brechen.

»Passt er auf dich auf? Wir müssen das wissen.«

Lieber Himmel. Entweder war mein Vater der größte Macho, der im einundzwanzigsten Jahrhundert auf dieser Erde wandelte, oder er hielt mich tatsächlich für ein nutzloses Klappergestell. Er hatte Emilia mein Leben anvertraut, während wir zusammenwohnten. Ebenso Darren, obwohl er ihn nie kennengelernt hatte. Aber mir selbst? Nö. Allem Anschein nach würde er eher jedem Dahergelaufenen vertrauen als mir.

Ich schloss die Augen, atmete tief durch und nickte kurz.

»Ja, Daddy. Er passt auf mich auf.« Mein Kiefer mahlte, jede feministische Ader in mir verlangte, dass ich ihn in die Schranken wies.

»Bist du dir sicher?«

»Er hat meine Medikamente und medizinischen Hilfsmittel für mich eingepackt, bevor wir hierher geflogen sind.« Ich biss mir auf die Zunge, um nicht wild um mich zu schlagen, als ich fortfuhr. »Er schickt mir dreimal pro Woche ein Taxi, damit ich meine Physiotherapie nicht versäume. Und er begleitet mich zu Dr. Hasting, wenn er es zeitlich einrichten kann.«

»Wenn er es zeitlich einrichten kann«, schnaubte mein Vater und schüttelte den Kopf. »Ich versteh schon.«

»Paul«, sagte meine Mutter in warnendem Ton, den Blick auf den Tisch gerichtet.

»Ja, schon gut. Ich bin bereit, mit dem Burschen zu sprechen, nur wird das nichts ändern, Rosie. Wir wollen dich trotzdem hier in Todos Santos haben. Wenn du möchtest, dass deine Mutter und ich dich unterstützen bei dem … was immer du in New York so treibst …« Er machte eine wegwerfende Handbewegung, aber zum ersten Mal seit meinem letzten Besuch hier sah er mich nicht so an, als wäre ich reine Zeitverschwendung. »… dann musst du uns ein paar Versprechen geben und einiges ändern, damit wir ruhig schlafen können. Du *bist* nun mal krank, Rosie-Mäuschen. Und wir machen uns Sorgen um dich. Alles, was wir von dir verlangen, ist nur zu deinem eigenen Besten.«

Rosie-Mäuschen. Ich nickte, während ich mit den Tränen kämpfte.

Meine Mutter rollte mit den Augen. »Kann ich jetzt bitte eine Umarmung bekommen? Deine Mama hat ihr kleines Mädchen vermisst.«

»Und diese zukünftige Mama braucht Rosie, damit sie ihre

superleckeren Schokoladenkekse backt«, gurrte Millie und kniff mich lachend in die Wange.

An diesem Morgen dachte ich, der schlimmste Teil wäre überstanden.

Ich täuschte mich.

KAPITEL 23

Dean

Manchmal ist das Leben wie ein Schneeball, dem man nicht ausweichen kann.

Manchmal will man es auch gar nicht.

Alles ging so schnell. Ich hatte null Kontrolle darüber. Es war kein Witz gewesen, als ich zu Trent sagte, man könne nichts dagegen tun, wenn das Leben aus den Fugen gerät. Nur wurde mein Chaos von phänomenalem Sex überlagert.

Nina schlug ihre Zelte in New York auf. Sie rief mich jeden Tag an. Jeden. Einzelnen. Gottverdammten. Tag. Ich ging nie dran.

Es war absurd. Und wurde noch absurder, als ich sie an einem Tag im Oktober, kurz bevor ich das Büro verlassen wollte, um Rosie abzuholen und einen Hugh-Jackman-Film mit ihr anzuschauen (ja, meine Eier waren noch intakt, danke der Nachfrage), an der Rezeption vorfand, wo sie, einen feuchten, billigen Mantel an ihre Brust drückend, auf mich wartete. Ihre Augen waren aufgerissen, und wenn mich nicht alles täuschte, stand in jedem ein riesiges Dollarzeichen.

»Es tut mir leid, Mr Cole.« Sue eilte mit ihrem iPad in der Hand auf mich zu, und zum ersten Mal seit Jahren schien sie ernsthaft nervös zu sein. Nach dem, was man mir erzählte, versuchte Nina regelmäßig, sich ins Gebäude zu schleichen, aber meine Mitarbeiter wussten, dass Köpfe rollen würden, sollte sie einen Fuß in mein Revier setzen. »Es ist mir unbegreiflich, wie sie an den Sicherheitsleuten im Erdgeschoss vorbeigelangen konnte. Wie Ihnen bekannt sein dürfte, haben wir derzeit keine fest angestellte Empfangsdame …«

Ohne meine persönliche Assistentin zu beachten, marschierte ich zu Nina. Ich baute mich so dicht vor ihr auf, dass wir uns fast berührten, und durchbohrte sie mit einem vernichtenden Blick, der besagte, dass man sie das nächste Mal, wenn sie hier auftauchte, in Einzelteilen raustragen und im Hudson entsorgen würde.

»Verpiss. Dich.«

»Er möchte dich kennenlernen.« Sie ging auf Tuchfühlung. *Wie armselig*. Ihre Worte trafen mich unvorbereitet, aber ich bewahrte einen kühlen Kopf, ließ mich von ihren manipulativen Spielchen nicht aus der Fassung bringen. Als ich sie nun aufmerksamer betrachtete, fiel mir auf, dass ihre Kleidung in einem desolaten Zustand war und sich der hellrosa Lippenstift, den sie so sehr liebte, über ihr ganzes Gesicht verteilte. Sie bot ein Bild des Elends. Offenbar war sie wieder auf Droge.

»Ich meine es ernst, Nina.« Meine Stimme war entspannt, meine Körperhaltung nicht. »Er interessiert mich nicht. Richte ihm aus, dass ich ihn nicht sehen will. Und jetzt verschwinde. Ich würde nur ungern den Sicherheitsdienst rufen. Wir wissen beide, dass du dir angesichts deines Vorstrafenregisters keine weitere Festnahme leisten kannst.«

Eigentlich hätte das Problem damit erledigt sein müssen, nur leider war es das nicht.

Nina tauchte nicht mehr persönlich auf – vermutlich war ihr klar, dass ich meine Drohung wahr machen würde –, dafür fing sie an, mir Sachen von ihm zu schicken, um eine Reaktion zu erzwingen. Damit ich einlenkte und ihre Anrufe entgegennahm. Eine schwarze *Raiders*-Kappe, damit ich wusste, dass er auch auf Football stand. Einen Plastikbecher, der rundum mit »Birmingham, Alabama« bedruckt war. Einen Füller. Solches Zeug. Verdammt. Ich wollte nicht, dass diese Dinge mich verhöhnten, aber das taten sie, und ich brauchte Abstand von dem Ganzen. Ich stand kurz vor meiner Belastungsgrenze, war dem Zusammenbruch nahe.

Mein Entschluss, nach Todos Santos zu fliegen, rührte nicht nur daher, dass ich Nina entkommen wollte. Es war an der Zeit, dass alle von meinen Absichten in Bezug auf Rosie erfuhren. Weil ich dieses Mädchen nämlich bald heiraten würde. Schon Ende dieses Monats würden wir offiziell zusammenziehen.

Ich sprang mit dem Kopf voraus in eine ungewisse Zukunft, aber das juckte mich nicht. Ich knüpfte mein Schicksal an ihres, obwohl ich wusste, wie die Sache ausgehen würde. Rosie schluckte jeden Morgen als Erstes eine ganze Handvoll Tabletten, und sie musste zweimal täglich diese Weste benutzen. Jeden zweiten Nachmittag ging sie zur Physiotherapie. Wenn wir einen Spaziergang unternahmen, geriet sie rasch aus der Puste und blieb stehen, um sich mit einem entschuldigenden Lächeln an einen Baum zu lehnen und sich die Seite zu halten. Meine Liebste war nicht gesund. Das würde sie auch niemals sein.

Trotzdem würden wir die Herausforderung meistern.

Die Leute mussten es erfahren, akzeptieren und damit leben.

Der andere Grund, warum ich sie nach Todos Santos schleifte, war Trent. Jaime und ich hatten ihm versprochen, dass wir Vicious dazu bringen würden, die Dependance mit ihm zu tauschen. Der Mistkerl würde mit Millie und dem Baby nach Chicago umsiedeln, ob es ihm passte oder nicht. Mir war klar, dass er sich nicht kampflos geschlagen geben würde – immerhin war Kämpfen eine unserer liebsten Freizeitaktivitäten –, und ich stand Gewehr bei Fuß.

Rosies Treffen mit meinen Eltern sollte eigentlich eine zwanglose Angelegenheit in trauter Runde werden, aber als meine Mutter hörte, dass ich zum ersten Mal seit … nun ja, überhaupt je ein Mädchen mit nach Hause bringen würde, geriet sie ein bisschen zu sehr aus dem Häuschen. Genau genommen drehte sie komplett durch. Sie rief meine Schwestern an, was sagt man dazu? Keeley hatte ohnehin geplant, aus Maryland zu Besuch zu kommen, und Payton lebte in Nordkalifornien, also praktisch gleich um die Ecke. Und so wurde aus einem entspannten Brunch mit meinen Eltern und meiner Freundin ein Riesenspektakel, mit meiner Wenigkeit als Gastgeber.

»Ich bin dermaßen nervös, dass ich mich gleich in meinen Ausschnitt übergebe.« Rosie fasste meine Hand, als ich in einem von Vicious' Autos vor meinem Elternhaus parkte. »Das Gute daran ist, dass dann wenigstens mein Busen verdeckt wird. Es ist besser, unappetitlich auszusehen als flittchenhaft, oder?«

»Hast du gerade das Wort ›Flittchen‹ benutzt?« Ich biss mir auf die Innenseite meiner rechten Wange, um mir ein Grinsen zu verkneifen.

»Verrückt, nicht? Das muss an meiner Anspannung liegen.«

»Großer Gott, LeBlanc. Ich wusste nicht, dass es dich so mitnimmt.«

Sie hatte nie die Eltern irgendeines Exfreunds kennengelernt, diesen Schritt bei keinem anderen gewagt. Fast schien es, als hätten wir beide damit gewartet, um diese Erfahrung gemeinsam zu machen. Wir waren keine Kinder mehr. Ich ging stramm auf die dreißig zu. Rosie war achtundzwanzig. Wir waren emotionale Jungfrauen, und es war, als würde sie mir ihre Unschuld darbieten.

Dieses Mal bat ich darum.

Und ich nahm sie an.

Es gefiel mir ungemein, dass wir ein paar erste Male zusammen erleben durften.

»Sei einfach du selbst. Ich bin sicher, das wird genügen. Und falls nicht …« Ich zuckte die Achseln und ließ meinen Pfefferminzkaugummi platzen. »Werde ich dich eben ersetzen. Du hast doch diese scharfe Cousine, stimmt's?«

Ich drückte auf die Klingel, während Rosie mich mit ihren azurblauen Augen erdolchte. Normalerweise wäre ich einfach reingegangen, aber sie brauchte diese paar Sekunden. Sie hatte feuchte Hände und kämpfte mit einem Hustenanfall, den sie zu unterdrücken versuchte, indem sie mehrmals tief durchatmete. Rosie hatte keine Ahnung, dass meine Eltern längst von ihr beeindruckt waren, weil sie es mit einem Spinner wie mir aushielt und mich so akzeptierte, wie ich war. Doch das würde ich ihr jetzt noch nicht auf die Nase binden. Ich liebte es zu beobachten, wie sie sich anstrengte. Sie trug unter ihrem weiten Mantel ein adrettes blaues Kleid – das nicht halb so viel Dekolleté sehen ließ, wie sie befürchtete – und hatte ihre Haare zu einem Zopf geflochten. Sie mimte das brave Mädchen, was ein kompletter Schwindel war, und zuzusehen, wie sie sich in ihrem sittsamen Kleid mir zuliebe verstellte, machte mich ganz wuschig.

Meine Mutter öffnete die Tür. Sie hatte ihre geliebte zitronengelbe Strickjacke an und lächelte zuckersüß. Sie fiel Rosie um den Hals und drückte sie, als würden sie sich schon ewig kennen, und Rosies stocksteifer Körper wurde wachsweich in ihren Armen. Mein Vater schüttelte ihr die Hand, im Gesicht ein Grinsen, wie es sonst ausschließlich seinen Kindern vorbehalten war. Anschließend klopfte er mir auf den Rücken und flüsterte mir einen vollkommen unangemessenen Kommentar zu meiner Freundin ins Ohr. Payton und Keeley verharrten wie zwei Groupies in der Tür und machten ihr Komplimente zu ihrem Kleid. Dann richteten sie ihre Aufmerksamkeit auf mich.

»Du trainierst immer noch.« Keeleys Tonfall war beinahe vorwurfsvoll. Sie warf ihre aschblonden Haare zurück.

»Gibt es in Maryland etwa keine Fitnessstudios?« Ich drängte mich mit der Schulter an ihr vorbei und drückte spielerisch ihren Bizeps. Keeley hatte keine Zeit für Sport, doch obwohl sie etwas fülliger war, stand ihr das ausgesprochen gut.

»Sieh mal einer an, unser Bruder ist immer noch so ein Scherzkeks wie früher.« Payton stieß sie mit dem Ellbogen an. Ich verdrehte die Augen, und meine Schwester japste. »Gibt es in New York etwa keinen Humor?«

Abgesehen von unserer pubertären Frotzelei ließen sich die Dinge gut an.

Rosie und ich wurden ins Speisezimmer geführt, wo uns ein zünftiges Bauernfrühstück, Rühreier mit Speck, Bagels und Brownies auf dem modern-rustikalen Tisch erwarteten. Auch Orangensaft, Kaffee und Milch standen bereit. Rosie fiel die Kinnlade runter, dann fuhr sie sich mit der Zunge über die Lippen. Entweder war sie am Verhungern oder perplex wegen des Bilds, das sich ihr bot. Bei dem Gedanken daran, wie sie sich meine Familie vermutlich vorgestellt hatte, musste ich mir ein Lachen verbeißen. Als einen Haufen Snobs, die ausschließlich Gerichte mit französischen Namen aßen und in einem Prachtbau wie Vicious wohnten.

Tatsächlich stammten meine Eltern aus einer Vorstadt von Birmingham, Alabama. Mein Vater war der Sohn eines Senators, während der familiäre Hintergrund meiner Mutter eher dem von Rosie entsprach. Ihre Eltern hatten auf einer Farm gearbeitet. Sie hatte Eli kennengelernt, als sie sein Zimmer putzte, um für ihre kranke Mutter einzuspringen. Seine Eltern hatten sie gehasst – und umgekehrt –, aber das war beiden schnurzegal gewesen.

Mein Vater wurde einer der einflussreichsten Anwälte in Kalifornien und dieser Teil ihrer Vergangenheit damit Schnee von vorgestern. Aber sie waren Südstaatler durch und durch, wofür das fettreiche Essen auf dem Tisch den schlagenden Beweis lieferte.

»Nimm Platz, Baby LeBlanc.« Ich markierte den Gentleman, indem ich ihr einen Stuhl zurechtrückte, bevor ich mich neben sie setzte. Ich schenkte ihr Kaffee ein. Sie mochte ihn schwarz. Kein Zucker. Keine Sahne. Kein nichts. Tatsächlich mied Rosie Milchprodukte komplett. Ich wusste solche Dinge, weil ich jedes Detail an ihr registrierte, mir einprägte und in meinem Gehirn speicherte. Da meine Finger nicht ruhen würden, ehe sie ihren Schoß fanden, war ich klug genug, ganz die Hände von ihr zu lassen. Meine Eltern hatten keinen Schimmer, was für einen geilen Bock sie großgezogen hatten. Und dabei sollte es besser auch bleiben.

»Ich habe gehört, dass du in einem Kinderkrankenhaus arbeitest, Rosie.« Keeley lächelte ihr zu.

»Ja, im Mott's Children Hospital in Manhattan«, bestätigte Rosie und trank einen Schluck Kaffee. »Auf der Neugeborenenintensivstation.«

»Du musst Kinder wirklich gernhaben. Weiß Dean, dass er mal Vater von mindestens drei oder vier sein wird?«, witzelte meine Schwester und aß einen Bissen von ihrem fettigen Speck. Rosie blinzelte, aber ihr entspanntes Lächeln verrutschte nicht. Ich hatte das Gefühl, als würde sich eine Drahtschlinge um meinen Magen zuziehen. Zwar hatte Rosie mir noch immer nicht von ihrem Problem erzählt – jedenfalls nicht in bewusstem Zustand und erst recht keine Details –, aber das machte es nicht weniger *real*. Ich sollte nicht wütend auf Keeley sein. Sie war immer direkt und zum Scherzen aufgelegt. Trotzdem war ich es.

»Vielen Dank, Keeley, dass du meine Freundin schon in den ersten fünf Minuten unseres Brunchs verschreckst.« Ich grinste süffisant und bat meine Mutter, mir eine mit weiß der Geier was gefüllte Schüssel zu reichen, damit die Dinge in Bewegung blieben. »Aber das Spiel kann man auch zu zweit spielen. Ich freue mich schon darauf, deinen zukünftigen Freund mit Fragen über die Qualität seiner Spermien und seine Zeugungsmethoden zu bombardieren, wenn es mal so weit ist.«

Rosie legte eine Hand auf meinen Oberschenkel.

»Ist schon okay, Dean.« Sie lächelte übers ganze Gesicht. »Ja, ich habe eine Schwäche für Kinder.« Nach einer kurzen Pause fügte sie hinzu: »Ich würde sehr gern eines Tages selber welche bekommen. Und ich denke, dein Bruder würde einen fantastischen Vater abgeben. Siehst du, Baby? Jetzt habe ich dafür gesorgt, dass die Aufregung gleichmäßig zwischen uns aufgeteilt ist.« Sie tätschelte meine Wange und zwinkerte mir zu.

Ich quittierte das mit einem Lachen, weil es von mir erwartet wurde, aber es erreichte nicht meine Augen, und schon gar nicht meine Seele.

»Ich ziehe bei allem mit, was es auch sei.« Ich umfing ihren Nacken und küsste sie auf die Schläfe. »Drei Kinder. Oder zehn. Oder eins. Oder keins. Das ist mir völlig egal, solange wir nur zusammen sind.«

Noch während ich das sagte, wusste ich, dass meine Eier mir diesen rührseligen Scheiß, mit dem ich meinen guten Ruf besudelte, niemals verzeihen würden, aber ihre Meinung interessierte mich in diesem Fall nicht. Abgesehen davon hatten sie sich letzte Nacht, als Rosie sie im Zuge eines Blowjobs leckte, auch nicht beschwert. Meine Würde war ein Preis, den ich Rosies Glück zuliebe gern zu bezahlen bereit war, und ich hoffte, dass sie zwischen den Zeilen las und begriff, dass ihre Unfruchtbarkeit uns nicht entzweien würde.

Keine Kinder bedeutete, dass mehr von Rosie für mich blieb. Von mir würde es keine Klagen geben.

»Wie süß«, schnurrte Payton. »Da hat jemand ein Herz entwickelt.«

»Was hast du ihm ins Getränk getan, Rosie?« Keeley lachte schnaubend und fächelte sich mit der Hand Luft zu. »So etwas würde meinem Bruder niemals über die Lippen kommen, es sei denn, er hätte eine Wette verloren.«

Meine Mutter lächelte von einem Ohr zum anderen. Mein Vater guckte leicht unbehaglich drein, aber das konnte nichts mit dem Thema zu tun haben. Immerhin lag er mir ständig damit in den Ohren, dass ich endlich sesshaft werden solle. Er sah immer wieder auf seine Bulgari-Uhr und dann zu mir. Eigentlich war Eli Cole niemand, der sich leicht aus der Ruhe bringen ließ.

»Wann werdet ihr zwei Todos Santos verlassen?«, erkundigte er sich.

»Morgen früh. Wir sind zum Thanksgiving-Essen bei den Spencers.« Ich warf mir eine Erdbeere in den Mund. Vielleicht war er sauer, weil ich bei Rosies Familie wohnte, dabei musste er doch wissen, dass es dieses Jahr meine oberste Priorität war, Rosies Eltern für mich zu gewinnen. Zwar hassten sie mich nicht wirklich – ich hatte ihnen damals nach ihrem Umzug nach L.A. geholfen, sich zurechtzufinden, als Vicious in New York für Emilia den Romeo gab –, aber sie hatten Bedenken, was ich gut nachvollziehen konnte. Hätte ich zwei Töchter, die beide von demselben Mistkerl vernascht wurden, würde ich ihm ebenfalls mit Argwohn begegnen.

Ich musste ihnen begreiflich machen, dass es kein Hobby von mir war, den LeBlanc-Schwestern nachzusteigen.

»Könntest du später noch mal kurz vorbeikommen?« Mein Vater strich sein Polohemd glatt. »Es gibt ein paar Dinge, die wir bereden müssen.«

Die Miene meiner Mutter veränderte sich, sie sah mich jetzt flehentlich an.

»Wollt ihr zwei euch scheiden lassen?«, fragte ich in trockenem Ton und zog eine Braue hoch.

»Grundgütiger!« Meine Mutter guckte entrüstet und schlang die Finger um ihre Perlenkette. »Wie kommst du denn auf so etwas, Dean? Natürlich nicht!«

»Ist einer von euch todkrank?«

»Nein«, antwortete mein Vater.

»Und keins der Mädels ist schwanger?« Ich zeigte auf meine Schwestern. Wenn, dann hätte ich auf Payton getippt. Sie brockte sich ständig Ärger ein. Aber meine Eltern verneinten auch das, indem sie den Kopf schüttelten.

»In dem Fall müssen wir es auf ein andermal verschieben.« Ich trank einen Schluck Wasser und lehnte mich auf meinem Stuhl zurück. »Ich muss nach dem Essen zu einer Vorstandssitzung in unserer Zweigstelle in L.A., die einige Zeit in Anspruch nehmen wird.«

»Ist alles in Ordnung?« Mein Vater zog die Stirn in Falten. Ich zuckte mit den Schultern.

»Wir wollen Vicious unter Druck setzen. Er muss mit Trent den Standort tauschen. Jetzt, wo Val weg ist, möchte Trent in der Nähe seiner Eltern leben.«

Noch beim Sprechen realisierte ich, dass Rosie nichts davon wusste. Ich hatte vergessen, es ihr zu erzählen. Weil ich angenommen hatte, dass es sie nicht interessieren würde. Aber natürlich interessierte es sie. Ihre Eltern wohnten in Vicious' Haus, ihre Schwester erwartete ein Kind von ihm. Obwohl ich wusste, dass Vicious die Villa niemals verkaufen würde – dafür hing er viel zu sehr daran –, fühlte ich mich wie ein Arsch, weil ich ihr diese Info einfach so vor den Latz knallte.

Sie beugte sich vor, sodass meine Finger den Kontakt zu ihrem Nacken verloren, und sie lächelte auch nicht mehr. Ich war ein verdammter Vollidiot. Sie hatte jedes Recht, wütend auf mich zu sein.

»Bestimmt kannst du es trotzdem einrichten, auch wenn es spät wird«, beharrte mein Vater. Gott, was war heute bloß los mit ihm?

»Nein, das kann ich nicht, Dad. Wie schon gesagt, könnte es eine ganze Weile dauern. Wenn du mir etwas zu sagen hast, dann spuck's aus.«

»Das würde ich lieber vermeiden.«

Ich legte bedächtig mein Besteck weg und nahm mir die Zeit, jedes einzelne neugierige Gesicht am Tisch zu mustern, bevor ich sagte: »Wir sind eine Familie. Wir alle.« Meine Hand berührte Rosies Nacken, aber sie entzog ihn mir sachte und zugleich nachdrücklich, um mich wissen zu lassen, dass ich in Ungnade stand.

»Dean, Schätzchen.« Meine Mutter befeuchtete ihre Lippen, während meine Schwestern über den Tisch hinweg verwirrte Blicke wechselten. Sie wussten also auch nicht, was hier gespielt wurde. Dem Himmel sei Dank. Auf ihre Einmischung konnte ich gut verzichten.

Die ganze Situation machte keinen Sinn. Unsere Familie hatte keine Geheimnisse. Na ja, eins gab es, aber es war meins und tief verschüttet unter Alltagsgeröll und der Staubschicht jahrelanger Verleugnung. Unsere Regel lautete, dass wir offen darüber redeten, wenn wir unter uns waren. Ohne Hemmungen.

Nur waren wir nicht unter uns. Rosie war ebenfalls anwesend. Das lieferte mir den entscheidenden Hinweis. Mein Kiefer spannte sich an, meine Augen wurden schmal.

Was hat die verflixte Nina jetzt wieder getan?

»Du meinst diese alte Sache. Ich hab Rosie noch immer nichts davon gesagt.« Ich rieb mir erschöpft übers Gesicht. »Ja, schon klar. Ich erzähle es ihr, sobald wir hier fertig sind. Es wird sie nicht kratzen, das kann ich euch versprechen.« Ich beobachtete, wie sämtliche Augenbrauen im Zimmer – Rosies eingeschlossen – ungläubig hochgezogen wurden.

»Tut euch bitte keinen Zwang an, falls ihr irgendetwas zu bereden habt. Kümmert euch einfach nicht um mich. Dann fühle ich mich gleich wie zu Hause«, juxte meine Freundin. Niemand lachte. Ich knirschte mit den Zähnen.

»Gibt es einen speziellen Grund, warum du das Thema gerade jetzt aufs Tapet bringen musstest?« Ich spielte den Coolen.

Dieser Brunch entwickelte sich gerade zu der Art von Jerry-Springer-Klamauk, über den man nur lacht, wenn man mit einem Joint und einem eiskalten Bier auf der Couch lümmelt.

Sag Hallo zu deinem aktuellen Leben, Arschloch. Es ist keine Fernsehshow, sondern deine Realität.

»Wir haben gehört, dass Nina in New York ist.« Mein Vater hob den Kopf, und ich bemerkte erst jetzt, dass er das Essen auf seinem Teller nicht angerührt hatte.

Eli Cole ließ sein verdammtes Bauernfrühstück stehen. Das war eigenartig. Er hätte fettiges Essen geheiratet, wenn das legal gewesen wäre. Meine Mutter servierte es ihm nur einmal im Jahr.

»Wie ich sehe, hält sie euch über ihren Aufenthaltsort auf dem Laufenden.« Meine Hand zitterte leicht, als ich nach dem Orangensaft griff. »Ich werde mich darum kümmern.«

Irgendwie. Gewissermaßen. Na schön, nicht wirklich.

»Wir wissen alle, was sie will.« Mein Vater legte seine Hand auf meine, und das Zittern hörte auf. Ich schaute ihm in die

Augen. Wir schluckten beide schwer. »Und ich finde, die Zeit ist reif, dass du dir anhörst, was sie zu sagen hat, mein Sohn.«

»Ach ja?« Ich zog meine Hand weg und lehnte mich zurück, wobei ich einen Ellbogen auf dem Tisch aufstützte und den anderen Arm um die Rückenlehne von Rosies Stuhl legte. »Wer wird denn für dieses kleine Abenteuer bezahlen? Du oder ich?«

»Ich, wenn es dir darum geht. Aber das tut es nicht. Deine Mutter und ich wollen diese Sache mit dir erörtern. Es ist kein Thema, über das man am Telefon spricht.«

Rosie legte die Hand auf mein Knie. Payton und Keeley sahen verwirrt aus, sie hingegen wirkte geradezu verängstigt. Ich musste dem Ganzen ein Ende setzen. Ich hatte diese Beichte schon zu lange hinausgezögert. Es war Zeit, es ihr zu sagen und die Konsequenzen zu tragen.

Ich lieferte mir noch immer ein Blickduell mit meinem Vater. Er brachte mich in Rage. Das passierte so gut wie nie. Eigentlich hatten wir eine sehr gute Beziehung. Wir spielten zusammen Golf, besuchten zusammen Footballspiele, quatschten jedes Mal, wenn ich nach Todos Santos kam, bis spät in die Nacht. Außer miteinander zu trinken – ich hatte ein Problem und wollte nicht, dass er meine hässliche Seite zu sehen bekam – unternahmen wir so gut wie alles gemeinsam. Er erfüllte mich mit Stolz. Sogar meine Freunde baten ihn oft um Rat.

»Meinetwegen«, blaffte ich. »Ich werde versuchen, es einzurichten. Aber behaupte hinterher nicht, ich hätte dich nicht gewarnt. Es könnte drei oder vier Uhr morgens werden. Diese Treffen ziehen sich oft ewig hin.« Na, und ob. Wir ließen uns immer verdammt viel Zeit, sobald wir die Tür zur Welt da draußen geschlossen hatten. Und heute wollten wir Vicious zu etwas überreden, worauf er keinen Bock hatte. Da konnten wir von Glück reden, wenn wir vor Januar dort fertig wären.

»Falls nötig, bleiben wir die ganze Nacht auf.« Seine Miene entspannte sich, und er fasste nach Helens Hand.

»Könnten wir jetzt vielleicht unser Frühstück und das Gespräch über Deans zukünftigen Nachwuchs fortsetzen?« Keeley rutschte unbehaglich auf ihrem Stuhl herum. »Rosie ist ganz blass um die Nase, und ich bin leicht verschreckt.«

»Alles okay?« Ich wandte meiner Liebsten den Kopf zu und musterte sie besorgt. Rosie sah nicht wohl aus, sondern schien einer Ohnmacht nahe. Sie nickte kraftlos. Ich nahm ihre Hand, und dieses Mal ließ sie es zu, was *kein* gutes Zeichen war, wenn man Rosie kannte.

Sie musste stinksauer auf mich sein.

»Bitte meinen Inhalator.« Ihre Stimme war nur ein schwaches Röcheln.

Ich sprintete zu ihrer Tasche, schnappte mir die beiden Asthmasprays, die Rosie, wie ich inzwischen wusste, immer in die vorderen Fächer steckte, und kehrte zum Tisch zurück.

Das Schweigen, in das alle verfielen, während Rosie ihren blauen Inhalator benutzte und anschließend an ihrem Wasser nippte, zerrte an meinen Nerven. Ich zitterte vor Zorn. Was dachten meine Eltern sich eigentlich, verflucht noch mal? Sie hatten jederzeit die Möglichkeit, das Nina-Thema anzuschneiden, aber sie beschlossen, dass dieser Brunch der ideale Zeitpunkt war?

Hol sie der Teufel.

Alle miteinander.

Und hol *mich* der Teufel, weil ich Rosie nicht eingeweiht hatte. Ich hatte vergessen, ihr zu erzählen, dass wir Vicious die Pistole auf die Brust setzen wollten, andererseits, was hätte ich damit erreicht? Rosie wäre zu ihrer Schwester gelaufen und hätte sie vorgewarnt, wodurch der Schlamassel nur noch größer geworden wäre.

»Ich hatte … viel Spaß«, murmelte Rosie mit einem schwachen Lächeln, als wir an der Haustür standen. Ich half ihr in den Mantel und fühlte mich wie der größte Wichser auf Erden. Was paradox war, weil sie mich so nannte. *Erde.* Allerdings realisierte sie nicht, dass ich tatsächlich unser gottverdammter Planet war. Denn wenn ich explodierte, würden dabei eine Menge Menschen zu Schaden kommen.

Meine Schwestern und meine Mutter winkten uns immer noch nach, als ich die Beifahrertür öffnete und Rosie in den Jeep half. Ihr Blick war benommen, ihr Körper schlaff. Ich schob ihre Krankheit immer beiseite, aber sie war da und lauerte im Hintergrund auf den perfekten Moment, um Rosie an der Gurgel zu packen.

Ich musste mich damit arrangieren, doch es gelang mir nicht. Jedes Mal, wenn ich sah, wie sie einen Inhalator benutzte – inklusive heute –, wurde ich so fuchsteufelswild, dass ich das überwältigende Bedürfnis verspürte, die Faust gegen eine Wand zu dreschen. Nebulisatoren, Tabletten, Nasensprays. Meine Wohnung war mittlerweile voll davon. Ich hatte Dr. Hastings Nummer unter Kurzwahl gespeichert und die Adresse von Rosies Physiotherapeuten. Ich wusste präzise, zu welchen Zeiten sie an welchen Tagen Termine hatte und was zu tun war, wenn sie anfing, auf ihre Brust zu trommeln und zu zischen wie eine Schlange. Ich wusste, dass die durchschnittliche Lebenserwartung eines an Mukoviszidose erkrankten Menschen siebenunddreißig Jahre beträgt. Ich wusste, dass alle männlichen Patienten zeugungsunfähig sind und viele der Frauen Probleme haben, schwanger zu werden.

Aber ich wollte nichts von alledem wissen.

Weil Rosie sich nicht über die verdammte Krankheit definierte.

Sie war die Frau, mit der ich Pläne schmiedete, und zwar für eine Zukunft, die länger dauerte als die zehn Jahre, die ihr statistisch noch blieben.

Ich startete den Wagen, löste aber die Handbremse nicht. Wehmut griff nach meinem Herzen, als ich auf die ultragepflegte, von Bäumen gesäumte Straße starrte, in der meine Familie wohnte.

Was zum Henker tust du da, Schwachkopf?

»Du hast ein Geheimnis. Ein großes«, wisperte Rosie, den Blick auf das Beifahrerfenster gerichtet.

Rosie und ich hatten keinen tollen Beziehungsstart gehabt. Ich hatte gewollt, dass sie sich erst an uns gewöhnte, bevor sie die Wahrheit über mich erfuhr.

Ihr Geheimnis mochte konfliktträchtig sein, aber meins war schmutzig. Sehr sogar.

»Genau wie du«, entgegnete ich. Sie schaute mich überrascht an, stritt es jedoch nicht ab.

»Ja«, sagte sie. »Wir vermasseln das mit uns schon jetzt.«

»Soll das ein Witz sein?« Ich lachte auf. »Wir sind füreinander geschaffen. Es war nur ein Wermutstropfen. Betrachte es als ein kleines Eselsohr im Buch unserer hammergeilen Beziehung.«

»In meiner Wirklichkeit kann jeder Wermutstropfen drastische Folgen haben.«

»Und in *unserer* Wirklichkeit«, versetzte ich, »werde ich immer da sein, um die Wogen zu glätten.«

Wir kurvten eine Weile ziellos umher, so wie in unserer ersten gemeinsamen Nacht in Todos Santos. Ich fuhr mit ihr zu sämtlichen Orten, an denen wir gewesen waren, bevor wir zum ersten Mal miteinander geschlafen hatten. Zu unserer alten Schule, zum Yachthafen, zum Liberty Park und ganz am Ende zu *jener* Bank. Unsere Handys summten und vibrierten in unseren Taschen, weil alle möglichen Leute uns zu erreichen versuchten. Mein Vater, meine Mutter, Rosies Eltern, Vicious und Millie. Als ich schließlich auf dem Hügel mit Blick auf den Basketballplatz parkte, warf ich beide Telefone ins Handschuhfach, bevor wir uns zu unserer Bank begaben. Nervosität reichte als Wort nicht ganz, um meinen inneren Aufruhr zu beschreiben. Ich würde ihr mein Geheimnis enthüllen. Ein Geheimnis, von dem eigentlich niemand außer meinen nächsten Angehörigen wissen sollte. Und ich würde meine Schwächen preisgeben.

Ausnahmslos alle.

Schicht für Schicht.

Bis ich nackt und schutzlos war.

Und zum ersten Mal erfahren, ob auch der echte Dean – mit all seinen Fehlern – ihre Liebe verdiente.

Es widerstrebte mir, mich zu setzen. Da war zu viel Adrenalin in meinem Blutkreislauf, lag zu viel Schmerz in der Luft. Die winterlichen Temperaturen pikten an unserer Haut, aber Rosie war von Kopf bis Fuß entsprechend warm eingepackt.

»Lass uns spazieren gehen«, schlug ich vor. Sie hustete leicht.

»Ich würde dich nur aufhalten. Ich kann keine weiten Strecken laufen.«

»Du hältst mich nie auf, sondern gibst mir die Gelegenheit, mich an meiner Umgebung zu erfreuen.«

Wir schlenderten die Anhöhe hinab, vorbei an saftigen grünen Grashügeln, und wichen tief hängenden Ästen und Schlingpflanzen aus, die begonnen hatten, den freigelegten Weg zu überwuchern. Beide hatten wir die Hände in den Taschen vergraben.

Da es nicht den richtigen Zeitpunkt für ein Geständnis wie meines gab, machte ich es kurz und schmerzlos und kam direkt zum Punkt.

»Meine leibliche Mutter hat mich drei Stunden nach meiner Geburt in der Toilette eines Walmart ausgesetzt.« Meine Stimme war ausdruckslos. Rosie verspannte sich auf meine Worte hin, aber sie ging weiter. »Sie war cracksüchtig. Als sie herausfand, dass sie schwanger war, setzte sie sich ab. Sie verließ ihre Familie, die auf dem Land lebte, und tauchte irgendwo in der Gosse von Birmingham unter.«

Rosie war ein schlaues Mädchen. Mit Sicherheit ahnte sie, dass das dicke Ende erst noch kam.

Vielleicht dachte sie, ich hätte einer Frau ein Kind angehängt und mich anschließend aus dem Staub gemacht. Nur war das ausgeschlossen. Ich verhütete immer, ließ meine verdammten Kondome sogar nach meinen persönlichen Wünschen anfertigen. Außer mit Rosie hatte ich nie in meinem Leben ungeschützten Sex gehabt. Sie war die einzige Frau, die ich je Haut an Haut gespürt hatte.

»Das wusste ich nicht.« Sie atmete so tief ein, wie sie konnte, um nicht zu weinen. »Bitte, sprich weiter.«

»Der Hausmeister hat mich gefunden. Meine Mutter, Nina, wurde ein paar Straßenblocks weiter entdeckt, als sie gerade Zigaretten kaufte. Ihr Kleid war blutbesudelt. Nachdem man sie ins Krankenhaus gebracht hatte, rief sie ihre Schwester an, weil sie Hilfe bei den juristischen Scherereien brauchte, die sie sich eingehandelt hatte. Helen, meine Mutter, ist Ninas Schwester.«

»Großer Gott.« Rosies Lippen zitterten, genau wie die Finger, die sie darauf presste. Ein Teil von mir – wahrscheinlich der logisch denkende – realisierte, wie bescheuert es war, keinen meiner Freunde wissen zu lassen, dass ich adoptiert war. Aber diese Situation gerade jetzt war genau der Grund, warum ich wollte, dass es auch weiter dabei blieb.

Ich war mächtig.

Ich war eindrucksvoll.

Ich war gottgleich.

Diese mitleidsvollen Blicke und leisen tröstlichen Worte trugen nicht dazu bei, die Wunde verheilen zu lassen, die Nina mir zugefügt hatte, indem sie mich einfach wegwarf. In diesem Moment tolerierte ich die emotionale Reaktion nur, weil sie von Rosie kam. Bei ihr war mir jede Gefühlsregung recht. Sogar Mitleid. Auch Hass. Solange es nur keine Gleichgültigkeit war.

»Helen – meine *echte* Mutter, die, die mich großgezogen hat – beschloss, mich zu adoptieren. Ich vermute, Eli willigte ein, weil …« Ich dachte kurz nach und musste unweigerlich lachen. »Na ja, weil er unter dem Pantoffel steht. Er liebt meine Mutter von ganzem Herzen. Und Nina wollte mich ohnehin nicht behalten. Sie hat in ihrem Leben eine Menge Mist gebaut. Aber das nehme ich ihr noch nicht mal übel. Ich meine, es ist total krank, sein Neugeborenes in einer öffentlichen Toilette zurückzulassen. Aber das ist nicht der eigentliche Grund, warum ich sie so sehr hasse. Der erste Tag in meinem Leben endete für uns alle in derselben Klinik in Birmingham. Nina unterzeichnete meine Geburtsurkunde, aber sie gab den Namen meines Vaters nicht an – sie behauptete, ihn nicht zu wissen, und ehrlich gesagt überraschte das in ihrem näheren Umfeld niemanden so richtig. Anschließend füllten meine Eltern die Formulare für die Adoption aus.«

»Oh Dean. Das tut mir leid, so furchtbar leid«, wiederholte Rosie. Wir marschierten noch immer, was gut war, weil ich mich weniger unbehaglich fühlte, wenn ich ihr beim Gespräch nicht in die Augen sehen musste. Es kam mir auch so schon vor, als würden die Details der Geschichte eins nach dem anderen wie Zähne aus meinem Mund gezogen. Sie nahm meine Hand und drückte sie. Ich holte tief Luft, spürte, wie meine Lungen sich weiteten.

»Mein Dad nahm ein Jobangebot in Kalifornien an, und wir zogen um. Meine Schwestern wurden geboren. Ich sah meiner Familie so ähnlich, dass niemand Fragen stellte. Die Leute nahmen automatisch an, ich sei Helen und Eli Coles Sohn. Wir unterließen es, ihnen die Wahrheit zu sagen – wozu wäre das gut gewesen? *Es funktionierte.* Wir kamen damit durch, und die Lüge wurde groß und immer größer, bis es irgendwann zu spät war, sie zurückzunehmen und die Sache richtigzustellen.

Meine Familie hat mir nie das Gefühl gegeben, nicht dazuzugehören. Meine Schwestern wissen es. Meine Eltern haben uns drei immer genau gleich behandelt, folglich spielte es für niemanden eine Rolle, dass ich adoptiert war.« Ich hielt inne und runzelte die Stirn. »Na ja, für niemanden außer mich. Meine Mutter gab sich fälschlicherweise der Illusion hin, zwischen Nina und mir könnte eine Bindung entstehen. Mein Vater vertritt selbstredend die Ansicht, dass jeder eine zweite Chance verdient. Er ist schließlich Anwalt. Sein Job ist es, Kriminelle zu verteidigen. Jedenfalls nötigten sie mich, Nina jeden Sommer in Alabama zu besuchen. Bis zu meinem achtzehnten Geburtstag. Das war der Deal.«

Ein kalter Schauer rieselte mir über den Rücken, als ich an meinen letzten Sommer bei Nina zurückdachte. *Diese beschissene Schmarotzerin.* Allein die Erinnerung daran, was sie getan hatte, weckte in mir die Lust auf einen blutigen Faustkampf.

»Zu irgendeinem Zeitpunkt in ihrem völlig vermurksten Leben hat Nina einen Kerl namens Donald Whittaker geheiratet. Sein Spitzname war Eule, weil er jede Nacht von zwei bis sechs an Straßenecken Drogen vertickt hat. Ein echt guter Fang, wie du dir denken kannst. Whittaker landete im Knast und beschloss nach seiner Entlassung, aufs Land zu ziehen. Er kaufte eine Farm und lebte seinen Traum von einem Leben als Bauer. Nina kam vom Crack los und wurde clean – zumindest glaubten das meine Eltern, weil sie sich nicht länger Gift in die Venen jagte. Stattdessen griff sie zu den gediegeneren Hausfrauendrogen. Adderall, Xanax, Oxycodon. Dem lustigen Zeug, bei dem dir deine Sucht kaum jemand anmerkt. Ich habe es meinen Eltern nie gepetzt, weil ich ein armseliger kleiner Waschlappen war, der sehnlichst hoffte, dass die Frau, die ihm das Leben geschenkt hatte, ihn eines Tages als einen wertvollen Menschen anerkennen und lieben würde.«

»Oh Dean.« Sie schüttelte mit tränennassem Gesicht den Kopf. »Wie furchtbar.«

»Immer wenn ich sie im Sommer besuchte, ließ Nina mich mit dem Fahrrad die dreißig Kilometer von der Farm in die Stadt fahren, um ihr ihre Tabletten zu besorgen.«

»Wieso hast du dir das gefallen lassen?«

»Weil ich sie glücklich machen wollte?« Ich lachte bitter, spürte einen Kloß im Hals. »Von ihr akzeptiert werden wollte? Ich meine, wie wertlos muss man sein, wenn einen die eigene gottverdammte Mutter in der Toilette runterspülen will, bevor man auch nur zum ersten Mal die Augen öffnet? Mit siebzehn gingen sie mir dann endlich auf, und ich sagte meinen Eltern, dass ich den nächsten Sommer nicht auf der Farm verbringen würde, weil ich es satthatte, zwei Monate wie ein Knecht zu schuften. Sie waren einverstanden, doch dann habe ich auf einer Party Scheiße gebaut, und sie beschlossen, mich zur Strafe doch nach Alabama zu schicken. Es wurde der schlimmste Sommer meines Lebens, weil ich kapierte, dass Nina mich nicht nur nicht liebte … sie verabscheute mich.«

Rosie weinte. Ich wagte es nicht, sie anzusehen, aber ich spürte, wie ihre Schultern bebten. Ich hasste mich, weil ich der Grund für ihre Tränen war, und ich hasste Nina, weil ich ihr diese Unterredung überhaupt erst verdankte. »Kurz gesagt hat

Nina mir als Heranwachsendem unverzeihliche Dinge angetan. Ich war eine Schachfigur in einem sehr perversen Spiel. Ein Mittel zum Zweck. Sie benutzte mich als Botenjungen und zwang mich zu illegalen Handlungen, anschließend bestach sie mich mit Alkohol und Marihuana, um sicherzustellen, dass ich die Klappe hielt und sie nicht bei meinen Eltern anschwärzte. Mit zwölf trank ich meine erste Flasche Whiskey und rauchte meinen ersten Joint. Ich bildete mir ein, es sei cool von Nina und Eule, dass sie mir dieses Zeug gaben. Mich wie einen Erwachsenen behandelten.«

Rosie schluckte hörbar und wandte den Blick zur Seite. »Darum trinkst und kiffst du«, folgerte sie. »Daher rührt deine Sucht.«

Meine Nasenflügel zuckten. »Ja, so fing es an. Ich fühlte mich gut, wenn ich Gras und Alkohol konsumierte, die Sommer gingen dann schneller vorbei. Sie legten einen Weichzeichner über die Realität, einen dünnen Nebel, den niemand durchdringen konnte. Und so behielt ich die Gewohnheit auch nach meiner Rückkehr an den Ort, den ich liebte, zu meinen Eltern und meinen Schwestern, bei.

Nina hat mir nie verraten, wer mein leiblicher Vater ist. Das trieb mich um. Nina war ein übles Subjekt, und ich wollte unbedingt wissen, ob ich von beiden Seiten nur Scheiße mitbekommen hatte oder ob es ein paar gute Gene als Ausgleich gab. Aber als sie das Fass vor elf Jahren, während meines letzten Besuchs auf der Farm, dann endgültig zum Überlaufen gebracht hat, beschloss ich, das Thema auf sich beruhen zu lassen, es abzuhaken. Und Nina aus meinem Leben zu streichen.

Solange ich auf dem College war, funktionierte das auch, weil ich nicht mehr hatte als einen Treuhandfonds und ein Zimmer in einer Wohngemeinschaft. Als wir jedoch Vision Heights Holdings gründeten und anfingen, richtig Kohle zu machen, erklärte sie sich bereit, seine Identität preiszugeben.«

»Und?«, fragte Rosie. Sie klang leicht außer Atem, darum verlangsamte ich meine Schritte.

»Sie will sechshunderttausend Dollar dafür, dass sie mir seinen Namen verrät.«

»Das ist geisteskrank!«, empörte sie sich und stampfte mit dem Fuß auf. Ich blieb stehen und wandte mich ihr zu. Ihr Gesicht war gerötet, in ihren Augen stand Schmerz. *Mein Schmerz.* Ich hatte sie damit angesteckt. Obwohl ich nie beabsichtigt hatte, sie innerlich in Aufruhr zu versetzen, tat mir ihre Leidenschaftlichkeit gut, weil sie *mir* galt.

»Hast du ihr das Geld gegeben?« Sie trat gegen einen Erdklumpen.

»Nein.« Ich strich über ihren Zopf, zog daran. »Deswegen führt sie sich auf wie eine irre Stalkerin und ruft mich alle halbe Stunde an. Whittakers Farm schreibt rote Zahlen, und Nina muss ihre kostspielige Kokainabhängigkeit irgendwie finanzieren. Verschreibungspflichtige Medikamente reichen ihr nicht mehr. Sie hasst ihren Ehemann und will sich von ihm trennen. Ich soll ihr dabei helfen. Den Teufel werde ich tun.«

»Aber du möchtest doch erfahren, wer dein Vater ist, oder?« Rosie blinzelte verwirrt.

Ich nickte. »Ja, schon. Nur beruht das leider nicht auf Gegenseitigkeit. Andernfalls hätte er längst Kontakt zu mir gesucht.«

»Vielleicht weiß er gar nichts von dir«, wandte sie ein. Genau das hoffte ich aus tiefster Seele, redete ich mir Nacht für Nacht ein.

»Oder es ist ihm egal.« Ich setzte mich wieder in Bewegung, und Rosie schloss sich mir an.

»Es könnte doch auch sein, dass er sich nach all den Jahren vor deiner Reaktion fürchtet«, überlegte sie laut. »Du solltest das tun, was für *dich* das Richtige ist, Dean, auch wenn du damit Nina entgegenkommst.«

»*Es könnte doch auch sein* …« Mir war bewusst, dass ich mich wie ein Vierjähriger gebärdete, aber ich konnte nicht anders. »… dass er mit Val um den Titel ›schlimmstes Elternteil der Welt‹ konkurriert – für diese Auszeichnung gibt es eine Menge Kandidaten – und ich ohne ihn besser dran bin, genau wie Luna ohne ihre nicht länger präsente Mutter.«

Wir blieben inmitten einer Gegend stehen, die wie ein weitläufiges Waldgebiet aussah, obwohl wir uns gerade mal einen Kilometer vom Auto entfernt hatten. Rosie bewegte sich im Schneckentempo voran. Sie wandte mir das Gesicht zu, und ich hatte noch nie so viele Tränen darin gesehen. Ihre Wangen und ihr Kinn waren nass, und dunkelgraue Spuren von Wimperntusche umkränzten ihre Augen.

»Es tut mir so leid, dass du das durchmachen musstest«, sagte sie und meinte es aufrichtig. Aber ich wollte ihr Mitgefühl nicht. Sie sollte mich als einen unbezwingbaren Helden ansehen, der uns beide durch Stürme und Orkane lotsen würde. Bis in die Hölle und zurück. Durch das Leben und notfalls auch durch den Tod. »Ich kann nicht fassen, dass du das alles so viele Jahre vor uns geheim gehalten hast.« Rosie wischte sich mit dem Ärmel ihres schwarzen Mantels eine Träne aus dem Gesicht. »Deine Freunde haben das Recht, für dich da zu sein, Dean. Du solltest es ihnen sagen.«

Auf gar keinen Fall.

»Hm-hm, Süße. Die Dinge sind, wie sie sind. Glaub mir, wir haben alle unsere Geheimnisse. Sie machen uns zu den Menschen, die wir sind. Doch das tut unserer Freundschaft keinen Abbruch.« Es war die Wahrheit.

»Weißt du, was du tun solltest?« Rosie kaute nachdenklich auf ihrer Unterlippe. Ich schaute sie an. Sie hätte mich auffordern können, den ganzen Weg bis Todos Santos und zurück nackt und mittels Liegestützsprüngen zurückzulegen, und ich hätte es getan.

»Was denn?«

»Dem Ungeheuer zu Leibe rücken und es unschädlich machen.« Ihre Augen blitzten vor Entschlossenheit. Grinsend steckte ich ihr eine Haarsträhne, die sich aus ihrem Zopf gelöst hatte, hinters Ohr.

»Ich soll Nina umbringen? Ein verlockender Gedanke, trotzdem glaube ich nicht, dass sie eine lange Haftstrafe wert ist.«

Sie verdrehte die Augen. »Ich meinte, rede mit ihr. Gib ihr das Geld. *Triff dich mit ihm.* Brich zu neuen Ufern auf, egal, als was für ein Mensch er sich entpuppt. Ich denke, wir wissen beide, dass du nie von deinen Süchten loskommen wirst, wenn du es nicht tust.«

»Sie verdient die Kohle nicht«, grummelte ich.

Rosie legte die Hand an meinen Hals und ließ sie sanft bis zu meiner Brust gleiten. »Nach allem, was sie sich hat zuschulden kommen lassen, wird nichts sie jemals glücklich machen. Sie ist vergiftet. Davon erholt man sich nicht mehr. Anderen zu schaden ist nie befriedigend, ganz gleich, wie sehr sie einen verletzt haben. Hingegen ist Mitgefühl der wertvollste Charakterzug, den man besitzen kann. Darum findet jeder Krieg irgendwann ein Ende. Darum lieben Eltern ihre Kinder und missbrauchen sie nicht. Versprichst du mir, dass du bei ihrem nächsten Anruf drangehen wirst?«

Ich nickte, obwohl ich auf nichts weniger Bock hatte, als mich mit Nina herumzuschlagen. Mein Leben war auch so schon kompliziert genug. Ich war verrückt nach einer Frau, die abends beim Einschlafen nicht sicher sein konnte, ob sie am nächsten Morgen wieder aufwachen würde. Gleichzeitig kämpfte ich mit dem Dämon Alkohol und versuchte, mich aus seinen Klauen zu befreien. Tag für Tag.

»Versprochen«, sagte ich. »Ich tue es für dich.«

»Nein.« Sie zog am Kragen meiner mit Blumen gemusterten Ted-Baker-Bomberjacke. »Du tust es für *dich*«, korrigierte sie, ihre Wangen noch immer feucht von Tränen. Ich wollte sie in die Arme schließen, doch sie trat einen Schritt zurück.

»Jetzt bin ich dran.«

»Ich bin ganz Ohr.« Mein Blick haftete unverwandt auf ihrem Gesicht. Ein paar Regentropfen platschten auf unsere Köpfe, und wir guckten beide nach oben und betrachteten still den aschgrauen Himmel. Ich zog meine Jacke aus und legte sie ihr um, dann hob ich Rosie nach Bräutigam-Manier auf meine Arme und trat hügelaufwärts den Rückweg zu unserem Wagen an. Es war nur ein leichter, nicht wirklich kalter Nieselregen, aber ich war ständig in Sorge um sie, auch wenn ich es ihr zuliebe nicht zeigte.

Sie verschränkte die Arme in meinem Nacken, bevor sie mit gesenktem Blick zu erzählen begann.

»Als Vicious vor einem Jahr, nachdem er und Millie ein Liebespaar geworden waren, diese Wahnsinnskrankenversicherung für mich abgeschlossen hat, war ich das erste Mal bei Dr. Hasting. Sie bestand darauf, eine ganze Reihe von Tests durchzuführen, um meinen Allgemeinzustand besser einschätzen zu können, nicht zuletzt, weil ich mich gerade erst von einem weiteren hartnäckigen Lungeninfekt erholt hatte. Ich war im Begriff, meine Ausbildung zur Krankenschwester fortzusetzen, als sie mir mitteilte …« Rosie schüttelte den Kopf und schluckte. Ihre Augen waren geschlossen. Es zerriss mir das Herz, aber nach außen hin ließ ich mir nichts anmerken, sondern wartete mit ausdrucksloser Miene darauf, dass sie weitersprach. Sie holte tief Luft, bevor sie fortfuhr. »Sie sagte mir, dass es keinen Sinn habe, an die Schule zurückzukehren, weil ich nie als Krankenschwester würde arbeiten können. Mein Immunsystem ist mittlerweile so schwach, dass ich ihr Okay einholen muss, ehe ich auch nur in ein Flugzeug steige – deshalb war ich leicht schockiert, als du mich abgeholt hast, um über Thanksgiving mit mir hierher zu fliegen. Jedenfalls ist es ausgeschlossen, dass ich jemals kranke Menschen pflege, darum schlug sie vor, ich solle stattdessen eine Ausbildung machen, die sich besser für mich eignet. Aber ich liebe es, Leuten zu helfen.« Die letzten Worte wurden von einem Husten begleitet, woraufhin ich mein Tempo etwas beschleunigte, weil sich in meiner Magengegend Panik gemischt mit einem qualvollen Gefühl von Kummer breitmachte. »Deswegen beschloss ich, stattdessen Freiwilligenarbeit zu leisten. Und welcher ist wohl der einzige Ort, an dem es absolut keine Krankheitserreger gibt?«

»Die Neugeborenenintensivstation«, antwortete ich. Wo Rosie unentwegt daran erinnert wurde, dass sie keine Kinder bekommen konnte. Und trotzdem arbeitete sie dort. Echt unfassbar.

»Aber Dr. Hasting hatte nicht nur hinsichtlich der Krankenpflegeschule schlechte Nachrichten für mich. Sie teilte mir außerdem auch mit, dass ich vermutlich zu hundert Prozent unfruchtbar bin. Ich kann niemals Kinder bekommen. Zu viel Sekret um meine Fortpflanzungsorgane. Sie verglich es damit, einen Schwamm in einen Topf mit Klebstoff zu legen und zu hoffen, dass er bis auf den Boden sinkt. Theoretisch möglich, aber äußerst unwahrscheinlich.« Sie biss sich auf die Unterlippe und starrte ins Nichts.

»Rosie …« Meine Nasenflügel weiteten sich, als ich tief durchatmete. »Hast du auch nur die geringste Vorstellung davon, wie viele Möglichkeiten dir offenstehen, Baby? *Uns?*« Denn es ging nicht mehr allein um sie, sondern um uns beide. Unsere Beziehung würde von Dauer sein. Sie war für die *Ewigkeit* ausgelegt, wie lange diese auch währen mochte. »Unendlich viele, und nicht nur in medizinischer Hinsicht. Es käme auch eine Adoption in Betracht. Wir sind reich und jung und haben makellose Führungszeugnisse.« Da ich uns bereits als Ehepaar betrachtete, teilte ich der Einfachheit halber auch gleich jeden Cent meines Multimillionen-Dollar-Vermögens mit ihr. Wie schon erwähnt, war ich dieser Frau mit Haut und Haar verfallen. »Wenn du willst, können wir gleich morgen früh ein Kind adoptieren. Wir sind die perfekten Kandidaten.«

»Die Sache ist die …« Sie löste die Arme von meinem Hals, und ich verspannte mich. »Ich möchte nicht heiraten, aus diesem Grund habe ich mich von Darren getrennt. Und ich will auch nicht adoptieren. Ich weiß nicht, wie lange ich leben werde, und ich möchte nicht noch mehr Menschen zurücklassen, als sich ohnehin nicht vermeiden lässt. Ein Kind zu haben ist eine ganz schlechte Idee. Wieso sollte ich das tun? Damit es in ein paar Tagen oder Monaten oder im besten Fall Jahren Halbwaise ist? Das wäre ihm gegenüber nicht fair.«

Mir entging nicht, dass Rosie das genaue Gegenteil von Nina war. Letztere hatte ein Kind zur Welt gebracht und auf die Konsequenzen geschissen. Rosie versagte es sich, eines zu haben, damit es nicht leiden musste.

»Hör auf mich, Baby LeBlanc.«

Sie drückte meinen Oberarm. »Nicht, Dean. Bitte. Lass mich runter.«

Wir waren inzwischen beim Wagen angelangt. Ich hatte den ganzen Weg im Schnellschritt zurückgelegt, um sie in die schützende Wärme zu bringen. Behutsam setzte ich sie ab. Sie blieb vor mir stehen. Der Regen wurde stärker. Sie durfte nicht zu nass werden. Jedenfalls nicht auf diese Weise.

»Ich werde diese Beziehung, *uns* nicht aufgeben«, versicherte sie mir und zog mich zu sich heran. Unsere Nasen berührten sich, als sie meine Lippen mit ihren streifte. Ihre von feuchten Haaren bedeckte Stirn lag auf meiner. Wir waren eins. Das waren wir schon immer gewesen, auch wenn wir andere Beziehungen hatten. »Ich bin zu selbstsüchtig, um dich freizugeben, Dean Cole. Dass ich das sein würde, hatte ich immer gewusst. Ich gehöre dir, solange du mich willst. Die einzigen Bedingungen sind: keine Gespräche über Nachwuchs und keine Heirat. Das kann ich dir nicht geben. Nicht, weil ich es nicht *möchte*. Du kannst von mir alle Liebe und Hingabe der Welt bekommen, Dean. Jedoch nur für eine begrenzte Zeit.«

»Rosie.«

»Hör mir zu. Ich weiß, du magst mich …«

»Ich mag dich?« Ich verzog verächtlich das Gesicht und spie die Worte aus, als bereiteten sie mir Würgereiz. Ihre Augen wurden groß. Ich schüttelte den Kopf und stieß ein grimmiges Lachen aus. »Du denkst, ich mag dich? Willst du mich verarschen? Ich mag dich nicht. Ich *liebe* dich. Und selbst das ist noch eine Untertreibung. Ich atme nur für dich. Du bist mein Leben. Ich würde für dich sterben. Es hat für mich immer nur dich gegeben. Schon seit ich dich damals an der Tür das erste Mal gesehen habe und du mich herumgeschubst hast wie ein Spielzeug. Wir waren zehn Jahre getrennt, Rose LeBlanc, aber es ist kein einziger Tag vergangen, an dem ich nicht an dich gedacht habe. Und das nicht nur flüchtig, im Sinne von *sie wäre ein toller Fick gewesen*. Sondern du hast meine Gedanken wirklich beherrscht. Ich habe mich gefragt, wie du wohl inzwischen aussiehst. Wo du lebst. Was du so treibst. Mit wem du zusammen bist. Ich bin dir heimlich auf Facebook gefolgt. Und auf Twitter – wo du dich übrigens abmelden solltest, weil du nie auch nur einen Tweet abgesetzt hast. Du bist nicht gerade eine Social-Media-Bestie. Ich habe mich jedes Mal, wenn ich in

Todos Santos war, nach dir erkundigt. Und als ich erfuhr, dass du bei Millie in New York lebst …« Ich atmete tief durch, als mir bewusst wurde, dass ich gerade die Realität aus den Augen verlor und tief in die Irrationalität abglitt, indem ich ihr zu erklären versuchte, dass sie ihr Leben nicht verloren geben durfte, nur weil es irgendwann enden würde. »Ein paar Monate, bevor du in das Apartmenthaus gezogen bist, hatte ich eine neue Wohnung in TriBeca gekauft.«

»Wieso erzählst du mir das?« Sie wischte sich die Tränen aus dem Gesicht, aber augenblicklich strömten neue nach.

»Weil ich sie wieder verkauft habe, und das zu einem Schleuderpreis, als mir klar wurde, dass wir beide Nachbarn sein würden, wenn ich in meinem Penthouse bliebe. Ganz im Ernst, Rosie, ich habe immer nur dich gewollt. Sogar, als du darauf bestanden hast, dass ich mich mit deiner Schwester zusammentue. Sie war wie eine lichtspendende Kerze. Du hingegen warst die gleißend helle Sonne. Deiner Selbstsucht zuliebe habe ich mich mit dem Zwielicht zufriedengegeben. Aber falls du glaubst, dass ich mich mit *einem bisschen* begnüge, hast du dich gewaltig geschnitten. Ich werde *alles* bekommen. Wir *werden* Kinder haben, Rose LeBlanc. Wir *werden* heiraten. Wir werden Freude haben und uns Urlaube gönnen. Es wird Tage geben, an denen wir nicht mehr tun, als zu vögeln oder zu streiten oder einfach nur zu leben. Denn das macht das Leben aus, Baby LeBlanc, und weil ich dich abgöttisch liebe, werde ich dir das beste Leben schenken, das es gibt. Verstanden?«

Für einen Moment trat Stille ein, und sie behagte mir ganz und gar nicht, weil man nach einer solchen Ansprache auf keinen Fall mit einem halbherzigen Okay abgespeist werden will. Doch das tat sie nicht. Stattdessen schmiegte sie sehnsuchtsvoll die Stirn an meine Brust.

»Ich liebe dich«, flüsterte sie. »Ich liebe dich so sehr, dass ich dich jahrelang gehasst habe. Und seit ich von deinen seelischen Narben weiß, liebe ich dich sogar noch mehr. Perfektion ist einer Beziehung nicht zuträglich. Unzerbrechlichkeit ist faszinierend, aber nicht liebenswert. Du bist zerbrechlich, Dean Cole. Ich werde mein Bestes geben, dass du heil bleibst.«

Ich nahm ihr Gesicht zwischen beide Hände und küsste sie, bis sie die Balance verlor. Im strömenden Regen. Auf dem Hügel. Mitten in der Pampa. Dies war allein unser Chaos. Wir blühten darin auf.

Als ich die Lippen von ihren nahm, murrte sie.

»Wir werden heiraten.« Es war keine Frage, sondern eine Feststellung. »Vielleicht nicht heute oder morgen, aber irgendwann. Und wir werden Kinder haben. Mindestens zwei. Vielleicht auch mehr. Ich habe mich noch nicht entschieden.«

»Du bist verrückt, Dean Cole.«

»Ja, das bin ich«, bestätigte ich. »Aber dieser Verrückte hat ein Ziel vor Augen. Du hältst ihn nicht mehr auf.«

»Ich liebe dich.«

»Die Ewigkeit beginnt genau jetzt, Baby LeBlanc. Gemeinsam mit dir.«

KAPITEL 24

Dean

Das Thanksgiving-Essen war gar nicht so schlimm.

Oder vielleicht doch, nur bemerkte ich es nicht, weil Rosie mir mehrfach gesagt hatte, dass sie mich liebe, und ich ihr einen Brillantring an den Finger stecken wollte. Es war eine impulsive Entscheidung – aber gilt das in der Regel nicht für alles Lohnenswerte? Eigentlich geschieht doch alles, was mit Leidenschaft in Zusammenhang steht – Lust, Liebe, Gewalt, Hass –, spontan. Warum also das hier nicht auch?

Ich hätte sie auch schon an dem Abend, als wir zusammen im Aufzug standen – ich in Begleitung von Kennedy und Natasha –, vom Fleck weg geheiratet. Damals ahnte ich nur nicht, dass diese Möglichkeit bestand. Aber jetzt, da ich es wusste, würde ich den Sack so schnell wie möglich zumachen. Vicious irrte sich. Er behauptete immer, dass ich die Abwechslung zu sehr genieße, um mich mit einer einzigen Frau zu begnügen. In Wahrheit hatte ich für keine meiner Gespielinnen je genug empfunden, um die Pirsch aufzugeben. Als ich die Richtige gefunden hatte, verabschiedete ich mich von Tinder, flotten Dreiern und dem Nervenkitzel, Unbekannte in schäbigen Kneipen zu vögeln, weil mir diese Gelegenheitsficks nichts mehr gaben. Und im Unterschied zu Alkohol fehlte es mir kein bisschen.

Jedenfalls war das Abendessen ganz okay.

Wir aßen und plauderten, der übliche Familienquatsch eben. Rosies Eltern beknieten sie noch immer, nach Todos Santos zurückzukehren, obwohl ich sie inzwischen davon überzeugt hatte, dass ich kein komplettes Arschloch war. Das schien sie nicht gänzlich zu beruhigen, aber wenigstens schaute ihr Vater mich nicht mehr an, als würde ich seine Tochter stündlich anal missbrauchen.

Nach dem Essen holten Vicious und ich Jaime und Trent ab und machten uns in Vicious' Jeep auf den Weg in das weiter nördlich gelegene L.A. Wir hielten persönliche Geschäftsbesprechungen immer in einem unserer Büros ab, um nicht zu riskieren, dass wir uns im Beisein anderer gegenseitig attackierten, was meistens passierte, wenn wir vier zusammentrafen.

Die Stimmung im Wagen war schon angespannt, noch ehe wir das eigentliche Thema anschnitten. Ich fuhr, weil ich als Einziger nichts getrunken hatte. Vicious saß neben mir, seine Miene finster. Wahrscheinlich hatte er eins und eins zusammengezählt und ahnte daher schon, worum wir ihn bitten wollten. Trent und Jaime waren hinten und quatschten über Football.

»Wie geht es Luna?«, erkundigte Vicious sich, als wir nur noch zehn Kilometer auf der Interstate 5 vor uns hatten. Augenblicklich verstummten alle. Trent räusperte sich und sah erst Jaime an, bevor er meinen Blick im Rückspiegel suchte.

»Nicht so toll.«

»Wieso nicht?«

»Sie isst nicht. Sie spricht nicht. Sie läuft nicht.«

»Kann sie denn sprechen und laufen?« Man musste Vicious zugutehalten, dass sein Ton weder fies noch schroff war. Sondern ganz sachlich.

»Ja, das kann sie«, schaltete ich mich ein. »Ich habe es selbst erlebt, als wir im August in Todos Santos waren.«

»Wollt ihr meine Meinung hören?« Ich beobachtete im Rückspiegel, wie Trent sich mit einem schweren Seufzer am Kopf kratzte. »Ich denke, sie ist depressiv. Genaueres weiß ich noch nicht, aber ich werde dem Problem auf den Grund gehen.«

»Trents Mom ist in Chicago«, erklärte Jaime an Vicious gewandt. »Sie hilft ihm vorübergehend mit Luna, aber sein Vater kann hier nicht weg, weil er sich um seine eigene Mutter kümmern muss.«

Der Gedanke an die Komplexität des Lebens traf mich unvorbereitet. Auch meine Eltern würden irgendwann alt sein, und ich fragte mich, auf welche Weise ich dann für sie da sein könnte. Denn das wollte ich unbedingt. Was mir in Erinnerung rief, dass ich mich nach dem Meeting in L.A. heute Nacht noch mit meinem Vater treffen musste.

Wir parkten auf Vicious' Stellplatz und begaben uns in sein Büro. Alles darin war minimalistisch, kalt und unpersönlich. Genau wie er selbst. Als wir vor einem Jahr die Niederlassungen getauscht hatten, hatte ich das Büro auf Vordermann gebracht und es mit neuen Möbeln und einer hellgrünen Wand ausstaffiert, nur damit er sich bei seiner Rückkehr ärgerte.

Jetzt musste er jedes Mal, wenn er die Farbe Grün sah, unweigerlich an mich denken.

Vicious und Jaime setzten sich auf die schwarze Ledercouch vor dem Glasschreibtisch. Ich lehnte mich gegen die Schreibtischplatte und vergrub die Hände in den Hosentaschen. Trent blieb mit verschränkten Armen mitten im Zimmer stehen. Wir alle sahen Vicious an, der eine Fresse zog.

»Also, worauf wartet ihr?« Er hob eine Braue, war noch übellauniger als sonst. »Los, sagt schon, was euch auf dem Herzen liegt. Ihr könnt es doch kaum erwarten, meine Reaktion zu sehen, stimmt's?«

»Du musst deine Dependance mit Trents tauschen.« Ich schlug einen knappen, sachlichen Tonfall an. Wie immer war ich derjenige, der ihm entgegentrat. Jaime war zu hilflos, um sich gegen diesen Wichser zu wehren, und Trent steckte in einem Schlamassel, wie keiner von uns anderen es je durchgemacht hatte, darum bestand bei ihm die Gefahr, dass er Vicious erwürgte, sollte der sich seinem Wunsch nicht fügen.

»Kommt gar nicht infrage.« Vicious fläzte sich in die Couch, indem er die Hände hinter dem Kopf verschränkte und die Beine überschlug. Er wirkte so tiefenentspannt, wie man es unter den gegebenen Umständen nur sein konnte. Ich beugte mich vor und lächelte unbeeindruckt.

»Das war keine Bitte. Nimm dir die Zeit, um dich mit dem Gedanken abzufinden, und dann pack eine Tasche.«

Vielleicht ging ich zu nassforsch an die Sache heran, aber dies war eine besondere, extrem beschissene Situation. Wir waren uns alle darüber einig, dass Trent dringender hier sein musste als Vicious.

»Fick dich, Cole. Kannst du dir nicht eine Flasche Schnaps hinter die Binde kippen? Hier versuchen Erwachsene, sich zu unterhalten.« Vicious lachte, während seine giftigen Worte im Zimmer nachhallten.

»Noch eine solche Bemerkung, und ich werde dir besagte Flasche in den Arsch rammen«, sprang Trent mir bei.

»Hör auf die Jungs, Vic.« Jaime schürzte die Lippen. »Ich denke, du weißt, dass Trent einen Anspruch darauf hat, hier zu sein.«

»Ich habe genauso viel Anspruch darauf, Jaime. Trent hat ein Kind. Meins ist unterwegs. Wir müssen beide bei unseren Familien sein.«

»Aber du hast Millie. Sie kann auf das Baby aufpassen.«

»Und getrennt von ihren Eltern sein? Nachdem sie schon so

lange auf sie hat verzichten müssen? Das werde ich ihr nicht zumuten. Daran ändert auch deine motivierende Ansprache nichts, die, nebenbei bemerkt, unter aller Sau war.«

»*Du* warst der Drecksack, der ihr das angetan hat.« Ich stieß ein Lachen aus. Es war nicht feindselig. Ich fragte mich bloß, was um alles in der Welt in seinem kranken Kopf vorging. Seine krude Logik faszinierte mich. Vicious zog gähnend einen dicken Joint hervor, zündete ihn an und tat einen tiefen Zug. Ich kiffte zurzeit nicht mehr oft – dank Rosie, der größten Spielverderberin in ganz Amerika – und gierte nach ein paar Zügen, aber ich sagte nichts.

»Was damals passiert ist, spielt keine Rolle. Ich ziehe nicht weg. Das wusstet ihr alle schon vor dieser Zusammenkunft. Aber Trent kann von mir aus gern zurückkommen.«

»Wer soll dann Chicago leiten?« Jaime runzelte die Stirn. »Die Zahnfee?«

»Wir könnten einen Außenstehenden anheuern«, schlug Vicious vor.

»Vergiss es. Ich arbeite nicht zweiundsiebzig Stunden die Woche, nur damit irgendein Fremder sich ins gemachte Nest setzt und darüber herrscht«, stieß ich schnaubend hervor. »Dies ist unser Imperium. Wir sind die Chefs. Wir haben das Heft in der Hand. Und nicht irgendwelche Dritten. Auf diese Regel haben wir uns bei der Firmengründung geeinigt.«

»Es war abzusehen, dass wir früher oder später dagegen verstoßen müssen, Dean.« Vicious blieb ganz ruhig, was für mich schwer nachzuvollziehen war. »Was denkst du, wie lange du noch so weitermachen kannst wie bisher? Rosie wird wieder krank werden«, sagte er, woraufhin Jaime aufstand, um ihn zusammenzustauchen, und Trent einen Schritt auf Vicious zumachte, aber ich hob die Hand, während ich mich weiterhin an den Schreibtisch lehnte. Vicious fuhr fort. »Es ist eine Tatsache.

Warum zum Henker redet ihr zwei ihm gegenüber um den heißen Brei herum? Rosie *wird* über kurz oder lang erneut erkranken. Ich habe ihren Zustand vergangenes Jahr live miterlebt. Und von Millie weiß ich, dass es ihr im Winter immer schlechter geht als sonst. Und selbst wenn sie keinen Infekt bekommt – du willst doch irgendwann Kinder haben, oder? Eine Familie. Heiraten. Den ganzen romantischen Scheiß eben. Ich kenne dich, Dean. Und ich sehe, wie du mit ihr umgehst, Mann. Dich hat's mächtig erwischt. Du glaubst, du kannst in einem Jahr immer noch so viel arbeiten? In zwei Jahren? Da machst du dir verdammt noch mal was vor, Kumpel. Hier, vielleicht verschafft dir das einen klaren Kopf.« Er stand auf und reichte mir den Joint. Ich nahm ihn und ließ mit geschlossenen Augen den bitteren Rauch in meine Kehle strömen.

Gott, wie ich das vermisst habe.

»Und was ist mit dir, Jaime?«, fuhr Vicious fort, während er in seinem Büro auf und ab schritt. Das hier war von langer Hand geplant. Dieser raffinierte Mistkerl hatte die ganze Zeit gewusst, dass wir ihn in die Ecke drängen wollten. »Möchtest du nicht nach Todos Santos zurückkommen? Damit Daria zusammen mit Luna und meinem Kind und ihren Großeltern aufwachsen kann? Wünschst du dir das nicht?«

»Kommst du mit deiner Rede noch zum Punkt, Martin Luther King Jr.«, knurrte Jaime, »oder willst du uns nur provozieren?«

»Ich komme noch zum Punkt«, versicherte Vicious, bevor er an seinen Schreibtisch trat und seinen Laptop öffnete. »Ich habe in den letzten sechs Monaten nachgedacht. Und zwar nicht nur über die Hochzeit und mein ungeborenes Kind, sondern auch darüber, was Trent derzeit durchmacht, darüber, dass Jaime auf der anderen Seite der Welt wohnt und Dean mit einer Frau liiert ist, die so viele gesundheitliche Probleme hat, dass sie für ein ganzes Leben reichen würden«, sagte er beiläufig, während er auf seiner Tastatur herumtippte. »Wieso arbeiten wir uns den Arsch ab? Wir haben aberwitzig viel Geld verdient, zusätzlich zu dem, das wir schon immer hatten. Mehr, als wir jemals ausgeben könnten. Ich habe das Gefühl, dass wir aus einer sehr einfachen Sache etwas hochgradig Kompliziertes machen. Ich für meinen Teil kann gut auf diesen Lebensstil verzichten. Ich möchte Zeit mit meiner Frau verbringen, dreimal am Tag Sex mit ihr haben, so wie früher, mehr Sport treiben, weniger Stress haben, längere Reisen unternehmen und einfach leben. Und im Gegensatz zum Großteil der Menschheit kann ich mir das tatsächlich erlauben. Warum also tue ich es nicht? Warum tut es keiner von uns?«

Allmählich verstand ich, worauf er hinauswollte, aber was er da vorschlug, war geisteskrank. Vision Heights Holdings war unser Baby. Wir hatten es mit unserem Hedgefonds-Unternehmen in kürzester Zeit sehr weit gebracht. In erster Linie, weil wir rund um die Uhr schufteten. Die Idee, *nicht* oder auch nur weniger zu arbeiten und einen Teil der Verantwortung abzugeben, war mir noch nie gekommen.

»Du willst in Rente gehen? Im zarten Alter von dreißig Jahren ein Leben als Philanthrop führen?«, hakte Jaime nach.

Vicious drehte den Laptop herum, sodass wir alle auf eine unbebilderte Wikipedia-Seite blickten. *Jordan Van Der Zee.*

»Gott, nein. Ich werde weiterhin ins Büro gehen, aber womöglich nur noch zwei- oder dreimal pro Woche. Die restliche Zeit werde ich einfach nur genießen. Mich wie der Gott gebärden, als der ich geboren wurde.«

»Er muss auf einem schlechten Trip sein.« Trent zeigte auf Vicious und rollte mit den Augen. »Du hörst dich an wie Napoleon auf Crack. Wieso starren wir auf diesen Eintrag, Vicious? Und, was noch viel wichtiger ist, hast du vergessen, dass ich kein reiches Söhnchen bin? Ich kann meinen Job nicht einfach an den Nagel hängen.«

»Du bist längst Millionär«, entgegnete Jaime barsch, was bedeutete, dass er ernsthaft über Vicious' Vorschlag nachdachte. Trent war immer automatisch gegen Vicious' Ideen, Jaime dafür.

Das machte mich zum Zünglein an der Waage.

»Millionär oder nicht, ich habe kein Interesse daran, mich mit dreißig in den Ruhestand zu verabschieden.« Die Augen zu Schlitzen verengt, spie Trent jedes Wort einzeln aus. »Ich habe weder eine Frau noch eine Freundin. Dafür habe ich eine Tochter, die momentan mit zig Problemen zu kämpfen hat. Ich brauche Ablenkung, ein Ventil. Was für eine Scheiße.« Er trat so fest gegen den Couchtisch, dass uns die Ohren dröhnten. »Bin ich der einzige Idiot hier, der gern arbeitet?«

»Das kannst du auch weiterhin tun«, beteuerte Vicious und zeigte auf den Monitor. »Dieser Knabe hier ist dabei, sämtliche Investmentfirmen in der Gegend aufzukaufen. Er hat vor drei Jahren in San Francisco damit angefangen und sich bis nach Südkalifornien vorgearbeitet. Inzwischen ist er Multimilliardär. *Forbes'* Goldjunge. Er ist unglaublich gerissen, und wir sollten nicht vergessen, dass er in unserem Fall sehr tief in die Tasche greifen würde.«

»Wir wissen, wer Jordan Van Der Zee ist«, unterbrach ich seine Tirade. »Du bist nicht der Einzige von uns, der gelegentlich mal ein Wirtschaftsmagazin zur Hand nimmt, Vicious. Trotzdem danke für die nutzlose Information.«

Ich hatte in Harvard studiert. Van Der Zee ebenfalls. Natürlich nicht zur selben Zeit. Er war um einiges älter. Aber er war dort eine lebende Legende, weil er zu den wenigen gehörte, die aus eigener Kraft emporgekommen waren. Er hatte sich über ein Stipendium an einer Eliteuniversität hochgearbeitet, Praktika absolviert, sich den Arsch aufgerissen und war ohne fremde Hilfe zu einem Mogul geworden. Ich hatte kurz nach meinem Hochschulabschluss eine Dokumentation über ihn gesehen. Der Kerl stammte aus einer niederländischen Arbeiterfamilie. Sein Vater war Schuhputzer gewesen, Himmelherrgott. »Willst du deine Anteile verkaufen? Geht es dir darum?«, fragte ich.

»Den Großteil, und ich rate euch, dasselbe zu tun. Lasst uns die Hälfte der Anteile abstoßen. Wir sind an einem Punkt, wo wir einen äußerst lukrativen Deal aushandeln können. Wenn Trent weiterhin arbeiten will, steht dem nichts im Wege. Ich werde es ebenfalls tun.«

»Ich setze mich nicht zur Ruhe«, beharrte ich.

»Und ich auch nicht.« Jaime klang wenig überzeugend.

Vicious schaute lächelnd in die Runde. »Warum erweitern wir die Niederlassung in Los Angeles nicht und arbeiten alle hier?«

»Lass uns mit dem offensichtlichsten Grund beginnen – Van Der Zee würde einundfünfzig Prozent der Aktien haben wollen.« Trent lehnte sich mit seiner muskulösen Schulter gegen die Wand. Vicious schnalzte mit der Zunge.

»Ja, das wäre naheliegend, nicht wahr?« Allerdings. Es war das Einmaleins des Geschäftslebens.

Wir schauten ihn ungeduldig an. Vicious grinste.

»Aber, wie schon gesagt, er ist gerissen. Er möchte halbwegs die Kontrolle haben, gleichzeitig schert ihn VHH nicht allzu sehr. Er würde exakt fünfzig Prozent übernehmen.«

In diesem Moment begriff ich, dass dieses Schlitzohr und Van Der Zee bereits einen Vertrag aufgesetzt hatten. Sein großspuriges Gerede ließ keinen anderen Schluss zu. Die Blicke, die Trent und Jaime mir zuwarfen, verrieten, dass auch sie Bescheid wussten.

»Solche Verhandlungen können sich Monate, wenn nicht gar Jahre hinziehen«, gab Jaime zu bedenken.

»Van der Zee hat bereits nachgefragt, ob wir an einem Treffen interessiert wären«, fuhr Vicious fort, und alle Augen richteten sich auf ihn.

Ich verschluckte mich an einem Lachen, als ich ihm den Joint reichte. »Wie lange hast du schon geahnt, dass wir dich bitten würden, mit Trent zu tauschen?«

»Lange genug, um mich entsprechend vorzubereiten.«

»Wie kommt es, dass dieser Bonze sich als Erstes an dich gewandt hat?« Eine steile Falte stand zwischen Trents Brauen, als er sich den Joint schnappte und inhalierte. Vicious legte den Kopf in den Nacken und blies mit halb geschlossenen, unheilvoll blitzenden Augen Rauchkringel an die Zimmerdecke.

»Ich bin in Kalifornien. Er ist in Kalifornien. Ich kümmere mich hier um die rechtlichen Aspekte. Wieso ist das wichtig? Du bekommst, was du willst, Trent. Zeit, dir diese jammervolle Miene aus dem Gesicht zu wischen.«

Wir tauschten Blicke. Ich lächelte, warum, wusste ich selbst nicht. Niemand hatte mir versichert, dass Rosie nach Todos Santos zurückkehren wolle. Sie liebte New York, nur darum lebte sie so weit von ihren Eltern entfernt. Aber dass ich ihr diese Wahlmöglichkeit anbieten konnte, machte mich unerhört glücklich.

»Ich bin dabei«, sagte ich.

»Wenn der Vertrag passt – und die Kohle stimmt –, dann ich auch«, fügte Jaime hinzu.

Trent stieß den Atem aus und lachte. »Luna wird ein California Girl werden.«

Vicious grinste. »Verflucht, dann machen wir's doch.«

Rosie

Was gibt dir das Gefühl, am Leben zu sein?
Ungestüm geliebt zu werden. Unter freiem Himmel. Im strömenden Regen. Unter einem Zauber, der niemals vergeht.

»*Ohne Millie zu nahe treten zu wollen, aber ich möchte von niemandem verlassen werden*«, hatte Dean geantwortet, als ich ihn damit konfrontierte, dass er Emilia angefleht hatte, ihn niemals zu verlassen. Damals hatte ich seine Erklärung damit abgetan, dass er ein eingebildeter Fatzke war. Mittlerweile verstand ich.

Er hatte Angst davor, verlassen zu werden.

Und genau das hatte Millie getan.

Ich verspürte deswegen irrationalen Zorn auf meine Schwester, während ich ihr gleichzeitig dankbar war.

Nach dem Thanksgiving-Essen warf ich mich aufs Bett und ließ den Nachmittag Revue passieren, den Kuss im Regen – so als wären wir in *Wie ein einziger Tag*, als wäre er Ryan Gosling und ich eindeutig schizophren –, und mir entschlüpfte ein Kichern. Es ging in einen Hustenanfall über, was keine Überraschung war.

Doch dann spuckte ich blutigen Auswurf. Ohne zu blinzeln, starrte ich lange Sekunden darauf.

Sofort beschloss ich, das für mich zu behalten. Es jemandem zu sagen, hätte sowieso nichts gebracht. Dean und ich würden in wenigen Stunden heimfliegen. Er war mit seinen Freunden in Los Angeles, und ich wollte auf keinen Fall meine Familie in Panik versetzen und mich ins nächstgelegene Krankenhaus schleifen lassen. Dr. Hasting nahm sich immer Zeit für mich, selbst zu den verrücktesten Uhrzeiten und an den Wochenenden. Falls es in New York noch einmal passierte, konnte ich immer noch sie konsultieren.

Ich wälzte mich im Bett herum, fand einfach keinen Schlaf, obwohl ich ihn dringend nötig hatte. Ich hustete und röchelte. Ich drehte mich um, versuchte eine Position zu finden, in der ich Luft bekam und das Sekret nicht meine Atemwege blockierte. Wie paradox, dass meine Sehnsucht nach Dean nicht ihn erstickte, sondern mich.

So sehr mir unser gegenseitiges Liebesgeständnis auch gefallen hatte, dass es im Regen gemacht wurde, hatte meinem Körper nicht gutgetan.

Er hat gesagt, dass er mich liebt.

Dieser Gedanke löste in mir eine Glückseligkeit aus, die nicht mit Geld zu bezahlen war. Aber sie war durchmischt von Angst. Weil ich wusste, dass ich eines – baldigen – Tages sterben würde. Inmitten dieses wundervollen Lebens, das er für uns plante.

Könnte ich ihn, einen Witwer in den Dreißigern, mit Kindern zurücklassen, um die er sich kümmern müsste? Könnte ich ihn diese Bürde tragen lassen? Wie viele Herzen würde ich brechen, und warum hatte ich aufgehört, mich davon abzuhalten?

Er hat mir von Nina erzählt.

Das war der zweite Grund, weshalb ich nicht einschlafen konnte. Er hatte mir das Herz aus der Brust gerissen, und ich wusste nicht, wie ich es wieder zurückverfrachten konnte. Nur Dean besaß diese Macht. Er verstand es, mich zur völligen Erschöpfung zu treiben, während ich mich gleichzeitig unglaublich lebendig fühlte. Ich hörte meine Zimmertür knarzen und hustete in ein zerfleddertes Papiertaschentuch. Als ich einen Blick darauf warf, entdeckte ich weitere dunkelrote Sprenkel und ließ seufzend die Schultern hängen.

Danke, Wirklichkeit. Ich hatte heute einen tollen Tag, aber du musstest ihn ruinieren.

»Millie? Mach die Tür hinter dir zu. Es zieht wie Hechtsuppe«, krächzte ich.

Jetzt wurde sie ganz geöffnet, und Dean kam herein, seine Gestalt mächtiger als meine Sorgen und Ängste. Voll bekleidet, samt Jacke und Schuhen, schlüpfte er zu mir ins Bett und deckte uns fest zu, bevor er sich von hinten an mich schmiegte. Ich spähte zu der Uhr auf meinem Nachttisch. Der Digitalanzeige nach war es sechs Uhr morgens.

»Was tust du da?« Ich knüllte das Taschentuch zusammen und versteckte es unter der Decke, damit er es nicht sah. Er würde darauf bestehen, mich ins Krankenhaus zu fahren, und ich *hasste* Notaufnahmen. Sie sind der Ort, wo die Seele stirbt, damit der Körper überleben kann.

»Da wir in einer Stunde aufbrechen, wäre es sinnlos, mich auszuziehen«, murmelte er mir ins Ohr und drückte seine Erektion an mein Gesäß. Er klang zu müde für Sex. Erstaunlicherweise war ich nicht enttäuscht. Ich fühlte mich miserabel, und ich konnte mit Dean nicht nur halbherzig Liebe machen.

»Wie lief die Besprechung?«, fragte ich mit rauer Stimme.

Es entstand eine Pause, ehe er antwortete. »Gut.«

»Wird Trent nach Todos Santos ziehen?«

»Über kurz oder lang. Und irgendwann werden wir das auch tun.«

»Wie bitte?«

»Prioritäten ändern sich, Rosie. Wir auch.«

»Du klingst wie meine Eltern«, warf ich ihm vor, auch wenn ich Dean nicht so sehr zürnte wie ihnen.

»Nein.« Er fasste mein Kinn und drehte meinen Kopf zu sich, um mich zärtlich und bedächtig zu küssen. Es war ein Kuss, wie man ihn seiner Braut am Hochzeitstag gibt, und nicht dem Mädchen von nebenan, mit dem man gelegentlich rummacht. »Ich klinge wie *ich*. Es interessiert mich einen

Scheiß, was sie wollen. Aber ich weiß, dass du aus den falschen Gründen in New York lebst. Du kannst auch hier unabhängig sein. Die Menschen haben nur so viel Macht über dich, wie du ihnen zubilligst.«

Ich schluckte und wechselte das Thema. »Warst du noch bei deinem Vater?«

»Das ging zeitlich nicht. Ich habe Trent vor zehn Minuten bei seinen Eltern abgesetzt. Er wird sich in Geduld fassen müssen. Wieso bist du eigentlich wach?«

»Ich hatte eine Menge zu verarbeiten.« Was nicht gelogen war. Er wirkte beruhigt. Ich unterdrückte meinen Hustenreiz, um nicht noch mehr Blut zu spucken. Als wir schließlich am Flughafen ankamen, schloss ich mich auf der Toilette ein.

Und hustete und hustete und hustete.

Nachdem wir in New York gelandet waren, rief ich Dr. Hasting an, aber die Sprechstundenhilfe teilte mir mit, dass sie wegen eines familiären Notfalls nicht in der Stadt sei. Sie drängte mich, ins Krankenhaus zu fahren und mich untersuchen zu lassen.

Ich hätte auf sie hören sollen, aber ich wollte die Grenzen der Realität einfach ein bisschen verschieben. *Was kann schon passieren?*, dachte ich.

Die Antwort lautete: alles.

Alles konnte passieren.

KAPITEL 25

Dean

Nina anzurufen war, als würde ich freiwillig in den Todestrakt einrücken und die Wärter ermahnen, mit mir Schritt zu halten.

Meinen Namen auf dem Display zu sehen brachte sie dermaßen aus dem Konzept, dass sie die ersten zwei Minuten nur stammeln konnte. Ich würde es durchziehen und ihn treffen. Das Ganze hinter mich bringen und mich anschließend wieder auf mein Leben konzentrieren. Mein Vater wollte unbedingt mit mir über das Nina-Problem reden, aber ich ignorierte seine Anrufe, um den Dramenpegel möglichst niedrig zu halten. Hätte Rosie mir nicht das Versprechen abgerungen, wäre dieses Telefonat vermutlich niemals zustande gekommen. Diese Büchse der Pandora zu öffnen war nicht gerade das, was ich mir unter Spaß vorstellte, aber ich hatte es nun mal versprochen.

Meine erste Amtshandlung nach unserer Rückkehr aus Todos Santos war, ein Haus in den Hamptons zu mieten, um dort mit Rosie die ganze kommende Woche zu verbringen. Einen Heiratsantrag hatte ich dabei nicht im Sinn – dafür war es noch viel zu früh –, aber ich würde sie so sicher wie das Amen in der Kirche auffordern, endlich zu mir in mein Penthouse zu ziehen und sich die hundert Dollar Miete zu sparen. Es war das einzig Logische. Wir hatten die letzten zwei Monate praktisch zusammengelebt. Nichtsdestotrotz musste sie immer noch Abend für Abend nach unten flitzen, um ein Glätteisen, ein sauberes Shirt oder ein bescheuertes Haargummi zu holen. Mittlerweile war ich an dem Punkt angelangt, wo mein Augenlid vor mühsam beherrschter Frustration zu zucken anfing, wenn ich nur die Nummer ihrer Etage im Aufzug sah. Die Dinge zu beschleunigen, stand ganz oben auf meiner Prioritätenliste.

Um ehrlich zu sein, hatte ich die Nase mehr oder weniger voll von Manhattan. Das Einzige, was mich hier noch ernsthaft hielt, war Rosie, und nachdem sie sich anscheinend für mich entschieden hatte, konnte ich ebenso gut mit ihr nach Südkalifornien umsiedeln und ein paar Pluspunkte bei Paul und Charlene LeBlanc einheimsen.

Abgesehen davon hatte Vicious recht. Das Wetter hier war grauenvoll, die Luft viel zu schmutzig, und so sehr ich es auch genoss, den erfolgreichen New Yorker Geschäftsmann zu geben, war der Gedanke an sonnengebräunte Haut, ein kaltes Bier und eine auf Abruf bereitstehende Yacht noch reizvoller.

Ich drosselte den neu gewonnenen Elan in Bezug auf mein Vorhaben, nach Kalifornien zurückzukehren, und betrat das The Black Hole, um meine Liebste mit einem Mittagessen zu überraschen. Eigentlich stand ein Geschäftstreffen mit drei Investoren an, aber ich hatte es in letzter Minute abgesagt, um Rosie von den Hamptons zu erzählen. Es goss heute in Strömen, darum war das Café so gut wie leer. Hinter dem Tresen war niemand, und an den Tischen saßen nur wenige verstreute Gäste, die auf ihre Digitalbildschirme starrten. Ich strich meine Krawatte glatt und klopfte mehrmals mit den Fingerknöcheln auf die Theke.

»Baby LeBlanc. Schaff deinen süßen Knackarsch hierher«, rief ich, ohne mich um die neugierigen Blicke zu kümmern. Sie würden in Faszination umschlagen, sobald ich Rosie am

Kragen packte, sie über den Tresen zu mir heranzog und ihr die Zunge in den Mund steckte.

Einige Sekunden passierte rein gar nichts, dann trat Elle mit einem verkniffenen Lächeln aus der Küche. Sie zwirbelte ihre blonden Haare zu einem Knoten und wischte ihre feuchten Hände an ihrer Schürze ab.

»Hallo, Dean. Wir hatten gar nicht mit dir gerechnet.«

Wir? Ist mir etwa entgangen, dass man Elle zur Königin gekrönt hat?

»Ich dachte mir, ich schau auf 'nen Sprung vorbei und bringe Rosie etwas zu essen.« Ich stellte eine fettige braune Papiertüte, in der sich Rosies Lieblingssandwich mit gegrilltem Käse aus der Bäckerei auf der anderen Straßenseite befand, auf die Theke. Anschließend linste ich über Elles Schulter.

»Da wir gerade von ihr sprechen – wo steckt sie? Ich dachte, sie hätte heute Dienst?«

»Das stimmt auch.« Elles angespanntes Lächeln verblasste nicht. Das ärgerte mich, weil sie offenbar etwas verheimlichte, und ich mochte Geheimnisse nicht. »Sie musste früher gehen, weil …« Sie verstummte abrupt und presste die Lippen aufeinander.

»Sprich weiter.« Ich kniff die Augen zusammen und machte einen Schritt auf sie zu. »Bring deinen Satz zu Ende, Elle.«

Sie biss sich auf die Unterlippe und senkte den Blick. Das sah ihr kein bisschen ähnlich. Ich hatte sie in den letzten Monaten näher kennengelernt, daher wusste ich, dass sie ebenso wenig ein Duckmäuser war wie meine Rosie.

»Ich kann nicht.«

»Du kannst, und du wirst. Jetzt sofort. Wo ist Rosie, Elle?«

Ein geschlechtsspezifisches Merkmal, das ich Frauen zuordnen würde, war ihre größere Vielschichtigkeit. Ich war eindeutig ein schlichteres Gemüt als Rosie und Elle, weil das Erste, was mir in den Sinn kam, war, dass meine Freundin mich betrog. Dicht gefolgt von dem Gedanken, dass ich den Kerl umbringen und Rosie anschließend anflehen würde, mich im Gefängnis zu besuchen, damit wir unsere Beziehung kitten konnten. Armselig? Dämlich? Geistesgestört? Schuldig in allen drei Anklagepunkten.

»Sie ist ins Krankenhaus«, flüsterte Elle, dann hob sie hastig den Kopf und fügte hinzu: »Aber es geht ihr gut, das schwöre ich. Es war nur ein kleiner Schreckmoment. Sie müsste inzwischen schon auf dem Heimweg sein. Rosie hat mich ausdrücklich gebeten, dir nichts zu sagen, darum darfst du mich auf keinen Fall verpetzen, Dean. Das ist mein voller Ernst. Ich habe es dir nur verraten, damit du ein Auge auf sie hast. Versprichst du mir, dass du den Mund hältst?« Sie zog eine Schnute und sah mich scharf an. Ich war mit den Gedanken schon ganz woanders, während mein Herz blitzartig pulverisiert wurde.

»Geht klar«, sagte ich schon auf dem Weg zur Tür mit der albernen Bimmel darüber. »Danke, Elle. Man sieht sich.«

Rosie

Was gibt dir das Gefühl, lebendig zu sein?
Die Vorstellung, dass ich es schon bald nicht mehr sein werde.

»Bist du ganz sicher?«, vergewisserte Dean sich zum hundertsten Mal, während wir am Esstisch saßen und er ein Salatblatt auf seine Gabel spießte. Meine Miene wurde finster. Falls er diese Frage noch ein einziges Mal wiederholte, wäre ich versucht, ihm das Buttermesser in meiner Hand ins Auge zu rammen.

»Ich war mir in meinem ganzen Leben noch nie so sicher«, presste ich hervor.

Er ignorierte meine Beteuerungen. »Für mich siehst du nämlich definitiv krank aus.« Sein Kiefer war verkrampft.

Ich zuckte die Achseln und griff nach meinem halb gegessenen Sandwich.

»Ach ja? Du kannst es mir heute Nacht von hinten machen, dann musst du mein Gesicht nicht sehen.«

Gott, war ich verbittert. Aber ich kam nicht dagegen an. Heute hatte ich mich endlich ins Krankenhaus geschleppt, um feststellen zu lassen, wieso ich in den vergangenen Tagen so viel Blut gespuckt hatte. Die Mukoviszidose-Spezialisten sagten, dass ein paar Blutgefäße geplatzt seien. Ich erzählte ihnen, dass es ganze Klumpen waren, die jeden meiner Hustenanfälle begleiteten, aber sie meinten, dass mit mir so weit alles in Ordnung sei. Darum stimmte es wahrscheinlich. Ich wollte es unbedingt. Ich wünschte mir noch viel mehr Zeit mit Dean, und verwirrenderweise auch mit meinen Eltern und natürlich mit Millie.

Dean ging nicht auf meinen bissigen Kommentar ein. Ich rieb mir seufzend die Augen.

»Entschuldige, dass ich mich wie eine Rotzgöre benehme. Es war ein langer Tag.«

»Ich habe uns für nächste Woche ein Haus in den Hamptons gemietet und auch schon mit Elle gesprochen. Du bekommst frei. Und ich werde auch mit dem Leiter der Kinderklinik reden«, informierte er mich. Sein kühler Tonfall zerrte an meinen Nerven.

»Das ist toll«, antwortete ich gedankenverloren. Es trat eine kurze Pause ein.

»Ich werde Freitagmittag meinen Erzeuger treffen.«

Mein Puls schnellte schlagartig in die Höhe.

»Möchtest du, dass ich mitkomme?«, erkundigte ich mich. Er schüttelte den Kopf.

»Trotzdem danke.« Seine Stimme wurde einen Tick sanfter. »Ich will es so schnell und schmerzlos wie möglich über die Bühne bringen. Sue wird dir ein Taxi schicken, das dich am Freitag nach deiner Schicht abholt.«

Ich nickte knapp. Dieses Gespräch war die reinste Qual. Wir hörten uns an wie zwei Neunzigjährige, die Vorbereitungen für eine Beerdigung trafen.

Es machte mehr Spaß, Sticheleien auszutauschen, wenn wir nicht zusammen waren. Woran lag das? Wahrscheinlich an mir. Weil ich ihm nicht verriet, was wirklich los war. Weil ich Angst davor hatte, ihn zu verlieren, und noch mehr davor, dass er *mich* verlieren würde.

»Ich liebe dich«, sagte ich. Er sah von seinem Teller auf. Unsere Blicke verschmolzen.

»Das beruht auf Gegenseitigkeit, gerade deshalb möchte ich, dass es dir gutgeht. Falls es irgendetwas gibt, was ich über deine gesundheitliche Verfassung wissen sollte …«

»Es ist alles beim Alten. Konzentriere dich auf deine Familienangelegenheiten.« Lächelnd fasste ich über den Tisch und tätschelte seine Hand.

In dieser Nacht rührte er mich nicht an. Und ich bat ihn nicht darum.

Dann kam der Freitag … und mit ihm unser großes Finale.

KAPITEL 26

Dean

Elf Jahre zuvor

»Lass nicht zu, dass Eule mich umbringt, Schätzchen.«

Tränen kullerten aus Ninas Augen, während sie mich am Ausschnitt meines feuchten Muskelshirts packte und sich verzweifelt an mir festklammerte. Ich trug diese Teile nur hier auf der Farm, wo niemand einen Sinn für meine extravaganten YSL-Hemden und Lederschuhe gehabt hätte. »Du musst etwas unternehmen. Er prügelt mich windelweich. Siehst du diese Male? Siehst du sie? Er wird mich töten. Willst du einfach nur dasitzen und zuschauen?«

»Du solltest ihn verlassen.« Ich zog das Muskelshirt aus und warf es aufs Bett. Nachdem ich in ihrem monströs großen Garten Unkraut gejätet hatte, würde ich jetzt das Abendessen für uns drei zubereiten. »Komm mit nach Kalifornien. Mom hätte bestimmt nichts dagegen.«

»Helen ist nicht deine Mutter, Dean. Sondern *ich*.«

Zu widersprechen hätte nichts gebracht, doch das hieß nicht, dass ich ihre Ansicht teilte.

Sie zog mich ausnahmslos jeden Sommer in ihre Eheprobleme hinein. Offenbar betrachtete sie mich als eine Mischung aus Bodyguard und persönlichem Assistenten. Was ich ihr nicht verdenken konnte. Ich versuchte beständig, sie zu beschützen. Die Person, die mein Leben aufs Spiel gesetzt hatte.

In jener Nacht kam Eule betrunken nach Hause. Was nicht ungewöhnlich war. Im Gegensatz zu Nina war er zwar kein Junkie, dafür aber an den heißen Sommerabenden seinem Bourbon überaus zugetan. Anschließend kroch er lallend und fluchend in ihr Bett. Ich konnte alles von meinem Zimmer am Ende des Flurs aus hören, während ich mich mit Tiffany, der Nachbarstochter, vergnügte. Sie schlich sich jede Nacht durchs Fenster in mein Zimmer. Es war ein einstöckiges, scheunenartiges Haus. Von meinen Bemühungen, ihre Lustschreie zu dämpfen, waren meine Hände mit Bissspuren übersät, aber keiner fragte, was das für Male waren oder woher sie stammten, weil sich niemand auch nur im Geringsten dafür interessierte.

Genau genommen scherte sich unter diesem Dach niemand einen feuchten Dreck um irgendwas.

Ersticktes Wimmern und Schluchzen drangen an mein Ohr, daher konnte ich mich nicht auf unser Petting konzentrieren und vom Trockensex zur nächsten Stufe übergehen.

»Diese verfluchte Kacke macht mich noch wahnsinnig«, ächzte ich und strich Tiff die Haare aus dem Gesicht, um ihre Begierde darin besser lesen zu können. Aber dieses Mal quietschten die rostigen Federn von Ninas Matratzenrost nicht. Irgendetwas war anders als sonst. Zum ersten Mal war meine Intuition so stark, dass sie mich von innen her geradezu zu versengen schien.

»Deine Tante ist ein Wrack.« Tiffany setzte sich im Reitersitz auf mich.

Sie ahnte nicht, dass Nina meine Mutter war. Meine Eltern sorgten dafür, dass Nina es für sich behielt.

Das Klatschen von Fleisch auf Haut ertönte. Ich hörte, wie Nina einen entsetzten Schrei ausstieß und bei ihrem Versuch,

Eule zu entkommen, gegen Möbelstücke rempelte und Sachen auf den Fußboden flogen. Ich fasste Tiffany um die Taille, schob sie von mir runter und stand auf.

»Ich werde nachsehen, ob alles okay ist.«

»Hier bei euch ist nie irgendwas okay«, antwortete Tiffany und fläzte sich aufs Bett. Sie hatte nicht ganz unrecht. Jeder in diesem winzigen Dorf kannte die Whittakers. Jeder wusste, dass Nina eine Drogenabhängige mit Pupillen so groß wie Untertassen war, Eule sich jeden Abend sein eigenes Körpergewicht in Form von Schnaps zuführte und sie jedes Jahr bei dem Versuch, die Hypothek auf dieses Stück Land zu zahlen, noch mehr Geld verloren. Wahrscheinlich hofften die meisten Leute darauf, dass sie dieses kleine Experiment endlich aufgaben, das Grundstück verkauften und wegzogen.

»Lass es mich anders formulieren.« Ich drückte die Türklinke und trat in den Flur. »Ich will nicht, dass Eule Nina umbringt, während ich hier bin. Besser?«

»Er bringt sie schon nicht um.« Tiff machte es sich gemütlich, indem sie ans Kopfende des Betts rutschte, sich mit dem Rücken gegen die Wand lehnte und eine Zigarette anzündete.

»Ganz genau. Weil ich es nämlich verhindern werde.«

Klatsch! Er versetzte ihr noch einen Schlag, und wieder schallte ein Schrei vom anderen Ende des Korridors herüber. Ich ging auf das Zimmer zu.

»Tu das lieber nicht!«, rief Tiffany mir nach, während sie entspannt an ihrem Glimmstängel zog, als hätte sie keine Sorge auf der Welt. »Die beiden sind krank im Kopf. Du handelst dir bloß Ärger ein.«

Sie hatte natürlich recht, aber ich wollte nicht auf sie hören. *Beschütze die Schwachen*, ermahnte mich eine innere Stimme. *Auch die, die dir Unrecht getan haben.*

Sowie ich einen Fuß in das Zimmer setzte, warf Eule eine Vase nach mir. Und verfehlte. Das reichte, um mich derart in Rage zu versetzen, dass ich ohne an die Folgen zu denken ins Geschehen eingriff. Ich stürzte mich mit geballten Fäusten auf ihn und rammte sie ihm gnadenlos und ohne Rücksicht darauf, ob ich innere Organe verletzte, in den Magen, wodurch ich ihn außer Gefecht setzte.

»Du wirst sie verflucht noch mal in Ruhe lassen!«, brüllte ich. »Vergreif dich noch ein einziges Mal an meiner Mutter, dann breche ich dir jeden Knochen in deinem jämmerlichen Körper!«

Meiner Mutter. Großer Gott. Ich brauchte dringend einen Realitätscheck und sehr viel mehr Rückgrat.

»Ja, bring ihm Manieren bei, Junge!«, kreischte Nina, die auf dem Bett thronte und ein Kissen an ihre Brust drückte. Zu dem Zeitpunkt machte ich mir keinen Kopf darüber, dass sie gesund und munter aussah. Gefasst, frisch und unversehrt. Oder dass sie geradezu *aufgekratzt* wirkte. Auch nicht darüber, wie krank diese ganze Situation wirklich war. »Mach ihn fertig, Dean! Mach ihn fertig!«

Ich brach ihm die Nase.

»Zeig ihm, was passiert, wenn er mich schlägt!«

Ich hockte mich auf ihn, hielt seine über den Kopf gestreckten Arme fest und drosch ihm abermals den Ellbogen in die Visage. Es war das erste Mal, dass Nina mich wirklich zur Kenntnis nahm, und ihre Stimme klang ausnahmsweise nicht gelangweilt, wenn sie mit mir sprach. Und ich schnappte nach dem Köder, schluckte ihn mitsamt dem verdammten Haken. *Wusch! Rums! Klatsch!*

Ich war stark und athletisch. Es würde mich keine zwei Minuten kosten, um diesem alten Saftsack das Licht auszublasen. Kein Witz.

»Töte ihn für mich, Schätzchen!«

»Dean! Nicht! Hör auf!«, erklang Tiffanys erstickte Stimme von der Tür. Was zur Hölle hatte sie hier zu suchen? Es kümmerte mich zwar nicht sonderlich, ob die beiden wussten, dass sie sich nachts in ihr Haus schlich, aber sie konnte mächtig in Schwierigkeiten geraten. Ihr Vater war der Dorfpfarrer. »Geh von ihm runter. Du bringst ihn noch um. Willst du wirklich im Gefängnis landen? Dieser Typ ist geistesgestört!«

Ich prügelte weiter auf Eule ein, aber nicht mehr mit demselben Enthusiasmus wie zuvor, weil ich feststellte, dass er nicht ein einziges Mal versuchte, sich zu wehren. Er steckte die Schläge einfach ein. Dabei ließ er sich nie von irgendwem etwas gefallen. Am allerwenigsten von mir.

Meine Bewegungen wurden langsamer und erstarben dann ganz, als Tiffanys zitternde Stimme energischer und schärfer wurde.

»Legst du es wirklich darauf an, eingesperrt zu werden? Ist es das wert? Sind *sie* das wert?«, beschwor sie mich und presste die Handflächen aneinander. Da war was dran.

Ich richtete den Oberkörper auf, dabei hörte ich Nina im Hintergrund schreien: »Halt die Fresse, Schlampe! Verpiss dich von hier! Tu es, Dean! Mach schon!«

In diesem Moment bemerkte ich die Kamera.

Ich stand mit wackligen Beinen auf. Eule kauerte unter mir. Sein Gesicht war so blutig und zerschlagen, dass ich seine Augen nicht von seiner Nase oder seinen Lippen unterscheiden konnte. Erst jetzt fiel mir auf, dass mein Muskelshirt blutverschmiert war, und es gehörte mir noch nicht einmal. Ich starrte direkt in die Kamera. Das rote Lämpchen blinkte, wie um mich zu verhöhnen. Nina hielt sie in einer Hand, während sie mir mit vom Brüllen heiserer Stimme befahl, ihm den Garaus zu machen.

Die Kamera lief.

Erster Akt: Filme deinen Sohn, während er ein Verbrechen begeht.

Zweiter Akt: Erpresse ihn mit der Aufnahme.

Dritter Akt: Werde reich und lass ihn ein weiteres Mal im Stich, um irgendwo neu anzufangen.

Ende.

Meine leibliche Mutter hatte mich nie fotografiert, nie auf Video meine ersten Schritte, meine ersten Worte oder irgendwelche Geburtstagspartys festgehalten. Sie besaß auch kein Album, in dem sich ein Bild von mir befunden hätte. Aber jetzt nahm sie mich dabei auf, wie ich versuchte, sie zu retten. Sie hatte mich reingelegt, um mich in den Abgrund zu reißen, der ihre Chance, es im Leben zu etwas zu bringen, zunichtegemacht hatte.

»Was zur Hölle soll das werden, Nina?«, fragte ich und trat einen Schritt auf sie zu. Meine Stimme war kalt. Obwohl Adrenalin in meinem Blut rauschte, war ich nicht mehr zornig. Sie hatte es getan. Nach all der langen Zeit war es ihr endlich gelungen, meine dunkle Seite zum Vorschein zu bringen. Damit würde ich leben müssen. Bis zu meinem Tod. Ihretwegen. »Ich gebe dir eine Sekunde Zeit für eine Erklärung, und sie sollte lieber gut sein.«

»Das hier ist versuchter Mord«, nuschelte sie. Gott, sie war high. Das Miststück war völlig zugedröhnt. »Ich kann dafür sorgen, dass du für viele Jahre in den Knast wanderst, Sohn.«

»Sohn?«, keuchte Tiffany hinter mir. Kacke. Sie war immer noch da. Einerseits wollte ich, dass sie verschwand, andererseits war es mir lieber, wenn sie blieb, damit sie zu meinen Gunsten aussagen konnte. Ich legte den Kopf schräg und lächelte. Weil mir endlich die Wahrheit dämmerte.

Meine Mutter war der Teufel.

Meine Mutter hasste mich.

Meine Mutter beneidete mich.

Und sie würde niemals damit aufhören, bis sie dazu gezwungen wurde. Durch mich.

»Du bildest dir ernsthaft ein, mit dieser Scheiße durchzukommen?«, fragte ich lachend. Ich wollte ihr den Schneid abkaufen, und die Weise, wie sie die Stirn in Falten legte, verriet, dass ich Erfolg hatte. »Komm schon, Nina. Du bist ein gottverdammtes Wrack. Lass dich von meiner vermeintlichen Ritterlichkeit nicht in die Irre führen.«

Verwirrt von meiner eloquenten Ausdrucksweise ließ sie die Kamera ein paar Zentimeter sinken. Nein, ich war nicht mehr der höfliche, sonnig lächelnde Junge, der um ihre Gunst buhlte. Der Groschen war bei mir gefallen, und damit hatte sich jede Sympathie, die ich vielleicht für sie empfunden haben mochte, in Rauch aufgelöst. Mir war klar, dass sie meine gesamte Zukunft ruinieren würde, wenn ich ihr dieses Druckmittel gegen mich ließ.

»Leg dieses verdammte Ding weg, Nina.« Ich ging zum Nachttisch, nahm einen Joint und zündete ihn lässig an, während die Kamera mir weiterhin folgte. »Ich werde nicht zweimal darum bitten, und vertrau mir, wenn ich sage, dass mein Vater besser nichts davon erfahren sollte.«

Eule stieß auf dem Fußboden einen Schmerzensschrei aus, und ich versetzte ihm, mit dem Joint zwischen den Lippen, einen Tritt. »Halt's Maul, Arschloch.«

»Soll ich einen Krankenwagen rufen?«, fragte Tiffany, die noch immer am Türrahmen lehnte und an ihren Nägeln kaute. Ich ließ meine Halswirbel knacken und seufzte.

»Er hat sich das selbst eingebrockt, indem er auf seine drogensüchtige, gehirnamputierte Frau gehört hat. Soll sie sich um ihn kümmern. So hast du dir das also gedacht?« Ich trat zu Nina, schnappte mir die Kamera, nahm das Band heraus und zerriss es in winzige Schnipsel, bevor ich die Kamera auf den Boden warf und sie mit dem Fuß zermalmte. »Du wolltest mich mit einem beschissenen Film erpressen?«

Ninas Pupillen flackerten. Die Realität brach über sie herein, und sie war nicht hübsch. Ich schnippte die Asche von dem Joint auf ihr Bettlaken und ließ den Rauch durch meine Nasenlöcher strömen.

»Wird's bald?«, knurrte ich ihr ins Gesicht. »Ich warte auf eine Antwort.«

Bis zu diesem Zeitpunkt hatte ich nicht gewusst, dass sie mich in einem Walmart ausgesetzt hatte. Dass sie kaltblütig Zigaretten und Bier kaufen gegangen war, nachdem sie mich nackt und schreiend in einer öffentlichen Toilette meinem Schicksal überlassen hatte. Meine Eltern hatten diese pikanten Details für sich behalten, was ich ihnen nicht verübeln konnte. Ihre Version der Dinge war um einiges leichter zu verdauen: Nina hatte ein Drogenproblem. Sie konnte nicht für mich sorgen. Darum gab sie mich in ihre Obhut, weil sie wusste, dass sie mich über alles lieben würden. Was sie auch taten.

»Als könntest du dieses Geld nicht entbehren!«, kreischte sie und schubste mich weg. »Du hast alles! Sie verwöhnen dich nach Strich und Faden!« Ihr Südstaatenakzent machte sich jetzt stärker bemerkbar.

»Ja, das tun sie. Weil *du* es nicht getan hast.« Meine Stimme war ebenfalls lauter geworden. Ich bemühte mich mit aller Kraft, nicht mit den Armen zu fuchteln. Beherrscht zu bleiben. Doch der Drang, gegen irgendetwas zu treten, war enorm. Und Eule lag direkt vor mir, allerdings lief er schon etwas bläulich an, darum wollte ich den Bogen nicht überspannen. Nina schnellte aus ihrem Bett hoch.

»Ganz richtig. Das habe ich nicht. Ich habe dich dort entsorgt, wo du hingehörst. In einer Toilette. Weil du mir absolut nichts bedeutet hast!«

Mir fiel fast der Joint aus dem Mund.

»Was?«

Sie wiederholte es. Danach schleuderte sie mir den Rest der Geschichte meiner Geburt ins Gesicht. Als sie fertig war, wandte sie sich schluchzend ihrem Ehemann zu und versicherte ihm, dass alles in Ordnung kommen werde. Tiffany harrte regungslos an der Tür aus und beobachtete mich mit einer Mischung aus Mitleid, Schmerz und Entsetzen.

»Verschwinde von hier.« Ich riss den Kopf zu ihr herum. »Sofort.«

»Aber Dean …«

»RAUS!«, brüllte ich und zeigte in Richtung Haustür. »Ich meine es ernst, verdammt. Es ist vorbei.«

Und das war es. Alles, was diesen Teil meines Lebens betraf, war Geschichte.

Am nächsten Tag flog ich zurück nach Hause und setzte anschließend nie wieder einen Fuß nach Alabama. Soweit es mich betraf, existierte dieser Bundesstaat auf keiner US-Landkarte mehr.

Gleichzeitig starb auch der lebensfrohe, glückliche Junge, der ich früher gewesen war.

Ich ging zu seiner verdammten Beerdigung, die von da an täglich aufs Neue stattfand.

In meinem Herzen.

KAPITEL 27

Rosie

Was gibt dir das Gefühl, lebendig zu sein?
Die Bäume vorbeirauschen zu sehen, das Glitzern des Ozeans, die Welt, die gleich einem Ballkleid um mich wirbelt. Zu wissen, dass ich ein Teil davon bin. Zu akzeptieren, dass es ebenso zum Leben gehört, kein Teil mehr davon zu sein.

Ich saß auf dem Rücksitz des Taxis und nutzte die Zeit, um eine geile Playlist für unseren Aufenthalt in den Hamptons zusammenzustellen. Romantische, stimmungsvolle Musik, die im Hintergrund laufen sollte, während wir Essen kochten, Liebe machten und unvergessliche Erinnerungen schufen.

Es war ein großer Tag für Dean, und ich fragte mich, ob der zunehmend dunkler werdende Himmel am Horizont ein Vorbote dafür war, wie die Sache für ihn ausgehen würde. Es schüttete wie aus Kübeln, und ich trug vier Schichten Kleidung. Zwei davon Jacken. Meine Umhängetasche wog fast so viel wie ich, weil ich alle meine Medikamente und Inhaliergeräte eingepackt hatte. Um ehrlich zu sein, war ich nicht ganz auf dem Damm. Aber Dean hatte für uns von Freitag bis Freitag ein Haus in den Hamptons gemietet, und ich wollte ihn um jeden Preis glücklich machen, jetzt mehr denn je.

Er stand im Begriff, ein dreißig Jahre altes Rätsel zu lösen. Das hatte ihn auch einen schönen Batzen gekostet. Ich würde in jeder Hinsicht für ihn da sein, selbst wenn ich dafür ein paar körperliche Beschwerden in Kauf nehmen musste.

»Da kommt ordentlich was runter«, bemerkte der Fahrer und zeigte auf die Scheibenwischer, die wie wild über die Windschutzscheibe fegten. Die Regentropfen hämmerten auf das Dach, als wollten sie es zertrümmern.

»Das kann man wohl sagen«, pflichtete ich ihm bei. »Es tut mir leid, dass Sie nachher allein den ganzen Weg zurück nach New York fahren müssen. Das wird sicherlich eine Tortur.«

»Ach was«, entgegnete er. »Mit mir brauchen Sie kein Mitleid zu haben. Bedauern Sie lieber die Obdachlosen. Die verrückten Jogger und Radfahrer dort draußen. Die Leute, die dem Regen direkt ausgesetzt sind.«

»Ja, die tun mir auch leid. Mit Ausnahme der Jogger. Niemand hat sie gezwungen, bei diesem Wetter rauszugehen.« Wir passierten einen Typen im quietschgelben Regenmantel, der den Randstreifen entlangsprintete.

Dean sollte inzwischen in unserer Unterkunft angekommen sein. Ich hatte ihm vor ein paar Stunden eine Nachricht geschrieben und gefragt, ob er es bis sieben schaffen werde, was er bejaht hatte. Jetzt war es schon Viertel vor acht. Ich hoffte, dass ich nur deshalb nichts mehr von ihm gehört hatte, weil sich das Treffen mit seinem leiblichen Vater in die Länge zog. Ich hoffte, dass es gut lief und sie warm miteinander wurden. Ich hoffte so vieles, aber ich wollte ihn nicht bedrängen, indem ich ihm zu oft simste.

Bis meine Besorgnis die Überhand gewann und ich mein Handy hervorzog.

Rosie

Bin fast am Ziel. Freu mich schon darauf, eine ganze Woche mit dir zu verbringen. Wie lief es?

Dean antwortete nicht. Das Taxi hielt vor einem von Scheffer entworfenen Schindelhaus, das inmitten eines prachtvollen Gartens lag, der das Schloss von Versailles in den Schatten stellte. Mir entging nicht, dass das Anwesen nur von Wald und Vegetation umgeben war. Keine Nachbarn. Keine Geschäfte. Es würde weit und breit nur uns zwei geben. Der Fahrer, ein untersetzter Mann um die sechzig, stieg aus, ging geschwind zum Heck des Wagens und holte meinen Koffer heraus, bevor er mir anschließend mit meiner Umhängetasche half. Meine Augen mit der Hand abschirmend, hastete ich zur Haustür und drückte mehrfach die Klingel. Dann wandte ich mich um und winkte dem Taxifahrer zu.

»Schönes Wochenende!«, rief ich atemlos. Verflixte Lunge.

»Das wünsche ich Ihnen auch.« Er wartete noch ein paar Sekunden länger, bis ich ihm abermals ein Handzeichen gab. Es war nicht nötig, dass er dort in der Kälte ausharrte. Schließlich setzte sich der Wagen in Bewegung.

Ich klingelte wieder. Keine Reaktion.

Ich fischte mein Handy aus der Jackentasche und rief Dean an. Der Wind, der von der Küste heranfegte, zerrte mich fast auf die andere Straßenseite, und die frostigen Temperaturen sickerten in meine Knochen. Es kam keine Antwort. Ich versuchte es noch dreimal, dann schrieb ich ihm.

Rosie
Sirius an Erde. Wo bleibst du? Ich stehe vor dem Haus und warte auf dich.

Rosie
Okay, es ist echt kalt, und ich bin jetzt schon seit zehn Minuten hier. Ich werde ein Taxi rufen und in einem Café im Ort auf dich warten.

Rosie
Das nächste verfügbare Taxi kann erst in einer halben Stunde hier sein. Wo steckst du? Ich mache mir Sorgen. Ruf mich an. Ich liebe dich.

Im peitschenden Regen hämmerte ich mit den Fäusten an die Tür und schickte ein Stoßgebet zum Himmel, dass Dean doch da sein möge. Dass er mich wegen des Wolkenbruchs nicht hörte oder eingeschlafen war und jede Sekunde aufmachen würde.

»Hallo? Dean! Ich bin hier!« Die Verzweiflung in meiner Stimme erschreckte mich selbst.

Nichts.

Meine Zähne schlugen aufeinander.

Ich zitterte wie Espenlaub.

Ich war von oben bis unten klatschnass, meine Kleidung vom Regen durchtränkt, und es gab keinen Zufluchtsort. Zwischen Unruhe und Furcht hin- und hergerissen, ergriff mich nackte Panik. Ich spürte, was passierte, doch ich konnte es nicht stoppen. Hagelkörner, scharf wie Glassplitter, prasselten mir ins Gesicht, und ich hatte nur noch einen einzigen sehnlichen Wunsch.

Lass mich nicht im Stich, Dean, flehte ich im Stillen. *Sei nicht mein Verderben.*

KAPITEL 28

Dean

Ich schien an diesem Tag nicht so festen Boden unter den Füßen zu haben wie sonst. Das hätte mir eine erste Warnung sein müssen.

Sowie ich die sechshunderttausend Dollar auf Ninas notleidendes Bankkonto überwiesen hatte, bekam ich von ihr per SMS den Namen eines auf der anderen Straßenseite gelegenen Cafés und die Bestätigung, dass er sich dort am Mittag mit mir treffen werde. Das ließ mir genügend Spielraum, um es ungeachtet des hohen Verkehrsaufkommens, der verstopften Straßen und der widrigen Wetterbedingungen rechtzeitig in die Hamptons zu schaffen.

»Ich nehme mir den Rest des Tages frei. Sollte irgendjemand nach mir fragen, lassen Sie sich was einfallen«, wies ich Sue an, während ich am Empfangstresen vorbeiging und dabei meinen Laptop zuklappte. Ich schlüpfte in meine Valentino-Jacke mit Tropenmuster. Sue bedachte mich mit einem Seitenblick und einem giftigen Lächeln.

»Ich wünsche Ihnen ein angenehmes Wochenende, Mr Cole.«

»Dito, Miss Pearson.« Sue konnte mir den Buckel runterrutschen. Sie bestand auf Nachnamen? Meinetwegen. Mich tangierte nichts mehr. Meine persönliche Assistentin war für mich nur noch eine Frequenzstörung.

Mit zügigen Schritten überquerte ich die Straße in Richtung des Cafés. Der Himmel öffnete heute seine Schleusen, als wäre er zornig. Wenn auch nicht halb so sehr, wie ich es wahrscheinlich in Kürze sein würde. Sowie ich die Tür öffnete und das Bimmeln der Glocke meine Gedanken auf das The Black Hole und auf Rosie lenkte, schaffte ich es, tief durchzuatmen. Ich war optimistisch, dass Nina sich nicht zu uns gesellen würde. Sie hatte bekommen, was sie wollte, und nichts mehr in der Hand, womit sie mich unter Druck setzen konnte. Wahrscheinlich hatte sie inzwischen meinen Namen vergessen. Reines Wunschdenken natürlich.

Das Café war gerammelt voll mit Geschäftsleuten, die sich in ihrer Mittagspause schnell ein Sandwich einverleiben wollten. Ich ließ den Blick skeptisch durch den Raum schweifen, weil ich keine Ahnung hatte, wie wir einander erkennen würden. Vielleicht hätte ich erwähnen sollen, dass ich ein großes Faible für exzentrische Designerklamotten hatte. Meine schrille Jacke war nicht zu übersehen.

Auf der Suche nach jemandem, der eine potenzielle Ähnlichkeit mit mir aufwies, ging ich am Tresen vorbei und scannte die Gesichter, die Teller, die Handy-Displays der Gäste.

Drei junge Schlipsträger. Nein.

Zwei Studenten mit MacBooks, die Kaffee tranken. Weiter.

Ein etwa achtzigjähriger Mann im dreiteiligen Anzug. Nie im Leben. Er entsprach nicht Ninas Geschmack.

Eine Mittdreißigerin, die meinen Blick erwiderte und die rot geschminkten Lippen zu einem breiten Lächeln verzog. Sorry, Schätzchen. Bin schon vergeben.

Meine Augen irrlichterten durch das Café, fahndeten fieberhaft nach einem möglichen Verdächtigen, während mein Herz so wild klopfte wie sonst nur, wenn Rosie sich vor dem Zubettgehen auszog.

Dann erfasste mein Blick einen vertrauten Schopf dichter grauer Haare, und ich runzelte die Brauen, während mir gleichzeitig ein leises Lachen entschlüpfte.

»Dad?« Ich ging zu dem kleinen Tisch in der Ecke, wo mein Vater saß und in seine Kaffeetasse starrte. »Hey, du bist in New York? Wieso hast du nichts gesagt? Ist es wegen des Farlon-Falls?«

Er hob den Kopf und stand auf, entgegnete jedoch nichts.

Das war kein gutes Zeichen, verdammt.

Nein.

Nein, nein, nein, nein, nein.

Ich machte einen Schritt nach hinten.

»Wo ist Nina?«, fragte ich. Ich war komplett irre, oder? So wie in dem Moment, als ich nicht ganz bei Trost annahm, Rosie würde mich betrügen, obwohl sie in Wahrheit im Krankenhaus war. Meine Eltern waren glücklich verheiratet, als Nina schwanger wurde. Vielleicht hatte mein leiblicher Vater in letzter Sekunde gekniffen, und Eli war hier, um mich zu trösten.

»Setz dich«, sagte er.

»Nein.« Ich konnte mein Gesicht nicht mehr fühlen. »Sag mir verflucht noch mal, warum du hier bist und wo Nina steckt.«

»Achte auf deine Ausdrucksweise, Dean.«

»Darauf scheiße ich, *Dad.*« Ich lehnte mich gegen die Rückenlehne eines Stuhls. »Was ist hier los?«

Panik erfasste mich. Das hier konnte unmöglich bedeuten, wonach es aussah. Mein Vater kam näher und legte mir die Hand auf die Schulter. Aber sein Griff war nicht so fest wie gewohnt.

»Ich wollte es dir sagen, als du über Thanksgiving in Todos Santos warst.«

»Nein.« Ich lachte peinlich berührt und schubste ihn weg.

Es fühlte sich an, als hätte mir jemand von innen heraus einen Faustschlag auf die Nase versetzt. Eli prallte rücklings gegen die Wand, dabei rempelte er mit der Schulter eine Frau an, die in der Warteschlange stand. Sie guckte entrüstet. »Mein Leben ist keine Seifenoper, und du hast es nicht mit Nina getrieben, als du schon mit Mom verheiratet warst.« Es war eine Feststellung, aber ganz offensichtlich übte ich mich auch hierbei in Wunschdenken. Er hob kapitulierend die Hände. »Es gibt eine Menge zu bereden, mein Sohn. Du solltest dich besser setzen.«

»Hör verflucht noch mal auf, mir zu sagen, dass ich mich setzen soll!«, donnerte ich und knallte die Handflächen auf den Tisch.

Elf Jahre zuvor war Donald Whittaker nach zwei Tagen entsetzlicher Schmerzen endlich in die Notaufnahme eingeliefert worden, damit die gebrochene Nase, zwei Rippenfrakturen und mehrere Schnittwunden, die ich ihm beigebracht hatte, behandelt werden konnten. Da er nicht versichert war, mussten er und Nina eine Menge Geld für seinen Krankenhausaufenthalt hinblättern. Was Eule nicht wusste, war, dass er sein Überleben einzig und allein der Pfarrerstochter Tiffany verdankte.

Elf Jahre später fragte ich mich nun, wer in Tiffanys Rolle schlüpfen und mich davon abhalten könnte, dass ich meinem Vater etwas antat. Weil ich mich nämlich nicht zurückhalten konnte und unbedingt irgendetwas kurz und klein schlagen musste. Und ich dieses Mal auf keinen Fall den Körper meiner Freundin missbrauchen würde, um meinen Frust abzureagieren.

»Es gibt für dies alles eine Erklärung.« Er hatte die Stimme fast zu einem Flüstern gesenkt. Die Leute linsten über die Ränder ihrer Kaffeetassen hinweg zu uns. Eli fasste meinen Oberarm und versuchte, mich auf den Stuhl gegenüber seinem zu drücken. Ich sträubte mich.

»Sag mir, dass es ein Irrtum ist, Eli.« Die Kälte meiner Stimme verursachte mir selbst Gänsehaut.

»Es ist kein Irrtum.« Er kniff die Augen zusammen, war immer noch gefasst und stoisch, immer noch er selbst. »*Du* warst kein Irrtum.«

Ich wusste nicht, was ich denken oder fühlen sollte. Warum war meine Mutter noch mit ihm verheiratet, obwohl er allem Anschein nach ihre ältere Schwester gefickt hatte?

Dann traf mich die Erkenntnis mit der Wucht eines Vorschlaghammers. Ich war wie *er*.

Ein Wichser, der sich zwischen zwei Schwestern stellte. Ich hatte das Potenzial, zu dem gleichen Arschloch zu werden, dem ich solche Verachtung entgegenbrachte.

»Und *auf solche* Art und Weise setzt du mich in Kenntnis?«, spie ich aus.

»Du hast jedes Mal dichtgemacht, wenn ich zu dir durchzudringen versuchte.«

Lieber Herr im Himmel.

»Du bist für mich gestorben.« Und in diesem Augenblick war es mein voller Ernst. »Mausetot. Ruf mich nicht an. Sprich nicht mit mir. *Denk* noch nicht mal an mich. Weil ich auch keinen Gedanken mehr an dich verschwenden werde.« Ich stürmte aus der Tür, knallte sie hinter mir zu und steuerte die nächstgelegene Bar an.

Ich hämmerte dreimal mit der Faust auf den Tresen.

»Barkeeper. Einen Brandy.«

Dann schoss ich mich ab.

Flatternd hoben sich meine Lider, und ich berührte stöhnend meine Schläfe. Da war dieses ärgerliche Summen in meinen Ohren. Es hörte sich an, als würde eine alte Klapperkiste eine Reise unternehmen, für die sie nicht mehr taugte. Meine Augen weiteten sich, als ich mir der Schläuche in meinen Venen bewusst wurde. Des Infusionsständers neben mir. Des hellen Zimmers. Der Leuchtstofflampen. Der typischen Krankenhausatmosphäre.

Meine Lebensgeschichte, aber allmählich bin ich den beklemmenden Handlungsstrang leid.

»Was ist passiert?«, brachte ich hustend heraus, obwohl es keinen Hinweis auf eine weitere Person gab. Meine verschwommene Sicht gewann mit jedem Blinzeln an Schärfe. Es war bullig heiß im Zimmer, und ich fragte mich, wer wohl die Heizung so hochgedreht hatte. Man hätte auf meiner Stirn Schinkenspeck braten können.

Mmmm, Schinkenspeck. Ich hatte Hunger. Was sicherlich ein gutes Zeichen war.

Diese Maschine. Sie erzeugte immer noch diesen nervenzerfetzenden Lärm.

Phhhhhhstttt. Phhhhhstttt. Phhhhhstttt.

Jemand musste das unbedingt abstellen, bevor ich noch durchdrehte.

»Du bist im Krankenhaus«, ertönte die Stimme meiner Schwester, bevor Millie ihre warme Hand auf meine legte, die mir furchtbar kalt vorkam, obwohl ich schwitzte.

Ich rollte den Kopf zur Seite und kniff kurz die Lider zusammen, um den Blick auf sie fokussieren zu können. Neben ihr saßen meine Eltern. Drei aufgerissene Augenpaare, die mich anstarrten, als wäre ich ein exotisches Zootier.

Millie beugte sich nach unten und hauchte mir einen Kuss auf die Wange. »Wie fühlst du dich?«

»Besser als ich euren Mienen nach zu urteilen aussehe. Warum bin ich hier?«

Großenteils erinnerte ich mich noch an das, was passiert war. Daran, wie ich gegen die Tür des Hauses in den Hamptons gehämmert hatte, bis meine Knöchel wund waren. Daran, dass ich Dean angerufen und ihm gesimst und ein Taxi gerufen hatte, während ich zitternd im strömenden Regen stand. Aber was danach geschah, wusste ich nicht mehr. Die Panik hatte mich wieder mal mit voller Wucht übermannt und mir offenbar einen Ohnmachtsanfall oder etwas in der Richtung beschert.

»Wer hat mich hergebracht?«, würgte ich hustend hervor.

»Ein Taxifahrer.«

Oh. Ich fühlte mich wie eine komplette Idiotin, als ich die nächste Frage stellte.

»Wo ist Dean?«

Millie schaute zu Mutter, diese zu Vater und der aus dem Fenster.

»Wir wissen es nicht.« Millie nagte an ihrer Lippe. »Vicious versucht, ihn ausfindig zu machen. Wir sind sofort hergeflogen, als wir davon erfuhren.«

Mein Blick schweifte durch das Zimmer. Es war mir nicht vertraut, was bedeutete, dass dies nicht das Lenox Hill Hospital war. Wir waren mehr als zwei Stunden von der Klinik in Manhattan entfernt, wo es eine solch grauenvoll laute Maschine nicht gab.

»Du hast eine schwere Lungeninfektion.« Meine Mutter schob Millie zur Seite und setzte sich aufs Bett. Sie ergriff meine Hand, und ich hätte fast aufgeschluchzt. Ich verschränkte meine Finger mit ihren, kostete diesen kurzen, intimen Moment aus. Sie sah noch immer gequält drein. »Dein Infekt hat sich verschlimmert, und dass du dir jetzt auch noch eine Erkältung eingefangen hast, macht die Sache nicht gerade besser. Dein Immunsystem ist geschwächt.«

Ich drückte ihre Hand und rang mir ein Lächeln ab. »Mach dir keine Sorgen, Mama. Ich habe ständig Lungeninfektionen.«

»Aber dieses Mal sind außerdem deine Leber und deine Bauchspeicheldrüse betroffen.« Millie befeuchtete ihre Lippen und blinzelte. Mein Vater trat ans Fenster und presste die Stirn an die Glasscheibe. Vielleicht tat er das, weil es draußen regnete und wir nicht mitbekommen sollten, dass er weinte.

»Wir hatten dich gewarnt, dass auf den Jungen kein Verlass ist.« Er seufzte. Er klang nicht zornig. Eher verzweifelt. Aber hauptsächlich erschöpft.

»Jetzt ist nicht der rechte Zeitpunkt«, schalt Millie ihn.

»Du hättest einfach nach Todos Santos zurückkehren sollen.« Meine Mutter wischte sich die Tränen aus dem Gesicht, und da dämmerte mir, dass mein größtes Problem womöglich nicht das Rätsel um Deans Verbleib war. Meine Mutter weinte nämlich nur selten, mein Vater überhaupt nie. Und Millie …? Ich riskierte einen weiteren Blick zu ihr. Sie knabberte an ihrer Nagelhaut und kämpfte ebenfalls mit den Tränen.

»Könnte jemand dieses Gerät abstellen?« Ich wechselte absichtlich das Thema, in dem Versuch, die Stimmung aufzulockern. »Ich meine das, das so klingt, als würde es jede Sekunde explodieren.« Ich lachte verlegen.

Millie hob den Blick von ihrem Babybauch und holte Luft, bevor sie sagte: »Das sind deine Lungen, Rosie.«

Ich schloss den Mund und lauschte aufmerksam. Mist. Das *waren* meine Lungen. Mit jedem Atemzug gaben sie ein pfeifendes Geräusch von sich.

Phhhsssstttt. Phhhsssstttt. Phhhsssstttt.

»Das kapiere ich nicht«, murmelte ich. »Ich fühle mich gut. Wirklich.«

Stimmte das? Ich versuchte, mich im Bett aufzusetzen, aber mein Rücken schmerzte und meine Lungen brannten. Millie sprang auf und kam mir zu Hilfe, indem sie die Kissen hinter mir zurechtrückte, während meine Mutter mich an den Schultern festhielt, damit ich nicht umkippte. Ich starrte auf meine Füße und schluckte, während ich mir ins Gedächtnis rief, was Dr. Hasting bei einer unserer ersten Besprechungen zu mir gesagt hatte.

»Sie können ein erfülltes, glückliches Leben führen, Rosie. Vorausgesetzt, Sie lassen Vorsicht walten und geben auf sich acht. Die meisten Mukoviszidose-Patienten werden mit der Zeit invalide und sterben an den Komplikationen langfristiger Lungeninfektionen, aber solange Sie Ihre Übungen machen, regelmäßig zur Physiotherapie gehen und Ihre Medikamente nehmen, sollten Sie auf der sicheren Seite sein.«

Ging es bergab mit meiner Gesundheit? Steuerte ich in Richtung fortgeschrittene Lungeninfektion und Invalidität? Jedenfalls fühlte es sich definitiv nicht so an, als hätte ich meinen Körper im Griff. Das machte mir Angst, und zwar noch mehr als der Gedanke an den Tod.

Als meine Mutter mich losließ, damit ich mich mit dem Rücken gegen die Kissen lehnen konnte, verdunkelte sich meine Miene. Ich würde meine Familie nicht länger beschwichtigen. Es war an der Zeit, dass *sie mich* beschwichtigte.

»Möchtest du irgendetwas, Rosie-Mäuschen? Vielleicht Schokolade?« Das aufgesetzte Lächeln meiner Mutter war wie eine Beleidigung. Es tat weh zu sehen, wie sehr sie sich bemühte. Kein Wunder, dass sie mich zu einer Rückkehr nach Todos Santos drängten. Nachdem Dean und ich zusammengekommen waren, hatte ich exakt vier kurze Monate gebraucht, um körperlich abzubauen und mich in eine Situation zu bringen, in der ich inmitten eines Wolkenbruchs an eine verschlossene Tür pochte und darauf wartete, dass Ruckus aufmachte.

Dummes Ding, schimpfte eine innere Stimme, genau wie damals, nachdem wir zum ersten Mal Sex gehabt hatten. *Du dummes, dummes Mädchen.*

»Nein, danke«, antwortete ich, als just in diesem Moment Vicious ins Zimmer schneite. Allein die Tatsache, dass er hergekommen war, verblüffte mich. Es musste echt beschissen um mich stehen, wenn Vicious mich mit seinem Besuch beehrte. Er steckte sein Handy in seine Anzughose und gab Millie einen Kuss auf die Stirn. Mein Herz zog sich zusammen.

»Dr. Hasting ist auf dem Weg hierher. Sie hat extra ihren Urlaub abgebrochen«, sagte er zu niemand Bestimmtem, trotzdem murmelten wir alle ein Danke. Ich hatte gedacht, sie hätte New York wegen eines familiären Notfalls verlassen müssen, aber womöglich hatte sie einfach nur dringend eine Pause von Leuten wie mir gebraucht.

Vicious richtete den Blick auf mich. »Wie geht es dir, Rose?«

»Ich lebe noch.« Mein Lachen klang bitter. »Oder vielleicht auch nicht.«

»Von Dean fehlt immer noch jede Spur«, gestand er, dann schaute er mit fragend hochgezogenen Brauen zu Emilia, als wollte er ihr Okay einholen, ehe er weitersprach. Sie nickte schwach.

»Du kannst mir reinen Wein einschenken. Ich bin ein großes Mädchen.«

Auch wenn ich nicht wie eines aussehe. Und mich auch nicht wie eines verhalte, *wenn ich leichtsinnig im Regen herumstehe und auf Dean warte.*

Vicious massierte sich den Nacken und stieß einen Seufzer

aus. »Seit Freitagmorgen hat niemand mehr von ihm gehört. Also seit etwas mehr als vierundzwanzig Stunden.«

Gut. Ich hoffte, er war tot.

Nein, das stimmte nicht.

Sorge nagte an mir. Was hatte sich zwischen ihm und seinem Vater abgespielt? Was war mit Nina? Wieso war er abgetaucht, und wann würde ich endlich meine Loyalität ihm gegenüber aufgeben und an mich selber denken?

»Niemanden interessiert, was mit Dean ist.« Millie bleckte die Zähne, dann stand sie auf und stützte die Hände auf die Rückenlehne ihres Stuhls. »Falls er sich hier blicken lässt, werde ich ihm die Meinung geigen.«

»Mann.« Ich hustete, und alle sahen mich an, warteten, bis ich mich wieder in den Griff bekam. Mein Gesicht war krebsrot, als ich das trockene Gebell endlich abstellen konnte. »Vergewissere dich erst, dass er gesund und munter ist, und geig ihm *dann* die Meinung.«

»Und wenn er dich sehen will?«, fragte sie.

»Falls er aus eigener Kraft hier hereinspaziert, nein danke. Auf einer Krankentrage sehr gern.«

»Freut mich, dass du deinen Sinn für Humor nicht verloren hast.« Sie zog die Nase kraus. »Aber jetzt hör auf, Witze zu reißen, und ruh dich aus.«

Dazu musste sie mich kein zweites Mal auffordern. Zehn Minuten später lag ich wieder im Tiefschlaf, sicher geborgen in den Armen von Bewusstlosigkeit und Schmerzmitteln. Und obwohl die Stimmen im Zimmer gedämpft waren und auch das Licht mich nicht wachhielt, verhallte im Hintergrund die Melodie meines Lebens, während meine Lungen um Luft rangen.

Phhhhhhhsssttttt. Phhhhhhhssssttttt. Phhhhhhssssstttttt.

KAPITEL 29

Dean

Was zum Henker ist das für ein Geruch?

Nachdem mir klar geworden war, dass ich bäuchlings irgendwo in einem mir unbekannten Raum lag, brauchte ich noch etwa eine Minute, bis ich es schaffte, die Augen zu öffnen. Meine verdammten Lider fühlten sich schwerer an als Trent damals an der Highschool, als ich ihn einmal huckepack tragen musste, weil er sich verletzt hatte. Aber dies war nicht der richtige Zeitpunkt, um in Erinnerungen an diese Geschichte zu schwelgen.

Wo war ich? Ich schaute mich um. Rechts von mir stand ein weißer Nachttisch, das Bettzeug war pink, das Zimmer sah sauber aus und duftete nach Blumen …

Heilige Scheiße, nein!

Ich rappelte mich so hastig hoch, dass ich über einen Berg Kleider stolperte und mich am Nachtschränkchen abstützen musste, wobei ich ein Sammelsurium von Pflegeartikeln zu Boden fegte. Dann hörte ich draußen das Klappern von Geschirr. Ich hatte keine Schuhe an, dafür aber Gott sei Dank mein Hemd und meine Hose. Drei Sekunden später stand ich im Flur dieser Frau – ihre Wohnung hatte die Größe meiner Vorratskammer – und bemühte mich, meine letzte Mahlzeit nicht auf ihren Fußboden zu erbrechen.

Alles drehte sich, mein Kopf dröhnte, und in meinem Magen schien ein riesiges Loch zu klaffen, das darauf wartete, mit weichem Brot gefüllt zu werden, um etwas von dem Alkohol, den ich gestern konsumiert hatte, aufzusaugen.

»Hatten wir letzte Nacht Sex?«, fragte ich die Frau in der Küche. Sie wirbelte zu mir herum und starrte mich an, als wäre ich ein grünes Männchen in einem silbernen Overall, das gerade vom Himmel gefallen war. Ich blinzelte mehrmals, während ich mir darüber klar zu werden versuchte, ob ich halluzinierte oder ob das hier real war.

»Eher würde ich mir ein Messer reinrammen, als mit dir zu schlafen.« Elle presste die Lippen aufeinander und widmete sich wieder dem Abwasch. »Nein, ich habe dich auf der Straße herumtorkeln sehen, dabei hast du irgendwas über deinen Vater und Rosie gelallt. Ich habe versucht, sie anzurufen, aber sie ist nicht drangegangen, darum war ich so freundlich, dir einen Schlafplatz anzubieten. Ich habe mich mit der Couch begnügt. Du schuldest mir einen Geschenkgutschein für eine Massage. Nur damit du Bescheid weißt.« Sie spannte eine Schulter an.

Rosie

Ich dankte Elle und stürmte aus der Wohnung, ohne auch nur meine Jacke mitzunehmen. Meinem Handy war irgendwann gestern der Saft ausgegangen, und ich musste es ans Ladekabel hängen, um meine Nachrichten lesen zu können. Ich versuchte unentwegt, Rosie zu erreichen, doch sie nahm nicht ab. Da waren haufenweise verpasste Anrufe von meinen Kumpels, aber ich ignorierte sie. Als Nächstes probierte ich es auf Millies Handy. Ich landete direkt auf der Mailbox. Auch bei Rosies Eltern hatte ich keinen Erfolg. Als ich es gerade wieder bei ihr probieren wollte, leuchtete Vicious' Name auf meinem Display auf. Ich drückte das Telefon an mein Ohr.

»Ich weiß nicht, wo sie ist«, presste ich mit vor Panik enger Kehle hervor. »Scheiße, Vic, sie ist weder in ihrem Apartment, noch hat sie den Schlüssel zu dem Haus in den Hamptons. Ich habe keine Ahnung, wo sie steckt.«

»Sie ist im Krankenhaus, du Penner. Ihre Lungen drohen zu kollabieren. Ihre Leber arbeitet nicht richtig, und sie kann kaum atmen. Glückwunsch, das hast du im ganz großen Stil vermasselt«, sagte er trocken.

Ich ließ mich auf einen Hocker in meiner Küche sinken und krallte die Fingernägel in meinen Nacken, bis er blutete.

»Welches Krankenhaus?«

»Von mir erfährst du einen Scheiß, Mann. Du bist dort unerwünscht.«

»Ich muss sie sehen.«

»Vergiss es. Ich werde dich windelweich prügeln, wenn du es auch nur versuchst, und solltest du es doch irgendwie an mir vorbeischaffen, wird ihr Vater dir mitten ins Gesicht schießen. Halt dich von ihr fern.«

»Vicious«, knurrte ich.

»Was zum Teufel hast du dir dabei gedacht? Was konnte wichtiger sein, als deiner kranken Freundin die Tür zu öffnen?«

Mich zu besaufen, dachte ich verbittert. Dann dämmerte mir, dass Vicious den Nagel auf den Kopf getroffen hatte. Rosie hatte verzweifelt versucht, ins Haus zu gelangen, während ich in einer Bar vor dem Kamin gesessen und mich sinnlos betrunken hatte.

Arschloch, Arschloch, Arschloch!

»Ist sie wach?«, erkundigte ich mich und griff mir meine Schlüssel. Vicious hörte es und schnalzte mit der Zunge, um mir mitzuteilen, dass er das für einen schlechten Einfall hielt.

»Zwischendurch.«

»Ich muss sie sehen.« Ich hörte mich an wie eine kaputte Schallplatte, die sich immer weiterdrehen würde, bis sie bekam, was sie wollte.

»Das sagtest du bereits.« Vicious schien nicht beeindruckt von meiner Hartnäckigkeit. »Es steht nicht gut um sie. Die LeBlancs sind außer sich vor Sorge, und Millie sieht hundeelend aus. Kein günstiger Zeitpunkt, um dich hier blicken zu lassen.«

»Das interessiert mich nicht.«

»Aber das sollte es«, sagte Vicious mit Grabesstimme. »Auf das richtige Timing kommt es an.«

Uns war beiden klar, dass er recht hatte. Das falsche Timing hatte Millie und mich zusammengeführt, was nicht hätte passieren dürfen. Es hatte Rosie und mich auseinandergerissen, dabei waren wir füreinander bestimmt gewesen. Und am Ende hatte das richtige uns wieder vereint.

Ich würde auf das Timing pfeifen. Für Rosie.

»Sag mir, wo sie ist.«

»Auf gar keinen Fall.«

»Wenn du es mir nicht verrätst, mache ich dich fertig, Vicious. Und wir wissen beide, dass ich sie sowieso finden werde.«

Keine Antwort.

»Vicious.«

Stille.

»Vicious!«

Die Leitung war tot.

Mein Gefühl sagte mir, dass meinem Herz dasselbe widerfahren würde, wenn ich sie nicht ausfindig machte.

Eine Stunde später hatte ich in Erfahrung gebracht, in welcher Klinik sie lag, indem ich Elle nötigte, Rosies Eltern anzurufen, und ihr als Gegenleistung ein Wochenende in einem Wellnesshotel ihrer Wahl versprach. Ich nahm den Mercedes, den ich seit Monaten nicht benutzt hatte, und raste in die Hamptons, als würde ich von Dämonen verfolgt. Was zutraf. Sie verleiteten mich zum Trinken. Sie machten mich dafür verantwortlich, dass meine Freundin todkrank in einem Krankenhausbett lag.

Hey, Wichser. Du hättest ebenfalls den Tod verdient.

Der Akku meines Handys war irgendwann leer, weil mein Vater in einer Tour anrief. Hunderte Male. Ebenso meine Mutter. Meine Schwestern hinterließen Sprachnachrichten und schickten mir ellenlange SMS. Scheiß auf sie. Na ja, Keeley und Payton ausgenommen. Sie wussten vermutlich nur, was unsere Eltern sie wissen lassen wollten. Sie würden Eli niemals vergeben. Gott, wie hatte meine Mutter ihn bloß zurücknehmen können, nachdem er ihr das angetan hatte? Ich nahm mir vor, sie danach zu fragen, sobald ich nicht mehr knietief in der Scheiße steckte. Wann immer das sein mochte.

Ich parkte vor dem Good Samaritan Hospital, dann begab ich mich zum Empfang und fragte nach Rose LeBlanc. Die Frau meinte, ich solle mich verpissen, wenn auch in höflicheren Worten. Das Fazit war, dass die Patientin keine Besucher empfing, die nicht zur Familie gehörten. Ich war mir nicht sicher, wer diese Anweisung erteilt hatte – ob Rosie selbst oder ihre Eltern –, aber das Endergebnis war dasselbe.

Ich lungerte im Wartebereich herum, weil niemand mir verbieten konnte zu bleiben. Alle zwei Minuten rief ich abwechselnd bei Vicious, Millie und Rosie an. Als Schuldgefühle mir die Kehle zuschnürten, trat ich mehrfach gegen den Verkaufsautomaten. Ich raufte mir die Haare, gab Rosie Versprechen, die sie nicht hören konnte. Und brach sie. Ich überlegte mir kreative Methoden, um mich zu ihr zu schleichen. Bis mir einfiel, dass ich ihre Zimmernummer nicht kannte. Ich fluchte vor mich hin, benahm mich wie ein Irrer.

Ich verlor den Verstand, und das war nicht schön anzusehen.

Mehrere Stunden später stieg Vicious aus dem Aufzug und kam auf mich zu, offenbar nicht wirklich überrascht, mich hier anzutreffen. Er legte mir die Hand auf den Rücken, machte Anstalten, mich zu umarmen. Nein, verflucht. Das hier war keine Seifenoper. Auch wenn ich herausgefunden hatte, dass sein angehimmeltes Idol Eli Cole in Wahrheit ein untreuer Weiberheld und Wichser der allerschlimmsten Sorte war.

»Du siehst echt beschissen aus.« Seine Lippen bewegten sich kaum.

»Zufällig taugst du auch nicht gerade zum Victoria's-Secret-Model.« Ich hob spöttisch eine Braue.

Er lachte.

Der Drecksack lachte mir tatsächlich ins Gesicht. Rosie kämpfte um ihr Leben, und er gab sich den Anschein, als hätte er überhaupt keine Sorgen auf der Welt.

Seine Heiterkeit legte sich abrupt. »Und du hast dich außerdem echt beschissen benommen.«

»Wie geht es ihr?« Ich rieb mir die Augen, es kam mir vor, als hätte ich seit Jahren nicht geschlafen.

»Nicht gut«, bekannte er. »Aber sie ist stabil. Sie schläft viel. Und sie gibt beim Atmen diese rasselnden Laute von sich. Als wären ihre Lungen mit rostigen Nägeln gespickt.«

Ich. Will. Sterben.

Vicious erkannte mit einem Blick, dass es keinen Sinn hatte, mir hinsichtlich dessen, was geschehen war, Vorhaltungen zu machen. Ich war schon jetzt am absoluten Tiefpunkt angelangt und versuchte, mir mit blutenden Fingern den Weg zurück in Rosies Leben zu erkämpfen.

»Was ist passiert?« Vicious setzte sich in Richtung des Starbucks auf der anderen Straßenseite in Bewegung, und ich schloss mich ihm an. Sosehr ich es auch hasste, den Speichellecker zu geben, musste ich ihn trotzdem auf meine Seite ziehen. Was per se ein aussichtsloses Unterfangen zu sein schien. Wir gerieten ständig aneinander. Standen permanent auf

Kriegsfuß miteinander, was nach meinem Dafürhalten unsere Freundschaft am Leben erhielt.

»Das denkbar Schlimmste.« Ich fuhr mir mit der Hand durch die Haare, dann rammte ich die Faust gegen die erstbeste Wand. Verdammt, ich würde es ihm erzählen. Weil ich musste. Wegen Rosie. »In knappen Worten: Ich bin adoptiert. Bis gestern dachte ich, meine Eltern hätten mich von meiner verkommenen Tante übernommen, die sich von irgendeinem namenlosen Stecher hat schwängern lassen. Wie sich herausgestellt hat, handelt es sich bei besagtem namenlosen Stecher um den angesehen Anwalt Eli Cole. Er hat mit der Schwester seiner Frau geschlafen, als sie schon verheiratet waren, und diese Tatsache dreißig Jahre lang vor mir geheim gehalten. Nur so viel in aller Kürze.«

»Scheiße«, zischte Vicious. Er blieb stehen und sah mir in die Augen, um sich zu vergewissern, dass das nicht nur ein ungeheuerlicher, trauriger Witz war. Wir besorgten unsere Kaffees und setzten uns an das Fenster, von dem aus das Krankenhaus zu sehen war. Die Vorstellung, dass Rosie physisch so nah und mental doch so fern war, brachte mich fast um. Es fühlte sich an wie das Ende von allem. Der Welt. Von uns. Von ihr. »Was für eine Riesensauerei. Ich hätte Eli niemals zugetraut, dass er uns mit dem Schwanz übertrumpft«, kommentierte Vicious die Tatsache, dass mein Vater Sex mit der Schwester seiner Frau gehabt hatte.

»Ich schätze, es ist eine genetische Veranlagung.« Ich strich mir nachdenklich übers Kinn und trank einen Schluck von meinem Kaffee. »Aber was spielt das für eine Rolle, Vic? Rosie brauchte mich, und ich habe sie versetzt. Ich ließ sie stundenlang im Regen auf mich warten. Ich sollte in der Hölle schmoren. Jede Wette, dass du gern das verdammte Streichholz anzünden würdest.«

Vicious quittierte das mit einem Achselzucken und fuhr sich mit den Zähnen über die Unterlippe.

»Was ist?« Ich stupste ihn mit dem Ellbogen an.

»Ganz ehrlich? Wer von uns hat keinen Mist gebaut? Ich habe Emilia so oft scheiße behandelt, ihr Dinge angetan, die viel schlimmer waren. Allerdings war sie nicht krank. Das ist der einzige Unterschied. Und als ich endlich den Kopf aus dem Arsch gezogen und angefangen habe, um Gnade zu winseln, hat sie mir verziehen.«

»Du befürchtest, Rosie wird es nicht schaffen?« Ich räusperte mich, um nicht zu ersticken, denn ich bekam kaum Luft, während ich auf seine Antwort wartete.

Er senkte den Blick. »Ich bin kein Arzt, aber ich würde lügen, wenn ich behauptete, ihre Prognose sei gut.«

»Ich muss mit ihr sprechen.« Ich wandte ihm den Oberkörper zu, fasste seine beiden Schultern und zwang ihn, mich anzusehen – meine Verzweiflung zu erkennen. »Du musst mir helfen, Vic. Ich *muss* sie sehen. Das verstehst du, oder?«

Mit zusammengepressten Lippen musterte er mich. Still und abwägend. Er dachte nach.

»Was verlangst du dafür?« Ich rieb mir übers Gesicht. »Nenn mir deinen Preis.«

Heilige Scheiße, wir taten *es* schon wieder. Wir handelten das Glück des anderen aus. Na gut. Dann war es eben so. Alles hatte seinen Preis. Besonders in Vicious' Universum.

»Was würde es mich kosten, zu ihr zu dürfen?«

Es gab keine Obergrenze. Das war ihm vermutlich bewusst.

»Ich will fünfzehn Prozent deiner Anteile an Vision Heights Holdings.« Er ließ mich meine eigene Medizin schmecken, verabreichte mir eine gehörige Dosis davon. Ich musste nicht einmal überlegen, bevor ich antwortete.

»Nimm sie. Sie gehören dir. Und jetzt bring mich zu ihr. Ich muss sie sehen.«

»Zwanzig Prozent«, korrigierte er sich. Dieser Wichser.

Ich verzog keine Miene. »Einverstanden.«

»Fünfundzwanzig. Deine gesamten Anteile. Überschreib sie mir gleich morgen früh.«

»Nimm meine Anteile. Nimm meine Klamotten und mein Penthouse und meine inneren Organe. Sorg dafür, dass ich sie besuchen darf. Überzeuge die LeBlancs.«

Er stand auf, leerte seinen Kaffee in einem Zug und stellte den Becher auf den Tisch.

»Die Sache ist die, ich will deine dämlichen Aktien nicht, Dummkopf. Ich werde dir auch so helfen. Das ist übrigens der harte Teil. Selbst wenn ihre Eltern dich zu ihr lassen sollten, würde eine LeBlanc nicht so leicht zu Boden gehen.«

Ich erhob mich ebenfalls und verzog den Mund zu einem schiefen Grinsen.

»Dann trifft es sich ja hervorragend, dass ich ein Superangriffsspieler bin.«

KAPITEL 30

Rosie

Was gibt dir das Gefühl, lebendig zu sein?
Zu kämpfen. Zu atmen. Zu leben. Nicht loszulassen.

Das Gemurmel hinter der verschlossenen Tür weckte mich. Jemand stampfte mit dem Fuß auf, als wäre er mit seiner Geduld am Ende. Dann wurden die Stimmen deutlicher vernehmbar, und es machte Klick bei mir.

Meine Mutter schlug einen lauteren Ton an. »Das ist mir völlig egal. Meine Tochter ist todkrank, wie dir sehr wohl bewusst war. Immerhin kennst du sie lange genug. Jetzt geh, Junge, und komm ja nicht zurück. Rosie kämpft um ihr Leben, und dafür gebe ich niemandem außer dir die Schuld. Wie kommst du überhaupt auf den Gedanken, sie würde dich sehen wollen?«

»Mrs LeBlanc.« In Deans Stimme klang ein flehentlicher Unterton mit, den ich nicht von ihm kannte. Er war nicht der Typ, der vor anderen katzbuckelte. »Ich habe mich entschuldigt. Lassen Sie Ihre Tochter selbst entscheiden. Ich versichere Ihnen, dass sie meine Erklärung hören möchte. Fragen Sie sie.«

»Sie schläft.«

Ich versuchte, mich bemerkbar zu machen, aber es kam kein Ton aus meinem Mund. Die unliebsame Veränderung, die mein Körper in den vergangenen Stunden durchgemacht hatte, raubte mir buchstäblich die Sprache. Ich konnte meinen Kopf nicht mehr bewegen, schaffte es kaum zu blinzeln. Mir tat alles weh. Ich atmete bewusst flach, weil ich befürchtete, dass andernfalls meine Rippen brechen würden. Die Krankenschwester musste meine Schmerzmitteldosis erhöhen. Aber ich würde mir die Bitte verkneifen. Morphium würde mich nur noch schläfriger machen, und ich wollte nichts von dem verpassen, was gerade um mich herum passierte. Der zweite Grund, warum ich nicht stärker betäubt werden wollte, war pure, nackte Angst. Was, wenn ich im Schlaf sterben sollte? Meine Lider waren schwer, aber ich kämpfte darum, wach zu bleiben.

Ich sehnte mich verzweifelt nach einem Wiedersehen mit Dean. Hatte er Mist gebaut? Ja, und zwar gewaltig. War ich zornig auf ihn? Und wie. Ultrawütend. Aber wenn man dem Tod ins Auge sieht, bleibt keine Zeit, um nachtragend zu sein. Man wirft die Rachegelüste über Bord und auch alle anderen selbstzerstörerischen Wesenszüge, die in uns verwurzelt sind. Wenn man auf dem Sterbebett liegt, gemahnt einen die tickende Uhr daran, wie kostbar das Leben wirklich ist. Die Gefühle liegen offen und für alle sichtbar zutage, um durchleuchtet und durchforstet zu werden.

»Charlene«, ließ sich Vicious im Krankenhausflur vor meiner Tür vernehmen. »Rosie liebt Dean. Er hat eine Erklärung dafür, warum er sich gestern nicht mit ihr in den Hamptons treffen konnte, und ich gebe dir mein Wort darauf, dass sie Hand und Fuß hat. Frag sie doch wenigstens, ob sie ihn sehen möchte.«

»Meinetwegen, aber nicht jetzt«, grummelte meine Mutter, und ich hörte, wie sie sich mit der Hand auf den Schenkel schlug. »Wie ich schon sagte, schläft sie gerade, und ich werde nicht erlauben, dass sie wegen dieses Unfugs geweckt wird, anstatt sich auszuruhen. Geht. Ich rufe euch an, sobald sie wach ist.«

»New York ist drei Stunden entfernt, Ma'am«, wandte Dean ein.

»Das ist eine lange Fahrt, nicht wahr, Dean? Meine Tochter hat sie auf sich genommen, um dich zu treffen. Und du bist nicht einmal aufgetaucht.«

Das brachte beide zum Schweigen. Wenige Minuten später ging die Tür auf und meine Mutter kam herein. Keine Ahnung, wo Millie oder mein Vater steckten, aber ich vermutete, dass sie alle abwechselnd bei mir wachten. Ich verbrachte jeden klaren Moment in Gegenwart von jemandem, was es mir unmöglich machte, Dean anzurufen oder ihm eine Nachricht zu schicken. Aber es wäre nicht fair gewesen, jene Menschen um Privatsphäre zu bitten, die ihr Leben auf Eis gelegt hatten, um mich zu umsorgen.

Die Matratze sank ein, als meine Mutter sich auf den Bettrand setzte.

»Wie fühlst du dich, Liebes?«

Meine Antwort klang wie ein angestrengtes Röcheln. »Ging mir schon besser.«

Sie lachte schluchzend auf und wischte sich ein paar Tränen aus dem Gesicht. Waren alle Familien Katastrophen epischen Ausmaßes, wenn ein junger Mensch im Sterben lag, oder galt das nur für meine? Ich war kein Kind mehr, trotzdem wurde ich von jedem wie eines behandelt. Vicious nannte mich die kleine LeBlanc. Dean rief mich Baby LeBlanc. Meine Familie Rosie-Mäuschen. Aus diesem Grund war ich insgeheim zu der trügerischen Überzeugung gelangt, mir bliebe mehr Zeit.

»Alle schließen dich in ihre Gebete ein. Ich besuche jeden Tag die Kirche am Ende der Straße. Baron hat Kontakt zu einem angesehenen Lungenspezialisten in England aufgenommen. Er lässt ihn einfliegen, falls sich dein Zustand nicht rasch verbessert. Aber das wird er, mein liebes Mädchen.« Tränen kullerten über ihre Wangen, als sie meinen Kopf streichelte. Sie versuchte nun nicht mehr, sie zu verstecken oder wegzuwischen. »Du wirst wieder gesund, mein Schatz. Das weiß ich genau.«

Sie legte die Stirn an meine, und ich schloss die Augen, spürte, wie heiße Tränen unter meinen Wimpern hervorquollen. Ich wollte nicht weinen, besonders nicht vor meiner Mutter, aber ich hatte nicht mehr das Bedürfnis, stark zu sein. Weil das zu nichts Gutem führte. Mein Wunsch, stark und unabhängig zu sein, hatte mich überhaupt erst in diese Lage gebracht.

Stark zu sein, hat mich schwach gemacht.

»Mama?«, schniefte ich. »Ich komme doch wieder in Ordnung, oder? Es tut mir leid, dass ich nicht auf euch gehört habe, was Todos Santos angeht. Ihr habt es nur gut gemeint, das ist mir inzwischen klar. Ich wollte nur nicht mehr wie ein kleines Kind behandelt werden.«

»Ich weiß, Schätzchen. Ich weiß, ich weiß«, sagte sie immer wieder und küsste mir die Tränen aus dem Gesicht. Es entging mir nicht, dass sie meine Frage nicht beantwortete.

Ganz und gar nicht.

Dean

Ich saß auf der Treppe vor dem Haus, das ich in den Hamptons gemietet hatte, und ließ mir den Regen ins Gesicht prasseln, weil ich es verdammt noch mal nicht anders verdiente.

Nur um keinen Zweifel daran zu lassen, dass ich eine totale Nullnummer war und nicht nur ein labiler, jämmerlicher Idiot, trank ich Wodka direkt aus der Flasche, während ich nachzuempfinden versuchte, wie Rosie sich gefühlt hatte, als sie, weiß der Geier wie lang, hier draußen ausharrte.

Ja, ich hatte es verdient. Jedes einzelne Scheißproblem, das mir das Leben auftischte. Voll und ganz.

Ich hätte nicht drei Flaschen Wodka in vierundzwanzig Stunden trinken sollen. Und habe es trotzdem getan. Weil dieser Bullshit, den die Leute verzapfen, von wegen man müsse erst am absoluten Tiefpunkt angelangt sein, bevor es wieder aufwärts geht, eben wirklich nichts weiter ist als absoluter Bockmist. Wenn man ganz unten angekommen ist, richtet man sich in Wahrheit geraume Weile häuslich dort ein, in dem Irrglauben, endlich wieder festen Boden unter den Füßen zu haben. Erst recht, wenn die ganze übrige Existenz am seidenen Faden hängt. Suchtkrank zu sein und zuzusehen, wie das eigene Leben in die Brüche geht, ist ermüdend. Noch mehr, als der geliebte Sohn zu sein, der gewiefte Geschäftsmann, der tolle Hecht, der einer Frau vier Orgasmen verschafft, bevor er sie nur angefasst hat.

Das habe ich auf die harte Tour gelernt.

In Wirklichkeit zeitigt Schwäche noch mehr Schwäche. Das Wissen, dass Rosie im Sterben lag, brachte nicht den edlen Ritter in glänzender Rüstung in mir zum Vorschein und half auch nicht dabei, mein Alkoholproblem zu bewältigen. Es war der Granitblock, der mich noch tiefer in meinem Elend versinken ließ.

Ich lümmelte mit der Flasche an meinen Lippen auf den Stufen, die zum Hauseingang führten, und beobachtete, wie die dicht belaubten Bäume sich gegen den Wind stemmten. Bei dem Gedanken, was für eine Jammergestalt aus mir geworden war, musste ich lachen.

Es war Montagmittag. Die ganze Welt vibrierte vor Energie. Ich vibrierte vor Zorn. Ich musste mir etwas einfallen lassen, um Rosie zurückzubekommen. Es hatte überhaupt nichts gebracht, dass Vicious bei ihrer Mutter ein gutes Wort für mich einlegte.

Ich nahm die Anrufe meiner Eltern nicht entgegen. Dafür tauchte ich zu willkürlichen Zeiten im Krankenhaus auf und verlangte, zu Rosie vorgelassen zu werden. Anfangs warf man mich raus, weil sie schlief. Später dann, weil ich zu betrunken war.

Wenigstens hatte ich ein Dach über dem Kopf, während ich darauf wartete, dass Rosie mich sehen wollte. Nicht nur das Karma ist ein mieses Miststück. Auch die Ironie hat einen kranken Sinn für Humor.

Vicious versuchte, mir zur Seite zu stehen, aber ich wies ihn ab. Trent war besorgt um mich, konnte jedoch Luna nicht allein lassen, und Jaime war stinkig, weil weder Vic noch ich ihm verrieten, warum ich so ausgetickt war, dass ich meine Liebste buchstäblich im Regen hatte stehen lassen.

Seit Nina das Geld hatte, belästigte sie mich nicht mehr – wenigstens ein positiver Aspekt –, aber nicht einmal das konnte ich wirklich genießen, weil es letzten Endes der Beleg dafür war, dass meine leibliche Mutter sich einen Dreck aus mir machte und nur auf die Kohle scharf gewesen war.

Heilige Scheiße. Mein Leben ist ein grotesker Albtraum.

Ein Mietwagen hielt vor dem Haus, und ich musste nicht erst die Gesichter der Insassen sehen, um zu wissen, wer sie waren. Der Volvo sagte alles. Immer musste es ein verfluchter Volvo sein. Um das Trugbild der perfekten Familie mit den drei perfekten Kindern, das sie der Welt vorgaukelten, zu vervollkommnen. Und ich war tatsächlich darauf reingefallen. Bis jetzt.

Der verdammte Vicious musste ihnen die Adresse gegeben haben. Von mir hatten sie sie jedenfalls nicht.

Als Erstes stieg meine Mutter aus. Sie spannte den Regenschirm in ihrer Hand nicht auf, sondern eilte im Laufschritt von dem silbernen Auto zur vorderen Veranda, dabei rieb sie ihre Arme, obwohl sie einen maßgeschneiderten rosaroten Wollmantel trug.

»Hallo, Schatz.« Ihr Gesicht war geschminkt, ihre Frisur saß perfekt. Gemessen an dem, was mein Vater getan hatte, wirkte sie nicht halb so mitgenommen wie ich. Besagten Vater konnte ich über ihre Schulter hinweg auf dem Fahrersitz ausmachen, während er in den Parkmodus schaltete.

Dieser verdammte Feigling.

»Wir müssen reden, Dean. So können wir nicht weitermachen.«

»Wir können und wir werden. Geh weg«, ächzte ich. Ich sah beschissen aus und benahm mich auch so. Es war nicht zu übersehen, dass ich stockbesoffen war. Helen ignorierte mich, ging die Treppe hinauf und öffnete die Tür. »Ich werde Tee kochen. Du solltest mit nach drinnen kommen, Schatz. Es ist kalt draußen.«

Obwohl sie meinetwegen die Hölle durchmachte, benahm sie sich immer noch wie die liebende Mutter, die sie war. Dabei war sie der letzte Mensch, auf den ich zornig sein sollte, denn bestimmt wurde sie jedes Mal, wenn sie mir ins Gesicht sah, daran erinnert, dass ihr Mann sie mit ihrer Schwester betrogen hatte. Die Augen hatte ich von Nina, die Lippen von Eli. Meine gesamte Existenz musste ein Dorn in ihrem Herzen sein. Trotzdem hatte sie mir immer das Gefühl gegeben, als schlüge dieses Herz für mich.

Bei diesem Gedanken rappelte ich mich auf und zeigte meinem Vater den Mittelfinger.

»Bleib, wo du bist«, rief ich. »Sie ist willkommen, im Gegensatz zu dir, du verlogener Drecksack.«

Zwei Minuten später legte sie mir eine Wolldecke um die Schultern, während ich in einer fremden Küche saß und zum ersten Mal in meinem Leben starken Tee trank. Welcher Mann unter sechzig würde freiwillig Tee trinken? Ich, offensichtlich.

»Hör mir zu, Schatz.« Meine Mutter, die mir gegenübersaß, lehnte sich vor und nahm meine Hand. Sie war warm. Wie war das möglich? Nun, es hing wohl damit zusammen, dass Helen nicht stundenlang im Freien gesessen hatte, um Buße für ihre Verfehlungen zu tun. »Ich weiß, du bist wütend und verwirrt. Und du hast jedes Recht dazu. Aber falls du glaubst, dass ich ihn damals, als es passierte, ungeschoren davonkommen ließ und weitermachte, als wäre nichts gewesen, irrst du dich gewaltig. Ich habe die Scheidung eingereicht, Dean. Ich wollte ihn nicht mehr, nachdem ich dahintergekommen war, was er getan hatte. Und offen gestanden wollte ich auch dich nicht.«

Autsch.

»Aber am Ende bist du geblieben«, bemerkte ich abfällig. Mein Blick war kalt.

»Ja, das bin ich.« Sie lächelte. »Deinetwegen. Weil du es wert warst. Sobald ich begriff, dass du in meine Obhut kommen würdest, wollte ich dich haben. So sehr, dass ich bereit war, Eli eine zweite Chance zu geben, auch wenn er sie nicht verdiente. Er hat Mist gebaut. Im ganz großen Stil. Doch die Dinge sind nicht immer so, wie sie scheinen. Du solltest das besser wissen als jeder andere.«

Sie bezog sich auf Millie und Rosie. Und sie hatte recht. Obwohl Millie und ich uns nicht wirklich liebten, war es passiert.

»Es war deine Idee, dass ich eine Beziehung zu Nina aufbauen sollte. Ich verbrachte meine Sommer bei ihr«, stieß ich hervor.

Helen schüttelte den Kopf. »Weil du darum gebettelt hast, Dean. Du sagtest, dass du es *genießt*, dort zu sein. Nach allem, was ich wusste, hatte sie aufgehört, Drogen zu nehmen, und lebte auf einer Farm. Sie hat uns Lügen aufgetischt. Ich ging davon aus, dass du es uns sagen würdest, falls es dir dort nicht gefiele. Ich habe dich gefragt, Dean. Jeden einzelnen Sommer fragte ich dich, ob du gern dort bist. Du hast es immer bejaht.«

»Ich wollte von ihr geliebt werden.« Ich schluckte, meine Miene verdüsterte sich. »Gott, das hört sich selbst für meine Ohren erbärmlich an.«

In den Augen meiner Mutter glänzten Tränen. Sie tat mir ebenso leid wie ich mir selbst, wenn auch nicht annähernd so sehr wie Rosie.

Die Haustür ging auf und wieder zu. Helen stand auf und schaute mit ernstem Gesicht über ihre Schulter.

»Dein Vater und du habt viel zu bereden, aber lass dir eins gesagt sein, Dean. Die Liebe ist nicht perfekt. Das Leben ist es auch nicht. Trotzdem sind beides ganz wundervolle Dinge, die man Tag für Tag zu schätzen wissen sollte. Ich bin glücklich mit deinem Vater. Und was auch immer in der Vergangenheit passiert ist, es ist vorbei.«

Eli betrat die in Gelbtönen gehaltene Landhausküche und setzte sich auf den Platz, den meine Mutter soeben geräumt hatte. Ich ließ die Maske fallen, die ich meiner Mutter zuliebe aufgesetzt hatte, und zeigte ihm mein wahres Gesicht. Es war das eines Widerlings, und ich hatte es, wie ich jetzt wusste, von ihm.

»Hatte ich nicht gesagt, du sollst im Auto bleiben?«

»Eigentlich solltest du dich hüten, deinem Vater Befehle zu erteilen, Dean Leonard Cole.«

Ich verschränkte die Arme und lehnte mich böse grinsend auf meinem Stuhl zurück.

»Ich schätze, ich bin dir zu Dank verpflichtet, weil du mir endlich gesagt hast, dass ich dein leiblicher Sohn bin. Wenn ich noch ein paar hunderttausend Riesen mehr draufpacke, verrätst du mir dann noch ein paar Details? Zum Beispiel, wo ich gezeugt wurde? Oder ob Nina laut ist im Bett.« Nicht dass ich die Antwort auf Letzteres nicht gekannt hätte. Nina war darauf abgefahren, mir Unbehagen zu bereiten, mich so *richtig* verlegen zu machen. Ich konnte mich an keinen einzigen Sommer erinnern, wo ich sie und Eule nicht beim Sex gehört oder gesehen hätte. Es hatte mir Würgereiz verursacht, aber ich hatte dem nicht entkommen können. Dazu waren die Wände zu dünn gewesen. Außerdem war es manchmal vorgekommen, dass ich die Küche oder das Wohnzimmer betrat und sie dabei überraschte, wie sie es miteinander trieben und mich dabei angrinsten. Kein Wunder, dass ich so gern draußen im Heu gelegen hatte.

»Ich kann dir helfen.« Mein Vater ging nicht auf meine Provokationen ein, was selten vorkam bei ihm. Sonst ließ er es mir nicht durchgehen, wenn ich mich wie ein Arsch benahm. Auch nicht mit dreißig.

»Wobei?« Ich lachte.

»Dabei, deinem selbstzerstörerischen Teufelskreis zu entrinnen und den Sachverhalt besser zu verstehen.«

»Dein *Sachverhalt* hat mich sechshunderttausend Dollar gekostet.«

»Du weißt, dass es hier nicht um Geld geht. Das war nie der springende Punkt, Dean. Ich habe nie den Eindruck gehabt, dass du bereit wärst, die Wahrheit zu erfahren, darum überließ ich die Entscheidung dir.« Er legte seine Brille auf den Tisch und rieb sich die Augen mit den Daumen. »Deine Mutter und ich, wir vermissen dich, Sohn. Wir wollen die Sache in Ordnung bringen.«

Ich schaute auf mein Handy, das vor mir lag. Vicious hatte mir am Morgen geschrieben, dass es ihm noch immer nicht gelungen sei, die LeBlancs weichzukochen, damit sie mich zu Rosie ließen. Nachdem ich also sonst nichts zu tun hatte, konnte ich ebenso gut meinem verabscheuungswürdigen Vater zuhören.

»Warte kurz, Arschloch«, murmelte ich, bevor ich die Decke beiseite warf und die Heizung anstellte.

Mein Vater beobachtete mit geschürzten Lippen, wie ich mir einen Joint ansteckte und den Qualm entweichen ließ. Er mochte das nicht. Aber dieses Mal würde er die Kröte schlucken müssen.

»Warum glotzt du so?«, fragte ich, als er mich minutenlang unverwandt ansah. Was zur Hölle stimmte nicht mit ihm? Er schien geweint zu haben, was mir überhaupt nicht behagte. Nicht weil ich Männer, die weinten, für Warmduscher hielt – okay, das kam auf die Tränenmenge, die Situation und die Umstände an –, aber es war eine seltsame Vorstellung, dass Eli Cole richtige menschliche Tränen produzierte. Normalerweise brachte ihn nichts und niemand aus der Ruhe. Zwar konnte er sentimental sein, aber selbst dann war er immer die Gelassenheit in Person. Doch jetzt wirkte er komplett am Boden zerstört.

Eli schüttelte den Kopf. »Nur so.« Er ließ meine verbalen Entgleisungen an sich abprallen und trommelte mit den Fingern auf den runden Eichenholzesstisch. Normalerweise bemühte ich mich in Gegenwart meiner Eltern um eine jugendfreie Ausdrucksweise, doch in diesem Moment war es mit meinem Respekt meinem Vater gegenüber nicht weit her.

»Es hat mich immer in Staunen versetzt, wie ähnlich wir uns sind.« Er presste die Lippen aufeinander.

»Hast du auch ein Problem mit Alkohol und Drogen?« Lachend aschte ich in eine leere Wodkaflasche und nahm einen Schluck aus meiner halb leeren Bierdose.

»Ich hatte eins«, bekannte er.

Mir fiel fast die Kinnlade runter. Das war mir definitiv neu.

»Erzähl mir mehr.« Ich zog noch mal an dem Joint, bevor er ihn mir aus der Hand riss und ausdrückte.

»Hey.« Ich kniff die Brauen zusammen. »Was fällt dir ein?«

»Mir *fällt ein*, dass ich dein Vater bin und du, zumindest in unserer Gegenwart, die Verhaltensregeln befolgen wirst, die wir dir von frühester Kindheit an eingeimpft haben. Das bedeutet, dass du in meinem Beisein nicht trinken oder Gras rauchen und auch keine schmutzigen Ausdrücke benutzen wirst, Dean. Sie machen keinen härteren Kerl aus dir. Du hörst dich lediglich an wie ein Rüpel, und ich habe viel Geld in deine Erziehung investiert. Genug, um sicherzustellen, dass *kein* Rüpel aus dir wird. Ich lasse dir das durchgehen, wenn du und deine verwöhnten, mit Trustfonds ausgestatteten Freunde hinter verschlossenen Türen große Reden schwingt, aber mir gegenüber wirst du dich höflich und gesittet benehmen. Haben wir uns verstanden?«

Danke für die kalte Dusche, jetzt bin ich nüchtern.

Mein Vater stand auf und nahm die Bierdose vom Tisch, ehe er sämtliche Wodkaflaschen, Zigarettenstummel und Büchsen im Abfalleimer entsorgte. »So, zurück zum Thema – Sucht. Ja, Dean, ich war abhängig, genau wie du. Aber nicht von Marihuana. Das war in Alabama, wo ich aufwuchs, nicht das Laster der reichen Leute. Nachdem ich mein Jurastudium abgeschlossen und deine Mom geheiratet hatte, stand ich extrem unter Stress. Ich musste meinen Vater beeindrucken, der mir weit weniger Verständnis entgegengebracht und Unterstützung angeboten hat als ich dir. Trinken war für mich der einzige Weg, um all den Druck zu mindern. Also trank ich. Exzessiv. Tagein, tagaus.«

Ich starrte ihn mit zusammengepressten Lippen an und überlegte, ob ich verkatert, besoffen oder in dieser kranken Grauzone dazwischen war. Ich hatte am Wochenende so viel getrunken, dass ich ständig das Gefühl hatte, mich übergeben zu müssen. Keine Ahnung, wann ich zuletzt etwas gegessen hatte, aber nach all meinen Kotzorgien war mit ziemlicher Sicherheit nichts mehr davon in meinem Magen.

»Ich war neunzig Prozent der Zeit alkoholisiert. Ein hocheffizienter Säufer, wohlgemerkt, aber ich erinnere mich nicht an einen einzigen Tag zwischen meinem zweiundzwanzigsten und achtundzwanzigsten Lebensjahr, an dem ich mich nicht volllaufen ließ. Wenn in der Kanzlei eine wichtige Besprechung anstand und ich keine Whiskeyfahne riskieren konnte, verzog ich mich ins Bad und trank Mundwasser. Ich war viel schlimmer dran als du, Dean. Viel, viel schlimmer.«

»Schön für dich, dass du inzwischen geheilt bist«, murmelte ich mit der Reife eines Kleinkinds.

Mein Vater schnappte sich den Abfalleimer und pfefferte ihn nach Rockstar-Manier aus dem Fenster, bevor er den aus dem Bad holte und ihn ebenfalls mit Schnapsflaschen und Bierdosen füllte.

»Ich bin geheilt, weil ich wachgerüttelt wurde, Dean. Willst du wissen, wann?«

»Klär mich auf, Meister.« Ich gab nur aus Trotz pampige Antworten, was bei einem Dreißigjährigen weder witzig noch sympathisch war. Mein Vater schien derselben Ansicht zu sein, denn er schüttelte den Kopf, ehe er weitersprach.

»Es geschah, als ich eines Abends spät von der Arbeit heimkam, betrunken und orientierungslos ins Bett kroch und mit meiner Frau Liebe machte. Erst beim Aufwachen am nächsten Morgen fiel mir wieder ein, dass Helen eigentlich gar nicht in Birmingham sein dürfte, weil sie nach Fairhope gefahren war, um ihre Mutter zu besuchen. Also warf ich einen Blick nach rechts und entdeckte ihre Schwester. Ich betrachtete die Frau, die da neben mir im Bett lag, und mir war klar, dass ich mein ganzes Leben *versaut* hatte, wie du es ausdrücken würdest.«

Ich setzte mich kerzengerade auf.

»Sie hat dich *reingelegt*?«

»Nun, ich denke, wir wissen beide, dass Nina keine Frau ist, die mich reizen könnte.« Er sah mich skeptisch an. Nein, vermutlich nicht. Nina war das genaue Gegenteil von Helen. Sie zog sich an wie ein Flittchen, rauchte Kette und flirtete mit Hinz und Kunz. Meine Mutter war der Typ leicht versnobtes Country-Club-Mitglied, ihre Frisur stets so tadellos, als wäre sie einer Frauenzeitschrift entsprungen, und zu Männern war sie nie übertrieben freundlich, sondern höflich und reserviert.

»Aber Mom …« Ich legte die Hände an meine Schläfen und schüttelte ungläubig den Kopf. Meine Mutter ließ sich von niemandem etwas bieten. Deshalb waren meine Schwestern und ich so wohlerzogen. Wenn es drauf ankam, wusste sie, wie sie einem etwas unmissverständlich klarmachte. »Sie hat mir gesagt, dass sie sich von dir scheiden lassen wollte. Wie um alles in der Welt hast du sie umgestimmt?«

Mein Vater schleuderte den zweiten Mülleimer voller Spirituosen aus dem Fenster, bevor er den Kopf zu mir drehte und mich ansah. »Baron sammelt alles auf, was ich rauswerfe, und damit du keinen Nachschub kaufen kannst, werde ich dein Portemonnaie an mich nehmen. Außerdem sorge ich dafür, dass dein Kühlschrank mit Essen gefüllt ist. Deine Entgiftungskur beginnt noch heute, Dean.«

Vicious ist hier? Was zur Hölle? Dieses Mal war ich echt am absoluten Tiefpunkt angelangt.

»Was deine Mutter betrifft – nein, sie hat mir nicht verziehen. Zumindest nicht sofort. Als ich Nina in meinem Bett vorfand und sie mir erzählte, was passiert war, war ich zutiefst beschämt. Ich setzte sie vor die Tür und rief Helen an. Sie brach ihren Besuch ab und kam zurück nach Hause. Ich beichtete ihr sofort alles. Sie packte eine Tasche und warf mich raus.«

Entgegen aller guten Vorsätze musste ich grinsen. »Bravo, Mom!«

Ich war das Produkt eines Seitensprungs, das zu der betrogenen Ehefrau hielt.

»Sie ließ mich büßen, so viel ist sicher. Ich schlief neun Monate lang in meiner Kanzlei. Helen schickte mir so viele halb ausgefüllte Scheidungspapiere, dass mein Briefkasten davon überquoll. Nina machte sich aus dem Staub. Ich versuchte vergeblich, sie zu finden. Sie tauchte unter. Es waren damals andere Zeiten. Da es kein Internet und dergleichen gab, war es viel leichter, von der Bildfläche zu verschwinden.« Er steckte die Hände in die Hosentaschen und schaute mit gerunzelter Stirn aus dem Fenster. »Deine Mutter hat zwei Monate vor deiner Geburt die Scheidung eingereicht. Aber nicht wegen meines Fremdgehens.« Er lachte verbittert auf. »Denn glaub mir, ich war absolut nicht bei Sinnen, als ich mit Nina Sex hatte. Ich erinnere mich Gott sei Dank nicht an eine einzige Sekunde. Helen hatte mein Problem und meine fehlende Motivation, es zu beheben, einfach satt. Sie verdiente etwas Besseres, und das wusste sie.«

»Was ist dann passiert? Wieso hat sie ihre Meinung geändert?« Ich saß noch immer am Tisch. Allmählich blickte ich durch. Die Geschichte fing an, Sinn zu ergeben. Zwar nicht komplett, aber zumindest tappte ich wegen des Nina-Martyriums nicht mehr ganz so sehr im Dunkeln wie in den letzten Jahren.

»*Du* bist passiert.« Er drehte sich um und lächelte mich an, als wäre *ich* Sirius, obwohl das in Wirklichkeit Rosie war. Aber vermutlich hat jeder Mensch seinen eigenen Sirius. Einen Stern, der heller leuchtet als der Rest. »Du wurdest geboren, Dean. Wir erfuhren aus den Nachrichten von dir. Das ›Walmart-Baby‹. Deine Mutter wusste sofort, dass es Ninas Kind war. Das war nicht schwer zu erraten. Sie rief mich an, und wir fuhren zusammen zu dem Krankenhaus, in das man dich gebracht hatte. Helen wollte dich so sehr, dass sie bereit war, mir eine zweite Chance zu geben. Sie meinte, dass du es verdient hättest, im Gegensatz zu der Frau, die dich zur Welt gebracht hatte.«

»Ich komme nicht ganz mit.« Ich schüttelte den Kopf. »Ihr habt mich genötigt, Zeit mit Nina und Eule zu verbringen. Fast jeden Sommer. Die ganzen Ferien. Verdammt, Dad.« Ich erhob mich, tigerte auf und ab. »Es war Eule, der mir meinen ersten Joint gegeben hat, als ich zwölf war. Nina gab mir mein erstes Bier, da war ich verfickte neun.«

»Mäßige deine Ausdrucksweise«, sagte mein Vater, und ich verdrehte die Augen. Inzwischen fühlte ich mich einen Tick mehr wie sein Sohn als zum Zeitpunkt meiner Flucht aus dem Café. »Wir trafen eine Abmachung mit Nina. In erster Linie, weil uns am wichtigsten war, dir ein behütetes, stabiles Leben zu ermöglichen. Sie wollte dich in den Sommerferien sehen, und wir gaben nach, unter der Voraussetzung, dass sie clean blieb. Das war die Bedingung. Nina bekam Geld für die Zeit, die du bei ihr verbrachtest. Es war für Ausflüge, Kleidung und solche Dinge gedacht. Wir waren nicht auf den Kopf gefallen. Natürlich wussten wir, dass sie es in die eigene Tasche steckte. Aber wir hofften, dass sich ihr Charakter durch die mit dir verbrachte Zeit zum Positiven verändern würde. So wie ich dank dir dem Alkohol abschwören und als Mensch reifen konnte.«

»Nur dass Nina kein Mensch ist«, merkte ich an. Eli schüttelte den Kopf, aber ich konnte nicht sagen, ob er damit Zustimmung ausdrückte oder das Gegenteil.

»Jeder hat eine menschliche Seite. Bei manchen ist sie stärker, bei anderen schwächer ausgeprägt. Nina hat im Laufe der Zeit viele Fehler gemacht, aber einen davon habe ich mit ihr zusammen begangen. Auch du machst Fehler. Und sie werden schwerwiegende Folgen haben, wenn du dich weiterhin so gehenlässt.«

Darauf wusste ich nichts zu erwidern. Es ging nicht mehr um Nina.

»Wieso hast du es mir nicht schon früher erzählt?« Ich fuhr mir mit der Hand durch die Haare. »Warum hast du zugelassen, dass ich sie bezahle? Weshalb hast du dich zu ihren Bedingungen mit mir getroffen? Das ergibt verdammt noch mal keinen Sinn.«

»Doch, das tut es, Dean.« Er kam einen Schritt näher, sodass wir uns jetzt gegenüberstanden. Wir hatten die gleiche Größe. Die gleichen Haare. Dieselbe Augenfarbe. Mann, wieso hatte ich es nicht schon lange gesehen? Mein Vater und ich hatten eine frappierende Ähnlichkeit. Darum hatte nie jemand gefragt, ob ich adoptiert sei. *Weil ich es nicht war.* Jedenfalls nicht vollständig.

»Ich wusste nicht, ob du deinen leiblichen Vater würdest kennenlernen wollen, darum überließ ich diese Entscheidung dir. Es stand für mich außer Frage, dass du ihre finanzielle Forderung erfüllen würdest, falls dich seine Identität wirklich interessierte. Für dich war das kein großer Verlust, du hast mehr Geld, als du jemals ausgeben kannst. Deshalb zerbrach ich mir darüber nicht den Kopf. Aber wenn du es nicht hättest wissen wollen, wenn du nicht bereit gewesen wärst, die Wahrheit zu erfahren, und ich dich trotzdem damit konfrontiert hätte, hätte ich dir damit etwas weggenommen, anstatt dir etwas zu geben. *Darum ließ ich dir die Wahl.*«

Ich starrte auf meine Füße.

»Ich wollte, dass du dich *bewusst* dafür entscheidest, mich kennenzulernen, Dean. Trotzdem habe ich es unterdessen immer wieder versucht. Seit du erwachsen bist, habe ich dir bei jedem unserer Treffen versteckte Hinweise gegeben. Und an Thanksgiving wollte ich dir endlich reinen Wein einschenken, aber du hast dich nicht blicken lassen.«

Mein Kiefer spannte sich an, und mich durchströmte ein Gefühl, das ich schon seit langer Zeit nicht mehr verspürt hatte: Erleichterung. Die Dinge machten jetzt Sinn. Ich war zwar immer noch stinkwütend auf meinen Vater und mein Hass auf Nina war so abgrundtief, dass er Generationen überdauern könnte. Daran hatte sich nichts geändert. Dennoch hatte ich jetzt zumindest Antworten bekommen. Und in gewisser Hinsicht Frieden gefunden.

Nina hatte kein Druckmittel mehr gegen mich. Mein leiblicher Vater hatte sich weder als Junkie noch als Verbrecher oder Arschloch entpuppt. Sondern als ein Mann, den ich kannte und liebte. Er hatte mich nicht absichtlich emotional verletzt, trotzdem brauchte ich Abstand, ehe ich ihm vergeben konnte.

Denn das würde ich.

Nur nicht jetzt gleich.

»Das führt uns zu dem Thema, dessentwegen ich eigentlich hergekommen bin.« Eli legte mir die Hand auf die Schulter, und ich schaute sie an, als wäre sie eine riesige Kakerlake.

»Spuck's aus und verschwinde«, sagte ich.

»Es geht um Rosie.«

»Was ist mit ihr?« Allein ihren Namen zu hören, ließ meinen Puls schneller schlagen. Von ihr getrennt zu sein, fühlte sich an, als würde ich bei lebendigem Leib gehäutet. Ich spürte eine Sehnsucht, die weder süß noch romantisch war, sondern mir die Eingeweide zu zerfetzen drohte.

»Es ist mir nicht entgangen, dass wir beide ein ähnliches Problem mit Schwestern hatten.« Dad legte die Hand auf meinen Rücken und führte mich zum Fenster. Ich ließ es zu, war neugierig, worauf er hinauswollte. »Meine Trunksucht hätte mich um ein Haar meine Ehe gekostet, doch ironischerweise hat sie sie gleichzeitig auch gerettet. Und ich verdanke ihr mit das Wichtigste, das ich habe. *Meinen Sohn*. Ich habe Angst, dass dir nicht dasselbe Glück vergönnt sein könnte wie mir. Rosie ist krank. Sehr krank, soweit ich gehört habe. Dir läuft die Zeit davon, und du kannst es dir nicht leisten, dich in Selbstmitleid zu suhlen. Zeit ist das Einzige, was man nicht mit Geld kaufen kann, Dean. Darum rate ich dir, auf der Stelle zum Krankenhaus zu fahren und Abbitte zu leisten, denn du hast einen langen Weg vor dir.«

»Sie lassen mich nicht zu ihr«, sagte ich in dem Augenblick, als Eli zum Parkplatz zeigte, wo Vicious mit verschränkten Armen an seinem gemieteten Audi lehnte und direkt zu meinem Fenster schaute.

Gleich daneben stand der Volvo meiner Eltern.

Dieser gottverdammte, anbetungswürdige Arsch.

»Deine Freunde wollen, dass du dir das Mädchen schnappst. Dein Vater will, dass du dir das Mädchen schnappst. Deine Mutter wird dich vermutlich lynchen, wenn du dir das Mädchen *nicht* schnappst. Also … wirst du es tun?«

»Ja, das werde ich«, murmelte ich, völlig perplex angesichts der Vorstellung, dass Vicious ausnahmsweise einmal etwas Nettes tat.

»Auch um den Preis, dass du aufhören musst zu trinken?«

»Auch um den Preis, dass ich aufhören muss zu *leben*«, ergänzte ich schwer atmend. »Ja, ich werde mir das Mädchen schnappen.«

Ich riss meine Jacke vom Kleiderbügel und stürmte aus der

Tür, während mein Vater am Tisch sitzen blieb, umgeben von orakelhaftem Schweigen.

Ich komme, um dich mir zu schnappen, Rosie.

KAPITEL 31

Rosie

Was gibt dir das Gefühl, lebendig zu sein?
Biep. Biep Biep. Biep. Biiiiiiiiep.

Mir tat alles weh.

So sehr, dass ich nicht einmal unterscheiden konnte, welche Stelle mehr und welche weniger schmerzte. Mein ganzer Körper litt Qualen. Eine Sauerstoffmaske bedeckte mein Gesicht. Auf dem Nachttisch neben meinem Krankenhausbett bemerkte ich einen kleinen Schminkspiegel, den meine Mutter vergessen haben musste. Mit letzter Kraft griff ich danach und spürte sein Gewicht in meinen Fingern, als ich mit schläfrigen Augen mein Spiegelbild betrachtete. Mein Teint war gelblich. Hatte meine Leber versagt?

Mir war zum Heulen zumute, aber ich war körperlich zu erschöpft.

Ich wollte schreien, doch es kam mir falsch vor, etwas so Kraftvolles zu tun, wo ich mich doch so schwach fühlte.

Und ich sehnte mich nach Dean, aber er war nicht hier.

Er hatte die letzten Monate zu den schönsten meines Lebens gemacht, demzufolge war es nur fair, dass er auch dazu beitrug, es zu beenden.

Es war niemand im Zimmer, doch ich vernahm gedämpfte Stimmen draußen vor der Tür. Ich wusste nicht, wie lange die

Personen schon dort standen, aber es war immer jemand bei mir, der mich umsorgte. Entweder meine Mutter oder mein Vater oder Millie. Niemand schnitt das Thema Todos Santos an, und zum ersten Mal machte mich das traurig. Nicht, weil ich gern dorthin zurückgekehrt wäre, sondern weil sie offensichtlich nicht glaubten, dass ich noch lange genug leben würde, um diese Option zu haben.

Elle besuchte mich zweimal, doch sie blieb nie allzu lange, weil es kompliziert für sie war, von New York in die Hamptons und zurück zu gelangen.

Von Ungeduld erfüllt, wartete ich. Ich trommelte mit den Fingern auf meinen Schenkel und versuchte mich an einem Seufzer, aber es kam keine Luft aus meinen Lungen. Ich starrte auf den ausgeschalteten Fernseher, konnte nicht einschätzen, wie viel Zeit vergangen war, sondern wusste nur, dass es draußen dunkel war. *Die Nächte in den Hamptons sind anders als die in New York*, sinnierte ich, während ich aus dem Fenster schaute. Weniger Umweltverschmutzung, dafür mehr Sterne.

Wo zum Kuckuck bist du, Erde, und geht es dir gut?

Es war entnervend, hier herumzuliegen und darauf zu warten, dass jemand mich von meinem Elend und meiner Langeweile erlöste. Das Alleinsein tat mir nicht gut. Sondern es öffnete die Tür zu einem dunklen Ort in meinem Kopf. Meine Furcht meldete sich mit aller Macht zurück. Wie auch nicht? Mein Liebster mied mich, wo immer er auch stecken mochte. Es stand eindeutig nicht gut um mich. Die Ärzte sagten sehr wenig, und Dr. Hasting appellierte unentwegt an mich, dass ich mich ausruhen solle, als wollte ich dieses Weihnachten einen Marathon laufen.

Du wirst sterben.

In einem Grab verschwinden.

Er wird sich neu orientieren.

Und eine neue Frau finden.

Er wird sich neu orientieren.

Ohne dich.

Er wird sich neu orientieren.

Aber es wird nicht wehtun. Nichts tut dann noch weh. Weil du … tot sein wirst.

Ein scharfes Pochen an der Tür unterbrach meine irrlichternden Gedanken. Die Eindringlichkeit des Klopfens ließ vermuten, dass die Person, wer immer sie sein mochte, schon seit einigen Minuten versuchte, meine Aufmerksamkeit zu erlangen. Es konnten nicht meine Eltern oder Emilia sein, weil die nicht anklopften, ehe sie eintraten. Ich wollte keine Hoffnung schöpfen, kam jedoch nicht dagegen an.

»Ja?« Ich räusperte mich und biss mir auf die Lippe, um ein Husten zu unterdrücken. Mein Blick klebte an der Tür, ich wünschte mir verzweifelt, dass er es war.

Die Tür ging auf.

Jemand kam herein.

Es war nicht Dean … aber die zweitbeste Überraschung.

Dean

Ich sagte kein Wort, während Vicious den Wagen durch den Regen zum Krankenhaus steuerte. Sowie er geparkt hatte, kam er auf die Beifahrerseite und öffnete meine Tür, dann packte er mich am Kragen und stieß mich knurrend gegen eine Mauer. Ich war so überrumpelt, dass mir der Mund offen stehen blieb.

»Was sollte diese Kacke, Cole? Ich dachte, du hättest dich wieder im Griff? Sie liegt im Sterben.«

»Ich weiß«, fauchte ich und schubste ihn weg. Die Schwere meines Fehlverhaltens drohte, auch noch den Rest meiner geistigen Gesundheit zu zerstören. Sie presste meine Lungen zusammen, verhinderte, dass ich die Luft einatmen konnte, die Rosie versagt war. »Das weiß ich, okay? Ich versuche gerade, die Sache in Ordnung zu bringen.«

»Hör auf zu saufen!«, donnerte er, aber dazu musste er mich nicht erst auffordern. Meine Liebesbeziehung mit dem Alkohol war beendet. Und das schon seit dem Moment, als Rosie mir versprochen hatte, auf mich aufzupassen. Seither hatte ich nur ein paar den Umständen geschuldete Rückfälle gehabt.

Aber es würde keine mehr geben.

Ich würde nie wieder Scheiße bauen.

Von heute an werde ich anständig sein. Vorausgesetzt, da ist noch jemand, für den es sich lohnt, sobald das hier überstanden ist.

»Ich werde dir sagen, was jetzt passiert, *Ruckus.*« Vicious' Atem strich über mein Gesicht, als er mir den Spitznamen meiner Kindheit entgegenspie und mich fest am Kragen packte. Ich ließ ihn diesen Moment auskosten. Während unserer Jugend hatte ich ihm einmal wöchentlich in den Arsch getreten. Seine Botschaft war angekommen. Ich hatte es verbockt. Buße zu tun war unumgänglich.

»Ich werde dir helfen. Dieses eine verfluchte Mal. Sorg dafür, dass ich es nicht bereue. Du wirst jetzt dort hinaufgehen und dich entschuldigen. Bei ihr und ihren Eltern und bei Millie. Bei den verflixten Krankenschwestern, der Empfangsdame und dem Fensterputzer. Bei allen. Weil du es vermasselt hast. Und das in so großem Stil, dass andere Menschen quer durchs Land fliegen mussten, um die Sauerei aufzuräumen. Haben wir uns verstanden?«

»Ich weiß es zu schätzen, dass du auf meiner Seite stehst, trotzdem kannst du dir deine guten Ratschläge sparen, Oprah.« Ich drängte mich an ihm vorbei und steuerte zur Klinik. »Ich bin mir absolut im Klaren darüber, welches Fiasko ich angerichtet habe, und ich weiß auch schon, wie ich es aus der Welt schaffe.«

Dean

Gegenüber dem Krankenhaus entdeckten wir Millie, die sich gerade bei Starbucks einen Kräutertee holte. Vicious wies mit dem Kinn in ihre Richtung.

»Söhn dich mit ihr aus.«

»Wir hatten nie Streit.« Meine Augen lagen tief in ihren Höhlen, ich war müde. Ich hatte keine Zeit für Millie. Inzwischen hatte ich den Punkt erreicht, wo ich die Dinge geradebiegen wollte, anstatt mich mit der Vergangenheit aufzuhalten.

»Das führt zu nichts, Dean. Rosie wird dich ohne Millies Zustimmung sowieso nicht zurücknehmen. Darum tu es einfach.«

Widerwillig näherte ich mich meiner ehemaligen Highschool-Flamme, die sichtlich schwanger und verärgert an einem Tisch bei Starbucks saß und ihren Tee trank. Vicious wartete draußen und hantierte ostentativ mit seinem Handy. Penner.

»Hallo«, sagte ich.

»Hi«, antwortete sie.

Millie und ich sprachen kaum noch miteinander. Da war kein Zorn zwischen uns, sondern einfach nur Gleichgültigkeit. An Thanksgiving hatten wir uns oberflächlich unterhalten, und ich hatte ihr sogar beim Abwasch geholfen, aber meistens blieben wir auf Abstand.

»Verrate mir eines, Dean. Liebst du meine Schwester?« Ihre blauen Augen hielten meinen Blick fest. Ich schluckte meinen Ärger, bewahrte die Fassung.

»Sie bedeutet mir alles«, bekannte ich.

»Wieso hast du sie dann im Stich gelassen?«

»Weil ich selbstsüchtig war.«

»Meine Schwester kann nicht mit einem selbstsüchtigen Mann zusammen sein.«

»Ich werde mich ändern.«

»Was, wenn dir das nicht gelingt?«

»Vicious konnte es auch«, blaffte ich. »Er hat sich dir zuliebe geändert. Hör zu, Millie. Ich mag dich. Das tue ich wirklich. Ich mochte dich immer. Aber Rosie … sie ist die *Einzige*. Wozu Vicious fähig war, um mit dir zusammen sein zu können, dazu bin ich um Rosies willen – mindestens – auch imstande. Es war ein einziger Ausrutscher. Ich habe meine Lektion gelernt.«

Ihre Miene wurde nachdenklich, und sie blinzelte ihre Tränen weg. »Ich habe Angst«, gestand sie und biss sich auf die Lippe. »Schreckliche Angst.«

»Ich auch.«

Wir umarmten uns. Lange und fest. Ich zählte die Sekunden, weil sie mich von Rosie fernhielten. Als Millie mich schließlich losließ, wusste ich, dass ich ihren Segen hatte. Ich tupfte ihr eine Träne von der Wange.

»Ich liebe sie aufrichtig«, sagte ich.

»Ich weiß.« Sie nickte und ließ ein schluchzendes Lachen hören. »Gott, wie konnten wir beide überhaupt je zusammenkommen?«

»Keine Ahnung. Weil ich eben unwiderstehlich bin, schätze ich.«

Sie knuffte mich in den Arm.

»Zeig ihr, dass du sie liebst, Dean.«

Das hatte ich vor, und wenn es das Letzte war, was ich tun würde.

Dean

Es war das achte Mal in den drei Tagen, die sie nun schon im Krankenhaus lag, dass ich in der Hoffnung, sie möge wach sein und ihre Eltern würden mich großzügigerweise zu ihr lassen, zu ihrem Zimmer ging. Das träge Piepen von Geräten drang aus den Räumen, die ich auf meinem Weg durch den langen Flur passierte. Krankenschwestern in blauen Kitteln eilten an mir vorbei und streiften mich mit den Schultern, während sie in Patientenakten blätterten. Mit Vicious an meiner Seite bog ich um eine Ecke und blieb vier Türen von Rosies Zimmer entfernt abrupt stehen. Er stoppte neben mir.

»Was ist?«, fragte er, den Blick noch immer auf sein Handy fixiert.

»Sag mir, dass mein Kater meinen Augen einen Streich spielt.« Ich zeigte zu ihrer Tür. Er zog die Unterlippe zwischen die Zähne, während er zu enträtseln versuchte, was zur Hölle ich meinte.

»Darren«, stieß ich aus. »Der verfluchte Dr. Dumpfbacke ist gerade in ihr Zimmer marschiert.«

Einen Moment lang rauschte so viel Adrenalin in meinen Adern, dass alle meine Nervenenden prickelten. Was hatte *er* hier zu suchen, und wer gestattete ihm den Besuch, der mir verwehrt wurde? Doch bestimmt nicht Rosie. *Unmöglich.* Ich beschleunigte meine Schritte, und Vicious folgte mir dichtauf.

»Was zum Henker hast du vor, Mann? Lass es sein.«

Den Teufel werde ich tun.

»Charlene!«, schrie ich Rosies Mutter entgegen, die am anderen Ende des Gangs saß. Sie riss den Blick von dem angenagten Styroporbecher los, in den sie starrte, und stand auf. Sie sah mich so finster an, als wäre ich der Satan höchstpersönlich, womit sie in diesem Moment gar nicht so falschlag. Ich hatte die Nase gestrichen voll von dieser Scharade. Keinen halben Meter von ihr entfernt blieb ich stehen und zeigte mit dem Finger auf die Tür.

»War das ihr Exfreund, der da gerade reinspaziert ist?« Ehrlich, mir stand der Schaum vor dem Mund. »Oder täusche ich mich?«

»Er heißt Darren«, sagte sie und brachte trotz ihrer verweinten Augen und ihres verschwollenen Gesichts ein gezwungenes Lächeln zustande. *»Ein netter Mann«*, fügte sie hinzu, um hervorzuheben, dass das auf mich nicht zutraf.

»Wer hat ihn herbestellt?«

»Paul.« *Rosies Vater also.* »Darren war immer für sie da. Es war nur fair, ihm Bescheid zu sagen.«

»*Ich* war immer für sie da«, entgegnete ich und schlug gegen eine Wand, ohne irgendwas zu spüren, keinen Schmerz, kein Brennen, gar nichts.

»Nicht, als sie dich brauchte.« Charlene klang zu bekümmert, um sich von meinem spontanen Gewaltakt aus der Fassung bringen zu lassen. »Du warst nicht auffindbar, als sie dich gebraucht hätte, Dean.«

»Ich werde ihn rausschmeißen.« Ich marschierte zu ihrem Zimmer. Rosie musste wach sein, wenn sie ihn zu ihr gelassen hatten. Es gab ein kleines, viereckiges Fenster in der Tür, aber ich war nicht so dumm, einen Blick zu riskieren. Hielt er ihre Hand? Freute sie sich, ihn zu sehen? Würde sie mich wegschicken? Alles war möglich.

Vicious schloss die Hand um meinen Arm und drückte ihn. »Tu das nicht, Mann.«

»Leck. Mich.«

Ich stürmte hinein. Darren lümmelte neben Rosies Bett auf einem Stuhl. Sie war wach. Und sie sah grauenvoll aus. Ich hatte sie noch nie so gesehen. So … gar nicht sie selbst. Ihre kornblumenblauen Augen waren glanzlos und von dunklen Schatten umgeben. Sie wirkte erschöpft und traurig und schien fünf Kilo abgenommen zu haben. In diesem Moment begriff ich, dass Nina mir nie das Herz gebrochen hatte.

Sondern Rosie, vor elf Jahren.

Indem sie mich in die Arme ihrer Schwester drängte.

Und sie brach es jetzt erneut, in ihrem Krankenhausbett. Denn wenn sie sterben würde – dann ich auch.

»Verschwinde«, befahl ich, ohne den Blick von meiner Freundin abzuwenden. *Meiner Freundin.*

Paul und Charlene stürzten ins Zimmer und brüllten mich in einer Lautstärke an, die das menschliche Gehör überforderte. Ich beachtete sie nicht. Sie gingen mir am Arsch vorbei. Sollte Darren sich nicht verkrümeln, würde ich ihm einen sehr guten Grund für einen Krankenhausaufenthalt liefern.

»Rosie freut sich, dass ich hier bin«, vermeldete er mit seinem gepflegten Connecticut-Akzent. Bestimmt benutzte er nie Ausdrücke wie »verfickt« oder »Scheiße«.

»Darren.« Rosies Lungen pfiffen wie ein Ballon, aus dem Luft entweicht, als sie sich zu ihm lehnte und seine Hand tätschelte. »Es tut mir so leid, dass mein Vater dir das zugemutet hat. Mein Leben ist momentan völlig aus den Fugen geraten. Bitte, bekomm das nicht in den falschen Hals, aber so sehr mich dein Besuch auch freut, wird es jetzt Zeit, dass du gehst.«

Dass sie ihn vor die Tür setzte, dämpfte meinen Zorn etwas. Ich sog die schale Krankenhausluft ein und trat weiter ins Zimmer.

Darren schaute von Rosie zu ihrem Vater. Paul schüttelte mit geschürzten Lippen den Kopf. Charlene ging um das Bett herum und umarmte ihre Tochter. Millie ruhte sich vermutlich irgendwo im Gebäude aus. Ich wünschte, Vicious und Rosies Eltern würden sich zu ihr gesellen, damit ich ein paar Minuten allein mit meiner Liebsten sprechen konnte.

»Na schön«, sagte Darren schließlich. »Dein Wunsch ist mir Befehl, Rosie-Mäuschen. Du weißt, wo du mich findest, falls du irgendetwas brauchst.«

Streitlustiges Schweigen trat ein, nachdem Darren das Zimmer verlassen hatte. Sämtliche Augen waren auf mich gerichtet.

»Alle raus hier«, befahl ich.

»Sogar ich?« Rosie lupfte eine Braue und bemühte sich zu lächeln. Vergeblich. Schon der Versuch schien ihr Schmerzen zu bereiten.

»Nein. Dich behalte ich. Ich bin sowieso der Einzige, der mit dir umzugehen weiß.«

»Wieso erlauben wir ihm das?« Charlene LeBlanc warf die Hände in die Luft. »Er hat sie im strömenden Regen stehen lassen, Himmeldonnerwetter! Er trägt die Schuld hierfür!« Ihr Finger zitterte, als sie auf Rosie zeigte. »Unternimm doch etwas, Paul.«

»Mama …«, setzte Rosie an.

Paul versuchte, seine Frau zu beschwichtigen. »Ich weiß ja, Liebling, aber …«

»Herrgott noch mal, nun haltet doch endlich die Luft an.« Vicious schlug mit der Hand auf den Nachttisch, und *tatsächlich* verstummten alle. Vermutlich geschockt darüber, dass er es wagte, ihnen den Mund zu verbieten. »Jetzt mal im Ernst. Dean hat sie versetzt. Ein *einziges* Mal. Nachdem er sie eine Ewigkeit umworben hatte. Ich kenne keinen anderen Mann außer Dean Cole, der wegen einer Frau so viel mitmachen würde. Charlene, Paul, ich liebe eure Tochter über alles. Wenn nötig, würde ich mein Leben für sie geben, aber selbst ich muss bekennen, dass ich Millie furchtbare Dinge angetan habe. Dinge, von denen ich glaubte, dass ich sie niemals wiedergutmachen könnte. Es kommt einem Wunder gleich, dass sie eingewilligt hat, mich zu heiraten. Und einem noch größeren, dass sie bereit ist, ein Kind mit mir zu haben, obwohl sie weiß, wer ich bin. Aber Dean … er ist nicht wie ich. Er hat einen Fehler gemacht, doch er wollte sie niemals absichtlich verletzen. Er verdient es, angehört zu werden.« Er wandte den Kopf zu Rosie und sah sie durchdringend an. Ich wartete mit angehaltenem Atem auf ihre Antwort.

Sie hustete und zappelte herum, um die Kissen hinter ihr zurechtzurücken, bevor sie schwach nickte.

»Mama, Daddy? Ich *muss* hören, was er zu sagen hat.«

Ihre Eltern wechselten einen besorgten Blick.

Charlene seufzte. »Wir warten draußen.«

Die Tür fiel ins Schloss. Unsere Blicke trafen sich. Es ging ihr nicht gut, das wusste ich. Jetzt war der Zeitpunkt gekommen, ihr zu sagen, dass ich endlich verstand. Warum sie mich in die Arme ihrer Schwester gedrängt und uns damit so viel Kummer zugefügt hatte. Die Liebe treibt einen dazu, verrückte, irrationale Dinge zu tun. Liebe und Tod sind durch ein unsichtbares Band miteinander verknüpft. Zieht man zu fest daran, ist man erledigt. Ich konnte ohne Rosie nicht leben. Das war vielleicht das Einzige, was mir in diesem Augenblick völlig klar war.

Ich setzte mich auf den Bettrand, nahm ihre Hand und legte sie auf die Stelle über meinem Herzen.

Mit einer Entschuldigung war es nicht getan. Ich musste aufs Ganze gehen. Ein volles Geständnis ablegen.

»Du hast mein Leben auf den Kopf gestellt, und ich werde nie wieder so sein wie früher.« Es kam mir vor, als wären meine Worte lebendige Wesen. Ich sagte sie nicht nur, sondern *fühlte* sie auch.

Sie zuckte lächelnd die Achseln und sah für eine Sekunde wieder aus wie die alte/junge Rosie. Abgesehen vom Gelbstich ihrer Haut.

»Es ist nicht meine Schuld, dass du dich in ein todkrankes Mädchen verliebt hast.«

»Es ist nicht meine Schuld, dass du es mir unmöglich gemacht hast, es nicht zu tun.«

»Wo warst du?« Ihre Stimme erstarb. Sprach sie von dem Tag, als sie vor dem Haus auf mich gewartet hatte, oder von ihrem Krankenhausaufenthalt?

»Ich war hier, Baby LeBlanc. Die ganze Zeit über. Sowie ich herausfand, wo du bist, bin ich augenblicklich hergerast. Aber sie ließen mich nicht zu dir, darum verkroch ich mich in dem Haus, das ich für uns gemietet hatte. Hab mir die Kante gegeben. Und in Selbstmitleid gebadet. Überließ dem armseligen Blindgänger in mir das Feld, wenn du es genau wissen willst.«

Sie schnaubte. »Ich meinte, am Freitag.«

Ich stieß einen Seufzer aus und kratzte mir mein unrasiertes Kinn.

»Dean? Wie lief dein Treffen mit deinem Vater?«

Die Worte strömten aus mir heraus, als wäre ein Damm gebrochen. Ich erzählte meiner dahinsiechenden Liebsten die ganze Geschichte, ließ nicht ein einziges Detail aus. Sie vergoss ein paar stille Tränen, und obwohl ihre Hände eiskalt waren, als sie mein Gesicht umfing, war mir in meinem ganzen Leben nie wärmer gewesen. Ich küsste sie auf den Mund und entschuldigte mich wieder und wieder und wieder.

»Es tut mir so leid.« Meine Lippen glitten zu ihrer Stirn. »Oh Rosie, ich kann dir nicht sagen, wie leid es mir tut.« Zu ihrer Wange. »Oder was es mit mir anstellt, dich so zu sehen und zu wissen, dass ich schuld daran bin.« Zu ihrer Nasenspitze. »Es darf nicht auf diese Weise enden. Das *darf* es einfach nicht.« Zurück zu ihrem Mund.

Sie schloss mich in die Arme, und ich fühlte heiße Tränen über meinen Hals rinnen.

»Und ich hoffe fast ein bisschen, dass es auf diese Weise enden wird. Du hast mich unfassbar glücklich gemacht. Aber du verdienst … mehr. Eine Ehefrau, Kinder, ein beschauliches Leben.«

»Und ich werde das alles haben. Zusammen mit dir.«

»Du weißt, dass das mit mir nicht möglich ist.«

»Dann will ich es gar nicht. Es wird keinen Ersatz für dich geben. Keine zweite Geschichte wie die unsere. Darum geht es, Rose LeBlanc. Um uns. Ohne dich gibt es auch mich nicht.«

»Ich habe *Romeo und Julia* immer gehasst. Das Stück. Den Film. Die gesamte Handlung. Sie ist tragisch, okay. Tragisch dumm. Wie alt waren sie gleich noch? Dreizehn? Sechzehn? Was für eine Verschwendung von Leben, sich umzubringen, weil die Familie die Beziehung verbietet. Aber Romeo und Julia hatten recht. *Ich* war die Idiotin. Sieh dir nur meine Geschichte an. Ich bin mit siebzehn meiner einzig wahren Liebe begegnet und habe die folgenden elf Jahre damit vertrödelt, sukzessive Selbstmord zu begehen, während ich um dich trauerte. Dann bist du in mein Leben zurückgekehrt, und ich glaubte immer noch, es sei nur eine Vernarrtheit. Aber jetzt, wo ich weiß …« Ich löste mich von ihr, um ihr ins Gesicht sehen zu können. Sie wurde immer schwächer, daran bestand kein Zweifel. Ihre Lungen arbeiteten nicht richtig. Die Ärzte sagten, dass die Infektion auf die restlichen Organe übergegriffen habe. Sie glühte vor Fieber. Obwohl sie häufig das Krankenhaus aufsuchen musste, war es dieses Mal anders.

Und das alles hätte verhindert werden können, wäre ich kein Trunkenbold.

Ich schmiegte meine Wange in ihre Handfläche und küsste ihr Handgelenk. »Jetzt, da ich weiß, dass es nur dich geben kann, wirst du mir zuliebe genesen, damit die Erde nicht explodiert. Schaffst du das, Sirius? Ich verspreche, dass ich keinen Fuß aus diesem Zimmer setzen werde, ehe du entlassen wirst. Noch nicht einmal, um zu duschen. Oder um dir deine Schokoladenkekse zu besorgen. Ich werde extra jemanden nach New York schicken und dir welche bringen lassen.«

»Ich liebe dich.« Tränen verschleierten ihre Sicht. Sie tastete mit zitternden Fingern nach meiner Wange, doch stattdessen strichen sie versehentlich über meinen Mund, und in diesem Moment merkte ich, dass auch mir ein paar Tränen übers Gesicht liefen. Ich konnte mich nicht erinnern, wann ich zuletzt welche vergossen hatte. Normalerweise war ich nicht nah am Wasser gebaut. Tatsächlich hatte ich schätzungsweise das letzte Mal an dem Tag geweint, als Nina mich bei Walmart aussetzte. Aber jetzt tat ich es, weil die Frau, die ich mehr liebte als das Leben selbst, im Begriff war, einen Kampf zu verlieren, in den ich sie höchstpersönlich geschickt hatte.

»Ich liebe dich, Baby LeBlanc«, sagte ich. »Über alle Maßen.

Du hast mir beigebracht, wie man liebt. Welche Note würdest du mir geben?«

Eine Träne kullerte über ihre Wange, als sie lächelte. »Eine Eins«, wisperte sie. »Mit Sternchen. Kannst du mir etwas versprechen?«

»Alles, was du willst.«

»Lebe.«

»Nicht ohne dich.«

»Und habe Kinder. In Scharen. Sie machen Spaß.«

»Rosie …«

»Ich fürchte mich nicht. Ich habe vom Leben bekommen, was ich wollte. *Dich*.«

»Rosie.«

»Ich liebe dich, Erde. Du warst gut zu mir.«

»Rose!«

Ihre Augen schlossen sich, die Tür ging auf, ihr Überwachungsmonitor verstummte, und mein Herz löste sich in seine Einzelteile auf.

Stück für Stück.

EPILOG

Dean

Drei Jahre später

»Was zum Geier treibt dein Sohn da?«

»Das ist nicht mein Sohn.«

»Dass ich nicht lache.« Trent führt seine Bierflasche an den Mund und trinkt einen Schluck. »Er hat einen quietschbunten Blazer an. Und ob das Knight ist.«

Ich kneife die Augen zusammen, weil es an diesem Septembernachmittag gleißend hell ist in Todos Santos, und ja, es ist in der Tat mein vierjähriger Sohn. Aber was genau er da treibt? Ich bin mir nicht sicher, aber so, wie ich Knight kenne, dürfte es nicht ansatzweise etwas Sinnvolles sein und würde ihm vermutlich einige Zeit auf der stillen Treppe einbringen. Der Junge hat schon an mehr Wände gestarrt als ein Anstreicher.

Er ist die mit Steroiden vollgepumpte Kleinausgabe von mir. Cool, selbstbewusst und hat nur Blödsinn im Kopf. Das alles verpackt in ein verschmitztes Grinsen.

»Sieht aus, als hätte er Jaimes Tochter gerade einen riesigen Schniedel auf die Stirn gezeichnet«, stellt Vicious fest, wobei er in sein Whiskeyglas stiert, als fände sich darin der Schlüssel zum Geheimnis des Lebens. Ich trinke Wasser. Seit drei Jahren gibt es für mich ausschließlich Wasser. Aber ich werde nicht solchen Schwachsinn verzapfen wie Donald Whittaker und mich als wiedergeborener Christ ausgeben. Jawohl, ich lechze nach einem Drink. Abstinent zu bleiben ist ein Opfer, das ich meiner Familie zuliebe jedoch bereitwillig bringe.

Vicious stupst Jaime mit dem Ellbogen an und weist mit einem Kopfnicken zu Knight und Daria. »Sieht für mich ganz so aus, als ob der Knirps da von klein auf sein Revier markiert. Deine Tochter steckt in Schwierigkeiten. Du solltest sie gut im Auge behalten.«

»Es sind Kinder, Spatzenhirn. Man nennt das spielen.«

»Spielen.« Vicious lässt sich das Wort auf der Zunge zergehen. »Wenn meine Erinnerung mich nicht trügt, hast du das gleiche Spiel mit Mel gespielt. Nur mit einem echten Schniedel, und es war nicht ihre Stirn, die damit Bekanntschaft gemacht hat.«

Sein letzter Satz trägt Vicious einen Knuff in den Arm ein. Ich lasse meinen Ehering um meinen Finger kreisen und sehe zu, wie unsere Kinder im funkelnden Sonnenlicht umhertollen.

»Knight!«, rufe ich, und er schaut hoch, während seine kleine Faust den schwarzen Filzstift gepackt hält.

Oh verflixt.

Es ist kein Filzstift. *Sondern ein Permanentmarker.*

»Komm bitte mal her.« Ich winke ihn zu der Ecke, wo ich mit Jaime, Vicious und Trent zusammenstehe. Luna, die heute ein schwarzes Oberteil, eine schwarze Jeans und schwarze Chucks trägt, klammert sich an Trents Bein fest wie an einem Anker, während sie mit großen, neugierigen grau-grünen Augen ihre Umgebung betrachtet.

Sie weicht ihrem Vater nie von der Seite.

Knight trottet auf uns zu, wobei er übertrieben mit den Armen schlenkert. Wir feiern heute seinen vierten Geburtstag, und alle seine Freunde aus dem Kindergarten sind hier. Trent grillt Steaks und Burger, es gibt einen Hotdog-Stand neben dem Pool, außerdem einen Clown, einen Zauberer und eine Zuckerwattemaschine. Für meinen Sohn nur das Beste.

Ich weiß, er ist mein Kind, darum bin ich voreingenommen, aber er ist etwas ganz Besonderes, das schwöre ich. Meine Frau und ich wussten das sofort, als wir ihn sahen.

»Er ist am achtzehnten August geboren«, erklärte die Dame von der Adoptionsagentur vor drei Jahren, als sie ein Foto von ihm über ihren Schreibtisch schob. Wir wandten uns direkt nach unserer eiligen Hochzeit in Las Vegas an sie. Rosie und ich tauschten einen unergründlichen Blick, bevor wir in Gelächter ausbrachen. Der achtzehnte August war das Datum, an dem wir zum ersten Mal miteinander geschlafen hatten. So einen schrägen Humor hat nur das Schicksal.

Obwohl Knight nicht meine Gene hat, sieht er mir sehr ähnlich. Er hat hellbraune Haare und jadegrüne Augen. Und er ist wesentlich größer als andere Kinder seines Alters. Mit Ausnahme von Vaughn, Vicious' und Emilias Sohn.

Knight (meine bessere Hälfte taufte ihn so, weil er unsere Rettung war) steht vor mir und wartet auf das unvermeidliche hochnotpeinliche Verhör.

»Was hast du mit Daria angestellt?«, frage ich und gehe vor ihm in die Hocke, um mit ihm auf Augenhöhe zu sein. Daria ist zwei Jahre älter als Knight. Sie sollte ihn rumschubsen und nicht umgekehrt. Aber ich schätze, es liegt uns im Blut, kleine dominante Rowdys und die dazugehörigen Mädchen, die sie sich vom Leib halten, bis sie irgendwann doch ihrem Charme erliegen, großzuziehen.

»Ich habe sie tätowiert«, erklärt mein Sohn mir in gelassenem Ton. Er schaut mir dabei fest in die Augen und trägt diesen Was-willst-du-jetzt-dagegen-tun-Ausdruck zur Schau.

»Du hast ihre Stirn vollgekritzelt«, korrigiere ich. »Wieso hast du das getan?«

»Sie wollte ein Tattoo haben.« *Lieber Himmel.* Dieser Bursche guckt kein *Ink Master* mehr, wenn seine Mutter zu beschäftigt ist, um auf ihn zu achten.

»Was genau hast du ihr denn auf die Stirn tätowiert, äh, gezeichnet?«

Sag nicht, einen Schniedel. Sag nicht, einen Schniedel. Sag nicht, einen Schniedel.

»Ein Raumschiff«, antwortet er. Er dreht sich um und ruft nach Daria, die daraufhin zu uns gelaufen kommt. Knight schickt sich an, sein Werk zu erklären, indem er den Finger über ihre Stirn bewegt. »Das hier ist der Außentank.« Er zeigt auf die Eichel. Habe ich eigentlich schon erwähnt, dass mein Sohn Astronaut werden will und das Weltall ebenso sehr liebt wie ich? »Und das ist der Orbiter.« Er deutet auf die Hoden.

»Und was schießt da aus dem Außentank raus?«, fragt Jaime mit strenger Stimme. Ich verkneife mir ein Lachen, während ich auf Knights Antwort warte. Seine Augen werden groß.

»Kugeln natürlich. Ganz, ganz viele Kugeln.«

Gott sei Dank, er hat nicht Sperma gesagt.

Ich lege die Hand auf die weiche, gerötete Wange meines Sohns. »Jetzt hör mir gut zu, Knight. Wir malen nicht auf die Köperteile anderer Menschen, okay? Niemals. Und *vor allem* keine Raumschiffe.« Jaime ist mein Freund, aber die Vorstellung, dass andere Väter bei mir zu Hause auftauchen könnten, um sich darüber zu beschweren, dass mein Sohn die Haut ihrer Töchter mit Penissen verziert, behagt mir nicht.

»Verstanden.« Er nickt. »Keine Raumschiffe.«

»Und du wirst generell keine anderen Kinder mehr tätowieren. Basta. Warum gehst du nicht mit Vaughn spielen?«

»Weil ich ihn hasse«, antwortet Knight unverblümt.

Die nächste Generation tritt definitiv in die Fußstapfen ihrer Väter. Ich wuschle ihm durchs Haar. »Dann sieh nach deiner Mom, Kumpel.« Ich drücke ihm einen Kuss auf den Scheitel.

»Okay, Daddy.«

»Und gib mir den Edding.«

Daria schaut immer noch Jaime an. Er drückt sie an sich.

»Versprichst du mir etwas, Kleines?«

»Ja.«

»Du wirst Knight nie wieder eines Blickes würdigen, nicht mit ihm sprechen und auch nicht spielen.«

Daria verdreht die Augen und saust zu der Zuckerwattemaschine, die meine Mutter Helen bedient. Jaime, Vicious und ich brechen in Lachen aus.

Trent, der in der einen Hand ein Bier hält und mit der anderen Burger wendet, schüttelt den Kopf.

»Wer zum Kuckuck sind all diese Leute? Ich kenne nicht mal die Hälfte von ihnen.« Ich deute mit meiner Wasserflasche in Richtung der Gästeschar. Jetzt, da wir wieder alle in Todos Santos wohnen – das, was Rosie zugestoßen war, hatte uns vor Augen geführt, dass es uns nicht guttat, in alle Winde verstreut zu sein – und dazu noch in unmittelbarer Nachbarschaft, sind wir jeden Tag zusammen.

»Du hast den Großteil unserer Kollegen eingeladen.« Jaime zuckt mit den Schultern.

»Echt jetzt?« Ich kratze mich am Kopf.

»Deine Frau war das«, berichtigt Vicious. »Emilia hat sie darum gebeten. Von wegen Networking und so. Ach, und sieh mal da. Unser neuer Partner gibt sich die Ehre.« Er weist mit einem Kopfnicken zu einem Mann, den ich tatsächlich wiedererkenne. Sein Gesicht prangte erst kürzlich auf der Titelseite des *Wall Street Journal*. Jordan Van Der Zee. Ein Endfünfziger, der stramm auf die siebzig zugeht. Er sieht aus wie eine schlimme Ausgabe von Putin. Vor zwei Jahren hat er die Hälfte unserer Firmenanteile gekauft, den Rest haben wir vier untereinander aufgeteilt.

Dank dieses Multimillionen-Dollar-Deals haben wir mehr Geld, als man in zehn Leben verprassen könnte, aber weniger Macht bei Vision Heights Holdings. Dafür haben wir jetzt Zeit für unsere Familien und füreinander. Van Der Zee hat sein eigenes Führungsteam in Chicago, London und New York stationiert, aber keiner von uns war darüber traurig, weil wir unsere Seelen mitnahmen, als wir den Deal festmachten. Sue hat nun einen neuen Chef, den sie mit Mr Schießmichtot anreden kann.

»Dieser rassistische Drecksack«, murmelt Trent in sein Bier, und unsere Köpfe fahren zu ihm herum. Er flucht sonst nie in Lunas Gegenwart, aber manchmal vergessen wir, dass sie da ist. Trent beugt sich nach unten, küsst seine Tochter auf die Wange und flüstert: »Entschuldige. Daddy hat ein böses Wort gesagt. Das wird nicht wieder vorkommen.«

Sie nickt weder, noch antwortet sie. Sondern schaut ihn nur mit ihrem ausdruckslosen Blick an.

»Wie bitte?«, hakt Vicious nach und lenkt das Gespräch damit wieder in sicheres Fahrwasser. Trents Augen blitzen vor Zorn, als er sich darauf besinnt, warum er Van Der Zee so nennt.

»Der Kerl ist ein Rassist. Ich hatte einen Zusammenstoß mit ihm. Zu behaupten, dass ich ihn nicht mag, wäre die Untertreibung des verfi-« Sein Blick huscht zu Luna, und er räuspert sich. »Des verfilzten Jahrhunderts.«

»Na ja, keiner von uns würde ihn auf ein Bier einladen. Vielleicht hat er ja nur aus Spaß Kacka von sich gegeben. Könnte doch sein«, sage ich, wobei ich mir bewusst das Wort »Scheiße« verkneife, bevor ich frage: »Ist das seine Tochter dort drüben?«

Das konnte ich nur hoffen, denn andernfalls wäre er nicht

einmal mehr ein Sugar-Daddy, sondern ein Sugar-Grandpa. Das Mädchen an seiner Seite ist schwer zu übersehen, weil er es buchstäblich nicht von der Leine lässt. Er hat sich ihren schlanken Arm unter seinen geklemmt und spuckt, wenn er mit ihr spricht. Sie ist zu jung, als dass ich mir eine Meinung über ihr Aussehen bilden könnte. Achtzehn oder neunzehn vielleicht. Ihre Haut ist gespenstisch blass, sie hat lange, goldblonde Haare und zwei Ringe als Nasenpiercings. Dazu eine nicht gerade kleine Tätowierung am Bauch, die unter ihrem Shirt hervorlugt, als sie ihrem Vater ihren Arm entziehen will, und von der er bestimmt nicht wissen soll.

»Das ist Edie Van Der Zee«, bestätigt Vicious meine Vermutung. »Armes Mädchen.«

Jaime lacht. »Arm ist sie nun nicht gerade. Und sie ist hübsch, darum versucht er vermutlich nur zu verhindern, dass sie von der Horde notgeiler Säcke, mit denen wir zusammenarbeiten, angebaggert wird.«

Wir alle schauen ihn stirnrunzelnd an.

»Die kleine Edie sieht aus wie zwölf«, antwortet Trent entrüstet. Es ist jetzt drei Jahre her, seit Val sich aus dem Staub gemacht hat, und er hat nie einen Versuch unternommen, sich seinen Titel als König des One-Night-Stands zurückzuholen. Er zeigt keinerlei Interesse mehr am anderen Geschlecht. Es ist, als wäre seine Libido eingefroren oder so was.

»Nicht zwölf«, widerspricht Jaime gleichmütig. »Sie sieht eher aus wie zwanzig oder zweiundzwanzig. Vom Gesetz her völlig in Ordnung und dennoch tabu. Eine tödliche Kombination. Aber Gefahr ist mein zweiter Vorname.«

»Sie ist achtzehn«, klärt Vicious Jaime auf und schnalzt missbilligend mit der Zunge. »Ihr Vater hat mir mein altes Auto abgekauft und es ihr zum Geburtstag geschenkt. Jordan will Edie beibringen, dass Geld nicht auf Bäumen wächst und das ganze Zeug. Seltsamer Kerl. Was stimmt mit dir eigentlich nicht?« Dieses Mal knufft er Jaime in den Arm. »Du bist entweder hinter den alten oder den blutjungen Dingern her. Eine Mitte gibt es für dich nicht.«

»Leck mich, meine Frau ist nicht alt.«

»Sie ist nicht alt, aber sie ist *hier*«, erinnert Trent ihn, und wir schauen alle zu der hochschwangeren Mel. »Darum solltest du es besser sein lassen, einen Teenager anzuschmachten. Und wenn du schon dabei bist, hör auf, vor meiner Tochter Obszönitäten von dir zu geben.«

»Scheiße. Tut mir leid, Luna«, sagt Vicious. Jaime lacht. Ich schüttle mit dem Kopf. Unsere Kinder werden fluchen wie betrunkene Matrosen, noch ehe sie zehn sind.

»Sie sieht keinen Tag älter als sechzehn aus«, gibt Trent seinen Senf zu Van Der Zees Tochter dazu. Dabei verschlingt er sie geradezu mit den Augen. Ich weiß nicht recht, was ich davon halten soll. Einerseits ist es ein gutes Zeichen, dass er endlich mal wieder jemanden ansieht. Andererseits ist sie verdammt noch mal einfach die falsche Frau. Diese Geschichte scheint sich bei uns ständig zu wiederholen.

»Sechzehn, hm? Starrst du sie deswegen so an?« Ich grinse ironisch. Trent schaut weg und runzelt die Stirn, bevor er einen gegrillten Fleischklops auf ein Brötchen legt, Ketchup darauf quetscht und den Burger seiner Tochter reicht.

»Wir sprachen über sie, darum habe ich meine *verfilzte* Meinung geäußert.«

»Hast du deine *verfilzte* Meinung geäußert, oder dir vorgestellt, sie zu *filzen*?«, frage ich, als Jaime unseren Schlagabtausch unterbricht.

»Das wird von Sekunde zu Sekunde gruseliger. Mach mir auch einen.« Er zeigt auf den Burger.

Mein Vater gesellt sich mit einem Einwegbecher voll alkoholfreiem Punsch zu uns. Jeder klopft ihm auf den Rücken. Ich rühre mich nicht vom Fleck, aber als er zu mir kommt, um mich zu drücken, nehme ich ihn in meine Arme. In mein Herz. In mein Leben.

Verdammt, ich klinge wie ein rührseliger Trottel, aber es ist die Wahrheit.

Vor drei Jahren verbrachte ich eineinhalb Monate im Krankenhaus, um meine todkranke Freundin zu umhegen.

Vor drei Jahren kam sie zu mir zurück.

Vor drei Jahren rechnete ich schon fest mit ihrem Tod, als ich mitten in der Nacht aufwachte und die piependen Geräusche der medizinischen Geräte vernahm. Ich kuschelte mich an sie, legte die Hand auf ihr Herz – weil ich nur dessen Schlagen vertraute und nicht den Maschinen – und realisierte, dass ihre Haut wieder warm geworden war. Meine Rachel war zu mir zurückgekehrt. Es hat mich vierzehn Jahre gekostet, aber wie Jakob bekam ich die Schwester, nach der ich mich verzehrte.

Ich liebe meine Freunde, doch sie verstehen es – *mich* – nicht. Um das Leben wirklich auszukosten, muss ich alles rasch vorantreiben. Darum waren Rosie und ich vier Tage nach ihrer Entlassung aus der Klinik durchgebrannt, um zu heiraten. Darum kann ich es mir nicht erlauben, einen Groll gegen meine Eltern zu hegen. Darum lasse ich endlich den ganzen üblen Mist sausen und dafür all das Gute an mich ran, auch wenn das bedeutet, von meinem hohen Ross herunterzusteigen.

»Knight versucht gerade mithilfe von zwei Steinen am Springbrunnen ein Feuer zu entzünden«, warnt mein Vater mich und weist mit einem Kopfnicken zum hinteren Teil des Gartens. »Vaughn hilft ihm dabei«, fügt er hinzu.

Vicious grinst. »Und du behauptest, unsere Söhne können einander nicht ausstehen.« Er rempelt mich mit der Schulter an. »Dabei mögen sie sich sehr wohl, wenn es nur genug kaputt zu machen gibt.«

»Wie alt ist sie noch mal?«, fragt Trent aus heiterem Himmel.

»Achtzehn«, sagt Vicious mit Nachdruck. »Und du bist dreiunddreißig, nur für den Fall, dass dir auch das entfallen sein sollte.«

»Ich bin mir dessen sehr wohl bewusst, Sackgesicht.«

»Dann hör auf, ihren Körper zu beäugen, Schwachkopf.«

»Achtet auf eure Ausdruckweise, Jungs«, ermahnt mein Vater sie. Es wird nie langweilig, obwohl wir schon über dreißig sind.

Trent setzt zum ersten Mal seit Jahren ein echtes Grinsen auf, als er den Blick von Edie löst und Luna den Kopf tätschelt, während sie ihren Burger verdrückt. Ich frage mich, ob sie irgendetwas von unserem Gespräch verstanden hat, und falls ja, wie viel. Ihrem Arzt zufolge fehlt ihr nichts, und sie ist geistig auf dem gleichen Niveau wie ihre Altersgenossen.

Nur spricht sie nicht. Mit niemandem. Niemals.

Sie ist komplett stumm.

»Ich werde mich vergewissern, dass die beiden nicht mein Haus abfackeln.« Ich nicke in Richtung des von geschwungenen Steinbänken umgebenen Springbrunnens. Wir sitzen dort jeden Abend und betrachten die Sterne. Dort sage ich Rosie, dass ich sie liebe und sie die Einzige für mich ist, dass es nie eine andere Frau für mich geben wird, ganz gleich, wann sie von mir gehen sollte. Es ist die Wahrheit. Sollten Rosies Lungen morgen kollabieren und mit ihnen mein ganzes Leben, werde ich mir nicht die Mühe machen, es wieder aufzunehmen. Ich werde für meine Söhne – ja, bald schon Plural – da sein und sie großziehen, so gut ich es vermag, aber für mich wird alles vorbei sein.

»Knight! Vaughn!« Ich trabe auf sie zu, und sie schauen sich beide mit unbeschreiblich schuldbewussten Mienen zu mir um. Ich drohe ihnen mit dem Finger, damit sie nichts Dummes anstellen. »Hört auf zu zündeln. Wie viel Ärger wollt ihr euch später erst einhandeln, wenn ihr schon mit vier solchen Unfug macht?«

»Schätzungsweise genauso viel Ärger, wie wir mit dir hatten«, orakelt mein Vater lachend hinter mir.

Wir begeben uns alle ins Haus – drei Männer unterschiedlicher Generationen und Vaughn. Ich verpflanze die beiden Jungs dorthin, wo ich sie sehen kann – in den Medienraum, den wir für Knight und seinen kleinen Bruder umgemodelt haben.

»Hast du eigentlich nach deiner Mom gesehen?«, frage ich Knight.

»Ja. Sie hat gesagt, dass es ihr gut geht. Und dass sie mich mehr liebt als dich.«

Meine Augen werden schmal. »Das hat sie nicht.«

»Hat sie wohl.« Knight zuckt mit den Achseln und wischt sich den Schweiß von der Stirn.

»Gequirlte … Meise.« Ich räuspere mich. Knight macht einen Luftsprung und klatscht mit Vaughn ab.

»Ich hab dir gesagt, dass ich ihn dazu bringe, ein schlimmes Wort zu sagen! Ich bin guuuuut!«

Er *ist* gut, und ich bin vom Glück geküsst.

Seelisch heil.

Und quicklebendig.

Dank *ihr.*

Rosie

Was gibt dir das Gefühl, lebendig zu sein?
Meine Familie. Mein Zuhause. Meine Männer. Mein Bauch. Ich bin am Leben. Und meine Therapeutin hatte recht. Ich werde ewig leben.

»Dean, hör auf.«

»Warum?«

»Weil ich es hasse, wenn du das tust.«

»Was tue ich denn?

»Du singst den ›Supersperma-Song‹.«

Er quittiert das mit einem hinterhältigen Lachen. Ich rolle mit den Augen und drehe mich im Bett auf den Rücken, sodass mein gewaltiger Bauch nach oben ragt. Ich bin eine Risikoschwangere. Daher verlasse ich nur selten das Haus und habe alle zwei Tage einen Termin bei meiner Ärztin. Mein Körper ist nicht dafür geschaffen, ein Kind auszutragen, und während mein Appetit sich sofort mit dem Vorhaben angefreundet hat, fällt es meiner Lunge schwer, für zwei zu arbeiten. Trotzdem ist es passiert. Ich wurde schwanger. Und zwar wegen Deans …

»Superspermaaa«, steigert er sich zum Crescendo, als er nach dem Duschen ins Schlafzimmer kommt und noch Wasser aus seinen Schamhaaren tropft. Wir hatten in letzter Zeit keinen Sex. Was eine himmelschreiende Schande ist, weil die Schwangerschaft mich so richtig spitz macht. Meine Hormone haben vor acht Monaten das Steuer übernommen und mich in die Arme von Softpornos und erotischer Literatur getrieben. Doktor Bernstein hat mir jede Art von lustvoller Vergnügung verboten, bis dieses Baby geboren ist. »Verdammt, schon ist sie schwangaaa!«

Oh ja. Der Supersperma-Song hat Rhythmus. Zieh dich warm an, Justin Timberlake.

»Daddy, du hast *schon wieder* ein schlimmes Wort gesagt!«, ruft Knight begeistert aus seinem Zimmer. Es ist zehn Uhr abends. Wieso ist er noch wach? »Das ist die beste Wette von allen. Vaughn schuldet mir ganz viele Süßigkeiten.«

Manchmal habe ich das Gefühl, dass Dean gar nicht versucht, in Knights Gegenwart keine Schimpfwörter zu benutzen. Ich nehme ihm das nicht übel. So ist er nun mal, und wenn die Leute damit ein Problem haben ... *scheiß* auf sie.

Obwohl er es nicht offen zugibt, weiß ich, dass einer der Gründe, aus denen er eingewilligt hat, Jordan Van Der Zee all die Firmenanteile zu verkaufen, der ist, dass er mehr Zeit für uns haben will. Er kann nicht vorhersagen, was morgen sein wird. Genauso wenig wie ich. Aber ich habe keinen Zweifel daran, dass meine beiden Jungs in sehr guten Händen sein werden. Immerhin ist Dean der Mann, der mich geschwängert hat, obwohl die Aussicht auf eine Empfängnis laut meinen Ärzten bei mir gerade einmal 0,0001 Prozent beträgt. Er hat diese minimale Chance erfolgreich genutzt. Und da er kein Träger des Mukoviszidose-Gens ist, wird mein Sohn gesund und stark sein. Genau wie sein Vater.

»Steck einen Dollar für mich in die Sparbüchse«, ruft Dean Knight zu, bevor er mich angrinst und ganz kurz sein Handtuch öffnet. »Ich gebe ihn dir morgen zurück.«

»Plus zwölf Prozent Zinsen«, antwortet Knight. Dean lacht in sich hinein.

»Bist du sicher, dass er nicht mein leiblicher Sohn ist?« Er bedenkt mich mit diesem *speziellen* Blick, der mich noch immer ganz wuschig macht und in mir den Wunsch weckt, von seiner dunklen Seite den Hintern versohlt zu bekommen.

Ich zucke mit den Achseln, lasse mir seine Wirkung auf

mich nicht anmerken. »Niemand reicht stärker an dein wahres Ich heran als er.« Mit Ausnahme des Babys in meinem Bauch.

Dean setzt sich neben mich und legt die Hand auf meine riesige Kugel.

»Du, Sirius?«

»Ja, Erde?«

»Wieso strahlst du nur so hell? Du machst es mir schwer, nachts neben dir zu schlafen.«

»Mmmmm.« Ich fasse seine Hand und pflanze einen Kuss auf die Innenseite. »Danke für die schmalzigen Worte, aber davon bekomme ich Sodbrennen.«

»Na schön, eigentlich versuche ich dir zu sagen, dass du seit ungefähr zwei Monaten schnarchst und ich hundemüde bin.«

»Auch das sollte vorübergehen«, necke ich ihn. »Bald schon wird mein Schnarchen durch ein Baby ersetzt werden, das die nächsten zwei Jahre die ganze Nacht schreit.«

Er drückt einen Kuss auf meine Schläfe, auf meinen Bauch und dann auf die Stelle zwischen meinen schweren Brüsten, wobei er ein saugendes Geräusch macht. Ich liebe ihn so sehr, dass ich nicht begreife, wieso ich damals nicht das einzig Richtige getan habe. Ich hätte meine Schwester zur Seite schubsen müssen, als sie sich in seine Arme warf, und selbst Anspruch auf ihn erheben.

Weil er schon immer mir gehört hat.

Mit Leib und Seele.

Seine guten und seine schlechten Seiten, die glücklichen und die traurigen.

Er war *mein*.

So wie ich sein war.

Nina ist vor drei Jahren gestorben, wenige Wochen nach meiner Entlassung aus dem Krankenhaus. An einer Überdosis, auf ihrer Farm in Alabama. Mit ihrem Ehemann an ihrer Seite. Ich stand Dean bei, sammelte die Scherben seines gebrochenen Herzens auf, erlebte, wie er schließlich zusammenbrach und sich eingestand, dass sie ihm wichtig war. Dass er sie liebte und sich nichts mehr gewünscht hätte, als ihr ein Sohn zu sein. Diese Wunde würde immer bleiben.

Lev bedeutet Herz auf Hebräisch. So werden wir unseren Sohn taufen.

Jeden einzelnen Tag zähle ich die Segnungen, die mir zuteilwurden.

Wenn ich Knight einen Gutenachtkuss gebe, wenn ich vom Fenster aus beobachte, wie Dean die Sprinkler anzustellen versucht und frustriert gegen Grasbüschel tritt, bevor ihm wieder einfällt, dass sie sich automatisch anschalten, oder wenn Millie und ich uns zum Brunch treffen und zusehen, wie unsere Kinder spielen, streiten und herumkrakeelen.

»Soll ich dir sagen, was mir gerade klargeworden ist?« Dean beugt sich zu mir und küsst mich auf die Lippen, und mir wird ganz schwindlig, weil ich weiß, dass wir nicht einen Schritt weitergehen dürfen. Und das nicht nur wegen der Schwangerschaft. Knight hat die Angewohnheit, in unser Zimmer zu platzen, um seine Schlafenszeit auszuhandeln. Und er ist ziemlich gut darin. Mit sechs wird er seinem Vater in Sachen Verhandlungsgeschick harte Konkurrenz machen.

»Was denn?« Ich lächle.

»*Baby* LeBlanc bekommt ein *Baby*. Und zwar von mir. Ich liebe dich so sehr. Dein Gesicht.« Er küsst mich auf die Nase. »Deine Brüste.« Er küsst meine Brustwarze durch mein Tanktop und beißt sachte hinein. »Unser Kind, das du austrägst.« Er küsst meinen Bauch und raunt ihm zu: »Ja, ich meine dich, Kumpel.

Den phänomenalen Sex, den wir haben. Übrigens hebe ich

mein ganzes Sperma für unsere Wiedervereinigung auf, darum sei gewarnt – du könntest in null Komma nichts erneut schwanger werden.« Er drückt einen Kuss zwischen meine Beine. »Alles an dir, inklusive deiner Füße, denen ich Tag für Tag huldige.« Er küsst meine Zehen.

Ich atme tief durch. Meinen Inhalator brauche ich nicht. Ich habe Dean.

»Und noch etwas ist mir bewusst geworden.« Er richtet sich wieder auf und hält mich unter sich fest. Der Anblick seiner strammen Muskeln macht es mir schwer, mich auf das, was er sagt, zu konzentrieren, und plötzlich ist es im Zimmer einen Tick zu warm für meinen Geschmack.

»Was denn?«, flüstere ich, als seine Lippen über meine streichen.

»Jakob hat seine Rachel bekommen. Und sie schenkt ihm ein Kind. Sie leben glücklich bis ans Ende ihrer Tage. Werden gemeinsam alt. So steht es in der Bibel, Baby LeBlanc. Darum gibts da kein Vertun.«

»Ich liebe dich«, sage ich lachend.

»Ich liebe dich auch.«

»Und ich liebe euch!« Knight stößt die Tür auf und kommt ins Zimmer gerannt. Er springt zwischen uns aufs Bett und umarmt meine Babykugel.

»Wir lieben dich.« Dean legt die Hand auf meinen Bauch, und jetzt haben wir alle Kontakt zu Lev.

Und was macht der? Was *HotHoles* nun mal tun. Er stiftet Unfrieden.

»Oh Gott«, stöhne ich.

»Ja, Baby. Ich bin ein Gott, aber unser Sohn ist anwesend. Wir müssen das auf später verschieben.«

»Nein, Dean. Meine Fruchtblase ist gerade geplatzt.«

»Oh Gott«, ächzen wir nun beide.

Jetzt habe ich mein Happy End. Jedenfalls für diesen Moment.

Und er wird ewig andauern, zumindest, was mich betrifft.

Denn ich bin keine welkende Rose. Ich stehe in voller Blüte.

Dank *ihm*.

DANKSAGUNG

Als Erstes möchte ich meinem Redaktionsteam danken. Angela Marshall Smith, Elaine York, Bex Harper, Ellie McLove und Paige Smith. Jede von euch hat einen wichtigen Beitrag zu diesem Buch geleistet, und das kann man sehen. Danke für euren Anteil (den ihr übrigens nicht zurückbekommen werdet).

Mein Dank gilt außerdem:

Letitia Hasser für das großartige Cover – du weißt immer ganz genau, was ich brauche, und verwirklichst es. Dein Einfallsreichtum ist unübertroffen. Stacey Blake für die zauberhafte, künstlerische Formatierung. Euch beiden verdanke ich es, dass meine Bücher so hübsch aussehen.

Sunny Borek. Ich bin mir nicht ganz sicher, wie ich dich bezeichnen soll. Als Beta-Leserin? Managerin? Herzensschwester? Vermutlich trifft alles zu. Ich schulde dir so viel, und trotzdem verlangst du nie eine Gegenleistung.

Meinen Beta-Leserinnen. Paige Jennifer, Ilanit Adani, Ava Harrison, Ella Fox und Amy Halter. Ich weiß nicht, was ich ohne eure Unterstützung getan hätte.

Meinem Streetteam. Kristina Lindsey, Julia Lis, Becca Szurken, Lin Tahel Cohen, Sher Mason, Ilor Tsabar, Ofa T Booklover, Sonal Dutt, Vanessa Serrano, Josephine McDonnell, Tanaka Kangara, Sabrina Shalalashvilli, Brittany Danielle Christina, Avivit Egev, Shiri Karni, Jessica Meade, Galit Hadar Shmaryaoo, Sheena Taylor, Bernadett Lankovits und Amanda

Suderland. Ihr Mädels seid ein wichtiger Teil meines Lebens und meines Erfolgs. Ich liebe euch wie verrückt.

Meiner Agentin Kimberly Brower, die die »Sinners of Saint«-Reihe unter ihre Fittiche genommen und sie bekannt gemacht hat. Du bist ein Star, und ich kann mich unendlich glücklich schätzen, dich an meiner Seite zu haben.

Dem Sassy-Sparrows-Lesekreis. Es verleiht meinem Leben Farbe, wenn ihr mich in meiner Schreibgrotte kontaktiert. Danke für die Meme, den Input in Sachen scharfe Typen, die Frotzelei und all den Spaß. Doch am allermeisten danke ich euch für eure fortwährende Unterstützung.

All den Bloggern, die meine Arbeit teilen und meine Bücher voranbringen. Ich bin mir eurer Leistung bewusst und empfinde jeden Tag aufs Neue Dankbarkeit für das, was ihr tut. Ihr seid die wahre Antriebskraft hinter dieser Indie-Industrie. Vergesst das ja nie!

Meiner Leserschaft. Ich wiederhole mich unentwegt, aber es ist nun mal die ungeschminkte Wahrheit. Ohne euch bin ich nichts. Ihr lasst meinen Traum in Erfüllung gehen. Ich danke euch für eure Zeit, eure Mühe und jeden Meinungsaustausch über meine Bücher. Ich würde mich freuen, wenn ihr nach der Lektüre dieses Romans eine ehrliche Bewertung – ob positiv oder negativ – abgeben könntet.

Herzlichst
L.J.

LESEPROBE

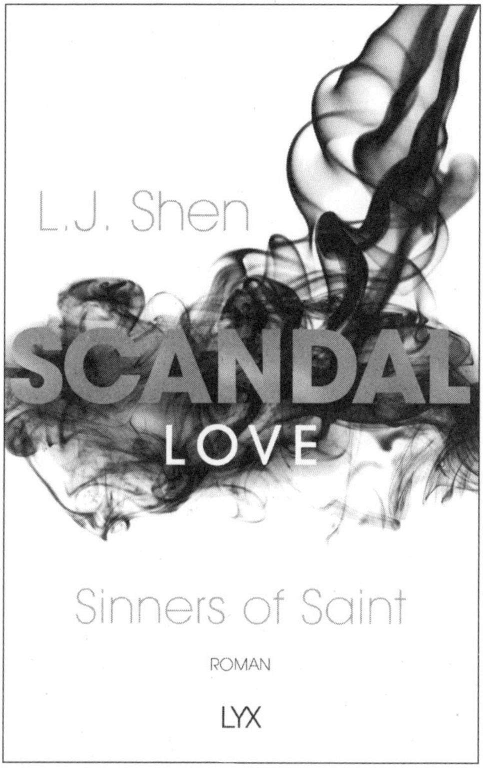

Erscheint am 30.11.2018

Trent

Sie ist ein Labyrinth ohne Ausgang. Ein ätherischer, steter Puls. Präsent und doch nur zu erahnen. Ich liebe sie so sehr, dass ich sie manchmal hasse. Und es macht mir Angst, weil ich tief im Inneren ahne, was sie ist. Ein unlösbares Rätsel. Und ich weiß, wer ich bin. Der Idiot, der versuchen wird, es zu entschlüsseln. Um jeden Preis.

»Wie war dir zumute, als du das verfasst hast?« Sonya hielt das von einem Whiskyring verunzierte Blatt so vorsichtig, als handelte es sich um ein Neugeborenes. In ihren Augen glänzten Tränen. Das Dramalevel war hoch in dieser Sitzung. Ihre Stimme klang brüchig, und ich wusste, worauf sie hoffte: einen Durchbruch. Einen *Wendepunkt.* Diese Schlüsselszene in einem Hollywoodstreifen, nach der sich alles ändert. Das seltsame Mädchen überwindet seine Hemmungen, der Vater erkennt, dass er ein kalter Mistkerl ist, und gemeinsam arbeiten sie an ihren Gefühlen ... bla, bla, bla, her mit den Taschentüchern.

Ich rieb mir übers Gesicht und warf einen Blick auf meine Rolex. »Ich war stockbesoffen, als ich es schrieb, darum war mir vermutlich nach einem Burger zumute, um den Alkohol aufzusaugen«, antwortete ich mit ausdruckslosem Gesicht. Ich redete nicht viel – welch Überraschung –, darum nannte man mich den Stummen. Wenn ich es tat, dann mit Sonya, die meine Grenzen kannte, oder mit Luna, die diese ebenso ignorierte wie mich.

»Betrinkst du dich oft?«

Sonyas Miene war gereizt. Meist überspielte sie ihre Regungen, aber ich sah durch die dicke Schicht aus Make-up und Professionalität.

»Nicht dass dich das etwas anginge, aber die Antwort lautet Nein.«

Überlaute Stille senkte sich über den Raum. Ich trommelte mit den Fingern auf das Display meines Handys, während ich mich zu erinnern versuchte, ob ich den Koreanern den Vertrag nun zugeschickt hatte oder nicht. Ich hätte netter sein sollen, immerhin saß meine vierjährige Tochter neben mir und bekam alles mit. Ich hätte vieles sein sollen, aber über meine Arbeit hinaus waren in mir nur Ärger, Zorn und Verwirrung. *Warum, Luna? Was zum Teufel habe ich dir denn getan?* Wie kam es, dass ich zu einem dreiunddreißigjährigen alleinerziehenden Vater mutiert war, der für kein anderes weibliches Wesen als für seine Tochter Zeit oder Muße aufbrachte?

Sonya verschränkte die Finger. »Lasst uns über Seepferdchen sprechen«, schlug sie vor, um das Thema zu wechseln. Das tat sie immer, wenn mir der Geduldsfaden zu reißen drohte. Ihr Lächeln war warm, aber neutral, genau wie ihr Büro. Mein Blick wanderte über die Bilder von lachenden Kindern, die hinter ihr an der Wand hingen – der typische IKEA-Mist –, die zartgelbe Tapete, die hübschen, geblümten Sessel. Bemühte sie sich zu sehr, oder ich mich zu wenig? Das war im Augenblick schwer zu sagen. Ich schaute zu meiner Tochter und schenkte ihr ein Lächeln. Sie erwiderte es nicht. Was ich ihr nicht verübeln konnte.

»Möchtest du deinem Dad erzählen, warum Seepferdchen deine Lieblingstiere sind, Luna?«, zwitscherte Sonya.

Ihr verschwörerischer Ton entlockte Luna ein Grinsen. Obwohl sie schon vier war, sprach sie nicht. Überhaupt niemals. Nicht ein Wort, nicht eine Silbe. Mit ihren Stimmbändern war alles in Ordnung. Wenn sie sich wehtat, schrie sie, wenn sie erkältet war, hustete sie, wenn im Radio ein Song von Justin Bieber lief (was an sich schon eine Tragödie war, würde manch einer wohl behaupten), summte sie gedankenverloren mit.

Luna sprach nicht, weil sie es nicht *wollte*. Es war kein körperliches, sondern ein psychologisches Problem unbekannter Ursache. Ich wusste nur, dass meine Tochter anders war, teilnahmslos und wunderlich. Die Leute drückten ihr das Etikett »speziell« auf, als Rechtfertigung dafür, dass sie sie wie eine Kuriosität behandelten. Ich konnte sie nicht länger vor den befremdeten Blicken, den fragend hochgezogenen Augenbrauen schützen. Tatsächlich wurde es zunehmend schwierig, ihre Schweigsamkeit als Introvertiertheit zu verkaufen, und ich war es ohnehin leid, es zu vertuschen. Luna war und ist unglaublich klug und wird das auch immer sein. Sie hat bei den unzähligen Tests, die im Lauf der Jahre mit ihr durchgeführt wurden, ausnahmslos überdurchschnittlich gut abgeschnitten. Sie verstand jedes Wort, das man an sie richtete. Sie war aus freien Stücken stumm und gleichzeitig zu jung, um eine solche Entscheidung zu treffen. Sie davon abbringen zu wollen, war ebenso absurd wie aussichtslos. Aus diesem Grund unterbrach ich zweimal wöchentlich meinen Arbeitstag und fand mich in Sonyas Praxis ein, in dem verzweifelten Bemühen, meine Tochter dazu zu bringen, ihren Boykott gegen die Welt aufzugeben.

»Ich kann dir sagen, weshalb Luna Seepferdchen liebt.« Sonya spitzte die Lippen und legte mein in trunkenem Zustand verfasstes Gedicht auf ihren Schreibtisch. In ihrer Gegenwart sprach Luna hin und wieder ein paar Worte, allerdings nie, wenn ich dabei war. Sie hatte mir erzählt, dass Lunas Stimme so ruhig war wie ihr Blick. Sanft und zart, ohne jeden Sprachfehler. »*Eben die eines kleines Mädchens, Trent. Eines Tages wirst du sie auch hören.*«

Der Sache müde runzelte ich die Stirn und stützte den Kopf auf eine Hand, während ich die vollbusige, rothaarige Psychologin ansah. Im Büro warteten drei geschäftliche Transaktionen, mit denen ich mich befassen musste – vier, falls ich vergessen haben sollte, den Koreanern den Vertrag zu schicken. Meine Zeit war zu kostbar für Gequatsche über Seepferdchen.

»Ach ja?.«

Sonya fasste über den Schreibtisch und legte ihre zierliche weiße Hand auf meine bronzefarbene Pranke. »Seepferdchen sind deshalb ihre Lieblingstiere, weil deren männliche Vertreter die einzigen Geschöpfe in der Natur sind, die anstelle der Mutter den Nachwuchs austragen. Sie werden trächtig und brüten die Eier aus. Ist das nicht wundervoll?«

Ich blinzelte mehrmals und warf einen Blick zu meiner Tochter. In Anbetracht der Tatsache, dass mir schon der Umgang mit Frauen meines Alters schwerfiel, hieß die Verantwortung für Luna, ein ganzes Arsenal an Kugeln im Dunkeln abzufeuern und darauf zu hoffen, dass wenigstens eine ins Ziel traf. Frustriert durchstöberte ich mein Hirn nach *irgendetwas*, das meiner Tochter ein Lächeln ins Gesicht zaubern würde.

Wüsste das Jugendamt, was für ein emotionaler Krüppel ich war, würde man mir Luna wegnehmen, ging es mir durch den Sinn.

»Ich …«, setzte ich an. Sonya räusperte sich und kam mir zu Hilfe.

»Hör mal, Luna? Wieso hilfst du Sydney nicht dabei, einen Teil der Sommerlager-Deko draußen anzubringen? Darin bist du doch sehr geschickt.«

Sydney war Sonyas Assistentin. Luna hatte sich während unserer Wartezeiten im Empfangsbereich mit ihr angefreundet. Sie nickte und sprang von ihrem Stuhl.

Ihre tiefblauen, von karamellfarbener Haut und hellbraunen Locken umrahmten Augen funkelten wie Diamanten. Meine Tochter war wunderschön, und die Welt war hässlich. Ich hatte keine Ahnung, wie ich ihr helfen sollte.

Es brachte mich um wie ein Krebsgeschwür. Langsam, qualvoll und unausweichlich.

Nachdem die Tür mit einem dumpfen Laut ins Schloss gefallen war, richtete Sonya die Augen auf mich. Das Lächeln verschwand aus ihrem Gesicht.

Ich schaute erneut auf die Uhr. »Wie sieht's aus, kommst du heute Abend auf einen Fick vorbei?«

»Herrgott, Trent.« Sie schüttelte den Kopf und verschränkte die Finger im Nacken. Ich nahm ihre Entrüstung gelassen, immerhin war ich vertraut damit. Aus mir unbegreiflichen Gründen bildete sie sich ein, mich zurechtstutzen zu können, nur weil sie mir gelegentlich einen blies. In Wahrheit verdankte sie jeden Funken Macht, den sie über mich hatte, allein Luna. Meine Tochter betete sie an und ließ sich in ihrer Gegenwart öfter mal zu einem Lächeln hinreißen.

»Ich werte das als ein Nein.«

»Wieso betrachtest du es nicht als einen Weckruf? Mit ihrer Liebe zu Seepferdchen drückt Luna ihre Wertschätzung dafür aus, dass du dich um sie kümmerst. Deine Tochter braucht dich, Trent.«

»Ich bin für sie da«, stieß ich zwischen zusammengepressten Zähnen hervor. Es war die Wahrheit. Was hätte ich denn sonst noch für Luna tun können als bisher ohnehin schon? Ich war ihr Vater, wenn sie jemanden brauchte, der das Glas Essiggurken für sie aufschraubte, und ihre Mutter, wenn es darum ging, ihr Unterhemd in ihre schwarze Ballettstrumpfhose zu stopfen.

Vor drei Jahren hatte Lunas Mutter sie in ihr Bettchen gelegt, sich ihre Schlüssel und zwei große Koffer geschnappt und war aus unserem Leben verschwunden. Val und ich waren kein Paar gewesen. Unsere Tochter war das Produkt einer kokainseligen Junggesellenparty in Chicago, die aus dem Ruder gelaufen war. Sie war im Hinterzimmer eines Stripclubs gezeugt worden, wo Val mich geritten hatte, während eine zweite Stripperin auf meinem Gesicht saß. Rückblickend betrachtet hätte ich für meine Dämlichkeit, es ohne Kondom zu treiben, einen Eintrag im Guinness-Buch der Rekorde verdient. Ich war achtundzwanzig und beim besten Willen kein naiver Junge mehr gewesen, sondern klug genug, um zu wissen, dass ich ein Risiko einging.

Aber damals hatte ich noch mit meinem Schwanz und meinem Geldbeutel gedacht.

Jetzt, mit dreiunddreißig, benutzte ich meinen Verstand *und* hatte das Lebensglück meiner Tochter im Hinterkopf.

»Wann beenden wir diese Scharade?«, konfrontierte ich Sonya. Ich hatte es satt, das eigentliche Thema zu umschiffen. »Nenn mir deinen Preis, und ich werde ihn bezahlen. Was verlangst du dafür, Luna exklusiv zu betreuen?«

Sonya arbeitete für eine private Einrichtung, die teils vom Staat und teils von Personen wie meiner Wenigkeit finanziert wurde. Sie konnte nicht mehr als achtzig Riesen im Jahr verdienen, darum war ich ziemlich optimistisch. Ich hatte ihr hundertfünfzigtausend für dasselbe Arbeitspensum wie bisher angeboten, wenn sie sich ausschließlich um Luna kümmerte, zuzüglich der besten verfügbaren Krankenversicherung für sie und ihren Sohn. Sonya seufzte leidgeprüft und kniff ihre azurblauen Augen zusammen. »Begreifst du denn nicht, Trent? Du solltest Luna dazu bringen, sich *mehr* Menschen zu öffnen, anstatt ihr zu erlauben, mit niemandem außer mir zu kommunizieren. Abgesehen davon ist sie nicht das einzige Kind, das mich braucht. Ich schätze es, mit einem breiten Spektrum von Patienten zu arbeiten.«

»Sie liebt dich«, argumentierte ich und zupfte ein paar Fusseln von meinem eleganten, dunklen Gucci-Anzug. Glaubte sie etwa, ich wollte nicht, dass meine Tochter mit mir redete? Mit meinen Eltern? Meinen Freunden? Ich hatte alles versucht. Luna gab nicht nach. Das Mindeste, das ich tun konnte, war sicherzustellen, dass sie nicht völlig in ihrem Kopf vereinsamte.

»Luna liebt dich auch. Sie braucht einfach noch mehr Zeit, um aus ihrem Schneckenhaus herauszukommen.«

Ich erhob mich. »Dann lass uns hoffen, dass es passiert, bevor ich einen Weg finde, es zu zerbrechen.« Es war nur halb scherzhaft gemeint. Meine Tochter flößte mir ein Gefühl von Hilflosigkeit ein, wie ich es nie gegenüber einem erwachsenen Menschen gespürt hatte.

»Trent«, sagte Sonya flehentlich, als ich die Tür erreichte. Ich blieb stehen, drehte mich jedoch nicht um. Nein. Scheiß drauf. Sie redete nicht viel über ihr Privatleben, wenn sie für eine schnelle Nummer bei mir vorbeikam, nachdem Luna und das Kindermädchen zu Bett gegangen waren, aber ich wusste, dass sie geschieden war und einen Sohn hatte. Scheiß auf die normale Sonya und ihren normalen Sohn. Sie verstanden Luna und mich nicht. In der Theorie vielleicht. Aber die gebrochenen, gepeinigten, absonderlichen Menschen, die wir in Wirklichkeit waren? Nie im Leben. Sonya war eine gute Psychologin. War sie unmoralisch? Möglich, aber selbst das war fraglich. Wir hatten Sex, mehr war nicht im Spiel, das wussten wir beide. Keine Gefühle, keine Komplikationen, keine Erwartungen. So fähig sie in ihrem Job auch war, begriff sie wie alle anderen trotzdem nicht, was ich durchmachte. Was *wir* durchmachten.

»Gerade haben die Sommerferien angefangen. Bitte, hör auf mich, und nimm dir mehr Zeit für Luna. Du arbeitest zu viel. Sie würde wirklich davon profitieren, dich mehr um sich zu haben.«

Ich wandte mich zu ihr um und musterte ihr Gesicht.

»Was schlägst du vor?«

»Wie wäre es, wenn du dir jede Woche einen Tag freinimmst, um ihn mit ihr zu verbringen?«

Mein bedächtiges Augenzwinkern verriet ihr, dass sie sich definitiv zu weit aus dem Fenster lehnte. Sonya ruderte zurück, wenn auch nicht kampflos. Sie presste die Lippen aufeinander, um mir zu bedeuten, dass sie gleichermaßen genug von mir hatte.

»Ich versteh schon. Du bist eine große Nummer und kannst dir keine Freizeit leisten. Versprichst du mir wenigstens, dass du sie einmal pro Woche mit in die Arbeit nehmen wirst? Camila kann auf sie aufpassen. Ich weiß, dass es in eurer Firma ein Spielzimmer und andere Einrichtungen für Kinder gibt.« Camila war Lunas Kindermädchen. Die Zweiundsechzigjährige würde in Kürze zum zweiten Mal Großmutter werden, darum war es nur eine Frage der Zeit, bis sie uns verlassen würde. Kein Wunder, dass mich jedes Mal, wenn ich ihren Namen hörte, ein unbehagliches Gefühl beschlich.

Ich nickte. Sonya schloss die Augen und stieß den Atem aus. »Danke.«

In der Lobby griff ich mir Lunas Dora-Rucksack und verstaute ihr Plüsch-Seepferdchen darin. Ich streckte ihr die Hand hin, und sie nahm sie, bevor wir uns wortlos zum Aufzug begaben.

»Lust auf Spaghetti?«, fragte ich, wohl wissend, dass ich enttäuscht würde. Sie würde mir nicht antworten.

Stille.

»Wie wäre es mit einem Frozen Yogurt?«

Keine Reaktion.

Die Fahrstuhltür glitt auf. Wir stiegen ein. Luna hatte ihre schwarzen Chucks, ein Paar Jeans und ein weißes T-Shirt an. Die Art von Outfit, wie das Van Der Zee-Mädchen es vermutlich trug, wenn es nicht gerade unschuldige Passanten ausraubte. Luna besaß optisch keinerlei Ähnlichkeit mit Jaimes Tochter Daria oder den anderen Mädchen in ihrer Kindergartengruppe, die auf Kleider und Rüschen standen. Aber das machte nichts, weil sie sich auch für sie nicht die Bohne interessierte.

»Was hältst du von Spaghetti *und* Frozen Yogurt?« Ich feilschte, was ich sonst niemals tat.

Ihr schlaffer Griff um meine Hand wurde einen Tick fester. *Wir kamen der Sache* näher.

»Wir geben den Frozen Yogurt auf die Spaghetti und essen, während wir *Stranger Things* gucken. Zwei Folgen. Deine übliche Schlafenszeit ist von acht auf neun verschoben.« Scheiß der Hund drauf. Es war Wochenende, und meine üblichen willigen Betthäschen konnten warten. Heute Abend würde ich mit meiner Tochter Netflix glotzen. Ein Seepferdchen sein.

Luna stimmte wortlos zu, indem sie kurz meine Hand drückte.

»Aber es gibt keine Schokolade oder Kekse nach dem Essen«, warnte ich sie. Ich führte ein strenges Regiment was Ernährung und feste Abläufe betraf. Luna drückte abermals meine Hand.

»Ich lasse nicht mit mir handeln, Fräulein. Ich bin dein Vater, darum lege ich die Regeln fest. Keine Schokolade. Und keine Jungs – weder nach dem Abendessen noch sonst irgendwann.«

Der Schemen eines Lächelns huschte über ihr Gesicht, bevor es wieder ernst wurde und sie ihren Rucksack mit dem Seepferdchen darin an ihre Brust drückte. Meine eigene Tochter hatte mich bisher niemals angelächelt, kein einziges Mal, noch nicht einmal versehentlich.

Sonya irrte sich. Ich war kein Seepferdchen.

Ich war der Ozean.